U0608204

温州市文史研究馆

宋元温州诗略

（上册）

陈增杰　编著

浙江大学出版社
ZHEJIANG UNIVERSITY PRESS

序　言

宋元时代，是温州诗歌发展历史上最为发达的鼎盛时期。这一时期，名家辈出，名作众多，异彩纷呈，蔚为大观。有独树一帜崛起于南宋诗坛的永嘉四灵及其诗派，也有像王十朋、林景熙、李孝光、陈高那样誉称海内有影响力的诗家，而永嘉学派主将薛季宣、陈傅良、叶适，还有大画家黄公望、“南曲之宗”高明等，才华旁溢，“余事作诗人”，亦皆能在宋元诗的进程中占得一席地位。除了这些耳熟能详的大家名家，本书也十分注意采录众多如星罗棋布并不起眼的小家们的可传之作，其中有像林升那样孤篇横绝名留后世者，而更多的则是名不见经传需要大浪淘沙加以筛荐挖掘的佳什，让他们散落的星光在暗夜的苍茫中能够耀眼地闪烁起来，引人注目，开阔读者的视野，庶不辜负作者撰述的苦心。本书取录一首的作者甚多，即是基于这样的考虑。其曰“诗略”者，清人乔亿有《大历诗略》之著，予事《唐人律诗笺注集评》所借镜，遂取以名焉。

本书选录宋元时期温籍诗人183家，计诗801首，其中宋略131家，诗563首；元略52家，诗238首，厘为六卷。通过注评方式，将这一时期的优秀篇章或较有特色的在当时产生过影响的诗作介绍给读者，披沙拣金，提炼精华，用助赏览，以增进人们对这一历史时段温州地区诗歌创作成绩、发展风貌及交流传播情况的了解，并为宋元诗研究、区域历史文化研究提供线索和参考。

本书选录，既着眼全面，注意平衡，又适当突出重点。在内容、体式、风格上，则求多元化和多样性，兼容并蓄，细大不捐。入选篇目都经过仔细考虑，反复斟酌而确定。本编取材于诸家别集和有关总集、选集、各类选本，参校不同版本，文字择善而从。遇有疑难或重要异文，则作辨订，有所交代。注文分解题和字句训释两部分。评论选辑见于诗话、笔记、选本有关论述，笔者之心得体会亦附著焉。编选者在纂修过程中对一些问题，如作家生平事迹、作品存佚互见等，做了若干探索考辨，另立"附考""附记"目表出，供读者参览。

清乾隆五十五年（1790）邑人曾唯编纂刻印的《东瓯诗存》四十六卷，取材广博，搜集颇丰，无疑具有重要参考价值；《温州文献丛书》第四辑编录之张如元、吴佐仁校补本，又广事增补，这些都给本书编选带来许多方便。唯曾氏原编，蒐辑广泛可嘉，而把握稍欠，选择时见局限，尤其是大家名家的作品。即以王十朋诗为例，《诗存》卷二录选计80首（为该书入录篇数最多者），然往往未副人望；兹编通览《梅溪集》并多方参考验证，简择24首（照顾平衡），庶几读者能尝鼎一脔。对照曾选，篇目同者仅2首。他如薛季宣、陈傅良、叶适、林景熙、李孝光等，情况类似，不一一列举。本书选目工作，举此可见一斑。

但是，选诗、解诗也不是一件容易的事，古人所深叹："夫作者难已，而知者亦未易也。"（侯一麟《龙门集·杜诗通小序》）王义山云："作诗难，选诗尤难。荆公选唐百家诗，刘后村选唐宋诗。

虽然，诗岂易选哉？古诗二千余篇，吾夫子删为三百五篇，非夫子敢尔？东坡谓渊明好诗甚多，《文选》未尽录。吕东莱编诗，谓渊明诗如《归田园》，如《问来使》，与夫《饮酒》《责子》《拟古》等诗，皆《文选》所遗。诗岂易选哉！”（《稼村类稿》卷十《乾坤清气诗选跋》）这是说选诗的不易。沈存中云：“小律诗虽末技，工之不造微，不足以名家，故唐人皆尽一生之业为之。至于字字工炼，得之甚难，但患观者灭裂，则不见其工。故不唯为之为难，知音亦鲜。设有苦心得之者，未必为人所知。”（《梦溪笔谈》卷十四）陆放翁云：“阮裕云，非但能言人不可得，正索解人亦不可得。吕居仁用此意作诗云：‘好诗正似佳风月，解赏能知已不凡。’”（《老学庵笔记》卷三）这是说注诗、评诗的不易。余虽广撷博采，黾勉从事，而或囿于见闻，眼力未到，体悟未深，抑由审美差异及各种复杂因素，遗珠或唐突误解处容所难免，出版以后，敬祈广大读者赐教有以补苴是正为幸。

这部选本，虽着手较早，中间却几经曲折。2011年11月始为筹划，通览诸书，初选篇目，然还只编了一小半，2012年4月即因病中辍。身体稍稍恢复，接续未竟之功，于2013年7月完成全书初稿，共六卷。但不久，应聘参加《汉语大词典》第二版修订编纂工作，并承担第三册主编定稿任务；接着忙于《李孝光集校注（增订本）》《豁蒙楼散稿》《宋元明温州诗话》《汉语大词典修订丛稿》几本书的撰作和整理出版，无有假暇。直至2020年8月，参加温州市文史研究馆工作会议，讨论学术规划，我在发言中提到这部书稿的编写情况，引起领导层的关注和重视。金柏东副馆长让我写一个项目介绍，并很快列入文史馆的出版规划。我于是重董旧稿，决定对全书进行一次全面认真的修改补充，俾臻完善；然而这时才发现书稿第六卷（元略二）电子文本丢失，幸纸质资料大体尚存，还可以按图索骥重做。2021年2月，又患病一次。这样断断续续，到2021年8月，终于改定全稿。算起来，兹编前后历时十年，而真正投入的时间加起来恐怕也有十数个月。有始有终地做好一件事，确乎并不容易。

豁蒙楼主人谨识

2021年8月20日

目　录

卷一　宋略一

卷二　宋略二

卷三　宋略三

卷　一

宋略一

林　石

林石（1004—1101），字介夫，瑞安塘岙人。不从科举仕进，以明经笃行著闻当世，学者以其居里称曰塘奥（岙）先生。时王安石《三经新义》盛行天下，石独不趋新学，以《春秋》教授乡间。“年九十八，无疾而终。”（嘉庆《瑞安县志》卷八）

林石为胡瑗（安定）、陈襄（古灵）之再传弟子，也是永嘉之学的最初传承者，与王开祖（儒志）、丁昌期（经行）号“皇祐三先生”。周行己称其与洛阳程颐（正叔）、京兆吕大临（与叔）“皆传古道，为世宗师”（《浮沚集》卷七《沈子正墓志铭》）。所著《三游集》已佚，现存诗3首。事见陈傅良《止斋集》卷四八《新归墓表》，弘治《温州府志》卷十《理学》、雍正《浙江通志》卷一七七《儒林》有传。

梅雨潭忆旧游

去夏曾同潭上游，荫松坐石濯清流。论文声杂飞泉响，话道心齐邃谷幽。盛事忽思寻旧好[①]，烦襟顿觉似新秋。也知人世多馀暇，能更重为胜赏不？

【注】

梅雨潭，在温州城南40里仙岩山（大罗山之阳）。晋宋以来已为风景名胜，谢灵运任永嘉郡守，曾游历其地，作有《舟向仙岩寻三皇井仙迹》诗："蹑屐梅潭上，冰雪冷心悬。"明王叔果《半山藏稿》卷十一《仙岩记》："(梅雨) 潭在兹山为最胜，四顾岩壁峭立，瀑水飞洒潭中，空濛若细雨。潭口两巨岩相掎，中开空处，旧乱石堆塞，今修平为矶，名喷玉矶。可列坐二席，矶上对瀑，如从灶门引首自内观天也。"明李贤等撰《明一统志》卷四八《温州府·山川》："梅雨潭在瑞安县东四十五里。上有飞瀑数十尺，分流四道而下，又名仙岩瀑布。"朱自清散文名篇《温州的踪迹·绿》，所写即此潭。

此诗当是林石晚年之作。弘治《温州府志》本传言温州郡守李钧造其庐，郡丞赵屼、瑞安县令朱著（素）同谒其母，偕石游山水间，"所至唱和，有《三游集》"。按，崇祯《仙岩志》卷五载有李钧次韵作《和林介夫先生韵》："欲追河朔一时游，曾效兰亭泛曲流。闻说仙岩为绝胜，喜同高客共探幽。清风未挹初逢夏，灵地将登已觉秋。幸有兵厨三雅酝，论文应饮百杯不？"而据弘治《温州府志·名宦》，赵屼于元丰二年（1079）八月以大理评事通判温州。依此相推，本篇当作于神宗元丰四年（1081）夏，"去夏"同游者为李钧、赵屼、朱素诸人。

①盛事，崇祯《仙岩志》卷五引作"盛暑"。

周行己

周行己（1067—1125），字恭叔，瑞安人。晚年僦室温州城内净光山（松台山）麓雁池（今鹿城区蝉街乘凉桥）畔，名曰“浮沚”，言如浮云居沚（水中小洲）上，去留无止，学者因称浮沚先生。17岁入读太学，与郡人游太学者蒋元中、沈躬行（彬老）、刘安节（元承）、刘安上（元礼）、许景衡（少伊）、戴述（明仲）、赵霄（彦昭）、张辉（子充），“皆经行修明为四方学者敬服”（叶适《水心文集》卷二九《题二刘文集后》），时称“元丰九先生”。登哲宗元祐六年（1091）进士，历任州学教授、秘书省正字、县令等职。

行己从师程颐，又是潘大临、晁补之的弟子，与黄庭坚、李之仪、李廌、欧阳献、晁说之等并有交往。其传承二程之学，又接受了关学、蜀学影响，是南宋永嘉学派的先驱者。归有光说是他首先将程学传入浙江，“周行己能发明中庸之道，浙中始知有伊洛之学”（《震川别集》卷二下《浙省策问对二道》）。叶适论永嘉之学的渊源，谓“周（行己）作于前而郑（伯熊）承于后”（《水心文集》卷十《温州新修学记》）；《四库全书总目 · 浮沚集》提要谓“实开永嘉学派之先”。行己论诗主平淡劲健，绝弃绘饰。现存诗154首，长于五古，诗风纯正淡易，颇有理致。《温州文献丛书》第一辑编录周梦江校笺《周行己集》（2002）。

韩淲《涧泉日记》卷下：“文字温淡，但时有《庄》《老》，与程氏之说相背。诗亦好。”

《四库全书总目》卷一五五《浮沚集》：“于苏轼亦极倾倒，绝不立洛、蜀门户之见，故耳濡目染，诗文亦皆娴雅有法，尤讲学家所难能矣。”

《四库全书简明目录》卷十五《浮沚集》：“其文章明白淳实，亦具有儒者气象。盖行己虽讲学之家，与曾巩、黄庭坚、晁说之、秦观、李之仪多相倡和，尤倾挹于苏轼，故能不以语录为文云。”

孙衣言《浮沚集手记》：“恭叔铭墓之文，平实雅正，极似永叔；诗则有意于杜老，盖不独开永嘉学派之先，其文章亦卓然陈、叶先声矣。”

吴鹭山《光风楼随笔》卷下：“盖浮沚于义理、辞章之学，固雅不欲偏废，惟不以文胜质耳。叶水心尝有意合道学、文章之裂，其实浮沚即先已有此气象矣。”

和郭守叔光绝境亭

云横绝尘境，峻堞若绳削。群山列培塿，众水分脉络。下瞰万瓦居，缥缈见楼阁。松风发天籁，泠然众音作①。晶晶天宇清②，尘襟一澄廓。

【注】

郭守叔光，温州知州郭敦实。敦实字叔光，奉化（今属浙江）人。元符三年（1100）进士，历仕集贤殿修撰、显谟阁待制，温州、滁州知州。按，叔光于大观四年（1110）至政和三年（1113）知温州，本篇当作于期间。绝境亭，在郡城西南偏松台山顶。徐照《净光山四咏呈水心先生·绝境亭》云：“公能同众乐，私帑建官亭。”“公”谓叶适，是则亭为叶公出资所建。然据叶适《水心文集》卷九《宿觉庵记》：“枯茶败草，仿佛乱石中，余慨然怜之，为于绝景亭下作小精舍。”绝景亭即绝境亭（光绪《永嘉县志》卷三六引录作“绝境亭”），叶公所建者乃亭下精舍（僧道修炼居住之所），亭固先已在。周行己有《和郭守叔光绝境亭》诗，稍后林季仲《次曾硡甫韵寄贺子忱》云“结邻能践前言否，春色方深绝境亭。”所咏皆即此亭。雍正《浙江通志》卷五十《古迹·温州府下》:“绝境亭,《名胜志》:宋邑人周行己建于郡城积谷山上(引本篇略)。”光绪《永嘉县志》卷二一《古迹志一》:“绝境亭:在积谷山上,周行己建。《名胜志》。”其言亭在积谷山上,所据都自明曹学佺《名胜志》,恐非确。松台、积谷两山邻近,均城内名山,不当有两个同名的亭。

①众音,《东瓯诗存》卷一作众响。　②晶晶,《浙江通志》卷五十作“晶莹”。清,弘治《温州府志》卷二二、《浙江通志》作“净”。

【评】

写登览胜景,境界阔大,有俯视一切之概。

杨花

杨花初生时,出在杨树枝。春风一飘荡,忽与枝柯离。去去辞本根,日月逝无期。欲南而反北,焉得定东西。忽然惊飙起,吹我云间飞。春风无定度,却送下污泥。寄谢枝与叶,邂逅复何时。我愿为树叶,复恐秋风吹我令黄萎;我愿为树枝,复恐斧斤斫我为椽榱。只愿为树根,生死长相依。

【评】

言杨花飘忽不定,或翔云间,或堕污泥;而杨叶易萎,杨枝易斫,唯有树根能够“生死长相依”。赋物咏怀,寓含坚守根本,不为外物所移之义。通篇辞意畅达,不加修饰,体现了周诗“明白淳实”(《四库全书总目·浮沚集》)的特色。

春日五首（选二）

送春小雨作轻凉,碧瓦鳞鳞动霁光①。紫燕衔泥归旧屋,黄蜂

采蜜度斜阳。之一

【注】

①霁光，初晴的阳光。二句所咏，与秦观《辇下春晴》“楼阙过朝雨，参差动霁光”，《春日五首》之二“一夕轻雷落万丝，霁光浮瓦碧参差”，情景宛似。

小窗午枕梦初醒，特特来寻春径行。晴日暖风无俗客，岸巾柳底听新莺[①]。之二

【注】

①岸巾，掀起头巾，露出前额。表示洒脱不拘。

【评】

行己七言小诗，笔韵轻巧，不似古体质直。录此数首，可见一斑。

春闺怨三首（选二）

春尽辽阳无信来[①]，花奁鸾镜满尘埃。黄莺恰恰惊人梦[②]，欲到郎边却么回[③]。之一

【注】

①辽阳，指辽东地区（今辽宁一带），为唐时东北边塞。 ②恰恰，频频之意，不作“恰值”解。杜甫《江畔寻花七绝句》之六：“流连戏蝶时时舞，自在娇莺恰恰啼。”参阅拙著《唐诗志疑录·“自在娇莺恰恰啼”之“恰恰”》。 ③么，这么。

【评】

辽阳无信，征人久戍不归；唯盼望梦中能得邂逅，不意又被啼莺惊断，好梦难圆，极写戍妇恨相会无期的无聊情思。怨黄莺之

惊梦，深于怨者也，用笔婉曲，化用唐人金昌绪《春怨》“打起黄莺儿，莫教枝上啼。啼时惊妾梦，不得到辽西”诗意，却有作熟还生之妙。

深院无人帘幕垂，漫裁白纻作春衣[①]。停针忽忆当年事，羞见梁间燕子飞。之二

【注】

①白纻，指白纻（苎麻）所织的夏布。

【评】

全篇点睛处在“漫裁”“羞见”两语。漫裁者无心制裁也。缘何“漫裁”，乃因看见双飞梁燕，逗引“当年”伉俪相得的情思。以梁燕双飞，反衬春闺独守，回应“深院无人帘幕垂”之孤寂。“羞见梁间燕子飞”，刻画了闺妇缱绻思恋而又含羞怯怕人察觉的情态，形象如见。

刘安上

刘安上（1069—1128），字元礼，永嘉荆溪（今永嘉县枫林镇）人。青年时入读太学，为“元丰九先生”之一。与从兄刘安节同师程颐，乡里推其学行，号“二刘”，学者称小刘先生。哲宗绍圣四年（1097）进士，累官右谏议大夫、中书舍人、给事中，以朝奉大夫（正五品）致仕。

安上历位禁闼，操守峻峙，大观初陛对称旨，徽宗谓其言事“详

审”，“蕴藉有大臣体”（《刘公行状》）。出知州府，务教化，厚风俗，有古循吏风。其诗咏景述怀，平旷浑朴，词格雅洁。《温州文献丛书》第四辑编录《刘安上集》，存诗66首。弘治《温州府志》卷十《理学》、雍正《浙江通志》卷一七七《儒林》有传。

薛嘉言《刘公安上行状》：“公为文典重有法，尤工五言，晚更平淡，浑然天成，无斧斤迹。有诗五百篇，制诰、杂文三十卷……识者论公平生出处以方唐太傅白公，至其夷旷淡泊无声色之娱，文词雅正不为纤艳浮华之语，则又未可以优劣论也。”（《刘给事集》附）

王士禛《居易录》卷一：“宋《永嘉二刘文集》九卷，留元刚序。安上字元礼，安节字元承，皆伊川弟子，皆官御史。安上廷劾蔡京，安节追饯邹浩，叶水心《题二刘集》谓为‘俊豪先觉之士’者也。《集》中多经义，大抵如训诂，不脱兔园册习气。盖当时科举之文如此，其与诗赋饾饤之陋，如以五十步笑百步也。”

《四库全书总目》卷一五五《刘给事集》：“其诗酝酿未深，而格意在中晚唐间，颇见风致。文笔亦修洁自好，无粗犷拉杂之习，盖不唯风节足重，即文章亦不在元祐诸人后矣。”

孙诒让《温州经籍志》卷十九《刘给谏文集》：“今集……所存者止十之一二，然如弹蔡京诸疏，谠论忠言犹见梗概，其他诗文亦各体具备，不若《左史集》之半属经义也。”　杰按：《左史集》为其从兄刘安节著。

清涟亭泛舟

高树环清池，波平春正绿。移舟近南岸，倒影见华屋。危梁属修径，幽思生远目。更登狎鸥亭，可以忘宠辱[①]。

【注】

①忘宠辱，范仲淹《岳阳楼记》："登斯楼也，则有心旷神怡，宠辱偕忘，把酒临风，其喜洋洋者矣。"

小饮

南窗闲徙倚[①]，风露已秋深。晚色兼凉至，浮云带日阴。池荷欺碧玉，篱菊暗黄金[②]。时序皆遒尽，翻惊壮士心。

【注】

①徙倚，徘徊。　②欺，压倒；胜过之意。暗黄金，谓使黄金失色。

【评】

"池荷"联工拔，"欺"字、"暗"字皆极新警。

和左经臣见过

为爱端居上郡章[①]，里闾何幸得徜徉。买田郭外春耕早，筑室湖滨野趣长。且把旧书遮病眼，了无尘事扰中肠。故人访我留佳句，应笑年来两鬓苍。

【注】

左经臣，宋陈耆卿《赤城志》卷三四《本朝 · 遗逸》："左纬，黄岩人，字经臣，以诗鸣，号委羽居士。与许少伊为忘年友，刘元礼、周恭叔以兄事之。其卒，陈侍郎公辅以诗哭之，有'有德传乡里，无金遗子孙'之句。"经臣富于才学，不从科举，隐遁以诗自适，与永嘉人士多有交往。许景衡《委羽居士集跋》称其诗"大抵句法皆与少陵抗衡”(《赤城集》卷十七)。《天台续集》及《天台续集别编》录诗47首。雍正《浙江通志》卷一八一入《文苑传》。

①端居，闲居，隐居。

荆溪有怀

自从南郭得三椽[①]，怕趁荆溪半夜船。每望白云惊岁月，空将清梦绕林泉。虽因追远时来此，又见登高意惨然。极目不知多少恨，一声孤雁夕阳天。

【注】

荆溪，在瓯江北岸永嘉县境内，作者故乡。光绪《永嘉县志》卷二《叙水·江乡水源》:“荆溪，在仙桂乡三十二都。水出茶坑，入瓯江，为荆溪港。宋刘安上《荆溪有怀》诗(本篇略)。”

①三椽，三间小屋。唐吕岩《浪淘沙》词:“我有屋三椽，住在灵源。”南郭得三椽，言居温州城内南门。光绪《永嘉县志》卷十三《人物志儒林·刘安上》:“荆溪人，徙居南郭。”

【评】

安上留存七律十章，兹录二首。他如《友人新居》前四云:“门向平湖静处开，雨馀山色入帘来。连云竞秀千岩竹，隔水飘香一径梅。”亦颇新隽，惜后半不振，截作绝句，洵佳什矣。

花靥镇(二首选一)

花靥谁名镇，梅妆自古传。家家小儿女，满额点花钿[①]。之二

【注】

徽宗政和三年(1113)知寿州(今安徽凤台)时作。花靥(yè)

镇，雍正《江南通志》卷三五《舆地志·古迹六·凤阳府》："花靥镇，在寿州西北二十五里，相传以宋武帝女寿阳公主名。"又卷二〇〇《杂类志·辨讹·花靥镇》："孝武帝建含章殿，帝女寿阳公主人日卧殿檐下，梅花落额上，号梅花妆。其地在建康城宫内，而寿州之花靥镇，亦以寿阳公主梅妆而名，附会极矣。"花靥，以花饰面。靥，面颊。

①花钿，金花。妇女首饰。

安丰道中二首（选一）

水斛安排镜面平[①]，菰蒲初种已齐生。晚来雨过浮萍少，看见鱼儿作队行[②]。之二

【注】

徽宗宣和三年（1121）知寿州时作。安丰，宋寿州属县，在今安徽寿县南。见《宋史·地理志四·淮南西路》。永嘉丛书本《刘给事集》、《御选宋诗》卷六八题作《甘露亭》。

①水斛，贮水器。宋陈造《再次韵杨宰七首》之一："雪英闲澹炯双明，水斛泓渟碧一罂。" ②作队，结伴。温州方言。《御选宋诗》卷六八作"打队"。

舒州西门送客亭

拂云亭外竹千竿，静听清声戛玉寒。却忆谢公岩下路，水风凉处战檀栾[①]。

【注】

徽宗宣和六年（1124）知舒州（今安徽安庆）时作。

①却忆二句，回想温州胜游往事。谢公，指谢灵运。曾任永嘉郡守，“郡有名山水，灵运素所爱好。出守既不得志，遂肆意游遨……所至辄为诗咏。”（《宋书》本传）檀栾，状丛竹摇曳之姿。汉枚乘《梁王菟园赋》：“修竹檀栾。”谢灵运《登永嘉绿嶂山》：“澹潋结寒波，檀栾润霜质。洞秀水屡迷，林回岩逾密。”

许景衡

许景衡（1072—1128），字少伊，自号横塘居士，瑞安府白门横塘（今温州市瓯海区丽岙街道姜宅村）人。“元丰太学九先生”之一。登哲宗元祐九年（1094）进士，历仕徽宗、钦宗、高宗三朝，官至尚书右丞、资政殿学士，卒谥忠简。《宋史》卷三六三本传云：“景衡得程颐之学，志虑忠纯，议论不与时俯仰。”高宗称之“执政忠直，遇事敢言”。其扬历中外，立身刚正，直言谠论，勋德名世。孙诒让《横塘集跋》赞曰：“勋节显著，为世名臣。盖元丰九先生惟忠简独后卒，名德亦最显。”

许景衡留存的作品在元丰太学九先生中是最多的，今传《横塘集》二十卷，存诗486首（含补遗）。他论诗主淳朴，不尚藻绮。《寄左十四》云“至音本淡泊”，“了不在红素”。长于五七言律和七绝，宽婉畅达，朴淡中亦能别具风调。事见宋胡寅《斐然集》卷二六《资政殿学士许公墓志铭》，《宋史》卷三六三有传。《温州文献丛书》第四辑编录《许景衡集》。

郑刚中《北山集》卷十六《跋许右丞诗》：“近世家者钦慕右丞

(指许景衡) 如古人,某愚坐山林而不及识。近见所为越倅潘公哀诗,气质中和,字画端重,粹然不减亲见也。”

《四库全书总目》卷一五六《横塘集》:“其文章亦坦白光明,粹然一出于正。”

《四库全书简明目录》卷十六《横塘集》:“其诗乃吐言清拔,不露伉直之状。知其危言正论,不自客气中来矣。”

吴鹭山《光风楼随笔》卷下:“其所为诗,属辞清拔,寓说理于抒情之中,深饶旨趣。”

题海山亭怀左经臣诗

去年登斯亭,江山照尊俎[①]。眼中十年旧,一笑便尔汝[②]。今年登斯亭,春风糁花絮。故人渺天末,云海滞鳞羽。尺素相濡沫[③],耿耿不我与。壁间指旧题,珠玉暗尘土。良辰岂易得,陈迹空处所。眷言继高韵,寸缕惭织组。嘉我二三子,肴核佐玉醑[④]。欢然为倾倒,落日争起舞。丈夫贵适意,穷达付出处。洛阳真小儿,顾慕涕如雨。江流无日夜,而此独不去。何须数岁月,俯仰亦今古[⑤]。

【注】

左经臣,即左纬,台州黄岩人,作者契友。作者《送左经臣序》云:“临海左经臣有学行,其为文与古人相先后,而世未有知之者。瑞安许景衡其友人也,于其归宁,故有以赠焉。”(《横塘集》卷十八) 参见刘安上《和左经臣见过》题注。

①尊俎,代称宴席。尊,盛酒器;俎,置肉之几。　②尔汝,犹言你我。彼此间亲密的称呼。韩愈《听颖师弹琴》:“昵昵儿女语,恩怨相尔汝。”　③濡沫,用口沫互相湿润。语本《庄子·大宗师》:

“泉涸，鱼相与处于陆，相呴以湿，相濡以沫。”这句说，藉书函（尺素）相为慰勉。 ④玉醑，美酒。 ⑤俯仰，喻短暂时间。王羲之《兰亭集序》：“向之所欣，俯仰之间，已为陈迹。”

【评】

通篇叙写友情和观感，随意挥洒，可见平易质直的作风。

东郊

东郊过新雨，野色何氛氲。嘉苗起萎病，万顷堆寒云。田父揖行客，苦诉村墟贫。年年夏旱时，赤地流黄尘。小儿困锄耘，烈日背欲皴。大儿斡水车，手足无完筋。官租且不供，矧欲养吾身？东邻久无烟，几口能生存；西邻逐熟去[①]，今作何乡人？行客谢老农，艰难困劳尘。而今新官家[②]，宽大布深仁。大臣亦端良，乘时转鸿钧[③]。汝岂不自觉，新岁雨泽匀。寰区日宁靖，百物方䜣䜣。尔曹死亦足，及为太平民。

【注】

本篇当是徽宗继位后作。前半纪实，借田父之口苦诉，年年旱情，民生益其艰危。虽耕锄辛勤，而官租不供，被迫乞食他乡，流离失所。反映民不聊生的困窘，句句真切。后半作宽慰语，然不免粉饰矣。

①逐熟，指灾民往丰熟地区流亡乞食。 ②官家，称皇帝。《资治通鉴·晋成帝咸康三年》“官家难称”胡三省注：“西汉谓天子为县官，东汉谓天子为国家，故兼而称之。”新官家，指徽宗即位。 ③转鸿钧，言如转动大钧造器，喻指治理国政。钧，制陶器的转轮。

江边行

江边煮盐女，日垦沙中土。闻道潮干土有花，肩负争先汗如雨。经年鬻盐赴官市，屋里藜羹淡如水。谁家滋味尽八珍[①]，猫狗食馀随帚尘。

【注】

①八珍，八种珍贵食品。泛指珍馐美味。

【评】

写盐场劳作之苦，官府赋敛苛重。盐民藜羹糊口，而富家八珍委尘，多少不平之意，溢见笔端。

题百咏堂

城郭寻常眼不关，谁能一一访林峦。已将好景吟都过[①]，留与后人取次看。寂寂郊原秋色远，悠悠江水暮天寒。可怜三十六坊月，还照先生旧倚栏[②]。

【注】

此首本集及补遗不载，据弘治《温州府志》卷二二选录。百咏堂，哲宗绍圣二年（1095）杨蟠（公济）知温州，宽和恺悌，善待百姓。有《永嘉百咏》诗，后人为立百咏堂。宋祝穆《方舆胜览》卷九《瑞安府·名官》："皇朝杨蟠，尝为守，有百韵诗。"弘治《温州府志》卷十五《宫室》："百咏堂，在府治东。宋许景衡诗：可怜三十六坊月，还照先生旧倚栏。"

①吟都，《东瓯诗存》卷一作多吟。　②可怜，可爱。三十六坊，温州城内坊巷。宋戴栩《浣川集》卷五《永嘉重建三十六坊记》：

"《祥符图经》坊五十有七，绍圣间杨侯蟠定为三十六坊，排置均齐，架缔坚密，名立义从，各有攸趣。故摭其胜地，则容城、雁池、甘泉、百里是已；溯其善政，则竹马、棠阴、问政、德政是已；挹其流风，则康乐、五马、谢池、墨池是已……杨侯既名其坊，又什以咏之曰：'三十六坊月，一般今夜圆。'至今稚髫弱娈交口诵道，岂非以其人蕴藉而平易近民之效哉！"弘治《温州府志》卷八《名宦宋・杨蟠》："定城中三十六坊。在任二年，民爱之如父母。遇风日妍丽，老稚必问郡守曾出游行否？其得民心若是。"结二抒发了仰怀贤守的深情。

横山阁

一笑楼头属晚晴，我曹此乐最难名。玉樽浮蚁一样白[①]，青眼与山相对横[②]。个里风流终古在，世间荣利过云轻。未应暮色催归思，天外娟娟新月生。

【注】

横山阁，福州城内乌石山（闽山）景观，建于五代后晋。乾隆《福建通志》卷六二《古迹・福州府侯官县・宫室》："横山阁，在乌石山南仁王寺内。石晋天福二年闽连重遇建。"宋李弥逊有《水调歌头・横山阁对月》《蝶恋花・福州横山阁》词；宋张元干有《八声甘州・陪筠翁小酌横山阁》词。按：元萨都剌《雁门集》卷二《登乌石山仁王寺横山阁》诗，亦指闽中横山阁。明田汝成《西湖游览志》卷十二《南山城内胜迹・吴山》"开宝仁王寺"（杭州吴山仁王寺乃南渡后建）下引"萨天锡《登横山阁》诗"；雍正《浙江通志》卷四八《古迹十・衢州府》云"横山阁，萨天锡有《题乌石山仁王寺横山阁》诗”，并误。

①浮蚁，酒面浮沫。清吴景旭《历代诗话》卷六一《浮蛆》引《古隽考略》：“浮蚁，杯面浮花也……酒之美者泛泛有浮花。”一样白，喻清廉品节。　②青眼，明周祈《名义考·人部·青白眼》：“人平视睛圆则青，上视睛则白。上视，怒目而视也。”青，黑。晋阮籍能作青白眼，于契重者使以青眼，鄙薄者使以白眼。见《世说新语·简傲》刘孝标注引《晋百官名》。此句括用杜甫《秦州见敕目三十韵》“别来头并白，相见眼终青”意，言自己所钟情（青眼）者乃面对之青山，表示与山水相娱、物我无间的怀抱。后来辛弃疾《贺新郎》词有云“我见青山多妩媚，料青山见我应如是”，寄意略同。

【评】

本篇当是徽宗政和间任福州通判时作。诗咏登临逸兴，追踪古贤，寄情山水，表达了一种豁达洒脱的襟怀。落句以景结情，贪看新月，不觉乐而忘返矣。

《四库全书总目》卷一五六《横塘集》：“至其诗篇，乃吐言清拔，不露伉厉之气。如‘玉樽浮蚁一样白，青眼与山相对横’诸句，殊饶风调。胡仔《渔隐丛话》谓寇准诗含思凄婉，富于音情，殊不类其为人，今景衡亦然。盖诗本性情，义存比兴，固不必定为濂洛风雅之派而后谓之正人也。”　杰按：此评得之。景衡律体他作，如五言“水声长带雨，山色最宜秋”（《题圣寿院》）、七言“明月清风孤馆夜，寒砧短笛异乡秋”（《秋冬思家》）诸句，皆为清隽可诵。

江

江边问舟子，潮落几时回。野店无灯火，还须明月来。

【注】

此首本集不载，选自宋刘克庄《分门纂类唐宋时贤千家诗选》卷十五《地理门·江景》。

过强氏园诗

门外游人拨不开，城阴小径点莓苔。疏枝淡蕊深深处，只有春风自往来。

【评】

末句借自由往来之“春风”托出幽怀，顿令通篇生色。

横塘

春日横塘绿渺漫，扁舟欲去重盘桓。谁教向晚廉纤雨，又作残春料峭寒。

【注】

横塘：江苏、浙江地名“横塘”者甚多，以南京秦淮（见《六朝事迹类编》）、苏州盘门外（宋贺铸《青玉案》词“凌波不过横塘路”）二处为著名，然均非本诗所咏。作者家乡亦名横塘村，沿村有数里长的塘河，以此得名。作者自号横塘居士。

【评】

留恋家乡塘河的美丽风物和乡居钓隐生活，情意缠绵。作者有同题五律：“好在横塘水，人今去几年。秋光空到地，霁色自连天。伐石围高岸，诛茅驾短椽。归欤此心在，何苦利名牵。”又有《道乐安寄杨县丞时可》：“我亦钓横塘，相望渺云海。”表现了同样的情怀。

寄卢中甫四首（选一）

霜风猎猎动旌旄，月落天低锦帐高。旋放洮河三尺水[①]，洗磨十万血腥刀。之一

【注】

卢中甫，名未详，当是从军边塞者。本题之四云：“制胜关头雪未融，崆峒山下又春风。此身不及泾川水，漾絮飘花日向东。”战事在秦凤路渭州（制胜关、崆峒山）、泾州（泾川）一带（今属甘肃东部）。又之二云“九月都门风薄衣，夜砧声里雁南飞”，作者时居汴京（开封）。

①洮河，在今甘肃南部。唐王昌龄《从军行》：“前军夜战洮河北，已报生擒吐谷浑。”

【评】

本题四首，为唱咏西北边事作，诗风别具一格。此篇声情激越，意气昂扬，高唱入云，充满杀敌制胜的豪怀壮概。

林灵素

林灵素（1076—1120），本名灵噩，字岁昌，一字通叟，永嘉城区（今温州鹿城区）人[①]。出身寒微，游蜀得赵道人秘书，往来淮泗间，乞食诸寺。徽宗政和三年（1113）至京师，以方术得幸，赐名灵素，加号金门羽客、通真达灵玄妙先生，封神霄凝神殿侍宸，为建上清宝箓宫，出入呵引，都人称曰“道家两府”。在京数年，

假天书云篆，大言惑众，邀宠一时。宣和元年（1119）与宫祠，斥还温州居住；次年卒[2]。宋人笔记载其行事甚多。传见《宋史》卷四六二《方技下》、弘治《温州府志》卷十四《仙释》。今存诗5首。

①本书凡言永嘉者，均指永嘉城区，即今温州市鹿城区，非今温州市所属永嘉县。后文不复一一注明。②灵素卒年，据宋赵与时《宾退录》卷一所载宋耿延禧《灵素传》，宣和元年（1119）三月灵素上表乞骸，不允。同年九月，全台上言灵素妄议迁都，即时携衣被行出宫。“十一月，与宫祠，温州居住。(宣和）二年（1120），灵素一日携所上表见太守闾丘颚，乞与缴进，及与州官亲党诀别而卒。”

夏文彦《图绘宝鉴》卷三《宋》：道士林灵素，善作墨竹。湖州玄妙观，有石刻一枝尚存。

李象坤《林侍宸传记序》：灵素当日亦只以小术对付庸主，不逮徐福、栾大、五利诸人之荒诞，奔走群望，骚天下而绎骚之；次亦不闻进烹铅炼汞、房中嫚亵之术。而稽首元祐党碑，遭巨憝嗾逐，奉身勇退；即其受嗾，为建议迁都，亦似预识有北辕之衅者。素即非真仙，自是哲几之士。予故列而论之。(《匊庵集选》文选序一)

题元祐党人碑

苏黄不作文章客，童蔡翻为社稷臣[1]。三十年来无定论，不知奸党是何人！

【注】

弘治《温州府志》卷十四《仙释宋·林灵素》：“每侍宴太清楼下，见元祐奸党碑，灵素稽首。上（徽宗）怪问之，对曰：‘碑上姓名皆天上星宿，臣敢不稽首？’因为诗曰（本篇略）。上以诗示蔡京，京惶愧乞出。”按：此诗《山堂肆考》卷四八、《弇州山人四部稿》卷一五九、《万姓统谱》卷六四并见引录，题从《东瓯诗存》卷四五。

元祐党人碑，徽宗崇宁元年（1102）蔡京专权，以崇奉熙宁新法为名，将哲宗元祐年间反对新法的文彦博、司马光、苏轼、黄庭坚等120人列为“奸党”，御书刻石，立于端礼门，颁布天下。

①苏黄，苏轼、黄庭坚。童蔡，童贯、蔡京。翻，反。社稷臣，关系国家安危的大臣。

【评】

俞弁《山樵暇语》卷三：“道士林灵素，以方术显于徽宗……然灵素有一诗可取，云（本篇略）。噫！灵素乃左道异端之流，乃肯为是言，亦可贵也。”

宋长白《柳亭诗话》卷十六《党碑》：“林灵素以海上青牛耸动人主，及见元祐党碑，乃稽首。徽宗怪而问之，对曰：‘碑上姓名皆天上星宿，臣敢不稽首？’尝有诗曰（本篇略）。又尝上疏曰：‘蔡京鬼之首，童贯国之贼。’遂封锁前后赐物，私出国门而去。林之强直如此，不得以方士少之。”

孙锵鸣《东嘉诗话》：“《宋史》言其欺世惑民，其人不足道。然旧《志》称灵素尝‘侍宴太清楼下，见元祐党碑，亟下稽首。上怪问之，对曰：“碑上姓名皆天上星宿，敢不稽首？”因为诗曰（本篇略）’。殆亦东方滑稽之一流也欤。”

倪　涛

倪涛（1087—1125），字巨济，原籍永嘉，其父始徙居广德军（今安徽广德）。宋王偁《东都事略》卷一一六《文艺传》谓“广德军人也”；宋陈振孙《直斋书录解题》卷十七著录《玉溪集》二十二卷，署“永嘉倪涛”撰。涛有操履，博学能文，亦善画。登徽宗大观三年（1109）进士，历仕庐陵县尉、太学正、左司员外郎。文集佚，《东瓯诗存》卷一录诗3首。传见《宋史》卷四四四《文苑六》。

次韵毛达可给事秋怀念归

结茅远人村，破屋水半扉。凉叶堕清响，空山转斜晖。微官卧江汉，素心久依依。十年天涯秋，摇落几芳菲。马蹄岁月去，蝶梦东南飞①。平生丘壑志，有言辄乖违。不如孤征鸿，春风自知归。

【注】

宋吕祖谦《宋文鉴》卷二十、清陈焯《宋元诗会》卷三三、康熙《御选宋诗》卷十五选录。毛达可：毛友字达可，西安（今浙江衢州）人。蔡京门下士。进士及第，历仕显谟阁待制，知镇江府、杭州府。《宋史》卷二〇八著录《毛友文集》四十卷，今佚。宋张嵲《紫微集》卷三一《毛达可尚书文集序》称其“取知人主，专以词章议论为政……真文场之杰隽也”。雍正《浙江通志》卷一七〇入《循吏传》。给事，即给事中，门下省官员，掌封驳政令除授事宜。

①蝶梦，含人生无常意。典出《庄子·齐物论》：“昔者庄周梦为胡蝶，栩栩然胡蝶也……俄然觉，则蘧蘧然周也。”

娄寅亮

娄寅亮（？—1143），字陟明，瑞安塘下人[①]。徽宗政和二年（1112）进士，任上虞令。高宗绍兴元年（1131），召赴行在，上疏请立太祖后为皇嗣，擢监察御史。时相秦桧恶之，诬以罪谴，遭罢职。《东瓯诗存》卷一录诗1首。传见《宋史》卷三九九、弘治《温州府志》卷十一《忠义》。

①《宋史》本传云"永嘉人"，弘治《温州府志》传云"永嘉人，居塘下"。嘉庆《瑞安县志》卷八《名臣·娄寅亮》按曰："史志俱以先生为永嘉人，今考陈止斋先生《重修瑞安县学记》云：'中兴初，许公景衡参大政，娄公寅亮以上虞丞言事，即日拜御史。瑞安为温属邑，而一旦以多士名天下，则吾邑之学视他所为何如也。'据此足正史志之误。"

《宋史·郑瑴等传论》：娄寅亮请立太祖后为太子，能言人臣之所难言，而高宗亦慨然从之，君仁而臣直乎！

梅潭观瀑

居与仙岩邻[①]，未悉仙岩路。片棹偶相及，山僧频礼数。指点寻馀迹，行行道其故。是为梅雨潭，排空成瀑布。常生六月寒，輶轩每相顾[②]。嗟哉往来者，宁不添尸素[③]。南北竞战争，上劳当宁怒。何不掬半泓，一洗腥膻污！

【注】

题从崇祯《仙岩志》卷二，《东瓯诗存》卷一作《止斋即事》，不取。按：止斋为陈傅良居仙岩时书室名。宁宗庆元二年（1196）陈傅良罢职归里，始“榜所居室曰止斋”（宋蔡幼学《陈公行状》）。寅亮年辈高于傅良，其时并无止斋名。梅潭，梅雨潭。见卷一林石《梅雨潭忆旧游》题注。

①仙岩，仙岩山，在温州城南40里处（大罗山之阳）。道家称为“第二十六福地”。有梅雨潭等景观。　②輶轩，使者乘坐之轻车。　③尸素，尸位素餐。谓居位食禄而不尽职。

【评】

《东瓯诗存》卷一张如元校补：娄氏所存诗歌仅此，无论作于出仕前抑罢官后，身在畎亩，心存社稷，一腔忠愤，溢于言表，虽片纸寸简，可以概见。

林季仲

林季仲（1088—约1149），字懿成，号竹轩，永嘉人。许景衡门人。徽宗宣和三年（1121）进士，历仕试太常少卿、中书门下省检正诸房公事，因上疏沮和议忤秦桧意罢职。绍兴八年（1138）起知婺州，改处州，以直秘阁奉祠，优游田里八年卒。今存《竹轩杂著》六卷，其中诗124首。弘治《温州府志》卷十一《宦业》、雍正《浙江通志》卷一六二《名臣》有传。

《四库全书总目》卷一五六《竹轩杂著》：“季仲在绍兴中实负清流重望，故集中劄子虽所存无几，而多力持正论，深切时弊之言。其赵鼎南迁以后所与简牍数篇，无不反复慰藉，词意谆挚，交道之笃，尤可概见。又《庚溪诗话》称季仲颇喜为诗，语佳而意深。今观所作，虽边幅稍狭，已逗江湖一派，而笔力挺拔，其清隽亦可喜也。”

夏承焘《天风阁学词日记》1947年8月6日：“听天五谈林竹轩季仲遗事，其辞赵鼎荐书，有曰：‘今人以爵禄轻其身，遂令朝廷以爵禄轻天下士。’诚伟论名言。”

三椽休斧，陈开祖有诗，次韵

经营草舍得能难，甫及斜川八九间[①]。傍砌更移墙后竹，钩帘独盼雨馀山。月投窗隙如相觅，云过檐端却复还。长忆少陵规画远，要令寒士总欢颜[②]。

【注】

三椽，犹言三间。形容简陋的居屋。唐吕岩《浪淘沙》词：“我有屋三椽，住在灵源，无遮四壁任萧然。”陈开祖：陈一鹗，字开祖，永嘉人。绍兴二年（1132）进士，历仕武义令、绍兴通判、知广德军。极得张九成称赏，言其：“学有渊源，而文采政事足以发之。比来相见，气骨成就，宇量开廓，富贵非公而谁乎？”（《横浦集》卷十八《书简·陈开祖》）周必大赞其：“行谊表于一乡，廉靖著于仕途。”（《文忠集》卷四八《跋张如莹归去来辞》）

①经营二句，言经营之草舍，差可相比陶渊明的隐居草屋。斜川，在江西星子县境，陶潜有《游斜川》诗。陶《归园田居五首》之一：“方宅十馀亩，草屋八九间。” ②长忆二句，杜甫（少陵）《茅屋为秋风所破歌》：“安得广厦千万间，大庇天下寒士俱欢颜。”

赠虞教授别

儒生底用苦知书[①]，学到根源物物无。曾子当年多一唯，颜渊终日只如愚[②]。水流万折心无竞，月落千山影自孤[③]。把手沙头莫言别，与君元不隔江湖。

【注】

《东瓯诗存》卷一题作《送会稽虞仲琳》。虞教授：指虞仲琳，字少崔，馀姚（今属浙江）人。从学洛阳尹焞（程颐门人），焞称其为“志学之士”。登绍兴五年（1135）进士（见宋张淏《会稽续志》卷六《进士》）。传见雍正《浙江通志》卷一七六《儒林》。宋制，州府置教授一员，掌训导诸生，并课试。见《宋史·职官志七·教授》。尹焞《和靖集》卷三《答谢用休书》：“得虞教授书，知吾友作学录，甚慰鄙怀。今虞君作教官，吾友为录，使乡校知此道者众，何难之不易也。”按，据宋李光《庄简集》卷十八《胡府君墓志铭》和尹焞《和靖集》卷八《（尹公）年谱·十二年壬戌》，虞任温州州学教授在绍兴十一年（1141）至十二年，本篇当作于其时。

①底用，何用。儒生底用苦知书，《庚溪诗话》引作“男儿何苦敝群书”。　②曾子，名参（音森），字子舆，孔门高弟。一唯，谓迅即应诺而无疑问。《论语·里仁》：“子曰：‘参乎！吾道一以贯之。’曾子曰：‘唯。’”《朱子语类》卷四一：“颜子问目，却是初学时；曾子一唯，年老成熟时也。”颜渊，名回，字子渊，孔门高弟。终日只如愚，《论语·为政》：“子曰：‘吾与回言终日，不违，如愚。退而省其私，亦足以发，回也不愚。’”　③水流二句，借景达意，饶有理义。上句本杜甫《江亭》：“水流心不竞，云在意俱迟。”下句“月

落千山影自孤”，本集作“月落千家境自孤”，此从《庚溪诗话》引。

【评】

陈岩肖《庚溪诗话》卷下：“林懿成季仲为太常少卿，永嘉人。颇喜为诗，尝与会稽虞仲琳少崔相好，虞颇通性理之学，林以诗送其行曰（本篇略）。……诗语佳而意新。”

赵与时《宾退录》卷一：“会稽虞少崔仲琳送林懿成季仲诗云（本篇略）。阅《庚溪诗话》，喜而录之。”　杰按：此云“虞少崔仲琳送林懿成季仲诗”，记误。

《四库全书总目》卷一九五《庚溪诗话》：“其中如赵与时《宾退录》所称虞中琳送林季仲诗，殊嫌陈腐。”　杰按：此诗始见《庚溪诗话》举述，宋赵与时《宾退录》、何汶《竹庄诗话》卷十八、明季汝虞《古今诗话》卷四皆加称引，见为诗话家所欣赏，《四库》提要斥为“陈腐”，苛论未允。

郊行感怀（四首选一）

路转溪回草木香，有人荷笠山之阳[①]。定知我是金华守，笑道牧民如牧羊[②]。之一

【注】

绍兴八年（1138）知婺州（今浙江金华）时作。《庚溪诗话》卷下、《东瓯诗存》卷一题作《题赤松山皇（黄）初平祠》。雍正《浙江通志》卷十七《山川九·金华府金华县》：“赤松山，万历《金华府志》：在县北十五里，一名卧羊山，即黄初平（黄一作皇）叱石成羊处。其山往往白石错落，如群羊散牧。初平号赤松子，故山以是名。”

①有人荷笠，指仙人皇（亦作“黄”）初平。晋葛洪《神仙传》卷二《皇初平》载，皇初平入金华山牧羊，得道术。山中白石无数，初平“叱曰‘羊起’，于是白石皆变为羊，数万头。” ②牧民如牧羊，言牧守能以仁爱之心，宽裕适度，则顽石亦可化为驯羊。此用皇初平牧羊故事，表达治政理念，使典能出新意。

【评】

陈岩肖《庚溪诗话》卷下：“又尝为婺州守，《题赤松山皇初平祠》云（本篇略）。……诗语佳而意新。”

孙锵鸣《东嘉诗话》：“《题赤松山皇初平祠》诗云（本篇略）。语佳而意新，即其居官之风绩亦可见矣。”

登望湖楼

风尘漠漠暗中州，无力持颠漫自忧①。花鸟相逢非昔日，不堪重上望湖楼。

【注】

抒写登楼感怀，中原祸乱（指金人侵犯），自己“无力持颠”的自责和隐忧。望湖楼，在杭州西湖昭庆寺前。宋周淙《乾道临安志》卷二《楼》：“望湖楼，一名看经楼，乾德五年忠懿王钱氏建，去钱塘门一里。苏轼有《望湖楼》诗。”

①中州，指中原。持颠，扶持将要倾倒之物。语出《论语·季氏》：“周任有言曰：‘陈力就列，不能则止。’危而不持，颠而不扶，则将焉用彼相矣？”注引包氏曰：“言辅相人者，当能持危扶颠；若不能，何用相焉？”

富季申赋梅次韵四首（选一）

未知何处是真梅，雪拥溪桥拨不开。莫讶行人数回首，西风十里送香来。之四

【注】

富季申：富直柔，字季申，洛阳（今属河南）人。宰相富弼孙。以父任补官，历仕御史中丞、端明殿学士、同知枢密院事。为吕颐浩、秦桧所忌，降职。晚年“徜徉山泽，放意吟咏，与苏迟、叶梦得诸人游，以寿终于家”。《宋史》卷三七五有传。《宋诗纪事》卷四二录诗1首。

【评】

结有远韵，颇耐吟味。

宋之才

宋之才（1090—1166），字廷佐（廷亦作庭），号云海居士，平阳万全乡宋桥人。登徽宗政和八年（1118）进士，历官国子司业、权礼部侍郎。绍兴十四年（1144），出使金国。除敷文阁待制奉祠，复起知泉州、衢州。卒谥文简。

之才从学杨时（龟山），得程氏正脉。恬静寡欲，深务韬养。“仕五十年，屏处之日三居二焉。”（《府志》本传）操履洁白，立朝持大体，不阿时相。“伟望硕德，为时名臣。”（《宋侍郎行状》）著有《云海敝帚》五十卷，今佚。《东瓯诗存》卷一录诗3首。事迹见薛

季宣《浪语集》卷三四《宋侍郎行状》、弘治《温州府志》卷一一《宦业》《瓯海轶闻》卷四《宋文简公之才》。

观潮阁

风烟未息倩诗催，小立栏杆亦快哉。江面贴天晴更好，涛头拍岸去仍回。晚山过雨乱鬟拥，细舶点空浮雁来①。坐待月明寒练净，片槎直欲到蓬莱②。

【注】

观潮阁，雍正《浙江通志》卷五十《古迹·温州府下》："观潮阁，《名胜志》：在瑞安县岘山上，宋时建。"叶适《水心文集》卷十《瑞安县重建厅事记》："郭西有观潮阁遗址，平视海门，众山葱茏，鱼龙变怪，为一县奇特。"

①鬟，指女子环形发式。乱鬟拥，状远望中雨后群山，极秀美生动，"乱"字"拥"字都用得好。辛弃疾《水龙吟·登建康赏心亭》词，写"遥岑远目"如"玉簪累髻"，喻义同。下句"细舶点空浮雁来"，亦佳，"点"字句眼。　②寒练净，言江水明净如匹练。南朝齐谢朓《晚登三山还望京邑》："馀霞散成绮，澄江净如练。"练，经濯治之白绢。片槎蓬莱，晋张华《博物志》卷十："天汉与海通。近世有人居海渚者，年年八月有浮槎去来，不失期。"蓬莱，海上仙山。

【评】

不惟颈联隽拔，通篇皆好。瑞安观潮阁，俯临飞云江，豁畅开阔，时贤赋咏极多，如许景衡《左经臣观潮阁见招》、王十朋《观潮阁》、陈傅良《题观潮阁》等作，而当以此首居冠。

陈彦才

陈彦才（1090—？），字用中，平阳人。徽宗宣和三年（1121）进士，曾任连江县令、黄州通判。雍正《浙江通志》卷一九一《陈彦才》："居官廉靖，以不附秦桧，终不大用。有述怀诗，晦翁跋之。"（按：该书编入"严州府"，误）毛滂有《题陈用中行藏楼》诗，郑刚中有《答陈用中》诗。《宋诗纪事》卷四四录诗1首。万历《温州府志》卷一一有传。

朱熹《晦庵集》卷八四《跋陈大夫诗》："大夫陈公，廉靖自守，不肯屈意权门，宁俯首于下寮，终身而不悔。比其晚岁，仅以年劳得官，其世而所以省身知足之意见于短章者乃如此，其志念之所存，与庸者远矣。"

戏作

命贱安能比钜公，偶然年月与时同①。只因日上争些子②，笑向连江作钓翁。

【注】

据《宋史》卷四七三《奸臣传三·秦桧》，秦桧于绍兴五年（1135）六月知温州，六年七月改知绍兴府，八年三月再度入相。由是推知，彦才被沮调任连江（今属福建）县令，当在绍兴八年（1138）或稍后，时已年近五十。

①时，时辰。　②争，相差。今温州方言犹存此义。

【评】

周紫芝《竹坡诗话》卷上："绍兴初，有退相寓永嘉，独陈用中彦才，虽邻不谒。及再相，有荐之者，止就部注邑连江。戏作小诗云（本篇略）。盖其所生年、月、时适与时宰同，但日差异耳。" 杰按：退相、时宰，均指秦桧。

孙锵鸣《东嘉诗话》："虽出于滑稽诙笑，而风骨棱棱足千古矣。"

杰曰：题曰"戏作"，自嘲不敢攀附，实守节自励之咏。陈公操持正峙，不由人不肃然起敬。

陈 桷

陈桷（1091—1154），字季任（任亦作壬），号无相居士，平阳蒲门（今苍南蒲城）人。徽宗政和二年（1112）上舍登第，廷对第三。历仕福建路转运副使、权礼部侍郎、京西南路安抚使。桷为人醇正，立朝刚直，其任职福建路提点刑狱、知襄阳府，并有治绩。

《宋史》卷三七七本传云："桷宽洪酝籍，以诚接物，而恬于荣利。当秦桧用事，以永嘉为寓里，士之夤缘攀附者，无不躐登显要。桷以立嫡之旧，为人主所知，出入顿挫。晚由奉常少卿擢权小宗伯，复以议礼不阿忤意，遽罢，其节有足称。" 许景衡称："其操履酝籍，尤为贤士大夫所推许。"（《横塘集》卷十九《陈通直墓志铭》）著有文集十六卷，已佚，今存诗2首。《两浙名贤录》入卷十五《经济一》。

吴泳《鹤林集》卷三六《陈侍郎文集序》："东嘉文字之海，无相居士不肯相表露，家集所存仅十有六卷，张忠简公极称道之，谓其浑厚高远如其为人。”　杰按：张忠简公，指张阐，字大猷，永嘉人。官至龙图阁学士。《宋史》卷三八一有传。

王明清《挥麈后录》卷十一：“秦会之为相，高宗忽问：‘陈桷好士人，今何在？可惜闲却，当与一差遣。’会之乃缪以元承为对，云：‘今从韩世忠，辟为宣司参议官。’元承、季任适同姓名。上笑云：‘非也，好士人岂肯从军耶？’因此遂召用。”　杰按：另有武官陈桷，字元承，奸桧欲以此蒙上。

广化寺

山高不受暑，秋到十分凉。望外去程远，闲中度日长。故林投宿鸟，山路自归羊。物物各有适，羁愁逐异乡。

【注】

选自万历《福宁州志》卷十三。广化寺，在福宁州（治所今福建霞浦）。按，桷父陈懿（公美），以子恩封为通直郎。据许景衡《横塘集》卷十九《陈通直墓志铭》：“宣和二年五月甲子以疾卒于京师，明年某月甲子葬于福州长溪县某乡广化寺之后山。”长溪盖其祖籍。又据《元史·地理志五·福州路》：“福宁州，唐长溪县，元升为福宁州。”《中国古今地名大辞典》：“长溪县，唐置。故治在今福建霞浦县南三十里，元改为福宁州。”是本题“广化寺”，即桷父陈懿葬处（“葬于福州长溪县某乡广化寺之后山”）；而本诗无一言及，且视为起“羁愁”之“异乡”，何耶？

沈大廉

沈大廉（？—1158），字元简，瑞安人。沈躬行从子。高宗建炎二年（1128）进士，历迁枢密院计议官。绍兴二十六年（1156）拜监察御史，遇事敢言，无所顾望，一时公议翕然归重。明年除直秘阁、福建路提点刑狱，兼权知泉州。弘治《温州府志》卷十一《宦业》：“越明年卒，王十朋挽之曰：‘能将一诚字，了却百年身。’则其充拓所学者有素矣。”《东瓯诗存》卷一录诗1首。传见《两浙名贤录》卷二一《谠直二》、雍正《浙江通志》卷一六二《名臣》。

鼓山

岁崱峰头万丈梯[①]，上方高与白云齐。青山尽处海门阔，红日上来天宇低。

【注】

鼓山，在福州市东郊。乾隆《福建通志》卷三《山川·福州府闽县》：“鼓山去城二十里，郡镇山也。屹立海滨，延袤数十里而遥。山巅有石如鼓，故名。有大顶峰，一名岁崱，状若覆釜。西望郡城，远近村落，若聚沙布棋；东视大海，一气茫然，螺髻数点，隐见烟波中，相传为大小琉球云。”

①岁崱，指大顶峰。宋梁克家《淳熙三山志》卷三三引《鼓山铭》：“鼓岁崱，顶峰特。穷岛夷，濒封域。屏闽东，拱辰北。”

【评】

绍兴二十七年（1157）任福建路提点刑狱时作。写登临胜概，气象雄大，表现了豪迈豁达的襟怀。后来赵汝愚有《题福州鼓山寺》诗：“几年奔走厌尘埃，此日登临亦快哉。江月不随流水去，天风直送海涛来。”差可媲美。又按：元黄镇成《秋声集》卷三收有七律《鼓山灵源洞》，前四句同此。“青山尽处”联，明徐𤊹《徐氏笔精》卷四《黄秋声》举为“佳句”。

林　芘

林芘，字英伯，瑞安人。高宗绍兴五年（1135）进士，曾任洪州（今江西南昌）州学教授。与永嘉林季仲交笃，林《竹轩杂著》卷二有《移竹次林英伯韵四首》，卷五有《答林英伯书》。《东瓯诗存》卷一录诗2首。

游鸣山

杏花舞径乱红雨[①]，麦浪涨空摇翠烟。十里清风寻小寺，快船如马水如天。

【注】

录自弘治《温州府志》卷二二。鸣山，在平阳县北五里，上有保安院（寺），为当地名胜。宋祝穆《方舆胜览》卷九《瑞安府》：“鸣山，在平阳之万全乡。山腹月大洞穴，旧常有声，故名。其上多亭树。”陈傅良《止斋集》卷七《游鸣山寺，徐一之兄弟载酒，即席和其韵》称“风物胜匡庐”。元陈高《不系舟渔集》卷三《游鸣山寺》：“久闻鸣山佳，近郭青可盼。”

①红雨，比喻落花。李贺《将进酒》“桃花乱落如红雨”。

林亮功

林亮功，字怀老，平阳宋步人。高宗绍兴五年（1135）进士，绍兴二十三年（1153）任福州闽县丞，迁莆田（今属福建）县令。《东瓯诗集》卷二录诗1首。

送友人至飞云渡

五里风涛路，人烟隔岸州。去帆欹绿水，别棹会中流。西岘钟声晓，东山塔影秋[①]。何人有机事，惊起一沙鸥[②]。

【注】

飞云渡，飞云江渡口，在瑞安城南。嘉庆《瑞安县志》卷二《津渡》：“飞云渡，在城南门外，江程六里，浙闽要冲。”

①西岘，嘉庆《瑞安县志》卷一《山川》：“西岘山，在县治西，城跨其上。山外瞰飞云江，内卫县治，前昂后伏，为邑白虎山。”岘山东有悟真禅寺，故云“钟声”。东山，前书同卷《山川》：“东山，与白岩山（隆山）接趾，去城东三里。”塔影，白岩山有隆山塔院，宋大观中建塔。秋，《东瓯诗存》卷一作浮。 ②何人二句：《列子·黄帝篇》载，海边有人日与鸥鸟相处无间，其父告之何不乘机捕捉。次日至海边，鸥鸟不再飞近他。机事，机巧功利之心。

【评】

诗笔清隽，咏景述情，一气呵成。

王十朋

王十朋（1112—1171），字龟龄，号梅溪，乐清四都左原梅溪村（今属淡溪镇）人。高宗绍兴二十七年（1157）中魁（状元），时年四十六。历仕饶州、夔州、湖州、泉州知州，终太子詹事、龙图阁学士。谥忠文。十朋立朝鲠亮切直，居牧廉正摩抚，人品学问事业文章擅誉天下，被称为“一代名臣”。徐似道赞曰：“梅溪古之遗直，渡江以来一人而已。”（戴复古《石屏诗集》卷六诗题）叶适赞曰：“绍兴末、乾道初，士类常推公第一。”（《水心集》卷十六《提刑检详王公墓志铭》）皆备极推崇。

十朋著有《梅溪集》五十四卷，其中诗二十九卷（前集十卷、后集十九卷）。他的诗才力宏厚，畅达著明，皆自肺腑中流出，自然亲切，无有做作。风格又逞多样，古体浑淳质朴，善能铺陈叙论；近体律绝秀隽，行途赋咏之什，抒写逸兴壮思，尤饶情趣。《东瓯诗存》卷二录王诗计80首，然多未副人意；兹从集中简择24首，庶几读者能尝鼎一脔。《宋史》卷三八七有传，事见《瓯海轶闻》卷一三《王忠文公十朋》。

汪应辰《文定集》卷二三《龙图阁学士王公墓志铭》：“公于文专尚理致，不为浮虚靡丽之词。”

朱熹《晦庵集》卷七五《王梅溪文集序（代刘共父作）》：“平居无所嗜好，顾喜为诗，浑厚质直，恳恻条畅，如其为人。”

真德秀《西山文集》卷三四《梅溪续集跋》：“至于为诗与文，绝去雕琢，浑然天质，一登临，一燕赏，以至赋一卉木，题一岩石，惓惓忠笃之意，亦随寓焉。”

李东阳《麓堂诗话》：“静逸之见，前无古人，而叹羡王梅溪诗，以为句句似杜。”　杰按：陆钺，字鼎仪，号静逸，又号凝庵。苏之昆山人。李东阳称其诗文“不袭前人语”，见《怀麓堂集》卷四三《明故中顺大夫太常寺少卿兼翰林院侍读陆公行状》。

《四库全书总目》卷一五九《梅溪集》：“今观全集，淳淳穆穆，有元祐之遗风，二人（指汪应辰、朱熹）所言良非溢美。”

陶元藻《全浙诗话》卷十四《王十朋》：“朱子尝称其经济文章为我宋第一流人物，洵非虚语。其诗歌特其馀事耳，然诗笔秀拔，吐属俊爽，正如天半朱霞，使人矫首，非靡靡之响可同日语也。”

道光《乐清县志》卷十六《杂志·丛谈·诗文学韩退之》：“王梅溪先生诗文，质直疏畅，行间独饶劲气，瓣香韩欧苏三家，而以韩为宗。初得《昌黎集》，辄欲尽和韩诗三百馀篇。”

吴鹭山《雁荡诗话》：“梅溪风节文章，倾动一世，诗亦功力甚深，不以雕琢为工，表里洞达，如其为人。”

畎亩十首（选一）

竹有君子节，青青贯四时。桃李媚春光，千株弄妖姿。世眼悦繁艳，畴能赏幽奇[①]。君看桃李蹊，蹄毂纷争驰。君看竹林下，形影谁相随。七贤久沦没，高躅犹可追[②]。吾家植千竿，风月足自怡。岂不竞时好，聊为岁寒期[③]。之七

【注】

本题十首，为作者青少年时代田居笔耕述志之作，怀抱辅君报国远大志向，而不奔竞趋时，节操自励。此首咏竹写志。

①畴，谁。　②七贤，竹林七贤，指魏晋时嵇康、阮籍、山涛、向秀、刘伶、阮咸、王戎七名士。《晋书·嵇康传》："所与神交者，惟陈留阮籍、河内山涛；豫其流者，河内向秀、沛国刘伶、籍兄子咸、琅邪（玡）王戎，遂为竹林之游，世所谓'竹林七贤'也。"　③岁寒期，谓以坚守节操相期。《论语·子罕》："岁寒，然后知松柏之后凋也。"

伤时感怀（二首选一）

帝乡五载乱离中，亿万苍生陷犬戎[①]。二圣远征沙漠北，六龙遥渡浙江东[②]。斩奸盍请朱云剑，射敌宜贯李广弓[③]。借问秦庭谁恸哭，草茅无路献孤忠[④]。之二

【注】

作于高宗建炎三年（1129），时年十八。

①帝乡五载乱离，自宣和七年（1125）金兵南侵攻打东京开封，迄兹五年。陷犬戎，四库全书本作"陷棘丛"，《石仓历代诗选》卷二〇四作"逃窜空"。　②二圣句，靖康二年（1127）金兵陷汴京，徽宗、钦宗被掳北行，北宋灭亡。六龙句，建炎三年（1129）金兵渡江侵占建康（南京）、杭州，高宗乘船逃向明州（宁波）、定海（浙江镇海），后至温州。　③斩奸，徽宗任用蔡京、童贯，高宗任用黄潜善、汪伯彦等奸佞。盍，何不。朱云剑，汉成帝时槐里令朱云，曾上书切谏，请斩佞臣张禹（成帝师傅）。见《汉书·朱云传》。贯，四库本作"弯"，《石仓》作"张"。　④秦庭恸哭，春秋时伍员率吴兵破楚，楚臣申包胥赴秦乞师，秦王不许。申"依于庭墙而哭，日夜不绝声，勺饮不入口七日。"秦王为所感动，遂出兵救楚。见《左

传·定公四年》。草茅,《孟子·万章下》:“在野曰草茅之臣,皆谓庶人。”指未出仕平民。

【评】

十朋一生力主抗金御侮,他在上孝宗《自劾札子》中说:“自从总角,身在草茅,闻丑虏乱华,中原陷没,未尝不痛心疾首,与虏有不共戴天之仇。”(奏议集卷三)抒写诗人身居草野,对时政国策的忧虑和无路请缨的悲愤,慷慨激昂,充满效国驱虏敌忾之情。

题湖边庄

十里青山荫碧湖,湖边风物画难如。夕阳茅舍客沽酒,明月小桥人钓鱼。旧卜草庄临水竹,来寻野叟问耕锄。他年待挂衣冠后①,乘兴扁舟取次居。

【注】

湖边,地名,在作者家乡左原之东。《梅溪集》后集卷六《左原诗三十二首并序·左湖》自注:“在原之东,又东曰湖边。”光绪《乐清县志》卷一《邑里隅都·十三都》:“湖边。宋王忠文《题湖边庄》诗(引略)。”湖边庄为王氏别业,那里有祖遗田产。前集卷四《后七夕二夜同梦龄宿湖边庄》云:“弟兄身事各茫然,赖有先人二顷田。”

①挂衣冠,谓辞去官职。晋袁宏《后汉纪·光武帝纪五》载逢萌见王莽篡政,“即解衣冠,挂东都城门,将家属客于辽东。”《南史·隐逸传下·陶弘景》:“永明十年,脱朝服挂神武门,上表辞禄。”

【评】

许印芳《诗法萃编》卷八《附录宋人杂说·附识》:“王梅溪《题

湖边庄》云：‘夕阳茅舍客沽酒，明月小桥人钓鱼。’……善写情状，可为后学楷模。”

杰曰：十朋七言警联可摘者颇多，如《题谋野堂》“遥岑更作有无色，西子为谁浓淡妆”（按序云“兴国江山似杭之西湖”，故援西子为比），范大士《历代诗发》卷三十评曰“峭茜”；《至归州宿报恩寺》“城邑旧为夔子国，民人多是楚王孙”，王士禛《蜀道驿程记》举为例，谓：“荒山寒日，江声怒号，独坐吟此数诗，不必‘猿鸣三声泪霑裳’也。”（《带经堂诗话》卷十三引）他如《又书岩上》“路从飞鸟头上过，人在白云高处行”，《宿归宗寺》“岩石有时开镜面（石镜），溪流入夜作鸾声（鸾溪）”及本篇“夕阳茅舍客沽酒，明月小桥人钓鱼”等，皆称峭隽。

湖边怀刘谦仲

湖山如画水如蓝，杖屦湖边酒半酣。往事萧条谁共说，旧游零落我何堪。炎凉世态从他变，生死交情只自谙。诗客有魂招不得[①]，秋风依旧满江南。

【注】

诗云“诗客有魂招不得”，刘谦仲绍兴二年（1132）秋卒于横阳（今平阳），本篇当作于其时。湖边，即湖边庄，见前诗注。刘谦仲，刘光（？—1132）字谦仲，南浦（今江西南昌）人，久寓乐清，乡人呼之老刘。为人豪宕不羁，不遇于时，晚境穷愁抑郁。谦仲大十朋三十多岁，两人是忘年至交。十朋早岁就读贾岙乡塾，九日登鹿迹岩赋诗，时年十七，谦仲年近五十（见后集卷七《九日寄表叔贾司理并引》）。其《次韵谦仲见寄》云：“湖山蓝黛青，湖水琉璃碧。我时湖边游，山水正秋色。诗翁偶乘兴，来作湖边客。谈锋两地交，意气已相得。诗坛予与盟，文会公为伯。豪词肆滂沛，淡语入幽寂。心匠巧雕斲，物象穷搜觅。壮哉五言城，卓尔万仞壁。”又云：“儒冠五十年，世路疲行役。操矛赴文场，战艺辄败北。书剑两无成，泥涂困踪迹。龙钟似东野，穷愁搅怀臆。空吟三百篇，高视古无敌。”(前集卷一) 刘卒，十朋为作《南浦老人诗集序》，曰：“乡人言翁昔年豪气可掬，常坐屈辈行，直出其上，有不可其意，辄以气排之。尤简世俗辈，视之若无人。性嗜酒，不治生事，晚年偃蹇不遇，家贫无资，饘粥是累。东役西驰，有酸寒可怜态，前日之气使然也。”称其诗“皆信口成，不加锻炼，而有自然气象。”(后集卷十七) 雍正《江西通志》卷一六二《杂记·补》据《南浦老人诗集序》立传。

①有魂招不得，《楚辞·招魂》：“乃下招曰……目极千里兮伤春心，魂兮归来哀江南。”

【评】

往事萧条，旧游零落，而世态炎凉，更令人感叹。结有远意，不能招魂诗客，以秋风的无动于衷（依旧满江南），衬托目极千里而伤心的怀吊之情，更深一层。“依旧”二字，下得沉顿，黯然无限。

游西岑遇雨

西岑风物秋更嘉，杖藜出郭欢无涯。深村有酒隔烟渚，共乘小艇穿芦花。罗裾绰约越溪女，茅舍迫窄吴侬家。床头新酿喜正熟，千金倒瓮倾流霞[①]。天公妒我一日乐，俄然雨脚来如麻。醉归扶路泥没股，冠巾不整头鬖髿[②]。人生贵在适意耳，安能局缩身如蜗。杖头有钱即相觅，明日更泛仙源槎[3]。

【注】

本篇当是绍兴五年（1135）入读乐清县学时作。西岑，乐清城西之西塔山。永乐《乐清县志》卷二《山川·西塔山》："一名马院山，在县治西偏。其山端整疏秀，与东塔山对峙，为县虎山。……登山而望，市井居民衢巷如鱼鳞然。盖一邑之山川气概，悉聚于此。"道光《乐清县志》卷二《西塔山》引宋毛士龙《西塔院记》："环邑皆山，惟西岑号为虎踞云。"作者《林明仲自梅屿挐舟索诗·题西岑》："西岑风物冠吾乡，十里烟波兴味长。不用扁舟鉴湖去，馀生甘向此徜徉。"（后集卷五）

①流霞，指美酒。北周庾信《卫王赠桑落酒奉答》："愁人坐狭邪，喜得送流霞。"　②鬖髿，发乱貌。　③仙源槎，行向天河的仙舟。晋张华《博物志》卷十："旧说云天河与海通。近世有人居海渚者，年年八月有浮槎去来，不失期。"

【评】

范大士《历代诗发》卷三十："（天公句）势如落石。"

杰曰：随意措写，触处有情，笔调轻畅快舒。

咏柳

东君于此最钟情[1]，妆点村村入画屏。向我无言眉自展，与人非故眼犹青[2]。萦牵别恨丝千尺，断送春光絮一庭[3]。叶底黄鹂音更好[4]，隔溪烟雨醉时听。

【注】

当是绍兴十一年（1141）家居左原时作。全首紧扣春柳而赋，叙写细腻，笔情摇曳多姿。

①东君，司春之神。唐王初《立春后作》：“东君珂佩响珊珊，青驭多时下九关。” ②眉，状柳叶。眼，柳眼（初生叶芽）。眼犹青，谓初吐的柳芽好像在青眼看人。“青”字双关，暗用“青眼看人”故典，言为所钟情（参见许景衡《横山阁》注①）。眉展眼青，形容舒展的柳枝殷勤向人频送秋波。二句曲尽春柳婀娜风情。 ③柳絮飘时春暮，故说“断送春光絮一庭”。 ④叶底句，杜甫《蜀相》有“隔叶黄鹂空好音”句。

题灵峰三绝（选一）

家在梅溪水竹间[1]，穿云蜡屐可曾闲？雁山新入春游眼，却笑平生未见山[2]。之一

【注】

绍兴十六年（1146）春自乐清赴杭州入读太学，途经雁荡山作。灵峰，由左右两峰组合而成，高约200米。两峰相倚如双掌竖合，故又称合掌峰。

①梅溪，在作者家乡乐清左原。《左原诗三十二首·梅溪》题下自注：“在北高山之阳，去孝感井二十步。溪至小，以井为源。予家其北，溪之南有水如带通，谓之梅溪。溪名旧矣，莫知所自，予植梅以实之。”（后集卷六） ②却笑句，言以前所历所见的山山水水，都算不得什么了。

【评】

吴鹭山《雁荡诗话》：“由于他是第一次游雁山，所以有末两句。‘却笑平生未见山’，写出对雁宕无限赞叹，意在言外。”

杰曰：前二垫铺，三句点题，四句精彩登场，神来之笔。初游雁荡，大开眼界，作者深为雁山的雄伟气势和天造地设般灵奇境界所震惊所折服，故言“却笑平生未见山”。此即“曾经沧海难为水”（唐元稹诗）的另一种表述，也就是后来徐霞客说的“五岳归来不看山”的意思，皆为形容前此未有的感受之极致语。

剡溪舟中有感

又作游吴客[①]，重登入越船。西风桑叶岸，细雨菊花天。旅思秋偏恶，乡心夜不眠。钱塘江上月，行见十分圆[②]。

【注】

绍兴十九年（1149）秋重赴钱塘（杭州）入越（绍兴）舟行过剡溪作，其时仍在太学就读。剡溪，曹娥江上游，在今浙江嵊州市南，涧谷深幽，为唐诗人所赏誉。

①又，《石仓历代诗选》卷二〇四作“更”。 ②钱塘二句：盖时近中秋，因想象钱塘江上的圆月景象。隐含“月圆人不圆”之思情。

腊日与守约同舍赏梅西湖

西湖处士安在哉[①]，湖山如旧梅花开。见花如见处士面，神清骨冷无纤埃。不将时节较早晚，风味自是花中魁。暗香和月入佳句[②]，压尽今古无诗才。武林深处景益胜[③]，十里眼界多琼瑰。北枝贪睡南枝醒，杖屦得得挽出来[④]。旅中兹游殊不恶，况有佳友衔清杯。手折林间一枝雪，头上带得新春回[⑤]。

【注】

绍兴二十六年（1156）冬杭州作，时为太学上舍生。是岁腊日，与临安知府并太学同舍生西湖赏梅而赋。后首《同舍再约赏梅用前韵》云“同行二十五佳客，一一尽是离骚才”，是当时与游同学二十五人。腊日，腊祭之日，农历十二月初八。南朝梁宗懔《荆楚岁时记》：“十二月八日为腊日。”

①西湖处士，指宋初诗人林逋。隐居西湖孤山，二十年不入城市，种梅养鹤，有“梅妻鹤子”之称。 ②暗香和月，林逋《山园小梅二首》之一：“疏影横斜水清浅，暗香浮动月黄昏。”司马光《温公续诗话》称“曲尽梅之体态”，被推为咏梅绝唱。 ③武林，杭州旧称。此以下四句，写眼前“十里琼瑰”中的梅枝即雪中之梅。 ④杖屦，拄杖漫步。得得，拟声词。形容拄杖声。挽，搀扶。 ⑤手折二句，言从梅枝探得盎然春意，带回一片生机。

【评】

范大士《历代诗发》卷三十：“（首四句）叫处士正为梅花添精采。（不将句）是腊月。（况有句）补出‘与守约’。（末二句）较‘菊插满头’更韵。”

杰曰：“北枝贪睡南枝醒，杖屦得得搀出来。”拟梅花为林中贪睡初醒之高士，极新警，是创造性的比喻语。明初诗人高启咏梅名联“雪满山中高士卧，月明林下美人来”（《梅花六首》之一），称誉于时，上句或脱化于此。“手折林间一枝雪，头上带得新春回”，既富于诗情，又拓开境界，启人美好的想象，是绝佳的收结。范大士评“较‘菊插满头’更韵”，谓相比唐人杜牧“菊花应插满头归”（《九日齐山登高》）句，更饶韵致，说的正是这个意思。

春日游西湖 丁丑

山色绿如染，湖光青似磨。峰高捧日久，波阔浸天多。瑞气浮城阙，春光醉绮罗。能将比西子，妙句有东坡[①]。

【注】

绍兴二十七年（丁丑，1157）春杭州作。当是殿试中魁（状元）后游湖赋，此际心情欣悦，故有“瑞气浮城阙，春光醉绮罗”之雅丽语。

①能将二句，苏轼《饮湖上初晴后雨》：“湖光潋滟晴方好，山色空蒙雨亦奇。欲把西湖比西子，浓妆淡抹总相宜。”

游灵岩辉老索诗，至灵峰寄数语

雁荡冠天下，灵岩尤绝奇。烟霞列屏障，烟霞障。日月明旌旗。屏旗峰。岩前有卓笔，卓笔峰。可以书雄词。天聪况非遥，天聪洞。涠然听无疑。愿起灵湫龙[①]，霖雨行何为。愿用真柱石，天柱峰。永支廊庙危[②]。愿煽造化炉，煽辅炉。四海归淳熙[③]。愿招鸾凤友，双鸾峰。朝廷相羽仪。何人梦石室，石室属灵峰。妄诞夸一时。那能了世缘，未免贪嗔痴。名山误见污，公议安可欺？愿借灵湫水，一洗了堂碑[④]。诗以寄老禅，狂言勿吾嗤。

【注】

绍兴二十七年（1157）春十朋殿试中魁，授官绍兴府签判（签书判官厅公事）。还乡后旋即赴任，顺道重游雁山，春风得意，看到的是一番全新景象：“十年重到大龙湫，千尺新流胜旧流。”（《游大龙湫和前韵》）本篇作于其时。灵岩，即屏霞嶂，高宽各200米。

嶂旁峰岩耸拔，左臂展旗峰，右臂天柱峰，气势磅礴，风景为雁山之冠。与灵峰并称“二灵”，合大龙湫为雁荡山三大景观

①灵湫，灵岩有小龙湫瀑布。 ②廊庙，指朝廷。 ③淳熙，淳正熙恰。 ④石室，指灵峰罗汉洞，即今观音洞。秦桧于绍兴五年（1135）六月罢相后出知温州，期间曾游雁荡。清梁章钜《雁荡诗话》卷一《秦桧了堂诗》：“《东瓯遗事》载：秦桧尝梦至一洞，群僧环坐。后经雁山罗汉洞，诡云：‘前梦抵此石室，群僧环坐，曰：“尚忆此否？”吾瞿然悟身为诺讵罗。僧谓吾世缘未了，姑去。今睹此，始知所梦。’因筑了堂，为诗以纪，有‘欲了世缘那了得’句。后王梅溪以诗讥之云（引本篇略）。”按，事见宋释宗晓《乐邦遗稿》卷下，惟托言“思太夫人初生之梦，乃作绝句题于壁：‘梦中石室尚依然，游宦于今二十年。欲了世缘何日了，服膺至教但拳拳。’”十朋于奸桧专政祸国，切齿痛恨，在上孝宗《自劾札子》中说：“及闻秦桧用事，辱国议和，常思食其肉以快天地神人之愤。”（奏议集卷三）故见所立“了堂碑”和欺世盗名之谎言呓语，怒加斥责，愿借千丈灵湫水，一洗名山污秽！此时秦桧死不久，其亲党馀孽尚踞要位，说话还有顾忌，故尤难能可贵。

【评】

前幅即景抒情，表露了登第后报国辅政的抱负和殷切心情；后幅借题痛斥权奸，大义凛然，见出疾恶如仇的刚正品格。

书不欺室

室明室暗两何疑[①]，方寸长存不可欺。勿谓天高鬼神远[②]，要须先畏自家知。

【注】

绍兴三十二年(1162)在左原作。不欺室,作者家居书斋名。寓不欺暗室之意,谓在没有人看见的地方也不作昧心事。语本汉刘向《列女传·卫灵夫人》称卫之贤大夫蘧伯玉“不为冥冥惰行”,“不以暗昧废礼”。《汉魏南北朝墓志集释·隋王世琛墓志》:“信行所履,不欺暗室。”《宋史·王十朋传》:“书室扁曰不欺,每以诸葛亮、颜真卿、寇准、范仲淹、韩琦、唐介自比。”参知政事张焘(云山)为书室名,枢密使张浚(紫岩)为作《不欺室铭》。作者《“不欺室”三字,参政张公书也。笔力劲健,如端人正士俨然,人望而敬之。因成古诗八韵》:“我来求字盖求人,不为有官缘有道。紫岩之铭云山笔,不欺室中双至宝。”(后集卷八)

①何,《鹤林玉露》卷十六引作“奚”。 ②勿谓,《玉露》作“莫问”;远,《玉露》作“恶”。

【评】

喻良能《香山集》卷三《次韵王龟龄侍御不欺室》:“此心炯炯贯白日,何止不欺寻丈室。霜台白简凛乘骢,史馆诛奸森直笔。”

汪应辰《文定集》卷十二《题张魏公为王詹事作不欺室铭》:“丞相魏国公将启手足,为龟龄侍御作《不欺室铭》,词气凛然,如曾子之战战兢兢也,学之功岂偶然哉!龟龄以刚毅正直称天下,方且以‘不欺’铭其室,又资诸人以为善若不及焉,其过人远矣。” 杰按:张浚封魏国公,世称张魏公。

朱熹《晦庵集》卷九五下《少师保信军节度使张公行状下》:“及仲秋二十日,犹为饶州王十朋作《不欺室铭》,有曰:‘泛观万物,心则惟一。如何须臾,有欺暗室。君子敬义,不忘栗栗。’” 杰按：张浚（魏公）作此铭后八日去世。

张孝祥《于湖集》卷二《和何子应赋不欺室韵》："隆兴天子开千龄，六龙飞天动潜鳞。东嘉先生初召对，不欺之论惊廷臣。谁令浮云蔽白日，脱帻归来环堵室。巍巍乌府忆霜简，凛凛螭坳有椽笔。魏公眼力无馀子，与公周旋岂其死！请公细读《不欺铭》，一字之褒如鲁史。"　杰按：张孝祥为书"不欺室"榜，见陆游《渭南文集》卷三四《知兴化军赵公墓志铭》。

真德秀《西山文集》卷三四《跋张魏公不欺室铭》："张忠献公作此铭于易箦之时，其视武公尤有加焉。王忠文公与公均为一代正人，故其诗与铭大略同旨。后之君子有志于正心诚意之学者，当深味其旨。"

罗大经《鹤林玉露》卷十六："（王龟龄）与胡邦衡并为左右史，相得最欢。奏补先弟而后子。尝赋《不欺》诗云（本篇略）。"

何文渊《梅溪先生文集后序》："又阅《氏族大全姓氏》，观先生自警之诗曰（本篇略）。而知先生之学严于治己。"（明正统本《梅溪集》附）

叶廷秀《诗谭》续录《鹤林玉露·王梅溪》"尝赋《不欺》诗"批语："大节义人多从道学中来，非此诗几不知之。"

家食遇歉，有饭不足之忧，妻孥相勉以固穷，因录其语

渊明事高尚，瓶中缺储粟[①]；鲁公凛名节，乞米给馆粥[②]；广文富才名，官冷饭不足[③]；少陵老风骚，橡栗拾山谷[④]。嗟予何为者，处世真碌碌。谋生一何拙，甑石无储蓄。三年两去国[⑤]，囊橐

罄水陆。还家索租苗，不了腊与伏。前秋遭飓风，摧折数间屋。今年丁大侵[6]，破甑尘可掬。绝粮瘦百指，告籴走群仆。乡邻苟不救，定恐填沟渎[7]。家藏千卷书，父子忍饥读。一字不堪煮，何以充吾腹。细君笑谓我："子命难食肉[8]。去岁官台省[9]，侥倖食君禄。有口不三缄，月奏知几牍[10]。圣主倘不容，宁免远窜逐？归来固已幸，富贵非尔福。东皋二顷田[11]，得雨尚可谷。子耕我当耘，固穷待秋熟。"

【注】

隆兴元年（1163）符离战败，孝宗转主和议，朝廷党争激烈，十朋深感忧虑和失望，上孝宗《自劾札子》，并于六月辞职还乡。本篇为次年春归居左原作。自去秋不雨，大旱七个多月（作者有《自秋七月不雨至于春二月十九日仅得雨》诗），他在《祈雨不应》中说："歉岁还乡益困穷，瓶无储粟酒尊空。"固穷，谓安贫守道。《论语·卫灵公》："子曰：君子固穷，小人穷斯滥矣。"朱熹集注："程子曰：固穷者，固守其穷。"

①陶渊明《归去来兮辞并序》："余家贫，耕植不足以自给。幼稚盈室，瓶无储粟。"　②唐颜真卿封鲁郡公，世称颜鲁公。奉命劝谕叛逆被扣，不屈死。流传有《乞米帖》。《御定佩文斋书画谱》卷七四《唐颜真卿李大夫帖》："颜帖为刑部尚书时，乞米于李大夫，云：拙于生事，举家食粥，来已数月，今已罄乏，实用忧煎。"　③唐郑虔任广文馆（属国子监）博士，才高位下。杜甫作《醉时歌》相赠："诸公衮衮登台省，广文先生官独冷。甲第纷纷厌粱肉，广文生生饭不足。"　④杜甫号少陵，安史之乱中颠沛流离，《乾元中寓居同谷县作歌七首》之一："有客有客字子美，白头乱发垂过

耳。岁拾橡栗随狙公，天寒日暮山谷里。” ⑤三年两去国，指绍兴三十一年（1161）、隆兴元年（1163）因言事受排斥两度去职归里。去国，离开京城。 ⑥丁，遭逢。大侵，大饥荒。《穀梁传·襄公二十四年》：“五谷不升谓之大侵。”范宁注：“侵，伤。”《两宋名贤小集》卷一六五作“大祲”，义同。 ⑦填沟渎，填尸沟渠。死之婉辞。 ⑧细君，妻子。十朋夫人贾尤凤，乐清贾岙人，出身书香门第。贤惠勤俭，可爱可敬，堪称历史上“贤内助”的典范。食肉，谓做大官。《左传·庄公十年》：“肉食者鄙。”杜预注：“肉食，在位者。” ⑨去岁句，指隆兴元年先后授任起居舍人（中书省官员）、侍御史（御史台副长官）。台省，指御史台和中书、尚书、门下三省，均中央政署。 ⑩月奏知几牍：孝宗初即位，锐意进取，起用主战派人士。十朋直言敢谏，一月内连上《除侍御史札子》《论史浩札子》等十六道札子（见奏议集卷二、卷三），激切论事。 ⑪东皋二顷田：为十朋先人所遗田业。参见前《题湖边庄》注。

【评】

诗分三段。起八句引前贤穷厄故事以自宽慰。中二十句是歉岁家居困窘生活的实录，为官经年而清贫如洗，写得真切恳至。后十四句回翔往历，借细君调侃语，托出固穷不悔所为、不易所守的志操。这段记叙，妙在借细君之口说出，寓正于谐，又见夫妻“相励以固穷”的高谊和深情。通篇叙事陈情，娓娓道来，质而不枯，淡有腴味，深得杜陵五言神理。明陆钺（静逸）言梅溪诗“句句似杜”（《麓堂诗话》引），盖即谓此等之作。

宿大冶县

隔岸呼舟子，湖山日欲曛。人家数点火，风物一川云[①]。小渡渔人占，中流县界分[②]。秋深山驿冷，萧瑟夜深闻。

【注】

乾道元年（1165）秋自饶州（今江西鄱阳）移知夔州（今重庆奉节）入蜀途经大冶县（今属湖北）作。

①人家二句：一川风云（大景），缀以数点炊火（小景），构成细大之对，这即是王夫之所说的“有大景中小景”，“以小景传大景之神”（《薑斋诗话》卷下）。　②小渡二句：将中流分县界的自然景象与渔人占小渡的生产活动组合在一起，两者似不相干，却是举目所见天然画图，随手拈来，对出不测，最有妙谛。

【评】

写舟行夜宿的景况。前六句言眼前景象迷人，不知身在行旅之中；后二句说，至夜宿山驿听闻秋声萧瑟，方才感到客怀寥落。末联用两个“深”字，是为微疵。

解缆南浦，初溯长江。江流出鄂渚、汉阳两山之间，云霭横之，如一山然

解缆长江口，回头思黯然。封疆一川隔，烟霭两州连[①]。水鸟飞沿渚，江豚跃傍船。好风知几茾，送我上青天[②]。

【注】

乾道元年（1165）秋入蜀途中作。十朋此行从饶州出发，经庐山、江州瑞昌县、兴国军永兴县，宿大冶县、武昌县（宋寿昌军

治所，今湖北鄂州市)，望黄州，过樊口，然后自南浦解缆，溯长江而上。南浦，水名，在鄂州（今武汉武昌）南。前首《十日解舟，晓泊江口，望鄂渚汉阳》："文通送别处，春恨可如秋。"自注："江文通《别赋》'送君南浦，伤如之何？'南浦在鄂渚之南。文通以春送客，而予以秋为客，悲又可知。"鄂渚，原为武昌西南长江中小洲（见《楚辞·九章·涉江》)，鄂州以此渚得名，后即以称鄂州。

①一川，指长江。两州，指江南岸鄂州和江北岸汉阳军（今武汉汉阳)，宋时均属荆湖北路。　②好风二句：言好风仿佛觉察到小舟只有几束苇叶那么轻似的，故而不费力地不断吹送，状轻舟凭借风力飞快地行驶。《诗·卫风·河广》有"谁谓河广，一苇杭（航）之"句，因以"几苇"为喻。

【评】

全篇境界开阔，笔力矫健。颔联气势极雄，结联更是天然好句。"初溯长江"，行向上游，故说"上青天"；又写出船借风力上行，有一种"春水船如天上坐"的感觉，韵味深长。《红楼梦》第七十回写的，"众人拍案叫绝"的《临江仙》咏风筝词："好风凭借力，送我上青云。"其句意实仿自此联（改易四字)。又按：十朋五言佳联甚多，如《游箫峰》"人家烟色里，古寺水声中"；《题双瀑》"倚天双宝剑，点石万星金"；《剡溪舟中有感》"西风桑叶岸，细雨菊花天"；《春日游西湖》"峰高捧日久，波阔浸天多"；《宿大冶县》"人家数点火，风物一川云"；《遇雨两宿县驿》"江淮两岸雨，吴楚一天云"（范大士《历代诗发》卷三十评"气势极雄"）；《元日》"白发又新岁，黄柑非故乡"；《泊桐庐分水港》"叠嶂云披絮，遥天月吐钩"；《入长溪境》"种稻到山顶，栽松侵日边"及本篇"封疆一川隔，烟霭两州连”等，皆称工炼。

芦花（二首选一）

芦花两岸风萧瑟，渺渺烟波浸秋日。鸥鹭家深不见人，小舟忽自花中出。之二

【注】

循江继行经江陵（今属湖北）作。

【评】

咏写“老境残秋，路入荆门”（《夜宿思湖口系缆芦苇间》）的感慨，给我们带来一幅满地芦花、船儿出没花丛的生动画面，意境并不萧瑟。

元章至万州湖滩，寄六言一绝云：“满目莫山平远，一池云锦清酣。忽有钟声林际，直疑梦到江南。”某六月朔日登静晖楼，观江涨，望西南碧远数峰，乃前日送别处也，为之黯然。楼前荔子初丹。次韵寄元章

遥碧峰尖如削，轻红荔脸初酣[①]。水涨江天渺渺，故人一叶西南。

【注】

查籥，字元章，海陵（今江苏泰州）人。绍兴二十一年（1151）进士，累官太府少卿、知镇江府。绍兴三十年任秘书省正字，与王十朋、冯方、李浩、胡宪相继言事，时号“五贤”（《建炎以来系年要录》卷一八六）。“乾道中出为夔州路运判，时十朋为府帅，相得

甚欢，多有倡酬。后转成都运使。”（雍正《四川通志》卷七上《名宦·夔州府宋·查籥》）十朋对他甚推重，《送查元章二首》之二云：“肝脑不自爱，精忠为上殚。危言犯颜易，直道立身难。”（后集卷五）《送元章改漕成都》云：“元章真国士，未见心已投。雅抱畎亩志，共怀天下忧。”（后集卷十二）万州，今重庆万州区。湖滩，《明一统志》卷七十《夔州府·山川》：“湖滩，在万县西六十里。其水甚险，春夏水泛江面如湖。”静晖楼，在夔州府署，楼名取杜甫《秋兴八首》“千家山郭静朝晖”句意。作者《韶美归舟过夔留半月语离作恶诗二章以送》二首之二：“明朝怅望仙舟远，百尺高楼上静晖。”自注：“州宅有静晖楼。”按，乾道二年（1166），查籥自夔州迁任成都路转运使，舟行次万州湖滩寄诗，此为和韵答作。

①荔脸，状美貌。黄庭坚《醉蓬莱》词：“荔脸红深麝脐香，满醉舞裀歌袂。”作者用此又遥有意蕴，同卷《静晖楼前有荔子一株，木老矣，犹未生。予去其枯枝，今岁遂生一二百颗，至六月方熟》云：“木老生迟六月丹，明珠百颗照朱颜。因渠风味思瑶柱，撩我乡心念玉环。”句下自注：“玉环，妃子名也。吾邑有玉环乡。”因楼前丹艳的荔枝，而联想到杨玉环（嗜荔枝），又联想到故乡（玉环乡），所谓“撩我乡心”也。初酣，“酣”字绝妙，本王安石《题西太一宫壁二首》之一：“柳叶鸣蜩绿暗，荷花落日红酣。”

梦觉偶成

早秋良夜月朦胧，梦觉凉生枕簟中。数点过云帘外雨，一声落木陇头风。

【注】

乾道二年（1166）秋在夔州作。状写秋宵梦觉，情景逼真。

连日至瞿唐谒白帝祠，登越公、三峡堂，徘徊览古，共成十二绝（选一）

八阵图

一家天下裂三都[①]，忠愤填胸出阵图。千载相知惟白水，此心元不为吞吴[②]。

【注】

乾道二年（1166）在夔州作。瞿唐，瞿塘峡。白帝祠，在奉节县东。西汉末公孙述割据四川，自称白帝。越公三峡堂，《方舆胜览》卷五七《夔州·堂斋》："越公堂，在瞿唐开城内，隋杨公素所为也。"杜甫有《宴越公堂》诗。又《古迹》："三峡堂，在瞿唐，宋肇建。"肇有《三峡堂》诗。八阵图，又称八阵碛，相传诸葛亮所设，在奉节县西南长江边。前书《古迹》："八阵碛，《荆州图经》云：在奉节县西南七里。又云在永安宫南一里渚下平碛上，有孔明八阵图，聚细石为之，各高五丈，皆棋布相当。"

①裂三都，分裂为三国。　②此心句，杜甫《八阵图》："功盖三分国，名成八阵图。江流石不转，遗恨失吞吴。"失吞吴，谓失策于吞吴。此用杜诗意，言诸葛亮素主联吴拒魏，设此阵法，并不是为了吞伐吴国。元，原。

游东坡十一绝（选一）

再闰黄州正坐诗，诗因迁谪更瑰奇[①]。读公赤壁词并赋，如见周郎破贼时[②]。之六

【注】

乾道三年（1167）七月自夔州移知湖州（今属浙江），赴任途中顺江而下经留黄州（今湖北黄冈）时作。诗言坎坷遭遇更能激发创作热情，写出不朽之作。十朋论诗尊杜，又尊韩愈、欧阳修、苏轼（《喻叔奇采坡诗酬以四十韵》“斯文韩欧苏，千载三大老”），于东坡尤倾倒。《苏东坡赞》云：“东坡文章，百世之师……我读公文，慕其所为，愿为执鞭，恨不同时。”《读东坡诗》云：“东坡文章冠天下，日月争光薄风雅……地辟天开含万汇，少陵相逢亦应避。”（后集卷十四）东坡，原为黄州城外一块坡地。苏轼贬黄州后，在此筑室垦耕，自号东坡居士。

①农历五年两闰。再闰，经两次闰年即五年。坐，因为。苏轼因作诗揭露新法推行中的一些弊病，被谏官李定等深文周纳，加以弹劾，终至逮捕下狱。这就是历史上有名的“乌台诗案”。出狱后迁谪黄州团练副使。自神宗元丰三年贬黄，至元丰七年量移汝州，前后五年，故说“再闰黄州”。诗因迁谪更瑰奇，本题之三云“文到黄州更绝尘”，意同。　②读公二句，极言词赋写得生动传神。周郎破贼，苏轼《念奴娇·赤壁怀古》词：“遥想公瑾当年，小乔初嫁了，雄姿英发。羽扇纶巾谈笑间，狂虏灰飞烟灭。”《赤壁赋》：“东望夏口，西望武昌，山川相缪，郁乎苍苍。此非孟德（曹操）之困于周郎者乎？”即咏其事。

铜陵阻风（二首选一）

两年官绝塞，万里下瞿唐。秋浦浪方息[①]，铜陵风又狂。五松人忆白，双竹句思黄[②]。五松山李太白读书处，有鲁直《双墨竹》诗，今亡矣。今夜舟中月，中秋何处光。之一

【注】

乾道三年（1167）七月离夔州赴任湖州顺江东下舟行经铜陵（今属安徽）作，时值中秋。该地多风浪，黄庭坚《阻风铜陵》云："顿舟古铜官，昼夜风雨黑。洪波崩奔去，天地无限隔。"

①秋浦，今安徽池州市贵池区。以秋浦水得名，李白有《秋浦歌十七首》。　②五松，山名，在安徽铜陵市南。雍正《江南通志》卷十六"五松山"引《舆地纪胜》云："旧有松，一本五枝，苍鳞老干，青翠参天，因名。李白在此题咏甚多。"李白有《宿五松山下荀媪家》诗。嘉靖《铜陵县志·地理志》："唐李白筑室于上，为五松书院。"黄庭坚，字鲁直。《山谷集》外集卷五有《铜官县望五松山集句》。

宿饭溪驿（选一）

门拥千峰翠，溪无一点尘。松风清入耳，山月白随人。之二

【注】

乾道四年（1168）八月授知泉州（今属福建），九月二十九日自乐清起程，转温州经瑞安、平阳入闽，有《入长溪境》诗。饭溪驿，在长溪县（今福建宁德市霞浦县）境内。宋梁克家《淳熙三山志》卷五《地里类五·驿铺》："饭溪驿，（长溪）县东五十里，有渡。"诗

人感到驿名新鲜，说“乐清有甑屿山”，可与配对，吟云“甑屿饱曾见，饭溪名始闻”（本题之一）。

【评】

四句四景，两相对偶，为绝句诗别一体式，祖自杜甫《绝句》“两个黄鹂鸣翠柳”笔法。

宴七邑宰

九重宵旰爱民深，令尹宜怀抚字心[①]。今日黄堂一杯酒，殷勤端为庶民斟[②]。

【注】

乾道四年（1168）十月到任泉州，会宴所属七县令宰而赋。十朋精于吏事，以诚饰政，仁义相须，刚柔不偏，故能得民心而治绩显。宋真德秀《西山文集》卷二六《重建王忠文公祠堂记》：“盖公之学，以诚身为主，资本刚劲，而能切劘涵漫，以卒归之中和。……至其治饶与夔以及于泉，又皆穆然如春风之解阴凌，霈然如暑雨之苏枯渴，人见其施之异也，而不知其本之一也。观公治泉之政，非嘘濡姑息，阉然自媚于民者也，哀恫惨怛有父母之心，戒令饬正有师长之教，仁义之相须也，刚柔之不偏用也。未尝蕲民之思，而民自不能不思者也。”七邑，指宋泉州所辖七县。《宋史·地理志五·福建路泉州》：“县七：晋江、南安、同安、惠安、永春、安溪、德化。”《宋诗纪事》卷五一题作《初至泉州示七邑宰》。

①宵旰，宵衣旰食之省语，称颂帝王勤于政事。唐陆贽《论两河及淮西利害状》：“陛下为之宵衣旰食，可谓忧勤矣。”借指帝王。《朱子语类》卷一三二引作“天子”。 抚字，安抚体恤。《语类》引

作“恻怛”,《鹤林玉露》卷十三作“恻隐”。　②黄堂,州衙正堂。宋范成大《吴郡志》卷六《官宇》:“黄堂,《郡国志》:在鸡陂之侧,春申君子假君之殿也。后太守居之,以数失火,涂以雌黄,遂名黄堂,即今太守正厅是也。今天下郡治,皆名黄堂,昉此。”殷勤,《语类》作“使君”。

【评】

黎靖德编《朱子语类》卷一三二《中兴至今人物下》:“王詹事守泉,初到任,会七邑宰,劝酒,历告之以爱民之意。出一绝云(本篇略)。七邑宰皆为之感动。其为政甚严,而能以至诚感动人心,故吏民无不畏爱。去之日,父老儿童攀辕者不计其数,公亦为之垂泪。至今泉人犹怀之如父母。”

史绳祖《学斋占毕》卷三《守令以爱民为心》:“余因叹王梅溪,固自得圣门勉邑宰之遗意,而朱徽文公表而出之,以为儒生作牧之式,民之幸也。其后真西山希元帅牧潭州,会长沙十二县宰,有诗云:‘从来守令与斯民,都是同胞一体亲。岂有脂膏供尔禄,不思痛痒切吾身。此邦只似唐时古,我辈当如汉吏循。今日湘春一卮酒,直须散作十分春。’及帅福唐,又有《会三山十二宰》古风一长篇,甚恻怛。近年王实斋去非守平江,作《会平江两倅六邑宰》诗曰:‘守令张官本为民,恫瘝无异切吾身。但令六县皆朱邑,何必黄堂有信臣。田里要须兴孝弟,闾阎谨勿致嚬呻。与君共举一杯酒,化作人家点点春。’及移镇宣城,又有饮诸县宰诗。二贤同本于梅溪微意,固一世名德,足以耸动贪酷之吏而褫其魄。然余尝观唐吕温知衡州,送毛令绝句曰:‘布帛精粗任土宜,疲人识信每先期。明朝别后无他嘱,虽是蒲鞭也莫施。’则知王梅溪又体此意而推广之也。” 杰按：真德秀（1178—1235），字景元，改字景希，号西山，《宋史》卷四三七有传。王遂，字去非，号实斋，《宋史》卷四一五有传。

罗大经《鹤林玉露》卷十三：“王梅溪守泉，会邑宰，勉以诗云（本篇略）。邑宰皆感动。真西山帅长沙，宴十二邑宰于湘江亭，作诗曰（引略）。盖祖述梅溪而敷衍之。”

韦居安《梅磵诗话》卷中：“（引王十朋、真德秀二诗略）二公所作，真情恳切，足以动人之良心。”

孙锵鸣《东嘉诗话》：“有《初至泉州示七邑宰》绝句云（本篇略）。蔼然仁人之言也。真西山帅潭时，亦有会长沙十二县宰诗（引略）。盖祖梅溪诗意而推广言之。今日之为牧守者，宴集僚吏，合舞徵歌以为欢乐，我见其人矣，其亦诵二公之诗而知愧哉！”

知宗柑诗用韵颇险，予既和之，复取所未用之韵，续赋一首三十韵

《书》阅扬州贡，功观禹化覃。香苞分橘柚，秋色动江潭[①]。李德裕《橘赋》：动江潭之秋色。破暑花凝雪，凌寒叶染蓝。金衣爱日照，唐宰相贺柑子表云：绿蒂含烟，金衣烂日。珠实碧波涵。柳子厚诗：何人摘实见垂珠。未上诸侯计，曾闻四皓谈[②]。颜欢陆绩母[③]，业世李衡男[④]。送客愈吟桂，韩退之《送桂州严大夫》诗云：家自种黄柑。记时坡咏儋。东坡在儋耳诗：一年好景君须记，正是橙黄橘绿时。洞庭夸浙右[⑤]，温郡冠江南[⑥]。节物清霜重，家山绿蒂含。青黄出篱落，朱绿耀林岚。柳子厚诗：密林耀朱绿。坡诗：竹篱茅舍出青黄。昔贡千金颗，遥驰万里函。宣政间温州贡柑，每颗有一二千。新宜荐寝庙，香可供瞿昙[⑦]。

夔子那能比[8]，罗浮未许参。予往在夔府，食黄柑味颇佳，然不及温柑远甚。去冬至泉州[9]，始食罗浮柑，又远不及夔子。何人传黄陆[10]，端类列非聃。在品宁为四，季直方第果实，名柑子第四。蒙恩或赐三。李德裕赋序：上赐宰臣等朱桔各三枚。乡情寄初熟，旅况忆幽探。嘉拜亲开合，珍藏净洗甔。甔，瓦器也。新柑贮以瓦器，则久而不烂。行将解印绶[11]，浸种当田蚕。根向横阳觅，温柑以平阳县泥山为最。泥寻斥卤檐[12]。种柑宜醎地。荒芜耘径草，封植伴溪柟。不用千头富，聊资一饷湛。茅斋辟杜甫，仙井汲苏耽。神仙苏耽，凿井种橘。佳境妙餐蔗，闲庭胜莳苷。苷，甘草也。医家谓之国老。柳子厚诗：莳药闲庭延国老。雁行三峡荔[13]，奴视四明蚶[14]。欲继花为谱，欧公作《牡丹谱》。应同柳驻骖。欧公柳诗：攀条莫惜驻征骖。御偷篱著棘，愁冻灌添泔。泔，米汁也。乡人冬月用以灌柑。掩映青云叶，光华碧玉篸。酿成浮瓮蚁，蒸辟蠹书蟫。柑橘花蒸以为香，可辟衣书之蠹。护蒂期存乳，柑欲致远，必以蜡涂其蒂。留皮欲去痰。皮能下气，医家用以治痰。恨无亲可遗，松（忪）惨白岩庵。

【注】

乾道五年（1169）泉州知州任上作。知宗，知宗正司事之简称，干管外居宗室事宜，择皇族贤者充任。南渡后南外宗正司徙置泉州（见宋谢维新《古今合璧事类备要》后集卷四七《大宗正司·知西南二外宗正》）。赵士豢，字悦中（见《梅溪集》后集卷十七《知宗生日》题下注），时任南外知宗。赵士豢为十朋在泉州诗友，有同僚之谊，过往甚密，赠酬诗极多。本题乃就前作《薛士昭寄新柑分赠知宗、提舶，知宗有诗次韵》而言。乡人薛士昭远寄温柑（温州产之柑即瓯柑），作者分赠知宗、提舶（亦官名）。知宗有诗咏之，十朋次韵和酬，而意犹未尽，复取前诗所未用之韵字，续赋一首。按,《全宋诗》第六九册卷三六三三《林景熙·三》据清戴第元《唐宋诗本》卷六二辑为林景熙佚诗,甚误(详拙著《林景熙集补注》附录六《作品辨疑》)。

①《尚书·禹贡》:“淮、海惟扬州……厥包橘柚,锡贡。”包,包裹。覃,遍及。 ②四皓,商山四老。宋韩彦直《橘录》卷中:“牛僧孺《幽怪录》:‘有生于橘者,摘剖之,有四老人焉。其一曰:橘中之乐不减商山,恨不能深根固蒂耳。’由是有橘隐名。” ③颜欢陆绩母,《三国志·吴志·陆绩传》:“绩年六岁,于九江见袁术。术出橘,绩怀三枚。去,拜辞堕地。术谓曰:‘陆郎作宾客而怀橘乎?’绩跪答曰:‘欲归遗母。’术大奇之。” ④业世李衡男,三国时丹阳太守李衡于武陵种柑橘千树,谓之“千头木奴”,以遗子孙。见《三国志·吴志·孙休传》裴松之注引《襄阳记》。下文云“千头富”,亦用此典语。 ⑤洞庭夸浙右,《橘录》卷上《洞庭柑》:“洞庭柑皮细而味美……乡人谓其种自洞庭山来,故以得名。”指太湖洞庭山。 ⑥温郡冠江南,《橘录·序》:“乳柑推第一,故温人谓乳柑为真柑,意谓他种皆若假设者,而独真柑为柑耳。然橘亦出苏州、台州,西出荆州,而南出闽广数十州,皆木橘耳,已不敢与温橘齿,矧敢与真柑争高下耶?” ⑦瞿昙,释迦牟尼的姓。佛教之祖。借指佛。 ⑧夔子,指夔州所产之柑。 ⑨十朋于乾道元年十一月至三年六月知夔州(今重庆奉节),故言“往在夔府”;继任湖州,乾道四年十月移知泉州,故云“去冬至泉州”。 ⑩黄陆,坡地黄壤;黄土岗子。唐李峤《奉和幸韦嗣立山庄侍宴应制》:“石磴平黄陆,烟楼半紫虚。” ⑪行将解印绶,言将辞职归里。十朋于乾道六年闰五月泉州离任。 ⑫横阳,温之平阳。《橘录·序》:

“温四邑俱种柑，而出泥山者又杰然推第一。泥山盖平阳一孤屿。”斥卤，盐碱地。《橘录》卷下《种治》：“柑橘宜斥卤之地。”檐，《两宋名贤小集》卷一六八、《御选宋诗》卷五九作“擔”。　⑬三峡荔，宋蔡襄《荔枝谱·第一》：“唐天宝中，妃子尤爱嗜涪州，岁命驿致。”　⑭四明蚶，谓宁波出产的蚶子。明屠本畯《闽中海错疏》卷下《介部·蚶》：“按四明蚶有二种，一种人家水田中种而生者，一种海涂中不种而生者，曰野蚶。”然此联取比荔枝，不当阑入蚶蛤。疑“蚶”当指蚶壳荔，荔枝之一种。《荔枝谱·第七》：“蚶壳者，壳为深渠，如瓦屋焉。”唯“四明”未详。

【评】

铺陈详赡，典语险韵，驱遣自如。录此五排一首，以见作者宏富之才力。

刘　镇

刘镇（1114—1178后），字方叔，又字小山，乐清茗屿乡人。登绍兴十八年（1148）进士，年三十五（《绍兴十八年同年小录》）。历任隆兴府司法参军、福州长溪县令、权隆兴府通判。方叔为官心存明恕，守法不苟，著有治绩，邑民立祠祀之。王十朋举为论文知己，致身同志（《梅溪集》前集卷一《次韵刘方叔见寄》）；为之举荐，言“其人有学问，工诗文，通晓吏事”（后集卷二四《与任提举文荐》）。

方叔淳熙五年（1178）曾为乐清宰袁采《袁氏世范》作序。

著有《待评集》，今不存。诗多散佚，现仅存6首（含联句2首），然韵格不俗，出语坦易而有腴味，诚为梅溪畏友。永乐《乐清县志》卷七《仕宦》、雍正《浙江通志》卷一七〇《循吏》有传。

王十朋《梅溪集》前集卷十七《刘方叔〈待评集〉序》：“今春访予，又示予以《待评集》，其间诗赋小词，无虑百篇，体兼古律，愈新愈奇。”

孙觌《鸿庆居士集》卷六《读刘方叔诗卷》之一：“雄奇郊岛上，清绝晋隋间。已突黄初过，遙追正始还。” 之二：“思如涌泉水，句似琢冰清。……磨天无刃迹，掷地有金声。”

书王龟龄《述怀》诗后

山北山南春雨足，漠漠柔桑秀如沃。侬家荆妇几时归？西畴独自驱黄犊[①]。

【注】

本篇作于绍兴十一年（1141），见载王十朋《述怀》诗跋，题从《宋诗纪事》卷五一。

《梅溪集》前集卷二《述怀》：“吾年三十百无堪，世事如麻摠未谙。扬子家贫那嗜酒，卢仝头白更添男。回头场屋心几折，混迹泥涂分固甘。赖有东皋遗业在，剩栽桑柘教妻蚕。”跋云：“刘方叔昔书一绝于后云（本篇略）。姜渭叟见之，谓二诗贫富气象不同。今二十三年矣，予贫乃甚于方叔也。隆兴改元十月书。”十朋科场屡败，方叔勉以诗云“须知失马事，莫废获麟书”（同卷《怀刘方叔兼简全之用前韵》跋）。姜渭叟名大吕，亦十朋密友。

①侬家二句，意谓你家妻子问你几时还归，可怜她一个人独

自在田间驱牛耕耘。

太姥山

衮衮千山入马蹄，山游回首日平西。人从杜宇鸣时别，天向蒹葭静处低。白鸟得鱼闲钓艇，黄蜂抱蕊闹花枝①。好将老姥山前路，付与孤猿自在啼。

【注】

录自万历《福宁州志》卷十三。作者任长溪县令时作。宋福州府长溪县，元升为福宁州，治所在今福建霞浦县。王十朋《梅溪集》奏议卷三《应诏举官状》："左宣教郎新知福州长溪县刘镇，屡更州县，任使所至，皆有治绩，明敏之政，吏不能欺。"

太姥山，在今福建福鼎市境内，闽北名胜。原名太母山，汉武帝命改"母"为"姥"。《方舆胜览》卷十《福建路福州·山川》："太姥山，在长溪县。王烈《蟠桃记》：尧时有老母，得九转丹法登仙。此山有三十六峰。"

①闹花枝，宋宋祁《玉楼春》词"红杏枝头春意闹"，王国维《人间词话》卷上谓"著一'闹'字而境界全出"。

郑伯熊

郑伯熊（1124—1181），字景望，永嘉人。与弟伯英并名，学者尊称"二郑公"（大郑公、小郑公）。高宗绍兴十五年（1145）进士，历仕著作佐郎、直敷文阁宁国府司马、国子监司业、直龙图阁知宁国府，卒于建宁知府任上，谥文肃。

伯熊学问醇正，见于履践，尤邃经制治法，善能酌今会古。其私淑周行己，结交薛季宣，下传陈傅良，是永嘉之学承前启后由性理转为事功的重要人物。所著《郑景望集》三十卷已佚，今有周梦江编《郑伯熊集》，存诗9首。弘治《温州府志》卷十《理学》、雍正《浙江通志》卷一七七《儒林》有传，事见《瓯海轶闻》卷五《郑文肃公伯熊》。

周必大《文忠集》卷十八《跋郑景望诗卷》："言学道者薄词章，近世则然。景望龙图通经笃行，见谓儒宗，而其诗句乃绰有晋唐名胜之遗风，胸中所养亦可知矣。自其云亡，不特永嘉学者深惜之，中外士大夫皆惜之，而予以旧交同僚尤惜之。"

朱熹《晦庵集》卷八二《跋应仁仲所刊郑司业诗》："郑司业《金华被召》八诗，慈祥温厚之气，蔼然发于笔墨畦径之外。其门人应君仁仲刻石摹本见寄，三复咏叹，如见其人，为之陨涕。"

吴子良《林下偶谈》卷四《木尚书诉郑景元》："永嘉称敷文为大郑公，景元为小郑公，一时英俊皆推尊之。"

曾枣庄等《宋代文学编年史》第三卷《淳熙八年》："如'一柱擎天须此物，执柯它日属何人'（《过万年山望罗汉岭上大松》），咏物颇有寓意。"

枕上

飘风不崇朝，骤雨不终日[①]。清寒入绨绤，御袷有馀郁[②]。天时不能调，人事那可必。清灯耿孤窗，万籁助飕飗[③]。忧愁从中来，起坐发屡栉。丈夫属有念，功名乃馀物。突兀万间屋[④]，此意何时毕。长吟答寒螿[⑤]，四壁转萧瑟。

【注】

录自《宋诗拾遗》卷十六，《东瓯诗集》卷一、《宋诗纪事》卷四七选录。诗云："丈夫属有念，功名乃馀物。突兀万间屋，此意何时毕。"风雨清灯，孤枕不眠，志者常怀高远之意，而"惓惓斯世若有隐忧"（陈亮《郑景望杂著序》），令人长叹。读此，诗人"胸中所养亦可知矣"（周必大《跋郑景望诗卷》）。

①飘风，暴风。崇朝，终朝。二句言暴风骤雨终日不止。　②絺绤，葛布衣服，夏日所穿。御袷，穿服夹衣。晋潘岳《秋兴赋》"御袷衣"。　③飀飋，疾烈之风。按："飋"字不协韵，疑有误。　④突兀万间屋，本杜甫《茅屋为秋风所破歌》："安得广厦千万间，大庇天下寒士俱欢颜……何时眼前突兀见此屋，吾庐独破受冻死亦足！"借以表达济世恤民的怀抱。　⑤寒螿，寒蝉。汉王充《论衡·变动》："是故夏末蜻蛚鸣，寒螿啼，感寒气也。"螿，《东瓯诗存》卷一作蛩。蛩，蟋蟀。

【评】

孙锵鸣《东嘉诗话》："有《枕上》诗云（本篇略）。景望传伊洛学，为永嘉学派之宗，而诗亦淳质不浮如此。"

清畏轩

树蕙馀百亩，艺兰当路岐[①]。清风一披拂，香气无不之。纫为楚累佩，辱我幽靓姿[②]。小草生涧底，雨露无恩私。不入儿女玩，岁晚得自持。所以古君子，清德畏人知[③]。

【注】

录自宋林民表《天台续集》别编卷五。本篇作于绍兴二十一年（1151），时任黄岩（今属浙江）县尉。清畏轩，在黄岩县治内，为黄岩县令杨炜所筑。宋陈耆卿《赤城志》卷六《公廨门三·黄岩》："清心堂，在民和堂后，旧名清畏，绍兴二十一年令杨炜建。三十二年令胡琏改名清轩，嘉泰二年令刘鼎孙更今名。初，孙尚书觌尝赋诗，有'所贵知我希，已及鱼与豚'之句，琏谓'清'固不当求人知，亦不必畏人知，遂去畏字，直揭曰清。尉郑伯熊诗云（本篇略）。"杨炜（1106—1156）字元光，会稽嵊县（今浙江省嵊州市）人。宋孙觌《鸿庆居士集》卷六有《寄题杨元光黄岩清畏轩》诗，宋吴芾《湖山集》卷二有《寄题杨宰清畏轩》诗，可相印证。《东瓯诗存》卷一题作《清心堂》，非，亦不切合此诗结言"清德畏人知"之意。

①树蕙艺兰，喻修行洁饬。树、艺，种植。蕙，香草，又名薰草。《楚辞·离骚》："余既滋兰之九畹兮，又树蕙之百亩。" ②纫为二句，谓楚大夫（屈原）纫兰结蕙以为佩饰，但我觉得还是辱没了她的幽靓身姿。楚累，指屈原。《汉书·扬雄传上》："钦吊楚之湘累。"颜注引李奇曰："诸不以罪死曰累。"《楚辞·离骚》："扈江离与辟芷兮，纫秋兰以为佩。""矫菌桂以纫蕙兮，索胡绳之纚纚。"幽靓，幽静。 ③畏人知，畏为人知，即不欲人知。孙觌《寄题杨元光黄岩清畏轩》云"所贵知我希"；吴芾《寄题杨宰清畏轩》云："古人贵慎独，举世知者希。末俗事夸耀，常患不我知。杨子有雅尚，传家守清规。折腰三十载，不辞州县卑。犹虑与众异，忧谗还畏讥。"可相发明其义。

【评】

伯熊清洁廉正，宋楼钥《祭郑龙图》文称之"德量渊澄"，"性质玉粹”(《攻媿集》卷八三)。陈耆卿言其尉黄岩“人呼为‘石莲县尉’,以其年尚少而坚不可磷也”(《赤城志》卷十二《秩官门五·黄岩县尉》),读此诗可以想见其风节。

四月十四日至广陵

春归村坞绿阴迷,又向山腰转马蹄。收尽雪芳犹采撷,割残云穗再扶犁。乡谣到处无音律,野饭黄昏只笋齑[1]。惟有客愁消不得,隔溪篁竹子规啼。

【注】

广陵,今江苏扬州。

①笋齑,腌制笋菜。

叶　群

叶群,平阳人。高宗绍兴二十一年(1151)进士,终任南剑州剑浦(今福建南平市)主簿。《东瓯诗存》卷一录诗1首。

南雁西洞

石门深杳锁丹霞,倚马西风日欲斜。幽境已无尘俗气,白云尚有翠微家[1]。林间摘句书红叶,涧底烹泉带落花。向晚且从西洞息,碧山明月正堪赊[2]。

【注】

南雁,南雁荡山,在平阳县南境,唐洎五季时已著闻。西洞,即仙姑洞。雍正《浙江通志》卷二十《山川十二·温州府平阳县》："仙姑洞，潘耒《南雁荡游记》：宋时朱氏女辟谷居此洞。高广如夏屋，屋隅有泉一泓。洞左复有一洞，如曲室，室后窈黑处，深不可穷。"

①白云句，杜牧《山行》"白云生处有人家"。 ②赊，远。谓远望。

【评】

白居易《送王十八归山寄题仙游寺》："林间暖酒烧红叶，石上题诗扫绿苔。"李郢《钱塘青山题李隐居西斋》："林间扫石安棋局，岩下分泉递酒杯。"此云"林间摘句书红叶，涧底烹泉带落花"，句调宛似，皆清雅之咏。韵事逸趣，又以丽语妆点之，堪入画矣。

郑伯英

郑伯英（1130—1192），字景元，号归愚翁，永嘉人。与兄伯熊并名"豪杰之士"，为学者推尊，称大郑公、小郑公（《林下偶谈》卷四）。孝宗隆兴元年（1163）甲科进士第四名。乾道三年（1167）就秀州判官，期满调任杭州、泉州推官。后奉南岳祠养母，终不复仕。

伯英学优经济，俊健果决，论事愤发；然以高科显第，宏才异能，而负气尚义，不愿苟为禄仕，卒不获用①。友执如薛季宣、陈亮等皆惋叹之，叶适赞为"志士"，朱熹称其"学正守固"。著有《归愚翁集》二十六卷，今佚，现存诗5首。事见叶适《水心文集》卷二一《郑景元墓志铭》，弘治《温州府志》卷十《理学》、雍正《浙江通志》卷一八九《义行》有传。

①叶适《水心集》卷十二《归愚翁文集序》:“然既任秀州判官,遂以亲辞,终其身二十馀年不复仕,朝廷亦卒不征用,何者?诸公贵人知其才大气刚,中心畏之,方以其自重不浪出无能害己为幸,而不暇以废格科目摧折名士为已责故也,岂不悲哉!”吴子良《林下偶谈》卷四《木尚书诉郑景元》:“绍兴末,上《中兴急务书》十篇,极言秦桧之罪,文亦豪健浩博,诸公忌而畏之。孝庙朝无人为提拔,景元亦不屑求用。”

朱熹《晦庵集》卷八一《跋郑景元简》:“今观郑君景元所报其兄龙图公事,亦足以验其所学之正而守之固矣。所谓‘朝闻道夕死可矣’者,于公见之。因窃书其后以自警,又将传之同志,相与勉焉。”

陈亮《龙川集》卷二三《祭郑景元提干文》:“兄之文章,有源有委;兄之论议,有纲有纪。兄之行事,有张有弛;兄之与人,有同有异。取之不竭,有本如是,道德性命,此外何事!”

叶适《水心文集》卷十二《归愚翁文集序》:“片辞半简,必独出肺腑,不规仿众作也。”　又卷二一《郑景元墓志铭》:“方秦氏以愚擅国,人自识字外,不知有学。独景元与其兄,推性命微妙,酌今古要会,师友警策,惟统纪不接是忧。今天下以学名者,皆出其后也。其论议愤发,笔宽墨馀,佞者褫魄,贵者夺色,岂血气为之使哉?然则志也,非豪也。”

和清卿雪溪泛舟晚登华盖亭

满江风雨酿清愁[①],坐啸烟波一叶舟。目送飞花千里去,身随空碧一鸥浮。兜罗世界成游戏，欸乃声中自唱酬[②]。试问剡溪回棹客，可能乘兴上南楼？

【注】

清卿：鲍潚（1141—1208）字清卿，永嘉人。乾道八年（1172）进士，历官潮州、融州知州。敏于吏事，禀性淡泊。叶适《朝散大夫主管冲佑观鲍公墓志铭》言其“一吟一咏，有陶谢之思；一觞一曲，有嵇阮之放”（《水心文集》卷十六）。雪溪，即剡溪。宋施宿等《会稽志》卷十《水·嵊县》：“剡溪，在县南一百五十步。……晋王子猷居山阴，夜雪初霁，四望皓然，独酌酒咏左思《招隐诗》。忽忆戴逵，时在剡，便乘小舟诣之。造门不前而返，曰：‘本乘兴而行，兴尽而返，何必见安道耶？’今人称为戴溪，又曰雪溪。”时鲍清卿任新昌县令。诗云“剡溪回棹客”，即指鲍。

①酿，造成。“酿”字用得生动。辛弃疾《鹊桥仙·己酉山行书所见》：“酿成千顷稻花香，夜夜费、一天风露。” ②兜罗，兜罗绵，梵语棉。以莎罗树绵织，似剪绒，用作衣被。这里喻雪。金元好问《读书山雪中》有“世界幻入兜罗绵”句，可参明其义。欸乃，摇橹声。柳宗元《渔翁》“欸乃一声山水绿”。

清明泛舟

风雨连朝忽转晴，天还着意作清明。簿书共了公家事[①]，尊酒聊酬我辈情。花却馀寒红尚瘦，柳融初日黛犹轻。一年春事才如许，又作明朝祓禊行[②]。

【注】

①簿书，指文书案牍。黄庭坚《登快阁》：“痴儿了却公家事，

快阁东西倚晚晴。” ②祓禊，古代习俗，农历三月三日（上巳）濯于水滨，以祓除不祥。《后汉书·礼仪志上》：“是月上巳，官民皆洁于东流水上，曰洗濯祓除去宿垢疢为大洁。”

【评】

上录二诗，见载《宋诗拾遗》卷十八、《东瓯诗集》卷一，为伯英仅存律作。轻清秀雅，舒婉流利，情趣绝佳，遥有大历钱郎韵调，亦可见作者之洒脱襟怀。前篇“满江风雨酿清愁，坐啸烟波一叶舟”；后篇“花却馀寒红尚瘦，柳融初日黛犹轻”，皆称俊句。

甄龙友

甄龙友（约1130—1206后），字云卿，永嘉人，迁居乐清。高宗绍兴二十四年（1154）进士，曾任西外宗正司（驻福州）学官（《浪语集》卷三五附录甄龙友挽诗自注“士龙有送龙友赴西外宗教序”）、湖南路安抚司属官（道光《乐清县志》卷十《选举·进士宋》），终国子监主簿。

龙友少有俊声，词华奇丽。性孤傲，薛季宣言其“志抗浮云”（《送甄云卿赴西宫学官序》）。为人放诞不羁，“滑稽辨捷，为近世之冠”（《说郛》卷三一庞元英《谈薮》）；“辨给雄一时，谑笑皆有馀味”（《齐东野语》卷十三《甄龙友》），被称为“温州狂生”。孝宗曾召见。宁宗开禧二年（1206）尚在世。现存诗8首。

薛季宣《浪语集》卷三十《送甄云卿赴西宫学官序》：“云卿念八兄，以《易》名家，壮岁取科甲，声名藉藉，在人耳目间，一时公卿大人见之无不倾挹。”

观洞庭

风定澄空气浑然，恍疑太极未分前①。只因有浪知为水，若遇无风即是天②。旧说君山张帝乐，新闻老木识飞仙③。而今大洞黄庭客，又看题诗纪岁年④。

【注】

录自《东瓯诗集》卷一。《永乐大典》卷二二六一“湖”字韵引录题作《岳阳楼望洞庭》。洞庭，洞庭湖。

①风定二句，言洞庭湖空旷无垠，气象浑莽，恍若天地开辟前元气未分之混沌状态。太极，谓原始混沌之气。《易·系辞上》：“《易》有太极，是生两仪（天地）。”孔颖达疏：“太极，谓天地未分之前，元气混而为一，即是太初、太一也。” ②无风，《东瓯诗存》卷一“风”作“云”。即是天，《永乐大典》“即”作“总”。 ③君山，又名湘山，在洞庭湖口。《水经注·湘水》：“（洞庭）湖中有君山……是山湘君之所游处，故曰君山矣。”帝乐，黄帝乐曲。《庄子·天运》：“帝张《咸池》之乐于洞庭之野。”成玄英疏：“洞庭之野，天池之间。”飞仙，指吕洞宾。宋范致明《岳阳风土记》：“岳阳楼上有吕先生留题云：‘朝游北越暮苍梧，袖里青蛇胆气粗。三入岳阳人不识，朗吟飞过洞庭湖。’今不见当时墨迹，但有刻石耳。先生名岩，字洞宾。”作者《望君山》诗有“尚想飞仙游白鹤，偶于怀袖落青蛇”句。 ④大洞，指《大洞经》，又名《大洞真经》；黄庭，指《黄庭经》，均道家经典。大洞黄庭客，谓学道修仙之人。又看，按《永乐大典》“看”作“着”，尚保留方音。又着，温州方言，“又要”之意。

【评】

孙锵鸣《东嘉诗话》:"有《观洞庭》诗云(本篇略)。苍莽有奇气。"

杰曰:前四句以混沌初开,天地不辨,状比洞庭湖浩旷浑莽气象,笔力奇肆,笼盖一切。

薛季宣

薛季宣(1134—1173),字士龙(龙亦作隆),号艮斋,永嘉人。出身温州名门望族,世居梯云坊(今鹿城区大高桥)。祖薛强立、父薛徽言皆登第居职。季宣以二伯父薛昌言恩荫入仕,曾任鄂州武昌县令、婺州司理参军,迁大理寺正、湖州知州。改知常州,未上任病卒,谥文宪。世称薛常州。

季宣少从三伯父薛弼宦游南北各方,师事程门袁溉,晚复与张栻、吕祖谦等往还。熟谙掌故,善治事,深于兵略,具辅国之材,郑伯英拟之"诸葛(亮)、子房(张良)"(《艮斋先生祭文》),叶适称"有管(仲)葛(亮)事业"(《水心文集》卷十五《胡夫人薛氏墓志铭》)。其学博通古今,以求实用。尤注重经制治道,六经外于史、地、兵、刑、农、末(商业),靡不研采,并践行验迹。他与郑伯熊同为永嘉之学承前启后由性理转为事功的关键人物。著名学者陈傅良、王楠、楼钥,皆出其门下。惜年甫四十而亡,未能将他的学问和词翰发挥尽致;但从现存成就看,如四库馆臣言"其精深闳肆,已足陵跨馀子矣"。著有《浪语集》三十五卷[①],其中诗十卷。其诗风朴质健朗,不尚藻缋,深蕴理念,往往意在笔先。出句力避凡俗,“生涩”中自成韵调。事见陈傅良《薛公行状》、吕祖谦《薛常州墓志铭》、《瓯海轶闻》卷六《薛文宪公季宣》,《宋史》卷四三四入《儒林传四》。

①《温州文献丛书》第一辑编录《薛季宣集》,增补一卷(地理丛考、周礼释疑),计三十六卷。(上海社会科学院出版社,2003年版)

元虞集《道园学古录》卷三三《庐陵刘桂隐存稿序》:“乾淳之间,东南之文相望而起者何啻十数。若益公之温雅,近出于庐陵。永嘉诸贤,若季宣之奇博,而有得于经;正则之明丽,而不失其正。彼功利之说驰骋纵横其间者,其锋亦未易婴也。”

吴之振等《宋诗钞·浪语诗钞叙》:“其诗质直,少风人潇洒之致,然纵横七言,则卢仝、马异不足多也。”

《四库全书总目》卷一六〇《浪语集》:“于诗则颇工七言,极踔厉纵横之致。惜其年止四十,得寿不永,又覃思考证,不甚专心于词翰,故遗稿止此。然即所存者观之,其精深闳肆,已足陵跨馀子矣。”

陈衍《石遗室诗话》卷十四:“余旧论伯严诗避俗避熟,力求生涩……伯严生涩处,与薛士龙季宣乃绝相似,无人知者,尝持浪语诗示人以证此说,无不谓然。”　杰按:陈三立,字伯严,号散原,近代“同光体”诗派领袖。

夏承焘《天风阁学词日记》1940年10月27日:“阅《四库》宋集提要,甚佩吾乡薛季宣。”

刘兰

东畹刈真香,静院篸瓶水[①]。高远不胜情,时逐微风起。和雨剪闲庭，谁作骚人语。记得旧家山，香来无觅处。

【注】

①畹，园圃。簪（zān），插入。

春愁诗效玉川子

春阴苦亡赖[1]，巧解穷凋锼，入我方寸间，酿成一百万斛伤春愁。我欲挹此愁，寸田无地安愁笃，沃以一石五斗杜康酒[2]，醉心还与愁为谋。愁肠九转疾车毂，扰扰万绪何绸缪。愁思傥可织，争奈百结不可紬[3]。我与愁作恶，走上千尺高高楼。千尺溯云汉，只见四极愁云浮，都不见铜盘之日、缺月之钩。此心莫与明，愁来压人头。逃形入冥室，关闭一已牢，周遮四壁间，罗幕密以绸。愁来无际畔，还能为我添幽忧。我有龙文三尺之长剑，真刚不作绕指柔[4]；匣以明月通天虹玉烛银之宝室，可以陆剸犀象、水断潜伏之蛟虬[5]。云昔黄帝轩辕氏，用斩铜头铁额横行天下之蚩尤[6]。拟将此剑斮愁断[7]，昏迷不见愁之喉。若士为我言，子识愁意不？愁至不亡以[8]，愁生有来由。闲愁不足计，空言学庄周。日中之景君莫避，处阴息影影不留。疾行嫌足音，不如莫行休。因知万虑为萦愁之綍，忘怀为遣累之舟。归来衲被盖头坐，从他鼻息鸣齁齁[9]。取友造物先，汗漫相与游[10]。朝跻叫阊阖，夕驾栖丹丘[11]。天公向我笑，金母为我讴[12]。酌我以琼浆玉液、朝阳沆瀣之浓齐[13]，俾我眉寿长千秋。却欲强挽愁作伴，愁忽去我、无处踪迹寻行辀[14]。惟有春华斗春媚，一一茜绚开明眸；又有平芜绿野十百千万头钝闷耕田牛[15]，踏破南山特石头。

【注】

玉川子，中唐诗人卢仝，自号玉川子。诗尚奇险怪特，自成一格，《月蚀诗》是其代表作。作者尝称孙元可赋《张公石室诗》，"句语险怪，辞峰秀拔"，"质似卢仝"（见本集卷十一诗题）。

①苦，甚。亡赖，无赖，狡狯，调皮。有挑逗的意思。解，能。 ②寸田，指心。笃，滤酒竹器。杜康，传说古代造酒的人。《书·酒诰》"惟天降命"孔颖达疏引汉应劭《世本》："杜康造酒。" ③紬，抽引，理出头绪。 ④绕指柔，晋刘琨《重赠卢谌》诗："何意百炼刚，化为绕指柔？"《六臣注文选》卷二五："济曰：百炼之铁坚刚，而今可绕指，自喻经破败而至柔弱也。" ⑤剸（tuán），截断。 ⑥轩辕氏，黄帝。蚩尤，东方九黎族首领。相传黄帝率各部落在涿鹿（今属河北）击杀蚩尤。铜头铁额，《史记·五帝本纪》："蚩尤最为暴莫能伐。"唐张守节正义："《龙鱼河图》云：黄帝摄政，有蚩尤兄弟八十一人，并兽身人语，铜头铁额，食沙，造五兵，仗刀戟大弩，威震天下，诛杀无道。万民钦命黄帝行天子事。" ⑦斮（zhuó），斩。 ⑧亡以，没有缘故。 ⑨齁（hǒu）齁，鼾声。 ⑩造物，谓造物者，创造万物之神。柳宗元《始得西山宴游记》："洋洋乎与造物者游，而不知其所穷。" ⑪阊阖，《楚辞·离骚》："吾令帝阍开关兮，倚阊阖而望予。"汉王逸章句："阊阖，天门。"丹丘，仙人所居。《楚辞·远游》："仍羽人于丹丘兮，留不死之旧乡。" ⑫金母，南朝梁陶弘景《真诰·甄命授》："所谓金母者，西王母也。" ⑬朝阳沆瀣，《楚辞·远游》："餐六气而饮沆瀣兮，漱正阳而含朝霞。"沆瀣，清露。浓齐，醇厚。 ⑭行辀，车辕。代指舟。 ⑮钝闷，无情无绪貌。《淮南子·览冥训》："钝闷以终。"高诱注："钝闷，

无情也。”

【评】

笔意奥衍恣肆，盖效法卢仝奇险怪特的诗风。其诞放张侈之辞，突兀排宕之体，的确表现了“踔厉纵横”的气格，在宋诗中不为多见。翁方纲《石洲诗话》卷四云：“薛士龙七言，以南渡俚弱之质，而效玉川纵横排突之体，岂复更有风雅？而吴《钞》乃称之。”离开了具体作品的客观分析，概以时代为准绳而泛作评判，自不免偏颇。

木兰将军祠

闻周黄冈葺木兰将军祠[①]，不详其意。读杜牧之集，乃知唐世齐安已祠木兰[②]。用乐府诗考之，其“关山度若飞”之句，与今黄之关山偶合，不必真在黄也。按诗，木兰边郡女，代父征役，定在何许，“黄河、黑山”，政是北伐[③]。观其叙事，似燕魏北齐间人[④]，名号官称又颇差异。但燕魏北齐，实未尝有可汗之名；魏齐勋官未备，唐始十二级，而天子有天可汗之号[⑤]；如“兵帖、将军、尚书郎”之类，皆南北以还官书通语。拟乐府诗，唐人拟作；然其词意质朴，不加藻缋，自有迈往不群之气，真北朝人语也。要之，古者妇人往往有猛士风烈，顾今丈夫曾不如一女子，可为扼腕！木兰以一胡女[⑥]，勋业不大显，数百年后犹血食江上[⑦]，祠敝而复葺，似不偶然。感此而作。

人怯西山种，谁知掌上身[⑧]。猪羊刀霍霍，车马道辚辚[⑨]。幕府开娘子，旗常纪乱臣[⑩]。梦回清镜对，千古茜裙新[⑪]。

【注】

当是绍兴三十二年（1162），作者任鄂州武昌（今湖北鄂城）县令时作。木兰将军祠，在黄州黄冈县（今属湖北）。宋乐史《太平寰宇记》卷一三一《淮南道九·黄州黄冈县》："木兰山，在县西一百二十里，旧废，县取此山为名。今有庙，在木兰乡。"明李贤等《明一统志》卷六一《黄州府·祠庙》："木兰庙，在木兰山下，有忠烈庙。庙后有冢。相传为木兰将军，盖朱氏女，代父西征者。"

①周黄冈，指周姓黄冈县令。　②读杜牧之集，唐杜牧（牧之）《樊川文集》卷四《题木兰庙》："弯弓征战作男儿，梦里曾经与画眉。"齐安，即黄州。南朝齐时名齐安郡。　③边郡，永嘉丛书本《浪语集》卷十二作"古胡"。许，处。黄河、黑山，《木兰诗》："朝辞黄河去，暮宿黑山头。不闻爷娘唤女声，但闻燕山胡骑声啾啾。"政，正。　④燕魏，燕指十六国中的前燕、后燕、南燕、北燕；魏指北魏。但燕魏北齐，《薛季宣集》卷十二作"虽胡燕索魏"。　⑤唐制，勋官自上柱国至武骑尉，凡十二转（级）。天可汗，宋王溥《唐会要·杂录》："贞观四年，诸蕃君长诣阙，请太宗为天可汗。"　⑥胡女，四库全书本作"女子"，此从永嘉丛书本《浪语集》卷十二。　⑦血食，谓受享祭品。　⑧起联说，谁会想到令人畏怯的威武将军，原来是娉婷女儿之身。西山种，谓将门之后。西山即山西。古谓华山以西地区多出名将。《汉书·赵充国传赞》："秦汉以来，山东出相，山西出将。"掌上身，称赞女子体态轻盈。唐白居易原本、宋孔传续撰《白孔六帖》卷六一《舞》："赵飞燕（汉成帝赵皇后）体轻，能为掌上舞。"罗隐《赠妓云英》："钟陵醉别十馀春，重见云英掌上身。"　⑨二联概括木兰万里征战和凯旋的情景。猪羊刀霍霍，

《木兰诗》:“小弟闻姊来,磨刀霍霍向猪羊。” ⑩三联称美木兰以将军开府(成立府署,自选僚属)理事,为国良臣。旂常,王侯旗帜。语本《周礼·春官·司常》:“日月为常,交龙为旂……王建大常,诸侯大旂。”乱臣,治臣。以“乱”为“治”,反训取义。《尚书·泰誓中》:“予有乱臣十人,同心同德。” ⑪结联是瞻望神龛内供奉的木兰塑像而引起的联想,充满景仰之情。清镜对,《木兰诗》有“当窗理云鬓,对镜帖花黄”句。此言木兰常想还归自己的女儿之身,对镜梳妆;但只能托之梦里,故说“梦回”。这同杜牧诗写的“弯弓征战作男儿,梦里曾经与画眉”,是一个意思。茜裙,绛红色裙子。千古茜裙新,言其女英雄风采千古如新。

【评】

全篇深含赞美,歌咏木兰将军以女子从戎御侮建立功勋的英雄业绩,她的义烈风范至今犹为人们传诵。诗写得好,序文卓有见解,更具意义和学术价值。关于《木兰诗》的产生时代及作者,自北宋以还,异说纷纭。宋郭茂倩编《乐府诗集》卷二三《汉横吹曲三·关山月》引《乐府解题》称“古《木兰诗》”;卷二五《梁鼓角横吹曲·叙》:“按歌辞有《木兰》一曲,不知起于何代也。”同卷录《木兰诗》,题下引南朝陈僧智匠《古今乐录》曰:“木兰不知名。”宋彭叔夏《文苑英华辨证》:“按刘氏次庄、郭氏《乐府》并云‘古词’,无姓名。”均极简略。本序提出以下五点看法:(1)言木兰为边郡胡女,代父征役,而不必真为黄冈人。(2)观其叙事,似燕魏(燕指十六国中的前燕、后燕、南燕、北燕,魏指北魏)北齐间人作。言《木兰诗》是北朝人的作品。(3)诗中所言“兵帖、将军、尚书郎”之类,皆南北朝以来官书通语。(4)全篇词意质朴,气格矫健(迈往不群之气),信是北朝人的语言风格。(5) 勋官十二转 (级), 为唐时官制,魏齐未备。北朝亦未有“可汗”之名,唐始有“天可汗”之号。这些意见都精确可据。惟定格为“拟乐府诗,唐人拟作”,即谓唐人仿乐府诗而作,虽其语气亦在疑似之间,尚把握欠准。

今谓:木兰必有其人,约当是北魏、北齐间人。唐人除杜牧有诗咏之外,白居易《白氏长庆集》卷二十《戏题木兰花》亦云:“怪得独饶脂粉态,木兰曾作女郎来。”然其姓名、里贯、事迹俱未详,后世各种记述,都出于民间传说和文学故事,如云姓花、姓朱、姓魏、姓木等,均无确证。现今研究认为:《木兰诗》为北朝乐府民歌,一些辞句经过唐人修饰。总的来说,薛序的精要论述,比稍后程大昌《演繁露》卷十六《木兰》和赵与时《宾退录》卷一的记述都要精辟详确。所以,薛季宣的《木兰将军祠》序,是自《乐府诗集》后有关《木兰诗》研究的一篇重要文献,值得我们重视。但可惜的是,它却被尘封被埋没了,近今出版的有关论著和中国文学史、专题史 (如萧涤非《汉魏六朝乐府文学史》等) 著作,都未见援及薛氏之说,这确实令人感到遗憾。余深恐薛说之湮没无闻,兹特拈出,期以引起研究者的注意。

读《三国志》

左角蛮攻触,南柯檀伐槐[①]。俳谐记名字,人物委尘埃[②]。锦里昔曾到,樊川今此来。遗风不可见,观古意悠哉[③]。

【注】

诗云“樊川今此来”,是为作者任鄂州武昌 (今湖北鄂城) 县令时作,在绍兴三十二年 (1162)。鄂州武昌为长江上游重镇,三国时孙权曾迁都于此；后还都建业（南京），亦于此置都督。隔江相对是黄州（今湖北黄冈），有赤鼻山，即苏轼辞赋所咏赤壁之战处。作者《胜亭雪望》云："连天忘却黄冈县，际水平将赤壁矶。"《三国志》，晋陈寿撰。

①蛮攻触，喻指为小利而争斗。典出《庄子·则阳》："有国于蜗之左角者，曰触氏；有国于蜗之右角者，曰蛮氏。时相与争地而战，伏尸数万，逐北，旬有五日而后反。"檀伐槐，喻指虚妄空幻之事。唐李公佐《南柯太守传》载，淳于棼梦游槐安国，官南柯太守。"是岁，有檀萝国者，来伐是郡"，相与大战。及梦觉，所谓槐安国者，居宅古槐树下蚁穴，南柯郡即古槐南枝小穴；所谓檀萝国者，宅东古涸涧大檀树旁蚁穴。二句对仗工整，运典妥帖。　②俳谐，诙谐戏谑。此指俳优杂戏。《宋诗钞》作"徘偕"，误。二句说，三国之英雄人物都已埋没尘埃，只有俳优演出的杂戏中还留存他们的故事。　③锦里，即锦官城，成都别称。成都为蜀国都城，有诸葛亮武侯祠名胜。李商隐《筹笔驿》："他年锦里经祠庙，梁父吟成恨有馀。"樊川，指樊溪，一名樊港，又名袁溪，在鄂州武昌县西樊山下。东为樊口，入长江。参见《明一统志》卷五九《武昌府·山川》"樊山、樊溪"诸条。樊山、樊冈、樊溪、樊水、樊港、樊口，作者诗中屡见，如《樊口候参政暮归》"飙从赤鼻下樊溪"。后四句说，昔时曾到锦里（成都）探寻蜀汉故迹，现今又亲临樊川（鄂城）孙吴重镇访古，往事悠悠，风流不再，令人俯仰兴怀。

【评】

王应麟《困学纪闻》卷十八《评诗》："薛士龙诗'左角蛮攻触，南柯檀伐槐'，的对也。"

杰曰：此武昌怀古之作。将读史与实地凭吊结合起来写，有充实的内涵，脱却泛泛吊古俗调。通篇笔墨洗练，意味隽永，不仅首联对工而已。

仵落回路得家书，是夕有归梦

梦入江南路，依然识旧庐。家人话生计，儿子督程书[①]。缭绕俗缘在，缠绵习气除。金鸡惊误我[②]，安问未为疏。

【注】

仵落，市镇名，宋属德安府云梦县（今属湖北）。《宋史》卷八八《地理志四·荆湖北路·德安府云梦县》："绍兴七年移治仵落市，十八年复旧。"按，本集卷二二《与汪参政明远论屯戍》云："某比者伏蒙钧旆，视师沔鄂，经从下县，得获迎拜道左。"季宣献屯戍之策："德安虽有军戍，其外并无藩篱，古之三关，漫不复守，仵落漕舟数百，沙碛不可上通。……仵落东入阳罗，西汉口，顺流而下，不及数程……万一敌以万人侵犯安陆，则我军与之相持，别军取仵落之舟，粮道可以兼得，顺流南略，则武昌、夏口为可深忧。"言仵落为水路漕运要冲，兵家所争，宜妥为区处。汪参政明远，即汪澈，绍兴三十二年（1162）四月除参知政事，七月诏命视师湖北京西（见元陈桱《通鉴续编》卷十七）。由是推知，本篇当是绍兴三十二年秋任武昌县令时，自仵落察访回途中怀家之咏。

①程书，指一日内限定要阅之书。语本《汉书·刑法志》"夜理书，自程决事，日县石之一"颜师古注引服虔曰："县，称也。石，百二十斤也。始皇省读文书，日以百二十斤为程。" ②金鸡，《神异经·东荒经》载，金鸡鸣"则天下之鸡悉鸣"。后用称报晓鸡。

【评】

得家书而怀归梦，娓娓叙来，真切有意致。

江行即事

春信潮声急，滔滔掩岸沙。客船离浦溆，渔笛起蒹葭。荡桨水光碎，转山帆影斜。篙工指烟树，依约有人家。

【评】

季宣五言佳联，如本题“荡桨水光碎，转山帆影斜”；“良马日千里，美人天一方”（《诚台雪望怀子都五首》之五）；“达仕租千石，虚名酒五经。岂能千日醉，未胜九年耕”（《乡思》）；“柔肠牵柳眼，困泪点花头”（《春阴》）等，皆可摘举。

周将军庙观岳侯石像二首（选一）

万死何知狱吏尊，威名盖代古难存[①]。二桃岂为功高赐[②]，一舸不容身退论[③]。几见饮江思道济，缪因图像削王敦[④]。沉碑千古蛟川恨，留与无穷客断魂[⑤]。之一

【注】

周将军庙，在江苏宜兴市，祀晋平西将军周处。《明一统志》卷十《常州府·祠庙》：“周将军庙，在宜兴县治南，祀晋平西将军周处，庙号英烈。”岳侯，绍兴五年岳飞进封武昌郡开国侯，故敬称岳侯。题下原注：“侯祠初毁，道士不忍坏侯像，沈荆溪中，因得不坏 。”据宋宜兴邑令钱谌《宜兴县生祠叙》（宋岳珂《金佗续编》卷三十引），建炎四年（1130）仲春，岳飞率军次于阳羡。时外侮内乱，交寇四境。飞斩枭首，降群盗，保民安宁。邑人德之，图像摹刻于

石，于周将军庙辟堂祠之，晨夕瞻仰。宋岳珂《金佗稡编》卷五《行实编年二·建炎四年》《宋史·岳飞传》所载略同。荆溪，在江苏南部，流经宜兴入太湖。

①首联说，岳飞盖代名将，却被诬陷下狱惨遭杀害，冤案古来罕有。狱吏尊，既是使典，又是纪实，用意深刻。先说使典，《史记·绛侯周勃世家》载，汉文帝时右丞相周勃被诬告下狱，受侵辱，不得不贿金求计于狱吏。后得昭雪，及出狱，曰："吾尝将百万军，然安知狱吏之贵乎！"再说纪实，宋徐梦莘《三朝北盟会编》卷二〇六(绍兴十一年十月十三日)："岳飞送大理寺……飞初对吏，立身不正，而撒其手。旁有卒执杖子，击杖子作声，叱曰：'叉手正立！'飞竦然，声'喏'，而叉手矣。既而曰：'吾尝统十万兵，今日乃知狱吏之贵也！'"本句下原注："侯初下大理，狱吏执笔请辞。大书纸尾而唾之，曰：'汝观今世，乌有大臣系狱而生者，趣具成案，吾为汝书。'"(唾，永嘉丛书本《浪语集》作"吐"，《宋诗钞》作"叱"，此从四库全书本) 岳侯跟汉代名将周勃遭遇相同并发同样的感叹(狱吏尊)，而结局不同竟遭残害，这更让人痛心扼腕！ ②二桃句，春秋时齐相晏婴欲除三勇士，请齐景公馈二桃让"计功而食"，三人弃桃皆自刎死。见《晏子春秋·内篇谏下》。后喻施阴谋杀人。诸葛亮《梁甫吟》："一朝被谗言，二桃杀三士。"为，四库本作"以"，《宋诗钞》作"是"。 ③一舸句，谓岳飞遭受构陷，朝廷必欲置之死地，连投闲置散退身江湖都不能容。 ④饮江，饮马长江。几见饮江，指建炎三年起金兵南侵，攻陷建康、临安等地。建炎四年，岳飞驻军宜兴，追击金兵收复建康。岳珂《金佗稡编》卷五《行实编年二·建炎四年》："破群贼，战常州，擒少主贝勒、李渭，复建

康府，献俘行在。”道济，南朝宋大将檀道济，功高为文帝所忌被杀。《宋书·檀道济传》：“初，道济见收，脱帻投地曰：乃复坏汝万里之长城！”作者《与汪参政明远论岳侯恩数》云：“昔魏佛狸饮马瓜步，宋文帝临江而叹，以为檀道济不死，虏不至是。……金兵南侵，金人自为‘岳飞不死，大金灭矣’之语。”（《浪语集》卷二二）可参证句意。图像，指周将军庙岳侯石像。王敦，东晋大臣，握有重兵，与堂弟王导等拥护司马睿建立东晋，后起兵谋篡夺政。见《晋书·王敦传》。这二句说，岳飞抗击金兵，平定江淮，人民为之立祠图像钦仰，朝廷却错误地将他看作王敦一流人物，终致像檀道济那样冤屈被害。　⑤结联说，今观石像沉碑，此诚千古恨事，留给后人无穷的悲痛。蛟川，即荆溪。晋周处于此斩蛟除害，故名。

【评】

为岳飞冤屈伸张正义之作，这恐怕是最早的一首，因此值得我们注意。作者家族与岳侯亦密有关系，季宣说：“先子荐飞为将，伯父参其军府。”（《浪语集》卷三三《笺先大夫行状》）季宣父薛徽言绍兴二年宣谕湖南时，“请岳飞绥定湖南及邻境”；“奏飞御军严肃，请以两路（指湖南、江西二路）盗贼并委之。”（《浪语集》卷三三《笺先大夫行状》）伯父薛弼曾任岳飞军幕参谋官（《宋史·薛弼传》“除岳飞参谋官”。相当今参谋长）。他在绍兴三十二年（1162）孝宗禅位后写的《与汪参政明远论岳侯恩数》中说：“恭惟皇上即位之始，首雪岳飞之冤，天下知与不知，无不称庆。”并进言应予彻底平反，反其田宅，以礼归葬，畀恩子孙。

本篇两条注文亦是宝贵史料，后一条注文披露岳飞在狱中情况，邓广铭先生撰引证极博的《岳飞传》(增订本) 亦未见援及。《宋史·薛季宣传》云："(少) 从 (薛) 弼宦游，及见渡江诸老，闻中兴经理大略，喜从老校退卒语，得岳 (飞) 韩 (世忠) 诸将兵间事甚悉。" 可见作者的记述是从实访所得。

新晴

起人舒惨作阴晴，九十春光只雨零[1]。宿草未萌波漠漠，落花归尽叶青青。风生远峤衔明月，雾敛长江吐涨汀[2]。天意乍回心自广，片时云路觉无形。

【注】

①春季三月，共九十日，故云"九十春光"。李商隐《春光》"九十春光斗日光"。 ②吐涨汀，"吐"谓露出。陈与义《巴丘书事》"十月江湖吐乱洲"。

【评】

范大士《历代诗发》卷二八："(风生联) 秀润。"

雨后忆龙翔寺（二首选一）

二峰高峙夹禅扃[1]，长落潮音逐磬声[2]。老僧睡起绝无事，不管波涛四面生。之一

【注】

据作者同题七律云："何事瓜期外留滞，短窗斜雨不堪愁。"(卷七) 是为宦游滞外忆怀故乡名胜之作。龙翔寺，即温州江心寺，高宗建炎四年 (1130) 赐名书额。宋赵鼎《忠正德文集》卷七《建炎笔录·建炎四年庚戌岁》："二月，车驾在温州港。初一日，御舟移

泊温州江心寺下，因赐名龙翔寺。有小轩东向，赐名浴日，皆御书题额。”［金陵之龙翔寺，为元文宗天历元年（1328）敕建］

①二峰，指东西二屿。宋杨蟠《江心寺》：“孤屿今才见，元来却两峰。”作者五律《龙翔寺》：“二江涵古寺，双屿耸平沙。”（二江，指瓯江及其支流楠溪）弘治《温州府志》卷十六《寺观·永嘉县》：“江心寺，在城北永清门外。二峰对峙，前代皆称孤屿。……绍兴，僧清了联属，建巨刹于两峰之间。”禅扃，寺门。　②磬，寺院召集僧众用的鸣器。潮音逐磬声，唐马戴《送僧归金山寺》：“夕阳依岸静，清磬隔潮闻。”

【评】

范大士《历代诗发》卷二八：“楚楚不俗，亦自成家。”

杰曰：诗写龙翔寺耸立中川，二峰夹峙，四面涛生，势欲浮动；复以磬声潮音相和鸣与老僧的安闲，化解汹涛拍岸的惊险，从而渲染了结宇孤屿、安禅巨浪的宏壮境界。寥寥数句，即能发露江心寺之胜，且又别含意蕴，表现了一种处险境而从容淡定的心态和襟怀。

不过，需要指出的是，薛诗后面这两句佳咏却有所出，系袭用了唐季诗人罗隐咏金山寺的诗句。北宋刘斧《清琐高议》前集卷九《诗渊清格》云：“罗隐有《题金山》之句，诗云：‘老僧参罢关门后，不管波涛四面生。’”此诗虽罗隐本集不载，然南北宋际阮阅《诗话总龟》前集卷十六已据《清琐集》（按即《清琐高议》）引录，前句作“老僧斋罢关门睡”，则其为罗诗无可怀疑（《全唐诗》卷六六五据《诗话总龟》辑为罗隐佚句）。因为温州江心寺，与润州（今镇江）居长江中之金山、焦山形势相似，故有“小金焦”之称（弘治《温州府志》卷十六言“为东瓯绝胜之地，虽金焦不多让也”），所以薛诗的移用十分恰当，同称写景浑切；而“睡起绝无事”，也比“参罢关门后”或“斋罢关门睡”要好一些。再说，罗诗的关键语“波涛四面生”亦有所本，显然受到前辈诗人许棠《题金山寺》诗“四面波涛匝（匝一作至），中峰日月邻”（《全唐诗》卷六〇三）的启示。故而，薛诗袭罗，罗诗又源自许。从宽容的角度说，此类点化仿效甚至搬用前人成句，如果不是生吞活剥的拆洗，倒也不失为是一种作诗的手法技巧，唐宋诗词中可以举说的成例甚多，一些名句就是在这样不断的运裁和磨莹中“点铁成金”，修成正果。这正如明代诗论家杨慎《丹铅总录》卷十二《太白杨叛儿曲》说的：“披朝华而启夕秀，有双美而无两伤。”

筠乡入夏野花方拆

墙匝丛丛绣舞茵，一般颜面各精神。筠乡不为东君去，野草闲花满路春。

【注】

绍兴三十二年（1162）任鄂州武昌县令时作。筠乡，当是作者知武昌时所居之地。本集卷八《闻蝉》云“自辟筠乡五亩阴”，卷九《樊口见郑崇阳不遇》云“经时兀兀坐筠乡”，卷三十《书〈武昌土俗编〉叙》末署“（绍兴壬午）六月庚午书于筠乡书舍”，皆可证。

【评】

言东君（司春之神）虽去，而野草闲花满路，胜似春光。不作伤春常语，别出新意。

徐　泳

徐泳，字荐伯，平阳人，居县城东郭。高宗绍兴二十七年（1157）武科进士，曾任福建路兴化军巡检，终忠训郎。能文善武，诗慷慨有奇气，甚得陈傅良、楼钥赞赏。著有《横槊醉稿》，弘治《温州府志》卷十八《书目》著录，已佚。《东瓯诗存》卷三存诗2首，《全宋诗》辑录7首。民国《平阳县志》卷三三《人物志二》有传。

陈傅良《止斋集》卷四一《跋徐荐伯诗集》："吾友徐荐伯，登武举第，一日示余《横槊醉稿》。余读已，喜荐伯慷慨有烈丈夫气。其诗词，视唐诸子矻矻弄篇章者多哉！当今诸公，如见荐伯诗，亦可解文武二途之惑。"

楼钥《攻媿集》卷七十《跋徐荐伯横槊醉稿》："'上马能击贼，下马作露版'，古人惟以许傅修期。荐伯儒者，由右学以奋。论议慷慨，谈兵如流，击贼何足言。读其诗，顿挫清厉，有壮士横槊之气。倚马而作露版有馀矣，修期何人哉！"　杰按：傅永字修期，北魏人，有文武才略。《魏书·傅永传》："高祖每叹曰：上马能击贼，下马作露布，唯傅修期耳。"

访孔文学

山绕晴溪水绕家，市槐坛杏夹溪斜[①]。门前不剪青青草，留待春风两部蛙[②]。

【注】

文学，指文学（经学）博士，学官名。

①夹,《东瓯诗存》卷三作“隔”,此从乾隆《平阳县志》卷二十。　②两部蛙,状蛙鸣喧闹,如两部(坐部乐和立部乐)乐队齐奏。《南齐书·孔稚珪传》:“稚珪风韵清疏,好文咏……不乐世务。居宅盛营山水,凭几独酌,傍无杂事。门庭之内,草莱不剪,中有蛙鸣。或问之曰:‘欲为陈蕃乎?’稚珪笑曰:‘我以此当两部鼓吹,何必期效仲举。’”此用同姓典,尤见亲切。

【评】

“门前不剪青青草,留待春风两部蛙。”写出雅士幽怀,拈来故典,运用自如。

林　升

林升,字云友,又字梦屏,平阳县苏湖里(今属苍南县)人。士人,约生活于高宗绍兴、孝宗淳熙间。

曾唯《东瓯诗存》卷四《宋》:“林升,字梦屏,平阳人。存诗一首。”　杰按:据清乾隆辛亥(五十四年,1791)纂修的《平阳八丈林氏宗谱》登载,第一百零九世林升:“字云友、梦屏。葬西程山。娶渡龙杨氏,生雄、熙。”八丈,今浙江苍南县灵溪镇百丈村(苍南县于1981年从平阳县析置)。渡龙,今苍南县灵溪镇。谱中载明:林升长子林雄,孙林方正;往上溯,父仲美,祖清,曾祖时鸣,高祖岐,曾高祖萼九。林升这一支系由曾高祖林萼九自长溪(今福建宁德市霞浦县)赤岸迁至横阳(浙江温州市平阳县)亲仁乡苏湖里(今属苍南县)。《东瓯诗存》小传谓“林升字梦屏,平阳人”，在这里找到了原始根据和证明，确凿无疑。故可得出结论：林升系宋平阳县荪湖里（今属苍南县）人。又按：《全宋诗》第50册卷二六七六小传云：“林升，字梦屏，平阳（今属浙江）人（《水心集》卷一二有《与平阳林升卿谋父葬序》）。”林升的表字、里贯据从《东瓯诗存》，那是对的；但括注引叶适文《与平阳林升卿谋父葬序》为证，以叶文“林升卿”为林升，则又画蛇添足，十分荒谬。详见《陈增杰集·“山外青山楼外楼”作者考辨》。

题临安邸

山外青山楼外楼①，西湖歌舞几时休。暖风熏得游人醉，直把杭州作汴州②。

【注】

此诗首见宋末谢枋得编《千家诗》卷上，题作《题临安邸》，署名林升；又载宋末于济、蔡正孙编集《唐宋千家联珠诗格》卷七《用作字格》，题作《西湖》，署名林梦井（卞东波校证：“井，似当作‘屏’。”）　杰按：“梦井”应是“梦屏”之讹。清厉鹗《宋诗纪事》卷五六、清曾唯《东瓯诗存》卷四并见选录。清王相《七言千家诗注解》卷上注：“按《西湖游览志》又载为林外作。林外，字岂尘，晋江人。绍兴进士，官兴化令。”捕风捉影，全无依据，沿袭清雍正十二年（1723）程元章等编纂《西湖志》卷四三《诗话一》的错误。

①楼外楼，明田汝成《西湖游览志馀》卷二三《委巷丛谈》：“前宋时，杭城西隅多空地，人迹不到……自六飞驻跸，日益繁艳，湖上屋宇连接，不减城中。有为诗云：‘一色楼台三十里，不知何处觅孤山。’其盛可想矣。”　②汴州，北宋都城开封。

【评】

《唐宋千家联珠诗格》卷七蔡正孙评释:“宋驻跸钱塘百有馀年,恋定西湖歌舞,而无恢复中原之志,今古遗恨。此诗多少感慨,且善下字,读者深味之。”　徐居正等增注:“杭城都涌金门外有西湖,山川秀发,景物繁华,邦人士女嬉游,歌舞之声不绝。诗意言:湖之形势如此,而歌舞无休息之时。不自醒悟,直以杭之偏方,便作汴之旧都,盖叹时人之投安一隅也。”

田汝成《西湖游览志馀》卷二《帝王都会》:“绍兴、淳熙之间,颇称康裕,君相纵逸,耽乐湖山,无复新亭之泪。士人林升者,题一绝于旅邸云(本篇从略)。”

杰曰:稍后,宁宗开禧二年(1206)临邛高孝璹游杭,《题临安西湖》云:“珠帘白舫乱湖光,隔岸龙舟舣夕阳。今日欢游复明日,便将京洛看钱塘。”(见宋魏了翁《鹤山集》卷六五《跋先表叔留题钟山西湖二诗后》)与林升之咏同一感慨也。

陈傅良

陈傅良(1137—1203),字君举,晚号止斋,瑞安帆游乡湗村(今瑞安塘下镇)人。家世务农,苦志勉学,年未三十讲学温州城南茶院书院,从学者常数百人,远近著闻。与张栻、吕祖谦友善,朱熹“视为畏友”(《四朝闻见录》甲)。34岁入读太学。孝宗乾道八年(1173)进士,历任太学录、福州通判、知桂阳军、浙西提点刑狱、权中书舍人,终集英殿修撰、宝谟阁待制。卒谥文节。

傅良之学以通知世务，稽求事实为本旨，上继郑伯熊、薛季宣，下传叶适、蔡幼学诸人，为永嘉学派之巨擘，在永嘉学派从性理转化事功的演进过程中发挥了承前启后的重要作用，赵蕃称其“辈流公第一”（《淳熙稿》卷十一《诗赋十章呈陈君举》）。其文切于实用，“密栗坚峭，自然高雅”（《四库全书总目》卷一五九《止斋文集》），自成一家，擅名当世；诗亦本于学，长于论议纵横，属思吐言往往出人意表，笔力沉着苍健，深蕴理致。事见《瓯海轶闻》卷七《陈文节公傅良》，《宋史》入卷四三四《儒林四》。

楼钥《攻媿集》卷九五《宝谟阁待制赠通议大夫陈公神道碑》：“公风度高远，动辄过人，诗律之精深，字画之遒媚，登览高致，吟讽低昂，亲之则使人意消，王谢韵度，尚可想也。”

叶适《水心文集》卷二九《题陈止斋帖》：“余尝评公不用诗家常律，及其意深义精，自成宫徵，而工诗者反皆退舍，殆过古人矣。然惟公能之，欲学者辄不近也。”　杰按：孙衣言《瓯海轶闻》卷七《止斋不用诗家常律》引此，称“论止斋诗可谓入微”。

韩淲《涧泉集》卷六《陈君举舍人集新刋三山因读其诗有感》：“陈止斋诗不草草，约貌前头诸旧老。大章短句可思议，妙意馀情愁绝倒。”

吴之良《林下偶谈》卷三《文字有江湖之思》：“陈止斋送叶正则赴吴幕云：‘秋水能隔人，白蘋况连空。’意尤远而语加活。”　又卷四《陈止斋》：“止斋之文，初则工巧绮丽，后则平淡优游，委蛇宛转，无一毫少作之态。其诗意深义精，而语尤高。后学但知其时文，罕有识此者。”

牟巘《陵阳集》卷十三《陈一斋诗序》：“永嘉自谢康乐后，山川神秀，皆发于诗，流风浸远，近代作者乃推陈止斋氏。大抵诗本于学，无论魏晋。一斋陈君，博物多识，而以诗名，视止斋犹曰：吾家子云耳。”

方回《瀛奎律髓》卷十三陈傅良《用韵咏雪简湘中诸友》批语：“陈止斋傅良字君举，漕湖南时作咏雪诗，今选二首，入冬日。亦足以见乾淳以来，一时文献之盛。止斋虽专以文名，而诗亦健浪如此。”

吴之振等《宋诗钞・止斋诗钞叙》：“研精经史，贯穿百氏，以斯文为己任，故其诗格亦苍劲，得少陵一体云。”

哭吕伯恭郎中舟行寄诸友

去年上溪船，落日建安旗①；今年上溪船，濡露金华草②。当代能几人，胡不白发早？念昔会合时，心事得倾倒。倚庐鱼鼓夜，联辔鸡人晓。遐搜接混茫，细剖入幽眇。挹注隘溟渤，扶携薄穹昊③。斯文何契阔，之子复凋槁。百年在无穷，寥廓一过鸟。家人征旧闻，学者拾馀稿。区区存万一，散逸谁可保。君看《鲁论》上，彭寿颜回夭④。于今悬日月，岂必言语好。傥无后来者，泯没秋毫小。南浮吴蜀会，北顾关河杳。怀哉各努力，人物古来少。

【注】

吕伯恭：吕祖谦（1137—1181）字伯恭，号东莱，婺州（今浙江金华）人。隆兴元年（1163）进士，历官著作郎、直秘阁。与朱熹、张栻合称“东南三贤”。祖谦与永嘉学者广有交往，于薛季宣、陈傅良、叶适尤推至。傅良与祖谦同龄，乾道六年（1170）他们在都城杭州结识，互相推服，谛为契友。祖谦卒于淳熙八年（1181），傅良曾亲往吊祭，有《哭吕大著至明招寺简潘叔度》诗。本篇为吕卒之明年（1182）舟行过金华时追怀之作。

①旐，出丧时用的魂幡。　②濡露句，祖谦葬婺州明招山，此言墓已生宿草。　③念昔八句：回忆相聚研讨往事。鸡人，宫廷中掌管更漏之人。据蔡幼学《宋故宝谟阁待制赠通议大夫陈公行状》，乾道六年（1170）傅良自晋陵（常州）还过都城（杭州），获交张栻、吕祖谦，共论"为学大旨，互相发明"，恨相见晚。清卢标《婺志粹》卷九《寓贤志·道学·陈氏傅良》云："按止斋先生与成公（吕祖谦）善，又善于张子（张栻）及陈同甫，详各集中。其遗郭氏书与其诗，交情之厚惓惓见于言外。"　④鲁论，原指汉代鲁人所传《鲁论语》（另有《齐论语》《古文论语》），后世亦称《论语》为《鲁论》。彭寿，传说殷商时人彭祖，寿八百岁。见汉刘向《列仙传·彭祖》。《论语·雍也》孔子言颜回"不幸短命死矣"。据《史记·仲尼弟子列传》，颜回卒时年四十一（一说年三十一）。祖谦年四十五卒，故伤之云"颜回夭"。　⑤吴蜀，《东瓯诗集》卷一作禹穴。

【评】

范大士《历代诗发》卷二七："切有关系之言，不止山阳闻笛，徒作悲悽。论者谓诗骨苍劲，得老杜之一体，当于其见解大处观之。"

杰曰：素朴的言句十分真挚地表述了痛失良友的伤感，情深意笃，读来哀凄感人。本集同卷有《张冠卿以前诗"怀哉各努力，人物古来少"之句为十诗见寄，次韵奉酬》，可见此篇当时广为同侪传诵。

庚子除夜有怀

老盆自酌共谁歌，叹息其如此夜何。已觉二毛嗔妇问，可堪一饭患儿多[①]。关河满眼风尘在，天地藏身岁月过。事业文章吾所畏，东阳人亦卧岩阿[②]。

【注】

庚子，指淳熙七年（1180），时年44岁。除夜，除夕。

①二毛，头发斑白，有二色。嗔，责怪。儿多，止斋有二子七女。二句以直白之言，如实叙写生活的辛酸。 ②东阳人，指南朝梁沈约，曾任东阳太守。卧岩阿，谓隐退。沈约少时孤贫，后历高位，昧于荣利，立宅东田，作《郊居赋》，有"抱寸心其如兰，何斯愿之浩荡。咏归欤而踯局，眷岩阿而抵掌"语。见《梁书》卷十三本传。

【评】

贺裳《载酒园诗话·陈傅良》："《冬夜感怀》曰：'已觉二毛嗔妇问，可堪一饭患儿多。'酸感之甚，殆不能再读。"

吴乔《围炉诗话》卷五："《冬夜感怀》云：'已觉二毛嗔妇问，可堪一饭患儿多。'真境真语。"

晚春二首（选一）

万枝寂寞待春风，风雨凄凄春已空[①]。未晓啼莺相唤语，海棠飞尽一庭红。之一

【注】

①凄凄，本集作"过多"，兹从《石仓历代诗选》卷一九三、《御选宋诗》卷七一改。

【评】

咏写春晚落红满庭的景象，借啼莺唤语，托出惜春情怀。结有馀韵。

月夜书怀二首（选一）

送客门初掩，收书室更虚。新篁高过瓦，凉月下临除①。妇病才扶杖，儿馋或馈鱼②。今朝吾已过③，莫问夜何如。之一

【注】

弘治《温州府志》卷二二收录题作《止斋月夜书怀》。雍正《浙江通志》卷五十《古迹十二·温州府下·止斋》："《仙岩寺志》：'陈傅良读书处。'陈傅良《止斋月夜书怀》诗（本篇略）。"又《读书台》："《仙岩寺志》：在仙岩上，宋陈止斋读书于此，凿盥手盂于崖畔，今尚存。"今按：此诗为作者里居仙岩时作，但其时并未命书室曰止斋。据蔡幼学《陈公行状》，傅良庆元二年罢职居里，始"榜所居室曰'止斋'"（参阅《止斋即事二首》注）。故而题作《止斋月夜书怀》者，"止斋"二字殆后人妄加。明王叔果《仙岩寺记》："永嘉之山，惟大罗山最钜，磅礴数十里。其西麓为仙岩，乃天下二十六福地，界永、瑞二邑境……宋儒陈止斋先生读书其中。朱晦翁亦尝来游，大书'溪山第一'四字。"

①除，台阶。　②妇病，《御选宋诗》卷四十作"妇药"，雍正《浙江通志》卷五十作"行处"。儿馋，雍正《浙江通志》卷五十作"餐时"。　③吾已过，雍正《浙江通志》卷五十作"风日好"。

【评】

方回《瀛奎律髓》卷十五："尾句高不可言。"

冯班评:“亦好,恨未工。”(《瀛奎律髓汇评》卷十五引)

纪昀《瀛奎律髓刊误》卷十五:“高老,可逼后山。”

许印芳评:“‘过’字复。”(《瀛奎律髓汇评》卷十五引)

杰曰:此首叙写平居生活,家常琐细,弥见真情。通篇笔墨质朴简峻,意味隽永。纪评精确,其格高句老,堪与陈师道(后山)相颉颃(后山擅长五律,作风凝练沉挚)。

海棠绝句

淡月看花似雾中,遽呼灯烛倚花丛。夜来月色明如昼,却向庭芜数落红。

【评】

初月朦胧,烧烛赏花;夜深月明,细数落红。笔致婉曲细腻,写出一片爱花恋花惜花的情结,可推为《止斋集》中最饶情韵之作。

桂阳劝农

雨耨风耕病汝多,谁将一一手摩娑?幸因奉令来循垄,恨不分劳去荷蓑。凉德未知年熟不,微官其奈月桩何[①]。殷勤父老曾无补,待放腰镰与醉歌。

【注】

淳熙十四年(1187)知桂阳军(今湖南桂阳)时作。傅良出身农家,曾谓“我亦窭人子,风雨蔽蓬户”(卷一《送赵叔静教授闽中四首》之二),故于民间疾苦深能体悉。诗中说:农家耕耨辛苦,却不曾得到关怀。自己奉命巡田,又未能荷蓑分劳。只恨德薄职微,无能减免捐税。愧对殷勤待我之父老,虔诚敬上一杯。写出了他对民瘼的体谅和同情，辞意恳挚。其实，傅良治郡有善政，减税赈灾，振兴当地农业生产，不严而化，惠及一方，是一位廉政爱民的官员，受到百姓称戴。蔡幼学《陈公行状》："治桂阳，首为教条，戒其吏以徙善远罪，谕其民以孝弟姻睦。人感公德意，不严而化。蠲民宿负及县月输（即月桩钱）之未入者，凡廪藏受输以例取赢者，悉裁之。明条目，简文移，县得达情于郡，而吏无所容奸，郡计自裕。"楼钥《陈公神道碑》云："公在桂阳，蠲除宿负，罢弛斜科……进登极银三千两，属方救荒，力不能办，申请减额，损三之二，实惠遂及一方。"雍正《湖广通志》卷七六《风俗志 · 衡州府桂阳州》有类似的记述。

①凉德，薄德。自谦之词。月桩，即月桩钱，宋廷为支应军饷而每月向州县加征的税目。因系计月桩办钱物，故称。详见《文献通考》卷十九《杂征敛 · 月桩钱》。

寄陈同甫

古来材大难为用，纳纳乾坤着几人[①]？但把鸡豚燕同社，莫将鹅鸭恼比邻[②]。世非文字将安托，身与儿孙竟孰亲[③]？一语解纷吾岂敢，只应行道亦酸辛[④]。

【注】

陈同甫：陈亮（1143—1194）字同甫，号龙川，婺州永康（今属浙江）人。豪迈有奇气，修王霸之略，喜谈兵，图恢复。绍熙四年（1193）举进士第一，授建康军节度判官，未到任卒。陈亮与永嘉学者交往密笃，其《与吴益恭安抚》书云："四海相知惟伯恭一人，其次莫如君举。"（《龙川集》卷二一）又言："君举吾兄，正则吾弟。”(《四朝闻见录》甲集《天子狱》) 宋濂《书东莱止斋与龙川尺牍后》云:“龙川以使气过锐,结怨群小,遂洊中奇祸。”七年间两度下狱,先是淳熙十一年(1184),因醉后戏言“涉犯上”,被朝臣何澹罗织“不轨”罪名就逮刑部;继于绍熙元年(1190),因家僮杀人为仇家诬告买通台官“下大理”治以重罪,幸得辛弃疾等援救方免不死。这首七律即写于是年陈亮第二次出狱之后,可以看作是一封带有规箴意味的书函。傅良深虑陈亮负才而意气从事(叶适言他“气豪而心未平”),出言失慎,屡因琐事而罹遭祸患,故以朋友悃赤之心,寄诗坦诚劝慰,婉语相诫。通篇写得恳切周挚,真情实意,溢见行间,所以贺裳说读之深被感动。作者《答陈同父·第三书》作于同时,也劝告说“闾巷虮虱之徒,时欲置之罪罟”,故吾辈当“居乡如处女”,“不堕小人穽中”。可以参览。

①古来二句:言高才难获世用,古今之所同叹;浩浩乾坤,为什么包容不下那些超常不群的人才?为陈亮的坎壈不遇鸣屈,深表不平。杜甫《古柏行》“古来材大难为用”。又《野望》:“纳纳乾坤大,行行郡国遥。”杨伦镜诠:“纳纳,包容貌。” ②但把二句:劝解他居乡里宜宽和睦处,不必因琐小生衅。燕,同“宴”。鸡豚燕同社,出韩愈《南溪始泛》“愿为同社人,鸡豚燕春秋。”鹅鸭恼比邻,取杜甫《将赴成都草堂途中有作先寄严郑公五首》之二“不教鹅鸭恼比邻”。 ③世非二句:谓吾等托身学问著述,舍此焉归?多自珍重,即或自家儿孙也哪能比得上自我的珍摄。孰亲,哪一个更亲近。《老子》有“名与身孰亲”语。作者《寄陈同甫生日》有云“身将世谁亲”,可参悟其意。 ④一语二句:谓不能为你分劳排难解纷,只是想到世道艰难,聊此微言献芹。

【评】

贺裳《载酒园诗话·陈傅良》:《寄陈同甫》曰:“古来材大难为用,纳纳乾坤着几人?但把鸡豚燕同社,莫将鹅鸭恼比邻。”上句即所谓“民之失德,乾糇以愆”也。合两句并观,见俗情虑浅,恩怨本无大故,而毁誉由之。同甫屡经祸患,故以为戒。下云:“世非文字将安托,身与儿孙竟孰亲?一语解纷吾岂敢,只应行道亦酸辛。”读至此真欲泪下。尝叹如李伯禽者毋论,即“骥子好男儿”,少陵讵得其力?此困穷之士,齿豁头童,旁搜远绍而不悔也。 杰按:李伯禽,李白之子。“骥子好男儿”,见杜甫《遣兴》诗。骥子,即宗武,杜甫仲子。此承上句“身与儿孙竟孰亲”意,谓杜甫纵有宗武那样的好儿子,而垂老流落,无获有助。

陈衍《宋诗精华录》卷三:“经过忧患,乃有此忠告。”

杰曰:此诗在写作上有两个特点:一是善于融化古句,运裁熨帖;二是突破常格,叶适所言“不用诗家常律”。杜甫有一首表现了高度熟练技巧的白话体七律《又呈吴郎》:“堂前扑枣任西邻,无食无儿一妇人。不为困穷宁有此,只缘恐惧转须亲。即防远客虽多事,便插疏篱却甚真。已诉征求贫到骨,正思戎马泪沾巾。”傅良此诗在格律上就是仿效杜体笔法,以书代简,以文为句,纯用议论,又全说白话,随意抒写,不丽不工,而自成韵调,技法上别是一格。《宋诗钞》谓陈诗“得少陵一体”,此可举为一例。

送辛卿幼安帅闽

长才自昔恨平时,三入修门两鬓丝[①]。瓮下可能长夜饮,花间却学晚唐词[②]。潸然北顾关河永[③],简在西清日月迟[④]。双雁乘凫沧海上，与君从此恐差池[⑤]。

【注】

辛卿幼安：辛弃疾（1140—1207）字幼安，号稼轩，历城（今山东济南）人。英杰不凡，一生力主抗金北伐，收复中原。绍熙四年（1193）迁大理少卿，加集英殿修撰知福州，兼福建安抚使。是年秋辛自京（杭州）赴任，本篇为送行作，傅良时任中书舍人。本集卷二三《直前札子》有“彼辛弃疾召为大卿，即去为帅”诸语。傅良大弃疾3岁，与弃疾是志同道合者，绍熙五年（1194）十二月傅良落职。“以御史中丞谢深甫言其芘护辛弃疾，依托朱熹。”（《宋会要》102册《职官·黜降官十》）《宋元诗会》卷四四选录，诗后有小注：“幼安词妙一世，而诗句不传，良恨事也。”

①平时，太平时日。修门，战国楚国郢都城门，见《楚辞·招魂》汉王逸注。后指京都城门。二句言辛具将帅之才，志在经略中原，虽数获召见，终不能施展其抱负。恨平时，是“长才”而不得大用的婉辞。 ②花间句，叹言将军而作词人（花间学作小词）。这是对大材小用、有志不遂的惋叹。于钦《齐乘》卷六《人物志·辛幼安》云：“宋人既以伧荒目之而不柄用，中原又止以词人目之，为可惜也！”晚唐词，词始行于晚唐，故称。 ③潸然北顾，言北望沦陷的中原河山，不禁伤心落泪。辛弃疾《菩萨蛮·书江西造口壁》：“西北望长安，可怜无数山。”《南乡子·登京口北固亭有怀》：“何处望神州，满眼风光北固楼。” ④简在，《论语·尧曰》：“帝臣不蔽，简在帝心。”邢昺疏：“郑玄云：‘简阅在天心。’言天简阅其善恶也。”简，训“阅”。西清，指内廷。此句说，帝廷固能明察，只恐岁月被耽搁了。 ⑤双雁乘（shèng）凫，指地方长官的印符。物

二曰乘。《宋元诗会》卷四四作“乘雁双凫”。差池，犹参差，不齐貌。言不能相聚一起。

游赵园

主人避客竟何之，雨过停桡落日迟。赖有畦丁曾识客，来禽花送两三枝[①]。

【注】

赵园，在瑞安金岙。作者有五律《游金岙赵园》。嘉庆《瑞安县志》卷一《山川》：“金岙山，在城东二十里。”

①畦丁，园丁。来禽，果名。即沙果，又称花红、林檎。《艺文类聚》卷八七引晋郭义恭《广志》：“林檎……一名来禽，言味甘熟则来禽也。”

【评】

游园而未遇主人，不免扫兴；园丁的殷勤送花，让客怀差得慰藉。四句诗，具体叙写这样一个访游过程，不作修饰，朴淡而具意味。“避客”“赖有”都使得有情趣。

和张端士初夏兼简潘养大

绿阴四合水迷津，春去虽愁却可人。无数飞萤窥案帙，有时乳燕落梁尘。满塘荷荫将还旧，试火茶香又斩新[①]。短夜得眠常不足，僧钟遮莫报昏晨[②]。

屈原、贾谊、陶渊明文辞皆喜道孟夏，而悲乐不同。虽所遭之时异，要亦怀抱使然尔。端士寄《夏日》一首，若无聊然，因和其韵。

【注】

张端士，止斋门人。本集同卷有《张端士以诗送兰蕙因和其韵》，卷三八有《答张端士》书五通，言其“新词相好，要是未圆熟耳”。潘养大，作者诗友。

①试火句：大意说，又到了换用新茶的时候，调火烹饮，茗香远闻。试火，指煮茶调试火候。清陆廷灿《续茶经》卷下之一《五茶之煮》：“人但知汤候，而不知火候。火然则水干，是试火当先于试水也。”按：茶香之“茶”，本集卷八及《宋诗钞》等均作“包”，不可索解，且与上句“荷荫”不能对应，疑为讹字。及见明曹学佺《石仓历代诗选》卷一九三选录作“茶”，乃恍然悟，遂据校正（浙大版校点本《陈傅良先生文集》失校）。斩，《石仓历代诗选》作“已”、《宋诗钞》作“换”。按：作“已”为好。 ②遮莫，莫要。

【评】

咏初夏景物可人，充满新鲜气息和生活情趣，清俊爽朗，韵调流畅。“无数、有时”联，偶对自然而有意致。结语见萧散闲适之意。

止斋即事二首（选一）

教子时开卷，逢人强整襟。再贫看晚节[①]，多病得初心。地僻芰莲好，山低竹树深。寄声同燕社，明月又秋砧[②]。之二

【注】

宁宗庆元二年（1196）罢职还乡后家居所作。宁宗即位，傅良授任中书舍人，刚正敢言，为权奸所不容。时韩侂胄当权，排斥忠正，查禁“伪学”，傅良名在党籍，被参劾免职归里。蔡幼学《陈公行状》：“庆元二年夏，言者复交章诋公，诏降三官，罢宫观。公

屏居杜门，一意韬晦，榜所居室曰‘止斋’，日徜徉其间。宾至则相与讲论经史，亹亹不厌。故旧之在朝者，或因人问公起居，公皇恐逊谢而已。”诗作于此时，反映了他罢职闲居百感交集的“岑寂”心境，归田自娱，又忧谗畏讥，“隐忧”国事。作者《止斋曲廊初成》写道：“止斋十数间，卒以便衰老。……于中榜退思，谁其谅深抱。吾思亦已晚，吾退盍更早。怀哉彭泽令，仰止商山皓。”（卷四）可以窥见他此际的心境。止斋，在今温州市南20公里仙岩山麓，其遗址今建有陈傅良纪念馆。

①再，《瀛奎律髓》卷二三、《东瓯诗集》卷一、《宋诗纪事》卷五四、《东瓯诗存》卷三均作“最”。钱钟书《宋诗纪事补正》云：“‘最’字明弘治本作‘再’，于义较长。”今按：本集卷八及《石仓历代诗选》卷一九三、《宋诗钞》均作“再”，钱说是。“再、最”温州方言同音，或致讹。《御选宋诗》卷四十作“甘”，非。看，《石仓历代诗选》作“知”。　②寄声同燕社，纪昀《瀛奎律髓刊误》校：“疑作‘寄身同社燕’。”钱钟书《宋诗纪事补正》从之，谓：“第七句不可通，当据《瀛奎律髓》卷二十三纪晓岚批语改正为‘寄身同社燕’。”今按：燕社，即社燕，古人习用，并无不妥，不烦乙改。宋王之道《相山集》卷十八《贺新郎·送郑宗丞》词：“燕社鸿秋人不问，尽管吴笙越鼓。”宋周必大《文忠集》卷二八《静晖堂记》：“于是山川城郭，杂然在目，如新丰之复见，燕社之复至也。”皆其例。此当指秋社之燕。月，《律髓》《瓯集》《宋纪》《诗存》均作“日”。

【评】

方回《瀛奎律髓》卷二三：“君举以时文鸣。此二诗高古，缘才高也。”

冯班评："止斋诗不多见，观此二首，真作家也。'最贫看晚节'，谁看？"（《瀛奎律髓汇评》卷二三引）

纪昀《瀛奎律髓刊误》卷二三："三四沉着深至语。不袭古人，而直逼古人，非寻常议论为诗之比。"　"才高以馀力为诗，亦自胜人，然毕竟不能深细。昌黎之诗亦然，不但止斋也。"

许印芳评："唐人于良史诗云：'僻居人事少，多病道心生。'止斋此诗下句，正是袭用于语，而意较切实。上句独造，意尤深警。于诗远不能及，此皆炼意胜古人处。晓岚乃称其'不袭古人而直逼古人'，非也。"（《瀛奎律髓汇评》卷二三引）

杰曰：此作后人赞不绝口。颔联"再贫看晚节，多病得初心"，尤称名隽。上句言处贫贱而不移，保持贞节；下句说历经病难（也可理解为挫折），始能返归素朴的本心。这是作者历练体会之言，也是带有哲理的话。　又按：止斋五言佳句，他如《村居二首》之二："习成杯酌少，脱落语言工。危坐看流景，新萌又落红。"结言蓄有馀味。《和朱宰游丁园韵》："日静竹光合，风暄花气浮。"工致绮丽，遥有六朝馀韵。

黄氏老山楼

世路倦追攀，抱书藏故山。与山成二老，相对两苍颜。

【注】

此篇本集不载，据自雍正《浙江通志》卷四四《古迹六·绍兴府上·黄氏山堂》："《名胜志》：新昌县南百步许，宋黄庭所居。中有饱山阁、得心亭、老山楼。陈傅良《黄氏老山楼》诗（本篇略）。"乾隆《绍兴府志》卷七一《古迹志一·黄氏山堂》载同。老山楼，在新昌县（今属浙江）。黄氏，当指黄度（1138—1213），字文叔，新昌人。隆兴元年（1163）进士，在朝曾与傅良同僚。叶适《黄文叔周礼序》云："君举素善文叔。"宋张淏《会稽续志》卷五《人物·黄度》："度平生淡泊，一室萧然，无耳目之娱。独嗜书，至老不倦。"楼钥《石时亨饱山阁》序："况昔止斋陈君举洎薛象先诸公，往来必游焉，此阁名因以传，黄文叔则又里人也。"楼诗作于嘉定五年（1212）。黄庭为黄度弟，登开禧元年（1205）进士，曾任池州教授，年辈较止斋晚。傅良此诗当是客游绍兴时写的。

【评】

此真名作也。寥寥二十字，笔墨简峭，命意绝高，耐人吟味。"与山成二老，相对两苍颜。"与山灵相对，俨若宾主，融洽无间，表现了遗世而独立的情怀，又有一种兀傲睥睨的意概。与太白《独坐敬亭山》之咏："众鸟高飞尽，孤云独去闲。相看两不厌，只有敬亭山。"可谓神理相通，得嗣响矣。

潘 柽

潘柽（约1137—1206），字德久，号转庵[①]，永嘉潘桥（今温州市瓯海区潘桥镇）人。他的家族有崇文重武的传统，叔伯父"俱登科"[②]。父文虎，靖康元年（1126）武科状元。柽以父荫补武职，召试为閤门舍人。淳熙十六年（1189）随贺生辰使出行金国，晚年参佐建康府戎幕[③]，终任福建路兵马钤辖（军区统兵官）。弘治《温州府志》卷十、《两浙名贤录》卷四六有传。

潘柽是南宋武臣能诗的出色代表，刘克庄谓："先朝武人能诗者有曹翰、贺铸、刘季孙，南渡以来有刘翰、潘柽，其警句皆脍炙人口。"（《后村大全集》卷一〇七《何统制诗》）又谓刘、潘"尤为项平庵（安世）、叶水心赏重。"（前书卷一一〇《徐总管诗卷汝乙》）潘柽居永嘉四灵之先，首倡晚唐体，可以说是开拓推进永嘉诗风的前驱。叶适很是推崇他，言其文武双全，《送潘德久》云："闻道将军如郤縠，不妨幕府有陶潜。"为其诗集作序，在他去世后作诗哀悼，比之唐诗人韦应物。他在诗坛颇为活跃，交游广泛，同当时名家如姜特立、陆游、陈造、辛弃疾、叶适、姜夔、敖陶孙、徐照、徐玑、韩淲等并有唱酬。与同里许及之等结为诗社，被推为盟主④，许酬赠诗多至60馀首，极为推服，称其"诗眼既高"，用"心独苦"⑤；"硬语崚嶒"，"窠臼已脱"⑥。所著《转庵集》已佚，《两宋名贤小集》卷二八六录存14首，清曾唯《东瓯诗存》卷三编录20首，两书互补，可得诗23首。所存篇数虽少，然多佳构。

①夏承焘《天风阁学词日记》1932年附："初不晓其'转庵'之号，何所取义。近乃悟其用佛家'转识成智''转依'之说。"（浙江古籍出版社，1984年版，第一册，第309页） ②陈思、陈世隆《两宋名贤小集》卷二八六《转庵集叙》："诸父文饶、文孝、文礼俱登科。文饶字民则，学本濂洛，尤为多士所宗。父虎，右科第一。" ③陈傅良《止斋集》卷七《送潘德久之官建康》有"老为宾客从戎幕"句。 ④许及之《涉斋集》卷五《再次韵》："转庵夙昔董诗盟，同社歌呼剧欢伯。"卷十《重阳前两日集转庵同社而今日忽雨次转庵韵》。 ⑤前书卷三《再次转庵韵》："誓不惊人死不休，言是良工心独苦……转庵更是可怜人，诗眼既高窥字髓。" ⑥前书卷三

《次转庵用坡公韵并简洪槔野》："细哦纤巧天许觑，硬语峻嶒神所借。窠臼已脱卑晋宋，真淳更拟出陶谢。"

叶适《水心集》卷八《诗悼路钤舍人德久潘公三首》之一："诗人冥漠去何许，花鸟相宽不作愁。耆旧只今新语少，九原唤起韦苏州。"　又卷十二《周会卿诗序》："德久漫浪江湖，吟号不择地，故所至有声。"

韩淲《涧泉集》卷三《赠潘德久舍人》："闲常喜哦诗，逢君了无句。岂不有所思，盖噤莫敢吐。"

陈思、陈世隆《两宋名贤小集》卷二八六《转庵集叙》："平生喜为诗，下笔立成，声名藉甚，人莫能俦。永嘉言唐诗自柽始。"

方岳《秋崖集》卷三八《潘君诗卷》："潘德久诗，不宫不商，自成音调。水心谓永嘉言诗皆本德久，意其傲兀试席，如深丛孤罴，一第溷渠耳。"

韦居安《梅磵诗话》卷中："水心先生序其诗集，言德久十五六，诗律已就，永嘉言诗皆本德久。读书评文，得古人深处。"　杰按：叶适《转庵集序》今佚。

孙衣言《瓯海轶闻》卷二八《文苑·潘柽》："许及之《涉斋集》与德久酬唱最多，推服亦最至。(引赠潘诗略) 于转庵诗诚有味乎其言之也。深父诗功甚深，五七古几欲上摩坡、谷之垒，而推许德久如此，惜转庵全集今不可见耳。"

孙锵鸣《东嘉诗话》："(举引潘诗14首) 诸体字字清警，不失唐人矩矱。"

岁暮怀旧

白发将朱颜，一去几时返。怀哉不能寐，展转复展转[①]。雀噪晓窗白，鸡鸣芳岁晚。梅花眼中春，故情千里远。

【注】

①展转，翻身貌。形容忧思不寐。

书姜夔《昔游诗》后

我行半天下，未能到潇湘。君诗如画图，历历记所尝。起我远游兴，其如鬓毛霜。何以舒此怀，转轸弹清商[①]。

【注】

姜夔（1155—1206），字尧章，号白石道人，饶州鄱阳（今江西鄱阳县）人。一生未仕，浪迹江湖，晚居苕溪（今浙江湖州市吴兴区）。词为南宋一大家，格律精妙；诗亦婉丽秀远，韵调清雅。潘柽与姜夔交情颇厚，不仅为取别号，唱酬亦多。姜集中有赠酬诗6首，称“囊中只有转庵诗”，足见推重。昔游诗：姜夔《白石道人诗集》卷上有《昔游诗》十五首，序云：“夔早岁孤贫，奔走川陆，数年以来，始获宁处。秋日无谓，追述旧游可喜可愕者，吟为五字古句。时欲展阅，自省生平不足以为诗也。”后附潘柽此作。参见作者《姜尧章自号白石道人赠之以诗》注。

①轸，系弦线小柱。转轸，转柱以调琴弦。清商，五音中的商声，其调凄清悲凉。此言弹奏清商之曲以舒悲怀。

题钓台

蝉冠未必似羊裘[①]，出处当时已熟筹。但得诸公依日月，不妨老子卧林丘。英雄陈迹千年在，香火空山万木秋[②]。自笑黄尘吹鬓客，爱来祠下系孤舟[③]。

【注】

此诗见载《诗家鼎脔》卷上、《两宋名贤小集》卷二八六、《瀛奎律髓》卷三、《宋艺圃集》卷十二，见为选家青睐。钓台，在浙江桐庐县城西15公里富春山，下临桐江，为东汉高士严光（子陵）钓隐处。

①蝉冠，汉代侍从官所戴之帽以蝉纹为饰，插以貂尾。后用指高官。羊裘，指隐者。严光与光武帝刘秀同学，刘秀登位，征聘任官，光坚辞不就，“披羊裘钓泽中”。见《后汉书·逸民传·严光》。 ②在，《诗家鼎脔》卷上作“事”。香火句，钓台处有严子陵祠，建于北宋景祐年间。 ③自，《困学斋杂录》作“绝”。孤，《诗家鼎脔》作“扁”。

【评】

徐玑《二薇亭诗集》卷上《潘德久挽词》：“悠悠想精魄，如赋钓台初。”

蔡正孙《诗林广记》后集卷十《钓台》：“子陵钓台赋者甚众，如文正公此诗，真足以廉顽立懦。其后如黄鲁直云：‘平生久要刘文叔，不肯为渠作三公。能令汉家重九鼎，桐江波上一丝风。’戴式之云：‘万事无心一钓竿，三公不换此江山。平生恨识刘文叔，惹起尘名满世间。’潘柽有云：‘蝉冠未必似羊裘，出处当时已熟筹。但得诸公依日月，不妨老子卧林丘。’皆佳句也，因并及之。”　　杰按：光武帝刘秀，字文叔。明黄溥《诗学权舆》卷十九《宋七言绝句》引范仲淹、黄鲁直、戴式之、潘柽诗后云：“是皆以范为之骨而各极其工者也。”

方回《瀛奎律髓》卷三《题钓台》批语：“叶水心快称其诗，竟谓永嘉四灵之徒，凡言诗者皆本德久。”

韦居安《梅硐诗话》卷中：“《题钓台》一联云：‘但得诸公依日月，不妨老子卧林丘。’为人传诵。”

鲜于枢《困学斋杂录》：“潘转庵《题钓台》诗云（本篇略）。”

纪昀《瀛奎律髓刊误》卷三：“亦是常语，前四句尤有野气。”

梁章钜《浪迹续谈》卷二《潘柽》：“前四句虽常语，而却旋转自如，后四句则偏率矣。诗派虽开四灵之先，其工力实不相上下也。”

孙衣言《又食沙噀三和深父韵》：“路钤舍人无出身，钓台一作殊清新。词仙白石称同调，与许唱和交有神。”

杰曰：诗借咏严光高隐事，抒发自己的襟抱。“但得诸公依日月，不妨老子卧林丘”，坦露心迹，尤见高情远志。这是从自我视角对严光辞官隐处做出的与以前诗家不一样的解读和评判，有独到的体会，故称新警。清人冯班批评说：“全不似严光。俗肺肝不堪咏高士。”（《瀛奎律髓汇评》卷三引）出于惯性思维，拘守一成不变的题咏模式，未足为训。

送友人游金陵

酒尽谭馀意转新，北风一舸下寒津。遥知白下登楼处，正欠黄初着句人[①]。往事省来多岁月[②]，旧游疏似晓星辰。半山斜日荒凉寺[③]，更有残碑待拂尘。

【注】

①白下，南京别称。东晋时筑有白下城，唐初更金陵县名白下县。黄初，三国魏文帝年号（220—226）。这时期诗歌与建安风格相近，严羽《沧浪诗话·诗体》称为"黄初体"。　②省，《宋诗纪事》卷五九据《前贤小集拾遗》作"生"。按：从意义讲，作"省"为是。　③半山寺，即报宁禅院。王安石晚年居金陵城外半山园，元丰六年奏请舍宅为寺，赐名报宁。李壁《王荆公诗注》卷四《题半山寺壁二首》："半山报宁禅寺，公故宅也……元丰之末，公被疾，奏舍此宅为寺，有旨赐名报宁。"陆游《入蜀记》卷二："半山者，王文公旧宅，所谓报宁禅院也。自城中上钟山，此为中途，故曰半山。"

【评】

王普《诗衡》："余最爱其'往事生来多岁月，旧游疏似晓星辰'之句。"（《全浙诗话》卷十三《潘柽》引）

杰曰：通首浑成，笔调舒畅，情景相生。"遥知白下登楼处，正欠黄初着句人。"不唯流水对工（白下、黄初），且从对面着笔，设想此刻友人登临之际定当忆念于我，将思念之情加倍写出。与王维《九月九日忆山东兄弟》"遥知兄弟登高处，遍插茱萸少一人"，同一手法。颈联亦饶意味。

上龟山寺

菜花开处认遗基，荒屋残僧未忍离。寺付丙丁应有数，岸分南北最堪悲[1]。金铃塔上如相语[2]，铁佛风前亦敛眉。野匠不知行客意，竞磨浓墨打顽碑。

【注】

淳熙十六年（1189）潘柽以都干（都统制僚属）随宋廷贺生辰使出行金国，途经盱眙游上龟山寺作。上龟山寺，在泗州盱眙县（今属江苏）西，北宋天禧二年（1018）建。其地处南宋与金的边界。北宋张舜民《郴行录》："辛卯，次洪泽口，过龟山寺。辛奉议继至，同游久之。寺临淮水，负小山，规制壮丽，自京师以南寺观皆不及也。乃真庙所建。佛殿三牓石曼卿书，笔力劲健。"

①丙丁，古以十干配五行，丙丁属火，因以代称火。岸分南北，宋金以淮河分疆，淮河北岸即为金国，故言"最堪悲"。 ②金铃句，韦居安《梅磵诗话》卷中："或未喻'金铃塔上如相语'之句，余按《晋书·佛图澄传》，澄能听铃音以知凶吉，往投石勒。及刘曜攻洛阳，勒将杀之，其群下咸谏以为不可。勒以访澄，澄曰：'相轮铃音云："秀支替戾冈，仆谷叩秃当。"此羯语也。"秀支"军也，"替戾冈"出也，"仆谷"刘曜胡位也，"叩秃当"捉也。此言军出当捉得曜。'勒遂擒曜。德久用此事，不无深意。"

【评】

方回《瀛奎律髓》卷四七："'丙丁、南北'之对，巧中有味。"

韦居安《梅磵诗话》卷中："尝从使节出疆，有北征往来所赋，《上龟山寺》云（本篇略）。"

冯班评："首联好，落句不好。"（《瀛奎律髓汇评》卷四七引）

纪昀《瀛奎律髓刊误》卷四七："（三四句）此二句好在悲壮，以二字巧对取之，浅矣。" 又："三四好，后半微粗而气壮。虽异雅吟，终非滑调。”

杰曰：潘柽此番随使出行，陆游作《送潘德久使蓟门》云“因君试求出师路……北风正可乘冰渡”（《剑南诗稿》卷二十），期以恢复；许及之作《送潘德久都干为贺生辰使属》云“父老相逢勤劳苦，为言咫尺中兴年”（《涉斋集》卷九），慰告遗民。他登临古寺，荒残触目，瞻望南北情势，不禁感慨伤怀。“寺付丙丁应有数，岸分南北最堪悲”，写得十分悲愤，跟杨万里《初入淮河四绝句》所咏“船离洪泽岸头沙，人到淮河意不佳。何必桑乾方是远，中流以北即天涯”，是临边爱国志士共同的伤痛。潘柽七律，脱却熟滑浮泛，下笔沉稳，深含意慨。格律上“不宫不商，自成音调”（方岳《潘君诗卷》），“不失唐人矩矱”（孙锵鸣《东嘉诗话》）。上选数篇，可以举例。

还自钱塘道中

江上青山落照边，江头归客木兰船[①]。春鸥自共潮回去，一点飞来是柳绵[②]。

【注】

①木兰船，原指以木兰木建造的船。后用为船之美称。　②春鸥二句说，春鸥追逐着江潮浪花渐飞渐远，伴随我归去的只有那飞扬的柳绵（柳絮）。

【评】

抒写还乡途中钱塘江上舟行的感受。江间风景宜人，诗人的心境是愉悦的，画面也充满了诗情和韵趣。

自滁阳回至乌衣镇

行人原不恨长途，下马旗亭酒可沽。回首瑯琊山不见，西风吹起豆田乌①。

【注】

滁阳，即滁州（今安徽滁县）。乌衣镇，《大清一统志》卷九十《滁州·关隘》："乌衣镇，在州东南三十里。"

①瑯琊山，亦作琅邪山。《大清一统志》卷九十《滁州·山川》："瑯琊山，在州西南十里。……乐史《太平寰宇记》：东晋元帝为瑯琊王，避地此山，因名之。"欧阳修《醉翁亭记》："环滁皆山也。其西南诸峰，林壑尤美，望之蔚然而深秀者，琅邪也。"田，《东瓯诗存》卷三作"花"。

【评】

旁人视长途可畏，自己却觉得几乎是一种享受，不唯旗亭有酒可沽，沿途还可以赏览琅琊山和田野风景，而且驱驰间便走完全程。以轻快的笔调，抒写旅途情趣，见出诗人豁达爽朗的襟怀。

平江道中

不载图书载酒杯，姑苏台下小徘徊①。东风不识人心老，摆柳吹花一并来。

【注】

平江，宋政和三年升苏州为平江府。

①姑苏台，一名姑胥台，在江苏吴县西南姑苏山上，春秋吴王阖闾始建，夫差重筑。

姜尧章自号白石道人，赠之以诗

人间官爵似摴蒱，采到枯松亦大夫[①]。白石道人新拜号，断无缴驳任称呼[②]。

【注】

据《白石道人诗集》卷上附录，题从《宋诗纪事》卷五九。

①爵，《鹤林玉露》卷二作“职”。摴(chū)蒱，亦作“摴蒲”。古博戏名，以掷骰（投子）决胜负。曹丕《艳歌何尝行》：“小弟虽无官爵……但当在王侯殿上，快独摴蒲、六博。”枯松亦大夫，秦始皇封禅泰山，避风雨于松下，因封松为五大夫。见《史记·秦始皇本纪》及汉应劭《汉官仪》。二句说，世间官爵泛滥，好比赌桌上抛掷的骰子（投子），连拾到的枯松也能封列大夫。 ②缴驳，驳还奏章。《元典章·朝纲·纪纲》：“昔唐以中书（省）奏事，门下（省）缴驳，尚书（省）奉行。”此接上二句意谓：可这回姜诗人拜封“白石道人”，却无须上奏朝廷恩准，亦断不会被有关部门驳还奏事，可以任凭称呼。前句云“新拜号”(白石道人封号)，故戏以官话“缴驳”调侃之。

【评】

姜夔《白石道人诗集》卷上《余居苕溪上，与白石洞天为邻。潘德久字予曰白石道人，且以诗见畀。其词曰（引本篇略）。予以长句报贶》：“南山仙人何所食，夜夜山中煮白石。世人唤作白石仙，一生费齿不费钱。仙人食罢腹便便，七十二峰生肺肝。真祖只在南山南，我欲从之不惮远，无方煮石何由软？佳名锡我何敢辞，但愁自此长苦饥。囊中只有转庵诗，便当掬水三咽之。”

赵与虤《娱书堂诗话》卷一:“姜尧章夔居苕溪,与白石洞天为邻。潘转庵字之曰白石道人,且畀之以诗曰 (本篇略)。尧章报以长句,其词云 (引略)。”

罗大经《鹤林玉露》卷二:“尧章自号白石道人,潘德久赠诗云 (本篇略)。”

杰曰:潘柽此诗写得很风趣,姜夔读后十分开心,作长篇相答,言“佳名锡我何敢辞”,又打趣说自己“夜夜山中煮白石”,“但愁自此长苦饥”。这赠答二诗,笔墨诙谐,诗苑传为佳谈。诗人吴潜有《题暗香疏影词后,用潘德久赠姜白石韵》,可见此诗在当时流传甚广。

朱严伯

朱严伯,号可以翁,亦称可翁,乐清人。四灵派诗人,而年齿居长,长髯葛衣,风仪翩然。与二徐同道相惜,吟酬相契,诗风近似。徐照《送朱严伯》云:“去因贫事迫,归有暮年安……有谁怜静者,得句不同看。”又有《朱可翁、陈西老、徐灵渊携酒饯别分得语字》。徐玑有《哭朱严伯》五古,痛失良友,追怀“联吟”“磨诗”深谊。《东瓯诗集》卷一录存诗2首,并为精警之咏。

皎皎吟

皎皎天心月,影落寒潭水。虽落寒潭水,照人千万里。皎皎机上丝,忽落污泥底。一落污泥底,河水不可洗。愿君作明月,晴阴不妨缺；莫作污泥丝，客子徒伤悲。人心皎皎莫自欺。

【评】

通篇比兴之语，深含寓意。

书延福寺壁

双瀑飞来古寺西，月萝烟草久湮迷。自从我辈经行后，便觉他山索价低。老去合为三径计，就中聊借一枝栖[①]。石崖大有穿磨所，从与新诗著处题。

【注】

延福寺，《方舆胜览》卷十二《泉州·寺院》："延福寺，在南安县西一里，山水秀绝，为七闽之冠。唐处士刘乙有诗云：曾看画图劳健羡，今来亲见画犹粗。"乾隆《福建通志》卷六二《古迹·泉州府·寺观》："南安县延福寺，在九日山下，唐大历三年建，有三十六景。"

①三径，隐士所居。语出陶潜《归去来兮辞》："三径就荒，松菊犹存。"一枝栖，杜甫《宿府》："已忍伶俜十年事，强移栖息一枝安。"

【评】

孙锵鸣《东嘉诗话》："有《书延福寺壁》云（本篇略）。颇有一种兀傲之致。"

杰曰：严伯安贫而嗜咏，悠游自得，气度坦然，可见志守。

陈庚生

陈庚生，字西老，乐清雁山人。善画能诗，四灵派诗人。与同郡许及之交酬，许有《陈西老咏桧古风次韵》，又《送陈西老西上并简张功甫》云“阙下曾传乐府篇”。四灵引为“吟伴”，徐照《朱可翁、陈西老、徐灵渊携酒饯别分得语字》云“鼎足吟清诗”；徐玑有《题陈西老画蜀山图》，又《寄陈西老》云“风度平生友”；翁卷《陈西老母挽词》称“有子作诗人”，乃见甚得四灵推挹。《东瓯诗集》卷一录存诗3首。

濯缨亭

谁引沧洲客[①]，行歌到此亭。萦回一水碧，巉绝两峰青。小雨吹行舰，疏梅度远汀。我无缨可濯，华发任星星。

【注】

濯缨，洗濯冠缨。表示隐处而志行高洁。语本《孟子·离娄上》：“沧浪之水清兮，可以濯吾缨。”海内名濯缨亭者多处，未详所指。

①沧洲，滨水之地。用指隐士居处。

【评】

工炼妥切，韵致清逸一似四灵，诚称佳咏。

木待问

木待问（1140—1212），字蕴之，永嘉人。隆兴元年（1163）省试第一，适遇孝宗居丧罢殿试，遂以省元为榜首，称谅暗状元[①]，时年二十三。历官著作郎、中书舍人、太子詹事，出知宁国府、福州、婺州，终礼部尚书。卒谥文简。

待问敏而力学，师从郑伯熊，得洪迈（容斋）赏识，以女妻之。宋陈骙《南宋馆阁录》卷七言其“治《易》”。与王十朋、喻良能、楼钥等交好，十朋称其“工雄深雅健之文”（《梅溪后集》卷二三《答木状元启》）。擅书法。著有《抱经集》三卷，已佚。《宋诗拾遗》卷十八录诗3首，今存诗6首。传见光绪《永嘉县志》卷十五《宦绩》。

①参见李心传《建炎以来朝野杂记》甲集卷十三《谅暗罢殿试》。

章纶《畏庵周先生文集序》：天下四方之善为诗文者多矣，若吾温郡有……戴述、张辉、张阐、陈鹏飞、王十朋、徐履、木待问、薛叔似、蔡幼学、叶适，以至李孝光、孔克表、黄淮诸先生，皆得学术之醇，以诗文而本乎道。（《章纶集·文》）

千里思

君行千里轻所历，妾驰千里心匪石[①]。春房酌酒意匆匆，愁不在离愁在忆。鸳鸯瓦上昏无色，鹦鹉杯中尘更积。灯前独坐制君衣，泪湿剪刀裁不得。

【注】

①心匪石，喻坚贞不渝。匪，同“非”。《诗·邶风·柏舟》：“我心匪石，不可转也。”朱熹集传：“言石可转而我心不可转。”

【评】

孙锵鸣《东嘉诗话》：“有《千里思》乐府（引略），婉曲多致。”

杰曰：刻画闺妇思夫的情思，寥寥数句，却能从多个层面展示她的忆念和愁绪，笔触细腻而富变化。“愁不在离愁在忆”，洵称体会之语。

郊寺

红委墙阴花寂寂，翠滋亭角草纤纤。风翻书叶常交案，雨压炉烟不过帘。

【评】

孙锵鸣《东嘉诗话》：“‘炉烟’七字尤见工细。”

杰曰：造语工隽。“翻”字、“压”字都用得好。

林　曾

宋周密《浩然斋雅谈》卷中：“林曾，字伯元，号梅屿，永嘉人。”引录七绝2首、《泗州诗》一联：“鱼头红结鱿，土面白生硝。”《东瓯诗存》卷三小传作“字元伯”，疑误。

汴河

一千八百隋家路，两岸青青入帝都。可惜翠华南渡后，旧时杨柳一株无①。

【注】

汴河，隋大业元年（605）开凿的运河。自汴口引黄河水东行经汴州（开封）折而东南流至盱眙入注淮河，即通济渠东段，唐宋时统称汴水、汴河或汴渠。

①翠华，天子仪仗。代称帝王车驾或帝王。旧时杨柳，隋炀帝南游，时恐盛暑，诏令运河两岸堤上栽种杨柳，见《开河记》。

【评】

周密《浩然斋雅谈》卷中："诗极佳，如《汴河》云（本篇略）。《溪上谣》云（引略）。"

杰曰：北宋时期，汴河是帝都开封（汴京）通往江淮地区的水路要道和经济命脉，沿岸十分繁华。北宋亡后，南宋与金划淮为界，汴河不再是运道所经，逐渐荒废。"可惜"二句，慨叹盛衰兴亡，而宋室南渡之恨亦尽在不言中，蕴藉含蓄。

溪上谣

溪翁儿女枕溪住，时把钓竿倚芳树。沉吟独坐忽伤心，钓得鱼来放将去。

【评】

周密《浩然斋雅谈》卷中（见前篇引）。

王自中

王自中（1140—1199），字道甫（亦作道父、道夫），号厚轩，平阳归仁乡人。“少有志当世，尝以布衣上封事”（陈傅良《王道甫圹志》）。登孝宗淳熙五年（1178）进士，历任分水知县、光化军知军、信州知州。

自中才气超迈，朱熹称：“魁垒有奇节，尝为寿皇帝（孝宗）极陈当世之务。”（《晦庵集》八三《旌忠愍节庙碑》）魏了翁赞云：“博通古今，文气奇杰。”（《鹤山集》卷七六《宋故耤田令知信州王公墓志铭》）而谠言直论，不容于流俗，四仕四黜，不获大用。其倡言事功，大义大虑大节与陈亮相伯仲，故叶适以二人合铭，《宋元学案》卷五八亦举为同调。所著《厚轩集》《孙子新略注》等皆不传，今仅存文若干篇、诗4首。《宋史》卷三九〇有传，事见《瓯海轶闻》卷十二《王知军自中》。

叶适《水心集》卷二四《陈同甫王道甫墓志铭》：“志复君之仇，大义也；欲挈诸夏合南北，大虑也；必行其所知，不以得丧壮老二其守，大节也：春秋战国之材无是也。吾得二人焉，永康陈亮、平阳王自中。” 又：“同甫称信州（指王自中）韩筋柳骨，笔研当独步，自谓不能及。又叹今日人材众多，求如道甫仿佛，邈不可得。”

周必大《文忠集》卷一八六《王道夫主簿自中》：“故始闻足下气节之高迈，学问之渊博；中读廷对，至论治平以前、大观宣和以后，风俗之所以不同，及进君子退小人，择守令选将帅之说，大率详明剀切，言人之所难言，辄击节叹曰：‘有士如此，千里犹当友之；

近在跬步，可不识乎？’……示以《孙武新略》三卷，伏读累日，益知足下蓄蕴宏富，兼资文武，著书立言，期于见用，非如近世文人才士，夸张翰墨，驰骋辨博而已。”

《宋史》卷三九〇《王自中传》：“少负奇气，自立崖岸，由是忤世。”

迎杨诚斋

江东使者行部归[①]，信帆一只桨四枝。昨夜水深泥三尺，系在谁家屋外篱？我欲遣人问消息，个样船多人不识[②]。却有一事差可徵，隔船听得哦诗声[③]。

【注】

本篇录自《东瓯诗存》卷四。《娱书堂诗话》所录文字稍异，以《诗存》为优。杨诚斋：杨万里（1127—1206）字廷秀，号诚斋，吉州吉水（今属江西）人。大王自中十三岁。光宗绍熙二年(1191)，作者迁知信州（今江西上饶），时杨万里以江南东路转运副使巡行信州，因献诗见。惺惺相惜，遂为契友。杨万里后来上书荐举（转运使“掌经度一路财赋”），称扬自中在信州的治绩。《诚斋集》卷七十《荐举王自中曾集徐元德政绩奏状（同安抚司）》云：“伏见朝奉郎知信州王自中，文词俊发，才气高秀。初以王蔺荐见寿皇（孝宗），论天下事如指诸掌，风生颖脱，有过人者。寿皇以为奇才，出典边郡，悉心毕力，峙粮训兵，常若寇至。今典上饶，除苛尚宽，一洗积弊。如诸邑逋负州家钱币为缗者三千馀万，上供失时，郡用告匮，前后太守往往劾一二县令，黜诸邑胥徒，以塞己责，而不赡如初也。自中之既至，与诸邑宰握手吐诚，宽为之期，而薄为之取。不遣一卒，不移一檄，率以手书致其勤恳，县令至有感泣者。自是诸邑吏民，翕然感之，输租辏集，遂以无乏。”杨万里的诗风灵巧活泼，坦易晓畅，时号“诚斋体”。此作仿用其体，通篇白话，复富情趣，故得诚斋赏识。

①行部，巡行所属部域，稽查治绩。 ②个样，这个样子。温州方言。 ③“哦诗”一语，诚斋亦屡用，如《夜窗》：“口角哦诗细有声，不妨半醉不妨行。”《锁宿省中心气大作通昔不寐得两绝句》：“绝恨诗人浪许痴，四更无睡只哦诗。”

【评】

赵与虤《娱书堂诗话》卷四：“诚斋为江东常平使者行部境内，一客献诗，诚斋极喜。诗云：‘江东使者行部时，信船一只橹两枝。不知夜来春雨过，系在谁家门外篱？我欲从人问消息，个样船多无处觅。就中一事最堪称，隔船听得读书声。’” 杰按：此据四库全书本，通行的《历代诗话续编》本非足本，无此则。

曾唯《东瓯诗存》卷四：《丛谈》：“王道甫守信州，杨诚斋以江东使者行部，颇有意督过之。道甫迓以诗云云，全效诚斋诗体。公一见大笑。”

夜卧舟中，闻有唱山歌者，倚其声作二首

生来不识大门边，一片丹心石样坚。闻得阿郎难得妇，无媒争得到郎前[①]！之一

【注】

本题二首，附载杨万里《诚斋集》卷三五《和道父山歌》。倚其声，依据山歌的曲调。

①争得，怎得。

种田不收一年事，取妇不著一生贫[①]。风吹白日漫山去，老却郎时懊杀人。之二

【注】

①取，娶。不著，不着。温州方言，为不合意或无助获益之意。

【附】

杨万里《和道父山歌二首》："东家娘子立花边，长笑花枝脆不坚。却被花枝笑娘子，嫁期已是蹉春前。　　阿婆辛苦住西邻，岂爱无家更愿贫。秋月春风担阁了，白头始嫁不羞人。"(《诚斋集》卷三五)

卷　二

宋略二

许及之

许及之（1141—1209），字深甫（甫亦作父），号涉斋，永嘉人。孝宗隆兴元年（1163）进士，历官淮南东路转运判官兼提点刑狱、礼部尚书兼给事中、知枢密院事兼参知政事。宋李心传《建炎以来朝野杂记·甲集》言许及之“曲膝”谄事韩侂胄，“无所不至”；宋周密《齐东野语》卷三《诛韩本末》已作驳正，指为“撰造丑诋”，“悉无其实”；而《宋史》卷三九四本传仍袭用其说，邓广铭《宋史许及之王自中传辨正》考云：“《宋史》修者，漫不加察，诬之甚矣。”（见《真理杂志》第一卷第四期）其谬种流传，玷污许公一生名节，不可不作澄清。

及之久历清要，“词章精敏”（楼钥《礼部侍郎许及之恩转官制》），同游唱咏如杨万里、张孝祥、张栻、薛季宣、陈傅良、辛弃疾、陈亮、叶适、张镃等皆一时名流；又与乡里潘柽、翁常之等结为诗社，酬和频密，足见文采之盛。其《读王文公诗》云：“少读公诗头已白，只应无奈句风流。”（卷十五）他的诗宗效王安石，体气朗亮，风格似之。

《宋史·艺文志七》著录《许及之文集》三十卷，亡佚；今存《涉斋集》十八卷，为四库馆臣自《永乐大典》辑者，全是诗作，虽较原集已佚其半，而数量仍夥，《四库》提要和孙氏父子评价均高，惟历来宋诗选本都未见采录，或且本集佚亡故耶？是为憾事。《东瓯诗续集》卷二录赝作2首、《宋诗纪事》卷五三录赝作1首，荒陋殊甚。予友张如元校补《东瓯诗存》卷三选录34首，可窥一斑。

《四库全书总目》卷一五九《涉斋集》："观其《读王文公诗》绝句，曰：'文章与世为师范，经术于时起世仇。少读公诗头已白，只应无奈句风流。'知其瓣香在王安石。安石之文，平挹欧苏，而诗在北宋诸家之中，其名稍亚，然早年锻炼熔铸，工力至深，《瀛奎律髓》引司马光之言，称其晚年诸作，华妙精深，殆非虚誉。是集虽下笔稍易，未能青出于蓝，而气体高亮，要自琅琅盈耳，较宋末江湖诗派刻画琐屑者，过之远矣。"

孙衣言《瓯海轶闻》卷二八《文苑 · 许及之》按："其诗五七言古皆沉着劲厉，五言律亦多清思，七言律绝则平直少变化矣，《四库书目》所谓'下笔稍易'，盖指此种。然在南宋人中要为健者，不独高出江湖一派也。"　又《涉斋集跋》："其所作七言古诗，用意妙远，几非后人所能骤然领略；其他古诗亦皆排奡峭厉，在南宋诗人中当为健者，不但超越江湖一派。惟近体篇幅浅狭，殊乏深意，则所谓'下笔稍易'者耳。"（《温州经籍志》卷二十《许右府涉斋诗集》引）

孙诒让《温州经籍志》卷二十《许右府涉斋诗集》案："其文采富赡，自夥不可掩。其卒时，水心叶文定公为作挽诗两章，亦深致推挹。"

杰曰：孙衣言论许诗，称其"五七言古皆沉着劲厉"，而谓"七言律绝则平直少变化"，"篇幅浅狭，殊乏深意"。此论似尚欠斟酌，其实未尽然。现存许集，五古二卷、七古二卷半、五律一卷半、七律六卷、五排五绝二卷、七绝四卷，七言律绝占了大半，可见为所擅长。予纂兹编，于许诗通览一过，觉其古体稍嫌冗芜，难作斟选；而七言近体舒畅劲拔，饶有意蕴，多见名隽。读者细事比较，当审予言不诬。

陈西老咏桧古风次韵

古井千尺深，而无一寸波。古桧荫其旁，愔愔长铜柯[①]。明堂一柱难[②]，如此梁栋何。匠石久袖手[③]，高岑郁峨峨。天风一披拂，剑佩相戛磨。不愿为阿房，千门贮秦娥。愿作寒士庇，渠渠共婆娑[④]。吁嗟不相贷，飞轮迫羲和。谁欤荐万囷，万牛未为多[⑤]。

【注】

陈西老，即陈庚生，见卷一作者简介。

①愔愔，幽寂貌。 ②明堂，帝王朝会宣政的殿堂。《孟子·梁惠王下》："夫明堂者，王者之堂也。" ③匠石，《庄子·人间世》中写的名石的木匠。后指名匠。 ④寒士庇，杜甫《茅屋为秋风所破歌》："安得广厦千万间，大庇天下寒士俱欢颜。" ⑤吁嗟二句，叹息古桧不获致用，蹉跎岁月。羲和，驾御日车之神。渠渠，广大的样子。《诗·秦风·权舆》："于我乎，夏屋渠渠。"朱熹集传："渠渠，深广貌。" ⑥轮菌，高大貌。万牛未为多，言要用万牛来拖运。杜甫《古柏行》："大厦如倾要梁栋，万牛回首丘山重。"

【评】

写古桧"不愿为阿房，千门贮秦娥。愿作寒士庇，渠渠共婆娑"，托咏赋志，乃见高节。

田家秋日词

晚禾未割云样黄，荞麦花开雪能白①。田家秋日胜春时，原隰高低分景色②。寒栗挂篱实累累，角田已收枯豆萁。芋魁切玉和作糜，香过邻墙滑流匙③。牧童牧童罢吹笛，领牛下山急归吃。菜本未移麦未种，尔与耕牛闲未得。

【注】

①雪能白，像雪那样白。温州方言“能”义犹“样”。　②原隰（xí），《国语·周语上》韦昭注：“广平曰原，下湿曰隰。”泛指原野。　③芋魁，芋艿。《后汉书·方术传上·许杨》：“亨我芋魁。”李贤注：“芋魁，芋根也。”滑流匙，杜甫《佐还山后寄三首》之二：“白露黄粱熟……正想滑流匙。”宋郭知达集注引师尹云：“谢庄赋：‘南山香黍，滑流杯匙。’”

【评】

淳朴亲切，如叙家常，琐悉入情。

新晴二首（选一）

宿雨居然阁①，顽云扫似开。岚光湖上出，霁色柳边来。铃鸽抟风转，筝鸢掣线回。修廊闲勃窣②，花影上苍苔。之二

【注】

①阁，止。　②勃窣，徐步。

元日登天长县城

元日登临一腐儒，感今怀昔愧微躯。此城曾是千秋县，有水呼

为万岁湖[①]。南渡向来纡翠驾，北征何日会京都[②]？祖功宗德无边际，可恨长淮限一隅[③]！

【注】

元日，农历正月初一。天长县（今安徽天长市），在安徽东北部。南宋淮南东路招信军（又名天长军）属县，与金接境。宝庆三年，曾入于金。见《宋史·地理志四·招信军》。

①千秋县，宋乐史《太平寰宇记》卷一三〇《淮南道八·天长军》："天长军理天长县，本古之千秋县，唐元宗开元中以诞辰为千秋节，遂改县为天长。"又："天长县：万岁湖在城西二里，方圆三十里。"　②纡翠驾，谓御驾北还受阻。京都，指北宋国都开封。　③恨，遗憾。

【评】

这是一首感怀时事的咏作，及之在政治上是力图恢复的主战派。元日登城北望，千里疆域被淮水分隔，慨叹南渡后局束东南一隅，北征何期！作者《入淮》云："淮水限南北，舟行洛水滨。底须分尔界，何处不吾民？"（卷六）《送潘德久都干为贺生辰使属》云："孽子孤臣应有泪，祖功宗德本无边。"（卷九）寄慨皆同。

骤雨忽至

未茨山宇趣储材，屐齿怜穿称意苔[①]。础石润时云气动[②]，茶烟凝处雨声来。蚕家次第三眠柳，江国凄凉五月梅[③]。电脚未收雷殷殷，老农争不笑颜开。五月梅，李白句。

【注】

①茨，覆盖。山宇，茅屋。屐，木鞋。鞋底有齿，适宜泥地行

走。怜，惜。　②础石，柱下石。础石润，旧题苏洵（实宋邵伯温伪托）《辨奸论》："月晕而风，础润而雨，人人知之。"注："柱础生汗曰润。"　③三眠，上下承连，意义双关。既就"蚕家次第"言，蚕第三次蜕皮谓之三眠；又是指三眠柳，即柽柳。多生河旁沙地，细叶如丝，婀娜可爱，一年三秀。《本草纲目》卷三五下《木二·柽柳》引《三辅故事》："汉武帝苑中有柳，状如人，号曰人柳。一日三起三眠。"三起三眠，状柳枝柔弱在风中时时起伏。五月梅，李白《与史郎中钦听黄鹤楼上吹笛》："黄鹤楼中吹玉笛，江城五月落梅花。"落梅花，指笛曲《梅花落》。

【评】

"础石润时云气动，茶烟凝处雨声来。"体物细腻，又含见微知著意。"三眠柳、五月梅"，对工有情趣。通篇挥洒自如，可称"气体高亮"之咏。

范湘潭岸花楼诗

杜若青青湘水深，长官为政见瑶琴[①]。飞花几度春来去，行客自如人古今。天地百年供旅寓[②]，江山一色费登临。楚峰驿伴湘中馆，更有高楼待赏心。

【注】

范湘潭，范姓湘潭县（今属湖南）令。

①长官句，称美范宰湘潭施政推行教化。《论语·阳货》："子之武城，闻弦歌之声。夫子莞尔而笑。"孔子学生子游任武城宰，施行教育（弦歌），得到孔子赞同。　②天地句，李白《春夜宴从弟桃花园序》："夫天地者，万物之逆旅也。"逆旅，旅舍。

中川席上送陈同甫

眼底男儿隘六区，似君豪气有谁如[①]？中原赤子头今白，天下苍生力未纾。北阙有书流涕上，西山无地带经锄[②]。共谈世事何时了，劝子加餐返故庐[③]。

【注】

中川，即江心屿。温州市城北瓯江中孤屿，谢灵运《登江中孤屿》诗有“乱流趋正绝，孤屿媚中川”句，故又名中川。南朝以来为风景名胜。陈同甫，即陈亮，见卷一陈傅良《寄陈同甫》题注。孝宗淳熙七年（1180）夏秋间，陈亮第二次游历永嘉。临行，永嘉诸学者设宴江心寺送别，本篇作于其时。陈亮有《南乡子·谢永嘉诸友相饯》词：“人物满东瓯，别我江心识俊游。北尽平芜南似画。中流，谁系龙骧万斛舟。　　去去几时休，犹自潮来更上头。醉墨淋漓人感旧。离愁，一夜西风似夏不？”（《龙川集》卷十七）

①豪气有谁如，元刘壎《隐居通议》卷二《龙川功名之士》：“雄才壮志，横骛绝出，健论纵横，气盖一世……盖一代人物也。”②北阙，汉代未央宫北面门楼，为朝臣候见和上书奏事处。见《汉书·高帝纪下》颜师古注。后代称朝廷。陈亮曾六次诣阙上书，切论时政，“大臣尤恶其直言无讳，交沮之”（《宋史·陈亮传》）。带经锄，谓耕读。《汉书·儿宽传》：“带经而锄，休息辄读诵。”③加餐，宽慰之辞。

【评】

称颂陈亮伏阙上书，力陈恢复中原大计的壮举，表达了爱国志士壮图不遂的共同感愤。

入南乡检旱纪所见

分宜南北两乡分，路入南乡过所闻。荞麦满山明积雪，晚禾匝野涨黄云。寸田必垦怜农父，五斗空餐愧令君[①]。惜许早田成旱损，不成乐岁答民勤。

【注】

及之于淳熙七年（1180）出知袁州分宜县（今属江西），任职三年，惠民减负，良有政绩。雍正《江西通志》卷六十《名宦四·袁州府》："许及之，字深甫，永嘉人。淳熙中知分宜县，奏免县积负十七万缗。后陟官去，犹请减县月桩钱。"诗写：作为县令巡行下乡察询旱情，看到荞麦满山，晚禾匝野，深感欣慰。关爱农父的勤劳，"寸田必垦"；而自惭素餐忝位，无补分毫，居官自愧。很真诚地写出一个体恤谅民、居职敬谨的正直官员的仁爱心怀，与唐诗人韦应物所赋"自惭居处崇，未睹斯民康"（《郡斋雨中与诸文士燕集》），皆为蔼然有道之言。

①寸田二句，作者《劝农毕事呈同官》四首之三亦云："扶犁感尔陇头人，自古民生合在勤。五斗空餐惭令尹，可怜无补及毫分。"（卷十五）五斗，五斗米，指县令微薄俸禄，从陶渊明"吾不能为五斗米折腰"（《晋书·隐逸传·陶潜》）来。

夜渡分宜水南

一水弯环抱县流，水南物色总清幽。案头故纸看成叶，眼底青山见即愁。夜唤扁舟乘月渡，静听鱼网沥波收。忽思孤屿中川畔[①]，满意秋风落钓钩。

【注】

任袁州分宜县令时作。月色深幽，扁舟夜渡，眼前山水美景，引起他对故乡名胜“孤屿中川”的怀恋。通首白描，笔调舒畅，读之清音琅琅盈耳。

①孤屿，指温州城北江心屿，位于瓯江中。作者家乡名胜。

睡起

饭了晴窗睡足时，杖藜徐步出荆扉。若无俗事关人意，只有杨花点客衣。黄鸟怨春浑不住，杜鹃知我亦思归[①]。邻家酒熟容赊买，竹笋初生韭菜肥。

【注】

任袁州分宜县令时作。闲步村野，畦蔬欣欣，花鸟娱人，俗虑都尽，写来意味亲切，平朴中自见情趣。

①不住，不停地啼鸣。杜鹃，又名子规。明田艺蘅《留青日札·姊规》：“子规，人但知其为催春归去之鸟，盖因其声曰‘归去了’，故又名思归鸟。”

【评】

及之七言律除上选诸作外，他如《九日小饮用后山居士韵简转庵》“时丰都市人多醉，节近重阳菊有花”（卷七）；《清卿求作混碧楼额因赋唐律》二首之二“际天野色青环坐，照水岚光翠拥楼”（卷八）；《春园》“花随浅绿流春去，山拥新青入坐来”（卷九）；《再酬同社》“映水残阳开句眼，满园新绿芘花身”（卷十）；《简转庵》“不对桃花倾社酒，谁怜燕子怯春寒”；《次王宣甫题媚川图韵》“两塔屹波流不去，千帆破浪远如无”（卷十一），皆称坦易新警之句。

劝农毕事呈同官（四首选一）

与民三载幸相亲，试邑何功得庇身[①]。他日去思无可纪，较量惟只有清贫[②]。之二

【注】

任袁州分宜县令时作。言县官唯有清贫尽责，才能对得住身自依赖的乡民。与《入南乡检旱纪所见》所咏“寸田必垦怜农父，五斗空餐愧令君”，表达了同样的情怀。

①试邑，谓任县令。 ②较量，评定。

喜德久从人使北来归

诗翁万里恰归来，涤面那无一点埃。生马谙骑便武事，故京熟览动诗才。别来我已成炊梦，此去君应悟劫灰[①]。见说北庭犹假息，可无尊酒沃崔嵬[②]。

【注】

德久，即潘柽，作者诗友。见卷一作者简介。淳熙十六年（1189），潘以都干随宋贺生辰使出行金国，作者《送潘德久都干为贺生辰使属》云：“孽子孤臣应有泪，祖宗功德本无边。”嘱其慰告中原遗民，中兴在即：“父老相逢勤劳苦，为言咫尺中兴年。”本篇为德久使回赠作，希望宋廷能借北庭“假息”良机，有所作为，以消除臣民心中的愤恨。

①炊梦，黄粱梦。言视荣华富贵为乌有。佛经谓天地从形成到毁灭为一劫。劫灰，劫火余灰。指战乱残迹。 ②北庭，指金国。假息，苟延残喘。崔嵬，形容心中郁结的不平之气。尊酒沃崔嵬，

以杯酒浇除胸中块垒。

寄陈颐刚

眼见交游半陆沈，可无百丈引清深[1]。注成兵法有奇志[2]，闲过壮年应苦心。几度梅花开怅望，有时杨叶梦追寻。男儿机会何终极，莫遣愁将鬓发侵。

【注】

陈颐刚：陈直中字颐刚，永嘉人。乾道元年（1165）罢试科举，端居愤而著书，其《孙子发微・序》云："虏酋盗中原者五六十载矣，士大夫怀安，顾耻言兵，然则余是书亦有为为之也。"（载《止斋集》卷四十，为陈傅良代作）是亦慷慨谭兵豪杰之士，而不得志于时。与郑伯熊、薛季宣并有往还，朱熹有《答陈颐刚书》（《晦庵集》卷六四）。及之另有《括苍道中次陈颐刚韵》五七律各一首，谓："诗翁四十九行年，说著行边喜欲癫。""冀北须君空一洗，眼前驽马太劳鞭。"（卷十一）叹其怀志不售，"多愁"而"无补"于时，沉沦"沧海"（卷六）。

①陆沉，比喻隐居。《庄子・则阳》："方且与世违而心不屑与之俱，是陆沈者也。"郭象注："人中隐者，譬无水而沈者也。"百丈，牵船的篾缆。这里指井绳。　②注成兵法，指撰著《孙子发微》。《序》谓《孙子兵法》多权谋，儒者辄摈弗道，而好其书者又往往为之章句训诂；"因以所闻于先君子与渡江诸将议论兵间事与己见，推武之说"。

【评】

此咏在诗友间传诵颇为广泛，陈傅良有《陈颐刚注孙子，许拾遗赠诗，用韵寄之》：“千帆过尽独舟沈，玩世鵩鵩踵息深。何自著书今白发，不禁恋阙此丹心。”（《止斋集》卷六）楼钥有《次许深甫寄陈颐刚韵》二首，之一：“博物曾经辨实沈，论兵更觉用功深。九阍未进六奇计，万卷空催一寸心。”（《攻媿集》卷八）

呈张功甫（三首选一）

插来杨柳已梳风[1]，乞与鱼师泊短篷。岁晚芦林总摇落，隔湖认得老邻翁。之二

【注】

张功甫：张镃（1153—1235），字功甫，号约斋，临安（杭州）人。循王张俊曾孙。历任权通判临安府、司农寺少卿。淳熙十六年（1189）卜筑钱塘桂隐，诗酒风流，著闻于世。周密《齐东野语》卷二十《张功甫豪侈》：“能诗，一时名士大夫莫不交游，其园池、声伎、服玩之丽甲天下。”著有《南湖集》。

①梳风，秦观《和黄法曹忆建溪梅花》：“甘心结子待君来，洗雨梳风为谁好。”（《淮海集》卷四）

入泗州

越境张旃入泗州[1]，隔帘翁媪拜含愁。可怜万折朝宗意，误尔尸臣死亦羞[2]！

【注】

《宋史》卷三六《光宗纪》：“（绍熙四年六月）己亥，遣许及之等贺金主生辰。”弘治《温州府志》卷十三《人物四科第·许及之》：“使金，上疏援《春秋》，严天王之分，明锡赐之名。金使馆伴强及

之射，连发中的，赋诗云：'我弓岂是能多中，汉箭从来自有神。'《北征纪行诗》一百首。"明凌迪知《万姓统谱》卷七六《许及之》："使金不屈，迁太常少卿。"及之于光宗绍熙四年（1193）六月奉命贺金主生辰出使北征，沿途纪行赋咏七言绝句百首，编为《北征纪行诗集》。明赵谏《东瓯诗续集》卷二小传云："有《北征纪行诗集》行世。"其书今佚。孙诒让《温州经籍志》卷二十《北征纪行诗集》按云："《永乐大典》本《涉斋集》十六、十七、十八三卷，所载七言绝句纪北方驿程者凡数十篇，盖即此集内诗。"及之北行绝句见于今集者54首，感事抒怀，蕴含兴亡之慨、故国之情，也反映了他力图恢复的政治主张。写作上自出机轴，能在纪实中运以论议，用笔深婉，耐人寻味，可与范成大使金诸绝相媲美。但历来论诗者从未注意到他的这些很有意义并具特色的作品，"养在深闺"，引人遗憾，兹编特为表出。

泗州，治盱眙（今属江苏）。绍兴十二年（1142）入金，见《宋史·地理志四·泗州》。州城当汴河入淮之口，为南北交通冲要，南宋与金通使取道于此。

①张旃，张挂赤色曲柄之旗，为使者入境表识。《仪礼·聘礼》："及竟（境），张旜誓，乃谒关人。"郑玄注："张旜，明事在此国也。"旃，同"旜"。　②可怜，可惜。朝宗，古代诸侯朝见天子，"春见曰朝，夏见曰宗"（《周礼·春官·大宗伯》）。《书·禹贡》："江、汉朝宗于海。"孔颖达疏："以海水大而江、汉小，以小就大，似诸侯归于天子。"尸臣，尸位之臣。指居位而无所作为的臣子。汉荀悦《申鉴·杂言上》："以非引上谓之导，从上之非谓之阿，见非不言谓之尸。导臣诛，阿臣刑，尸臣绌。"徒居其位，不能恢复故疆，

故斥曰“尸臣”。

诗说：使者的车子越境进入泗州，隔帘看见道旁老翁老妇们含着愁泪跪拜（失地人民是多么怀念宋朝），那场景真令人动容。江河千回百转，终归大海（喻诸侯朝宗天子）；可现在却被颠倒过来（又多么令人伤心），这都是你们这些主政者的过错！

【评】

“隔帘翁媪拜含愁”，写的是实情实景。一方面如韩元吉《书朔行日记后》所言，“使者率畏风埃，避嫌疑，紧闭车内，一语不敢接”（《南涧甲乙稿》卷十六）；另一方面中原遗民思念故朝，望见宋使，如楼钥《北行日录上》所记：“都人列观……戴白之老多叹息掩泣。”（《攻媿集》卷一一一）曹勋《出入塞》序：“闻南使过，骈肩引颈，气哽不得语，但泣数行下。”（《松隐集》卷七）范成大《揽辔录》：“遗黎往往垂涕嗟愤，指使人云：‘此中华佛国人也。’老妪跪拜者尤多。”（《说郛》卷六五上引）这句纪实之笔，极寻常语，却蕴含如许内涵，表现了作者作为使臣此际悲愤难抑，十分沉重的心情。

宿南京 询访实有戍兵三千人。宋城，城下县。

虚说营屯五万兵，凄凉无复旧南京①。中天王气终当复，千古封疆只宋城②。

【注】

南京，指宋州（今河南商丘市），宋城为其属县。真宗景德三年（1006）升宋州为应天府，大中祥符七年（1014）建为南京。或谓指金国所称南京（今河南开封市），非，从诗意（旧南京、宋城）

可知。题下注“宋城城下县”五字本集不载，据《永乐大典》卷七七〇一补。

①虚说二句，谓当年的应天府（南京）极见军营之盛（营屯五万兵），而今冷落无复旧观。营，《永乐大典》卷七七〇一作胡。　②中天，言天运正中。王气，象征帝王的祥瑞之气。《东观汉记·光武帝纪》：“望气者言，春陵城中有喜气，曰：‘美哉王气，郁郁葱葱！’”言宋州（宋城）是宋王朝的发祥地，王气郁郁葱葱，宋室终当复兴。宋太祖赵匡胤后周末领宋州节度使，得国后名宋朝。建炎元年（1127）高宗亦于此即帝位。

赵故城

丛台意气俄消歇[①]，故垒歌钟几劫尘。只有蔺卿生气在，坟前衰草镇如新[②]。

【注】

赵故城，指战国赵国都城，今河北邯郸。

①丛台，战国赵武灵王所筑，在邯郸城内。《汉书·邹阳传》：“夫全赵之时，武力鼎士袨服丛台之下。”颜师古注：“丛台，赵王之台也，在邯郸。”又《高后纪》“赵王宫丛台”颜注：“连聚非一，故名丛台。”　②蔺卿，蔺相如，赵国上卿。《元和郡县志》卷十五《河东道四·磁州邯郸县》：“蔺相如墓，在县西南二十三里。”范成大《揽辔录》：“甲戌，过台城镇。故城延袤数十里，城中有灵台坡陁。邯郸人春时倾城出祭赵王，歌舞其上。城傍有廉颇、蔺相如墓。”镇，常。明胡震亨《唐音癸签》卷二四：“六朝人诗用镇字，唐诗尤多，如褚亮‘莫言春稍晚，自有镇开花’之类。韵书：镇，压也，亦

安之也。盖有‘常’之义。”

【评】

凭吊中原古迹，歌颂蔺相如护国御侮、不为强秦所屈的气概和精神。及之“使金不屈”，在北廷据理力争，正是引蔺相如以为楷模。诗用对比手法，写出赵王丛台繁华消歇，而蔺墓春草又新，赞其凛然生气千古犹在。这即是李白《江上吟》所咏“屈平词赋悬日月，楚王台榭空山丘”的意蕴。

过陈桥见太行

驱车夜半出都城，策马陈桥已半程。回首白云南阙下，太行何事马前迎。

【注】

陈桥，陈桥驿，在今开封市东北陈桥镇。是汴京去往河北大名府的第一个驿站。宋太祖赵匡胤在此发动兵变，建立宋朝。太行，太行山。

【评】

访寻宋祖故地，回首故朝宫阙，瞻望故国山河，拳拳之情，无限低回。笔墨简练而又含蓄，意在言外。较之《望商山》“社稷未能还汉旧，岂容四老老其间”、《灵璧坝诗》“汴流可遏从渠遏，思汉人心遏得无”、《渡江》“江神似恨频将币，不许和戎出汉宫”诸作的直接表露，要蕴藉得多，更具感染力。

归途感河南父老语

河南民力已无堪，泣诉王人语再三①。勤苦遗黎姑少忍，北人何止弃河南[2]！

【注】

河南，指沦陷的黄河以南地区。

①民力已无堪，指民众对金人的压迫已无法承受。楼钥《北行日录上》记述："金人浚民膏血，以实巢穴。府库多在上京诸处，故河南之民贫甚。"(《攻媿集》卷一一一) 证见所写是实况。王人，春秋时天子使臣，指南宋使节。　②后二句从表面上看，似为一种无可奈何的宽劝之辞，说父老们姑且少忍，金国 (北人) 既然占领了河南，不至于丢下你们不管；实则是出于愤激的反语，指责南宋朝廷丧权割土，不图收复，真的是丢弃故地人民不管了！是极沉痛语。

【评】

诗中倾诉沦陷区人民的苦难，反映他们盼念恢复的强烈愿望，表达极为深挚。二十三年前，即孝宗乾道六年（1170）秋，范成大出使金国，过故都，《州桥》云："州桥南北是天街，父老年年等驾回。忍泪失声询使者，几时真有六军来？" 四年前，即淳熙十六年（1189）春，杨万里奉命赴边接金国来使，《初入淮河四绝句》之四云："中原父老莫空谈，逢着王人诉不堪。却是归鸿不能语，一年一度到江南。" 本篇与二诗相表里，表达了同样沉重的悲愤感情，千载之下犹令人感叹！

周去非

周去非，字直夫，永嘉人。周行己族孙。孝宗隆兴元年（1163）

进士，历任钦州教授、静江府灵川县令、绍兴府通判。师从张栻（万斯同《儒林宗派》卷十一列入《张氏学派》），与范成大、杨万里、楼钥交稠。晚居郡城净光（松台）山东址，今称周宅巷。他的《岭外代答》十卷，撰于孝宗淳熙五年（1178），为官桂林时之杂闻笔记。《宋诗拾遗》卷十八录诗1首。事见《瓯海轶闻》卷十五《周通判去非》、《温州经籍志》卷十二《岭外代答》。

黄宗羲《宋元学案》卷七一："通判周先生去非，永嘉人，浮沚先生族孙也。学于南轩，尝从之桂林。"

《四库全书总目》卷七十《岭外代答》："其书条分缕析，视嵇含、刘恂、段公路诸书叙述为详……边帅、法制、财计诸门，实足补正史所未备，不但纪风土物产，徒为谈助也。"

怀歔歈

白云近空山[1]，清风动修竹。竹间何所有，曲涧声谷谷。山迥何可穷，万里来悬瀑[2]。昔有君子庐，清标谢王屋[3]。北山兹正高，邦君见良烛[4]。吾党讵敢忘，封植此佳木。

【注】

歔歈，歔歈子，即朱聱。明姜准《岐海琐谭》卷一："朱聱，字合甫，永嘉人。举京师，刘侍读敞器重之。已而之陕，从魏野游。归即永宁江之合山双瀑东，穴岩为屋，又于半山建隐清亭，作《合山游》数千言，号歔歈子。每以《周易》《老》《庄》书自随，翛然有尘外趣。治平中，郡守周少卿延隽数问遗，不受。淳熙中，楼中丞钥领僚访其遗迹，云：'右军访文君，遁迹入深竹。我来寻歔歈，人亡但空谷。'周去非《怀歔歈子》诗云（本篇略）。"万历《温州府志》卷十三采以入传，误作“朱牮”。合山，瓯江（永宁江）北岸罗浮山。

①空，《东瓯诗存》卷三作“青”。　②里，《岐海琐谭》作“木”。　③谢，辞。王屋，王者所居。义犹华屋。　④邦君，指郡守，地方长官。良烛，《岐海琐谭》作“良独”。

彭仲刚

彭仲刚（1143—1194），字子复，平阳人。孝宗乾道二年（1166）进士，历官国子监丞、提举浙东常平茶盐。仲刚精于吏事，其任职金华县主簿、临海县令、全州知州，治声甚著，极受拥戴。朱熹称“临海士民称彭君之政不容口”（《晦庵集》卷八二《跋彭监丞集》）；叶适言彭丁父忧，全州“民哭扶其柩至境外数十里，曰何时复此太守乎？”（《水心集》卷十五《彭子复墓志铭》）

仲刚为吕祖谦门人。叶适称其学能用心笃行，考实致远，称物量力，以之修身治民。著有《谕俗续编》一卷，今存诗3首。弘治《温州府志》卷十一《宦业》、雍正《浙江通志》卷一七〇《循吏》有传，事见《瓯海轶闻》卷十一《彭提举仲刚》。

叶适《水心集》卷十五《彭子复墓志铭》：“其修身，使奢者啬；其治民，使烦者理。朝廷不养交，乡党不合誉，侃然求其是而已。”

孙应时《烛湖集》卷十四《送彭子复临海令满秩》之一：“君侯古循吏，及物如春醲。民间自宁一，堂上何从容。平生眼中人，此尹未易逢。吏道益可悲，非君吾孰从？”

题平心堂

一泓不盈寸，天地同其流。微风相倾欹，浩浩怀山丘；牛马已不辨[①]，况能鉴微不？我欲称物施[②]，舍是将安求。

【注】

孝宗淳熙四年（1177）至六年（1179）作者任台州临海县令时作。平心堂，宋陈耆卿《赤城志》卷六《公廨门三·临海》："平心堂在厅西，仲刚诗云（本篇略）。"雍正《浙江通志》卷四六《古迹八·台州府》："虚照堂、平心堂、琴堂，嘉靖《临海县志》：并在县治内，宋淳熙中令彭仲刚新之，并有诗。"

①牛马不辨，《庄子·秋水》："秋水时至，百川灌河，泾流之大，两涘诸崖之间，不辩（辨）牛马。" ②称物施，谓按实际情况施行政事。

王　楠

王楠（1143—1217），字木叔，号合斋，永嘉亭山（今温州市瓯海区潘桥街道丁岙村）人。少时与戴溪在岷岗山读书。登孝宗乾道二年（1166）进士，历任婺州、台州推官、义乌丞、绩溪令，知江阴军，召为吏部郎中、秘书少监，以赣州知州奉祠。为官清廉严正，并有政誉，叶适称其"四调官方脱侍左，三入朝犹在散地，虽事多违己而志不舍命"，有古贤柳下惠之风（《水心集》卷二三《朝议大夫祕书少监王公墓志铭》）。

王楠为薛季宣门人，与叶适是深交。其淡泊无营，壮心直道，高节远识，为时辈所敬重。楼钥《送王木叔推官分韵得锦字》称：“王郎天下士，中和自生禀。澹然初无营，见者辄敛衽。”著有《合斋集》十六卷、《王祕监集》（诗）四卷，皆佚。《宋诗拾遗》卷十九录诗3首。弘治《温州府志》卷十一《宦业》、雍正《浙江通志》卷一七〇《循吏》有传，事见《瓯海轶闻》卷十一《王秘监楠》。

叶适《水心集》卷十二《王木叔诗序》：“木叔不喜唐诗，谓其格卑而气弱。近岁唐诗方盛行，闻者皆以为疑。夫争妍斗巧，极外物之意态，唐人所长也；反求于内，不足以定其志之所止，唐人所短也。木叔之评，其可忽诸？”

陈振孙《直斋书录解题》卷十八《合斋集》：“其容貌伟然，襟韵洒然，虽不以文自鸣，而诸老皆推敬之。”

刘克庄《后村题跋》卷二《跋王秘监合斋集》：“义理至伊洛，文字至永嘉，无余蕴矣。止斋、水心诸名人之作，皆以穷巧极丽擅天下。合斋之文独古澹平粹，不待穷巧极丽亦擅天下，自止斋、水心一辈人皆尊事之，犹袁、郭之称黄宪，嵇、阮之伏山涛也。盖其言议风旨，有在于文字之外者矣。”

孙衣言《瓯海轶闻》卷十一《王秘监楠》按：“南宋时我永嘉诸先生以文章称者，水心之才，止斋之学，皆当抗衡欧、曾。而木叔又为二公所尊事，则其古澹平粹必非虚语，惜《合斋集》竟不可复见也。”

登浮光四望亭

长年忍泪说中原，望彻中原隔戍垣。谁遣江淮限南北，从来宇宙一乾坤。功名纸上徒虚语，岁月愁边恐断魂。老矣叫阍无处所，倚空长剑与谁论[1]？

【注】

浮光，光州（今河南潢川）别称，境内有浮光山。《方舆胜览》卷五十《光州·事要》：“郡名：浮光。”北临淮河，为历来南北兵争要地，也是南宋屯兵抗金之边陲重镇。《宋史·艺文志六·兵书类》载有“柴叔达《浮光战守录》一卷”。

①叫阍，叩宫门上诉。《文选·扬雄〈甘泉赋〉》：“选巫咸兮叫帝阍。”刘良注：“帝阍，天门也。”倚空长剑，表示挥剑杀敌收复国土的壮志和豪迈气概。宋玉《大言赋》：“长剑耿耿倚天外。”

【评】

开禧之役，王楠提举江东常平茶盐兼知池州，有守城保民之功。此为晚岁作，登临北顾，深有报国无门之慨。诗亦劲拔亢健，能振萎卑之习。叶适谓“木叔不喜唐诗（按指晚唐体），谓其格卑而气弱”，读此数首，信然。

观梅

谁见梅花正发时，江天雪意欲垂垂。疏枝冷蕊春无几，断水残云意自奇。疏影偶因明月见，暗香惟有好风知[1]。何人更起调羹手[2]，莫道功成结子迟。

【注】

①疏影二句，林逋《山园小梅二首》之一：“疏影横斜水清浅，暗香浮动月黄昏。” ②调羹，喻辅政治国。《书·说命下》：“若作和羹，尔惟盐梅。”梅味酸，烹调佐料。

【评】

重二“见”字、“意”字、“疏”字，以诗好不觉。

南康泊舟，欲游庐山值雪

春风浩荡江湖客，咫尺庐山风雨急[①]。门前老树最关情，一夜相思头尽白。

【注】

南康，南康军，治所在星子县（今属江西）。庐山，《明一统志》卷五二《南康府·山川》：“庐山，在府西北二十里。古名南障，世传周武王时匡俗兄弟七人，结庐隐居于此，故名。其山叠嶂九层，崇岩万仞，周五百馀里，实南方巨镇也。”

①急，《东瓯诗存》卷三作“隔”，较胜。

【评】

孙锵鸣《东嘉诗话》：“《宋诗纪事》载其《南康泊舟欲游庐山值雪》一首云（本篇略）。”

杰曰：门前老树积雪，却说“最关情”而“一夜相思头尽白”，寻常光景，出以巧思，写得有声有色。三四句暗出题中“雪”字，“一夜头白”又暗用伍子胥一夜愁生白发的故事，所以称妙。

陈　谦

陈谦（1144—1216），字益之，号水云，又号易庵，永嘉人。孝宗乾道八年（1172）进士，历官湖北提举常平、户部郎中总领湖广财赋、宝谟阁待制京湖宣抚副使。

陈谦入读太学，与陈傅良等并称“永嘉英俊”（《林下偶谈》卷四《东莱以誉望取士》）。叶适言其“轩迈朗豁”（《陈公墓志铭》），“文武经纶”（《祭陈益之待制文》）。《宋史》本传谓“有隽声，早为善类所予。”为官能扶善抑恶，据正而行。晚岁筑居郡城外会昌湖西湖南岸，号“水云庄”“与造物游楼”，栖迟啸歌，与四灵之徒唱咏文会，颇见豪致。著有《易庵集》，纂有《永宁编》十五卷、《雁山行记》一卷，并佚。今存文17篇、诗15首[①]。传见《宋史》卷三九六，事见《水心集》卷二五《朝请大夫提举江州太平兴国宫陈公墓志铭》、《瓯海轶闻》卷九《陈待制谦》。

①陈谦存诗，《东瓯诗集》卷二录2首，弘治《温州府志》卷二二录1首，《全宋诗》共录10首（第50册31020页），张如元等校补《东瓯诗存》卷三增录12首。兹予复自明周复俊编《全蜀艺文志》卷六卷十五、明钱榖编《吴都文粹续集》卷二四补辑《白帝城》《八阵图》《过松陵》3首，合计15首。

杨万里《诚斋集》卷一一四《淳熙笺士录·陈谦》：“学问深醇，文辞雄俊，声冠两学，陆沈下僚。”

叶适《水心集》卷二五《朝请大夫提举江州太平兴国宫陈公墓志铭》：“入太学，时尚踵秦桧故禁，文气卑弱，公理胜而笔豪，其体一变。”　又云：“隆兴、乾道中，浙东儒学特盛，以名字擅海内数十人。惟公才最高，其在《易庵集》文最胜。”

吴子良《林下偶谈》卷四《止斋送陈益之诗》：“止斋送陈益之诗，甚工且有理致。首云：‘论事不欲如戎兵，欲如衣冠佩玉严整而和平；作文不欲如组绣，欲如疏林茂麓窈窕而敷荣。’盖陈益之年正盛，论事豪勇，而作文喜为佶屈聱牙，故以此勉之。” 又云：“桢干盍亦烦绳墨，风味何如余典则。” 末云：“君看风雅诗三百，亦有初章三叹息。”皆有深长之意，学者所当思也。益之自负用世才干，而脱略边幅不羁，故又以绳墨典则规之。

温州刘教授石塔

长刘提正律[①]，折冲阵堂堂。少刘峙其躬[②]，凛凛百炼钢。独立百世后，共分渊孟香[③]。近市人不知，公论在八荒。

【注】

刘教授，指刘夙（1124—1171），字宾之，兴化军莆田（今属福建）人。刘克庄祖父。曾任温州教授（州学学官），著作佐郎，衢州、温州知州。

①长刘，指刘夙。正律，指乐律中的正调。 ②少刘，指刘朔（1127—1170），字复之。刘夙弟。曾任温州户曹、德清知县、秘书省正字。叶适《水心集》卷十六《著作正字二刘公墓志铭》称云：“轻爵禄而重出处，厚名闻而薄利势，立朝能尽言，治民能尽力。……呜呼！二公之道，所谓忧天下之危而忘其身，图国家之便而不利其乐者欤！”二刘在温皆有善政，离任，郡民“泣曰：天以二刘赐我而不能终也，奈何！” ③渊孟，指颜渊、孟轲。旧题苏洵《辨奸论》有“相与造作语言，私立名字，以为颜渊、孟轲复出”语。

瞿塘峡

庸蜀诸羌水，荆吴万里浑。不将崖约束，焉免螯崩奔。线引温汤浦，觞浮雪水源[①]。槎程疑欲尽，西望气魂魂[②]。

【注】

本篇录自明周复俊编《全蜀艺文志》卷九，当是绍熙五年（1194）作者任夔州路转运判官时作。瞿塘峡，雍正《四川通志》卷二四《夔州府·奉节县》："瞿塘峡，在县东十三里，禹凿以通江。《府志》：瞿，大也；塘，水所聚也。又秋冬水落为瞿，春夏水溢为塘。旧名西陵峡。乃三峡之门，两崖对峙，中贯一江，滟滪当其口。杜甫诗：'三峡传何处，双崖壮此门。入天犹石色，穿水忽云根。'白居易诗：'瞿塘天下险，夜上信难哉！岸似双屏合，天如匹练开。'"

①线，形容峡窄江流望如一线。温汤浦，在瞿塘峡上游。雍正《四川通志》卷二三《重庆府·巴县》："温汤峡，在县西南一百六十里，上有温泉自岩下涌出，沸腾如汤。"觞浮，浮起酒杯。《孔子家语·三恕》："夫江始出于岷山，其源可以滥觞。极其至于江津，不舫舟，不避风，则不可以涉。"此言源头雪水滥觞，至此而浸淫泛滥。 ②槎程，舟程。暗用汉使张骞穷河源乘仙槎上天河事。气魂魂，《山海经·西山经》："南望昆仑，其光熊熊，其气魂魂。"郭璞注："皆光气炎盛，相焜耀之貌。"

【评】

写瞿塘峡之险，措句峭刻，独辟境界。

鄂州南楼

析羽沉弦思杳茫[①]，南楼依旧倚斜阳。江湖草树不相识，吴蜀舟车只自忙[②]。万里秋声惊客枕，一天凉月浸胡床[③]。古今多少英雄泪，认取江南旧武昌[④]。

【注】

鄂州，今武汉市武昌。南楼，在州治南。《方舆胜览》卷二八《鄂州·南楼》："在郡治南黄鹤山顶，上有登览之胜。旧基不知其处，中间改为白云阁，元祐间守方泽重建，复旧名。"陆游《入蜀记》卷五："郡集于南楼。在仪门之南石城上，一曰黄鹤山。制度闳伟，登望尤胜。鄂州楼观为多，而此独得江山之要会，山谷所谓'江东湖北行画图，鄂州南楼天下无'是也。下阚南湖，荷叶弥望。"范成大《吴船录》卷下："晚遂集南楼。楼在州泊前黄鹤山上，轮奂高寒，甲于湖水。下临南市，邑屋鳞差。岷江自西南斜抱郡城东下，天无纤云，月色奇甚，江面如练，空水吞吐。"

①析羽，指旌旗。《周礼·春官·司常》："析羽为旌。"析，《东瓯诗集》卷二、《全宋诗》作"折"，非；新版标点本光绪《永嘉县志》卷三四作"祈"，更不成义。沉弦，指歌乐。　②吴蜀句：鄂州为长江上流都会，吴蜀往来要冲。　③胡床，坐具名，又称交床。凉月胡床，用庾亮故事。《晋书·庾亮传》："亮在武昌，诸佐吏殷浩之徒，乘秋夜往共登南楼。俄而不觉亮至，诸人将起避之。亮徐曰：'诸君少住，老子于此处兴复不浅。'便据胡床与浩等谈咏竟坐。"按：东晋大臣庾亮所登南楼，在武昌郡（治武昌县，今湖北鄂州市），非鄂州（其时区划亦无鄂州之名）。隋开皇九年改郢州为鄂州，治江夏（今武汉市武昌区）。唐永贞元年置武昌军节度使，治鄂州，宋沿其制，后人不察，或加混同，将鄂州南楼傅会为庾公南楼。如黄庭坚名作《鄂州南楼书事四首》："武昌参佐幕中画……诸君少住对胡床。"本诗亦承其误。结云"认取江南旧武昌"，直以鄂州（今武汉市武昌区）为旧武昌郡（今湖北鄂州市）矣。　④古今二句，言古往

今来，多少英雄人物莅兹名楼，登临赋咏，抒发各自的怀抱和感慨。

【评】

词工而深有渊含，笔力亦复健拔，通篇运转裕如，气韵浑成。陈谦诗存制不多，而绰"有新意"（《宾退录》卷三），如此等作可称名咏矣。

徐　谊

徐谊（1144—1208），字子宜，一字宏父，平阳人。孝宗乾道八年（1172）进士，累官提举浙西常平茶盐、权工部侍郎兼知临安府、知建康府兼江淮制置使，移镇隆兴府而卒，谥忠文。

徐谊历事孝宗、光宗、宁宗三朝，居官能谠言直论。与陆九渊往来讲学，《宋元学案》列为"象山同调"，万斯同《儒林宗派》卷十一《宋》列入"陆氏宗派"。开禧二年（1206）为周必大《平园续稿》撰序。文集不传，今存诗5首。《宋史》卷三九七有传，事见《水心集》卷二一《宝谟阁待制知隆兴府徐公墓志铭》、《瓯海轶闻》卷十五《徐忠文公谊》。

谪官南安军

花飞片片上衣襟，拾得飞花置柳阴。莫遣便随流水去，东君应有惜花心①。

【注】

题"南安军"，《东瓯诗存》卷三作"南康军"误，今作订正。按：

据叶适《宝谟阁待制知隆兴府徐公墓志铭》:“会有御史刘德秀疏,罢,庆元元年三月也。胡纮再疏,责副团置南安军。”宋刘时举《续宋编年资治通鉴》卷十二《宋宁宗一·乙卯庆元元年》:“何澹复力攻赵汝愚,乃落职罢祠,十一月责授宁远军节度副使、永州安置。徐谊坐言汝愚,亦贬南安军。”《宋史·徐谊传》:“吏部侍郎彭龟年论侂胄罪状,侂胄疑汝愚、谊知其情,益怨恨。以御史刘德秀、胡纮疏谊,责惠州团练副使、南安军安置。”宁宗庆元元年(1195)韩侂胄专政,徐谊贬职惠州团练副使、南安军安置。又据《宋史·地理志四·江南西路》载,南安军治所大庾县(今江西赣州市大余县),南康为其属县。同书《江南东路》载,南康军治所星子县(今江西九江市星子镇)。两者是不同地区,不可混同。

①东君,司春之神。

【评】

张如元、吴佐仁校补《东瓯诗存》卷三:“惜花所以自惜,尚祈朝廷终能召己回朝也。”

曾枣庄、吴洪泽《宋代文学编年史》第四卷《嘉定元年戊辰》:“有文名,其诗如《谪官南安军》云(本篇略)。借落花寓身世之感,言浅意深。”

陈 岘

陈岘(1145—1212),字寿南,号东斋,平阳人,徙居郡城。出身世家,以祖父陈桷遗泽补官。淳熙十四年(1187)中博学宏词科，赐同进士出身（《馆阁续录》卷七），孝宗称许其文。历仕秘书监兼国史院编修官、兵部侍郎兼直学士院。

陈岘为人沉默靖厚，持身谨阃。居官秉守直道，不附权臣，其任两浙转运判官、全州知州、广东经略安抚使，并有治声。门人真德秀志其墓。著有《东斋集》三十卷，今佚。《两宋名贤小集》卷三五三录存《东斋吟稿》诗9首。事见弘治《温州府志》卷十一《宦业》、《瓯海轶闻》卷十四《陈安抚岘》。

真德秀《西山文集》卷四四《显谟阁待制致仕赠宣奉大夫陈公墓志铭》："笃学不懈，博通群书，而涵泳义理，归之于约。其文典雅有旨趣。"

雍正《广东通志》卷三九《名宦志·陈岘》："少笃学，工文辞。淳熙丁未进士，历官有政声。"

舟次鄂州

蜀江来滚滚，楚望意悠悠。浩气高清晓，新寒带晚秋。关山方北顾，烟火又南楼①。蓬鬓天涯客，萧然一叶舟。

【注】

鄂州，今武汉市武昌区。

①南楼，见本卷陈谦《鄂州南楼》题注。

郡圃依绿亭

修林平沼久荒埃，招领春风一笑回。扫净莓苔分径岸，剩添桃李结亭台①。时因休吏文书了，忽作闲人杖屦来。待与邦人同醉乐，一樽何惜少徘徊②。

【注】

据雍正《广西通志》卷五一《秩官宋·知全州》，陈岘于宁宗庆元六年（1200）出守全州（今属广西），任职二年，本篇作于其时。依绿亭，前书卷四四《古迹·全州》：“依绿亭，在州圃中，宋守陈岘有诗。”按：此据《两宋名贤小集》卷三五三录。雍正《广西通志》卷一二四引录题《依绿亭》，截前四句为绝句。《宋诗纪事》卷五六、《东瓯诗存》卷四录同。《宋纪》云据《粤西诗载》，检清汪森编《粤西诗载》卷十四《七言律》下收载全诗八句，厉氏失察。

①剩，多。　②作者知全州，颇有善政。真德秀《陈公墓志铭》曰：“增学廪，给官书，延见诸生，勉以问学。撙节浮费，籴米三千斛，立仓为俭岁备。蠲民逋租凡二万余缗。郡城故榷酤为民患，公听十里外酿酒入城收其税，民便之。在郡二年，田野辟，道路修，城堞壮。又捐河渡之入，跨江为桥，以免病涉，湘人目曰‘陈公桥’。”

【评】

孙锵鸣《东嘉诗话》：“有《依绿亭》绝句云：‘修林平沼久荒埃，招领春风一笑回。扫净莓苔分径岸，剩添桃李结亭台。’末二语颇寓去邪佞而扶善类之意。”

陈宝之

陈宝之，名瓘，以字行，号研轩，永嘉人。曾诣阙上书[①]，高宗绍兴末登贤良方正科[②]，任大理寺丞。师从吕祖谦，《挽吕东莱》云

“铁岭承颜日，尝闻正始音。少年方踯躅，有学未温寻。”与陈亮是太学同学，与陈傅良亦有交往（有《题陈君举暮春堂》诗）。《东瓯诗存》卷三录诗5首，《永嘉西源陈氏大宗谱》（温州市图书馆藏复印本）录13首，今存18首。

①《临安夜行犯禁呈府尹》：“天下陈宝之，来上天子书……府尹政严明，持此献丹墀。”②弘治《温州府志》卷十三《诸科·贤良方正制科》：“王景山、陈宝之，俱永嘉人。”明赵谏编《东瓯诗续集》卷二《陈宝之》：“登绍兴第，授大理寺丞。”《永嘉西源陈氏大宗谱》：“从吕东莱学，登绍兴贤良方正科。”

寄陈同甫

面隔心不隔，溪头话别情。一春行李客，几度杜鹃声。槐市风传远[①]，蓬窗月正明。五更如有梦，必在小桥横。

【注】

据《东瓯诗续集》卷二录。陈同甫即陈亮，见卷一陈傅良同题诗注。

①槐市，设在太学附近的集市。汉时辟雍（太学）栽植槐树。《太平御览》卷九五四引《三辅黄图》：“元始四年，起明堂、辟雍，为博士舍三十区。为会市，但列槐树数百行，诸生朔望会此市，各持其郡所出物及经书，相与买卖。雍雍揖让，论议槐下，侃侃訚訚如也。”据此句及同题七绝“九转神丸炼已成，十年铁岭共知名”，宝之与同甫盖曾太学同学。

陈德翔

陈德翔，字元览，永嘉人。卜居郡城西南郊水心村（今鹿城区松台街道水心住宅区）。其《河上》云："愚哉贫贱士，乃欲谋经济。"则亦清贫自守隐遁之士。《东瓯诗集》卷三录诗3首。

和邻僧韵

七八年来住水心，喜邻萧寺共僧吟[①]。古池暗有泉相接，春地从教笋自侵。兴到浓时因坐久，交于澹处见情真[②]。极怜对立河梁暮[③]，海月初生日正沉。

【注】

①萧寺，佛寺。唐李肇《唐国史补》卷中："梁武帝造寺，令萧子云飞白大书'萧'字，至今一'萧'字存焉。" ②交于澹处，《庄子·山木》："君子之交淡若水，小人之交甘若醴。君子淡以亲，小人甘以绝。"郭象注："无利故淡，道合故亲。饰利故甘，利不可常，故有时而绝也。"按《礼记·表记》："故君子之接如水，小人之接如醴。" ③河梁，河桥。

【评】

颈联淡朴可爱，是真情体味语，是透辟阅历语。

林宾旸

林宾旸，永嘉人。《东瓯诗续集·补遗》录诗2首，《东瓯诗存》卷三同。

红叶

五夜霜为染[①]，轻明映碧流。山林惊有色，天地欲无秋[②]。野烧风初起[③]，斜阳雨未收。昔闻供墨客[④]，霜屋落飕飕。

【注】

红叶，指经霜变红的枫叶。

①五夜，指一夜。古代将一夜分为五刻，即甲夜、乙夜、丙夜、丁夜、戊夜。　②山林二句，杜牧《山行》有“霜叶红于二月花”句。　③野烧（shào），野火。烧，《东瓯诗存》卷三作“渡”。　④昔闻句：唐人红叶题诗故事甚多，如唐孟棨《本事诗·情感》所记玄宗时宫女：“一入深宫里，年年不见春。聊题一片叶，寄与有情人。”唐范摅《云溪友议》卷十所记宣宗时宫人：“流水何太急，深宫尽日闲。殷勤谢红叶，好去到人间。”

【评】

“山林惊有色，天地欲无秋。”真乃为红叶写照，只此十字，胜人许多。咏物而不徒从形象着笔，摄其精神风韵，超超玄著。

钱文子

钱文子（1148—1221）[①]，原名宏，字文子，后以字为名，改字文季，号白石，乐清白石人。光宗绍熙二年（1191）上舍两优解褐[②]，历仕太学博士，台州、常州知州，宗正少卿，淮南路转运副使兼提点刑狱，以守宝文阁致仕。

文子明经厉志，器识宏毅，“学术行谊为士人宗仰”（魏了翁《鹤山集》卷五四《钱氏诗集传序》）。宰邑试郡，“刻意民事，抚摩善良，锄治奸恶……治民驭军，宽猛得宜”（宋卫泾《后乐集》卷十一《应诏举人才举游九言钱文子黄宜状》）。卢祖皋为其婿，丁黼、曹豳为其门人。博学善诗文，著述颇丰，然如《白石诗传》《两汉编》等多种皆佚，仅传《补汉兵志》一卷。今存诗4首、文8篇。事见卢祖皋《钱文子圹志》、《瓯海轶闻》卷十三《钱少卿文子》、《温州经籍志》卷二《白石诗传》及卷十三《补汉兵志》。弘治《温州府志》卷十一《宦业》有传。

①卢祖皋《钱文子圹志》（据《温州历史文献集刊》第二辑张如元《宋代温州文献徵存录》）云：“公生于绍兴十七年十二月十六日。”绍兴十七年为公历1147年；但十二月十六日公历已入为1148年1月。云“嘉定十三年十二月二十七日终”，同样是为公历1221年1月。云“享年七十有三”，是以实龄计，虚龄则七十四。　②《钱文子圹志》云“绍熙二年上舍释褐两优”，宋《馆阁续录》卷九、弘治《温州府志》卷十一、《四库全书总目》卷八二并作“绍熙三年（壬子）”。

周必大《文忠集》卷七八《冲虚居士钱君朝彦墓碣》:“宏字文子,后以字为名。通经术,工词章。” 杰按:钱文子为钱朝彦第四子。

乔行简《白石诗传序》:“行简昔尝从先生游,听言论如引岷江下三峡,滔滔乎其无涯也。……乾、淳诸老之后,岿然后学宗师。”(朱彝尊《经义考》卷一〇九引)

朱彝尊《曝书亭集》卷四五《书钱氏补汉兵志后》:“乐清钱文子,见南渡兵食之冗滥也,以汉制不失寓兵于农遗意,而班史无志,因以补之。书仅一卷,言近而旨远,辞约而义该,此非低头拱手高谈性命之学者所能括也。”

望吴亭次黄二尹韵

东望长安山复山[①],数峰还出两峰间。揽衣来即三年戍,引客偷为一日闲[②]。身似暮云低更好,心如归鸟倦知还[③]。圣朝倘得收遗物,叹息搔头鬓已斑。

【注】

据《宋史·职官志七》和《宋会要·职官》四七、四八载,宋制,州守任期,宣和七年(1125)诏以三年为任,绍兴九年(1139)诏并以二年为任;县令任期,乾道后或二年或三年为任,淳熙十六年(1189)复定以三年为任(参阅龚延明《宋史职官志补正》七)。文子入仕在绍熙三年(1192)解褐后,诗云“揽衣来即三年戍”,结合其仕历考察,当是指就任潭州醴陵知县而言。宋李心传《道命录》卷七下:“左宣教郎钱文子字文季者,时以太学两优释褐,一任回(按指吉州判官任满),当召,乃就部注潭州醴陵知县而去,时人称之。”宋卫泾《后乐集》卷十一《应诏举人才举游九言钱文子黄宜状》:“不以科目自居,顷由幕僚改秩宰邑醴陵,不卑其官。”

望吴亭,在宋临安府盐官县(今浙江海宁)东北。雍正《浙江通志》卷四十《古迹二·杭州府下》:“望吴亭:《硖川志》:在硖石湖北。相传越屯兵于此以望吴兵。水口有望吴坝。”二尹,少尹,称州县副职。

①长安,指南宋都城临安(杭州)。 ②揽衣,提起衣衫。三年戍,指任职县令。宋淳熙后知县任期三年。客,指黄二尹。偷为一日闲,唐李涉《题鹤林寺僧舍》:“因过竹院逢僧话,又得浮生半日闲。” ③归鸟倦知还,陶潜《归去来兮辞》:“云无心以出岫,鸟倦飞而知还。”

【评】

“揽衣来即三年戍,引客偷为一日闲。”对偶若不经意,随手拈来,工整而有意味。结联有冀望还朝意。

钱志熙《乐清钱氏诗文辑注·钱文子》:“格调老迈,句律精深,为宋律之正宗风格。其情思宛转低回中存蹇昂之气,正合儒流从宦之身份。想见文子为人,虽心存君国,而性格恬淡,每怀归隐之思。”

叶 适

叶适(1150—1223),字正则,号水心,生于瑞安,迁居郡城。家道贫寒,奋励自学。孝宗淳熙五年(1178)举进士第二(榜眼),历官尚书左选郎官、太府卿总领淮东车马钱粮、知建康府兼沿江制置使。卒谥文定。

叶适是南宋杰出思想家、学者、散文家，也是永嘉学派集大成人物。《宋史》卷四三四本传称其“志意慷慨，雅以经济自负”，“为文藻思英发”。识见超旷，论学析理，多异先儒，又工于文辞，务出新奇，不屑因循。其文名重当世，一时名家如真德秀、叶绍翁、韩淲、李耆卿、黄震、刘宰、陈振孙、刘壎等人“皆交口推许无异词”(孙诒让《温州经籍志》卷二一《水心先生文集》按语)。他以行文之法铺陈为诗，词必己出，根底学问，含蕴深刻，典雅整炼，直造生冷素淡之境，自成风格，诚属学人之诗，而论者或徒以情韵委婉流丽衡量之，不免失之偏颇。著有《水心文集》二十九卷、《水心别集》十六卷、《习学记言序目》五十卷。事见《瓯海轶闻》卷八《叶文定公适》、《温州经籍志》卷二一《水心先生文集》。

叶绍翁《四朝闻见录》甲集《宏词》：“水心先生之文，精诣处有韩柳所不及，可谓集本朝文之大成者矣。”

吴子良《林下偶谈》卷四《水心诗》：“水心诗早已精严，晚尤高远。古调好为七言八句，语不多而味甚长，其间与少陵争衡者非一，而义理尤过之。”

刘克庄《后村诗话》后集卷二：“水心大儒，不可以诗论。其赋《中塘梅林》……二篇，兼阮陶之高雅，沈谢之丽密，韦柳之精深，一洗今古诗人寒俭之态。”

周密《浩然斋雅谈》卷上：“水心翁以抉云汉、分天章之才，未尝轻可一世，乃于四灵若自以为不及者，何耶？此即昌黎之于东野，六一之于宛陵也。惟其富赡雄伟，欲为清空而不可得，一旦见之，若厌膏粱而甘藜藿，故不觉有契于心耳。”

吴之振等《宋诗钞·水心诗钞叙》:“诗用工苦而造境生,皆熔液经籍,自见天真,无排迮刻鹗之迹。艳出于冷故不腻,淡生于炼故不枯。‘曾点之瑟方希,化人之酒欲清’,其意味足当之。”　杰按:“曾点之瑟”二句,见《水心集》卷十二《巽岩集序》,为水心称誉李焘(巽岩)文语。黄震《黄氏日抄》卷六八《读叶水心文集》谓:“水心此言亦写胸中之所自得者。”

《四库全书总目》卷一六〇《水心集》:“适文章雄赡,才气奔逸,在南渡卓然为一大宗。其碑版之作,简质厚重,尤可追配作者。适尝自言:‘譬如人家觞客,虽或金银器照座,然不免出于假借;惟自家罗列者,即仅瓷缶瓦杯,然都是自家物色。’其命意如此,故能脱化町畦,独运杼轴,韩愈所谓文必己出者,殆于无忝。”　杰按:“譬如人家觞客”数句,见吴子良《林下偶谈》卷三《水心文不蹈袭》引。吴谓:“瓷瓦虽谦辞,不蹈袭则实语也。”

《四库全书简明目录》卷十六《水心集》:“永嘉之派得薛季宣、陈傅良及适,而蔚然大振。适才雄学博,而主于语必己出,尤凌跨一代。然所作具有典则,非恣意驰骋也。”

陈延杰《宋诗之派别》:“叶适诗造境颇生,脱去町畦,有冷艳之趣。”

夏承焘《天风阁学词日记》1964年12月14日:“水心《书龙川集后》一文,可见水心不解词,竟失此词中别子,可惜,可惜!水心诗文皆奥峭似韩黄,宜其不能词,此亦诗词相剋之一例。”

题孙季蕃诗

子美太白常住世,佳人栩栩梦魂通[①]。泻落天河浇汝舌,移来不周荡尔胸[②]。千家锦机一手织，万古战场两峰直。孰《南》孰《雅》唤莫前，虚箫浪管吹寒烟[③]。

【注】

孙季蕃：孙惟信（1179—1243），字季蕃，号花翁。原籍开封，寓居婺州（今浙江金华市）。弃官自放，栖隐湖山，往来苏杭，交游极广，是江湖派代表诗人。刘克庄谓："其言以家为系缧，以货为赘疣，一身之外无它人，一榻之外无长物。"而"名重江浙，公卿闻孙花翁至，争倒屣。所谈非山水风月，一不挂口。长身缊袍，意度疏旷，见者疑为侠客异人。"（《后村集》卷三九《孙花翁墓志铭》）"家徒壁立，无旦夕之储，弹琴读书晏如也。"（《西湖游览志》卷八）今存词11首。

①子美，杜甫。太白，李白。佳人，贤人。指孙季蕃。 ②泻落句，口若悬河之意。陈振孙《直斋书录解题》卷二十《花翁集》云："在江湖中颇有标致，多见前辈，多闻旧事，善雅谈。长短句尤工。"移来句，谓其心胸浩阔。不周，不周山。 ③南，指《诗经·国风》中的《周南》《召南》，属于"正风"，是用于教化的作品。雅，指《诗经》中的《小雅》《大雅》，是反映王政废兴的作品。此言其不拘守传统诗教，虚箫浪管，倚声度曲，狂放自恣。吹，《浩然斋雅谈》卷中引录作"生"。

【评】

刘克庄《后村集》卷三九《孙花翁墓志铭》："季蕃长于诗，水心叶公所谓'千家锦机一手织，万古战场两峰直'者也。"

周密《浩然斋雅谈》卷中："叶正则《题孙季蕃诗》云（本篇略）。"

李慈铭《越缦堂读书简端记续编》二之丁《浩然斋雅谈》卷中：

"'泻落天河浇汝舌，移来不周荡尔胸'：此等粗犷，是宋人恶习。又'孰南孰雅唤莫前，虚箫浪管吹寒烟'：更不成句。"

《东瓯诗存》卷四张如元等校补："花翁才雄性狂，身贱名高，光宁间典型江湖骚人。叶适此诗正为其写照。"

杰曰：刻画江湖诗人孙花翁狂放不羁的形象，写得十分生动。篇法上很是独特，突然而起，忽然而止，杳若神龙，不见首尾。初睹若无章法，实则深含理蕴。吴子良《林下偶谈》言水心"古调好为七言八句，语不多而味甚长"，盖即谓此等之作。

后端午行

一村一船遍一乡，处处旗脚争飞扬。祈年赛愿从其俗，禁断无益反为酷。喜公与民还旧观[①]，楼前一笑沧波远。日昏停棹各自归，黄瓜苦菜夸甘肥。

【注】

弘治《温州府志》卷一《岁时·端午》："是月，各乡皆造龙舟竞渡，叶水心所谓'一村一船遍一乡''祈年赛愿从其俗'是也。"前有《永嘉端午行》，故此篇题《后端午行》。

①公，尊称郡守。《永嘉端午行》云"使君劝客亲付标"。

送白酆还蜀

翻翻文若秋江生，幽幽诗如寒涧鸣[①]。前岁淹徊下巴峡[②]，今年憔悴出京城。凭问天边五色羽[③]，何事飞来复飞去？昔人但苦樊笼悲，岂知此日笼无处[④]。

【注】

①翻翻，翻腾貌。幽幽，幽深貌。 ②巴峡，指重庆一带江峡。长江流经巴县（今重庆），曲折回环形如“巴”字，故称巴江，其附近江峡亦称巴峡。参见拙著《唐人律诗笺注集评》杜甫“即从巴峡穿巫峡”注。 ③五色羽，韩愈《岐山下》之一：“丹穴五色羽，其名为凤皇。” ④笼无处，言漂泊无栖身之地。

朱娘曲

忆昔剪茅长桥滨[①]，朱娘酒店相为邻。自言“三世充拍户，官抛万斛嗟长贫[②]。母年七十儿亦老，有孙更与当垆否[③]？后街新买双白泥，准拟设媒传归好[④]”。由来世事随空花，成家不了翻破家。城中酒徒犹夜出，惊叹落月西南斜。桥水东流终到海，百年糟丘一朝改[⑤]。无复欢歌撩汝翁[⑥]，回首尚疑帘影在。

【注】

温州的酿造业在南宋时十分发达，居于全国前列。诗中叙写水心村邻居朱娘家三代经营酒铺（三世充拍户），因承受不了苛重的税赋最终“破家”败落，反映了东南地区经济在繁荣的表象下潜藏的危机。说明作者敏锐的洞察力已经关注到这一衰落现象。《东瓯诗集》卷一选作薛季宣诗，误。

①剪茅长桥滨，指筑室温州城外水心村居住。参看后《水心即事六首》注。 ②拍户，酒铺，酒户。宋灌圃耐得翁《都城纪胜·酒肆》：“除官库子库脚店之外，其余皆谓之拍户。”任半塘《优语集》：“拍，沽也。”官抛万斛，言官府索取巨额税赋。“抛”字极生动。斛，十斗。万斛，指多。 ③儿，妇人自称。当垆，站台卖酒。垆，

放酒坛的土台。汉辛延年《羽林郎》诗:“胡姬年十五,春日独当垆。” ④白泥,圬墙用砺灰。准,《宋诗钞》作“群”。传归,中华书局点校本《叶适集》校:“《校注》(按指孙衣言《水心文集校注》)云:传归疑或当作‘得妇’。”按:孙校可取。归,《东瓯诗集》作“妇”,可证其说。 ⑤糟丘,酒糟堆积成丘。此指酿酒之所。 ⑥撩,逗弄。

【评】

刘壎《隐居通议》卷十七《水心遗文》:“昔开庆己未岁,尝选取水心文之绝出者,手抄成帙,以备观览,时年甫二十耳。智识未到,而轻于去取,尝疑必谬。今者仕闽五载,不读此文久矣。归来暇日,重阅全集,欲采所遗,而亦无踰于前所选,岂七十八翁知识不加于二十时耶?因记云畬赵史君,曾与余论笔法……盖云畬翁亦喜读水心文者,俊颖超卓,广记博辨,当剧谈快意时,辄索予同声背诵《晋元帝庙记》《司马温公祠堂记》《陈同甫王道甫》《周子》及《徐灵渊》等诸志铭,《抱膝斋诗》《朱娘曲》诸篇以为乐。噫!久无是契,今之友朋会是意者寡矣。”

白纻词

有美一人兮表独处,陟彼南山兮伐寒纻。挑灯细缉抽苦心,冰花织成雪为缕。不忧绝技无人学,只愁不堪嫁时著。郑侨吴札今悠悠,争看买笑锦缠头[①]。

【注】

白纻词,即白纻歌,乐府舞曲歌辞名。出于吴地民歌。纻,麻。《乐府诗集》卷五五《舞曲歌辞》引《宋书·乐志》:“纻本吴地所出,宜是吴舞也。”为七言体诗,后世文人多有仿作。

①郑侨，指春秋郑国贵族公孙侨，字子产。曾在郑国推行新政，郑国得以治理。吴札，指春秋吴国贵族季札，又称公子札。曾出使鲁国，借周代的音乐诗歌分析时局形势。锦缠头，以锦（绸缎）缠头。指歌妓舞女演出后客赠的财物。白居易《琵琶行》："五陵年少争缠头，一曲红绡不知数。"

【评】

贺裳《载酒园诗话·宋叶适》："宋人于乐府一途，尤为河汉。水心《白纻辞》一篇，深得古意（引本篇略）。深叹知音难遇，又不忍遽自决绝，徊翔宛转，无限风流。"　杰按：黄公论诗，独具只眼，此评允矣。

吴乔《围炉诗话》卷五："（前引贺裳评略）乔谓此仅望见张、王耳，在宋已成绝作。"

杰曰：当是作者未登第时所作。淳熙元年（1174）在京，上书朝廷不报，郁郁返家。借乐府古题以抒意。"郑侨吴札今悠悠，争看买笑锦缠头。"曲终奏雅，托出本旨。慨叹世俗沉湎，古贤不见，悠悠此心谁同。

前日入寺观牡丹，不觉已谢，惜其秾艳，故以诗怀之

牡丹乘春芳，风雨苦相妒。朝来小庭中，零落巳无数。魂销梓泽园，肠断马嵬路[①]。尽日向栏干，踌躅不能去。

【注】

此诗本集不载，据明郁逢庆《书画题跋记》卷一《宋人手简十七条》录。诗前小引云："观使开府相公尊兄钧席：前日入寺观

牡丹,不觉已谢,惜其秾艳,故以诗怀之,敢冀见和。适上。”原录无题,今姑以引言为题(清卞永誉《式古堂书画汇考》卷十二题作《叶正则观牡丹诗帖》)。当是宁宗庆元五年(1199)罢职后家居时作(参周梦江《叶适传》第九章),心情郁闷。借咏牡丹,惋叹风雨中春芳“零落”而深自伤慨,表达了政治上遭受排挤黜落的郁愤,蓄意蕴藉。

①梓泽园,即金谷园,西晋石崇别墅,故址在今河南孟州市境。《晋书·石崇传》:“崇有别馆在河阳之金谷,一名梓泽。”石崇被捕,其爱妾绿珠坠楼而亡。马嵬,杨贵妃殒命处,故址在今陕西兴平市西。二句伤叹名花谢落,而以金谷园名姝绿珠、马嵬坡贵妃杨玉环为比。

【评】

曹函光《宋贤十七札跋》:“水心诗早已精严,晚尤高古。今诗亦淡宕可爱。书法蔡君谟,而自具风骨。……余极爱刘无言、吴居父、叶水心之札,遂易得之,略疏其人于后。”(《书画题跋记》卷一《宋人手简十七条》引)

西山

对面吴桥港[①],西山第一家。有林皆橘树,无水不荷花[②]。竹下晴垂钓,松间雨试茶。更瞻东挂彩[③],空翠杂朝霞。

【注】

周梦江《叶适年谱》系于宁宗开禧元年(1205)丁忧(父丧)居家(水心村)作。西山,在温州市区西南郊,又称雪山,今名景山公园。弘治《温州府志》卷三《山·永嘉县》:“西山,去城三里,为郡登临胜处。”嘉靖《永嘉县志》卷一《山川·近城诸山》:“西山,在集云厢。连峰叠巘,青葱秀丽,如列画屏然。”

①吴桥,弘治《温州府志》卷四《水·永嘉县·西湖》:“吴桥,由泥荡南折而东。”西山东临会昌湖之西湖。 ②有林二句,唐杜荀鹤《送友游吴越》:“有园多种橘,无水不生莲。” ③挂彩,山名。弘治《温州府志》卷三《山·永嘉县》:“挂彩山,在郡城东北二十里。南临大江,其石壁立,光彩五色,灿烂若彩缋然。”

【评】

方回《瀛奎律髓》卷二三《西山》批语:“水心以文知名,拔四灵为再兴唐诗者。而其所自为诗,恐未尝深加意。五言律如此者少。西山盖永嘉胜处,有醉乐亭,水心为记甚悉。”

姜准《岐海琐谭》卷十一:“永嘉之土最宜树橘,宋韩守彦直之《谱》足徵。宋世产于西山,叶正则诗云;‘对面吴桥港,西山第一家。有林皆橘树,无水不荷花。’此其证也。厥后盛于隔江之河田,而上刚,而南仙,渐延至于十一都之吴田。地气之变迁,昔西北而今东南,其不可以一定拘也有如此。”

纪昀《瀛奎律髓刊误》卷二三:“平浅之作,‘橘、荷、竹、松’亦太犯。三四尤入俗调。”

杰曰:纪晓岚谓此诗中联“橘、荷、竹、松”四字犯复,即是接连用了相同类的词。这类被指为“诗病”的句例,在唐人律体诗中时见。如骆宾王《送郑少府入辽共赋侠客远从戎》前四:“边烽警榆塞,侠客度桑干。柳叶开银镝,桃花照玉鞍。”清周亮工《书影》卷二谓:“‘榆、桑、柳、桃’连用。”李白《访戴天山道士不遇》:“犬吠水声中,桃花带雨浓。树深时见鹿,溪午不闻钟。野竹分青霭,飞泉挂碧峰。无人知所去，愁倚两三松。”明唐汝询《唐诗解》卷三三云：“此诗‘水声、飞泉、树、松、桃、竹’，语皆犯重。”另如王维《汉江临泛》：“楚塞三湘接，荆门九派通。江流天地外，山色有无中。郡邑浮前浦，波澜动远空。襄阳好风日，留醉与山翁。”一首中连用“三湘、九派、江流、前浦、波澜”五个带水的词语，清查慎行《初白庵诗评》卷下云：“篇中说水处太多，终是诗病。”上述所举骆、李、王诸篇，都是脍炙人口的名作，而明清人的批评也是事出有因，具一定道理。这种情况，说明唐宋时代的律体诗，在用字及格律对仗诸方面还是比较宽松的，并无许多顾忌，不区区于字句琐屑。至明清时期，声律细密，法式严整，技巧层面的讲究也最多，故亦善能挑剔摘瑕。唐汝询说：“古人于言外求佳，今人于句中求隙，去之所以更远。”周亮工说：“古人皆不以为嫌，今人用之，不知如何揶揄矣！”这正说明了不同时代的认识差别，反映了诗律发展的趋势和审美情趣的转移。由是而言，明清人的评议不可不谓眼明心细，明察秋毫，而“忌重叠、避语复”，其于后来诗家亦具一定启示意义。当然，论诗也不当太拘泥于字面，主要应从意境、格调、理蕴、情韵诸方面来考察。即如叶适此作，中四句虽叠用“橘、荷、竹、松”字，但由于处理得宜，无勉强堆砌之嫌，读而不觉，故亦不足为疵。

送潘德久

每携瘦竹身长隐，忽引文藤令颇严。闻道将军如郤縠，不妨幕府有陶潜[①]。江当阔处水新涨，春到极头花倍添。未有羽书吟自好，全提白下入诗奁[②]。

【注】

潘德久，即潘柽，详卷一作者简介。德久晚岁参佐建康府（金陵）戎幕，陈傅良《送潘德久之官建康》有“老为宾客从戎幕”句。本篇亦为送行作，故云“未有羽书吟自好，全提白下入诗奁”。

①闻道二句，称美德久文武双全。郤縠，春秋晋国名将。晋文公作三军，命为中军统帅。 ②羽书，军中紧急文书。白下，南京别称。诗奁，犹诗箧。

【评】

吴子良《林下偶谈》卷四《水心诗》：“水心诗早已精严，晚尤高远。……难以全篇概举，姑举其近体成联者：‘花传春色枝枝到，雨递秋声点点分。’此分量不同，周匝无际也。‘江当阔处水新涨，春到极头花倍添’，此地位已到，功力倍进也。”

水心即事六首兼谢吴民表宣义（选三）

生薑门外山如染①，山水娱人岁月长。净社倾城同禊饮，法明阛郭共烧香②。之一

【注】

叶适于宁宗庆元二年（1196）罢职，四年（1198）举家迁回温州，买宅定居郡城西南郊水心村（今温州市鹿城区松台街道水心住宅区），自号水心。本组诗作于其时。《水心集》卷十六《庄夫人墓志铭》云：“庆元戊午（四年），余始居生姜门外西湖上。”水心村在城外会昌湖西湖沿岸，西山东麓，倚山临水，风景清幽。作者《送惠县丞归阳义二首》之二：“我在水心南岸村，寻常风景不堪论。等于天壤中间住，草醉花迷共记存。”宋陈昉《颍川言小》卷下：

“瑞安叶文定公……后居永嘉水心寺侧。水心,寺名也。”雍正《浙江通志》卷五十《古迹十二温州府》:“叶适宅,《名胜志》:永嘉县有西湖南湖,总谓之会昌湖。宋叶适居西湖之水心,号水心先生。万历《温州府志》:适之先自处州之石林徙永嘉城南水心,其所居有华堂。”

吴民表(中华书局1986年排印本《宋诗钞·水心诗钞》作“吴氏表”误),后归宗复姓陈,即陈烨(1127—1214),字民表,永嘉人。高隐之士,水心村西邻,门人陈埴(潜室)之父。叶适《陈民表墓志铭》言其“著书甚工”,而“不欲以词藻竞于时”(《水心集》卷二五)。宣义,宋时向官府捐献钱米得到封赠的低品官衔。

①生薑门,即来福门,在今信河街松台山东南麓。弘治《温州府志》卷一《城池·城门》:“西南曰来福门,在松台山麓。旧名集云门,俗称山脚门,讹为生薑门。”孙衣言《水心文集》批注:“生薑门,不见府志,盖即今之三角门。水心所居在会昌湖西,谓之西湖,正当其地。温人读‘角’如‘脚’,盖即生薑音近之误……‘生薑门’三字甚新,吾温人无有知之者。”②净社,净社寺,在西山坊;法明,法明寺,在湖山坊。俱在来福门外,宋时为士民游赏胜处。弘治《温州府志》卷三《永嘉县·西山》:“宋时郡守领客,饭于净社寺,即携鼓吹登山(西山),岁以为常。”又卷十六《寺观·永嘉县》:“法明教院,在来福门外,宋乾德四年建。”宋陈龟年有《游净社寺》诗(万历《温州府志》卷十四引)。作者有《法明寺教藏序》(《水心集》卷十二)。禊饮,古俗农历三月三日上巳在郊外举行的宴聚。南朝齐王融《三月三日曲水诗序》:“禊饮之日在兹,风舞之情咸荡。”

虽有莲荷浸屋东，暑烦睡过一陂红[①]。秋来人意稍苏醒，似惜霜前零乱风[②]。之三

【注】

①虽有二句：言虽然屋东陂塘遍满莲荷，碧叶红花招人喜爱，可是午后睡觉仍感盛暑难耐。 ②零乱风，指使草木摇落而变衰的秋风。

【评】

叙写乡居暑尽秋来的舒快感受，通过场景的转换来表述，笔调婉雅。

听唱三更啰里论[①]，白旁单浆水心村[②]。潮回再入家家浦，月上还当处处门[③]。之五

【注】

①啰里，也作“啰嗹”“啰唻”，民歌唱曲中的和声。《张协状元》戏文第十二出《朱奴儿》曲：“口里唱个离嗹啰啰嗹。”清翟灏《通俗编》卷三三《语辞》：“啰唻，《古今乐录》有来罗四曲，注云‘倚歌也’。《广韵》作‘啰唻’，注云‘歌声’。”叶蘅《新编音画字考》：“唱曲尾声曰哩啰。” ②白旁，中华书局点校本《叶适集》改“旁”为“榜”，校云：“依《校注》改。”按：解作“白榜”，白木桨，借指船。意义固可通，如元张翥《忆吴兴》诗：“白榜载歌明月里，青帘沽酒画桥边。”惟诗律此处字音当平，“榜”是去声，音律不协。且亦未见“旁”通“榜”之证据。 ③潮回二句，写月上潮落，家家船儿进浦停泊的情景。水边称浦。当，对。

【评】

三诗叙写村郭光景和民情风俗，平朴真切。梅丈冷生先生晚岁卧居劲风楼，常击节吟赏之，谓：“虽放翁（陆游）、石湖（范成大）、诚斋（杨万里）亦无以过。”（1973年4月21日劲风楼谈诗对笔者语）。

橘枝词三首记永嘉风土

蜜满房中金作皮，人家短日挂疏篱[①]。判霜剪露装船去，不唱《杨枝》唱《橘枝》[②]。之一

【注】

橘是永嘉（温州）特产，故称“永橘”，唐代已列为贡品。宋韩彦直（韩世忠子）知温州，孝宗淳熙五年（1178）撰作《橘录》（又称《永嘉橘录》）三卷，是世界上第一部柑橘专著。《橘录》卷中云：“黄橘擅美于温。”《广群芳谱》卷六四《橘》下亦云：“出苏州、台州，西出荆州，南出闽、广、抚州，皆不如温州者为上也。”温州郡城西南的西山、南塘一带，宋时是产橘之区。那里依山傍水，陂荡纵横，遍满橘林。叶适在《西山》诗中说：“有林皆橘树，无水不荷花。”《永乐大典》卷二二六五［湖］下引《温州府志》：“温州南湖……西岸则流水江村，渔家田舍，菱洲荷荡，橘圃柑园，在在有之，不减苕霅之胜。”可见繁盛之况。叶适寓居的水心村，在西山、南塘之间，与橘林朝夕相对。他曾有诗道：“好花移买自嫌贫，浪蕊空多未许春。放出江边无数橘，半黄半绿恼骚人。”（《送吕子阳二绝》之二）他爱橘树，嗜好橘子，在“习啖成真性”之余，“悲歌起土风”（《看柑》），写下了这组著名的《橘枝词》。

①蜜满句，言橘子既有金玉一般的表相，又有甜蜜饱满的瓤实。表里俱佳，招人喜爱。短日，短至日（一年中最短的一天），即冬至。《礼记·月令》："是月也，日短至。" ②判霜剪露，采橘多在霜晴天气，不手摘，用剪刀连蒂剪取，这样利于贮藏。《橘录》卷下《采摘》云："及经霜之二三夕，才尽剪。遇天气晴霁，数十辈为群，以小剪就枝间平蒂断之，轻置筐吕中。"与诗中所写相符合。后二句再现了在陂荡纵横的橘圃柑园之间，舟艇各出棹歌相应的场景。

【评】

雍正《浙江通志》卷一〇七《物产七温州府·橘》："叶适《橘枝词》(引第一首略)。"

杰曰："判霜剪露"四字，从劳动生活中来，加以诗化，语新而思巧，意境优美。全诗以朴素生动的语言，展现了橘黄时候橘乡的绚丽风光和人们愉快的劳动生活场景，充满乡土气息，词旨清新，读来韵调悠扬。

琥珀银红未是醇，私酤官卖各生春[①]。只消一盏能和气，切莫多杯自害身。之二

【注】

①琥珀银红：琥珀红，酒名。银指银杯。雍正《浙江通志》卷一〇七《物产七温州府·酒》："琥珀红，叶适《记永嘉风土》诗：琥珀银红未是醇，私酤官卖各生春。"按："各生春"之"春"，隐含酒名在内。明姜准《岐海琐谭》卷十一："唐人酒多以春得名，如'抛青春''松醪春'之类。吾乡佳酿有曰'丰和春'者，亦曾著名酒史，

盖仿于唐也。”雍正《浙江通志·温州府·酒》:“《谈荟》:‘温州酒有蒙泉、丰和春。’《瓯江逸志》:‘唐人酒多以春得名,如抛青春、松醪春之类。永嘉丰和春亦著名酒史,盖仿于唐也。……昔人有云:永嘉及绍兴酒绝佳,胜于苏州。’”

【评】

此首咏乡间饮酒的习俗,具有箴言规劝的意味,颇耐咀含。

鹤袖貂鞋巾闪鸦①,吹箫打鼓趁年华。行春以东峥水北②,不妨欢乐早还家③。之三

【注】

①鹤袖,鹤羽装饰的长袖。指舞衣。貂鞋,用貂皮装饰的鞋。　②行春、峥水,均桥名,在水心村附近。作者《永嘉端午行》:“行春桥东峙岩北……古来峥水斗胜负。”弘治《温州府志》卷五《桥梁·永嘉县》:“行春桥,在龚将军庙前。……峥水桥,在十五都。”中华书局校点本《叶适集》改“峥水”为“净水”,非。　③不妨句,言歌乐宜节制,毋过度。

【评】

王士禛《居易录》卷二四:“叶水心有《橘枝词三首记永嘉风土》,其第一首云(引略),如《柳枝》之专咏柳也。第二首、三首则泛言风土,如《竹枝》体。近汪钝翁亦尝作《橘枝词》,盖本此。”　又《香祖笔记》卷三:“唐人《柳枝词》专咏柳,《竹枝词》则泛言风土,如杨廉夫《西湖竹枝》之类。前人亦有一二专咏竹者,殊无意致。宋叶水心又创为《橘枝词》,亡友汪钝翁琬编修,亦拟作二首。”　又《渔洋山人诗问》卷上云:“《竹枝》泛咏风土,《柳

枝》专咏杨柳，此其异也。南宋叶水心又创为《橘枝词》，而和者尚少。” 杰按：《渔洋诗话》卷上、《师友诗传录》所述略同。

汪琬《洞庭橘枝词二首》并序：“西山之人商于湖广者多，予故彷叶水心《橘枝词》体以招之。阿侬家住橘林旁，郎乘大艑向襄阳。寄郎只寄双头橘，早红差胜襄阳黄。 郎行时节橘花零，南风吹来香满庭。今年橘实大于斗，劝郎莫羡楚江萍。”（《尧峰文钞》卷四八）

孙霖《橘枝词》三首之一：“会昌桥外实离离，无数人家唱《橘枝》。露剪风披驰日下，今年装去贡随时。”（《羡门山人诗钞》）

翁方纲《石洲诗话》卷四：“水心《永嘉橘枝词三首》，记永嘉土风，而以永橘起义，其第一首则专咏橘也。”

戚学标《读叶水心集》：“巷南一谒水心祠，学问文章并我师。愿得来秋身更到，为公唱取《橘枝词》。”（《景文堂诗集》卷十三）

师范《橘枝词》四首之一：“橘花开时香满林，橘实累累如铸金。新词谁为吟风土，知有诗人叶水心。”（《师荔扉先生诗集》）

谢启昆《读全宋诗仿元遗山论诗绝句二百首·叶适》：“点瑟方希正则诗，马塍花雾隐参差。生姜门外山光好，短日疏篱唱《橘枝》。”（《树经堂诗集》）

陈锡玠《东瓯橘枝辞》四首之四：“霜寒露冷摘来迟，不共黄柑达紫墀。自是太平蠲贡赋，人家好唱橘枝辞。”

张綦毋《船屯渔唱》之十七：“霜后园丁剪摘鲜，《橘枝》才唱已装船。谁知包贡宣和日，一颗真柑直三千。”（《潜斋集》）

杰曰：《橘枝词三首》是叶适表现本地风光的创体，清初诗家王士禛极为称赏，在著述中屡屡举及。中唐诗人刘禹锡、白居易学习民间曲调，制作了《竹枝词》《柳枝词》《杨柳枝词》等新体绝句，状写民俗风情，在唐诗中别开境界。叶适的《橘枝词》正是承继刘、白这一传统的创新别调。叶适论创作力主独造，要具“自家物色”，反对因循“假借”（参看《林下偶谈》卷三《水心文不蹈袭》）。“不唱《杨枝》唱《橘枝》”，反映了他在艺术上不袭故常、自出机轴的创造意识。这同刘禹锡《杨柳枝词》中说的“请君莫奏前朝曲，听唱新翻《杨柳枝》”，所表达的精神是一致的。

锄荒

锄荒培薄寺东隈①，一种风光百样栽。谁妒眼中无俗物，前花开遍后花开。

【注】

①寺，指郡城外松台山南麓水心寺。作者《宿觉庵记》：“依（松台山）而寺者十数。余（家）亦在其下。”（《水心集》卷九）宋陈昉《颍川语小》卷下：“瑞安叶文定公，族本龙泉。凡公所题号，皆曰‘龙泉叶某’。后居永嘉水心寺侧。水心，寺名也。”

【评】

观诗意，当是嘉定元年（1208）遭劾落职回居乡里水心村时作。“谁妒”二字，颇含微意，是全诗点睛处。言锄荒培薄，繁花竞放，风光百样，眼无俗物，坐享此景，“谁”又能“妒”我？意即谁也奈何我不得！隐喻在宦途和政治上遭受打击、排陷、倾轧以至投闲置散的感慨，也表现了刚坚的禀性。

对读《文选》、杜诗成四绝句（选二）

一从屈原《离骚》赋，便至杜甫短长吟。千载中间多作者，谁于海岳算高深[1]？之一

【注】

《文选》，南朝梁萧统（昭明太子）编选，选录自先秦至梁的诗文辞赋共700余首。对后世影响很大，杜诗云“续儿诵《文选》”（《水阁朝霁奉简严云安》），又云“熟精《文选》理”（宗武生日）。

①海岳算高深，算计海之深、岳之高。

【评】

此言自屈原以至杜甫，千余年间作者代出，各领风骚，谁能做出正确的论量，揭概精髓。后来元遗山《论诗三十首》云“谁是诗中疏凿手，暂教泾渭各清浑”（之一），寓旨略似。

江淹《杂体》意不浅，合彩和音列众珍[1]。拣出陶潜许前辈，添来庾信是新人[2]。之三

【注】

①江淹（444—505），字文通，南朝齐梁文学家。杂体，江淹有《杂体三十首》，拟汉魏晋宋三十名家诗风而作，“品藻渊流”，展现特征，可以看作是一篇用诗的语言和形象撰述的作家作品论。合彩和音，谓讲求辞采和声律协谐。 ②庾信（513—581），字子山，北周文学家。杜甫对庾信极为推崇，云“清新庾开府”（《春日忆李白》）；又云：“庾信文章老更成，凌云健笔意纵横。”（《论诗六绝句》）《四库全书总目》提要谓庾信北迁以后，“所作皆华实相扶，

情文兼至，抽黄对白之中，灏气舒卷，变化自如”。

【评】

这首拈出陶潜、江淹、庾信三家以作品论。称许陶潜为“前辈”，用示推尊；肯定江淹的《杂体》诗体悟深微，辞意并美；认为《文选》没有选取庾信的作品，乃一缺憾，故云“添来”“新人”。郭绍虞主编《中国历代文论选》第二册叶适《书龙川集后》说明：“叶适论诗在强调思想内容的同时，也很注意意韵辞彩之美，与道学家的态度不同，和严羽的旨趣也有区别。”这是不错的。

次王道夫舟中韵三首（选一）

鸜鹆收声避鹎鹛[①]，田家蚕麦已知秋。西湖风物无人共[②]，时有跳鱼入过舟。之一

【注】

闲居水心村时作。王道夫，即王自中。叶适十分推许，将他与陈亮相提并论，谓皆具“大义大虑大节”当世特出之才，合作《陈同甫王道甫墓志铭》。参看卷一作者简介。

①鸜鹆，亦作鸲鹆，俗名八哥。能作人言。鹎鹛，即黄鹂。 ②西湖，指温州城南郊会昌湖西湖，作者所居水心村在其南岸。

蔡幼学

蔡幼学（1154—1217），字行之[①]，号溪园，瑞安新城里人。孝宗乾道八年（1172）进士，累官中书舍人兼侍讲、知福州兼福建安

抚使、权兵部尚书兼太子詹事,卒谥文懿。

幼学少"有俊声"(陈傅良《止斋集》卷五十《沈叔阜圹志》),从学陈傅良,同游太学,而"智过于师"②。对策忠愤,直词远闻。忧世悯民,政主宽大,唯恐伤民。为人器质凝重,语不苟发,专一研贯国史,著有《编年政要》四卷、《宋实录列传举要》十二卷、《续百官公卿表》二十卷、《百官表质疑》十卷等,惜皆散佚。今仅存《育德堂外制集》五卷、《育德堂奏议》六卷,《宋诗拾遗》卷十七录诗6首。《宋史》卷四三四《儒林四》有传,事见《瓯海轶闻》卷九《蔡文懿公幼学》。

①幼学,取《孟子·梁惠王下》"幼而学之,壮而欲行之"义。②叶适《水心集》卷二三《兵部尚书蔡公墓志铭》:"初,同县陈君举,声价喧踊,老旧莫敢齿列,公稚甚,独相与雁行立。比三年,芮国瑞、吕伯恭连选拔,辄出君举右,皆谓文过其师矣。"铭曰:"智过于师,道始可传。"

叶适《水心集》卷二三《兵部尚书蔡公墓志铭》:"幼以文显,无浮巧轻艳之作。既长,益务关教化,养性情。花卉之炫丽,风露之凄爽,不道也。辞命最温厚,亦不自矜贵。"

吴子良《林下偶谈》卷四《陈止斋》:"蔡行之亦锓其集于三山,但水心取其学取其诗,不甚取其文,盖其文颇失之孱弱,初时文气,终消磨不尽也。"

《宋史·儒林传四·蔡幼学》:"幼学早以文鸣于时,而中年述作,益穷根本,非关教化之大、由情性之正者,不道也。"

早至湖心小园

凉月在木末，我行出林坰[1]。林坰何所事，爱此朝气清。池荇浥风露[2]，洒洒醉梦醒。来禽俯清泚，相照脸色赪。悠然到瓜田，钩蔓亦轩腾。万物皆得宜，吾生亦何营？

【注】

①林坰，远郊。《诗·鲁颂·駉》"在坰之野"毛传："坰，远野也。邑外曰郊，郊外曰野，野外曰林，林外曰坰。"　②荇，水生草本植物，叶呈圆形。浥，润湿。《诗·召南·行露》"厌浥行露"。荇浥，《东瓯诗集》卷二、《东瓯诗存》卷三作"行挹"误，此据《宋诗拾遗》卷十七。

晚泊

落日维舟处，沙头望眼平。牛羊分陇下，灯火隔林明。人散村墟静，溪寒风浪生。渔翁醉眠稳，小艇任斜横。

田园

野水萍无主，晴风草自香。庭阴新似染，物色去如忙。岸树鱼依绿，畦花蝶斗黄。家园向来梦，静数四年强。

【评】

孙锵鸣《东嘉诗话》："瑞安蔡行之（幼学）为止斋高弟，学行、政事盖皆不愧其师。有《育德堂集》，今佚不见。《宋诗纪事》载其《田园》诗一首，云（本篇略）。诗之冲和粹雅，置之《止斋集》中，亦不能辨。"　杰按：《温州经籍志》卷二一："《育德堂集》五十卷:《宋史·艺文志七》,佚。”

周　绪

周绪,字习夫,永嘉人。周去非弟。登孝宗淳熙五年(1178)进士。淳熙十一年(1184),调任沣州慈利县主簿、权军事推官。《东瓯诗集》卷一录诗1首,今存诗2首。

书事

北客乐驰骋,髀肉浑不生[①]。轻风入马蹄[②],一瞬万里平。朝发长安都,暮抵受降城[③]。阴山闻鬼哭,征人昼夜行。黄尘虽染衣,紫翠堪夺睛。男儿平生游,壮志多屡惊。荆楚岂不佳,舟楫非吾情。休夸鱼稻乡,莫恋烟波清。幸能脱毛锥,侧听匣中鸣[④]。

【注】

①髀肉,大腿上的肉。《三国志·蜀志·先主传》“荆州豪杰归先主者日益多”裴松之注引晋司马彪《九州春秋》载刘备语:“吾常身不离鞍,髀肉皆消。今不复骑,髀里肉生。” ②轻风句,王维《出猎》有“风入马蹄轻”句。 ③受降城,汉唐时为接受敌人投降所筑之城,在西北边地。 ④毛锥,即毛锥子,指毛笔。匣中鸣,匣中鸣者宝剑。李白《邺中赠王大劝入高凤石门山幽居》:“紫燕枥上嘶,青萍匣中鸣。”紫燕,良马。青萍,剑名。

【评】

不甘浮泛江湖,心怀壮志,意欲驱驰万里,施展抱略,表现了一种奋身进取的精神。

庞石甫

《东瓯诗续集·补遗》录庞石甫《过汴》《昔游》诗2首，无小传。《东瓯诗存》卷十三《元·庞石甫》云："爵里未详。存诗一首。"录《昔游》一首。按：庞石甫《过汴》诗杨万里《诚斋诗话》已见称引，列"近时后进"姜夔（1155—1221）诸人后，其为诚斋（1127—1206）晚辈可以确认；《诗存》编列入元，显然失当。

昔游

昔我游春风，草木发华滋。今游及秋风，白露沾人衣[①]。寒蝉鸣且飞，日暮将何之。不忧听者苦，但念鸣者悲。天地浩漫漫，明月来何迟。

【注】

据《东瓯诗续集·补遗》录。

①露，《瓯续》作"髮"误，从《东瓯诗存》卷十三改。

过汴

苍龙观阁东风外[①]，黄道星辰北斗边[②]。月照九衢平似水[③]，胡儿吹笛内门前[④]。

【注】

据《东瓯诗续集·补遗》录。汴，指北宋首都汴京（今河南开封市)。

①苍龙观阁：阁,《诚斋集》卷一一五引作“阙”,可从。汉未央宫立东阙,上画苍龙(青龙),名苍龙阙。后泛指宫阙。清吴景旭《历代诗话》卷五六《苍龙阙》:“《汉·高帝本纪》萧何治未央宫,立东阙、北阙……《关中记》云:东有苍龙阙,北有玄武阙。玄武所谓北阙也。《古今注》云:苍龙阙画苍龙,玄武阙画玄武。” ②黄道,指太阳移动的路线。沈括《梦溪笔谈·象数二》:“日之所由,谓之黄道。”辰,《诚斋集》引作“移”,四库本《诚斋诗话》作“连”。 ③月照,《诚斋集》引作“明月”。九衢,指都城大道。《楚辞·天问》王逸注:“九交道曰衢。”平,《汴京遗迹志》卷十二引作“天”。 ④胡儿吹笛,四库本《诚斋诗话》作“笛声吹彻”。胡儿,《诚斋集》作“北人”,《诗人玉屑》卷二作“健儿”,《汴京遗迹志》作“何人”,《历代诗话》卷五六作“羌儿”。

【评】

杨万里《诚斋集》卷一一五《诗话》:“自隆兴以来以诗名者,林谦之、范至能、陆务观、尤延之、萧东夫;近时后进有张镃功父、赵蕃昌父、刘翰武子、黄景说岩老、徐似道渊子、项安世平甫、巩丰仲至、姜夔尧章、徐贺恭仲、汪经仲权……又有庞石甫者,使北过汴京云:‘苍龙观阙东风外,黄道星移北斗边。明月九衢平似水,北人吹笛内门前。’此诗却有余味。” 杰按:文渊阁《四库全书》本。“此诗却有余味”六字,据四库本《诚斋诗话》补。宋魏庆之《诗人玉屑》卷二《诗评·诚斋品藻中兴以来诸贤诗》引录稍略。

李濂《汴京遗迹志》卷十三《靖康之变》:“徽钦北狩,可谓世之大变,而诗人感愤见于题咏者,皆言其奢纵之过。如云:‘万炬银花锦绣围，景龙门外软红飞。凄凉但有云头月，曾照当时步辇归。’此言当时元宵游赏之乐，不恤国政，而后人徒见凄凉之月色也。如云：‘苍龙观阙东风外，黄道星辰北斗边。月照九衢天似水，何人吹笛内门前。’此言故宫虽在，已为金人据守也。”

吴景旭《历代诗话》卷五六《苍龙阙》：“宋庞右（石）甫过汴京诗（本篇略）。元杨仲弘《纪梦》诗：‘海上垂纶有几年，平居何事梦朝天。苍龙观阙东风里，黄道星辰北斗边。治世只今逢五百，前程如此隔三千。杨雄解奏甘泉赋，应有声名达帝前。’则颔联全用右（石）甫句，何也？”　　杰按：杨载七律《纪梦》见《杨仲弘集》卷六。

【附考】

此首始见杨万里《诚斋集》卷一一五《诗话》引录，作者庞石甫，四库本、《历代诗话续编》本《诚斋诗话》及宋魏庆之《诗人玉屑》卷二《诗评 · 诚斋品藻中兴以来诸贤诗》引同。清厉鹗《宋诗纪事》卷五七作庞谦孺诗选录，拟题《奉使过汴京作》，小传云：“谦孺字祐甫，籍之曾孙。南渡居吴兴，有《白蘋集》。”

今谓：厉氏以庞右甫为即字祐甫之庞谦孺，其合二为一，轻率武断，未足置信也。理由如下：（1）庞谦孺年辈高于诚斋，诚斋不当列为“近时后进”。据宋韩元吉《南涧甲乙稿》卷二二《祐甫墓志铭》，谦孺卒于孝宗乾道三年（1167），年五十，上推其生年在徽宗宣和元年（1118）；诚斋生于高宗建炎元年（1127），是谦孺大诚斋9岁。（2）《诚斋诗话》论举“自隆兴以来以诗名者”，如上述，谦孺卒于乾道三年（1167），距隆兴元年（1163）不过四年。（3）《祐甫墓志铭》云：“祐甫少孤，留落四方。绍兴十年，季父庄孙以明堂恩，奏为将仕郎。明年监南岳庙，丁母忧服。除调泰州海陵县尉。代归，得两浙西路提点刑狱司干办公事，以言者罢。居久之，得江南东路转运司干办公事，以省员复罢。授镇江府观察推官，官为右文林郎而止尔。”详叙谦孺仕历，而未涉出使金国事。奉使为宦履中之大关节目，尤《墓志》所不当缺略者，可见此石甫非彼祐甫。(4) 谦孺怀才不遇，屈居下僚，困顿不得志。韩元吉《九奏序》云：“祐父之自序，大抵伤其贫且贱，而技能之微，上既不能达于君相，下亦不见怜于朋友。”(《南涧甲乙稿》卷十四) 韩淲《涧泉日记》卷中亦言其：“陆沈选调，穷困至死。”宋陈振孙《直斋书录解题》卷十八《白蘋集》谓：“用季父恩仕，不遂而死。”观其一生，恐难有此奉使的荣耀之职。(5) 石甫另有《惜游》诗 (《东瓯诗续集·补遗》《东瓯诗存》卷十三均录)；谦孺除《宋诗纪事》收录的《郊居九日》外，《宋诗纪事补正》又自《永乐大典》辑录《古诗》《古诗四首呈刘行简给事文》等29首，两者诗什互不相混。

徐　照

徐照 (约1160—1211) [①]，字道晖，又字灵晖，号山民，永嘉人。居“永嘉四灵”之首，年纪也最大。他终身布衣，未尝仕进，一生甚至没有参加科举考试。曾访友到过江西、湖南等地，大部分时间是在家乡过田园隐居生活。居宅在城内雁池坊 (今鹿城区乘凉桥)，那里有雁池 (遗址在今蝉街温州市第八中学对面处)，柳丝波影，风光秀美，翁卷称“为是城中最佳处”(《雁池作》)。家境贫穷，死后还是靠赵师秀“集常朋友殡且葬之”（《徐道晖墓志铭》）。四灵中最先亡故，终年约五十二。叶适为作墓志铭，极加称许，谓四灵倡扬唐体律诗，照有首倡之功。

徐照把自己的毕生精力投注在诗歌创作上，诗就是他的一切，就是他的生命。困厄中从未放弃吟事，他说：“贫与诗相涉，诗清不怨贫。”（《和潘德久喜徐文渊赵紫芝还里》）又说：“不念为生拙，偏思得句清。”（《归来》）一刻也没有停止过吟咏，其《病中作》云：“天解怜贫病，难令不作诗。”《病起呈灵舒紫芝寄文渊》云：“天教残息在，安敢废清吟。”一息尚存，不废篇章。他爱好大自然，穿幽透深，弃日留夜，常常流连忘返，故所作能体悟微细，验物切近。叶适称赞他的诗措思不凡，迥出常格，能用浅近平易的语句写出人人心中所有而笔不能道的感受，所以令人“肯首吟叹不自已”。徐照的诗具有清淳幽峭的风格，其五言律多见胜咏隽句。赵师秀《喜徐道晖至》谓“闲成画亦传”，可见还善于绘画。著有《芳兰轩诗集》三卷，今存诗261首、词5首。在四灵中他留传的诗是最多的。《两浙名贤录》卷四六《文苑二》有传，事见《瓯海轶闻》卷二八《徐照》。

①徐照生年，史无记载。四灵排名盖以年齿为序。徐照《芳兰轩集》卷中《病起呈灵舒、紫芝寄文渊》云：“唐世吟诗侣，一时生在今。”他们的岁数不会相差过大。徐照居四灵之首，其年岁应稍长于徐玑（排除同庚）。叶适《徐道晖墓志铭》仅记卒于嘉定四年（1211），不记生年享年，但云“惜其不尚以年”，则非高寿可知。根据这两个因素，试为推定：徐玑生于绍兴三十二年（1162），前推二年，徐照约当生于绍兴三十年（1160），得年约五十二岁。

叶适《水心集》卷十七《徐道晖墓志铭》:“斫思尤奇,皆横绝欻起,冰悬雪跨,使读者变踔憀栗,肯首吟叹不自已。然无异语,皆人所知也,人不能道尔。” 又:“然则发今人未悟之机,回百年已废之学,使后复言唐诗自君始,不亦词人墨客之一快也!”

徐玑《读徐道晖集》:“悟得玄虚理,能令句律精。生前惟瘦苦,身后得清名。朋友哀钱葬,先生有笔评。” 杰按:先生,谓叶适。

陈焯《宋元诗会》卷四三《徐照》:“四灵之诗皆尚五言近体,而道晖幽眇峭刻,思致尤奇。”

《四库全书总目》卷一六五《云泉诗》:“宋承五代之后,其诗数变,一变而西昆,再变而元祐,三变而江西。江西一派,由北宋以逮南宋,其行最久。久而弊生,于是永嘉一派以晚唐体矫之,而四灵出焉。然四灵名为晚唐,其所宗实止姚合一家,所谓武功体者是也。其法以新切为宗,而写景细琐,边幅太狭,遂为宋末江湖之滥觞。叶适以乡曲之故,初力推之,久而亦觉其偏,始稍异论,吴子良《林下偶谈》述之颇悉。”

《四库全书简明目录》卷十六《芳兰轩集》:“其诗源出武功,取境太狭,然清瘦不俗,故亦能自成丘壑。”

张谦宜《絸斋诗谈》卷五:“徐山民诗,清苦有思致,甚爱之。”

谢启昆《读全宋诗仿元遗山论诗绝句二百首·徐照》:“切响唐诗少继声,四灵同擅永嘉名。怀人秋雨春风外,句法传来五字精。”

王雨丰《题四灵诗卷·徐照》:“道是三秋草,灵晖独苦辛。拙难为世用,老自号山民。名欲无来者,天应忌此人。摄生何用诀,多少逐轻尘。紫芝《哀山民》诗:‘君如三秋草,一日不见好。’又云:‘寄言苦吟者,弗弃摄生诀。’”(《雪桥诗话》三集卷四引)

自君之出矣（三首）

自君之出矣，心意远相随[①]。拆破唐人绢，经经是双丝[②]。之一

【注】

《自君之出矣》，乐府杂曲歌辞，多咏丈夫出外女子思怀之情。写作上前二句实叙，后二句托物取喻以写意。宋郭茂倩《乐府诗集》卷六九《自君之出矣》解题："汉徐干有《室思》诗五章，其第三章曰：'自君之出矣，明镜暗不治。思君如流水，何有穷已时。'《自君之出矣》，盖起于此。"

①意，一作魂。　②拆破二句：直线称经，横线称纬。谓将手绢拆开，条条经线都是双丝并成。丝，谐音"思"。双丝，比喻两心相印，不弃不离。

自君之出矣，玉鉴生尘垢[①]。莲子种成荷，曷时可成藕[②]？之二

【注】

①玉鉴，玉磨成的镜子。玉鉴蒙上尘垢，言久已不临镜梳妆。　②藕，谐音"偶"。叹言何时得成佳偶。

自君之出矣，懒妆眉黛浓。愁心如屋漏，点点不移踪[①]。之三

【注】

①愁心二句：言思恋之心像屋顶瓦隙的漏光，固定不移。不移踪，喻言思情专一。

同地歌

堂前种黄葵[①]，百结种葵畔。同地不同心，徒令永相见。

【注】

①黄葵，黄蜀葵，一名秋葵。一年生草本植物。百结，丁香花的别称。苏轼《留题显圣寺》："远客来寻百结花。"李厚注："江南人谓丁香为百结。"

【评】

喻言迹近神疏，同床异梦。

江南曲

络纬催寒断梦头[①]，不眠双泪枕边流。屏风莫展江南画，寸地能生千里愁。

【注】

①络纬，即莎鸡，俗称纺织娘。夏秋夜间振羽而鸣。

缫丝曲

荻箔争收茧，瓢轮斗卷丝[①]。未充身上着，先卖给朝饥！

【注】

缫丝，抽茧出丝。

①荻箔，荻草编的养蚕用筛席。瓢轮，缫丝用具。苏轼《和子由蚕市》："去年霜降斫秋荻，今年箔积如连山。破瓢为轮土为釜，争买不翅金与纨。"赵次公注："荻箔，乃荐蚕之具；瓢轮、土釜，乃缫丝之物。"

【评】

句短义长，同情民生疾苦，揭露社会不合理现象，都很深切。徐照的平民身份，使他能够接近社会下层生活，熟悉民情风俗，因此能写出一些贴近现实的诗作。本篇和《促促词》等都是这类写实之咏。

促促词

促促复促促，东家欢欲歌，西家悲欲哭。丈夫力耕长忍饥，老妇勤织长无衣。东家铺兵不出户①，父为节级儿抄簿②，一年两度请官衣③，每月请米一石五。小儿作军送文字④，旬日一轮怨辛苦。

【注】

《促促词》，乐府旧题，首以"促促"叠唱起兴。唐李益《效古促促曲为河上思妇作》："促促何促促，黄河九回曲。"张籍《促促词》："促促复促促，家贫夫妇欢不足。"促促，忙碌困迫之意。

①铺 (pù) 兵，巡逻或递送公文的兵卒。宋孟元老《东京梦华录·防火》："每坊巷三百步许，有军巡铺屋一所，铺兵五人，夜间巡警收领公事。"不出户，钱钟书《宋诗选注》："这个儿子靠父亲的庇护，顶了一名铺兵的额子，而不必出去奔波跋涉。"　②节级，低级军官。《宋史·兵志四》："五百人为指挥，置指挥使；百人为都，置正副都头二人、节级四人。"抄簿，抄写簿书送缴，即下句说的"送文字"。　③请 (qíng)，领受。"请"字用得鲜新。　④作军，即上句说的充当铺兵。文字，簿书文件。

【评】

诗说：西家夫妇力耕勤织，仍忍饥挨冻，衣食不保；东家父子官府当差，安逸无劳，衣米供奉，生活无忧。这在西家看来，够令人羡慕的，可那东家小子还在抱怨辛苦！周啸天云：“人以为苦，我转艳羡，则我之苦况更甚于他人便不言而喻。这手法较一般对比为巧妙。”（《宋诗鉴赏辞典》）全篇描述邻居二家不同的职业生涯，暗拟他们各自的心理想法，从比较中透见农户困穷的境遇。写法上不落常套，别出一格，辞句简朴，感叹之意见诸言外。

畏虎

侯门无罴虎，进者何趑趄[①]？主人畏客来，有甚虎与罴。彼此情不安，逢迎反忧悲。我爱田上翁，面有无求姿。不怨舂作苦，聊以岁晚期[②]。藜藿如羊枣[③]，豆粟兼晨炊。西风作霜晴，晓寒起呼儿。大儿收橡实，小儿拾松枝。无求当自求，勿用他人为。

【注】

①趑趄，欲进而止，疑惧犹豫。韩愈《送李愿归盘谷序》：“伺候于公卿之门，奔走于形势之途；足将进而趑趄，口将言而嗫嚅。” ②聊，原本作“联”，据文意改。 ③羊枣，果名，亦称软枣、羊矢枣。《孟子·尽心下》：“公孙丑问曰：脍炙与羊枣孰美？”

【评】

诗用对比的手法，写出田家虽然霜晴晓寒，劳作辛苦，但自食其力，无求于人，比起那些“趑趄”于侯门“彼此情不安”的干谒者，要高贵得多，反映了一种不媚权贵的傲岸精神。通篇如白话，语句浅易，而遥有意味，的确是一首好诗。徐照一生淡泊自守，不慕荣利，这诗可以看作是他自己怀抱和情操的写照。

分题得渔村晚照

渔师得鱼绕溪卖，小船横系柴门外。出门老妪唤鸡犬，收敛蓑衣屋头晒。卖鱼得酒又得钱①，归来醉倒地上眠。小儿啾啾问煮米，白鸥飞去芦花烟。

【注】

作者用写实的笔法，反映世俗社会一家渔户困窘辛酸的生活：也许因为卖鱼所得无几，渔夫为发泄心中懊丧，兀自沽酒喝了，醉倒在回路上。家中无米下锅，小孩啾啾问叫：饭煮了没有？渔妇的悲伤和无奈可想而知。这悲凄一幕白鸥也不忍睹，远飞而去，眼前是一片暮霭笼罩的芦荡。诗笔到此戛然而止，留给读者许多联想。

①得酒又得钱，应读作“得钱又得酒”，为协韵倒置。

题《归雁图》

浙水平天净如扫，客雁飞来秋事早。短篷吹雪荻花风，影落深丛山欲晓。汀芜抚绿鲜飙香①，一宵声影空潇湘。有人展卷苦思归②，梦随翎翅飞沧茫。

【注】

当是旅居湖湘，借咏《归雁图》，抒写辗转思乡之情。

①抚绿，泛绿之意。按：一本作“无缘”，一本作“抚缘”，都难以索解。鲜飙，西风，清凉之风。《文选·江淹〈杂体诗三十首·许征君询〉》：“曲棂激鲜飙，石室有幽响。”吕向注：“鲜飙，鲜洁之风。”韩愈、孟郊《纳凉联句》：“扫宽延鲜飙，汲冷渍香穲。”魏仲

举注引孙汝听曰："扫宽闲之处以延清风也。"钱仲联补释："皆谓凉风也。盖鲜飙即西风，犹《尚书大传》'鲜方'之为西方，《汉书·王莽传》'鲜海'之为西海也。诗题纳凉，故取西风为义。" ②展卷，展开画卷。

瑞安道房观陈友云《古柏》，命予作诗

西陵西陵高插天，武侯庙前寒泼烟[①]。谁知陈侯笔有力，远远移来向君壁。老翁眼见惊睚眙[②]，醉摇屈笔来吟诗。霹雳烧空云劈地，一夜苍虬忽飞去[③]。

【注】

道房，道士所居之室。

①武侯庙：前云"西陵（西陵峡）"，当指夔州（今重庆奉节）孔明庙。杜甫《古柏行》："孔明庙前有老柏，柯如青铜根如石。霜皮溜雨四十围，黛色参天二千尺。" ②睚眙（è chì），吃惊地瞪着眼睛。李白《壁画苍鹰赞》："群宾失席以睚眙，未悟丹青之所为。" ③霹雳二句：苍虬，苍龙。唐张彦远《历代名画记》卷七记南朝梁画家张僧繇画龙。"雷电破壁，两龙乘云腾去上天。"这里暗用其事，赞誉画之逼真，恐其夜深霹雳光中化为苍龙飞去。

【评】

四灵中，徐照七古较具笔力，措句亦有新意，不堕俗格，上选数首为可举之作。

送徐玑

一舸寒江上，梅花共别离。不来相送处，恐有独归时[①]。去梦

千峰远，为官三年期。思君何可见②，新集见君诗。

【注】

当是送徐玑赴任建宁府建安县（今福建建瓯市）主簿作。

①恐，本集作“愁”，不取，此从《深雪偶谈》引。　②何，一本作“难”，不取。

【评】

方岳《深雪偶谈》：“惜别诗要须道路临歧，缱绻尽态，‘相看临野水，独自上孤舟’‘长因送人处，忆得别家时’，外此曾未多见。徐道晖‘不来相送处，恐有独归时’，脱胎语尔。”　　杰按：“相看”二句，见唐郑谷《别同志》（野作远）；“长因”二句，见张籍《蓟北旅思》。

陈模《怀古录》卷上：“近时永嘉赵灵秀、翁灵舒、徐灵晖、徐灵囦号为四灵，诗大率宗晚唐体。如……‘不来相送处，恐有独归时。’‘思君难可见，新集见君诗。’……此其好者。”

赵翼《瓯北诗话》卷十一《诗人佳句》二：“不来相送处，恐有独归时。”（徐道晖）

钱钟书《谈艺录 · 补订》：“昌黎《送李员外》：‘饮中相顾色，送后独归情。’《山谷外集》卷十四《放言》第六首：‘送君不惮难，愁见独归时。’又《送伯氏入都》：‘送行不知远，可忍独归时。’《后村大全集》卷一七四《诗话》引曾茶山句：‘不堪相背处，何况独归时。’徐灵晖《赠徐玑》：‘不来相送处，愁有独归时。’宋人诗中，几成窠臼。”　　杰按：《后村诗话》前集卷二引曾几《送别》。

杰曰：“不来相送处，恐有独归时。”从心理著笔，活现临歧惜别情态，蓄意无尽，与黄庭坚、曾几联语境相类，同臻妙境。

舟中

秋气清如水，推蓬夜不眠。芦花新有雁，莎叶尚鸣蝉[①]。心向征途老，诗凭物景全。渔童看月上，吹笛柁楼前[②]。

【注】

①莎叶，莎树叶子。　②柁楼，船尾操舵之室。

【评】

宋伯仁《水边闻雁 偶集四灵句》："芦花新有雁（徐灵晖），四面水连天（徐灵渊）。清净非人世（赵灵秀），吾诗咏不全（翁灵舒）。"

杰曰：上选二首，皆为清奇幽隽之作，通篇俱好。"芦花新有雁，莎叶尚鸣蝉。"咏景新切，恰是初秋物候，可称善能刻画。

途中

只影微阳外，青山自郁盘。未经千里远，欲寄一书难。堠碣苔侵字[①]，鱼塘水过栏。西风吹树叶，不问客衣单。

【注】

①堠碣，路侧记里数的碑石。

【评】

"西风吹树叶，不问客衣单"，从南朝陈苏子卿《紫骝马》"抽鞭上关路，谁念客衣单"、唐戎昱《罗江客舍》"自伤庭叶下，谁问客衣单"化出，语更精警。

题江心寺

两寺今为一，僧多外国人[①]。流来天际水，截断世间尘[②]。鸦宿腥林径，龙归损塔轮[③]。却疑成片石，曾坐谢公身[④]。

【注】

江心寺，在温州市区北瓯江中孤屿，宋时与苏州虎丘寺、台州国清寺等并称"禅院十刹"(见《西湖游览志余》卷十四)。弘治《温州府志》卷十六《寺观》："江心寺，在城北永清门外。两峰对峙，前代皆称孤屿。唐咸通建西塔，宋开宝建东塔，元丰赐东塔为普寂院、西塔为净信院。……绍兴，僧清了联属，建巨刹于两峰之间，楼阁堂庑百有馀间，江云烟水，掩映丹艧，为东瓯绝胜之地，虽金焦不多让也。"

①两寺句：原分普寂、净信东西两院，宋绍兴中蜀僧清了以土填塞中川，联两刹为一寺。僧多句：当时多有日本、新罗（朝鲜和韩国）僧人前来习禅参拜。　②流来句，指横流寺前而过的瓯江水。天际，天边。李白《将进酒》"黄河之水天上来"。截断句，言隔绝世俗尘嚣。此联当时被写成诗牌挂在寺前。　③龙归句，江心寺相传为龙宅。翁卷同题作云"曾是龙为宅"，林景熙《江心寺》"佛借龙宫五百年"元章祖程注"江心本龙地"。塔轮，佛塔。唐李洞《登圭峰旧隐寄荐福栖白上人》："返照塔轮边，残霖滴几悬。"　④谢公，指谢灵运。谢任永嘉郡守，好出游，有《登江中孤屿》诗："乱流趋正绝，孤屿媚中川。云日相辉映，空水共澄鲜。"

【评】

方回《瀛奎律髓》卷四七："予甲寅、乙卯间至永嘉，游江心寺，见此诗刊楣间，良佳。今三十年矣。"　又《文选颜鲍谢诗评》卷三谢灵运《登江中孤屿》："此今永嘉郡江心寺无疑，予三十年前甲寅、乙卯寓郡斋往游，见徐灵晖'流来天际水，截断世间尘'诗牌。"

胡应麟《诗薮》外编卷五："宋末诸人学晚唐者，赵师秀'野水多于地，春山半是云'；徐道晖'流来天际水，截断世间尘'；张功父'断桥斜取路，古寺半关门'；翁灵舒'岚蒸空寺坏，雪压小庵清'，世亦称之。"

孙锵鸣《东嘉诗话》："其警句尤脍炙人口者……'流来天际水，截断世间尘。'"

渔家

阿翁年纪老，生计在纶丝。野水无人占，扁舟逐处移。数鳞新柳串，一笛小儿吹。有酒人家醉，公卿要识谁？

【注】

纯用白描，表现渔翁的自由自在生活和爽朗性格。清新活泼，笔墨简净，而情趣盎然。结联显示了对权门的蔑视。

石门瀑布

一派从天落，曾经李白看①。千年流不尽，六月地长寒。洒木喷微沫，冲崖激怒湍②。人言深碧处，常有老龙蟠。

【注】

石门，在浙江青田县城西北大溪南岸，有钟、鼓两山对峙如门，由此得名。《方舆胜览》卷九《处州山川·石门洞》："在青田县七十五里，两峰壁立，高数十丈，相对如门，因名。有瀑布直泻至天壁，凡三百尺；自天壁飞洒至下潭，凡四百尺。有亭曰喷雪。"徐玑《题石门洞》："瀑水东南冠，庐山未足论。"

①曾经句，李白《送王屋山人魏万还王屋》："缙云川谷难，

石门最可观。瀑布挂北斗，莫穷此水端。喷壁洒素雪，空濛生昼寒。” ②洒木二句：瀑布从40馀米高绝壁顶直泻下，势如怒湍冲崖，跳珠四溅，宛若神龙喷洒的雪沫。木，《后村千家诗》卷十五作“石”。

【评】

张端义《贵耳集》卷上：“翁卷字灵舒，四灵也。有……《瀑布》云：‘千年流不尽，六月地长寒。’”　杰按：此引为翁卷诗，误。

贺裳《载酒园诗话·宋四灵》：“徐照《瀑布》诗，素号振拔，如‘千年流不尽，六月地长寒’，无愧作者。结云‘人言深碧处，常有老龙蟠’，却丑。”　黄白山评：“‘千年流不尽’，风水皆可说；‘六月地长寒’，似深山古寺中语。”

孙锵鸣《东嘉诗话》：“其警句尤脍炙人口者……‘千年流不尽，六月地常寒。’”

杰曰：起笔峭拔，极有气势。颔联自然流走，如果说上句稍觉有点宽泛，下句却是切身体会语，凡临其境者都会有这样的感受；黄生（白山）指为“似深山古寺中语”，非允。颈联转入具体的形容摹写，而以龙蟠作结，也收束得住。

永州寄翁灵舒

古郡百蛮边，苍梧九点烟[①]。去家疑万里，归计在明年。风顺眠听角，楼高望见船[②]。筠州当半道，长得秀诗篇[③]。

【注】

永州，旧名零陵郡，治所在今湖南永州市零陵区。翁灵舒，翁卷。

①苍梧，苍梧山，即九疑（亦作嶷）山，在湖南永州市宁远县

南。此句说，遥望苍梧山，苍茫中像是数点烟尘。唐李贺《梦天》："遥望齐州九点烟，一泓海水杯中泻。" ②库本校："望，一作'坐'。" ③筠州，今江西高安市。此言从永州返归，途经筠州，适值半程。时翁卷旅寓筠州，故云。秀，一本作"寄"。

【评】

方回《瀛奎律髓》卷四二："第六句好。眼前事，但道着便新。"

《四库全书总目》卷一六二《芳兰轩集》："照在诸家中尤为清瘦，如其《寄翁灵舒》诗中'楼高望见船'句，方回以为'眼前事道著便新'……是皆集中所称佳句。"

杰曰：颈联体验所得，自然而工切；结亦不落俗调。通体稳练，无一句不妥，是灵晖寄酬诗中的佳作。纪昀贬曰："五句拙笨，六句鄙俚。结二句不醒豁，亦无力。"（《瀛奎律髓刊误》卷四二）殊非妥允之论。

送翁灵舒游边

孤剑色磨青，深谋祕鬼灵。离山春值雪，忧国夜观星[①]。奏凯边人悦，翻营战地腥。期君归幕下，何石可书铭[②]。

【注】

翁卷胸藏韬略，怀报国之志，曾仗剑从戎，出游边地，在江淮边帅幕供过职。徐玑同题作有云："子向江淮去，应怀计策新……曹刘若无竞，闲却卧龙身。"

①忧国句，言观天象而怀报国忧思。 ②期君，一作他时，一作所期。书铭，燕然勒铭之意。期盼他能够在边幕献策谋建功业。

【评】

方回《瀛奎律髓》卷三十："第四句新甚。"

冯舒评："'四灵'似唐而薄。" 冯班评："似唐。起怯甚。'四灵'唐人面目。"(《瀛奎律髓汇评》卷三十引)

纪昀《瀛奎律髓刊误》卷三十："六句亦可。" 又："次句太涩，五句太庸俗。"

忆赵紫芝

一别一百日，无书直至今。几回成夜梦，独自废秋吟。小雪衣犹绤①，荒年米似金。知音人亦有，谁若尔知心。

【注】

①绤（xì），粗葛布。夏衣。

【评】

此类诗，无一点做作，思怀之情从肺腑间自然流露，读来倍感亲切。

病起呈灵舒、紫芝，寄文渊

唐世吟诗侣，一时生在今。不因吾疾重，谁识尔情深。解愿衣赊酒，更医药费金。天教残息在，安敢废清吟①。

【注】

时翁卷（灵舒）、赵师秀（紫芝）同居郡，徐玑（文渊）游宦在外。

①天教二句，唐姚合《闲居遣怀十首》之五："永日厨烟绝，何曾暂废吟。"作者《病中作》："天解怜贫病，难令不作诗。"《刘明远会宿翁灵舒西斋》："自来难会宿，安得废清吟。"

题翁卷山居二首（选一）

十年前有约，今却在城居①。羡尔能携子，深山自结庐。引泉移岸石，栽药就园蔬。见说高林外，樵人听诵书②。之一

【注】

翁卷此时携家于郡城外西郊太平山（太平岭）结庐而居，有《太平山读书奉寄城间诸友》诗。

①今却句，作者此际移居城内雁池（有《移家雁池》诗）。 ②诵，一本作“读”。

【评】

照诗颇有姚少监之风，其“引泉移岸石，栽药就园蔬”，与本题之二“虫行黏壁字，茶煮落巢薪”、《宿翁灵舒幽居，期赵紫芝不至》“蛩响移砧石，萤光出瓦松”、《题道上人房老梅》“藓带龙鳞剥，蜂沾蠹屑垂”诸联，皆善刻画小景，兴趣独到，自具一格。

和翁灵舒冬日书事三首

石缝敲冰水，凌寒自煮茶①。梅迟思闰月②，枫远误春花。贫喜苗新长，吟怜鬓已华。城中寻小屋，岁晚欲移家③。之一

【注】

①石缝二句：敲冰煮茶，形容隐居清贫生活。五代王仁裕《开元天宝遗事》卷上《敲冰煮茗》：“逸人王休，居太白山下，日与僧道异人往还。每至冬时，取溪冰敲其精莹者煮建茗，共宾客饮之。” ②梅迟句：感觉中梅花开迟了，方才想起原是遇上闰月。 ③城中二句，作者岁晚移居郡城内雁池（今鹿城区蝉街乘

凉桥一带)。《移家雁池》云:“不向山中住,城中住此身。”

【评】

方回《瀛奎律髓》卷十三:“‘思’字‘误’字,当是推敲不一乃得之。”

纪昀《瀛奎律髓刊误》卷十三:“故为寒瘦之语,然别有味。”

《四库全书总目》卷一六二《芳兰轩集》:“照在诸家中尤为清瘦,如……《冬日书事》诗中‘梅迟思闰月,枫远误春花’,方回亦以为‘思’字‘误’字,当是推敲不一乃得之。是皆集中所称佳句。”

孙锵鸣《东嘉诗话》:“其警句尤脍炙人口者……‘梅迟思闰月,枫远误春花。’”

秀句出寒饿,从人笑我清[①]。步溪波逐影,吟竹鸟譍声[②]。酒里安天运[③],春边见物情。耕桑犹罄橐[④],何事可营生!之二

【注】

①秀句二句:作者《和潘德久悉徐文渊、赵紫芝还里》:“贫与诗相涉,诗清不怨贫。”又《归来》:“不念为生拙,偏思得句清。”徐玑《读徐道晖集》:“生前惟瘦苦,身后得清名。” ②譍(yìng),应,和答。 ③运,一作命。 ④罄橐,谓倾囊而无所有。

十日南山雪,今朝又北风。烧冲崖石断,梅映野堂空。难语伤时事,无成愧野翁。一生吟思味,独喜与君同。之三

【评】

纪昀《瀛奎律髓刊误》卷十三:“结句和意完密。此古人法则,后来不讲矣。”

【总评】

凌寒敲冰，雪霁放犊，亲尝稼穑之艰。“道直事多屯”（《愁》），时时陷入“寒饿”的困境。“难语伤时事，无成愧野翁”，“耕桑犹罄橐，何事可营生！”反映了他窘迫艰难的生计，包含着不少辛酸，像这样的田园诗就不是过着安闲舒适别业生活的半官半隐诗人能够写得出来的。这组诗出自真实的生活体验，风格沉郁苍楚，技法圆熟。

宿翁卷书斋

一山秋色同谁看，又复相寻出郭来。邻竹种成高碍月，井泉汲少近生苔。忽惊寒事砧初动，不辨晨光户尽开。君爱苦吟吾喜听，世人谁更重清才？

【注】

翁卷书斋，指其城外西郊太平山庐舍。

青溪阁　本梁江总故宅

叶脱林梢处处秋，壮怀易感更登楼。日斜钟阜烟凝碧，霜落秦淮水漫流①。人似仲宣思故国②，诗如杜老到夔州③。十年前作金陵梦，重抚阑干说旧游。

【注】

此篇本集不载，据《景定建康志》卷二一录，题从《宋诗拾遗》卷二一，明焦竑《续金陵旧事》卷下引录题同。按：《诗渊》第五册作许志仁诗，题《和虞智父登青谿阁》；《宋诗纪事》卷五二据《前贤小集拾遗》卷一收为徐珩（公饰）诗，题《和虞智父登金陵青谿阁》。

青溪阁，在上元县东北青溪上。宋周应合《景定建康志》卷二一《城阙志二·楼阁》："青溪阁，在府治东北青溪上，本梁江总故宅，至国朝为段约之宅，有亭曰割青，取荆公诗'割我钟山一半青'之句。乾道五年秋，因移放生池于青溪之曲，即割青故基建阁焉。徐照诗（本篇略）。"江总，字总持，南朝梁陈间文学家。陈时官尚书令，世称江令。

①钟阜，钟山。漫，《景定建康志》《宋诗纪事》作"慢"，兹从《续金陵旧事》改。　②仲宣：王粲字仲宣，三国魏文学家。东汉末避乱寄居荆州，思乡怀归，作《登楼赋》。故国，故乡。　③杜老，杜甫。黄庭坚《与王观复书》之三："但熟观杜子美到夔州后古、律诗，便得句法简易，而大巧出焉。"又云："观子美到夔州后诗，退之自潮州还朝后文，皆不烦绳削而自合矣。"（《苕溪渔隐丛话》前集卷十三引）

舟上

小船停桨逐潮还，四五人家住一湾。贪看晓光侵月色①，不知云气失前山。

【注】

①侵，逐渐取代。

【评】

晨光破晓，云气弥漫，一叶扁舟在苍茫天地间随潮漂还，读之如身临其境。"贪看"二句，诗人完全沉浸在大自然的美景之中。情景融浃，诗人的心境与自然景色相为融合，浑然一体。此种情景，前人写过，如唐杜荀鹤《溪兴》："醉来睡着无人唤，流下前溪也不知。”（见《苕溪渔隐丛话》后集卷五五引）宋王庭珪《次韵卢元赞江亭即事绝句》：“回头贪看新月上，不知竹竿流下滩。”（见《诚斋诗话》引）然俱不若徐诗剪裁浑成。

寄家书作

屋头桑叶大如钱，知是吴蚕第一眠[①]。远水忽来潇岸没，家书却寄道州船[②]。

【注】

从“潇岸”“道州”可知，当是作者客寓永州（今属湖南）时作。

①吴蚕，江南一带善养蚕，故称良蚕为吴蚕。蚕脱皮则不食不动，谓之蚕眠。经三四眠，始上簇作茧。第一眠，第一次蜕皮。《荀子·赋（蚕）》云蚕“三俯（眠）三起”，吐丝成茧。 ②道州，今湖南道县，在潇水（湘江支流）上游。此言水没潇岸，航路中断，恐家书无能交付道州来的航船寄发。

薛仲庚

薛仲庚（约1161—1201），字子长，永嘉人，徙居瑞安李奥。宋吴子良《林下偶谈》卷四谓“有俊才，至老不第”；明蔡璞《东瓯诗集》卷四小传谓举“博学宏词”（宋科举诸科有“宏词科”），弘治《温州府志》卷十三列名《诸科·特奏名科·荐举》，然未见仕历。

仲庚为叶适门人，曾两度受业（一在崇德，一在苏州），很得叶适器重，誉称“负绝世笔墨”，而“藿食水饮，欲利不挂丝发”（《覆瓿集序》)，寄予厚望，伤惜其早逝。长于史学，传承叶适绪统，陈傅良称：“议论诚渊源于正则，要其所到，又有过人者。”(《止斋集》卷三六《答薛子长》第一书) 所著《南北之际义例》《南北史》《覆瓿集》等，皆佚。《宋诗拾遗》卷十录诗2首，今存3首。府、县志无传，事见《瓯海轶闻》卷十《薛先生仲庚》。

陈傅良《止斋集》卷三六《答薛子长》第三书：“新诗寄见，疾读降叹，建安以来乃今见此作也。”

叶适《水心集》卷六《送薛子长》：“薛生静而敏，器宇绝幼愿。能文乃天姿，脱颖酬始愿。众技逐高卑，杂学徒贯穿。趋圣繇一途，任重工自劝。”　又卷十二《覆瓿集序》：“使读者剖幽析微，深刺腧髓，渠不开其智；洞前烛后，瞭至日月，渠不新其学；长铺广引，浩绝河汉，渠不起其辨；规贤矩圣，皎逾雪霜，渠不范其廉。其有益于世固多矣，又曹、陆以下不能拟其藩也。”

吴子良《林下偶谈》卷四《好骂文字之大病》：“往时永嘉薛子长有俊才，至老不第，文字颇有骂讥不平之气。水心为其集序，微不满焉。”　杰按：吴氏此语未确，理解有误。叶适《覆瓿集序》云：“或谓子长负绝世笔墨，而区区名第乃不与常人比，故多怒讥，诚然哉？子长自护若处女，常藿食水饮，欲利不挂丝发，奚取奚慕而以是动其心？殆见事太明，量人太尽而然欤！”是并不认同“或谓”即当时流行的说法，且作辩驳。

读书

忧来驱我行，困来驱我睡。文章堆案头，时复一开视。岂能皆通说，偶然聊适意。骏马骤平途，里程何足计。万象罗目前，忽为尘所昧[①]。虎豹贵搜猎，狐兔从委弃。五鼎虽共珍[②]，闻名岂知味。均此一卷书，今日与昨异。求名无欲速，要当毕斯世。古人不为经[③]，言动人偶记。悲哉汉诸儒，白首暗文义[④]。

【注】

录自《宋诗拾遗》卷十。

①昧，《东瓯诗存》卷九作“翳”。 ②五鼎：古行祭礼，列五鼎分盛供品。 ③经，教本，经典。 ④悲哉二句：言汉儒皓首穷经，而实未明大义。

【评】

此记作者读书心得，识见不凡，语亦简峻有力，于中乃可窥见永嘉事功之学宗崇的学以致用的要义。陈傅良《借书一首别薛子长》云：“羡君方盛年，恣意涉浩漫。又闻书少多，不系学缺完。读书固匪易，用书良独难。”（《止斋集》卷二）叶适《赠薛子长》云：“读书不知接统绪，虽多无益也；为文不能关教事，虽工无益也。……今世之士，曰知学矣。夫学未也，知学之难可也；知学之难犹未也，知学之所蔽可也。”（《水心集》卷二九）仲庚正是遵循陈、叶二前辈的告诫而身体力行之者。

春日

晨游每及晡，夜游不知旦。春风似醇醪[①]，盎盎消我闷。春月似新茗，泠泠清我困。人生能几逢，月圆花烂漫。何为守幽独，忽忽音容换。沂水舞雩人[②]，天机自游玩。叔子登岘山，浮名何足叹[③]！

【注】

录自《宋诗拾遗》卷十。

①醇醪，味厚之美酒。醪，《东瓯诗集》卷四、《东瓯诗存》卷九作“酎”。　②沂水，在山东曲阜市南。舞雩，指舞雩台，亦称雩坛，在沂水南岸。《论语·先进》记孔子让门人言志，曾点曰：“莫春者，春服既成，冠者五六人，童子六七人，浴乎沂，风乎舞雩，咏而归。”表示乐道遂志，不求仕进。　③叔子二句：西晋名将羊祜(字叔子)镇守襄阳，常登岘山(在襄阳城南)。“尝慨然叹息”，谓僚属曰：“自有宇宙，便有此山。由来贤达胜士，登此远望，如我与卿者多矣，皆湮灭无闻，使人悲伤。”见《晋书·羊祜传》。

送叔雅兄赴上虞丞

今号永嘉族，正元来自闽。科目已七世，簪缨将百人[①]。祖德犹可记，素风嗟渐湮。古道久已寂，世方斗奇新。上者借交势，吹嘘振光尘；下者趋猥役，嗫嚅工笑颦[②]。胸中空抱负，舍此何由伸。

【注】

《东瓯诗存》卷九校补据清黄汉《瓯乘补》卷六引《覆瓿集》录。上虞，今属浙江。

①科目，指科举功名。簪缨，冠簪和冠带。官员的冠饰。谓从官为官。　②猥役，杂役。嗫嚅，形容欲言又畏怯不敢出口。韩愈《送李愿归盘谷序》：“伺候于公卿之门，奔走于形势之途；足将进而趑趄，口将言而嗫嚅。”孙注：“嗫嚅，不敢出口也。”

徐 玑

徐玑（1162—1214），字致中，又字文渊，号灵渊（也作灵囦）。祖籍泉州晋江（今属福建），父辈迁徙温州。曾居泉山（今龙湾区大罗山麓），故诗集一名《泉山诗稿》。晚岁住松台山麓松台里。徐玑出身官宦之家，父徐定（德操）曾任太平州通判、潮州太守；兄徐玚任迪功郎汀州司户，弟徐瑄官至大理少卿。徐玑是徐定第三子，受父“致仕恩”得职，历任建安（今福建建瓯）主簿、永州（今属湖南）司理、漳州龙溪（今福建龙海）丞等职。移武当令，改长泰令，未到官而卒，终年53岁。他为官清正，守法不阿，在任职上做过许多有益于民众的事，如在建安安抚“铸兵鬻盐”的麻溪峒民；在永州释放被官兵捕捉“冀以成赏”的无辜平民；在龙溪禁止“豪党”侵占陂田，疏凿陂湖利民灌溉等。精书法，极为精勤，“无一食去纸笔”，造诣也很高，叶适说“暮年书稍近《兰亭》”。徐玑一生“远于利”而重名誉，品行高洁，临终犹恐修名未立而引为憾。四灵中他与叶适师生之谊最深，也最得叶适器重。其卒，叶为撰《祭徐灵渊文》《徐灵渊挽词》《徐文渊墓志铭》。

徐玑居“永嘉四灵”之二，论诗有精见，在四灵派提倡唐体（指晚唐体律诗）的理论建树中发挥了重要作用。认为声韵格律和字句锻炼为“风骚之至精”，是诗歌艺术的精髓，而冗芜散漫不加剪裁乃诗家大忌，表达了四灵诗派注重艺术形式艺术技巧的审美追求和创作准则，也反映了他们提倡唐体，刻意苦吟，突破江西派藩篱的诗学主张。徐玑的诗风与徐照相近，然亦同中有异，玑诗秀隽婉谈，造语鲜新，与照之“瘦苦”作风，还是有差别的。著有《二薇亭诗集》二卷，今存诗170首。雍正《浙江通志》卷一八二《文苑五》有传，事见《瓯海轶闻》卷十《徐县丞玑》、卷二八《徐玑》。

叶适《水心集》卷二一《徐文渊墓志铭》：初，唐诗废久，君与其友徐照、翁卷、赵师秀议曰：“昔人以浮声切响单字只句计巧拙，盖风骚之至精也。近世乃连篇累牍汗漫而无禁，岂能名家哉！”四人之语遂极其工，而唐诗由此复行矣。

翁卷《晚秋送徐玑赴龙溪丞》：“卷中风雅句，名匠亦难成。”

赵师秀《哭徐玑五首》之一：“心夷语自秀，一洗世上尘。使得养以年，鲍（照）谢（谢灵运）焉足邻。”

《四库全书简明目录》卷十六《二薇亭集》：“其诗与徐照如出一手，盖四灵同机轴，而二人才分尤相近。”

陈焯《宋元诗会》卷四三《徐玑》：曹能始云：“二徐俱隐居不仕，耽情丘壑，以故发之咏歌，清真澹远，出于自然。”

孙诒让《温州经籍志》卷二二《徐氏玑集》：“四灵诗派出于晚唐，故最工律句，而他体则不甚擅场。此集长律数篇，颇有旷远清逸之致。古诗联句诸篇，亦澹雅不俗。”

王雨丰《题四灵诗卷·徐玑》：“藉甚灵囦子，同时识二徐。潇湘开眼界，兰芷袭衣裾。出语都超俗，为丞不负予。灵囦曾为永州掾。平生翁与赵，相视定何如？”（《雪桥诗话》三集卷四引）

述梦寄赵紫芝

江水何滔滔，渡江相别离。揖子客舍前，对子衣披披。问子何所为，旅客未得归。执手一悲唤，惊觉妻与儿。起坐不得省[①]，清风在帘帷。平明出南门，将以语所知。过子旧家处[②]，寒花出疏篱。萧萧黄叶多，袅袅归步迟。子去不早还，何以慰我思？

【注】

徐玑比赵师秀（紫芝）大八岁，交谊深厚。师秀有云：“昔吾与君游，嫌疏不嫌数。自为贫窭驱，十载九离索。”（《哭徐玑五首》之二）师秀长期宦游在外，久出未归，徐玑因作此篇寄怀。

①省，记忆。 ②过子句，师秀居宅在郡城南门外。此云“平明出南门”，“过子旧家处”。薛师石《怀赵紫芝》云：“为忆城南清瘦友，寒宵梦里见梅花。”

【评】

全诗分四个层次。首六句“述梦”，梦中在客舍相遇，又匆匆告别。江水滔滔，比兴别情绵绵。次四句记醒后情景，将梦觉恍惚之况，刻画逼真。眼前只是“清风在帘帷”，没有留下一丝梦迹，但诗人不胜怅惘之感已被和盘托出。“平明”六句写南门之行。虽然梦觉无迹，但诗人还是想把梦况告诉亲友。走访中经过师秀旧居，那里只有“寒花出疏篱”，物景依然而伊人杳在，这凄清景色更逗引起诗人无限思绪。在怅然归途中，复见萧萧纷落的黄叶，衬托出了怀抱的萧索。结末二句为第四层，盼其早归。

全篇写怀友之思，语真情切，隽永而有余味。作者不用典实，近乎平铺直叙，语言也极淡朴，然而娓娓道来，如诉家常，委曲深婉，笔端充溢深挚的感情，读来十分感人。“清风在帘帷”“寒花出疏篱”二句，尤觉穿插得好，融情于景，含不尽之意于言外。四灵诗多取白描手法，诗风近易，语句晓畅，于平朴中见工致，徐玑的这首五古即是一个很好的证明。

漳州别王仲言秘书

百草各有种，春至不栽培。交情重故知，岂论才不才。相识十年初，再见天之涯。共饮一杯酒，粲若红颜开。人生有此乐，知复能几回？契阔几已深[1]，矧尔病与衰。朔风从何来，吹白枝上梅[2]。天寒日欲暮，又乃行色催。君去江水西，我归近天台。东西道路长，未可心膂摧。明朝碧云多，伫思良徘徊。

【注】

任漳州龙溪县丞时作。漳州，今属福建。王仲言：王明清（1127—1202后），字仲言，颍州汝阴（今安徽阜阳）人。尝任泰州通判、浙西参议官等。博通史学，撰有《挥麈录》《玉照新志》等。徐又有《登三层楼与王仲言联句》。秘书，指秘书郎，宋秘书省属官。

①契阔，久别。　②白，一作发。

【评】

仲言大文渊三十五岁，他们可说是忘年之交。诗叙良友契阔相别徘徊伫思之情，语澹意挚，通体白话，不用故典。

娄家梅篇

娄家屋西梅，梅老枝更清。众树吐齐白，密萼含微青。下有碧池波，照此鸥鹭翎。寒云拂缟衣[1]，遥空淡明星。薄言种树时，两世且百龄。树亦匪难老，一岁一雕零。我嗟人事迁，且爱树伶俜[2]。回桓不能去[3]，月来孤影生。倚树一长吟，写我寥旷情。

【注】

①缟衣，白绢衣裳。女子所服，用以比喻洁白的梅花。　②

伶俜，独立貌。 ③回桓，徘徊，逗留。

访梅

访梅行近郊，寒气初淅沥。欲开未开时，三点两点白。清枝何萧疏，幽香况岑寂。颇知天姿殊，绝似人有德。逢君天一方[①]，欢然旧相识。

【注】

①天一方，天涯一角。汉苏武《诗》之四：“良友远别离，各在天一方。”

【评】

天角访梅，若逢知己，与上篇倚树长吟，孤影盘桓，皆咏物赋志，抒写孤高“岑寂”的心襟和独立“寥旷”的怀抱。辞句浅淡，笔意高远，遥有蕴托。孙诒让谓徐玑古体“颇有旷远清逸之致”，“澹雅不俗”，洵称有见，上选诸什可为举证。

初夏游谢公岩

欲取纱衣换[①]，天晴起细风。清阴花落后，长日鸟啼中。水国乘舟乐，岩扉有径通。州人多到此，犹自忆髯公[②]。

【注】

谢公岩，亦名谢客岩，在今温州市区中山公园内积谷山南麓飞霞洞侧。弘治《温州府志·山·永嘉县》：“积谷山又名飞霞山，在城东南隅。……谢客岩，灵运曾书《白云曲》《春草吟》于石岩，今已芜没，惟‘谢客岩’篆三字尚存。”

①欲，《瀛奎律髓》卷十一作又。 ②髯公，称多须美髯者。

此指谢灵运。唐韦绚《刘宾客嘉话录》:“宋谢灵运须美。”纪昀《瀛奎律髓刊误》卷十一云:“末以谢客为‘髯公’,未免杜撰。谢固美髯,然无此称。”　　杰按:此言差矣。髯公为对多须美髯者之称,不当视为某人专称。宋张敏叔《虞美人》词:“旁人应笑髯公老,独爱花枝好。”(《乐府雅词拾遗》卷上)此为自称。宋洪刍《同师川过李三十九湖上宅用师川韵》:“髯公颇好事,相过必迟回。”此称徐师川。灵运美髯,自可称曰髯公,不当指为“杜撰”。

【评】

方回《瀛奎律髓》卷十一:“予许其诗在四灵中当居丁位,学者细考之,则信予言。”　　杰按:虚谷此论自鸣得意,实是轻率肤浅不合实际。文渊诗不惟工于五律,具秀隽婉澹之风;其五古亦颇见风致,七律、七绝并有佳构。四灵中,赵师秀最富才情,二徐和翁则各有千秋,未可轻下轩轾。

纪昀《瀛奎律髓刊误》卷十一:“起二句作意而不佳,三四自佳。”

孙锵鸣《东嘉诗话》:“其警句尤脍炙人口者……灵渊《初夏游谢公岩》云:‘清阴花落后,长日鸟啼中。’”

西征有寄翁、赵、徐三友

穷冬逆旅身,薄宦此艰辛。渡水添愁思,看山忆故人。烟生村落晚,雨过竹松新。昨夜还乡梦,逢君苦未真。

【注】

当是作者赴官永州(今属湖南)司理,寄赠诗友翁卷、赵师秀、徐照作。

凭高

凭高散幽策[①]，绿草满春坡。楚野无林木，湘山似水波[②]。客怀随地改，诗思出门多[③]。尚有溪西寺，斜阳未得过。

【注】

这是作者行经湖南岳阳登高所赋。疏健而有意致，境界开阔。

①散幽策，谓幽径拄杖散步。策，手杖。 ②湘山，即君山，在岳阳城西南洞庭湖中，也称洞庭山。此联写，广袤的荆楚原野，秋高木落一无遮蔽，更显得旷荡空阔；远望中的湘山，跟随洞庭湖的浩渺水波相与上下，益见妖娆多姿。 ③客怀二句：写登览中的感受。上句言情怀因景变化，即所谓“登山则情满于山，观海则意溢于海”（《文心雕龙·神思》），显示了诗人坦朗的胸襟。下句说创作的灵感来自实际生活，从大自然美山水中体悟，不是闭门苦思所能寻觅。这确是深有体验的警策之句，乃躬行亲历所得。这两句的议论不枯燥，比较唐人温庭筠《赠越僧岳云二首》之二“僧居随处好，人事出门多”和杜荀鹤《和吴太守罢郡山村偶题二首》之一“宦情随日薄，诗思入秋多”两联，更具深层意蕴，自有青蓝之胜。

古郡

古郡依蛮楚，身来作冷官。老怜兄弟远，贫喜妇儿安。分菊乘春雨，移梅待岁寒。又传家信至，入夜着灯看。

【注】

任职永州司理参军时作。永州，隋开皇九年（589）置州，治所今湖南永州市零陵区。宋诸州置司理参军，掌狱讼。

见杨诚斋

名高身又贵，自住小村深。清得门如水，贫惟带有金[①]。养生非药饵，常语是规箴。四海为儒者，相逢问信音。

【注】

见，一作投。杨诚斋：杨万里（1127—1206），字廷秀，号诚斋，吉州吉水（今属江西）人。历官广东提刑、秘书监。杨万里作为当时诗坛宗匠，不满江西派，力倡晚唐体，四灵适与相合，故于诚斋特推尊。徐照《路逢杨嘉猷赴官严州》："诗合诚斋意，难将片石镌。"以诚斋品评为准的。四灵七绝风格即效法"诚斋体"。

①清得二句，咏诚斋之清廉。带，指官员束腰革带，官阶高者以金为饰。

【评】

陈模《怀古录》卷上："近时永嘉赵灵秀、翁灵舒、徐灵晖、徐灵囦号为四灵，诗大率宗晚唐体。……如'清得门如水，贫惟带有金''四海为儒者，相逢问信音'此其好者。"

罗大经《鹤林玉露》卷十四："杨诚斋自秘书监将漕江东，年未七十退休。南溪之上，老屋一区，仅庇风雨，长须赤脚，才三四人。徐灵晖赠诗云：'清得门如水，贫惟带有金。'盖纪实也。"　杰按：原引作"徐灵晖"，记误。

方回《瀛奎律髓》卷四二："三四佳。"

李怀民《重订诗人主客图》卷上于鹄《赠李太守》"沽酒迎幽客，无金与近臣"评："直说得自高。宋四灵中有赠杨诚斋诗云'贫惟带有金'，又翻得妙。"

孙锵鸣《东嘉诗话》："其警句尤脍炙人口者……《投杨诚斋》云：'清得门如水，贫惟带有金。'"

孤坐呈客

晨起犹孤坐，瓶泉待煮茶。寒烟添竹色，疏雪乱梅花。独喜忘时事，谁知改岁华。多君能过此，竹里似山家①。

【注】

①多，称谢之意。竹，一作人。山，一作仙。

【评】

贺裳《载酒园诗话·宋四灵》："徐玑佳句，则有'寒烟添竹色，疏雪乱梅花''水风凉远树，河影动疏星''月生林欲晓，雨过夜如秋'，皆其项上之脔也。"　杰按："水风"二句，见《夏夜怀赵灵秀》。

溪上

十日清溪上，新春细雨天。绿波随棹起，白鸟望舟眠。麦秀初如草①，云浓半是烟。却愁山路险，明日舍溪船。

【注】

①麦秀，麦子开花抽穗。

【评】

文渊五言秀句，除《载酒园诗话》所举三联外，他如本题云："麦秀初如草，云浓半是烟。"《时鱼》云："月斜寒动影，水碧静传香。"《冬日书怀》云："寒水终朝碧，霜天向晚红。"《送翁巴陵之官》云："官况湘流碧，诗情楚岫多。"皆称善于刻画形容。又《年家生张主簿经过相寻率尔赠别》："秋风分手地，霜叶满江城。"意境交融，离情别绪在不言之中。

山居

柳竹藏花坞，茅茨接草池。开门惊燕子，汲水得鱼儿。地僻春犹静，人闲日自迟[①]。山禽啼忽住，飞起又相随[②]。

【注】

①自，四库本作"更"。　②起，《瀛奎律髓》卷二三作"走"，较胜。飞走，温州口语，谓飞去。

【评】

方回《瀛奎律髓》卷二三："近乎烂熟，然亦不可弃也。"

纪昀《瀛奎律髓刊误》卷二三："'鱼儿''燕子'，太现成。"

黄碧

黄碧平沙岸，陂塘柳色春。水清知酒美，山瘦识民贫[①]。鸡犬田家静，桑麻岁事新。相逢行路客，半是永嘉人。

【注】

①山瘦，皮日休《怀鹿门县药名离合》："山瘦更培秋后桂，溪澄闲数晚来鱼。"

【评】

清隽洗练之咏。"水清知酒美，山瘦识民贫。"叙山川而体察风俗民情，诗家独到之笔。

夏日怀友

流水阶除静，孤眠得自由。月生林欲晓[①]，雨过夜如秋。远忆荷花浦，谁吟杜若洲[②]？良宵恐无梦，有梦即俱游[③]。

【注】

①林欲晓，纪昀云："'欲'字作'似'字解。"（《瀛奎律髓刊误》卷十一）按：此句《东瓯诗续集》作"日低林欲晚"。　②吟，《瀛奎律髓》卷十一作怜。　③俱，《东瓯诗续集》作"同"。

【评】

方回《瀛奎律髓》卷十一："第四句好，盖是夏夜诗。细味之十字皆好。"

冯舒曰："落句应'孤眠'。"（《瀛奎律髓汇评》卷十一引）

贺裳《载酒园诗话·宋四灵》："徐玑佳句，则有……'月生林欲晓，雨过夜如秋'，皆其项上之脔也。"

宋长白《柳亭诗话》卷十九《宋人警句》："徐文渊《夏日怀友》：'月生林欲晓，雨过夜如秋。'……回视六朝，似有秋月春风之别。"

杰曰："月生林欲晓，雨过夜如秋。"雨过月生，夜尽欲晓，凉意袭人，读之若身临其境。

书翁卷诗集后

五字极难精[①]，知君合有名。磨砻双鬓改，收拾一编成[②]。泉落秋岩洁，花开野径清。渐多来学者，体法似元英[③]。

【注】

①五字，指五言律体。　②磨砻二句：加意磨炼，为四灵所专

注，故寄酬中屡用“磨”字，徐照《酬赠徐玑》“诗成唐体要人磨”；徐玑《哭朱严伯》“磨诗终未稳”。　③渐多句，黄震《黄氏日抄》卷六八《叶水心文集·翁灵舒诗集序》：“世以晚唐诗名者……遥拜之为宗师。”元英：晚唐诗人方干，私谥玄英先生。元，同“玄”。方干工于五律，刻意苦吟，有云“吟成五字句，用破一生心”（《贻钱塘县路明府》），为四灵派所崇奉。

【评】

“泉落秋岩洁，花开野径清。”二句比况翁卷峻洁、野逸、秀淡的诗风，恰到好处。

壬戌二月

山城二月景如何，行处时时听踏歌[①]。淡色似黄杨叶小，浓香如蜜菜花多。春容每到晴时改，天气偏从雨后和。好向溪头寻钓侣，小溪连夕涨清波。

【注】

宁宗嘉泰二年（壬戌，1202）春作，时年四十一岁。

①踏歌，民间一种歌唱方式，拉手踏地为节拍而歌。《资治通鉴·唐则天后圣历元年》“为虏蹋歌”胡三省注：“蹋歌者，连手而歌，蹋地以为节。”蹋，同“踏”。

六月归途

星明残照数峰晴，夜静惟闻水有声[①]。六月行人须早起，一天凉露湿衣轻[②]。宦情每向途中薄[③]，诗句多于马上成。故里诸公应念我，稻花香里计归程。

【注】

①惟，一作微。 ②一天句，许印芳云："此诗四句下三字，与出句大不相称。"(《瀛奎律髓汇评》卷十四引) ③宦情句，白居易《忆洛中所居》："宦情薄似纸，乡思急如弦。"苏轼《送潞都曹并引》："乖崖公在蜀，有录事参军老病废事，公责之曰：'胡不归！'明日参军求去，且以诗留别，其略曰：'秋光都似宦情薄，山色不如归意浓。'公惊谢之，曰：'吾过矣！同僚有诗人而吾不知。'因留而慰荐之。"

【评】

方回《瀛奎律髓》卷十四："第四句良是，第六句亦佳。"

纪昀《瀛奎律髓刊误》卷十四："调自清圆。五句善写人情。"

杰曰：通篇以舒快的笔调，抒写途程物色和自己的感绪，透出一片久客还乡的欣悦之情，畅朗富有情味。行役诗而不作凄苦音，情景开朗，体调流便，最为可嘉。这也是徐玑律体的一大特色。"诗句多于马上成"，与《凭高》中说的"诗思出门多"，同为他创作中的经验之谈。

泊马公岭

维舟拂晓步平沙，晚泊云根第一家[①]。新取菜蔬沾野露，旋编篱落带山花。门前相对青峰小，屋后流来白水斜。可爱山翁无一事，藤墙西畔看蜂衙[②]。

【注】

《后村千家诗》卷十四题作《宿山家》。

①云根，山深云起之处。杜甫《题忠州龙兴寺壁》："忠州三峡

内，井邑聚云根。”　②蜂衙：群蜂早晚聚集，簇拥蜂王，如吏员到上司衙门排班参见，故称蜂衙。宋陆佃《埤雅·释虫·蜂》：“蜂有两衙，应潮。其主之所在，众蜂为之旋绕如卫。”明彭大翼《山堂肆考》卷二二六《旋绕如卫》：“应潮者，言一日两衙，皆应潮也。”又《趋衙》：“蜜蜂朝夕排衙，必群聚喧闹。朝衙毕方出采花供课，晚衙毕则入房。”

【评】

灵渊七言律佳者，如《壬戌二月》：“春容每到晴时改，天气偏从雨后和。”《题东山道院》：“溪流偶到门前合，山色偏来竹里清。”《六月归途》：“宦情每向途中薄，诗句多于马上成。”及本题：“新取菜蔬沾野露，旋编篱落带山花。”浅淡中具有真切的意趣，逸韵流动，犹可见晚唐皮陆风致。

过九岭

断崖横路水潺潺，行到山根又上山。眼看别峰云雾起，不知身也在云间。

【评】

“眼看别峰云雾起，不知身也在云间。”行于叠峰峻岭间，人人都有此种感受，独被作者道出。徐玑七绝立意新奇，灵巧明快，多有出色篇咏，《御选宋诗》卷七一“七言绝句”入选多至15首。兹编斟录11首，皆集中姣姣之可诵味者。

夜凉

夜凉扶杖出山斋，身似孤云倚石崖。吟就不知山月晓，清风满面落松钗[1]。

【注】

①松钗，松叶。周密《癸辛杂识前集·松五粒》："凡松叶皆双股，故世以为松钗。"

【评】

《唐宋千家联珠诗格》卷十二蔡正孙评释："'清风满面落松钗'，松下果有此致。"

春雨（二首）

断桥横落浅沙边，沙岸疏梅卧晓烟。新雨涨溪三尺水，渔翁来觅渡船钱[1]。之一

【注】

《分门纂类唐宋时贤千家诗选》卷十五选作徐灵晖《溪行》，误。徐照《芳兰轩诗集》无收此诗。

①渔翁句：水涨桥被淹没，过往行人要靠船摆渡，故渔翁来赚取过渡的船钱。觅，寻取。

柳著轻黄欲染衣，汀沙漠漠草菲菲。晚风吹断寒烟碧，无数鸳鸯溪上飞。之二

丹青阁

翠霭空霏忽有无[1]，笔端谁著此工夫？溪山本被人图画，却道溪山是画图。

【注】

当是任职建宁府建安县（今福建建瓯市）主簿时作。丹青阁，在福建建瓯市南三里。《方舆胜览》卷十一《建宁府·堂榭》："丹青阁，在开元寺侧。元丰初太守石禹勤建，宣和中赵季四（西）命名，且赋诗云：'跨壑飞檐屋数楹，上横山色下溪声。等闲题作丹青阁，未必丹青画得成。'徐玑留题云（本篇略）。"按：绍兴三十二年（1162）建州升为建宁府。

①霏，《方舆胜览》卷十一引作"扉"。

【评】

全篇惟首句状景，余三句都是通过论议方式表达赞美之意。次句言殊非笔墨所能形容。三四句宕开，写出此刻的心理感受，意谓：眼前溪山风景秀美绝伦，本来就是绘画者写真的蓝本，再说"溪山是画图"那样的话就见得老套了。

秋行二首

戛戛秋蝉响似筝[①]，听蝉闲傍柳边行。小溪清水平如镜，一叶飞来细浪生。之一

【注】

①戛戛，形容蝉鸣声。筝，拨弦乐器，形状像琴，十三根弦。

【评】

蝉鸣戛戛，柳拂丝丝，信步闲行间忽见"一叶飞来"涟漪漾生，打破了水面的平静。喧中见幽（前二句），愈显空寂；又以动态写静境（后二句），甚得烘托之妙。

红叶枯梨一两株，翛然秋思满山居[①]。诗怀自叹多尘土，不似秋来木叶疏。之二

【注】

①翛（xiāo）然，自在无拘束貌。《庄子·大宗师》："古之真人，不知说生，不知恶死，其出不䜣，其入不距，翛然而往，翛然而来而已矣。"成玄英疏："翛然，无系貌也。"

【评】

咏秋景的萧散疏朗和自己的别样感受。诗说，经年道途奔波，风尘满怀，写不出像秋景那样萧疏简淡的诗句来。诗人将自己置身于自然环境中，进行物我之间的比较和交流，表达了厌倦于羁旅征尘和对自由洒脱生活的向往。

建剑道中

云麓烟峦知几层，一湾溪转一湾清[①]。行人只在清湾里，尽日松声杂水声。

【注】

建剑，建指建宁府（建州），治所今福建建瓯市；剑指南剑州，治所今福建南平市。均属福建西部山区。

①云麓烟峦，烟云缭绕的山峰。一湾，犹言一曲，一段。言沿着弯弯曲曲的溪流行进，溪水一处比一处清澈。

【评】

行于闽西山间，的是这般景象。这是纪实的妙笔。

新凉

水满田畴稻叶齐，日光穿树晓烟低[①]。黄莺也爱新凉好，飞过青山影里啼[②]。

【注】

①晓烟，早晨的云霭。低，低垂。谓将要散去。这句写日出烟雾将消。 ②青山影里，指山阴处。宋侯畐《柳花》："绿杨也识春来暖，一夜东风脱却绵。"（《东瓯诗集》卷四）句调似之。

【评】

水满稻肥，烟树迷离，一片新秋光景。传神妙笔在后二句，通过人性化的描述，借咏黄莺的"飞、啼"抒写对新凉的愉快感受。一个"也"字，关照物我，就把诗人自己也包括进去了。笔墨轻灵，情趣横生。这比徐照《和翁常之》"垂杨叶下闲吟久，又与鸣蝉共晚凉"的直接表露，要形象生动得多。

新春喜雨

农家不厌一冬晴，岁事春来渐有形[①]。昨夜新雷催好雨，蔬畦麦陇最先青[②]。

【注】

①岁事，农事。有形，有好的迹象。言入春盼着时雨沾溉。 ②蔬畦，菜圃。麦陇，麦田。陇，通"垄"。

【评】

不同寻常咏景，从农事著笔，写新春喜雨欣悦之情，一片欣欣生意溢出字里行间。

永春路

路行僻处山山好，春到晴时物物佳。秀色连云原上麦[①]，清香夹道刺桐花[②]。

【注】

永春，宋泉州府属县，今属福建。写出南土的独特风光。闽南泉州多刺桐花，有“桐城”之称。

①连云原上麦：麦田一望无际，与云连接。 ②刺（cì）桐，落叶乔木，叶如梧桐，枝干间有圆锥形棘刺，故名。春天开花，花紫红色，产于闽广。唐陈陶《泉州刺桐花咏兼呈赵使君》之一：“海曲春深满郡霞，越人多种刺桐花。”宋江少虞《宋朝事实类苑》卷三六《刘昌言》：“刺桐花深红，每一枝数十蓓蕾，而叶颇大，类桐，故谓之刺桐，唯闽中有之。”明陈懋仁《泉南杂志》卷下：“刺桐城，今泉州。筑城时，环城植刺桐，故号桐城。”

赵汝铎

赵汝铎（约1163—1223后）[①]，字振文，乐清人[②]，宋宗室后。两浙转运副使赵善悉（1141—1198）长子，叶适门人。汝铎与叶适关系密切，叶适为其父、妻作墓志铭。宁宗嘉泰五年（1205）前后，汝铎任职临安郡（杭州）从事（见宋楼钥《攻媿集》卷九《跋赵振文经幢碑》、宋潜说友《咸淳临安志》卷三七），常出游城外马塍，叶适有《赵振文在城北厢两月，无日不游马塍，作歌美之，请知振文者同赋》(《水心集》卷七）之作，赵有《和叶水心马塍歌》，同时赵汝谠（蹈中）、刘克庄均有和作。嘉定十六年（1223）汪纲锓板《习学记言》，"工未竟，赵振文来，具道水心著述前后"，称为"水心高弟"。其妻为楼钥从女，《攻媿集》中有《送赵振文主簿》等作。终官承直郎（正六品）。今存诗2首。

【注】

①据《水心集》卷二一《中大夫直敷文阁两浙运副赵公墓志铭》，汝铎父赵善悉"庆元四年（1198）五月朔卒，年五十八"，其生年在绍兴十一年（1141）。善悉有五子二女，汝铎为长子，设若善悉22岁得子，则汝铎为孝宗隆兴元年（1163）生。故据以推算，汝铎生年当在隆兴元年（1163）前后。　②元陈世隆《宋诗拾遗》卷一九《赵汝铎》云："字鸣道，永嘉人。汝监之弟。"《东瓯诗存》卷四小传从之"字鸣道，永嘉人"。按：汝铎"字鸣道"，未详所据。叶适《水心集》卷二二《赵孺人墓铭》"赵汝铎葬其妻楼氏于乐清县永康乡崇福山。"宋汪纲《〈习学记言〉跋》："振文名汝铎，今居乐清。"(作于嘉定十六年，1223年。《习学记言》附录一，中华书局1977年版下册762）其为乐清人甚明。又据叶适为汝铎父赵善悉所作墓志铭云："子曰：汝铎，承直郎；汝镕，宣教郎，知浦江县；汝郑，从事郎，坑冶司干官；汝鐀，高州文学；汝駉，从事郎，临海主簿。"(《中大夫直敷文阁两浙运副赵公墓志铭》）汝铎为长子，且兄弟中亦并无名"汝监"者，"汝监之弟"云云亦恐无据。

水心新居

开扉待嘉客，沽酒解闲愁。半夜秋霖歇，满堂寒水流。风声生叶底，月色在沙头。忆着鲈鱼美，松江有旧游[1]。

【注】

自《宋诗拾遗》卷一九选录。水心新居：叶适于宁宗庆元四年（1198）罢职回温，买宅定居温州郡城外西南郊会昌湖西湖南岸之水心村。参见本卷叶适《水心即事六首》题注。

①松江，即吴淞江，在江苏吴县东。其地产鲈鱼，味美。

翁　卷

翁卷（约1164—约1225），字续古，又字灵舒，乐清方斗岩（今乐清市慎江镇排头岩村）人。出身以“声韵之学”为世业的书香门第，束发执经，少年苦读，孝宗淳熙十年（1183）登乡荐，省试（进士试）不中，蹭蹬科业。遂移家郡城，在西郊太平山（太平岭）结庐而居，过着耕读生活。他胸藏韬略，怀报国之志，仗剑从戎，先后在江淮边帅幕和越州（绍兴）帅幕供过职。也曾应长溪（今福建霞浦）县令邀就任教馆之职。一生落拓江湖，年六旬尚困顿行役，最后在贫病中还乡。活了六十多岁，四灵中他是最晚去世的。

翁卷居“永嘉四灵”之三，颇有才致，早著诗声，作品甚为同道所推。徐照谓“君爱苦吟吾喜听”（《宿翁卷书斋》），赵汝鐩言“诗好人皆诵”（《翁灵舒客临川访之不遇》），赵师秀言“取尔诗重读，令吾病欲销”（《舟行寄翁十》）。叶适序其《西岩集》，称能“得《三百》之旨”，评价极高。徐玑以“泉落秋岩”“花开野径”，比况他峻洁、野逸、秀淡的诗风。他在当日诗坛藉藉闻名，江湖上宗奉晚唐体的诗家“遥拜之为宗师”（黄震《黄氏日抄》卷六八《翁灵舒诗集序》）。著有《苇碧轩诗集》一卷，一名《西岩集》，今存诗144首（含补遗）。

叶适《西岩集序》：“若灵舒则自吐性情，靡所依傍，伸纸疾书，意尽而止，乃读者或疑其易近率、淡近浅，不知诗道之坏，每坏于伪，坏于险；伪则遁之而窃焉，险则幽之而鬼焉。故救伪以真，救险以简，理也亦势也，能愈率则愈真，能愈浅则愈简，意在笔先，味在句外，斯以上下《三百篇》为无疚尔。”

徐玑《书翁卷诗集后》：“五字极难精，知君合有名。磨砻双鬓改，收拾一编成。泉落秋岩洁，花开野径清。渐多来学者，体法似元英。”

刘克庄《后村大全集》卷七《赠翁卷》：“非止擅唐风，尤于《选》体工。有时千载事，只在一联中。”　杰按：选体，称南朝梁萧统《文选》所选诗歌的风格体制，一般指五言古体。

《四库全书总目》卷一六二《西岩集》：“张端义《贵耳集》曰：‘翁卷，四灵也。有《晓对》诗云：“梅花分地落，井气隔帘生。”《瀑布》诗云：“千年流不尽，六月地长寒。”《春日》云：“一阶春草碧，几片落花轻。”《游寺》云：“分石同僧坐，看松见鹤来。”《吾庐》云：“移花连旧土，买石带新苔。”’其所取者，大抵尖新刻画之词，盖一时风气所趋，四灵如出一手也。”　杰按：“千年流不尽”联为徐照《石门瀑布》诗，此误。

王雨丰《题四灵诗卷·翁卷》：“侪辈推翁十，因之号四灵。雕将心共碎，赢得鬓如星。诗已当时好，山犹未了青。偶然题卷尾，竹雨响疏棂。”（《雪桥诗话》三集卷四引）

思远客

涉夏思已深，感秋念逾迫。思念皆为谁，为彼远行客。客行曷辰休[1]，怅望朝复夕。出门虚有待，命驾焉所适？邈邈阻前欢，悠悠抱今戚。中庭一株橘，嘉实转金碧。爰意花开时，花边语离析。惜此不忍餐，留之候君摘。拟君君未来[2]，回肠更如折。何当乘梦时，傥遂徽容觌[3]。

【注】

①辰，一作弗。　②拟，揣度，估算。　③徽容，美好的容颜。南朝宋鲍照《数诗》："九族共瞻迟，宾友仰徽容。"觌（dí），见。

送刘几道

束发同执经[1]，交分人莫如。我愚百无成，蹭蹬空林居。君文最奇崛，二十魁荐书[2]。青衫何太晚，警捕殊区区[3]。是月蝉始鸣，秀色连郊墟。俶装趋海邑，指期当憩车。老大恋亲友，暂别犹欷歔。况此一分手，归期三载余。积雨山川晦，新晴氛雾除。殷勤送客吟，掺执行子裾。愿言乘高风，矫翮凌太虚。

【注】

此为送刘几道赴任泉州惠安（今属福建）县尉作。刘几道，乐清人，早年从学叶适。叶适《送刘几道惠安尉》："少年尝苦节，从我北城隈。"

①束发，束扎发髻。指成童之时（15岁左右）。贾谊《新书·容经》："古者年九岁入就小学……束发入大学。"　②魁荐书，言以乡试头名荐送省试。　③青衫，低品官员的服装。警捕，戒令搜捕。

县尉司警捕之职。《宋史·食货志上一》:“乞责县令毋给据,尉警捕,监司觉察。”此言几道仕途并不得志,叶适《送刘几道惠安尉》亦云:“垂垂绿绶晚,冉冉白发催。”

【评】

范大士《历代诗发》卷二八:“二诗高古,不嫌平淡。”　　杰按:指本篇和《山中采药》。

寄衣词

手织白纻纤且长,生着宜热熟宜凉[①]。以比妾心齐素洁,制成游子远衣裳。君心相厚未相薄,衣来还得称君目。愿君服之无弃捐,映君颜貌长如玉。

【注】

①纻,苎麻。生着句,谓生纻所制衣宜暑热时穿,熟纻所制衣宜秋凉时穿。一本作“生着宜热热宜凉”,一本作“生着宜熟热宜凉”,皆误。

呈余伯皋

木犀香残菊花拆[①],多少秋风吹陇陌。我行欲遍江西头[②],最后方作筠阳客。筠阳之州水中隔,古来称是神仙宅。今君住此将二年,应识神仙李八伯[③]。

【注】

宁宗庆元末,赵师秀授任筠州(今江西高安)推官,本篇当是访友客游筠州时作。余伯皋,游泛江湖之吟士。韩淲《涧泉集》卷三《庆元己未二月戊子寄皖山隐翁史虎囊》有云:“我友余伯皋,远游复羁旅。当为翁慨然,斗酒气相与。”卷十三《次韵余伯皋》“江湖水满悲游子”,“天下渔篑有钓翁”。

①木犀,桂花。 ②头,四库本作“州”。 筠阳,筠州别称。理宗宝庆元年改名瑞州。 ③李八伯,晋葛洪《神仙传》卷三《李八伯》:“李八伯者,蜀人也,莫知其名。历世见之,时人计之已年八百岁,因以号之。或隐山林,或在鄽市。”宋孔武仲《筠州无讼堂记》:“筠州刺史治舍,前临蜀江,后接山谷,相传以为仙人李八伯之所居也。”《方舆胜览》卷二十《瑞州》:“栖真堂:在郡圃,盖仙人李八百故居之址,中有遗像。”

寄远人

秋气日凄清,秋衣纫未成。在家犹不乐,行路若为情?几处好山色,暮天群雁声。分明相忆梦,夜夜出江城。

【评】

因秋感兴,寄怀远路行役的友人,表达眷念情思。通首若脱口而出,不经意成,却悠然韵远。

冬日登富览亭

借问海潮水[①],往来何不闲?轻烟分近郭,积雪盖遥山。渔舸汀鸿外,僧廊岛树间。晚寒难独立,吟竟小诗还。

【注】

富览亭,在温州城西郭公山上,北临瓯江。弘治《温州府志·宫室》:“富览亭,在郭公山上,宋建。登者不越几席而尽山水之胜。”姜夔有《水调歌头·富览亭永嘉作》词。

①借问,四库本、《瀛奎律髓》卷十三、《宋诗纪事》卷六三均

作“未委”，兹从《东瓯诗续集》卷一。

【评】

方回《瀛奎律髓》卷十三：“翁灵舒学晚唐。中四句工，但俱咏景而已。尾句亦只说寒难独立，吟诗而还，无远味也。” 纪昀刊误：“此评确。前四句不相贯。”

胡应麟《诗薮》外编卷五：“南渡翁卷：‘轻烟分近郭，积雪盖遥山。’虽阴（铿）何（逊）弗过也。‘分’字，余欲易为‘纷’，尤觉本色。”

杰曰：“轻烟分近郭，积雪盖遥山。”二句赋景，韵度高简，遥有六朝笔致。

幽居

蓬户掩还开，幽居称不才①。移松连峤土，买石带溪苔②。药信仙方服，衣从古样裁。本无官可弃，安用赋《归来》③？

【注】

此篇见四库本翁卷《西岩集》，《瀛奎律髓》卷二三选录题同；《东瓯诗集》卷二、《宋诗纪事》卷六三作徐玑诗，题《吾庐》，四库本徐玑《二薇亭诗集·补遗》据《东瓯诗集》辑录。今按：徐玑历任建安主簿、永州司理、龙溪丞，不当云“本无官可弃”；而翁卷未尝仕进，与其身份相合，故今归翁作。

①不才，孟浩然《岁暮归南山》有“不才明主弃”语。 ②移松二句：摹写隐居情趣，别具逸致。贾岛《酬胡遇》：“移居见山烧，买树带巢乌。”姚合《武功县中作三十首》之四：“移花兼蝶至，买石得云饶。”李洞《送卢少府之任巩洛》：“带土移嵩木，和泉送尹

鱼。”意皆相类。 ③归来，指陶潜《归去来兮辞》。

【评】

张端义《贵耳集》卷上：“翁卷字灵舒，四灵也。有《晓对》诗：‘梅花分地落，井气隔帘生。’《瀑布》云：‘千年流不尽，六月地长寒。’《春日》云：‘一阶春草碧，几片落花轻。’《游寺》云：‘分石同僧坐，看松见鹤来。’《吾庐》云：‘移花连旧土，买石带新苔。’” 杰按：“千年”联为徐照诗，此误。

冯班曰：“四灵用思太苦，而首尾俱馁弱。然当江西盛行之日，能特立如此，亦可取也。”（《瀛奎律髓汇评》卷二三引）

纪昀《瀛奎律髓刊误》卷二三：“三四从武功‘移花连蝶至，买石得云饶’套出，殊为钝手。结意却新，而虚谷不取。”

《四库全书简明目录》卷十六《西岩集》：“其诗较二徐稍秀润，如‘移花连旧土，买石带新苔’之类，尚有姚合风致。”

春日和刘明远

不奈滴檐声，风回昨夜晴。一阶春草碧，几片落花轻。知分贫堪乐，无营梦亦清。看君话幽隐，如我愿逃名。

【注】

刘明远，未详字号。隐遁躬耕，恬淡安身，诗书自娱。明远为四灵之“知心”吟友，志趣相同，交谊深笃。徐照《赠刘明远》：“一生嫌世俗，不向市中居。”又《刘明远会宿翁灵舒西斋》：“自来难会宿，安得废清吟。”徐玑《次韵刘明远移家三首》之二：“诗得唐人句，碑临晋代书。”又称其“文才独兼”。赵师秀《刘隐君山居》：“虑淡头无白，诗清貌不肥。”本题云：“知分贫堪乐，无营梦亦清。”

可见为淡逸之士，安贫无营，清吟为乐。据徐玑《送刘明远客和州二首》之一："边郡三年守，知陪后乘安。"守，依从。后乘，属从所乘之车。是则明远曾任职和州知州幕从，居职三年。

【评】

张端义《贵耳集》卷上："翁卷字灵舒，四灵也。有……《春日》云：'一阶春草碧，几片落花轻。'"

陈模《怀古录》卷上："近时永嘉赵灵秀、翁灵舒、徐灵晖、徐灵囦号为四灵，诗大率宗晚唐体。……如'知分贫堪乐，无营梦亦清。看君话幽隐，如我愿逃名'……此其好者。"

方回《瀛奎律髓》卷二三："四灵中翁独后死，然未能考其没在何年。此四诗点圈处，十分佳也。"（按"四诗"指《幽居》《梦回》《隐者所居》和本篇）

冯班："结句太率。"　　纪昀："此亦深稳。"　　许印芳："六句果佳，三四亦可。"　　无名氏（乙）："第六是归根妙语。"（《瀛奎律髓汇评》卷二三）

范大士《历代诗发》卷二八："（五六句）老实语，正自合道。"

杰曰：翁卷五律有两类：一类不加修饰；一类着意锻炼。前者如《寄远人》和本篇等，后者如《晓对》《梦回》诸作，读者可作体验。

梦回

一枕庄生梦[①]，回来日未衙[②]。自煎砂井水，更煮岳僧茶。宿雨消花气[③]，惊雷长荻芽。故山沧海角，遥念在春华。

【注】

①庄生梦，指虚幻之梦境。《庄子·齐物论》：“昔者庄周梦为蝴蝶，栩栩然蝴蝶也，自喻适志与，不知周也；俄然觉，则蘧蘧然周也。” ②日未衙：“衙”字何意？李庆甲《瀛奎律髓汇评》卷二三校勘记：“查慎行、李光垣：‘斜’讹‘衙’。”认为是“斜”的讹字。今按：明胡应麟《再过狄明叔园》亦云：“咫尺将军第，重来日未衙。”（《少室山房集》卷三六）是未可谓“衙”讹字。宋王观国《学林·牙衙》：“官府谓之衙……《广韵》曰：‘衙，府也。’”衙者府宅。《淮南子·天文训》：“（日）至于虞渊，是谓黄昏。”“日入于虞渊之汜，曙于蒙谷之浦。”日未衙，谓日尚未归衙（止舍），即日未晡之意。此咏梦回而日色未晚。胡诗下云“曲榭微生月，层楼半纳霞”，亦相应也。 ③宿雨，经夜的雨。

【评】

纪昀《瀛奎律髓刊误》卷二三：“通体闲雅，五六气韵尤高。”

杰曰：借咏梦回的场景和感受，抒写遥念故山的殷殷乡情。“宿雨消花气，惊雷长荻芽”，与《寄赵灵秀》“闲灯妨远梦，寒雨乱愁吟”、《晓对》“梅花分地落，井气隔帘生”诸联，都为“磨砻”所得，皆称警拔，即四库馆臣说的“尖新刻画之词”（《四库全书总目·西岩集》）。体物精细，炼字兼又炼意，读来情味隽永。

闽中秋思

客愁无定迹，几处冒风埃？逢得家乡便，凭将信息回。海烟蛮树湿，秋雨瘴花开。旧日越王国[①]，吾今身再来。

【注】

闽中，秦郡名，治所今福建福州。

①越王国，指福州一带地区。宋乐史《太平寰宇记·江南东道十二·福州》："福州长乐乡，今理闽县，古闽越地，亦扬州之域。秦并天下，为闽中，即汉高祖立无诸为闽越王国，都于此地。"

【评】

方回《瀛奎律髓》卷二九："五六似张司业。" 杰按：唐诗人张籍，官国子司业，世称张司业。

纪昀《瀛奎律髓刊误》卷二九："此首较有气格。"

赠孙季蕃

立谈飞絮中，相遇在吴宫[1]。以我为生拙，怜君失计同[2]。醉酣花落月，吟苦竹摇风。自作《庐山记》，幽奇欲遍穷。

【注】

孙季蕃：孙惟信字季蕃，江湖派诗人。参见本卷叶适《题孙季蕃诗》题注。

①吴宫，三国吴国宫苑。指建康（今南京）。 ②怜君句，孙亦不得志之士。刘克庄《沁园春·赠孙季蕃》云："畴昔奇君，紫髯铁面，生子当如孙仲谋。争知道，向中年犹未，建节封侯。"

同徐道晖、文渊、赵紫芝泛湖

相见即相亲，吟坛得几人？扁舟当是日[1]，胜赏共闲身。山雨曾添碧，湖风不动尘。晚来渔唱起，处处藕花新。

【注】

徐道晖、文渊、赵紫芝，即徐照、徐玑、赵师秀。

①是，《瀛奎律髓》卷三四作“夏”。

旅泊

几日溪蓬下，低垂困水程。喜因山县泊，略向岸汀行。闻笛生羁思，看松减宦情。遥知此夜月，必照故山明。

【评】

方回《瀛奎律髓》卷二九：“第六句新美。”

冯班：“四灵虽弱，而气味不恶。”（《瀛奎律髓汇评》卷二九引）

查慎行：“结句‘必’字欠圆。是四灵手法。”　纪昀：“‘必’字滞相。”（同前引）

赠张亦

兴兵又罢兵，策士耻无名[①]。闲见秋风起，犹生万里情[②]。借窗临水歇，沽酒向花倾。示我新诗卷，如编珠玉成[③]。

【注】

张亦，旧名奕，亦作弋，字彦发，一字韩伯，号无隅翁，祖籍河阳（今河南孟州市）。张端义《贵耳集》卷上记其状貌：“颀然而长，面带燕赵色，口中亦作北语。”丁焴《秋江烟草跋》称为“湖海豪士”。一生不事科举，亦不受官职，游泛湖海。为四灵派诗人，与翁卷、赵师秀交谊甚深，契阔论文，极为相得。作者又有《赠张韩伯》诗。

①兴兵二句：张亦关心边事，志存恢复，曾献谋军幕，故称“策

士”。戴复古《遇张韩伯说边事》云“北望苦无多世界”；赵师秀《赠张亦》云“天下方无事，男儿未有功。边风吹面黑，市酒到肠空”，见其磊落而伤心之怀。　②闲见二句，言见秋风而起远志，壮怀犹在。闲，一作乍。　③示我二句：张亦诗宗法晚唐，传有《秋江烟草》一卷。丁焴《秋江烟草跋》：“专意于诗，每以贾岛、姚合为法……未尝苟下一字，每有所作，必熔炼数日乃定。”其所宗崇尚好和苦思熔炼的作风，都与四灵同一体格。

晓对

独对晓来晴，天寒景物清。梅花分地落，井气隔帘生。曾是吟《招隐》，何时遂耦耕①？萧疏头上发，已白两三茎。

【注】

①招隐，招寻隐者。汉淮南小山有《招隐士》辞，晋左思、陆机均有《招隐》诗。耦耕，两人并耕。泛指耕耘。《礼记·月令》：“[冬记之月]命农计耦耕事，修耒耜，具田器。”

【评】

张端义《贵耳集》卷上：“翁卷字灵舒，四灵也。有《晓对》诗：‘梅花分地落，井气隔帘生。’”

孙锵鸣《东嘉诗话》：“其警句尤脍炙人口者……《晓对》云：‘梅花分地落，井气隔帘生。’”

中秋步月

幽兴苦相引，水边行复行。不知今夜月，曾动几人情？光逼流萤断，寒侵宿鸟惊。欲归犹未忍，清露滴三更。

【评】

坦易清圆之咏。“光逼”联警练。

哭徐山民

已是穷侵骨[①]，何期早丧身！分明造物意，磨折苦吟人[②]。花色连晴昼，莺声在近邻。谁令三尺像，犹带瘦精神[③]。

【注】

徐山民，徐照。徐照卒于宁宗嘉定四年（1211），四灵中最先亡故。

①穷侵骨：徐照一生困穷，死后还是“紫芝集常朋友殡且葬之”（叶适《徐道晖墓志铭》）。 ②磨折，《石仓历代诗选》卷一九五作“不与”。 ③瘦精神，徐玑《读徐道晖集》云：“生前惟瘦苦，身后得名清。”

【评】

陈衍《宋诗精华录》卷四：“瘦而有精神，推许得体。”

杰曰：挚友丧亡，哀恸难抑。颈联陡转，忽入“花色”“莺声”，用反衬笔法，愈见其悲，此即王夫之所说的“以乐景写哀，以哀景写乐，一倍增其哀乐”（《薑斋诗话》卷一）。

赠张韩伯

暂得共论文，依然踪迹分。春来若为况，游远不相闻。一路水兼石，万重山隔云。何由比明月，到处可逢君。

【注】

张韩伯，张亦字韩伯。见前篇《赠张亦》题注。

【评】

南朝宋谢庄《月赋》："美人迈兮音尘阙，隔千里兮共明月。"李白《闻王昌龄左迁龙标遥有此寄》："我寄愁心与明月，随君直至夜郎西。"皆借明月以写思怀，此云："何由比明月，到处可逢君。"兼裁其意，语益深挚。

留别南昌诸友

衰颜怕被青铜见[①]，病骨堪同瘦鹤群。出久并荒幽径菊[②]，未归长忆满山云。春风岂识吟人恨，夜雨频于客舍闻。万柳百花好时节，别君愁绪乱纷纷。

【注】

①青铜，铜镜。　②出久，四库本作"久出"，不取。并荒幽径菊，陶潜《归去来兮辞》："三径就荒，松菊犹存。"

【评】

"出久"联，抒写对故家的忆念和盼归之情，语尤隽拔。

复葛天民次来韵

接得诗来胜接书，忆君情思豁然舒。却看城里谁家竹，又锁湖边旧住庐[①]。曾有退之怜贾岛[②]，岂无得意荐相如[③]？欲知别后予踪迹，只向此江闲钓鱼。

【注】

葛天民：字无怀，越州山阴（今浙江绍兴）人。初为僧，号朴翁。还俗后寓居杭州西湖，游吟江湖，所交皆一时胜士。诗宗晚唐，与四灵深相契合，频有唱酬，属四灵派诗人。著有《无怀小集》一卷。

①却看二句，指天民杭州西湖苏堤的居室。 ②怜，爱赏。退之怜贾岛：据韦绚《刘宾客嘉话录》载，贾岛赴举京师，于驴上吟哦，得句云："鸟宿池中树，僧敲月下门。"得韩愈（退之）赏识，"遂与并辔而归，留连论诗，与为布衣之交。自此名著"。作者《赠葛天民》云："燕本昔如此，清名千载垂。"亦比之贾岛（燕本）。 ③得意荐相如：司马相如因杨得意荐引得汉武帝召见。《史记·司马相如列传》："蜀人杨得意为狗监，侍上。上读《子虚赋》而善之，曰：'朕独不得与此人同时哉！'得意曰：'臣邑人司马相如自言为此赋。'上惊，乃召问相如。"

西风

一处西风一处愁，又逢鸣雁在沧洲[①]。芙蓉不分秋萧索[②]，斗拆繁红满树头。

【注】

①沧洲，滨水之地。隐士所居之处。 ②不分，不分辨，不管。

舍外早梅

行遍江村未有梅，一花忽向暖枝开。黄蜂何处知消息，便解寻香隔舍来。

【评】

"芙蓉不分"，"黄蜂""寻香"，灵舒此类小诗，颇得荆公绝句风致。

东阳路旁蚕妇

两鬓樵风一面尘[①]，采桑桑上露沾身。相逢却道空辛苦，抽得丝来还别人。

【注】

东阳，宋两浙路婺州属县，今属浙江。

①樵风，山林的风。

山雨

一夜满林星月白，且无云气亦无雷[①]。平明忽见溪流急，知是他山落雨来[②]。

【注】

①且，一作亦。　②平明，天刚亮时候。落雨，温州口语。

【评】

题是“山雨”，却不正面著笔，全用烘托渲染之法：此间星月无云，从晓晨溪流湍急，推知昨夜他山落过大雨，显示山间阴晴殊蹙的气象特点。

还家夜同赵端行分韵赋

莫怪繁霜满鬓侵，半年长路几关心[①]？还家点检家中物，依旧清风在竹林[②]。

【注】

赵端行：赵希迈，字端行，乐清人。四灵挚友。参见卷三作者简介。

①几关心，几曾关心。　②还家，一作归来。清风竹林，比况清廉高洁。孟浩然《洗然弟竹亭》：“逸气假毫翰，清风在竹林。”崔峒《送薛良友往越州谒从叔》：“遥想兰亭下，清风满竹林。”

【评】

奔走江湖，辛酸备尝，垂老无成，但自己清贫之志不会因为漂泊尘埃而变易。“依旧清风在竹林”，写出他们共同的心声。

野望

一天秋色冷晴湾，无数峰峦远近间。闲上山来看野水，忽于水底见青山①。

【注】

①闲上二句：上山看水，水底见山，句法有回环呼应之妙。

【评】

秋色晴光，群峰远近，都已经看惯了，所以闲懒地上得山来；不意放眼望去，“忽于水底见青山”，那无数峰峦在野水碧波间浮现晃动，别是一种奇妙的境界，令人惊喜欣悦。前三句的叙写，都为第四句做铺垫；第四句独辟异境，给人以“终古常见，而光景常新”的感觉。这便是叶适称赞四灵诗说的“斫思尤奇”，“皆人所知也，人不能道尔”。

南塘即事

半川寒日满村烟，红树青林古岸边。渔子不知何处去，渚禽飞落拗罾船①。

【注】

南塘，今温州市鹿城区南浦街道南塘村，温瑞塘河之南塘河沿岸。《永乐大典》卷二二六五［湖］下引《温州府志》：“温州南湖……西岸则流水江村，渔家田舍，菱洲荷荡，橘圃柑园，在在有之，不减苕霅之胜。”

①㧐罾（ǎozēng），犹扳罾。拉罾网捕鱼。温州方言叫作扳鱼。罾，用四根竹竿支架的鱼网，形似仰伞。

【评】

描状温州郡城外南郊风物之胜，色调鲜明和谐，宛然一幅渔村斜日图。

乡村四月

绿遍山原白满川，子规声里雨如烟。乡村四月闲人少，才了蚕桑又插田①。

【注】

此诗脍炙人口，载翁卷本集，又见《永乐大典》卷三五八一引录，《宋诗钞》《咏物诗选》卷四五四、《御选宋诗》卷七一录同，无有疑问。宋谢枋得编《千家诗》卷上作范成大诗，题《村居即事》，有误。《范石湖集》无收此诗。《宋诗纪事》卷五二据《西溪丛语》录为谢完璧《村景即事》诗，失实无据。《西溪丛语》二卷，宋姚宽撰，检阅全书，无引此篇。《宋诗纪事补正》卷五二云：“又见《分门纂类唐宋时贤千家诗选》卷十四题作《村居即事》，系范成大名。”亦查无实据。检阅人民文学出版社2002年版《分门纂类唐宋时贤千家诗选校证》卷十四，无收范成大此题作；复检该书《诗人传略及诗篇索引》，范成大名下亦无收此作。

①了，完毕。插田，插秧。

【评】

这是一幅摹写真切的风俗画卷。把自然美景同劳动生活场景融合在一起，构成和谐的画面，比那些意境静穆的田园诗来更显得富有生气，可以同范成大的《四时田园杂兴》相媲美。

戴　蒙

戴蒙（约1165—？），曾改名埜，字养伯，又字子家，永嘉合溪（今永嘉县溪口乡溪口村）人。登光宗绍熙元年（1190）进士，任丽水尉。以公事与郡将忤，弃职从学朱熹于武夷山。调任鸣鹤场运盐官。后遂不复仕，终老于家。

戴蒙深通文字学，认为“学必先六书”；“欲因许氏之遗文订其得失，以传于家塾”（戴侗《六书故·自序》）。其长子戴仔，博通经传，著述甚富；仲子戴侗承继家学，撰成《六书故》三十三卷，流传至今，影响深远。事见《东嘉先哲录》卷五《戴盐运》、《瓯海轶闻》卷十七《戴县尉蒙》。弘治《温州府志》卷十八《理学传》。今存诗2首，见弘治《府志》卷二二。

南溪暮春

家住南溪欲尽头[①]，茂林修竹几清幽。菰浦涨绿蛙专夜，树叶吹寒麦半秋[②]。修禊从教非节物，舞雩元自有风流③。明朝酒醒春犹在，更向长潭上小舟[④]。

【注】

南溪，即楠溪。今称楠溪江，在永嘉县境内。源出天台、仙居诸山，迤逦三百余里，南入瓯江。《东瓯诗集》卷三题作《暮春偶成》。

①家住南溪，作者家乡合溪在楠溪江沿岸。几清，《东瓯诗集》作“不胜”。　②树，《东瓯诗集》作“榆”。　③修禊（xì），古俗于农历三月上巳日，临水洗濯，除去宿垢，以祓除不祥。王羲之《兰亭集序》：“暮春之初，会于会稽山阴之兰亭，修禊事也。”舞雩，指雩祭乐舞之坛，即雩坛（见《水经注·泗水》），在今山东曲阜市南。《论语·先进》侍坐章记孔子让诸弟子各言其志，曾点曰：“莫春者，春服既成，冠者五六人，童子六七人，浴乎沂，风乎舞雩，咏而归。”后用指优游乐道，不求仕进。　④长潭，村名。嘉靖《永嘉县志》卷一《隅厢乡都·永宁乡四十都》：“长潭。”上，《东瓯诗集》作“棹”。

【评】

戴蒙心性淡泊，不热衷宦途，有志于学。《东嘉先哲录》卷五《戴盐运》引戴仔《家传》，言曾以“弃官之志”质于文公（朱熹）和水心叶公（叶适）。“卒行其志……老于合溪之上，浩然也。”这仅存的两首七律，显现了他放任自在的乡居生活和坦荡心境。

合溪水阁

择胜移樽一笑同[①]，尘襟那得酒消融。平看飞鸟疏林外[②]，细数游鱼落沼中。尽日清光多是竹[③]，满怀凉思不因风。独惭登眺今头白，人自无言水自东。

【注】

合溪，作者家乡，在楠溪江沿岸。前诗《南溪暮春》云“家住南溪欲尽头”。

①择，《东瓯诗存》卷四作“揽”。　②疏，《诗存》作“过”。　③

多,《诗存》作“都”。

【评】

通体舒朗轻畅,七言俊调。前篇“菰蒲涨绿蛙专夜,树叶吹寒麦半秋”;此篇“尽日清光多是竹,满怀凉思不因风”,皆隽句。

卷　三

宋略三

赵师秀

赵师秀（1170—1220），原名汝淳，字紫芝，又字灵秀，也称灵芝，号天乐。宋宗室，南渡时迁徙永嘉（今温州）。早登科目，光宗绍熙元年（1190）中进士，授职江南东路金陵幕从事。宁宗庆元初调任上元县主簿，三年秩满还乡。后改任筠州（今江西高安市）推官。为官十载，沉沦下吏，宦途并不得志。晚年寓居杭州西湖，卒葬葛岭。

师秀为人洒脱不羁，戴复古谓为“东晋时人物”（《哭赵紫芝》），《西湖游览志》卷八称为“宕逸之士”。一生专力于诗道，“苦吟无宦情”（葛天民《简赵紫芝》），“精神尽在诗”（张侃《赵紫芝诗卷》），是四灵中最富才气成就最著的一位诗人。专精五律，风格简朴淡逸，多工炼之句，为世所称引；七言律抒怀寓慨，笔意深沉，也很见功力。葛天民云：“紫芝虽漫仕，五字已专城。”（《简赵紫芝》）推为五言律诗坛盟主（专城，专主一城，指州郡长官。此指主盟诗坛）。《宋史·刘宰传》载刘宰江宁县尉离任时，行囊中“惟箧藏主簿赵师秀酬唱诗而已”。刘克庄在他去世后乃至说：“世间空有字，天下便无诗。”（《哭赵紫芝》）可见在当日诗坛的崇高地位。传见《两浙名贤录》卷四六《文苑二》。今传《清苑斋诗集》存诗163首（含补遗）。

苏泂《泠然斋诗集》卷八《书紫芝诗后》：为爱君诗清入骨，每常吟便学推敲。明知篋笥篇篇有，百度逢来百度抄。

严羽《沧浪诗话·诗辩》："近世赵紫芝、翁灵舒辈，独喜贾岛、姚合之诗，稍稍复就清苦之风。江湖诗人多效其体，一时自谓之唐宗。"

范晞文《对床夜语》卷二："四灵，倡唐诗者也；就而求其工者，赵紫芝也。"

方岳《秋崖集》卷三八《赵景山村田集》："四灵清语不枯，秀语不迂，抑紫芝其尤也。续遗响于寂寥，发妙弹于孤旷，将从村田叟问之。"

《宋诗啜醨集》卷四《赵师秀》祖应世评："仆于南北两宋诗，古(体)推欧苏，七律首剑南，次石湖，五律则紫芝独步。"　又："四灵之诗，大都烹炼工苦，警秀绝伦，而此君尤为杰出。其与友人论诗云：'幸止四十字，若增一字，吾未如之何矣。'知言哉，此论也！"

陈焯《宋元诗会》卷四三《赵师秀》："叶水心评其诗：守格布词，不失唐风，而变化秀逸过之。观四灵诗如出一手，紫芝尤为之冠云。"

王雨丰《题四灵诗卷·赵师秀》："不愧称灵秀，诗人赵紫芝。科名惟薄宦，老大几相知。生就清癯骨，吟成冰雪姿。最怜工绝处，四十字吾师。"(《雪桥诗话》三集卷四引)

哀山民

忆君初病时，仓皇造君榻，知为寒所中，胫痺连左胛。蒋子丹有神[①]，三日能屈伸，五日扶杖立，十日行逡巡。于时数相见，谈娱靡曾倦。啜茶犹满瓯，改诗忽盈卷。君亦疑勿药，春和可为乐。仙家桃最红，同践天台约[②]。多愁积如山，令君心不闲。残疴故未去，涩啬肠腑间。岳僧有烈剂，倒箧得余惠，服之汗翻浆，事与东流逝。啼妻无完裙，弱子犹哀麋。诗人例穷苦，穷死更怜君。君如三秋草，不见一日好，根荄霜霰侵，萎绝嗟何早！哭君日无光，思君月照床；犹疑君不死，猛省欲颠狂。昨者君未疾，相过不论日。晴窗春剪蒲，寒炉夜煨栗。石阶苔藓中，犹有旧行踪。忧心不能寐，无梦得相逢。君诗如贾岛，劲笔斡天巧。昔为人所称，今为人所宝。石峰云有地，葬从朋友议[③]。须求侍郎铭[④]，难见山民字。平生翁与徐[⑤]，南去久无书；不知闻信后，涕泪当何如？写池烟水暮，宛是西川路。虚言楚客招，终感向生赋[⑥]。

【注】

宁宗嘉定四年（1211）悼徐照（山民）作。

①蒋子，蒋姓医师。 ②天台，天台山，在浙江天台县北。道教名山。 ③石峰二句，叶适《徐道晖墓志铭》："紫芝集常朋友殡且葬之，在塔山、林额两村间。" ④侍郎，指叶适。曾任兵部侍郎。叶为作《徐道晖墓志铭》。 ⑤翁与徐，指翁卷、徐玑。 ⑥楚客招，《楚辞》有《招魂》篇，汉王逸章句谓"宋玉怜哀屈原"，"魂魄散佚"。"故作《招魂》，欲以复其精神，延其年寿。"向生赋，指晋向秀《思旧赋》，为悼怀挚友嵇康作。

九客一羽衣泛舟，分韵得尊字，就送朱几仲

人生苦形役，不定如车辕[①]。况各异乡井，忽此同酒尊。此尊岂易同，意乃有数存。西湖雪未成，两山翠相奔。山根日照树，花

放林逋村[②]。野馔具蘼藿[③]，一饱厌百飧。有客何多髯，吐气邻芳荪[④]。慷慨念时事，所惜智者昏[⑤]。砭疗匪无术，讳疾何由论！北望徒太息，归欤寻故园。哆然黄冠师[⑥]，笑请子勿喧："东南守太乙，此宿福所屯。[⑦]"吾子且饮酒，酒冷为子温。

【注】

泛舟杭州西湖作，同游十人（九客一羽衣）。羽衣，道士之服。借称道士。朱几仲：朱复之，字几仲，号湛庐，建安（今福建建瓯市）人。宁宗开禧三年（1207）特奏名（见《福建通志》卷三五《选举志三·宋科目》），曾任军器监主簿兼权知惠州（见吴泳《鹤林集》卷九《朱复之授军器监主簿兼权知惠州制》）。理宗端平元年（1234）奉诏北行展谒洛阳八陵。刘克庄《后村诗话》前集卷二："建人朱复之字几仲。多才艺，为诗有思致。《初夏》云：'忽听夏禽三五弄，新红突过石榴枝。'《秋日》云：'红蕖老去羞明镜，推让朱荣上蓼梢。'"宋陈起编《江湖后集》卷十一录诗11首。

①形役，言为躯体所役使。陶潜《归去来兮辞》："既自以心为形役，奚惆怅而独悲？"车辕，引车前行的直木，左右两根，驾在牲口上。 ②林逋村，指西湖孤山诗人林逋隐居处。 ③蘼藿，蘼芜和藿香，可供食用。 ④有客多髯，当指朱几仲。几仲《谢张生见湛卢歌》："剑术空疏今罢休，家山何处越中瓯。欲谈往事浑亡是，喜得新诗替莫愁。"原注："晦庵赠诗有'江边艇子无莫愁'之句，故云。"荪，芳草。 ⑤智者，讽刺主政者。 ⑥哆（chǐ）然，张口笑貌。黄冠，道士之冠。借指道士。即题中所说之"羽衣"。 ⑦太乙，同"太一"，星名。《史记·天官书》"或曰天一"张守节正义："《星经》云：天一、太一二星主王者即位。"《朱子语类》卷二三：

“太一星是帝座，即北极也。以星神位言之，谓之太一；以其所居之处言之，谓之北极。太一如人主，极如帝都也。”宿（xiù），星宿。即指太乙星。二句大意说，东南位居太一帝座，瑞福之所在。这是道士以星相说为宋廷偏安东南作回护。

【评】

范大士《历代诗发》卷二八：“(砭疗二句) 古今同病，又一轩渠。(末二句) 淡得妙。”

杰曰：作者原籍汴京（《众妙集》署“汴人赵师秀紫芝编”），南渡时迁徙永嘉。“北望徒太息，归欤寻故园。”表达了强烈的怀念故国之情。他对统治集团偏安江左，抱残守缺，不图恢复的国策深为不满。“听说边头事，时贤策在和。”（《抚兰》）尚属委婉的讥讽。“慷慨念时事，所惜智者昏。砭疗匪无术，讳疾何由论！”慷慨陈词，已经是激烈地抨击了。

哭徐玑五首（选三）

君早抱奇质，获与有道亲[①]。微官漫不遇，泊然安贱贫。心夷语自秀，一洗世士陈。使其养以年，鲍谢焉足邻[②]。之一

【注】

宁宗嘉定七年（1214），即徐照逝后三年，徐玑继亡。良友相殒，哀恸悼作。

①有道，指叶适。四灵中，徐玑最得叶适爱赏，交往密笃。　②鲍谢，南朝宋诗人鲍照和谢灵运。

昔吾与君游，嫌疏不嫌数。自为贫窭驱，十载九离索。前年

会京都，勖我返林薄[①]。吾贫未得归，君死不可作！之二

【注】

①勖，勉励。林薄，《楚辞·九章·涉江》王逸注：“丛木曰林，草木交错曰薄。”指隐居之处。《晋书，束皙传》：“是士讳登朝而竞赴林薄。”

道晖爱江蓠[①]，吾子思单老[②]。生念死不灭，应会沅湘道。空山独灵舒，闭户守枯槁。风雪将岁阑，凋零此怀抱。之五

【注】

①江蓠，《楚辞》中常咏的香草。 ②单老，指单炜，字丙文，亦作“秉文”，号定斋，沅陵（今属湖南）人。书法家。周密《齐东野语》卷十二《姜尧章自叙》：“是时又有单炜丙文者，沅陵人，博学能文，得二王笔法，字画遒劲，合古法度，于考订法书尤精。武举得官，仕至路分。著声江湖间，名士大夫多与之交，自号定斋居士。与尧章投分最稔，亦韵士也。”徐玑书法师从单炜，叶适《送徐致中序》云：“徐致中在零陵，得单秉文笔法。”徐有《送单丙文先生归沅州》诗：“寸心长记面，不似隔他乡。”

【评】

前四句悼怀道晖、灵渊，五六转笔思念灵舒，末以风雪岁阑，凋零怀抱作结，总收全诗，极有章法。

杨柳塘寄徐照

因贫为远别，已是十三程。尽日行山色，逢人问地名。近书无便寄，新句与谁评？想尔寒宵雨，思予亦梦成。

【评】

颔联备见旅况无聊，倍添思怀。尾联从对面着笔，范大士谓"'亦'字关照两边"(《历代诗发》卷二八)。

舟行寄翁十

舟轻风色好，波面去迢迢。取尔诗重读，令吾病欲销[①]。江禽停晚树，涧水入秋潮。已觉怀人极，分携始一朝[②]。

【注】

翁十，翁卷排行第十，故称。

①取尔二句：诗能销病，徐照《赠朱道士》亦云"吟诗能愈疾"，皆可举例。　②分携，离别。言分别方始一日，思怀之情已到了极点。

冷泉夜坐

众境碧沉沉，前峰月正临。楼钟晴听响，池水夜观深。清净非人世，虚空是佛心[①]。却寻来处宿，风起古松林。

【注】

冷泉，在杭州灵隐飞来峰下，泉上有亭。《西湖游览志》卷十《北山胜迹》："冷泉亭，唐刺史元藇建，旧在水中，今依涧而立。冷泉二字乃白乐天所书，亭字乃苏子瞻续书，今亦亡矣。今扁盱江左赞隶书。"白居易《冷泉亭记》："吾爱其泉渟渟，风冷冷，可以触烦析酲，起人心情。"《后村千家诗》卷十六题《山寺》，作徐灵晖诗，误。

①空是，一作无见。

【评】

黄昇《玉林诗话》：赵天乐《冷泉夜坐》诗云："楼钟晴更响，池水夜如深。"后改"更"为"听"，改"如"为"观"。《病起》诗云："朝客偶知承送药，野僧相保为持经。"后改"承"作"亲"，改"为"作"密"。二联改此四字，精神顿异，真如光弼入子仪军矣。(《诗人玉屑》卷十九引)

方回《瀛奎律髓》卷十五："三四下一字是眼，中一字是眼之来脉。作诗当如此秤停。"　纪昀："就彼法论之，实是如此。"　许印芳："虚谷此说颇精，可备炼字炼句之一法。"(《瀛奎律髓汇评》卷十五引)

田汝成《西湖游览志余》卷十："赵师秀之旅寓杭州也，有终焉之志。其……《冷泉夜坐》诗 (本篇略)。"

冯班："四灵诗首尾多平，此篇最妙。"(《瀛奎律髓汇评》卷十五引)

查慎行《初白庵诗评》卷下："(三四) 妙句，从静中得。"

纪昀《瀛奎律髓刊误》卷十五："自然清妥，四灵诗之意境宽阔者。《诗人玉屑》谓'听'字初作'更'字，'观'字初作'如'字，后乃改定，便觉精神顿异。"　又《赋得池水夜观深》："此景原恒见，何人费苦吟。四灵追少监，自许嗣唐音。"(《纪文达公遗集》诗集卷十六)　杰按：少监指中唐诗人姚合，终官秘书少监。

《四库全书总目》卷一六二《清苑斋集》："其诗亦学晚唐，然大抵多得于武功一派，专以炼句为工，而句法又以炼字为要。如《诗人玉屑》载师秀《冷泉夜坐》(引略)。可以知其门径矣。"

杰曰：诗咏冷泉亭夜坐幽寂之境和参悟心得。如《玉林诗话》

所说，颔联两个字的确改得好。“更、如”不无勉强之感，稍欠自然；“听、观”起到了诗眼的作用，突出夜坐的自我体验，更能渲染夜深清冷幽邃的虚灵境界，给人以身临其境的感觉。《四库全书总目·清苑斋集》提要言其诗“专以炼句为工，而句法又以炼字为要”，举此为例，云“可以知其门径矣”，可见作者“验物切近”和“磨莹”不苟的作风。

赠张亦

相逢楚泽中，语罢各西东。天下方无事[①]，男儿未有功。边风吹面黑[②]，市酒到肠空。早作归耕计，吾舟俟尔同。

【注】

张亦，即张弋。有“策士”之名，四灵派诗人，与师秀交谊最笃。其《豫章寄紫芝》云：“一生江海恨，惟子最知余。”参见卷二翁卷《赠张亦》题注。

①天下句，作者《抚栏》云：“听说边头事，时贤策在和。” ②边风句，张端义《贵耳集》卷上记张弋：“颀然而长，面带燕赵色。”

【评】

在“罢兵”的妥协政策下，写出志士空怀报国豪情而不能建功立业的悲愤。后有同题之作云：“一别无书信，相逢各老苍。山川烽外远，岁月梦中长。空橐成诗草，单衣涴酒香。因言滚溪宴，同忆旧时狂。”岁月蹉跎，相逢老苍，已无复当年狂放激昂之豪怀矣。

秋色

幽人爱秋色，只为属吟情。一片叶初落，数联诗已清。瘦便藤杖细，凉觉葛衣轻。门外萧萧径，今年菊自生。

【评】

四灵诗主“清”，徐照云“偏思得句清”（《归来》），“诗清不怨贫”（《和潘德久喜徐文渊、赵紫芝还里》）。徐玑形容翁卷诗风云“花开野径清”（《书翁卷诗集后》）。此云“数联诗已清”，《简同行翁灵舒》云“必有新成句，溪流合让清”。“清”为四灵所标榜和追求的至高之境。

月夜怀徐照

月色一庭深，迢遥千里心。湘江连底见，秋客与谁吟？寒入吹城角，光凝宿竹禽。亦知同不寝，难得梦相寻。

【评】

师秀的律作“亦不专以镂刻字句见长”（《温州经籍志》卷二三《众妙集》按），集中有许多优秀篇什，表现了简朴淡逸的一面，这一层论者似乎注意不多。如上选《杨柳塘寄徐照》《舟行寄翁十》《秋色》及本篇，皆全体白描，通首如说白话，自然不费力，淡朴而有意味，是为四灵本色，多读不厌。

雁荡宝冠寺

行向石栏立，清寒不可云[①]。流来桥下水，半是洞中云[②]。欲住逢年尽，因吟过夜分。荡阴当绝顶，一雁未曾闻[③]。

【注】

雁荡，山名，在浙江乐清北部。主峰顶端洼地，苇草丛生成荡，秋雁常来栖宿，故名雁荡山。元李孝光《雁山十记·雁名山记》：“长老相传，绝顶上有大湖，冬春雁过入南海，常栖止其中，居人以为名。”宝冠寺，在雁荡山西外谷宝冠峰下，宋咸平四年僧全了建，熙宁赐额，雁山十八古刹之一。翁卷有同题作。

①不可云，难以言状。 ②流来二句：言桥下流水，多半是洞壑中云气凝降所生，凛冽逼人。承上具体写“清寒”之况。半，一作疑。 ③荡阴二句：大意说，(是山以雁栖得名，可现今立足宝冠寺）对着峰顶湖荡，却未曾听到宿雁鸣声。结末以致疑之辞回缴题目，写法不同寻常。冯舒谓“结欠紧健”，是未体味诗意也。

【评】

黄昇《玉林诗话》：“《宝冠寺》诗云：‘流来桥下水，半是洞中云。’用于武陵语也。武陵《赠王隐人》云：‘飞来南浦水，半是华山云。’”(《诗人玉屑》卷十九《赵天乐》引)

方回《瀛奎律髓》卷四七：“杜荀鹤：‘只应松上鹤，便是洞中人。’此三四亦相犯。五六有味。” 纪昀：“疑人化鹤有理，疑水为云却无理。此落套而又不善套，其病不止相犯也。” 杰按：如《玉林诗话》所云，师秀此联句调仿自于武陵诗，不涉杜荀鹤句，何来“相犯”？云化为水，本属自然现象，且先已见唐人咏句，不得指为“无理”，纪评理解欠当。

陈衍《宋诗精华录》卷四：“三四在四灵中，最为掉臂游行之句。” 又《石遗室诗话》卷十四：“苏堪平日论诗，甚注意写景，以为不易于言情，较难于叙事。所举名句，若柳州之‘壁空残月曙，门掩候虫秋。回风一萧瑟，林影久参差’。香山之‘一道斜阳铺水中，半江瑟瑟半江红’。王荆公之‘南浦辞花去，回舟路已迷。暗香无觅处，日落画桥西’。赵紫芝之‘行向石栏立，清寒不可云。

流来桥下水，半是洞中云’。皆各极超妙者。”

杰曰：师秀五言颇多秀练之句，为宋以来诗话家如张端义《贵耳集》卷上、贺裳《载酒园诗话·宋四灵》、宋长白《柳亭诗话》卷十所称引，如《桐柏观》：“瀑近春风湿，松多晓日青。”《秋色》：“一片叶初落，数联诗已清。”《岩居僧》：“一鸟过寒木，数花摇翠藤。”《谢耕道犁春图》：“野水寒初退，平林绿半敷。”《寄徐县丞》：“池成逢夜雨，篱坏出秋山。”《寄新吴友人》：“春至山疑长，江空雨似无。”（查慎行《初白庵诗评》卷下：“‘长’字下得新。”）皆是。

薛氏瓜庐

不作封侯念[①]，悠然远世纷。惟应种瓜事，犹被读书分[②]。野水多于地，春山半是云。吾生嫌已老，学圃未如君[③]。

【注】

薛氏：指薛师石，号瓜庐，四灵契友。师石性夷澹，好读书，不事功名，结庐郡城外南郊会昌湖（今温州市小南门外通往南塘的大湖）上，名曰瓜庐，灌园樵钓，诗书自娱，“日为文会”（赵汝回《瓜庐诗序》）。雍正《浙江通志》卷五十《古迹十二·温州府》：“瓜庐，《温州府志》：薛师石筑室会昌湖上，名曰瓜庐。赵师秀《薛氏瓜庐》诗（本篇略）。”四灵均有题咏，而以师秀此作最为出色。参阅本卷薛师石《瓜庐》题注。

①封侯，指入仕做官。　②惟应二句，咏其耕读生活。寻常语，被他用“惟应”“犹被”衔接，平添情趣。　③学圃，《论语·子路》：“樊迟请学稼，子曰：‘吾不如老农。’请学为圃，曰：‘吾不如老圃。’”马融注：“树五谷曰稼，树菜蔬曰圃。”

【评】

方岳《秋崖集》卷十《次韵赵佥为赵宰画"野水多于地，春山半是云"，盖宰之尊公诗也》："竹屋无人肯见过，寒云自傍钓船多。老仙更在云深处，奈此春山野水何。"

黄昇《玉林诗话》："天乐《送真玉堂》诗云：'每于言事际，便作去朝心。'用唐人林宽语也。林宽《送惠补阙》云：'长因抗疏日，便作去朝心。'《寄赵昌父》诗云：'忆就江楼别，雪晴江月圆。'用无可语也。无可《同刘升宿》云：'忆就西池宿，月圆松竹深。'《赠孔道士》诗云：'生来还姓孔，何不戴儒冠。'用姚合语也。姚合《赠傅山人》云：'悲君还姓傅，独不梦高宗。'《宝冠寺》诗云：'流来桥下水，半是洞中云。'用于武陵语也。武陵《赠王隐人》云：'飞来南浦水，半是华山云。'《瓜庐》诗云：'野水多于地，春山半是云。'亦用姚合语也。姚合《送宋慎言》云：'驿路多连水，州城半在云。'此类甚多，姑举一二，盖读唐诗既多，下笔自然相似，非蹈袭也。其间又有青于蓝者，识者自能辨之。"（《诗人玉屑》卷十九《赵天乐》引）　杰按：罗大经《鹤林玉露·诗犯古人》亦云："作诗者岂欲窃古人之语以为己语哉？景意所触，自有偶然而同者。盖自开辟以至于今，只是如此风花雪月，只是如此人情物志。"皆不失通达之论。

陈模《怀古录》卷上："近时永嘉赵灵秀、翁灵舒、徐灵晖、徐灵囦号为四灵，诗大率宗晚唐体。如'野水多于地，春山半是云。吾生嫌已老，学圃未如君'……此其好者。"

杨慎《丹铅总录》卷十二《史籍类·太白杨叛儿曲》："白乐天诗'人家半在船，野水多于地'；而姚合云'驿路多临水，人家半在云'；赵师秀曰'野水多于地，春山半是云'……此皆所谓披朝华而启夕秀，有双美而无两伤者乎？若夫宋人之生吞义山，元人之活剥李贺，近日之拆洗杜陵者，岂可同日而语！"（文渊阁《四库全书》本）

胡应麟《诗薮》外编卷五："宋末诸人学晚唐者，赵师秀'野水多于地，春山半是云'；徐道晖'流来天际水，截断世间尘'；张功父'断桥斜取路，古寺半关门'；翁灵舒'岚蒸空寺坏，雪压小庵清'，世亦称之。"

贺裳《载酒园诗话·宋四灵》："如'野水多于地，春山半是云'；'池成逢夜雨，篱坏出秋山'，固如《选》语。"

纪昀《瀛奎律髓刊误》卷三五："此首气韵浑雅，犹近中唐，不但五六佳也。"

《四库全书简明目录》卷十六《清苑斋集》："四灵皆以炼字为宗，而师秀才力稍富健。其诗如'楼钟晴听响，池水夜观深''朝客偶知亲送药，野僧相保密持经'，为徐照等所能；如'野水多于地，春山半是云''辅嗣《易》行无汉学，玄晖诗变有唐风'，则徐照等弗能也。"

张綦毋《潜斋集·留赠赵蔚斋》："野水春山入望时，一时名噪赵灵芝。"

陈衍《宋诗精华录》卷四："五六何减石屏之'渡旁渡''山外山'耶？上句似乎过之。"　杰按：戴复古《石屏诗集》卷四《世事》："春水渡旁渡，夕阳山外山。"

杰曰："野水"一联脍炙人口，"世尤以为佳"（《鹤林玉露》卷九）。其写江南春时野间山水胜景，历历如在目前，洵有传神之妙。难怪当时就被绘为画轴，诗人方岳为之赋咏。关于这联诗的句调出处，引起后人许多讨论。宋罗大经《鹤林玉露·诗犯古人》谓出于《文苑英华》所载“不作一处”的两句唐诗；黄昇《玉林诗话》谓本之姚合《送宋慎言》“驿路多连水，州城半是云”；元方回《瀛奎律髓》卷三五谓取自白居易仄韵古诗“人家半在船，野水多于地”（按《白居易集》卷十《早秋晚望兼呈侍御》：“人烟半在船，野水多于地”）。今谓：以“多”“半”作为对仗字的联句，诗家所习用。除上举例外，又如唐项斯《夜泊淮阴》“灯影半临水，筝声多在船”；四灵之一徐照《桂阳道中》“接洞多空地，居城半是兵”，亦皆是。师秀此联，上句取自白居易诗；下句与诗友徐照《溪行寄翁灵舒》“数夜仍无月，看山半是云”之韵句状景相似，未知孰先孰后，谁仿谁的，然虽仅差一字，而境界迥异。作者的成功处在善能汲取精华，经恰当组裁，生动地展现了一幅秀逸幽淡的江南山水图卷，创造出新的韵调和意境，给人们带来新的审美享受，可谓后来居上而得青蓝之胜。所以，明杨慎《丹铅总录·太白杨叛儿曲》举为点化旧句的成功诗例，赞称“披朝华而启夕秀，有双美而无两伤”，其与生吞活剥拆洗者不可同日而语。许印芳《诗法萃编·附录宋人杂说·附识》誉云：“上用香山语，下句配得妙……善写情状，可为后学楷模。”皆为允论。点化运裁前人成句，改造出新，为宋诗家常用的技巧和手法，也是古典诗词创作传统之一。

送徐道晖游湘水

春尽雨霏霏，春寒犹在衣。人寻香草去[1]，雁背远峰归。潇水添湘阔，唐碑入宋稀[2]。应知名与姓，题写遍岩扉。

【注】

①人寻句，屈原被谗放流沅湘，作《离骚》诸赋，多以香草为喻。　②潇水，湘江支流。此联句调仿自贾岛《送朱可久归越中》："吴山侵越众，隋柳入唐疏。"

【评】

刘克庄《后村诗话》前集卷二："李雁湖《悼亡》云：'一杯漫道愁能遣，几度醒来错唤君。'然元稹已云：'怪来醒后傍人泣，醉里时时错问君。'此犹是暗合。若四灵'唐碑入宋稀'，与唐人'隋柳入唐疏'之句，则是明犯。"

方回《瀛奎律髓》卷二四贾岛《送朱可久归越中》："'吴山、隋柳'一联，近乎妆砌大过。赵紫芝全用此联，为'潇水添湘阔，唐碑入宋稀'，殊为可笑。"

赠陈宗之

四围皆古今[①]，永日坐中心。门对官河水[②]，檐依绿树阴。每留名士饮，屡索老夫吟。最感书烧尽[③]，时容借检寻[④]。

【注】

陈宗之：陈起（？—1256），字宗之，号芸居，又号陈道人。钱塘（今杭州市）人。宁宗时乡贡第一，时称陈解元。他是当时的书商、编辑、出版家兼诗人，在首都临安睦亲坊开设书店，与当世诗家广有交往，编辑刊印多种《江湖集》，江湖诗派由此得名。据许棐《跋四灵诗选》，叶适编《四灵诗选》："芸居不私宝，刊遗天下。"方回《瀛奎律髓》卷四二云："睦亲坊卖书开肆，予丁未至行在所，至辛亥年凡五年，犹识其人，且识其子。今近四十年，肆毁人亡，不可见矣。"题一作《赠卖书陈秀才》。

①古今，指古今图籍。　②官河，指京杭运河。　③书烧尽，未详何谓。《瀛奎律髓》卷四二作"春烧尽"，纪昀曰："七句不解，疑是'秦烧尽'之讹。"但怎么系联到秦的焚书，亦令人不解。　④借检寻，借阅索检。陈起的书肆，亦供出借。张弋《夏日从陈宗之借书偶成》："案上书堆满，多应借得归。"

寄徐县丞

自尔为官去，吾扉亦返关①。池成逢夜雨，篱坏出秋山②。岁事登禾稼，朝纲去草菅③。题书寄漳水④，专俟好诗还。

【注】

徐县丞，指徐玑。时任漳州龙溪县（今福建龙海）丞。

①返关，回来关闭。作者《答徐灵囦》云"诸亲争笑罢官贫"，时罢职闲居。　②篱坏句，陈师道《从苏公登后楼》云："楼孤带清洛，林缺见巴山。"作者《筠州郡庠山序》"山阙见他峰"，措意取景略同。　③朝纲，指朝廷。陆游《谢台谏启》："某官望重朝纲，学通国体。"草菅，草茅。喻指草野之人。　④漳水，即漳江，流经漳州城西梁山下。

送翁卷入山

已送山民归旧庐①，子今复去我何如？渐成老大难为别，早占清闲未是疏。小雨半畦春种药，寒灯一盏夜修书。有人来问陶贞白，说与华阳何处居②？

【注】

当是送翁卷入居郡城西郊太平山（太平岭）作。翁有《太平山读书奉寄城间诸友》诗。

①山民，即徐照。 ②陶贞白，陶弘景。南朝齐梁间人，道教思想家、文学家。齐末辞官遁处句曲山（茅山），自号华阳隐居。卒谥贞白先生。这里拟比翁卷。

【评】

宋长白《柳亭诗话》卷十九《七言警句》："六朝骈俪之句，书不胜书，若七言则唐人独擅矣。使必祖唐而祧宋，是徒知大宗之主器，而不知旁支分亦有当璧之时也，其可乎？间摘数条，以附五言之例……赵紫芝《送翁卷》：'小雨半畦春种药，寒灯一盏夜修书。'"

杰曰：此云"小雨半畦春种药，寒灯一盏夜修书。"《移居谢友人见过》云："笋从坏砌砖中出，山在邻家树上青。"《再移居》云："地僻传闻新事少，路遥牵率故人多。"善能叙事咏景，皆为警策之联。

呈蒋薛二友

中夜清寒入缊袍，一杯山茗当香醪[①]。鸟飞竹叶霜初下[②]，人立梅花月正高。无欲自然心似水，有营何止事如毛。春来拟约萧闲伴，重上天台看海涛。

【注】

蒋薛，指蒋叔舆、薛师石。叔舆（1162—1223）字德瞻，字肖韩，永嘉人。叶适门人。历官华阳军推官、弋阳县令。薛师石，见前《薛氏瓜庐》题注。二人皆四灵派诗人。

①缊（yùn）袍，乱麻为絮的袍子。贫士所服。《论语·子罕》："子曰：衣敝缊袍，与衣狐貉者立，而不耻者，其由也与？"朱熹注："盖衣之贱者。"香醪，美酒。　②鸟飞，一作禽翻。

【评】

方岳《深雪偶谈》："梅花单题难工，尚矣。至以'梅花'二字置之五七言中，随其景趣，足而成律，尤为难工。……秋壑贾公《送朝客》颈联云：'梅花见处多留句，谏草藏来定得名。'圆妥优游，方之天乐《冬夜》颔联'禽翻竹叶霜初下，人立梅花月正高'，虽静独有境，或者以其短气。其他卷什，一无可摘。'自从和靖先生死，见说梅花不要诗。'斯语虽鄙，要未得为谑论。"

张端义《贵耳集》卷上："赵天乐，叶水心四灵之友也，名师秀，字紫芝。作晚唐诗。……《呈二友》云：'禽翻竹叶霜初下，人立梅花月正高。'"

方回《瀛奎律髓》卷十五："此等诗平正，近世人甚夸之，不深味乾淳以前所作耳，然尾句高洒。"　杰按：不深味，四库本作"不深甫"，李光垣校本作"乃深甫"，语均欠通。冯班云："乃当作不，甫当作味。"（《瀛奎律髓汇评》卷十五引）冯校是，今据改。

韦居安《梅磵诗话》卷中："赵紫芝天乐《呈蒋薛二友》诗云（本篇略）。全篇有潇洒自适之趣，第三句尤佳。惠崇《池上》诗云'禽还自动竹'，亦此意。盖霜落则禽寒，寒则翻身，写物之妙可见矣。"

贺裳《载酒园诗话·宋四灵》："《示友》（本篇略）。第二联神骨俱清，可谓脱西江尘土气殆尽。颈联却以酸语败群，真可痛惜，何怪为严羽所轻。"　黄白山评："（第二联）亦只下句工。"

冯舒曰："三联宋甚。"　许印芳曰："宋诗好作理语，此诗

五六亦然，好在不腐。”（《瀛奎律髓汇评》卷十五引）

纪昀《瀛奎律髓刊误》卷十五：“虚谷似不满此诗，然所赏如此诗者不少，大抵有门户之见在。”

杰曰：宋季江湖诗人胡仲参《寒夜作》有云：“门掩梅花月，禽翻竹叶霜。”王士禛《带经堂诗话》卷十举为“佳者”，而不知即取之赵联。

姑苏台作

何人可与话登临，徙倚危栏日又沉[①]。千古苍茫青史梦，一年迢递故乡心。天无雨雪梅花早，地有波涛雁影深。为是夫差旧台榭，愁来不敢越人吟。

【注】

姑苏台，一名姑胥台，在江苏吴县西南姑苏山上。春秋吴王阖闾始建，夫差重筑。汉袁康、吴平《越绝书》卷十二：“吴王（夫差）不听，遂受之而起姑胥台，三年聚材，五年乃成，高见三百里。行路之人，道死巷哭。”

①徙倚，徘徊。又，一作向。

【评】

范大士《历代诗发》卷二八：（三四）沉郁出以疏朗。

病起

身如瘦鹤已伶俜[①]，一卧兼旬更有零。朝客偶知亲送药，野僧相保密持经[②]。力微尚觉衣裳重，才退难儆笔砚灵[③]。惟有爱花心未已，遍分黄菊插空瓶。

【注】

作者晚岁寓居杭州作。

①身如瘦鹤，苏泂《简赵紫芝》云“鹤骨秋愈瘦”，戴复古《哭赵紫芝》云“瘦因吟诗苦”。 ②朝客，朝中同事。密持经，频频持诵经卷（以消灾厄）。 ③徼（yāo），通“邀”。求取。按：此处字当平声，不读jiǎo，作侥幸解。四库本作“邀”，是也。

【评】

《诗人玉屑》卷十九引黄昇《玉林诗话》（见前《冷泉夜坐》评引）。

方回《瀛奎律髓》卷四四：“此诗三四先云‘朝士偶知来送药，野僧相保为持经’，后乃改下‘亲’字‘密’字，亦诗法所当然也。但‘更有零’三字不佳。四灵学姚合、贾岛诗而不至，七言律大率皆弱格，不高致也。” 纪昀刊误：“改此三字，便不率易。中四句小样。” 杰按：“更有零”，“零”字固为凑韵；然谓“中四句小样”，似非允论。“朝客”联叙写相知者之关切和自己的感念情怀，是切身体验之辞，如《玉林诗话》所称誉的锤炼之句，不为“小样”。明李东阳《病中言怀长句》且用于集句（作“朝客偶知先送药”）。

冯班曰：“第六句稍劣。”（《瀛奎律髓汇评》卷四四引）

孤山寒食

二月芳菲在水边，旅人消困亦随缘。晴舒蝶翅初匀粉[①]，雨压杨花未放绵。有句自题闲处壁，无钱难买贵时船[②]。最怜隐者高眠地，日日春风是管弦[③]。

【注】

作者晚岁赁居杭州西湖,《借居湖上》云:“出仕归来贫似旧,借园偶近画桥居。”

①蝶翅,《瀛奎律髓》《东瓯诗续集》作“蝶羽”。纪昀曰:“蝶可云翅,不可云羽。” ②贵时船:二月游览旺季,船价自高,故云“无钱难买”。 ③末句一作时有山禽当管弦。

【评】

方回《瀛奎律髓》卷三九:“赵紫芝之恋恋西湖以终其生,钱塘诗人大率如此。当时升平,看人富贵,以一身混其中,亦不为大无聊也。”

田汝成《西湖游览志余》卷十《才情雅致》:“赵师秀之旅寓杭州也,有终焉之志。其《孤山寒食》诗云 (本篇略)。”

冯舒:“尚是治世闲写。”(《瀛奎律髓汇评》卷三九引)

纪昀《瀛奎律髓刊误》卷三九:“五六寒俭太甚。”

杰曰:写他晚年旅栖钱塘的闲散生活,流露出“当时升平,看人富贵”的无聊感叹。意怀不平,而语调平婉,纡徐有言外味。

秋夜偶成

此生漫与蠹鱼同[①],白发难收纸上功。辅嗣《易》行无汉学[②],玄晖诗变有唐风[③]。夜长灯烬挑频落,秋老蛩声听不穷[④]。多少故人天禄贵,肯将寂寞叹扬雄[⑤]?

【注】

此首见收本集拾遗,《瀛奎律髓》卷十五选录题作《秋夜偶书》。

①“漫”是随便、不加约束的意思。一作谩,义同。蠹鱼,书

籍中蛀虫。借指嗜书之人。此句说，这一生就这样漫不经心过去，沉浸于书籍中如同一条蠹虫。　②辅嗣，王弼字辅嗣，三国魏玄学家。易，《周易》。儒家重要经典，冠于群经之首。汉学，汉代经师讲解儒家经籍，注重章句训诂、名物考据，称为汉学。王弼摈弃汉儒传统，独以老庄思想解说《易经》，为时世所传承。《隋书·经籍志》："至隋，王注盛行，郑（玄）注浸微，今殆绝矣。"唐孔颖达《周易正义序》："惟魏世王辅嗣之注，独冠古今，所以江左诸儒并传其学。"《四库全书总目·周易注》提要："弼之所注，为后来言理之滥觞，赵师秀诗所谓'辅嗣易行无汉学'也。"　③玄晖，谢朓字玄晖（玄亦作元），南朝齐诗人。谢朓的诗清绮圆畅，音调谐协，对仗工整，已辟唐代近体诗之先河。宋唐庚《书三谢诗后》："诗至玄晖，语益工，然萧散自得之趣亦复少减，渐有唐风矣。"（《历代名贤确论》卷六三引）明钟惺、谭元春《古诗归》卷十三《谢朓》评："往往以排语写出妙思……业已浸淫近体。"按：陈傅良《止斋文集》卷四一《书种德堂因记陈仲孚问诗语》有云："仲孚问诗工所从始，余谓谢元晖。杜子美云：'谢朓每篇堪讽咏。'盖尝得法于此耳。"可知永嘉学者于诗推尊小谢，从见师秀此论亦渊源有自。以上两句说：王弼以玄理说《易》，其《周易注》流行天下，汉代经师讲《易》之学尽废；六朝诗至谢朓，变古为律，下开唐诗先声。　④蛩（qiòng），蟋蟀。一作虫。　⑤天禄，俸禄（官员薪给）。肯，岂。叹，赞叹。扬雄，字子云，西汉著述家，以文章名重当世。一生拓落不得志，历成帝、哀帝、平帝"三世不徙官"，好古乐道，不慕荣利。《汉书·扬雄传下》："哀帝时丁、傅、董贤用事，诸附离之者或起家至二千石。时雄方草《太玄》，有以自守，泊然也。"其《解嘲》有云"惟寂惟寞，守德之宅。”这句连上句说，那些天禄富贵的老朋友们，请问：难道你们会称叹沉沦中甘守寂寞的扬子云吗？引扬自比，守志不趋时俗。

【评】

王应麟《困学纪闻》卷十八《评诗》：“赵紫芝诗谓：‘辅嗣《易》行无汉学，玄晖诗变有唐风。’”

方回《瀛奎律髓》卷十五：“三四有议论，却不可以晚唐诗一例看，若如此推去尽高。” 纪昀：“三四婉而章，乃言习俗日趋卑靡，所以不合时宜，而难收纸上之功也。以为议论，则失之。” 许印芳：“三四全以议论见长，此宋人真面目，虚谷前评不错。如晓岚所解，其为议论益显矣，而又斥虚谷之评为非，可怪也。”（《瀛奎律髓汇评》卷十五引） 杰按：纪解颔联甚切，许评亦是。

惠栋《易汉学序》：“惟王辅嗣以假象说《易》，根本黄老，而汉经师之义荡然无复有存者矣。故宋人赵紫芝有诗云‘辅嗣《易》行无汉学，玄晖诗变有唐风’，盖实录也。”（《易汉学》卷首）

纪昀《瀛奎律髓刊误》卷十五：“结二句深婉有味，自古无人道，说来却平易近人。三四语特蕴藉。盖说经至辅嗣而妙，然义理胜而训诂荒；炼句至玄晖而工，然凋琢起而浑朴散。宋末实有此弊。”

《四库全书总目》卷一四八《谢宣城集》：“本传称朓长于五言诗，沈约尝云‘二百年来无此诗’。钟嵘《诗品》，乃称其‘微伤细密，颇在不伦。一章之中，自有玉石’。人称其‘善自发端，而末篇多踬’。过毁过誉，皆失其真。赵紫芝诗曰：‘辅嗣《易》行无汉学，玄晖诗变有唐风。’斯于文质升降之间，为得其平矣。”

《四库全书简明目录》卷十六《清苑斋集》（见前《薛氏瓜庐》评引）。

邵堂《论诗六十首·赵紫芝》：“‘辅嗣《易》行无汉学，元晖诗变有唐风。’四灵才调江湖近，论古无如二语工。”（郭绍虞等编《论诗万首绝句》第2册）

施补华《岘佣说诗》：“谢玄晖名句络绎，清丽居宗……唐人往往效之，不独太白也。‘玄晖诗变有唐风’，真确论矣。”

杰曰：师秀的七言律多抒怀寓慨之什，此作笔意深沉，尤见功力，可称精品。“辅嗣”联，用事精切，论议确当，含意蕴藉，表现了作者欲图摆脱习俗、独辟蹊径的意愿。末以诘问作结，称美扬雄，用表心志。

数日

数日秋风欺病夫，尽吹黄叶下庭芜[①]。林疏放得遥山出[②]，又被云遮一半无。

【注】

①庭芜，庭园中丛生的杂草。　②林疏句，唐刘长卿《江州重别薛六柳八二员外》有“淮南木落楚山多”语。

【评】

先是说，连日来的秋风“尽吹黄叶下庭芜”，很明显是在欺负病夫；接着说，待叶落林疏，满以为能望得见远山了，却无端又被云雾遮断。作者借秋景咏怀，抒写自己的萧索落寞意绪，通过人性化处理，委曲尽致。全篇从“欺、尽吹、放得、又被”着意，炼字而不露痕迹。

玉清夜归

岩前未有桂花开，观里闲寻道士来。微雨过时松路黑，野萤飞出照青苔。

【注】

玉清，《明一统志》卷四八《温州府·寺观》："玉清观，在府城西三十里，唐开元中建。"

【评】

"微雨"二句，作者善能捕捉刹那景象，刻画逼真。

池上

朝来行药向秋池[①]，池上秋深病不知。一树木犀供夜雨，清香移在菊花枝[②]。

【注】

①行药，也称行散，服药后行步以散发药性。《文选·鲍照〈行药至城东桥〉》唐刘良注："照因疾服药，行而宣导之。" ②木犀，桂花的一种。供夜雨，谓任由夜雨淋洗。此联承上句写病中不知的"池上秋深"变化之景：满树木犀经夜雨而花落香尽，枝头菊花散发着浓郁的芳芬。"供"字、"移"字都下得好。

【评】

刘克庄《后村诗话》前集卷二："建人朱复之字几仲，多才艺，为诗有思致。《初夏》云：'忽听夏禽三五弄，新红突过石榴枝。'《秋日》云：'红蕖老去羞明镜，推让朱荣上蓼梢。'赵紫芝'一树木犀供夜雨，清香移在菊花枝’之句，尤觉工致。”

白石岩

谁炷清香礼少君①，数声金磬梦中闻②。起来闲把青衣袖，裹得栏干一片云。

【注】

白石岩：白石山，亦称中雁荡山，在乐清市城西约15公里。其主峰玉甑峰，初名白石岩，亦称道士岩。岩踞山巅，迭巘端耸，莹洁如玉。“登此峰顶者，五更见日出如烘炉铸丸。”（弘治《温州府志·乐清县·白石山》）谢灵运有《白石岩下径行田》诗。

①少君，李少和，永嘉人。永乐《乐清县志》卷二《山川·白石山》：“宋太平兴国中，真华观道士李少和澄神辟谷，披荆棘，驱妖魅虎狼而居焉。”又卷八《仙释·李少和》：“宋淳化初，太宗召见……祥符六年，赐‘白石岩’额。”弘治《温州府志》卷三《乐清县·白石山》：“洞中有真人李少和像。” ②金磬，寺院中召集僧众的打击乐器，铜制。

【评】

苏泂《泠然斋诗集》卷八《忆紫芝》二首之一：“几度青衣裹白云，流传仙句世间闻。如今一去无踪迹，独自看云不见君。”

杰曰：后二句言身临绝顶，衣袖裹云，飘飘欲仙，极富浪漫情调。人人都曾有过此种经受，独被诗家俊笔写出。

再过吴淞

江边无处觅天随，又趁斜阳过渺弥①。远爱柳林霜后色，一如春至欲黄时[2]。

【注】

吴淞，吴淞江，太湖支流。

①天随：唐诗人陆龟蒙，号天随子。辞官归隐松江，放扁舟浮泛太湖间，歌诗自适。渺弥，浩茫旷远貌。　②远爱二句：言远望经霜后泛黄的柳林，跟在春天到来时萌绿的景象，是同样的可爱。咏秋景绝不萧瑟，即“不似春光，胜如春光”意。

山路怀翁卷

困尝苦茗不论杯，天气才晴又有雷。寂寞小亭看草坐，晚风时复堕青梅。

【评】

“晚风时复堕青梅”，闲坐体验所得，惟静境静心始能觉察。

约客

黄梅时节家家雨[1]，青草池塘处处蛙。有约不来过夜半，闲敲棋子落灯花[2]。

【注】

师秀住温州郡城南门外（参见卷二徐玑《述梦寄赵紫芝》注②），本篇当是他家居时所咏。

①黄梅，成熟变黄的梅子。农历四五月，江南梅子黄熟，时阴雨连绵，称黄梅雨。胡仔《苕溪渔隐丛话》后集卷十七引《东皋杂录》：“唐人诗有‘楝花开后风光好，梅子黄时雨意浓。’”家家，犹言处处。　②有约，《诗人玉屑》卷十九引作“约客”。灯花，灯芯

的馀烬有如花形，故称。古人以为灯花爆起火星儿，便有好消息来。杜甫《独酌成诗》：“灯花何太喜，酒绿正相亲。”宋吴儆《偶成》有“稍与灯花寻旧约”句，言对灯花寻思前时相约的朋友。这句极写候客不至的无聊况味。《唐宋千家联珠诗格》卷一[朝鲜]徐居正等注：“有约不来，夜已过半，敲棋子而落灯花，则其相思无尽之意可想。”

【评】

吴泳《鹤林集》卷三二《答罗嗣贤书》：“霜月之夜，细敲棋子，空落灯花，怀我良朋，莫适其愿。”

魏庆之《诗人玉屑》卷十九《赵天乐》引《柳溪近录》：“天乐诗（本篇略）。意虽腐而语新。”

于济、蔡正孙《唐宋千家联珠诗格》卷一：“此诗脍炙人口，世喧诵之。”

钱钟书《宋诗选注》：“陈与义《夜雨》‘棋局可观浮世理，灯花应为好诗开’。就见得拉扯做作，没有这样干净完整。”

杰曰：这是选入《千家诗》并被称为“浑然天成”的名作。试比较贾岛《宿杜家亭子》：“床头枕是溪中石，井底泉通竹下池。宿客未眠过夜半，独闻山雨到来时。”也是写雨夜独宿闲寂的感慨，但在氛围渲染、细节描写和情感表达上，没有赵诗的生动有致富感染力。

【附考】

关于“黄梅时节家家雨”

宋胡仔《苕溪渔隐丛话后集》卷十三《醉吟先生》云：“‘梨花一枝春带雨’‘桃花乱落如红雨’‘小院深沉杏花雨’‘黄梅时节

家家雨'，皆古今诗词之警句也。予尝欲作一亭子，四面皆植花一色，榜曰'四雨'，岂不佳哉！"

按：胡仔"四雨"云云，寻其渊源，实启自王安石"四雨字"诗句的品评。宋李颀《古今诗话·四雨字》："王荆公尝云：'梨花一枝春带雨''桃花乱落如红雨''珠帘暮卷西山雨'，皆不及'院落深沉杏花雨'，含不尽意于言外也，故曰四雨字。"李颀《古今诗话》今佚，据郭绍虞《宋诗话考》中卷之下，"其时代当在北宋之季"。此则见载宋朱胜非《绀珠集》卷九，宋阮阅《诗话总龟》前集卷六、宋曾慥《类说》卷五六、宋张镃《仕学规范》卷三八引录略同。宋陈善《扪虱新话》上集卷二《诗评乃花谱》也有"四雨字句"的述说。可见荆公此说，在当时传诵很广，胡仔不可能不知道。

不过，传本《渔隐》将"珠帘暮卷西山雨"易以"黄梅时节家家雨"，却是出了问题。胡仔《序苕溪渔隐丛话后集》作于"丁亥中秋日"，丁亥即宋孝宗乾道三年（1167）；其时"黄梅时节家家雨"的作者"永嘉四灵"之四赵师秀尚未出世[师秀生于乾道六年（1170）]，胡氏纂著《后集》怎么可能欣赏引援师秀的诗句？其中必当有误。廖德明《苕溪渔隐丛话·后集》"黄梅时节家家雨"下校云："宋本、徐钞本此句作'梅子黄时雨'。"（人民文学出版社1984年，排印本，第97页）当可据从。检宋蔡正孙《诗林广记》卷八李贺《将进酒》引"胡苕溪云"此句正作"梅子黄时雨"，可为佐证。"梅子黄时雨"为北宋贺铸《青玉案》词中名句。原引前三均诗句，此为词句，与胡言"皆古今诗词之警句"，亦相对应。清吴景旭《历代诗话》卷五一《唐诗·四雨》引《渔隐丛话》作"梅子黄时日日雨"，未详所据。

赵师秀《约客》诗，不仅编在《清苑斋诗集》，并见载宋人诸选本，如佚名《诗家鼎脔》卷上（专收南渡后诗家作）、谢枋得《千家诗》卷上、于济蔡正孙《唐宋千家联珠诗格》卷一等，魏庆之《诗人玉屑》卷十九（引《柳溪近录》）亦见援录，其为师秀作确定无疑。明李蓘《宋艺圃集》卷十四选为王令诗（题作《有约》）；明俞弁《山樵暇语》卷一、清马国翰《买春诗话》举为"温公"（司马光）诗，皆误引无据。

北户

晓开北户得新晴，木末犹横一两星[①]。满地绿苔看不见，细花如雪落冬青[②]。

【注】

此首本集不载，见《诗渊》（第5册第3416页）引。《宋诗纪事补正》卷八五《赵师秀》引佚句"满地"联，按云："《名言》卷四谓此诗为任斯庵作。"今谓：当以《玉林诗话》所引、《诗渊》所载为准。《玉林诗话》特比较任斯庵"一树冬青落细花"与赵师秀"细花如雪落冬青"句，其判分至为明确。《名言》是把任斯瘫、赵师秀两家不同的诗句混淆了，不足据。

①木末，树木末梢。"横"字用得好。　②满地二句，陈与义《与智老天经夜坐》有云："坐到更深都寂寂，雪花无数落天窗。"后句变化用之。

【评】

黄昇《玉林诗话》："杜小山诗：'寻常一样窗前月，才有梅花便不同。'苏召叟诗：'人家一样垂杨柳，种在宫墙自不同。'二联一意。任斯庵诗：‘了无公事钩帘坐，一树冬青落细花。’赵紫芝诗：‘满地绿苔看不见，细花如雪落冬青。’意亦相似。不知孰先孰后，其优劣必有能辨之者。”（《诗人玉屑》卷十九《杜小山》引）

杰曰：诗写：新晴打开北窗，借着黯淡的星光，借着满地绿苔的映衬，看见如雪珠般散落的冬青细花。通篇摄取瞬间的景象，能于幽微处刻画，体悟细入，透露了诗人触处延赏、闲适恬淡的情怀。

交青岭

路向秋峰顶上分，晓云峰下白纷纷。渐行渐入云生处，满目西风不见云①。

【注】

此首本集及补遗均不见，《全宋诗》亦失收，兹自《唐宋千家联珠诗格》卷十三选录。

①渐行二句：言行入云层深处，唯觉西风凛冽，看不到云团。

【评】

《唐宋千家联珠诗格》卷十三蔡正孙评释：“此得山行之趣，真有所见者。下三句皆就‘云’字贯串，是一格。”

曹　豳

曹豳（1170—1249），字西士，小字潜夫，号东畎（畎亦作甽），瑞安来暮乡曹村（今曹村镇）人。曹叔远族子，钱文子门人。宁宗嘉泰二年（1202）进士，历任秘书监丞、浙西提举常平、浙东提点刑狱。理宗嘉熙元年（1237）召为左司谏，在朝与王万、郭磊卿、徐清叟“俱负直声，当时号‘嘉熙四谏’”（《宋史》本传）。以论事忤旨，出知福州兼福建安抚使。守宝章阁待制致仕，年八十卒，谥文恭。

曹豳论诗主“淳音淡泊，自有余韵”（《瓜庐集跋》）；所奖赏的是“若淡然无味，而思之未尝不悠悠有得”之作（刘宰《漫塘集》卷二四《书修江刘君诗后》）。刘克庄说他“律体精切帖妥，拍姚、贾之肩”，是与四灵同趣；但又不满足于四灵，其言“兴到何拘江浙”（“江”指江西派、“浙”指四灵派），不囿派别，表明视野要加开阔。但从他现今留存的作品来看，见不出“诗学江西”的迹象。据其子曹怡老所撰《曹豳墓志》，著有“奏议讲义二十卷，诗歌杂句六十卷”；乾隆《温州府志》卷二七著录《玉泉集》二十卷，皆佚。今仅存文1篇、诗13首、词2首。事见《曹豳墓志》、《后村大全集》卷一四四《曹公神道碑》、《瓯海轶闻》卷十六《曹文恭公豳》。传见《宋史》卷四一六《曹叔远传》附、雍正《浙江通志》卷一六二《名臣》。

翁卷《送曹西士宰建昌》：“名山皆在望，应费好诗评。”

戴栩《浣川集》卷一《送西士之南康》：“只听留行语，难工送别诗。清才今少比，循吏古为师。”

刘克庄《后村大全集》卷一一《用曹帅侍郎韵》：“曹侯书满腹，非以剑防身。马上檄犹速，橐中诗不贫。”　又卷九八《曹东畎集序》：“诗直公余事尔，他人为之，有欲呕心肝者、断数髭而成五字者。公古风调悒流丽，得元、白之意；律体精切帖妥，拍姚、贾之肩，非若小家数然。”

陈世崇《随隐漫录》卷五：“宋坦斋谓曹东亩（畎）曰：‘君生

永嘉，诗学江西？’曰：‘兴到何拘江浙。’‘然则四灵不足学欤？’曰：‘四灵诗如啖玉腴，虽爽不饱；江西诗如百宝头羹，充口适腹。’” 杰按：玉腴，鱼鳔。可食。宋吴自牧《梦粱录》卷十六《分茶酒店》食件有“鱼鳔二色脍”。

王士禛《分甘余话》卷三：“曹东亩（畎）论诗曰：‘四灵诗如啖玉腴，虽爽不饱；江西诗如百宝头羹，充口适腹。’余谓此齐人管晏之见耳。四灵如袜材，窘于方幅；江西以山谷为初祖，然东坡云：‘鲁直诗如啖江瑶柱，多食则发风气。’”

【附考】

曹豳“号东畎”辨。

据1952年瑞安曹村出土曹豳之子曹怡老撰《宋故通议大夫宝章阁待制永嘉县开国伯食邑七百户赠宜奉大夫曹豳墓志》：“曹公讳豳，字西士，一字潜夫，世居温之瑞安许峰，人称曰东畎先生。”（见《文史》第三十辑）曹豳《瓜庐诗集跋》，文末署“淳祐丙午夏五东畎老人曹豳题”（见清顾修读画斋重刻《南宋群贤小集》第十九册薛师石《瓜庐诗集》卷首），是为明证。宋陈起编《江湖后集》卷十四收录刘植《喜曹东畎迁大理寺簿》诗；黄昇《花庵词选》续集卷九小传“曹西士，名豳，号东畎”（四库全书本）；元盛如梓《庶斋老学丛谈》卷中云“曹东畎赴省”，亦皆可证。其余如《宋诗拾遗》卷二一、《东瓯诗集》卷四、弘治《温州府志》卷十一小传并是不赘。

东畎，亦作“东甽”。“畎、甽”异体同字。宋武衍《藏拙余稿》有《谢曹东甽跋唫卷》（陈起编《江湖小集》卷九四）诗，刘克庄《后村大全集》卷九八《曹东甽集序》称“故待制文恭东甽曹公”（四部丛刊初编本），《宋诗纪事》卷五九“豳字西士，号东甽”。

他书或作“东亩”或“东畆、东畮”（皆“东畝”之异体）者，并传写之误。如宋陈世崇《随隐漫录》卷五“宋坦斋谓曹东畆曰”（涵芬楼《宋人小说》本）；元韦居安《梅磵诗话》卷下“东畝曹西士豳”（《历代诗话续编》，中华书局，1983年版）；明杨慎《升庵集》卷六一《薛沂叔守岁词》“曹东畝、刘后村饶为之‘那’”（四库全书本）；清朱彝尊《词综》卷十六“曹豳，字西士，号东畝”（中华书局，1975年版，影印康熙裘抒楼刊本）；王士禛《带经堂诗话》卷二《评驳类》“曹东畝论诗曰”（人民文学出版社，1982年版。四库全书本《分甘余话》卷三同）；《历代诗余》卷一一八引《词筌》“又小说载曹东畝赴试”（四库全书本），俱以讹传讹，失于辨察。

“甽”与“亩”，音义均不同。《广韵》：“甽，姑泫切；亩，莫厚切。”《国语·周语下》：“或在甽亩。”韦昭注：“下曰甽，高曰亩。亩，垄也。”

五灵院

尚欠劳生债[①]，重来古寺眠。敲门时应客，落石夜闻泉。春去少蝴蝶，山深多杜鹃。细书如案牍，独自坐灯前。

【注】

据《曹豳墓志》：“嘉定元年四月，授湖州州学教授，未赴，丁内外艰。嘉定十二年，就差重庆府司法参军。”宁宗嘉定元年（1208），曹豳因母、父继亡，未赴任在家守孝。至嘉定十二年（1219）始复出就职，闲居十余年。本篇当作于此段时间。五灵院，在瑞安城西45里许峰山，作者家乡附近。弘治《温州府志》卷十六《寺观·瑞安县》：“五灵瑜珈寺，在来暮乡，唐咸通建。翼以两桥，亭曰潭风、曰浮丹，景最幽胜。曹东甽尝读书于此。”

①尚欠句，言此生之劳役犹未了尽。劳生，语本《庄子·大宗师》："夫大块载我以形，劳我以生。"

【评】

姜准《岐海琐谭》卷五："宋礼部侍郎谥文恭曹西士豳，小字潜夫，号东圳（畎）。丁内外艰，聚徒于里之五灵院。有诗云（本篇略）。"

题括苍冯公岭二首（选一）

村南村北梧桐角[1]，山后山前白菜花。莫向杜鹃啼处宿，楚乡寒食客思家[2]。之二

【注】

此诗始见《唐宋千家联珠诗格》卷五，题《冯公岭》。《宋诗纪事》卷五九据《梅磵诗话》过录，拟作本题（列第二首）。括苍，处州（今浙江丽水）古名括苍。冯公岭，亦名桃花岭，在浙江缙云县西南。崎岖盘曲，长五十里，称为"郡北之锁钥也"。《明一统志》卷四四《处州府·山川》："冯公岭，在缙云县西二十里，一名木合岭。宋杨亿以比蜀之栈阁，诗云'征途泝木合'。"雍正《浙江通志》卷二一《山川·处州府缙云县》："冯公岭，《栝苍汇纪》：善士冯大杲所凿。"

①梧桐角，卷梧桐叶作牛角状，用以吹奏。亦称桐角。元王祯《农书》卷十三《农器图谱三·钁锸门》："梧桐角，浙东诸乡农家儿童，以春月卷梧桐为角吹之，声遍田野。前人有'村南村北梧桐角，山后山前白菜花'之句，状时也。则知此制已久。"附有图示。林景熙《桐角》元章祖程注："楚间山家每季春截桐皮卷而吹之，

谓之桐角。”宋九山书会《张协状元》戏文第十九出：“梧桐角响炊烟起，桑柘芽长戴胜飞。”案：《梅磵诗话》过录作“梧桐树”，诗意大减，《宋诗纪事》《东瓯诗存》及《全宋诗》从之皆为失当。　②寒食客思家：寒食清明，有祭扫祖茔的习俗，乡思更切。

【评】

九山书会《张协状元》戏文第二十三出：“(白)‘村南村北梧桐角，山后山前白菜花’。这般天气，情人不见。”

《唐宋千家联珠诗格》卷五蔡正孙评释：“(梧桐角)‘角’字新，言桐叶尖如角。(后二句)客中闻鹃，思乡之心愈切。”

韦居安《梅磵诗话》卷下：“括苍冯公岭，延袤数十里，其高插天。山之颠有半山庵，乃往来驻足之地，壁间留题甚多。东亩(畎)曹西士豳布衣时经过，题两绝于壁云(引略)。后西士出藩入从，仕路通显，庵僧模字锓板，揭之楣间。”

春暮

门外无人问落花，绿阴冉冉遍天涯[①]。林莺啼到无声处，春草池边独听蛙[②]。

【注】

此诗始载刘克庄《唐宋时贤千家诗选》卷一，《宋诗纪事》卷五九过录题作《暮春》。

①冉冉，《宋诗拾遗》卷二一、《东瓯诗集》卷四作“渐渐”。　②春，《宋诗拾遗》《宋艺圃集》卷十四作“青”。边，《宋诗纪事》《东瓯诗存》卷七作“塘”。

【评】

群芳谢落而绿树浓郁，林莺啼歇而池蛙起鸣，通过景和物的转换尽显暮春风光，充满活力。四句诗两两相对，句法错综变化，一气浑成。

送春

红紫吹成陌上尘，欲留春住苦无因。一般情绪两般恶[①]，半送行人半送春。

【注】

此篇始见《唐宋千家联珠诗格》卷十九（署名“曹东耕”，耕为畊之误）；《岐海琐谭》卷五引录题作《春暮》，《东瓯诗存》卷七同。

①一般，一样。恶，难受。《世说新语·言语》：“谢太傅语王右军曰：中年伤于哀乐，与亲友别，辄作数日恶。”

【评】

《唐宋千家联珠诗格》卷五蔡正孙评释：“（后二句）春与人俱别，意味诚有可恶。”　徐居正等增评：“此言春花红紫已成陌上之尘，虽欲留春，奈如何哉？今以一般怀抱，而有两般之恶者，盖送春兼送人故也。”

孙锵鸣《东嘉诗话》：“东畊七绝风致绝佳，已从《宋诗纪事》中录出数首。《岐海琐谭》又载其《春暮》一绝云（本篇略）。”

杨柳

春至风花各自荣，就中杨柳最多情。自从初学宫腰舞，直至飘绵不老成[①]。

【注】

此篇始见《唐宋千家联珠诗格》卷九（署名“曹东耕”，耕为畎之误），《宋诗纪事》卷五九据《诗林万选》、《全宋诗》卷二八五一据《诗渊》录同。

①宫腰，指女子的细腰。《韩非子·二柄》：“楚灵王好细腰，而国中多饿人。”杜甫《绝句漫兴九首》之九：“隔户杨花弱嫋嫋，恰似十五儿女腰。”绵，指柳絮。

【评】

《唐宋千家联珠诗格》卷五蔡正孙评释：“（前二句）借花以形柳。（后二句）言柳条娇柔，常如少妇之态，亦有讽意。”

咏缘竿伎

又被锣声送上竿，这番难似旧时难[①]。劝君着脚须教稳，多少旁人冷眼看[②]。

【注】

理宗端平元年（1234）作。据周密《齐东野语》卷八《曹西士上竿诗》载：“赵南仲以诛李全之功见忌于赵清臣，史揆每左右之，遂留于朝。其后恢复事起，遂分委以边阃。赴镇之日，朝绅置酒以饯。适有呈缘竿伎者，曹西士赋诗云（本篇略）。未几，师果不竞。”赵葵（南仲）是南宋后期名将，抗金有战功。《宋史·赵葵传》：“端平元年，朝议收复三京（东京开封、南京商丘、西京洛阳）。葵上疏请出战，乃授权兵部尚书、京河制置使、知应天府南京留守兼淮东制置使。”曹豳这时居朝任秘书监丞兼仓部郎官，《曹豳墓志》：“（绍定）六年十一月除秘书丞。端平元年正月兼吴益王府教授，寻兼仓部郎官。”在官员们为赵将军出征河南举行的送饯会上，作者看到艺人演出缘竿杂技，有感而赋此作。诗写得含蓄又巧妙，婉而有讽，表现了诗人爱国忧国之心和对投降派的谴责。结果，因急于开战求胜，粮运不继，而“所复州郡皆空城，无兵食可因”。（《宋史·赵葵传》）“蒙古兵又决黄河寸金淀之水以灌南军（宋军），南军多溺死”（《续资治通鉴》卷一六七），遂溃败。这证明了作者的告诫和忧虑不是多余的。

①又被二句：意思说，在一片喝彩声中出师最要冷静谨慎，因为不同往时，这回面向的敌人是比金兵还难对付的蒙古军（是年正月蒙古灭金）。这，《宋诗纪事》《东瓯诗存》作“者”，义同。 ②旁人冷眼看，指斥朝中投降派冷眼相看，幸灾乐祸。北宋夏竦《观藏珠》诗：“主公当面无因见，只怕旁人冷眼看。”

【附记】

《四库全书总目》卷一九六《宋诗纪事》言：“五十九卷据《齐东野语》载曹豳《竿伎》诗作刺赵南仲，九十六卷又载作无名子刺贾似道……失于考证。” 杰按：《宋诗纪事》卷九六载无名子《绝句》：“收拾乾坤一担担，上肩容易下肩难。劝君高著擎天手，多少傍人冷眼看。”注：“《古杭杂记》：‘理宗庚申，贾似道初入相，时有人作诗云云。’”两诗辞句有所不同，后作末句取用曹诗；《宋纪》分录之，并无不妥。

辞职至括苍岭

老去那能作谏臣，圣恩宽大许抽身。今朝岭上冲风雪，犹胜蓝关策马人①。

【注】

理宗嘉熙元年（1237）任左司谏，以论事忤旨，去职还乡过括苍岭作。《曹豳墓志》："嘉熙元年二月除左司谏，四月兼侍讲；七月除起居郎，兼职依旧；八月除权尚书礼部侍郎。凡七疏，辞免丐归。"《宋史·曹豳传》："召为左司谏，与王万、郭磊卿、徐清叟俱负直声，当时号'嘉熙四谏'。上疏言立太子、厚伦纪，以弭火灾。又论余天锡、李鸣复之过。迕旨，迁起居郎，进礼部侍郎，不拜。疏七上，进古诗以寓规正。"括苍岭，即冯公岭。见前《题括苍冯公岭二首》注。

①蓝关策马人，指韩愈。唐宪宗遣使迎释迦佛骨入宫，韩愈上表切谏反对，被贬潮州。贬途作《左迁至蓝关示侄孙湘》有云："云横秦岭家何在？雪拥蓝关马不前。知汝远来应有意，好收吾骨瘴江边。"蓝关，即峣关，今陕西蓝田境内。策马，弘治《温州府志》引作"度岭"。

【评】

弘治《温州府志》卷十一《宦业·宋曹豳》："至括苍，赋诗云(本篇略)。辞气裕如也。"

杰曰：曹豳立朝刚正，因论事罢免，而不以进退为怀，气度从容。较之韩昌黎"雪拥蓝关"凄然伤感之言，襟怀更见豁达。

陈　揆

陈揆，字居端，亦字幼端①，永嘉人。登光宗绍熙四年（1193）

进士，弘治《温州府志》卷十三《科第·宋》言“中经魁”。历高邮军（今江苏高邮）曹掾官，终湖南提点刑狱司干办公事。薛师石《送高邮周主簿兼呈陈居端》云：“乡人在曹职，相答为诗情。”四灵派诗人。今存诗1首，见《宋诗拾遗》卷十七、《东瓯诗集》卷三。

①《宋诗拾遗》卷十七、《东瓯诗集》卷三均作“字幼端”。《东瓯诗存》卷四、光绪《永嘉县志》卷十一《选举志一》作“字幼瑞”，瑞为端形近讹。孙衣言《逸老丛谈》：“陈居端，名揆，亦曰幼端，亦曰君端。”又按：《宋史》卷四三四《吕祖谦传》：“赐名《皇朝文鉴》，诏除直秘阁。时方重职名，非有功不除，中书舍人陈揆驳之。”此“中书舍人陈揆”，别是一人，非居端。

王绰《薛瓜庐墓志铭》：“永嘉之作唐诗者，首四灵……继诸家后，又有徐太古、陈居端、胡象德、高竹友之伦，风流相沿，用意益笃。”

即事

谁家庭院冷萧萧，闭却朱门不许敲[①]。惟有东风藏不得，隔墙露出杏花梢。

【注】

①闭，《东瓯诗存》卷四作“闲”。

【评】

后二句颇有思致，然较诸同时稍后叶绍翁《游园不值》“春色满园关不住，一枝红杏出墙来”，用意略同，而措辞造句自有工拙之别。

鲍　埜

鲍埜[①]（约1171—？），元陈世隆《宋诗拾遗》卷十："鲍埜，字份甫，号鳌川，永嘉城南人。"父鲍潚（1141—1208），字清卿，累官朝散大夫知融州，叶适《水心集》卷十六有《朝散大夫主管冲佑观鲍公墓志铭》。鲍埜宁宗嘉定元年（1208）任兴化县尉，五年（1212）任宁德县尉，十一年（1218）任黄岩盐场押袋官（盐官）。埜有《送周子静分教桂阳》诗，周端朝（1172—1234）字子静，嘉定四年（1211）登第任桂阳军教授。

埜与其父潚俱研精禅学，叶适称曰："清卿与埜持论，月迈岁往，性现根熟，一旦昭彻，情识俱尽，机鐍洞照，时出颂偈，迥脱常语。"（《水心集》卷十七《刘夫人墓志铭》）。埜著有《宗记》，叶适为作序，谓："佛学繇可（慧可）、至能（慧能）自为宗，其说蔓肆数千万言，永嘉鲍埜删择（禅宗）要语，定著百篇。"（《水心集》卷十二《宗记序》）其书已佚。《前贤小集拾遗》卷四录诗3首，《宋诗拾遗》卷十录诗1首，今存诗4首。

①鲍埜，《宋诗纪事》卷六十据宋陈起《前贤小集拾遗》卷四作"鲍壄"，同一人。"埜、壄"皆"野"之异体字。另，弘治《温州府志》卷十三《科第·宋淳熙辛丑黄由榜》："鲍楙，永（嘉），终建平令。"嘉靖《永嘉县志》卷六《选举志·宋进士科》"淳熙辛丑"、雍正《浙江通志》卷一二六《选举四宋进士·淳熙八年辛丑》、光绪《永嘉县志》卷十一《选举志一》"淳熙八年辛丑"载同。今谓：此永嘉人鲍楙别是一人，非鲍埜，不当混同。楙，《说文》："木盛也。

从林，矛声。”《汉书·律历志》颜师古注：“楙，古茂字。”其与“埜”字音义并异。又，《全宋诗》第50册卷二六七五收鲍埜、第72册卷三七七〇复收鲍鳖川，误分为二人。

仰止亭

昔年曾此恋青山，几度秋风入梦寒。想得玉岑回合处[①]，夕阳依旧满朱阑。

【注】

据宋陈起《前贤小集拾遗》卷四录。仰止亭，在瑞安城北北湖。陈傅良《止斋集》卷七《和沈仲一北湖十咏·仰止亭》：“可爱南山与北山，北山上有斗芒寒。碧云归尽人何在，更卷朱帘到夜阑。”据叶适《水心集》卷十七《沈仲一墓志铭》，沈仲一名体仁，瑞安人，师从陈傅良，寄情诗书，不事举业，卒葬“北湖马奥山”。嘉庆《瑞安县志》卷一《舆地·湖》：“北湖，在城北里许。源出集云山，众流潴焉。”是陈诗所咏“北湖”即瑞安城北之北湖。又按：雍正《浙江通志》卷五十《古迹十二温州府下》：“仰止亭，万历《温州府志》：在瑞安县仙岩，邑令高宾为陈止斋建。”此为瑞安仙岩之仰止亭，明时修建，与此咏之仰止亭不处同一地方。

①玉岑，称秀丽的山峰。

【评】

鲍埜存诗不多，然如此咏辞气隽拔，意度不凡。他如《赠遇上人》：“野寺同听水，春山独看云。”《送周子静分教桂阳》：“遥想凭高处，岳云千万层。”亦皆隽句。

卢祖皋

卢祖皋（1174—1224），字申之，又字次夔，号蒲江，又号菊涧，永嘉人。其《木兰花慢》词序有“先君买屋蒲江”语，是居东郊蒲江（今温州市区东片之蒲洲），因以自号[①]。宁宗庆元五年（1199）26岁中进士，任池州教授，转吴江县（今江苏苏州市吴江区）主簿。嘉定十一年（1218）后入朝，历仕主管刑工部架阁文字、秘书省正字、著作郎兼权司封郎中、军器少监，终官权直学士院（以他官暂行翰林院中文书，谓之权直），故称卢直院、卢玉堂。卒于官，葬杭州西湖九里松。事见《瓯海轶闻》卷二八《文苑·卢祖皋》，《两浙名贤录》卷四六《文苑二》、雍正《浙江通志》卷一二六《文苑》有传。

祖皋少孤而自立，姻亲中最得舅父楼钥关爱诲导，岳父钱文子、表兄王楠相与提携。其交游颇广，前辈友有叶适、许及之、孙应时、刘过、韩淲，同辈友有魏了翁（同年）、永嘉四灵、戴栩、薛师石、苏泂、赵汝回、赵汝腾、戴复古、周文璞等，晚年与诗僧居简过往甚密。善作制诰文字，其供值北门草诏，“抒思泉涌，号为称职”（《东嘉姓谱》）。戴栩以之媲美乡前贤陈傅良、蔡幼学：“俨先陈而后蔡，粲紫橐之相辉。”（《浣川集》卷十《乡祭卢直院文》）

祖皋早年喜为乐府（词），后始肆力于诗。他的诗意度清越，幽澹而思深味长，颇得时贤称许，叶适《赠卢次夔》云：“家住东郊深，能诗人共寻。”刘过《除夜寄卢菊涧祖皋》云：“见说卢夫子，诗成手自书。”所著《蒲江诗稿》已佚，然流传好诗多为宋元诗话家所称引。今编《全宋诗》第54册辑存13首。他的词属姜夔婉约一派，音律谐协，韵调圆美，成就更高。《疆村丛书》辑录《蒲江词》一卷（96首）。

①明杨慎《词品》卷四将“蒲江”附会为四川邛州蒲江县，云“卢申之名祖皋，邛州人”；明曹学佺《蜀中广记·诗话记四》、乾隆《蒲江县志》、嘉庆《四川通志》皆沿袭之，并误。清朱彝尊《词综》卷十七云：“卢祖皋，字申之，永嘉人。一云邛州人。”王奕清《历代诗余》卷一〇六《词人姓氏》：“卢祖皋，字申之，永嘉人。楼钥之甥。一云本邛州人。”亦皆失考。详拙著《宋元明温州诗话》，厦门大学出版社，2020年版，第183页，注①。

孙应时《烛湖集》卷十《卢申之〈蒲江诗稿〉序》：“妙年取进士第。辞藻逸发，如水涌山出。见予于吴中，不鄙定交。申之喜为乐府，予曰不如诗之愈也，申之即大肆其力于诗。居三年，寄《蒲江诗稿》一编，读之郁然其春，若时禽之高下，而众芳之杂袭也；洒然其秋，若风露之清高，而山川之寥朗也。澹兮如幽人处士，自足于尘埃之外；俨兮如王孙公子，相命于礼乐之间也。窈兮其思之深，悠兮其味之长也。盖申之天分自高，而用心尤苦，洞视古今作者，神交而力角之，不惬其意不止，非余子碌碌新有诗声者比也。”

王绰《薛瓜庐墓志铭》：“永嘉之作唐诗者，首四灵。继灵之后，则有刘咏道、戴文子、张直翁、潘幼明、赵几道、刘成道、卢次夔、赵叔鲁、赵端行、陈叔方者作。”

黄昇《花庵词选续集》卷八《宋词·卢申之》：“楼攻媿先生之甥，赵紫芝、翁灵舒诸贤之诗友。乐章甚工，字字可入律吕，浙人皆唱之。有《蒲江词稿》行于世。”

《四库全书简明目录》卷二十《蒲江词》：“与永嘉四灵游，故颇工于诗，然其诗传者不多。”

孙锵鸣《东嘉诗话》：“蒲江乃赵紫芝、翁灵舒诸贤诗友，耳濡目染，故其诗皆婉约可诵。”

雨后得月小饮怀赵天乐

梅天此夜稀，嘉月弄光辉。不饮强呼酒，欲眠重启扉。语高惊鹤睡，坐久见鸟飞。想见湖居友，扁舟不肯归。

【注】

录自《东瓯诗集》卷四。赵天乐，即赵师秀。卢祖皋为四灵派诗人，与四灵中翁卷、赵师秀并有唱酬，诗格相近。翁有《送卢主簿归吴》诗，赵有《卢申之载酒舟中分韵得明字》诗。

闲行

春风入小畦，数日绿阴齐。把酒寻花饮，将诗就壁题。鹅儿啄嫩草，燕子集新泥。望见垂杨好，闲行过水西。

【注】

《全宋诗》据《永乐大典》卷八六二八引《江湖集》录。

【评】

清真质朴，与物浑然无间，颇得舒与闲适之趣。

舟中独酌

有酒无人可共斟，扁舟终日载孤吟。山川似旧客怀老，天地何如春事深[①]。风入平湖寒滚滚，鸟啼芳树绿阴阴。幅巾不受红尘触，每一郊行一赏心。

【注】

据《东瓯诗集》卷四录。

①何如，《贵耳集》卷上、《诗渊》第2册作“何言”。

【评】

张端义《贵耳集》卷上：“有《舟中独酌》诗：‘山川似旧客怀老，天地何言春事深。’……余领先生词外之旨。”

孙锵鸣《东嘉诗话》：“《贵耳集》又载其《舟中独酌》句云：‘山川似旧客怀老，天地何言春事深。’语尤弥警。‘春事’句即‘时行物生’之意，理语妙能不腐。”

玉堂有感

两山风雨故留寒，九陌香泥苦未干[①]。开到海棠春烂漫，担头时得数枝看。

【注】

录自《宋诗拾遗》卷十九。当是宁宗嘉定十六年（1223）官权直学士院时作。玉堂，宋翰林学士院别称。《汉书·李寻传》“玉堂之署”王先谦补注引何焯曰：“汉时待诏于玉堂殿，唐时待诏于翰林院。至宋以后，玉堂遂并蒙翰林之号。”

①九陌，汉长安城中九条大路。泛指都城大道。

【评】

张端义《贵耳集》卷上：蒲江卢申之祖皋，貌宇修整，作小词纤雅，曰《蒲江集》。曾为《玉堂有感》诗（本篇略）。有《舟中独酌》诗：“山川似旧客怀老，天地何言春事深。”《松江别》诗：“明月垂虹几度秋，短篷长是系人愁。暮烟疏雨分携地，更上松江百尺楼。”余领先生词外之旨。

松江别

明月垂虹几度秋[1]，短篷长是系人愁[2]。暮烟疏雨分携地，更上松江百尺楼。

【注】

录自《宋诗拾遗》卷十九。《唐宋千家联珠诗格》卷十四题作《饮别》，蔡正孙评释："时饮别于松江楼。"松江，吴淞江。苏州河上游，太湖支流。

①垂虹，垂虹桥，在江苏苏州市吴江区东吴淞江上，宋仁宗庆历八年修建。桥长约五百米，"环如半月"，形似卧虹，故名。《方舆胜览》卷二《平江府·桥梁》："垂虹桥，在吴江县，即利往桥。东西千余尺，用木万计。前临具区（太湖），横绝松陵，湖光海气，荡漾一色，乃三吴之绝景。桥中有亭曰垂虹。" ②人，《唐宋千家联珠诗格》作"诗"。

【评】

张端义《贵耳集》卷上（见前篇评引）。

《唐宋千家联珠诗格》卷十四蔡正孙评释："（短篷长是系诗愁）下字老。"

杰曰：以往日明月长桥（吴江垂虹桥）共游乐事，映衬今时暮烟疏雨短篷将发，通过场景对比，渲染分携之际的别愁离绪。

庙山道中

粉黄蛱蝶绕疏篱，山崦人家挂酒旗[①]。细雨嫩寒衫袖薄，客中知是菊花时。

【注】

庙山，在钱塘县（杭州）南。《方舆胜览》卷一《临安府·山川》：“庙山，在钱塘县南七十里，突出江心，潮势至此方杀。”

①山崦，山岭。

【评】

韦居安《梅磵诗话》卷中：“蒲江卢申之祖皋之《庙山道中》(本篇略)。语意清新，颇能模写村居景趣。”

俞弁《山樵暇语》卷三：“吴聿《观林诗话》记无名氏《题江上客店粉壁》云：‘一江春水碧揉蓝，船趁归潮未上帆。渡口酒家赊不得，问人何处典春衫？’《梅磵诗话》载卢申之《道中》云（本篇略)。予见唐人杜俨《客中》云：‘书剑催人不暂闲，洛阳羁旅复秦关。客颜岁岁愁边改，乡国时时梦里还。’三诗善写羁旅牢落之状。”

杰曰：后二句说，细雨带来寒意，行途中感觉身上衣衫单薄，才知道时候已届深秋。从“菊花”“衫袖薄”以见节候变化和客途中的感慨，较诸唐鲍溶《泊扬子岸》“客衣今日薄，寒气近来饶”的直接表述，尤觉婉曲工致。

酴醾

雪颗云条一架春[①]，酒中风味梦中闻[②]。东风不是无颜色，过了梅花合许君[③]。

【注】

本篇为卢祖皋咏物名作，传布中多有异文，今合校《唐宋时贤千家诗选》卷九、《唐宋千家联珠诗格》卷十三、《全芳备祖》前集卷十五、《宋诗纪事》卷五八、《广群芳谱》卷四二、《东瓯诗存》卷七诸书，择善而从。

酴醾，晚春开花。《广群芳谱》卷四二《酴醾》："花青跗红萼，及开时变白，带浅碧，大朵千瓣，香微而清。盘作高架，二三月间烂熳可观。……本名荼蘼，一种色黄似酒，故加'酉'字。"宋崔鶠《酴醾依柏引蔓上冒其颠》："春风亦已老，自厌丹采媚。独留白雪花，洒此千尺翠。"

①雪颗，酴醾花白色。或作"霜颗"，《唐宋千家联珠诗格》卷十三徐居正等增注："雪颗，言花蕊。云条，言枝条。" ②酒中风味，宋人以酴醾花薰酒，称酴醾酒。宋朱翼中《北山酒经》卷下有《酴醾酒》。作者《水龙吟 · 赋酴醾》词："老去情怀，酒边风味，有时重见。"味，或作"度"，与"闻"字不应。梦中闻，言其芳馨独有，像是在梦幻之中。闻，闻香之闻。 ③不是，不以为是，不看好的意思。无颜色，白居易《长恨歌》："回眸一笑百媚生，六宫粉黛无颜色。"合许，或作"便到"，或作"直到"，或作"便是"。按"便到、直到、便是"，语嫌直露，不取。君指酴醾。

【评】

《唐宋千家联珠诗格》卷十三蔡正孙评释："以梅况酴醾，亦善于题品者。"

杰曰：诗说：眼前酴醾盛开满架春色，像是酴醾酒散发着清醇芳香，又像是在梦境。东风不会眷顾没有姿色的花朵，梅花开过了合当让你展现芳容。咏酴醾继梅花而开，艳压群芳。后二句以洁雅的梅花来衬比酴醾，境地绝高。通篇笔情摇曳，意韵深婉。宋人绝重酴醾，题咏甚夥，此作和北宋韩维同题什“平生为爱此香浓，仰面常迎落架风。长恐春归有遗恨，典刑元在酒杯中”，同称名品。

读书

细字灯前老不便[①]，小斋新冷夜无眠。数声墙竹萧萧雨，一缕铜炉淡淡烟。

【注】

录自释居简《北磵诗集》卷五《卢蒲江雪夜约同值省中，出示〈采菊〉〈读书〉〈煎茶〉〈种橘〉四诗，索危秘书诸名胜同赋》附。居简次韵和作：“梼葵负腹愧便便，偶上蓬莱借榻眠。梦过子云还问字，梦醒龙液冷无烟。”

①便，读pián，平声入韵。

种橘

小擘枝头满袖香，累累秋实正宜霜。每来长是移时去，为尔风流似故乡[①]。

【注】

录同前。居简次韵和作：“青压低枝欲破香，秋迟风燥未曾霜。枳蕃江北令人笑，更试仙山与道乡。”

①作者故乡温州，盛产柑橘，宋时是柑橘之乡。

【评】

见橘怀乡，素朴简淡的诗句，透出一片浓浓的乡情。

陈　埴

陈埴（1176—1232），字器之，号潜室，永嘉人。父烨（民表），为叶适所敬重之水心村友邻，《水心集》卷二五有《陈民表墓志铭》。器之少师叶适，后从学朱熹于武夷，所见超卓。登宁宗嘉定七年（1214）进士，历丰城县主簿、湖口县丞。理宗绍定间，江淮制置使辟为干办公事，兼明道书院主讲席，四方学者从游数百人。以通直郎致仕。弘治《温州府志》卷十《理学》有传，事见《宋元学案》卷六五《木钟学案》。今传《木钟集》十一卷。《东瓯诗存》卷八录诗1首。

孙诒让《温州经籍志》卷十四《潜室陈先生木钟集》案："潜室先生为朱门高弟，《木钟集》皆与门人问答语，大都阐述师说。然其学颇渊博，如礼乐算及汉唐制度，莫不该贯，文亦雅驯，无语录家鄙俚之语。"

南雁山

千峰历罢寄山窗，酒力诗狂总未降。月白洞门花落尽，天空华表鹤飞双。崖边瀑雪寒侵梦，涧底笙箫冷韵腔。且喜懒残煨芋熟[①]，不妨久话共秋缸[②]。

【注】

南雁山，南雁荡山，在平阳县西部，峰峦洞壑，雄奇壮秀，有西洞、东洞、云关、月牖等景观。

①懒残：唐衡岳寺僧明瓒，性疏懒而"好食僧之残食"，人称懒残。李泌避难居寺中，知非常人，中夜往谒。"瓒正发牛粪火，出芋啖之……取所啖芋之半以授焉。"谓曰："慎勿多言，领取十年宰相。"后果居相位。见宋赞宁《宋高僧传》卷十九《唐南岳山明瓒传》。这里泛指寺僧。 ②缸，灯。

薛师石

薛师石（1178—1228），字景石，号瓜庐，永嘉人。薛氏世居郡城梯云坊（今鹿城区大高桥）。曾祖薛弼，曾任岳飞军幕参谋官（相当今参谋长），终敷文阁待制。祖薛叔渊，登进士第。族祖薛季宣，常州知州；薛叔似，端明殿学士。岳丈木待问，历官礼部尚书。师石出身世宦名家，而性夷澹，好读书，乃心物外，不事功名，结庐温州城外会昌湖上，灌园樵钓，诗书自娱。日举文会，与朋好酌古今，谈笔墨。善楷法，尤工篆隶，求书者填门。传见弘治《温州府志》卷十《艺文》、雍正《浙江通志》卷一八二《文苑五》。

师石与叶适、陈谦（水云）、卢祖皋（次夔）、葛无怀（天民）等并有往还，与四灵聚吟唱和最密，集中酬赠诗计13首。所著《瓜庐诗》（一名《瓜庐集》）存诗百余首，表现他卧隐灌钓的生活和伴游赋吟情趣，所谓"多肥遁之辞"（刘植语）。从风格说，与四灵同一门派，又小有差异。同时诗家多称美语，如赵汝回《瓜庐诗序》言其“独主古淡，融狭为广，夷镂为素”，于四灵外“自成一家”。曹豳《瓜庐诗跋》谓其终身隐约，不与世接，故所作比四灵还要清淡，“始看若易，而意味深长”。具体而论，所谓“融狭为广”，能将方幅由狭小引向广阔，殊未见其然，是溢美了；所谓“夷镂为素”，不用刻琢而归于素朴，殆或近之，较为切合。《四库全书总目》提要言其“方地视四灵稍弱，而耕钓优游，以诗自适，意思萧散，不似四灵之一字一句刻意苦吟，故所就大同而小异也。”所说大致不差。要而言之，师石诗学陶（潜）韦（应物），而未臻其境。其诗淳音素澹，出乎自然，是为佳处；然有时不免枯瘠，稍乏韵致，亦少工炼之句，不似四灵多名篇警语也。其“大同小异”在此。

赵汝回《瓜庐诗序》：“水心先生既啧啧叹赏之，于是四灵之名天下莫不闻。而瓜庐翁薛景石，每与聚吟，独主古淡，融狭为广，夷镂为素，神悟意到，自然清空，如秋天迥洁，风过而成声，云出而成文。间谓：四灵君为姚贾，吾于陶谢韦杜何如也？夫古诗三百，不过比兴，然上下数千年间，骚人文士望而知其难拟之而弗似矣。四灵陋晚唐，不为语不惊人不止，而后生常则其步趋謦欬，扬扬以晚唐夸人，此人所不悟也。然则景石脱颖而出，自成一家，真知机之士哉！”

赵希迈《题瓜庐诗》：“景石悟简恬于群动，续雅正于千古，声调所寄，不假斧凿。世评其诗，如陶彭泽、梅都官。盖人品同，夷澹同，所发者自不能异也。”　　杰按：梅都官，指梅尧臣。

刘植《瓜庐诗跋》：“瓜庐耕钓于会昌湖上，隐然古君子，融液群书，于世味澹无所羡，故于诗多肥遁之辞，舒性情之正，得象外之趣，酌绳尺之严，想其人晋宋人也，读其诗止于唐可乎？”

王汶《瓜庐诗跋》：“君最爱刘长卿诗，余一日偶问姚贾如何？则曰：‘某自爱此，何论姚贾。’后十年，复过之，则手翻口诵，一以杜老为师矣。且时时为余言诗，唯恐其不空远，空易到，远难及。余洒然识其所谓。今是集所编，大概趣极澹，意极元，句法极精妥，霜松雪柏，虽不以葩卉自命，然虬枝直上，势摩霄汉，人不得不仰而视也。信然，其名家哉！余犹记其《游雁山》有‘半洞容千佛，诸峰共一云’；《石桥》有‘泉涌龙须跃，山灵鸟不来’之句，而是编乃独逸，何邪？”

曹豳《瓜庐集跋》：“余读四灵诗，爱其清而不枯，淡而有味。及观瓜庐诗，则清而又清，淡而益淡，始看若易，而意味深长，自成一家，不入四灵队也。盖四灵诗，虽摆脱尘滓，然其或仕或客，未免与世接，犹未纯乎淡也。若瓜庐则终身隐约，不求人知，其所为诗，若淳音淡泊，自有余韵，其分数又高矣。此水心先生之所称赏，而诸灵之所推逊而待以别席也。”

王绰《薛瓜庐墓志铭》：“永嘉之作唐诗者，首四灵。继灵之后，则有刘咏道、戴文子、张直翁、潘幼明、赵几道、刘成道、卢次夔、赵叔鲁、赵端行、陈叔方者作；而鼓舞倡率，从容指论，则又有瓜庐隐君薛景石者焉。”

《四库全书总目》卷一六二《瓜庐诗》：“卷首有赵汝回序，称其每与四灵聚吟，‘独主古淡，融狭为广，夷镂为素，神悟意到，自然清空’。今观其诗语多本色，不似四灵以尖新字句为工，所谓‘夷镂为素’者，殆于近之。至于边幅太窄，兴象太近，则与四灵同一门径，所谓‘融狭为广’者，殊未见其然。盖方地视四灵稍弱，而耕钓优游，以诗自适，意思萧散，不似四灵之一字一句刻意苦吟，故所就大同而小异也。荆山刘植跋称其‘多肥遁之词’，斯言谅矣。”

《四库全书简明目录》卷十六《瓜庐诗》：“师石与四灵倡和，其诗大致相类，而襟度夷旷，不似四灵之雕锼。”

孙诒让《温州经籍志》卷二二《薛氏师石瓜庐诗》按：“瓜庐诗学于徐道晖，《水心文集》八有《薛景石兄弟问诗于徐道晖请使行质以子钱界之》诗。而其所作，乃与四灵体格小异，在永嘉诗派中与赵东阁皆能另辟蹊径者。”

瓜庐

近来有新趣，买得薛能园[①]。疏壤延瓜蔓，深锄去草根。花时长载酒，月夜正开门。最识田家乐，辛勤更不言。

【注】

温州市区西南大湖，温瑞塘河北段自小南门外通向南塘称南湖，向西至新桥河称西湖。南湖、西湖合称会昌湖，为唐武宗会昌四年（844）郡守韦庸重浚疏凿，因以得名。会昌湖上风光妍丽，自宋以来多名胜古迹，其中一处名曰“瓜庐”，是隐遁江湖的四灵派诗人薛师石居室。赵汝回《瓜庐诗序》：“景石名家子，多读书，通八阵八门之变，乃心物外，至忘形骸。筑庐会昌湖西，灌瓜贴树，篘醇击鲜，日为文会。”雍正《浙江通志》卷五十《古迹十二温州府下》：“瓜庐，《温州府志》：薛师石筑室会昌湖上，名曰瓜庐。”师石请陈谦书额（有《谢陈水云寄惠瓜庐字》诗），叶适亦曾过访（有《水心先生惠顾瓜庐》诗），四灵俱有题咏之什，皆写其超然尘外亦耕亦读的乐趣。师秀传诵千古的名句“野水多于地，春山半是云”，就是以瓜庐周围会昌湖的胜景为蓝本摹写的。

①薛能园，中唐诗人薛能耽诗，日赋一章为课。这里举以自比。

【评】

曹庭栋《宋百家诗存》卷三三《瓜庐集》："与四灵倡酬最密，四灵俱有题瓜庐诗。徐照云：'自钼畦上草，不放手中书。'赵师秀云：'野水多于地，春山半是云。'徐玑云：'因看瓜吐蔓，识得道心长。'翁卷云：'洲暖烟藏树，波寒月照鱼。'摘观此数句，瓜庐翁闲雅之致，可于言外识之。"

渔父词（七首选二）

邻家船上小姑儿，相问如何是别离。双堕髻，一弯眉，爱看红鳞比目鱼[①]。之二

【注】

《渔父词》，乐府旧题，出于《楚辞·渔父》。《乐府诗集》卷八三《渔父歌》："若张志和《渔父歌》，但歌渔者之事。"

①比目鱼，《尔雅·释地》："东方有比目鱼焉，不比不行。"《本草纲目·鳞四·比目鱼》："比，并也。鱼各一目，相并而行也。"常用以比喻相伴不离的情侣。

夜来采石渡头眠，月下相逢李谪仙[①]。歌一曲，别无言，白鹤飞来雪满船。之六

【注】

①采石，采石矶，亦名牛渚矶，在安徽当涂县西北，山体突入长江中。李谪仙，李白。洪迈《容斋随笔》卷三《李太白》："世俗

多言李太白在当涂采石，因醉泛舟于江，见月影俯而取之，遂溺死。”

【评】

词旨清新，通俗活泼，别具民歌的风调。

题南塘薛圃

门对南塘水乱流，竹根橘底自成洲[1]。中间老子隐名姓，只听渔歌今白头[2]。

【注】

南塘，见卷二翁卷《南塘即事》题注。薛圃，即所居瓜庐。

①底，通“柢”，树根。　②后二句言自己遁迹村野，不求人知。作者《谢陈水云寄惠瓜庐字》云：“吾向村中住，无人知姓名。”《戊子七月十一日》云：“瓜田常默坐，不愿有人知。”展示他绝交势利，淡泊无营的心境。

和梅氏西涧韵

此处宜新月，开门亦向西。近江潮有信，初种树犹低。何日寻梅隐[1]，移船系柳堤。诗篇满窗户，留壁待余题。

【注】

①梅隐，指隐居西涧之梅氏，暗用汉梅福隐迹市门事。

喜翁卷归

我老寡俦侣，年荒值冬迫。膝下有啼寒，瓶下无储积。岂不展转思，自欠经营策。儒冠匪谬误，赋性素褊窄。渊明疑夙世[1]，荷锄心便适。嗟余四友朋，惊见三化魄[2]。一翁尚凄凉[3]，六秩困行役。家贫病难愈，诗苦发全白。昨来叩我门，偶往比邻宅。闻语亟倒屣④，已去倏无迹。知君怀百忧，虽出难久客。从今幸安居，况有旧泉石⑤。清晨过穷庐，竟夕话畴昔。逝者已云远，相期守枯瘠。

【注】

据王绰《薛瓜庐墓志铭》，薛卒于绍定元年（1228），年五十一。薛诗云"我老寡俦侣"，又云"相期守枯瘠"。此诗当是他四十六岁[嘉定十六年（1223）]至五十岁[宝庆三年（1227）]期间所作，翁时已届六旬。

①夙世，前世。 ②四友朋，指四灵。三化魄，徐照[卒于嘉定四年（1211）]、徐玑[卒于嘉定七年（1214）]、赵师秀[卒于嘉定十三年（1220）]已然逝亡。 ③一翁，指翁卷。方回《瀛奎律髓》卷二三翁灵舒《春日和刘明远》批语："四灵中翁独后死，然未能考其没在何年。" ④倒屣，倒穿了鞋子。状急出迎客。《三国志·魏志·王粲传》："时邕才学显著，贵重朝廷……闻粲在门，倒屣迎之。" ⑤"况有旧泉石"数句，叶适《翁灵舒诗集序》："君头发大半白。旁县田一顷，蛙鸣聒他姓。城隅之馆，水石粗足，而不能居也。"

【评】

三灵化魄，穷老寡俦，挚友远道归来过访之喜和心期相守的怀抱，娓娓叙来，弥见真情。

寄题赵十四知县听雨堂

谁弹石上琴，涓涓流水响。主人性清旷，静夜逾幽想。何心指蓬阆，取近对湫荡①。应有可人来，烟蓑曳双桨。

【注】

题“听雨堂”，从《江湖小集》卷七三《瓜庐集》、《御选宋诗》卷二二，四库全书本《瓜庐集》、《两宋名贤小集》卷三五〇《瓜庐诗》作“听雪堂”。按，诗云“谁弹石上琴，涓涓流水响”，作“雨”为是。

①蓬阆，蓬莱、阆苑。传说中神仙居处。泛指仙境。湫荡，四库本《瓜庐集》《两宋名贤小集》作“秋荡”。

寄题赵紫芝墓

辛未联诗别[①]，九年成恍惚。大星坠地旋无光，君身入土名不没。吴越之水相交流，寂寞诗魂何处游。不闻孤鹤唤人醒，空见梅花似人影[②]。无复东岩招谢客，应住西湖伴和靖[③]。世上如今一句无，一灵独存势欲孤[④]。我有生刍来未得，只愁宿草易荒芜[⑤]。

【注】

赵师秀（紫芝）卒于嘉定十三年（1220），本篇作于是年。赵紫芝墓，在杭州西湖。苏泂《泠然斋诗集》卷八《忆紫芝》题下注：“五月二日葬于西陵宝严寺山。”刘克庄《后村大全集》卷三《答汤升伯因悼紫芝》：“寂寞西湖三尺墓，谁携斗酒一浇之。”句下注：“有中贵人葬紫芝于西湖之上。”田汝成《西湖游览志》卷八《北山胜迹·葛岭·赵紫芝墓》：“卒，葬于此。刘后村吊诗有‘尽出香分妓，惟留砚付儿’之句。”

①辛未，即嘉定四年（1211）。　②空见句，赵师秀《呈蒋（肖韩）薛（师石）二友》诗有“人立梅花月正高”句。作者《会宿赵紫芝宅》云：“促席坐添火，推窗立看梅。”《怀赵紫芝》云：“为忆

城南清瘦友，寒宵梦里见梅花。” ③东岩，东山，即温州城内华盖山。弘治《温州府志》卷三《山·永嘉县》：“华盖山，又名东山，在郡东偏……灵运于此建亭赋诗。”谢客，谢灵运。和靖，林逋。 ④一灵，指翁卷。 ⑤生刍，鲜草。指吊祭之物。《后汉书·徐穉传》：“郭林宗有母忧，稚往吊之，置生刍一束于庐前而去。”宿草，墓地隔年之草。《礼记·檀弓上》：“朋友之墓，有宿草而不哭焉。”

杨柳枝（四首选二）

独于高处接阳和[1]，占得春风分外多。须信繁华易披拆，不如柔弱拂江河。之三

【注】

①阳和，和暖的阳光。

【评】

《杨柳枝》四首，多比况之辞。此首喻言得意难久，繁华易歇，不如野处江河，自由自在。

汴水堤边薪可束[1]，永丰巷口绿成堆[2]。盛衰到底皆惆怅，何不移根种马嵬[3]。之四

【注】

①汴水，又称汴河、汴渠，自黄河经开封入淮河的河道。隋、北宋时为中原通往东南地区的水运干道。南宋与金划淮为界，不再是运道所经，遂湮废。 ②永丰巷，在洛阳城西南。白居易有《永丰坊园中垂柳》诗：“一树春风千万枝，嫩于金色软于丝。永丰西角荒园里，尽日无人属阿谁？”此诗传入宫中，唐宣宗“命取永丰

柳两枝，植于禁中”。见唐孟棨《本事诗·事感》。上句写衰，下句写盛，两句盛衰之意互见。 ③马嵬驿，在今陕西兴平市西，杨玉环（贵妃）葬处。

【评】

叹言永丰、汴堤之柳，徒起盛衰兴亡的惆怅；倘移根马嵬，与杨妃坟冢同守寂寞，就不会引人凭吊伤感了。托物寓意，说的也是退身守拙的道理，而命意绝新，写法上脱去窠臼，另辟蹊径。

宿瞿溪

船泊溪西岸，人家见晚春。疏星寒有雁，村寺夜无钟。竹径通新店，茅柴暖病容。农夫不相识，问我欲何从？

【注】

瞿溪，今瓯海区瞿溪镇。光绪《永嘉县志》卷二《叙水·河乡水源》：“瞿溪，在城西南五十里。源出瑞安芳山乡诸山，至前湖转旸奥，总入会昌湖。宋薛景石《宿瞿溪》诗（本篇略）。”

【评】

前选《和梅氏西涧韵》叙月夕访友，此首叙泊舟投宿。二诗将路行所见所闻所遇所感，信笔写出，直白如话，一种闲适萧散的意思，盈溢于楮墨间，读去自有馀韵。

方　来

方来（约1180—约1261）[①]，字齐英，永嘉人。初从叶适学，以父荫补官。登宁宗开禧元年（1205）进士（《瓯海轶闻》卷二四《宦业宋》），授任安丰军教授。时黄干（朱熹女婿、弟子）为军通判，遂师事之。调至吴江县，除监察御史、左司谏，久之迁权兵部侍郎。理宗淳祐四年（1244）前后出知漳州[②]，景定初特除宝章阁待制。年八十二卒。传见弘治《温州府志》卷十一《宦业》。《全宋诗》第55册录6首，《浙南谱牒文献汇编·诗词篇》录2首，今存诗8首。

①弘治《温州府志》本传云："景定初，朝廷推恩故老，特除宝章阁待制，与比邻翁永年并命，郡为二人立仁寿坊。年八十二卒。"景定初，一般可理解为景定元年（1260），是年特除宝章阁待制；设次年即景定二年（1261）卒，年八十二（虚龄），上推八十一年，则其生年约当在淳熙七年（1180）。②乾隆《福建通志》卷二四《职官五·漳州府宋知州事》："黄朴、方来、王朴、章大任。俱淳祐间任。"卷三十《名宦二漳州府·宋》："章大任，淳祐八年以朝散郎知漳州。"宋州守以二年为任（《宋史·职官志七》）。据此推算，方来之任漳州守，约当在淳祐四年（1244）前后。

碧玉千峰（四首选一）

东溪有人豪[①]，调古谁能续。我来荐芳馨[②]，黄花清可掬。想公怜世人，翻覆变凉燠。至今嫉邪书，字字凛寒玉。之二

【注】

据《全宋诗》卷二八八八录自乾隆《龙溪县志》卷二二。当是理宗淳祐四年（1244）任漳州守时作。碧玉千峰，乾隆《福建通志》卷六三《古迹二·漳州府龙溪县》："碧玉千峰亭：在紫芝山，宋郡守危稹建，扁曰登高。后守黄朴避高登姓名，改为碧玉千峰，并为诗。

宋季兵毁。”紫芝山即登高山，在龙溪县城西北隅。此首追怀前贤高登。

①东溪句，指高登。登（？—1148）字彦先，号东溪，漳州漳浦（今属福建）人。徽宗时为太学生，宣和七年（1125）金人犯阙，与陈东等上书乞斩蔡京等。高宗绍兴间，上疏万言，极论时政缺失。出知静江府古县，守正不阿，拒绝为秦桧父建祠，削官徙容州，卒。朱熹到任漳州，奏请褒高公直节（王懋竑《朱子年谱》卷四），称其“学博行高，志节卓然，有顽廉懦立之操，其有功于世教”，《宋史》卷三九九有传。　②荐，祭献。芳馨，芳香。借指香草。《楚辞·九歌·山鬼》：“被石兰兮带杜衡，折芳馨兮遗所思。”

夏元鼎

夏元鼎（1181—？），字宗禹，号云峰散人，晚号西城真人，永嘉人。少有奇抱，才智磊落。刻志科举，久困场屋。后投笔入边帅幕充小校武官[①]，衔命走齐赵间。宁宗嘉定十三年（1220），弃职学道，登龙虎山受箓，时年四十[②]。历湖湘至南岳祝融峰，遇赤城周真人，授以丹诀，漫游四方。晚岁归隐郡城西山，无疾端坐而逝，其地后名夏仙里[③]。弘治《温州府志》卷十四《仙释》有传。著有《阴符经讲义》《悟真篇讲义》《崔公药镜笺》。《南岳遇师始末》存诗3首，《蓬莱鼓吹》存词30首。

①曹叔远《悟真篇讲义序》：“遍入应、贾、许三帅幕。”　②作者《西江月》词之一：“四十修真学道，金鱼要换金丹。”又《祷正一真君》诗：“未登龙虎榜，且登龙虎山。”题下注：“嘉定庚辰。”

即嘉定十三年（1220）。 ③万历《温州府志》卷十三《夏元鼎传》："今二十一都名夏仙里。"清李象坤《南岳遇师始末序》："郡之西十里，岑鋈清美，元鼎昔归隐其中，地即名夏仙，予每游焉。"（《匊庵集选》文选序一）

遇师

崆峒访道至湖湘，万卷丹书看转愚[①]。踏破铁鞋无觅处，得师全不费工夫[②]。

【注】

遇师，作者《西江月》词序："予登龙虎山，朝神谒帝，以祈心学。夜梦神人语之曰：'四十修真学道，金鱼要换金丹，龟龄鹤算不知年。子其勉之，当遇赤城真人矣。'后于祝融峰遇圣师，指迷金丹大道，果应存无守者，顷刻而成之妙。乃知十馀年间钻冰取火，盲修瞎炼，今一得永得，实在目前。因足前梦为《西江月》调以纪其实。"弘治《温州府志》卷十四《仙释宋·夏元鼎》："嘉定间得遇关西闳先生，授以道要，遂历湖湘至南岳祝融峰，又遇赤城周真人，虽解后于一时，有契宿缘于万劫。乃于旅寓炷香皈礼，因历述平生修真之要，求其印证。真人曰：'汝若是精切耶，世间所论皆常谈耳'言昔蒙西蜀铁风洞圣师传授，今尽付汝。遂举酒一斗，鲸饮而尽，因告以心传之妙。元鼎大悟，惊喜感泣。真人曰：'汝已知药物矣，若火候幽微，可待月出语汝。'及三鼓月上，乃指天机造化玄妙之秘。至夜将旦，元鼎就寝，觉而失师所在，门扃如故，因题诗曰（本篇略）。"按，《宋诗纪事》卷九十据《蓬莱鼓吹·附录》录，题作《绝句》。

①崆峒，在今甘肃平凉市西，古称仙山。湖湘，湖南省洞庭湖和湘江地带。代指湖南。丹，弘治《温州府志》《宋诗纪事》均作“诗”。按：上云“访道”，作“丹”为宜。　②师，万历《温州府志》《宋诗纪事》作“来”。按：作“师”为正。

【评】

后二句已成谚语，熟传人口，被广泛使用。《水浒传》第五三回：“戴宗道：‘正是：踏破铁鞋无觅处，得来全不费工夫。’”

戴　栩

戴栩（约1181—？），字文子，号浣川，永嘉人。戴溪族子。宁宗嘉定元年（1208）进士，历仕定海主簿、太学博士；理宗淳祐四年（1244）迁秘书郎，终任湖南安抚司参议官。

戴栩为叶适门下高足，他与《林下偶谈》作者黄岩吴子良同为叶氏晚年关系密切的学生。文法水心，“研炼生新”，风格酷似。为四灵派诗人，与同郡翁卷、卢祖皋、刘植（成道）、赵希迈（端行）等相唱和。《四库全书简明目录》卷十六言其诗“体近四灵，颇有雕琢之功”；孙衣言谓其“诗特矫健”，孙诒让谓其较四灵“而工丽过之”，所论皆是。著有《春秋说》《东都事略》等，皆佚，今存《浣川集》十卷（其中诗三卷），补遗一卷。传见弘治《温州府志》卷十《理学》、雍正《浙江通志》卷一七七《儒林下》。

王绰《薛瓜庐墓志铭》：“永嘉之作唐诗者，首四灵。继灵之后，则有刘咏道、戴文子、张直翁、潘幼明、赵几道、刘成道、卢次夔、赵叔鲁、赵端行、陈叔方者作。”

弘治《温州府志》卷十《理学·戴栩》:“栩少师水心叶适,得其旨要,故于明经之外,亦豪于文。”

《四库全书总目》卷一六二《浣川集》:“栩与徐照、徐玑、翁卷、赵紫芝等同里,故其诗派去四灵为近;然其命词琢句,多以镂刻为工,与四灵之专主清瘦者气格稍殊。盖同源异流,各得其性之所近。至其文章法度,则本为叶适之弟子,一一守其师传。故研炼生新,与《水心集》尤为酷似。”

孙衣言《逊学斋文钞》卷十《跋抄本戴文子浣川集后》:“文子从叶文定为文词之学,故其诗特矫健,文亦极似文定。然徒用力于字句雕琢,而理不足以植其根,气不足以为之运,故遂去文定远甚。”

孙诒让《温州经籍志》卷二二《浣川集》案:“浣川于水心文法,亲得其指授,故此集所存文奇警恣肆,杂之《水心集》中几不可辨。诗则与水心倡和者尤夥,律诗颇近四灵而工丽过之。”

【附考】

戴栩为戴溪族子,抑溪子、溪孙、溪从孙,诸书记载不一。

弘治《温州府志》卷十《理学·戴栩》:“字文子,溪族子。”明凌迪知《万姓统谱》卷九九《戴栩》、《宋元学案》卷五五《水心学案·水心门人》同,《瓯海轶闻》卷十《戴常博栩·水心门人》引上述二书。光绪《永嘉县志》卷十七《人物志五文苑·戴栩》考云:“字文子,溪族子。旧《志·选举·进士》作‘溪孙’,疑误。”

或谓:(1)栩为溪子,《东瓯诗存》卷七《戴栩》:“字文子,溪子。”(2)栩为溪孙,雍正《浙江通志》卷一七七《人物五儒林下·戴溪》:“戴栩,字文子。”(3)栩为溪从孙,《温州经籍志》卷五《春秋说》案:“浣川戴常博栩,文端公溪从孙。”

今按:据《永嘉菰溪戴氏谱》附载叶适《宋特进端明殿学士戴君圹志》记戴溪后嗣:“男四人:长桷、次榀、三梓、四梃,皆以公恩赠京秩。……孙男五人:炯、炳、焯、焆、炽。”(《瓯海轶闻》卷十二《戴文端公溪·文端先德》校笺引)可见戴栩非戴溪子,亦非戴溪孙,谓为“溪子”“溪孙”者皆误。又从戴溪子、孙的命名,子辈取“木”旁字,孙辈取“火”旁字,菰溪戴氏宗族名例应同,由是推知栩(“木”旁字)为溪族子而非“从孙”。

劝耕题正觉寺诗次王文康韵二首(选一)

海山春过半,未见一花开。岩溜无时滴[①],松风尽日来。前生身已到,归路首重回。只恐山灵笑,衣巾着吏埃[②]。之二

【注】

当是作者任庆元府定海县(今属浙江)主簿时作。正觉寺,初名回峰院。元袁桷《延祐四明志》卷十八《释道考三·定海县》:“正觉教寺,县西北六十四里……寺有清风轩。文康公王曙咸平中以著作佐郎宰邑,诗云:‘山势欲压海,禅扃向此开。鱼龙腥不到,日月影先来。树色秋擎出,钟声浪答回。何期随吏役,暂得拂尘埃。’”王曙,字晦叔,河南人。仁宗朝拜同中书门下平章事(宰相)。卒谥文康。

①无时,不定时。　②山灵,山神。南朝齐孔稚珪《北山移文》,《文选》吕向注谓“假山灵之意”讽刺俗士周颙贪图官禄、隐而复出的行径。这里暗用其典,言己在职巡行(劝耕)而不能入隐,

恐遭山灵之讥。

【评】

孙诒让《温州经籍志》卷二二《浣川集》案:"律诗颇近四灵而工丽过之,如《劝耕题正觉寺》云:'地形缘水尽,潮势挟山来。'又云:'岩溜无时滴,松风尽日来。'《题石龙》云:'鳞甲从人看,莓苔自旧青。'《题方干墓》云:'葬地不封秋树死,诗坛空在墓山平。'《送胡梦昱贬象州》云:'此愁欲别柳边雨,明日初程桂外人。'并佳句也。"

杰曰:笔墨简古,意境幽寂。

农家

农家何所有,挂壁一锄犁。岁计唯供赋,门前自好溪。剥麻秸覆日,缲茧蛹分鸡。不复知炎月,南风焚稻泥[①]。

【注】

①焚稻泥,农家用稻草烧成火泥做肥料。

久雨记农父语

炊烟不出窟,雨久未知晴。冷缩秧芽烂,滋含树耳生。南风愁甲换,湿土怕星明[①]。朝客惭无补[②],归来伴耦耕。

【注】

①甲,蔬甲,菜的嫩叶。颈联倒句错出,结构特殊,意谓:农父愁怕土湿甲换(菜蔬嫩叶因土潮而病变萎蔫),期盼南风起而天霁星明(作者《大水次友人韵》自注"既雨之后,又须待作南风方霁")。 ②朝客,居朝为官。作者自谓。

【评】

冷春湿雨，秧烂甲换，农父深感担忧；惭愧自己枉为朝官，无补于乡农。写得具体恳切，像这样的能体察民情的悯农之作，甚属难得，应当加以表彰。

题方干墓

生前知己人谁是，今日人人识姓名。葬地不封秋树死，诗坛空在墓山平。子孙零落行人酹，画像微茫钓渚清。惟有寒蝉思凄切，别枝依旧曳残声[①]。方干《鉴湖西岛》诗云："世人若便无知己，应向此溪成白头。"此语良足悲。今墓在鉴湖。"鹤盘远势投孤屿，蝉曳残声过别枝。"此方干警句也。

【注】

方干（？—约885），字雄飞，睦州清溪（今浙江淳安）人。一生未仕，以布衣诗人名重当世，先后隐居桐庐严子陵钓台附近的白云源和山阴镜湖（鉴湖）。卒后门人私谥玄（亦作元）英先生。方干墓，原注云"今墓在鉴湖"。雍正《浙江通志》卷十五《山川·绍兴府会稽县（城外山川）》："方干岛，《于越新编》：在会稽山东北，俗呼寒山。唐方干别墅在鉴湖中，故曰岛。"

①别枝句，意谓：此际，不禁想起了他的传世名句"鹤盘远势投孤屿，蝉曳残声过别枝"，依旧听到鸣蝉拖着长长的尾声飞向别的枝柯。"鹤盘"联，见方干《旅次洋州寓居郝氏林亭》。"曳"字形声俱出，摹绘有神。五代何光远《鉴戒录》卷八《屈名儒》称"齐梁已来未有此句"。

【评】

孙诒让《温州经籍志》卷二二《浣川集》案:“《题方干墓》云‘葬地不封秋树死,诗坛空在墓山平’……并佳句也。”

杰曰:结联触景和怀旧交融,深切表达景仰之情,洵称传神之笔。

大水次友人韵

天公岂是出新奇,涨潦茫茫秋暮时。牵浪何曾传雨信,回南不用掣风旗[①]。拍浮瓮盎鸣相属,颠倒篱墙去若驰。数日羲和尚羞涩,嫩黄晴影浸清漪[②]。乡间风水多作于七八月,必须酝酿数日而成,谓之“牵浪”;既雨之后,又须待作南风方霁,谓之“回南”。今此九月作水,才雨即骤,欲霁,亦不复作南风矣。

【注】

①牵浪,回南,组用乡里口头流传的谚词,保存了反映土风民俗的宝贵语料。孙衣言《瓯海轶闻》卷四九《风土·风水多作于七八月》:“牵浪、回南,今日犹有此语。” ②羲和,指日。《浣川集》编者注:一作万物可怜刍狗似,朝来晴影漾清漪。

送庐陵胡季昭梦昱以上济邸封事贬象州

古郡荒凉象迹新,君行况是去装贫。此愁欲别柳边雨,明日初程桂外人[①]。从古不多如意事,加餐宜惜未归身[②]。春风未必天涯尽,木斛花开瘴水深[③]。

【注】

本篇为理宗宝庆元年(1225)胡梦昱贬谪象州(今属广西)

送行作。嘉定十七年（1224）宁宗死，权臣史弥远废皇子赵竑另立理宗，以竑为济王出居湖州；次年又借湖州兵变逼竑自缢。史称“霅川之变”或“济邸之狱”。《宋季三朝政要》卷一《理宗乙酉宝庆元年》：“魏了翁、真德秀、洪咨夔、潘枋相继上疏，咸言其冤。大理评事胡梦昱应诏上书，言济王不当废。引用晋太子申生、汉戾太子及秦王廷美之事，凡百馀言，讦直无忌。弥远怒，窜梦昱于象州。”寻卒于贬所。庐陵，今江西吉安。胡季昭梦昱，雍正《江西通志》卷七六《人物十一吉安府宋》：“胡梦昱，字季昭，吉水人。嘉定进士，官大理评事。”济邸，湖州济王竑府邸。

①桂外，桂州（今广西桂林）以远。　②从古不多如意事，《晋书·羊祜传》：“天下事不如意十居七八。”加餐，慰劝之辞，谓多进饮食，保重身体。《古诗十九首》有“努力加餐饭”句。　③结联作宽慰语。春风未必天涯尽，翻用欧阳修《戏答元珍》“春风疑不到天涯”句。木斛，草名，石斛属。《本草纲目·草九·石斛》集解引陶弘景曰：“其生栎木上者，名木斛。其茎至虚，长大而色浅。”

【评】

《四库全书总目》卷一六二《浣川集》：“史弥远柄国之时，栩献诗谀颂，不一而足；而胡知柔以争济王事忤弥远，谪赴象台，栩又赋诗赠行，深致惋惜，前后若出两辙。昔韩愈上京兆尹李实书，深相推挹，及作《顺宗实录》，乃具列其罪。文人前后异论，虽往往而然，然不应一时之内翻覆至于如是，岂非内托于权倖，外又附于清流欤？其人殊不足道，以词采取之可矣。”

孙诒让《温州经籍志》卷二二《浣川集》案：“《送胡梦昱贬象

州》云:‘此愁欲别柳边雨,明日初程桂外人。’并佳句也。”

杰曰:诗写得不错,气格矫健,情见乎辞,诚为佳构。“此愁”联,从眼前景预想别后程,尤凄切。又按:戴栩献诗史弥远,或当其初柄国时,劣迹未显;至赋诗送行胡梦昱,触忤权贵,足见大义,梦昱子胡知柔编《象台首末》,卷三收录此诗,卷四复载录戴的祭文,于其父执特表敬重。四库馆臣乃牵合前后两事而斥责之,有失偏颇,非允论也。又“谪赴象台”者胡梦昱,《总目》作“胡知柔”亦误。

永康道中（三首选二）

涨渌无风影自摇,芡花生刺藕花娇①。山禽不记春归去,深树一声婆饼焦②。之一

【注】

永康,今属浙江。

①芡花,浮生水面,夏季开花。宋陈耆卿《赤城志》卷三六《风土门一·菓之属》:“芡,俗名鸡头,陂塘间有种者。”藕花,即莲花。　②婆饼焦,鸟名。《赤城志》卷三六《风土门一·禽之属》:“婆饼焦,似雀而大,羽褐色。”宋高承《事物纪原》卷十《婆饼》:“昔人有远戍,其妇山头望之化为石,其姑为饼将以为饷,使其子侦之,恐其焦不可食也。往已无及矣,因化此物,但呼婆饼焦也。今江淮所在有之。”宋王质《绍陶录》卷下《婆饼焦》:“身褐,声焦急,微清。无调,作三语,初如云‘婆饼焦’,次云‘不与乞’,末云‘归家无消息’。后两声若微于初声。”

【评】

十分真切地写出行于浙西山间的初夏景色和感受,婆饼焦的

“深树一声”，不仅表达了诗人惜春留春的情怀，也衬托出“鸟鸣山更幽”的清静境界，使画面充满生机和活力。

油笠芒鞋筇一枝，晚秋天气半春时。雨多樵径行人少，山崦青红叫画眉[①]。之二

【注】

①画眉，即百舌。

五月一日出局偶书

坐局无营饭又茶，楚骚词里记年华。小窗不厌经宵雨，红到葵梢第一花。

【注】

局，官署。

【评】

坐局无聊，唯有诗卷相伴，消磨时光；昨宵细雨连绵，透过小窗，蓦然望见枝头葵花绽放，娇艳无比，才感觉外面韶光烂漫。诗写得很随意，却充满情趣，可说是“客子光阴诗卷里，杏花消息雨声中”的另一种表述。

潘　亥

潘亥，字幼明，号秋岩，永嘉潘桥（今瓯海区潘桥镇）人。潘柽（转庵）子。四灵派诗人，其《寄赵紫芝》诗云：“莫怪无书札，

心亲迹任疏。”长于五律，风格尤近四灵。《南宋群贤小集·前贤小集拾遗》卷三录诗1首，《东瓯诗集》卷三录诗3首。今存诗4首。

王绰《薛瓜庐墓志铭》：“永嘉之作唐诗者，首四灵。继灵之后，则有刘咏道、戴文子、张直翁、潘幼明、赵几道、刘成道、卢次夔、赵叔鲁、赵端行、陈叔方者作。”

社日

听得东风急，吹干小径泥。雨多花放早，水满燕飞低。贫女不知纬[①]，幽人只此栖。依依怀去岁，摘茗白坛西。

【注】

社日，旧俗祭祀土神之日。有春社、秋社。此指春社，立春后第五个戊日。

①纬，织物的横线。指纺织。

【评】

孙锵鸣《东嘉诗话》：“有《寄赵紫芝》诗云：‘长安独跨驴，一别二年余。朝士不能荐，承明空有庐。窗虚桐影薄，棹冷桂花初。莫怪无书札，心亲迹任疏。’《社日》云（本篇略）。幼明为德久子，足以觇家学矣。”

卢方春

卢方春（约1181—？），号柳南，永嘉人。理宗嘉熙二年（1238）省元[①]，殿试第十名，赵汝回《送卢五方春分教端州》云：“集英殿下听胪传，唱在第十众所冤。”（《东阁吟稿》）又云“奉试词场三十年”，是则屡试科场，中第时已届中晚年。授任端州教授，赵诗云：“天岂恨汝月蚀篇，罚使独吟瘴海边。”

方春精笔札，饮誉当世，推为名家。宋周密《癸辛杂识》后集《贾廖碑帖》、陈世崇《随隐漫录》卷一、明王世贞《弇州四部稿》卷一三六《赵子昂帖》并有记述，今传《卢柳南小简》一卷，计73篇（《温州经籍志》卷二三）。诗与赵汝回、赵希迈相往还，与刘克庄有同僚之谊（见《后村集》卷一〇六《郡学刊文章正宗》）。弘治《温州府志》谓其“工诗”（见卷十三《科第宋·嘉熙戊戌》），诗风崛奇诡异，独标一格；然所作多散佚，《宋诗拾遗》卷二二录诗7首，《东瓯诗集》卷三录同。今存诗8首。

①省元，礼部试进士第一名。弘治《温州府志》卷十三《科第宋·嘉熙戊戌周坦榜》：“卢方春，永（嘉），省元。”万历《温州府志》卷十、雍正《浙江通志》卷一二八同。孙诒让《温州经籍志》卷二三《卢柳南小简》案：“《文献通考·选举考》五，载嘉熙二年省元缪烈，非卢方春，《志》疑误。”今按：赵汝回《送卢五方春分教端州》诗以廷试胪传第十为冤屈，则其省试固自名列前茅也。

周密《癸辛杂识》后集《贾廖碑帖》：“又刻《小字帖》十卷，则皆近世如卢方春所作《秋壑记》、王茂悦所作《家庙记》《九歌》之类。又以所藏陈简斋、姜白石、任斯庵、卢柳南四家书为小帖，所谓《世彩堂小帖》者。世彩，廖氏堂名也。”

舒岳祥《阆风集》卷一《十虫吟并序》：“予旧读卢柳南诗，因作《黑蜘蛛》《葫芦揖》二首跋其后，观者绝倒。今曹季辩示予诗一编，名《山中性情》，其中有诡异似柳南者；至于奇不失正，则几于元次山、孟东野矣，不止柳南也。为作《十虫吟》以拟之，观者又当绝倒也。”

《四库全书总目》卷一九二《群公小简》：“不著编辑者名氏，前有成化乙未徐传序，称苏文忠、方秋崖、赵清旷、卢柳南、孙仲益五先生之所著。”

孙衣言《瓯海轶闻》卷二八《文苑·卢方春》按：“《柳南小简》七十三首，刻在嘉靖壬辰慎独斋所刊《群公小简》第四卷，皆琐屑酬应，似不足以尽柳南之长，盖宋元间书肆所编以射利者；然与东坡、秋崖诸公并为一集，亦可见柳南一时文名之盛矣。”

窄岭

危岭恶有名，窄岭险无数。石鼻卷我车，石牙隐我步。空冈虫九头，黑身眼四顾。掷之声愈厉，飞前使人怖。想当开辟时，已是樵猎路。茅臭不成山，瀑断不成布。丫岩升恶猿，蹄涔立饥鹭[①]。芦花大如钱，况乃时寒沍[②]。遐征误假道，抚景自作怒。林壑非出伦，笔砚不入务[③]。脚怠宿未投，天低日俄暮。

【注】

①丫岩，错愕险怪的岩石。蹄涔，指极窄小之地。《淮南子·氾论训》：“夫牛蹏（蹄）之涔，不能生鳣鲔。”高诱注：“涔，雨水也。满牛蹏迹中，言其小也。” ②寒沍（hù），寒气凝结。 ③入务，原谓进入农务时月，州县不受诉讼，以免妨农。见《旧五代史·周世宗纪四》。后用谓停辍。苏轼《七月五日二首》之一：“避谤诗寻医，畏病酒入务。”王十朋集注引陈师道曰：“酒入务，谓止酒不饮也。”此云“笔砚不入务”，谓并未辍笔停吟。

【评】

此篇和下首《陟驼巘》，即舒岳祥所谓柳南“诡异”（《十虫吟并序》）之诗风者，其奥僻生涩之辞，突兀诞侈之体，渊源樊宗师、卢仝、薛季宣奇险怪特一派。

陟驼巘

雨凉陟驼巘，转历九十折。短竹亦自阴，小家亦自洁。寻草补断蹊，行人以旱说。农哭眼睛落，天懒霹雳歇。斯民谓天懒，对此予心热。凭高览清旷，一峰一气结。峰下桔槔人[①]，踏水脚如血。短短赤赤秧，专供毒蝗舌。太息重凝眸，青青天骨出[②]。

【注】

驼巘，驼巘岭，在杭州西郊。潜说友《咸淳临安志》卷二八《山川七·城内外》：“驼巘岭，在九里松之东。”田汝成《西湖游览志》卷十《北山胜迹》：“仙姑山之西南为驼巘岭，过行春桥入九里松。驼巘岭，一名驼苑岭。”

①桔槔，井上架设杠杆用以汲水之具。《淮南子·氾论训》：“斧柯而樵，桔皋（槔）而汲。”　②天骨，犹言天相、天象。指天空。徐照《赠不食姑》：“衣以青为色，谓如天骨青。”今温州方言犹有此语。

【评】

《东瓯诗存》卷八张如元等校补：“初读此诗，以为驼巘与上诗窄岭皆卢方春赴任所经，在端州附近。京畿之地，旱蝗之灾交并，民生艰难如此，方春形诸笔端，其胜于浑无肝肠之文士远矣！”

杰曰：诗写行经京郊驼巘岭所见旱灾蝗害，笔墨凝重。“农哭眼睛落，天懒霹雳歇。斯民谓天懒，对此予心热。凭高览清旷，一峰一气结。峰下桔槔人，踏水脚如血。短短赤赤秧，专供毒蝗舌”数句，可谓一字一泪，令人感泣。结云“太息重凝眸，青青天骨出”，亦有呼天不应之愤！

莲塘

莲塘有清气，永夜南窗开。引酒不待瓢，折筒为酒杯[①]。饮罢坐闲石，林杪风徐来。仰天忽大笑，微吟行绿苔。

【注】

①折筒为酒杯，言折取带柄的荷叶用作酒杯。筩，同“筒”。此指荷茎。三国魏郑悫避暑历城使君林，取大荷叶盛酒，穿柄屈茎如象鼻吸饮，名“碧筒杯”，“言酒味杂莲气香，冷胜于水”。事见唐段成式《酉阳杂俎》前集卷七《酒食》。

送陆侍御归越

喈喈风雨余，出昼意何如[①]？镜里无惭色，囊中有谏书。寒崖立松柏，清庙失璠玙[②]。海内看霜月[③]，光明只似初。

【注】

陆侍御：指陆德舆，字载之，号鲁斋，崇德（今浙江桐乡）人。宁宗嘉定十年（1217）进士，历礼部郎中兼直舍人院，理宗淳祐十年（1250）知温州，官至吏部尚书。侍御，侍御史，御史台高级官员。宋侍御史以尚书省郎中、员外郎充任。题称“陆侍御”，当是陆任礼部郎中时以言事去职。故《宋诗纪事》卷六五（据《诗林万选》）题作《送陆郎中归越》。越，越州（绍兴）。

①喈喈，风雨貌。出昼，指离开为官之地。《孟子·公孙丑下》记孟子行千里而见齐王，不遇离去，人问"三宿而后出昼，是何濡滞也？"孟子曰："不遇故去，岂予所欲哉？予不得已也。予三宿而出昼，于予心犹以为速，王庶几改之。王如改诸，则必反予；夫出昼，而王不予追也，予然后浩然有归志。"昼，齐邑名。意，《宋诗纪事》卷六五作"思"。　②清庙，指朝廷。失，《宋诗纪事》《东瓯诗存》卷八作"掷"。璠玙，美玉。喻贤才。苏轼《答任师中加汉公》："方当入奏事，清庙陈璠玙。"　③海内，《宋诗纪事》作"四海"。

【评】

孙锵鸣《东嘉诗话》："有《送陆郎中归越》诗云（本篇略）。末二语谓大贤之道不以穷通有所加损，其旨深矣。"

林杏村

林杏村，《宋诗拾遗》卷二一："林□□，字杏村，平阳人。"录《旅中》诗1首。《东瓯诗续集·补遗》："林杏村，平阳人。"录诗3首。《东瓯诗存》卷九《宋》："林杏村，名字无考，平阳人。存诗一首。"又卷一四《元》林杏村名下录2首。民国《平阳县志》卷七一《文徵内编九·元》据《东瓯诗续集·补遗》录3首，指出"《诗存》误分前一首、后二首为二人"，诚是；然列为元人，则失当。

旅中

一剑随孤影，风霜道路长。何人忽横笛，有客正思乡。古驿自芳草，空山又夕阳。啼猿莫添恨，今夜宿潇湘。

【评】

杏村诗，如本题“何人忽横笛，有客正思乡。古驿自芳草，空山又夕阳”；七律《秋夜感怀次韵》“独客山林看剑老，谁家灯火读书高”，出笔不俗，皆为可诵。

薛师董

薛师董（1185—1218），字子舒，号敬亭，永嘉人。薛叔似（1141—1221）次子，陈谦（1144—1216）婿，薛师石（1178—1228）族弟。居郡城内雁池敬亭，因以自号，宁宗嘉定四年（1211）叶适作《敬亭后记》。曾任华亭船场官（赵师秀、翁卷均有《送薛子舒赴华亭船官》诗），入为承务郎。出任建康府户部赡军中库（见《水心集》卷二五《朝请大夫提举江州太平兴国宫陈公墓志铭》）。旋病，先其父而卒。叶适为作《薛子舒祭文》。

师董为叶适门弟子，四灵派诗人。聪明有才学，深得叶适称赏，而一生落寞不得志。《水心集》卷七《薛子舒罢官久无所授，端明(指薛叔似)得谢，始换承务郎》“空多贾谊学，突过马周年”，比之贾谊、马周。同卷《薛子舒墓》“燐迷王弼宅，蒿长孟郊坟”，又比之王弼、孟郊。师董交往广泛，与葛天民、周文璞、葛绍体、苏泂、薛师石、刘克庄、戴栩、释居简并有酬酢，其所崇尚和苦吟作风都与四灵一体。《宋诗拾遗》卷九录诗3首，《全宋诗》录11首。今存诗12首。

葛天民《访紫芝回与子舒集》:"君参唐句法,亲得浪仙传。薄宦因吟苦,高风与世违。"　　又《送薛子舒》二首之二:"谁知贵公子,却是苦吟人。"(《江湖小集》卷六七)

刘克庄《后村集》卷一《哭薛子舒二首》之二:"墓要师为志,诗于世有名。夜阑秋枕上,犹梦共山行。"

弘治《温州府志》卷十一《宦业·薛叔似》:"子师董,字子舒,天才颖拔,知名当时。水心叶适《祭文》有云'虞夏昭回,汉唐苏醒'是也。"

后秋风

去年病后咏秋风[①],今日秋风病里逢。好句不曾书落叶,孤灯长自守鸣蛩。故人音问天来远,茅舍光阴睡正浓。江上白鸥忙胜我,衔鱼引子与潮冲。

【注】

前有《秋风》作,故此题《后秋风》。

①作者《秋风》云:"秋风有落枝,天籁动埙篪。鼓角山河壮,襟怀岁月迟。阮生狂一啸,汉武老多悲。虽有秦歌激,终堪理钓丝。"不尽岁月蹉跎、襟期难酬的感叹。

题《金陵杂兴》诗后八首(选一)

舒王不让杜樊川,二十八字今断弦[①]。可怪苏郎呈好手,剪花排锦蒋山前[②]。之一

【注】

苏泂(1170—1239后),字召叟,越州山阴(今浙江绍兴市)人。

与永嘉诗家广有往还，其诗效法赵师秀，属四灵派诗人。本组诗为表褒苏泂《金陵杂兴二百首》作，见载苏泂《冷然斋诗集》卷六《金陵杂兴二百首》附录。我们选取这一首，主要着眼前二句。师董作为四灵契友，其崇尚和吟风都与四灵同体同趣。他推崇王安石七言绝句，认为可以并驾杜牧，我们当可体悟从中传递的四灵七绝宗晚唐而"学荆公"（刘壎《隐居通议·半山绝句悟机》）的承继消息。参阅拙著《宋元明温州诗话·效荆公而法诚斋》。

①舒王，王安石卒后追封舒王。杜樊川，杜牧晚居樊川别业，故称。二十八字，指七言绝句。断弦，断绝的弦音。谓不复有嗣响。　②苏郎，指苏洞。蒋山，即钟山，金陵（南京）名胜。

刘　植

刘植，字成道，号荆山，又号渔屋（室名），永嘉人。刘安上曾孙。壮岁以布衣上疏。"束书入京阙，忧国最情深。"（薛嵎《送刘荆山》）科场失意，报效无门，浪迹江湖，往来钱塘、嘉兴、建康、九江间，"酒放诗豪"（薛嵎《刘荆山谒贾秋壑》）。曾为浙东安抚使赵善湘门客（淳祐二年挽赵诗自称"门下老刘郎"）。理宗淳祐十年（1250）冬往谒出镇扬州的两淮制置使贾似道，然惟"陪宴平山，寻梅古署"（薛嵎《刘荆山过维扬再谒贾秋壑》）而已。"直道嗟难遇"，遂归里营渔屋退居。一生似乎未尝入仕，在他"归淮方向浙"时居苏州的诗友戴栩也只是说"传闻摄酒官"（《浣川集》卷一《寄刘成道寓吴门》），不知是否任职酒务小官。

刘植为四灵派诗人，诗学晚唐，与翁卷、薛师石、曹豳、赵汝回、戴栩、徐鼎、薛嵎并有酬酢。他推崇薛師石的诗，谓："融液群书，于世味澹无所羡，故于诗多肥遁之辞，舒性情之正，得象外之趣。"（《瓜庐诗跋》）可以窥见他的崇尚。赵汝回言其诗"闲淡"，吴泳说"绝不道烟火语"（《答刘成道书》）。所著《渔屋集》，已佚。《江湖后集》卷十四录诗24首，《东瓯诗集》卷四录2首。今存诗25首。

翁卷《送刘成道》："沿路万千景，费君多少吟。"

赵汝回《送刘成道旅游》："老境诗闲淡，孤吟荐一杯。"（《江湖后集》卷七）

吴泳《鹤林集》卷三二《答刘成道书》："值便中惠寄瑶帖，四诗宠教，绝不道烟火语，想游思翰墨圃，所造益平澹矣。某近来看诗，觉得须是以三百五篇为标本，以汉苏、李、枚生、建安诸子、晋宋陶、谢等诗为风骨，然后能长一格。盖词之华者易工，趣之澹者难诣。故退之每爱张文昌，只称其学古澹；每喜僧无本，但谓其往往造平澹。则词语抑扬之间，是犹未纯乎澹也。成道若用心科举外，当直以古人自期，更勿从晚唐诸人脚下做起生活，此则朋友之望也。"

释文珦《潜山集》卷八《哭复荆山》："分讲南山日，人推学问精。弥纶八教纲，坚实五言城。"

王绰《薛瓜庐墓志铭》："永嘉之作唐诗者，首四灵。继灵之后，则有刘咏道、戴文子、张直翁、潘幼明、赵几道、刘成道、卢次夔、赵叔鲁、赵端行、陈叔方者作。"

孙诒让《温州经籍志》卷二二《渔屋集》案："今存诗虽不多，而清词隽语，犹足见四灵诗派。"

过彭泽

井邑已非旧，柴桑里尚存[①]。春风三亩宅，落日数家村。隔树闻鸡犬，编氓半子孙[②]。颓然孤垄在[③]，寒菊绕松根。

【注】

彭泽，今江西彭泽县西南。陶潜曾任彭泽县令。此为追怀陶潜作。

①柴桑里，陶潜故居。陶浔阳柴桑（今江西九江西南）人。 ②闻鸡犬，陶潜《归园田居》："狗吠深巷中，鸡鸣桑树颠。"编氓，登载户籍的平民。 ③垄，坟墓。垄在，《东瓯诗集》卷四作"陇上"。按：陇，通"垄"。

【评】

孙锵鸣《东嘉诗话》："有《过彭泽》诗云（本篇略）。格律浑成，典型不坠，从不多见也。"

渔父

生不事农耕，悠然一舸轻。沅湘依旧绿，秦汉几回更。晚脍杂香茝，夜醺歌濯缨[①]。岂同驰骛者[②]，只欲钓虚名。

【注】

①茝，香草。濯缨，洗濯冠缨。喻操守高洁。《楚辞·渔父》："乃歌曰：沧浪之水清兮，可以濯吾缨；沧浪之水浊兮，可以濯吾足。" ②驰骛者，指奔走竞逐功名利禄之徒。

呈叶先生侍郎

位虽奎阁贵[①]，独处一斋空。还以经纶事[②]，全归著述中。闲心同野水，煦物尽春风。掩面将何向，西楹奠已终[③]。

【注】

叶先生侍郎，指叶适。适历官权兵部、工部侍郎。此当为宁宗嘉定十六年（1223）叶适逝世悼挽之作。

①奎阁，指中央官署。叶适历任华文阁待制、宝谟阁直学士，以宝文阁学士致仕。　②经纶，指筹划治理（国家大事）。《宋史·叶适传》："适志意慷慨，雅以经济自负。"　③掩面，遮住面孔。哭泣貌。奠，祭奠。《东瓯诗存》卷九张如元等校补云：叶适卒于嘉定十六年。据诗"掩面""西楹奠"，此应为吊挽之作，题之"呈"当作"吊"，"西楹奠"当作"两楹奠"。《礼记·檀弓上》："而丘也殷人也。予畴昔之夜，梦坐奠于两楹之间。"卫湜集说："两楹，奠殡哭师之处。"

【评】

刘植五言之佳者，如《梅》"一枝篱外见，数点雪中明"；《渔父》"沅湘依旧绿，秦汉几回更"；本篇"闲心同野水，煦物尽春风"，皆称警练。

看梅呈同游东阁、清源

此树何年向此栽，孤根低倚佛楼台[①]。不嫌幽壑逢春晚，独在空庭立雪来。一段精神肪玉润，数松掩映翠屏开。知心藉尔岁寒友[②]，每到花边不忍回。

【注】

东阁，赵汝回号东阁。详本卷作者简介。清源，徐鼎字太古，号清源，永嘉人。详本卷作者简介。均四灵派诗人。

①佛楼台，佛寺的楼台。明庄昶《登鸡笼寺》："今古此峰天栋柱，烟云何处佛楼台。"（《定山集》卷四） ②岁寒友，《论语·子罕》："岁寒，然后知松柏之后凋也。"古人称松、竹、梅等耐寒花木为岁寒之友。此指梅。苏辙《遗老斋绝句十二首》之四："纷纷霰雪中，见此岁寒友。"

赵希迈

赵希迈（迈一作邁。约1186—？），字端行，号西里，乐清人。太宗九世孙，赵师僚第三子，赵师秀族侄。宁宗嘉定十三年（1220）进士。理宗宝庆三年（1227）任职嘉定县尉，绍定间调平阳县丞，端平中迁雷州通判，景定三年（1262）知武冈军，终官柳州知州。

希迈出自叶适门下，是四灵派中一位十分活跃的诗人，与诗友酬唱频密，风格同四灵最近。一生勤事苦吟，有云："老夫吟苦时"（《夜分》）、"先是吟情苦"（《雨霁春行》）、"诗因多病苦思难"（《晚立池上》）。他长时间宦游四方，行迹远及湘贵两广，自谓"诗篇多向客途成"（《到贵州》），与徐玑"诗句多于马上成"之咏，体验相同。擅长五律，多模写山野境况和自己半官半隐的生涯，景趣幽僻，用笔工细，绝似四灵推崇的"二妙"之一唐诗人姚合选言玄微、笔致细润的"武功体"。宋季词人周密对希迈的词篇颇为欣赏,《绝妙好词》卷三选其《水龙吟·竹西怀古》词,《浩然斋雅谈》卷下引其《满江红》词,两作在当时播诵人口。所著《西里诗稿》,一作《西里集》,已佚。《南宋群贤小集·前贤小集拾遗》卷三、《宋诗拾遗》卷十一、《东瓯诗集》卷四录诗3首,《诗渊》录3首,《东瓯诗续集》卷二录45首,《东瓯诗存》卷八录44首,《宋诗纪事补正》卷八五录1首。以上除去重复,今存诗53首。

刘克庄《后村大全集》卷二四《题赵西里诗卷二首》之一:"紫芝仲白飞仙去,常恐英才不复生。人叹斯文逢厄运,天留此老主齐盟。执鞭孰可为之御,序齿吾犹事以兄。未必时人能着价,后千百载话头行。"

王绰《薛瓜庐墓志铭》:"永嘉之作唐诗者,首四灵。继灵之后,则有刘咏道、戴文子、张直翁、潘幼明、赵几道、刘成道、卢次夔、赵叔鲁、赵端行、陈叔方者作。"

赵谏《东瓯诗续集叙》:"继复于家藏旧本及于文献大家访求,得《西里》《石渠》《栗斋》暨《昆阳文献》等集。"

【附考】

(1) 赵希迈,孙诒让《温州经籍志》卷二二《赵氏希迈〈西里诗稿〉》案云:"赵西里希迈,'迈'字字书所无,他书或作'邁',疑俗书'萬'为'万',遂亦书'邁'为'迈'也。然史本《瓜庐诗跋》及《前贤小集拾遗》三、《东瓯诗集》四并作'迈',今姑从之。"　　杰按:"迈"字辞书收列,《玉篇·辵部》:"迈,防罔切。急行也。"其名"希迈"与字"端行",义适相应。然检《宋史》卷二一五《宗室世系表一》"燕王房"九世列有"希邁",赵师僚第三子(中华书局,校点本第17册,第5677页)。"邁"者远行,义亦相通。文渊阁四库全书本周密《浩然斋雅谈》卷下和《绝妙好词》卷三引录、明钱穀《吴都文粹续集》卷八《提干厅重建超然堂记》署名均作“赵希邁”（文末注：“希邁，一作‘布迈’。”），《御选历代诗余》卷一〇六、《宋诗纪事》卷八五小传亦作“赵希邁”，未审孰是，姑两存之。

（2）刘克庄《后村大全集》卷二四《题赵西里诗卷二首》之一有云“序齿吾犹事以兄”，希迈年齿稍长克庄。刘生于孝宗淳熙十四年（1187），设若希迈年长克庄一岁，则其生年约当在淳熙十三年（1186）。

（3）端行为师秀族侄。薛师石《送赵端行》：“吾友天乐翁，实惟游之孙。身虽羁旅尽，诗则骚雅存。侄行有科第，作尉期高骞。”（清嘉庆六年顾修读画斋重刻《南宋群贤小集》第19册《瓜庐诗》）。

（4）天一阁藏明刻本永乐《温州府乐清县志》卷七《科第宋·嘉定庚辰（十三年）》：“赵汝迈。”天一阁藏明刻本弘治《温州府志》卷十三《科第宋·嘉定庚辰刘渭榜》：“赵汝迂，乐（清），终柳州守。”雍正《浙江通志》卷一二七《选举五宋进士·嘉定十三年庚辰刘渭榜》：“赵汝迈，乐清人，知柳州。”今按：《县志》《通志》“赵汝迈”、《府志》“赵汝迂”俱为赵希迈之误。据永乐《乐清县志·科第》、弘治《温州府志·科第》，另有赵汝迂者登嘉定戊辰（元年，1208）进士第，别是一人，不当混淆。

王生山水歌

范宽山头李成树[①]，百年二老皆仙去。如今尺素留人间，纵有千金无博处。后人笔底工一家，声价随可喧中华。王君二妙聚一手，参以吟思游天涯。万里江山才数幅，东抹西涂意先足。苍梢癞石相参差，风雨烟云在羁束。近时目贱耳反真，画图重旧不重新。名家翰墨未必贵，尘渍赝本翻为珍。君提健笔来海外，山若玉簪江若带[②]。朝昏变态焉可穷，笔未铺张心已会。岭南游者多诗人，见君作画应怜君。求我新诗写君画，终使李范声名分。

【注】

①范宽，字仲（一作中）立，宋耀州华原（今属陕西铜川市耀州区）人。李成（919—967），字咸熙，五代后梁北海营丘（今山东昌乐县境内）人。关仝、李成、范宽被称为北宋山水画派的三大宗师。　②山若玉簪江若带，韩愈《送桂州严大夫》："江作青罗带，山如碧玉篸。"簪，同"篸"。

昆湖夜归

渡湖归古县，一望水程赊。月正帆无影，风横浪有花。寒更知戍屋，野火是渔家。拟待春洲暖，重来采荻芽。

【注】

理宗宝庆间（1125—1127）作者任嘉定县（今上海市嘉定区）尉时作。嘉定县，本隋唐昆山县，宋嘉定十年析置，属平江府（苏州）。昆湖，明王鏊《姑苏志》卷十《水》："云和塘之东为昆承湖，亦名昆湖。或云：昆湖在昆山北，承湖在昆山西北，二湖合而为一，亦名八字湖，纵广各十八里。"

本篇明赵谏《东瓯诗续集》卷一录为周翼之诗，末联"拟"作"好""重"作"还"，余同。按：此诗见载元陈世隆《宋诗拾遗》卷十一、明蔡璞《东瓯诗集》卷四，自是赵希迈诗。周翼之为赵希迈

(西里) 之后辈诗友,其《西里翁宅》云:“诗人风致别,卜筑寓烟霞。”(《东瓯诗存》卷九) 此篇当是他过录观摩赵诗而被后人阑入者。

新夏

四月寒犹在,日高常掩扉。纵收风外絮,难暖客中衣。新竹笋多瘦,残梢花最肥。有情双燕子,能认旧巢归①。

【注】

①结联借写归来旧巢的燕子,衬托客居孤寂的心境。与宋胡直孺《春日》所咏“四海归来双燕子,相逢处处作生涯”,同饶思致。

【评】

希迈五言秀句络绎,如《昆湖夜归》“月正帆无影,风横浪有花。”《酬陈校书见寄》“雨久波平岸,山高烧接天。”《赠刘隐居》“学苦常如病,家和不见贫。”(为切身体验之句)《琴川精舍寄城中友人》“敲石引松火,对花悬酒瓢。”《吴中中秋怀瓜庐诸友》“天虚云气尽,风静桂香浮。”《南台徐灵晖徐灵渊皆有作》“山峭石台平,天低可摘星。岸回分水势,城缺见州形。”《宿溪村书斋》“不住夜泉滴,常疑春雨多。风来琴自响,冰合砚难磨。”《赠沈兢》“有谱曾评菊,无钱可买山。”(沈兢著有《菊谱》,见《百菊集谱》卷二)《夜分》“云黏苍藓石,月挂老松枝。”和本咏“新竹笋多瘦,残梢花最肥”等,皆可举以为例。

深村

道傍无驿舍,投宿向深村。闲唤邻翁语,翛然古意存①。半篱花隔水,数亩竹当门。传说冈头树,时留虎爪痕。

【注】

①倏然，无拘束貌。《庄子·大宗师》："倏然而往，倏然而来而已矣。"

【评】

不用故典，简朴浅近，触景赋兴，随笔抒写，自有一种闲淡幽逸的情趣。此类可称"武功体"之咏。

汀畔

墅梅汀畔客帆过，岁晚天南气候和[①]。江合湘漓流水急[②]，山藏洞壑吐云多。村家酿酒连醅浊[③]，小吏抄诗觉字讹。几点白鸥清似画，对人飞下泊寒莎。

【注】

从"湘漓"句推知，当是作者知武冈军（今湖南武冈市）时作。

①天南，指南方。　②湘漓，湘江及其支流漓水（于湖南全州入湘江）。　③醅，未滤去糟的酒。未滤之酒，故言浊（浑浊）。

五斗

五斗驱将五岭来，萧萧老屋枕岩隈。风高松子和钗落[①]，地暖梅花带叶开。短鬓吟边从似雪，壮心客里渐成灰。官身纵使多尘事，亦许偷闲踏径苔。

【注】

当是理宗端平（1234—1236）间作者任雷州（今广东雷州市）通判时作。五斗，五斗米。指微薄的俸禄。《晋书·隐逸传·陶潜》："为彭泽令……郡遣督邮至县，吏白应束带见之。潜叹曰：'吾不能为五斗米折腰，拳拳事乡里小人邪！’”

①钗，指松钗。松叶。

【评】

汝迈七律，多朴质情实语，恬澹近人，近似中唐张籍、王建一派轻畅明净的作风。如《汀畔》“村家酿酒连醅浊，小吏抄诗觉字讹。”《偶得》“市添人语当墟日，田卷车筒浸种时。”《渔人》“四时风月俱还我，万顷烟波说向谁？”及此篇“风高松子和钗落，地暖梅花带叶开。短鬓吟边从似雪，壮心客里渐成灰。”叙写家常琐细，随意点染物色，浅易却有意味。

亦文斋竹

疏竹墙边笋渐添，况逢数日雨廉纤。粉梢一夜抛寒箨，便有清阴拂短檐。

【评】

写雨后竹笋脱壳而出，预想明朝青影婆娑，笔底一片生机盎然。

西风

西风溪上雨初收，数叶新红点树头。白鹭作成秋景致，背人飞过蓼花洲[①]。

【注】

①蓼花，水草。

路转

路转枫林积叶深，秋塘涨水绿沉沉。沙鸥却似曾相识，独立沙汀伴醉吟[1]。

【注】

①沙鸥二句：心无俗念，自然鸥鸟可亲。

山县

山县浑如野客家，游蜂数点趁朝衙[1]。簿书押了无公事，小吏呼来扫落花。

【注】

①朝 (zhāo) 衙，早间官府坐衙治事。这句说，稀稀落落的吏员早上到来衙门点卯，就像山野间游荡的野蜂。蜂群有早衙、晚衙之说，故引以比况。参阅卷二徐玑《泊马公岭》“蜂衙”注。

【评】

供职山县，冷署微员，形容略尽，反映了他半官半隐的闲淡生涯。“游蜂”句、“小吏”句，尽见冷淡况味。

高彦符

高彦符 (约1188—？) [1]，字竹友，一作竹有，号野泉，永嘉人。祖高子莫 (1140—1200)，叶适岳丈，累官知永州。彦符为叶适外侄，叶《赠高竹友外侄》云；“娶女已为客，参翁又别行。相随小书卷，开读短灯檠。野影晨迷树，天文夜照城。须将远游什，题寄老夫评。” (《水心集》卷七) 可见他谋生在外，而嗜学勤读，又善赋咏，是叶适所赏识的后生晚辈。彦符名列四灵诗派，只留下了两首诗（见《东瓯诗集》卷四），却是可圈可点，不落俗调。

①明蔡璞编《东瓯诗集》卷四："高彦竹，号野泉，永嘉人。"录诗2首。《东瓯诗存》卷九小传同。孙衣言《瓯海轶闻》卷二八《文苑·永嘉四灵》引王绰《薛瓜庐墓志铭》后按："高竹友，水心妻从子，《水心集》有《赠竹友外侄》诗，似即《永州墓志》所谓彦符。"按：据《水心集》卷十五《高永州墓志铭》，高子莫永嘉人，累官知永州，叶适岳丈。孙高彦符，为叶适外侄。《东瓯诗存》张如元等校补云："据此，彦符字竹友，乃高世则曾孙。而《东瓯诗集》作'彦竹'者，或'彦符字竹友'之脱误，或'符'字残缺唯见竹头所致。"

王绰《薛瓜庐墓志铭》："永嘉之作唐诗者，首四灵。继灵之后则有刘咏道、戴文子……继诸家后，又有徐太古、陈居端、胡象德、高竹友之伦，风流相沿，用意益笃。永嘉视昔之江西几似矣，岂不盛哉！"

送胡彦龙过金陵

金陵往事已成虚，江水清清只见鱼。遗庙空存元帝像，故家多有二王书[①]。秋风出塞调生马，夜月吟淮跨蹇驴[②]。借问新亭诸老泪[③]，而今烟景复何如？

【注】

胡彦龙，画家，理宗绍定间任画院待诏。元夏文彦《图绘宝鉴》卷四："胡彦龙，仪真人。善画人物天神、寒林水石窠木，描法用大落墨，自成一家格法。绍定间，苗安抚荐入朝，为画院待诏。"

①元帝，指晋元帝司马睿。西晋灭亡后，司马睿在建康（南京）重建政权，史称东晋。二王，指东晋书法家王羲之、王献之父

子。　②生马，指强悍不驯之马。蹇驴，跛足驽钝之驴。《楚辞·东方朔〈七谏·谬谏〉》："驾蹇驴而无策兮，又何路之能极？"王逸注："蹇，跛也。"　③新亭，建于三国吴时，东晋名士周顗、王导等游宴之所。故址在今江苏江宁县南。《世说新语·言语》："过江诸人每至美日，辄相邀新亭，藉卉饮宴。周侯中坐而叹曰：'风景不殊，正自有山河之异！'皆相视流泪。唯王丞相愀然变色曰：'当共戮力王室，克复神州，何至作楚囚相对！'"新亭泪，用指忧国伤时悲愤之情。

【评】

孙锵鸣《东嘉诗话》："高彦行（行一作竹），号野泉，亦永嘉人。有《送胡彦龙过金陵》诗云（本篇略）。二诗盖皆宋亡后作，《麦秀》《黍离》之遗音也。"

《东瓯诗存》卷九张如元等校补："开禧北伐既败，国势日非，此志士所扼腕者也。《东嘉诗话》以此诗与徐觐《秣陵秋望》皆有'麦秀、黍离之遗音'则是，以为'皆宋亡后作'则恐未必。"　杰按：说是。彦符为叶适外侄，彦龙为理宗绍定间画家，不可能"宋亡后作"，孙说误。

杰曰：诗借送友抒怀，举目半壁河山，往事成虚，壮图不复，颇有痛心疾首悲凉之慨。通篇笔势流走，辞气郁勃。此等吟作，在四灵派中固属难得，也是那个时代并不多见的镗鞳强音。

寒夜

辘轳梦断金梧井[①]，夜月沉沉风露冷。起向庭中独自行，伴人惟有梅花影。

【注】

①辘轳，安装在井上的汲水器具。朱敦儒《念奴娇·中秋月》："参横斗转，辘轳声断金井。"

【评】

寒夜梦回，庭院凄寂，唯有冷月梅花相伴，衬见诗人幽独寥落的怀抱。

赵汝回

赵汝回（1189—？），字几道，号东阁，永嘉人。太宗八世孙。宁宗嘉定七年（1214）进士。历任邵武司户、忠州判官、台州录事、绍兴通判，理宗绍定四年（1231）为会昌军使，淳祐九年（1249）监澉水镇，终官主管进奏院。刘黼称其"甘贫""嗜古"，"未识孤高貌，梅花想逼真。"（《蒙川集》卷二《见东阁》）

赵汝回可称永嘉四灵诗派的评论家，声闻甚著，释元肇称其"才名似谪仙"（《挽赵东阁奏院》），交游颇为广泛，所撰《瓜庐诗序》《云泉诗序》，是研究四灵派的两篇重要文章。他的诗见，与四灵之一味推崇晚唐略有不同。宋庆之称其能标举"风雅"(指《诗经》以来传统)，摒弃唐末陋习。然今观所作，长篇稍觉芜蔓，短章亦未见精工，与四灵相较尚差几尘。著有《东阁吟稿》，一名《赵几道诗集》，已佚。《江湖后集》卷七录诗31首，《两宋名贤小集》卷二二九、《东瓯诗集》卷三录10首，今存诗47首。传见弘治《温州府志》卷十《艺文》、《两浙名贤录》卷四六《文苑二》。

【附考】

赵汝回存诗。

宋陈起编《江湖后集》卷七赵汝回《东阁吟稿》收录31首；宋陈思编、元陈世隆补《两宋名贤小集》卷二二九《东阁吟稿》补录10首，其中2首（《渔父》《送李寅归里》）与《江湖后集》重。明蔡璞编《东瓯诗集》卷三赵汝回名下录同《两宋名贤小集》，清曾唯《东瓯诗存》卷七选录9首，取自《两宋名贤小集》《东瓯诗集》。今纂《全宋诗》误将赵汝回、赵东阁视作两人，第57册3012卷赵汝回名下辑录43首、佚句2联，第72册3764卷赵东阁名下复自《诗渊》辑录4首（此4首赵汝回名下均已见录）。《温州文献丛书》第四辑张如元、吴佐仁校补《东瓯诗存》卷七补录36首，其中自《两宋名贤小集》录1首，自《江湖后集》录29首，自《全宋诗》录4首；又新辑2首，自《诗渊》录《朱氏寄玩斋》1首，自《崇祯仙岩志》卷五录《梅雨潭》1首。这样，赵汝回的存诗，以《东瓯诗存》张、吴校补本最为完整，共录45首，较《全宋诗》多2首。

笔者近日纂著《宋元温州诗略》，复从宋于济、蔡正孙编集《唐宋千家联珠诗格》（卞东波《唐宋千家联珠诗格校证》，凤凰出版社，2007年版）辑录赵氏佚诗2首，即该书卷十赵东阁《渔父》（东风西日楚江深）、卷十九《见梅》（旧岁南枝花又新）。

据此，赵汝回存诗共得47首，另存佚句2联。

王绰《薛瓜庐墓志铭》："永嘉之作唐诗者，首四灵。继灵之后，则有刘咏道、戴文子、张直翁、潘幼明、赵几道、刘成道、卢次夔、赵叔鲁、赵端行、陈叔方者作。"

宋庆之《哭赵东阁》："谁令声名高，竟使寿命折。往年失四灵，诗道微一发。缟素革织组，宫徵节乱聒。力排唐末陋，意与风雅轧。”

弘治《温州府志》卷十《艺文·赵汝回》：“名重一时。苦吟兴致高迈，自成一家。《咏橘花》云：‘春风过后云初白，夜雨晴时水亦香。’《咏水仙》云：‘屈原一点沉湘恨，李白三生捉月身。’皆为诗人所珍，从其学者多知名。” 杰按：所引两诗今不传，为佚句。《东瓯诗集》卷三《赵汝回》小传引述两联略同，惟后联“身”作“魂”，末云“是皆奇句，惜无全集”。

孙锵鸣《东嘉诗话》：“赵几道《咏橘花》云：‘春风过后云初白，夜雨晴时水亦香。’我郡自南塘以下，沿湖皆橘园也。初夏时，舟行其间，碎雪盈林，香风夹岸，始信诗语之妙。又《咏水仙》云：‘屈原一点沉湘恨，李白三生捉月身。’自来咏水仙者，多以湘娥洛妃为比，此独有取于贞臣豪士，亦可见寄托之高，宜为当时诗人所珍。”

孙诒让《温州经籍志》卷二二《东阁吟稿》案：“王成叟《薛瓜庐墓志铭》，以东阁为四灵派，然其作《瓜庐》《云泉》两诗叙，于四灵颇致不满。《东瓯诗集》二载宋庆之《哭赵东阁》(引略)，则东阁论诗不取晚唐，与四灵虽同而实异矣。《江湖后集》所录诗凡三十一篇，其古诗九篇，奇警清逸，非复晚唐格调，亦足徵其非专学四灵诗者也。”

杜子野留别

有朋不贵数，道合意自亲。早知离别难，会觌岂厌频。青灯书阁下，细语交情真。酌此武阳泉，馔彼松江鳞[1]。公庖复有携，得非知吾贫[2]？如何不我醉，明日隔征尘。

【注】

当是作者邵武（今属福建）司户参军离任辞别杜耒作。杜子野，《两宋名贤小集》卷二二九、《东瓯诗集》卷三、《东瓯诗存》卷七均作“杜子墅”，今从《宋诗纪事》卷八五改。杜耒，字子野，详卷三翁卷《酬杜子野》题注。

①武阳，邵武别称。《方舆胜览》卷十《福建路邵武军·郡名》：“昭武，武阳。”武阳泉，又暗用蜀中圣泉意。《说郛》卷六十引乐史《寰宇记·圣泉》：“蜀武阳有圣泉，其水碧色，患疮疾者洗之多愈。投银即成金色，孕妇饮之堕胎。俗以为圣泉。”松江鳞，指松江（吴淞江）鲈鱼。　②公庖，官府膳厨。《东瓯诗集》作“兵庖”，《东瓯诗存》作“兵厨”，此从《两宋名贤小集》。非知，《东瓯诗集》作“知非”，非是。

期平叔兄不至

兄昔别我游衡麓，我亦东吟石桥瀑[①]。八年能接几函书，弟今白头兄何如？河水流澌雪风恶，梧桐渡口孤舟泊。山房夜坐兄不来，腊梅花拆灯花落。

【注】

①衡麓，南岳衡山。在湖南衡阳市。石桥，石桥山，即烂柯山。在浙江衢州市南十公里。

渔父

衡岳早来雨，湘江增绿波。小舟浮似屋，香草结为蓑。水定见鱼影，夜清闻棹歌。悠悠百年梦[①]，醒少醉时多。

【注】

《诗渊》题作《渔家》(第5册第3299页)。

①梦,《江湖后集》卷七、《诗渊》作“内”。

春山堂

山在画堂西,钩帘静对时。林高日落早,巷僻客来迟。抱病独不饮,爱闲君所知。阶前碧梧叶,片片可题诗。

【注】

录自《诗渊》第5册第3104页。

山中即事

白日荒荒过不知[①],荼蘼开了觉春归。山家卖笋樱桃熟,河水生萍柳絮飞。久雨一晴萤火出,闰年三月杜鹃稀。沉沉松竹烟岚冷,惭愧高僧借袷衣[②]。

【注】

①荒荒,黯淡迷茫貌。杜甫《漫成》之一:“野日荒荒白,江流泯泯清。” ②袷衣,夹衣。有里有面的双层衣服。

渔父

东风西日楚江深,一片苔矶万柳阴[①]。别有风流难画处,绿萍身世白鸥心[②]。

【注】

此篇选自《唐宋千家联珠诗格》卷十,《全宋诗》未收。

①楚江,指楚境内江河。《唐宋千家联珠诗格》蔡正孙注:“(东

风二句）写渔父之得其乐处，句清丽。” ②别有二句，《唐宋千家联珠诗格》蔡正孙注：“言身如浮萍之无著，心似鸥鸟之忘机。此渔父之风流，而非画工之所得描出也。”

见梅

旧岁南枝花又新，鬓边才雪更无春。天公也似无公道，只为闲花不为人。

【注】

此篇选自《唐宋千家联珠诗格》卷十九，《全宋诗》未收。

【评】

《唐宋千家联珠诗格》蔡正孙评：“此言梅则旧岁南枝，今乃更新；而人则鬓雪一著，无复春矣。以此知天公之不公，独为花而不为人也。此诗似有怨尤之意，叹人生之不再少年也。”

杰曰：杜牧《送隐者一绝》云：“公道世间惟白发，贵人头上不曾饶。”此云：“天公也似无公道，只为闲花不为人。”反用之别出新意。

赵汝迕

赵汝迕，字叔午，又字叔鲁，号寒泉，乐清人。宋宗室。宁宗嘉定七年（1214）进士，尝任南中（指西南地区）县令（释文珦《潜山集》卷七《送赵寒泉重宰南中邑》），签判雷州。触忤权贵，谪官而卒。

汝迮“以诗名，负气节”（康熙《温州府志》卷二十），与赵汝谠（蹈中）、薛师石、许棐、释文珦、释居简等交善。著有《赵叔午诗集》，已佚。《南宋群贤小集·前贤小集拾遗》卷三录诗3首，《绝妙好词》卷五录其《清平乐》词1首。传见弘治《温州府志》卷十《艺文》、雍正《浙江通志》卷一八二《文苑五》。

【附记】

关于“秋雨梧桐”诗祸案。

永乐《乐清县志》卷七《艺文·赵汝迮》：“汝迮尤以能诗知名，登嘉定第，佥判处州。后因赋‘夜雨梧桐王子府，春风杨柳相公桥’之句，触时相怒，谪官，沦落而卒。”弘治《温州府志》卷十《艺文·赵汝迮》、明徐象梅《两浙名贤录》卷四六《文苑二》、明凌廸知《万姓统谱》卷八三载同。

杰按：“夜雨梧桐”联讥刺时相史弥远诗祸案，诸书记载不一。宋陈思编、元陈世隆补《两宋名贤小集》卷三四八《芸居乙稿》：“陈起，字宗之，钱唐人。宁宗时乡贡第一，时称陈解元。事母至孝，开书肆于临安，鬻书以奉母。时史弥远当国，起有诗云：‘秋雨梧桐皇子府，春风杨柳相公桥。’哀济邸而诮弥远也。宝庆初，李知孝为言官，见之弹事，一时江湖之士同获罪者六人，而起坐流配焉。寻诏禁士大夫作诗，弥远死，禁始解。”元方回《瀛奎律髓》卷二十刘克庄《落梅》注略同：“宗之赋诗……本改刘屏山句也。敖臞庵器之为太学生时，以诗痛赵忠定丞相之死，韩侂胄下吏逮捕亡命，韩败乃始登第，致仕而老矣。或嫁‘秋雨春风’之句为器之所作。”宋罗大经《鹤林玉露》卷十谓为敖陶孙（器之），宋周密《齐东野语》卷十六《诗道否泰》谓为曾极（景建），永乐《乐清县志》卷七、弘治《温州府志》卷十、《万姓统谱》卷八三谓为赵汝迕。孙诒让《温州经籍志》卷二二《赵叔午诗集》案云："宝庆诗祸，罗（大经）、方（回）目睹其事，虽诸书所载互异，然并不云赵叔午作。周草窗所载同时被累诸人，亦无叔午。《统谱》所载未足据也。"

今谓：当以《两宋名贤小集》《瀛奎律髓》所载为确，为陈起事。刘子翚《汴京纪事二十首》之七："空嗟覆鼎误前朝，骨朽人间骂未销。夜月池台王傅宅，春风杨柳太师桥。"系指斥权奸蔡京、王黼。

王绰《薛瓜庐墓志铭》："永嘉之作唐诗者，首四灵。继灵之后，则有刘咏道、戴文子、张直翁、潘幼明、赵几道、刘成道、卢次夔、赵叔鲁、赵端行、陈叔方者作。"

许棐《梅屋集》卷一《赵叔鲁》："天上除书骆驿飞，谪仙何事得来迟。旅怀宽似居家日，学力高于未第时。山带晴霏横画轴，水流清响入琴丝。世间多少王孙贵，无我寒泉一句诗。"（《两宋名贤小集》卷二九〇）

括溪停舟

树古半成槎，溪边历历斜。寒林欲无路，小坞不多家①。去客背流水②，停舟见暮鸦。朝朝省秋水③，频减一痕沙。

【注】

题一作《括苍舟中》。括苍，处州（今浙江丽水市）别称。此为客途泊舟处州作，咏景简朴，别有意致。

①小坞，《宋诗拾遗》《东瓯诗集》作"水坞"。　②流水，《拾遗》《东瓯》作"流叶"。　③省，《拾遗》《东瓯》作"看"。

蔡 槃

蔡槃（约1189—？），“号邃庵，永嘉人”（《东瓯诗续集》卷三）。蔡槃与诗僧居简（北磵，1164—1246）、姚镛（雪蓬，1191—？）、倪龙辅（梅村）诸人游，有《寄北磵》《寄雪蓬姚监丞》《次倪梅村见寄韵》诸作，约当为宁宗（1195—1224）、理宗（1225—1264）时人。其《自叙》诗云：“江湖闲步几经年，穷似襄阳孟浩然。折简为求僧舍茗，典衣因欠酒家钱。”一生浪迹江湖，往来越州、钱塘、镇江、金陵、扬州间，折简求茗，典衣沽酒，颇为落拓；而不废吟咏，寄意风雅，自云“诗中雅兴长”（《山居》），“真情尽向诗中见”（《自叙》）。长于律体，五言又优于七言，写景咏怀，善用白描，多有清逸隽秀之句，风格近乎姚合、四灵，可以视为后四灵派诗人。

《东瓯诗续集》原刊本目录收蔡槃诗37首，正文卷三内页缺第十六叶，无《遣怀》以下6首，故实存诗31首。《东瓯诗存》卷十小传云“存诗三十一首”，则清初曾唯所见《续集》本已阙佚。其中七律《郑介道见访》（数株杨柳种多年）1首，见载许棐《梅屋集》卷一，证以《江湖小集》（卷七五）、《两宋名贤小集》（卷二九〇）诸书，当属许诗。

竹

每爱幽窗下，烟丛雨露枝[①]。才闻风起处，便似雨来时。节直将谁比，心虚只自知[②]。青青长在眼，休说化龙迟[③]。

【注】

①雨,《东瓯诗存》作“与”,不可取。　②心虚句,俗有“竹解虚心是吾师”语。　③化龙,明彭大翼《山堂肆考》卷二〇三《草卉·笋》:“一名箨龙,一名龙孙 。”化龙迟,比兴语,谓不图升腾显达。

人间

弃尽人间事,西风掩竹门。无人争碧嶂,有鹤伴黄昏。扫石移云影,浇花润月痕。何须叹牢落,知我有乾坤。

【评】

蔡槃五言多隽朴之句,如《寄北磵》“一从分手后,尽是断肠时。”《留别》“一床秋雨梦,千里暮云心。”《山城即事》“更无云一点,只有月孤圆。”《寄何尉》“因看云过岭,不觉日沉山。”《山居》“急雨开新霁,薰风献嫩凉。”《宿碧瑶山房》“洗砚添新水,开窗放远山。”《春思》“天晴梅堕雪,地暖草生烟。”和本咏“无人争碧嶂,有鹤伴黄昏。”在在皆是。

瓜州

烟际系孤舟,芦花两岸秋。江空双雁落,天迥一星流。急鼓西津渡,残灯北固楼①。商人茅店下,沽酒话扬州。

【注】

瓜州,亦作“瓜洲”。在江苏扬州市南,同长江南岸的京口(今镇江市)隔水相望。南北运河在这里通过。

①西津渡,在镇江市西长江滨。即唐诗人张祜《题金陵渡》写

的“金陵津渡”（唐时润州亦称金陵），与瓜州（洲）隔江相对，为长江南北水路要津。《方舆胜览》卷三《镇江府·山川》：“西津渡，戴叔伦诗云：‘大江横万里，古渡渺千秋。’”《明一统志》卷十一《镇江府·关梁》：“西津渡，在府城西九里。”北固楼，在镇江市东北北固山上，晋蔡谟建。三面临水，迥岭斗绝，形势险固，因名。

【评】

孙锵鸣《东嘉诗话》：“有《瓜洲》诗云（本篇略）。格调遒劲，则骎骎乎其盛唐矣。”

寄雪蓬姚监丞

忆昔青灯夜对床①，断猿声里早梅香。一从去棹冲寒雪，几度凭阑到夕阳。秋思渐于蝉外觉，别愁偏向雁边长。梧桐解得离人意，不遣西风吹叶黄②。

【注】

雪蓬姚监丞：姚镛（1191—？），字希声，号敬庵，又号雪蓬，剡溪（今属浙江嵊州市）人。陈起编《江湖后集》卷二三《姚镛》：“嘉定十年进士，吉州判官，以平寇功擢守赣州，后贬衡阳。有《雪篷集》。”罗大经《鹤林玉露》卷六称其“为人豪隽，喜作诗”。按：姚镛守赣在理宗绍定六年（1233），《雪蓬稿》自序撰于端平二年（1235）。雍正《浙江通志》卷一二七《选举五宋进士·嘉定十年丁丑吴潜榜》：“姚镛，嵊人，监丞。”监丞当为其晚年终官职任。宋国子监、将作监等的副职都称监丞。

①对床，两人并床而卧，表示聚谈情亲。韦应物《示全真元常》：“宁知风雨夜，复此对床眠。” ②梧桐二句，意谓老天爷像是能体

悉离别者在秋天到来时逐渐加重的愁思，特不差遣西风吹落梧桐黄叶。

【评】

颔联流水句法，回叙分手时情景著笔，表达思念之切，更深一层。结末赋物以情，措思尤巧，他笔所未尝写到者。其《次幽居》云："冷看桐叶含秋思，闲扫苔花背夕阳。"《约友同游》云："江山若欲留连客，诗酒何妨报答春。"亦皆七言之佳者。

钱塘怀古

郁郁东南旺气浮，吴争越战几春秋。一阳柳色浑无恙[①]，五月荷花半是愁。隆替且容吾辈老[②]，英雄都付此江流。中原苦被淮山隔，莫向西风更倚楼。

【注】

①一阳，微阳始萌。指夏历十一月。宋林岊《毛诗讲义》卷四《豳·七月》："一之日则一阳之日，十一月也。阳方复而阴未剥，觱篥而风寒。"《东瓯诗续集》作"一从"误，据《东瓯诗存》改。②隆替，盛衰，兴废。

胡　圭

胡圭（约1189—？），字象德，号梅山，永嘉人[①]。祖胡序（少宾），监湖州酒库。祖母薛氏，薛徽言女，薛季宣姐。事迹未详。四灵派诗人。《宋诗拾遗》卷十、《东瓯诗集》卷四录诗4首。

胡圭与薛师石、赵汝迕（叔鲁）、赵希迈（端行）友善，常于郡城外会昌湖瓜庐会聚，诗酒相适。师石《赵叔鲁、端行、胡象德携酒见顾》云："一贤二公子，枉驾瓜庐丘……评诗仍和曲，举白不计筹。"象德长于五言古体，叙写闲居景趣，有简淡质朴之风。

①据叶适《水心集》卷十五《夫人薛氏墓志铭》："胡序少宾夫人薛氏，起居舍人薛徽言之女。二家永嘉望姓，世相婚姻。……孙男四人：曰壑，曰垕，曰圭，曰堂。"薛氏卒，"祔于永嘉县吹台乡少宾之墓"，是胡圭为永嘉人。《宋诗拾遗》卷十八小传云"梅山，瑞州（应为"安"）人"，《东瓯诗集》卷四小传云"瑞安人"，《东瓯诗存》卷九承之，疑有误。

王绰《薛瓜庐墓志铭》："永嘉之作唐诗者，首四灵。继灵之后则有刘咏道、戴文子……继诸家后，又有徐太古、陈居端、胡象德、高竹友之伦，风流相沿，用意益笃。永嘉视昔之江西几似矣，岂不盛哉！"

入山

摆落世尘缚，愿结岩栖缘。一层复一层，古道多回旋。白云随我后，幽鸟鸣我前。云禽亦佳侣，一见即忻然。

春行南村

鸟语知春晨，晨起行阡陌。雨晴气已变，崖润岚犹积。杂花林际明，新水田中白。时逢耦耕人[①]，问我将何适？

【注】

①耦耕，两人并耕。泛指耕耘。

山池

凿山成小池，贮兹一泓绿。参差散石发[①]，清浅浮碧玉。光风时动摇，涟漪细相续。我常绕池行，衣无尘可濯。

【注】

①石发，水草。

【评】

诸作皆清切可诵。通体白描，与四灵如出一辙。萧散冲夷之致，优游自得之趣，于腕底笔间自然流露，无一毫做作。

徐　鼎

徐鼎，字太古，号清源，永嘉人。曾任临江军清江县主簿。四灵派诗人，与赵汝回、刘植为知己友，刘有《看梅呈同游东阁、清源》(《东瓯诗存》卷九)。与薛嵎过从尤密，薛《云泉诗·徐太古主清江簿》云："四灵诗体变江西，玉笥风清首入题。旧隐乍违鸥鹭去，新篇高与簿书齐。身闲自喜瓜期远，俸薄还因纸价低。握别正逢寒食日，洞庭春绿草萋萋。"据"旧隐乍违鸥鹭去"，太古盖以隐遁之身而获召授职。其在任勤于咏事，将四灵派的清吟作风带到江西。薛又有《再别徐太古主簿》："枌社过从久，新知尽不如。素心非必仕，此别遂成疏。"枌社，指故里。言其心志淡泊，出仕本非素愿。清源诗多散佚，《宋诗拾遗》卷二一、《东瓯诗集》卷四仅录诗1首。

王绰《薛瓜庐墓志铭》:“永嘉之作唐诗者,首四灵。继灵之后,则有……继诸家后,又有徐太古、陈居端、胡象德、高竹友之伦,风流相沿,用意益笃。”

哭朱龟岩

掩涕愁相向,风凄日满篱。旧交无一在,哭子有余悲。暗竹扃书牖,孤灯上蕙帷[①]。寡妻惟抱子,具说病来时。

【注】

朱龟岩,未详。

①蕙帷,帷帐的雅称。南朝齐孔稚珪《北山移文》:“蕙帐空兮夜鹄怨,山人去兮晓猿惊。”后多用于隐者器具。

吴　端

《东瓯诗续集》卷二:“吴端,字子方,号湖山樵隐,永嘉人。”录诗3首。《东瓯诗续集·补遗》补录1首(署“吴樵隐”)。今存诗4首。

草堂

草堂长寂寂,无事且徘徊。幽鸟啼青嶂,闲云覆绿苔。古琴邀月听,新酒对花开。俗驾何为者,移文招不来[①]。

【注】

①俗驾,世俗人。移文,文体之一。泛指平行文书。南朝齐

孔稚珪撰《北山移文》，讽刺假隐士隐而复出的丑态，借山灵而斥责之。结末言："请回俗士驾，为君（山灵）谢（谢绝）逋客！"招不来，谓世俗之士招他亦不敢来。

春日山行

云峰叠叠路斜斜，隔洞炊烟三两家。何处有香来不断，嫩风微雨落松花。

【评】

吴端盖隐逸遁世之士，诗笔不俗，句颇清致。上录二首，及《山居漫兴》云"地暖花开早，天寒酒熟迟"，《春怀》云"蝶梦任渠分尔汝，蛙声谁复计公私"，皆为可诵。

赵处澹

《东瓯诗续集》卷三："赵处澹，字□□，号南村。官至知录。"录诗26首。《东瓯诗存》卷七："赵处澹，号南村。温州人，官知录。县分无考。存诗二十六首。"知录，宋官名，知司录参军的简称。州府诸曹掾官，掌府衙庶务，诉讼案牒。

赵处澹身世不详，据作者《冬至日书怀》云："今年才四十，玄鬓忽已秃。久作林下想，雅致在幽独。……逍遥以终年，澹然忘所欲。"《追和陶渊明咏贫士》云："嗟予薄罹祸，孑孑将畴依？"盖亦不得志者，沉沦下僚，又因祸去职，孑身归里，困穷潦倒。存诗不多，而精彩时见。所咏多村居生活，抒写萧散幽逸之趣，笔墨闲淡而有情致，可入四灵队也。

追和陶渊明《咏贫士》

嗟予薄罹祸，孑孑将畴依[①]？晨炊井已冻，夜凿邻无辉[②]。苍苔鸟绝迹，卧看孤云飞。老力出市米，溪寒莫忘归[③]。纤纤山雨微，何以充我饥？习习风吹衣，何以慰我思？

【注】

陶潜《咏贫士七首》，此追和其第一首："万族各有托，孤云独无依。暧暧空中灭，何时见语晖。朝霞开宿雾，众鸟相与飞。迟迟出林翮，未夕复来归。量力守故辙，岂不寒与饥。知音苟不存，已矣何所悲。"

①罹祸，《东瓯诗存》作"罗衲"。孑孑，孤单貌。畴，谁。 ②夜凿句，言夜读欲凿壁偷光，而邻亦无辉，其困窘可知。 ③市，买。莫，暮。

寄友

谁谓相去远，盈盈一水间。欲渡无津梁，中情何由殚[①]。秋怀多感慨，抚衿起长叹。严风堕朝露，轻云冒遥山。群芳尽摇落，孰与坚岁寒[②]？

【注】

①殚，尽。 ②坚岁寒，《论语·子罕》："子曰：岁寒，然后知松柏之后凋也。"

八月十四夜

洲渚云飞尽，江流碧映天。明朝秋欲半，今夜月先圆。玉宇浓垂露，银河冷堕烟。焦桐弹一曲[①]，孤鹤舞风前。

【注】

①焦桐，指琴。汉蔡邕用烧焦的桐木制琴，称“焦尾琴”。见《后汉书 · 蔡邕传》。

偶成

风约波痕远，云含野色低。村舂向晚急，山鸟爱晴啼。牧笛过蘋渚，溪船泊柳堤。旅魂归未得，窗草更萋萋[①]。

【注】

①旅魂二句，言窗外萋萋青草，更逗引旅客的归情。《楚辞·招隐士》:“王孙游兮不归，春草生兮萋萋。”

和韵

爱看山色遍，小立渡头风。飞鹭起沙渚，何人移短篷。村烟秋入夜，江月冷摇空。回首清香满，方知是桂丛。

【评】

处澹诗工五言，古律并有佳构，除上选数首外，他如《九日会饮翠麓》“竹光添麓润，诗思入门清”、《丁山眺望》“云烟万里迥，宇宙一身闲”、《春日卧病》“梅花欺老眼，故傍短檐飞”、《月夜》“岸穷天拍水，山静月笼云”，皆称隽秀。

题周恭叔谢池读书处

粉蝶黄蜂二月天，初晴已觉十分妍。市桥船系垂垂柳，花寺钟敲淡淡烟。幽趣静看青鸟啄，闲情独羡白鸥眠。谢家风月今何许，总入池塘梦里篇[①]。

【注】

周恭叔：周行己字恭叔，号浮沚。详卷一作者简介。谢池，在温州城内积谷山西麓。《文献通考》卷二三七《经籍考六四别集·浮沚先生集》：“所居谢池坊，有浮沚书院。”翁卷有《题周氏东山草堂》诗：“城隅古谢村，博士草堂存。”博士，指周行己。

①谢家，指谢灵运。何许，何处。池塘梦里篇，指谢灵运《登池上楼》“池塘生春草”诗。按：谢此诗写于温州府治西堂。南朝梁锺嵘《诗品》卷中《谢惠连》引《谢氏家录》：“康乐每对惠连，辄得佳语。后在永嘉西堂，思诗竟日不就，寤寐间，忽见惠连，即成‘池塘生春草’。”但唐以来也有说作于城内积谷山西麓。宋乐史《太平寰宇记》卷九九《江南东道十一·温州·永嘉县》：“谢公池在州西北（应为东南）三里，其池在积谷山东（应为西）。谢灵运《登池上楼》诗云：‘池塘生春草，园柳变鸣禽。’初公作诗不佳，梦惠连得此。”

清明雨中

竹绕清渠长嫩蒲，数声村角晚吹梧[①]。山家最怕清明雨，打落残花一片无。

【注】

①吹梧，吹奏梧桐角（卷梧桐叶作牛角状用以吹奏）。参见本卷曹豳《题括苍冯公岭二首》注①。

赵肃远

《东瓯诗续集》卷三："赵肃远，茗屿子。"录诗8首。《东瓯诗存》卷七小传同。《温州经籍志》卷三二《元·无名氏〈东瓯遗芳集〉》案："茗屿当为宋末元初人；而肃远诗又有《中秋西桥饮酒和卢申之韵》诗，申之卢祖皋字，肃远唱和，则当为宋宁宗时人。以相参验，疑肃远非茗屿子。"今按：孙说可从，《东瓯诗续集》小传疑有误。赵茗屿宋末人，本选编入卷四，作者简介暂拟：赵肃远（约1231—？）与卢祖皋（1174—1224）为唱酬诗友，齿当相若，其年辈应高于茗屿。肃远存诗中有七律5首，笔力矫举，颇具气格，在当时是能迥出俗调者。

多景楼

露滴甘泉事已休[①]，欲穷多景漫登楼。云收北固千帆雨，雁带南淮万里秋。夜色和愁迷古渡，天风吹恨到神州。青山尚在英雄老[②]，休说兴亡忆旧游。

【注】

多景楼，宋初修建，在镇江市北北固山后峰甘露寺后，北临长江，形势险要。楼名取唐李德裕诗"多景悬窗牖"句意（见宋张邦基《墨庄漫录》卷四）。

①露滴甘泉，《方舆胜览》卷三《镇江府·寺院》："甘露寺，在城东角土山上，临大江，李德裕建。时甘露降，因名焉。" ②英雄老，苏轼《东坡志林》卷四："余游润州甘露寺，有孔明、孙权、梁武、

李德裕之遗迹，余感之赋诗，其略曰：‘四雄皆龙虎，遗迹俨未刓。方其盛壮时，争夺肯少安。废兴属造物，迁逝谁控抟。’”

中秋西桥饮酒和卢申之韵

翠蘋风起落残虹，秋月正圆秋气中。但怪肩吾轮桂长[①]，未容文举酒樽空[②]。帆归南浦潮回北，人散西桥斗转东。乌鹊高飞惊远目，误疑天际有来鸿[③]。

【注】

卢申之，卢祖皋。

①肩吾：庾肩吾，南朝梁诗人。轮桂长，庾肩吾《和徐主簿望月诗》：“星流时入晕，桂长欲侵轮。”轮，月轮。桂长，言桂树长大。 ②文举：孔融字文举，东汉文学家。酒樽空，《后汉书·孔融传》：“及退闲职，宾客日盈其门。常叹曰：‘坐上客恒满，尊中酒不空，吾无忧矣。’” ③天际有来鸿，盼望着天边鸿雁捎来书信。用雁足传书典。

【评】

一意流转，气格矫健。对偶亦工，结有远韵，洵称佳构。

冬夜偕徐敬室自白石归

落叶溪边卸小舠，似游赤壁步临皋[①]。溪声忽静霜将下，山意生寒月正高。举世梦酣庄氏蝶，此时心在屈平《骚》[②]。梅花雅有幽期旧，特地吹香满客袍[③]。

【注】

白石，指乐清白石山。弘治《温州府志》卷三《山·乐清县》：“白石山，去县西三十里。……亦名玉甑峰。”

①赤壁，在湖北黄冈市。苏轼《与范子丰》书：“黄州少西，山麓斗入江中，石室如丹，传云‘曹公败所谓赤壁者’……因以小舟载酒饮赤壁下。”《前赤壁赋》：“苏子与客泛舟游于赤壁之下。”临皋，在黄冈市南，临长江，上有快哉亭。苏轼初到黄州居于此。《后赤壁赋》：“步自雪堂，将归于临皋。”　②庄氏蝶，庄生梦蝶事，见《庄子·齐物论》。喻虚幻。屈平骚，屈原《离骚》。　③吹香，指风吹送芳香。王安石《金陵即事三首》之一“隔屋吹香并是梅”。

【评】

“梅花雅有幽期旧，特地吹香满客袍。”相期幽隐，却借梅花表出，造境优美，富于诗情。

叶　杲

叶杲，字谦夫，永嘉人。宁宗嘉定十六年（1223）进士（雍正《浙江通志》卷一二七《选举志五·进士》），历官上高县主簿（同治《上高县志》卷十三）、知新城县（《咸淳临安志》卷五一《秩官九·县令》）、史馆检阅（《宋诗纪事》卷七一）。《东瓯诗集》卷四、《宋诗纪事》卷七一录诗1首，《全宋诗》录诗7首。

孙锵鸣《东嘉诗话》：“有《东山堂》诗云：‘何处癯著诗，岩边有隐庐。云生春树合，鱼响夜潭虚。住久无他姓，山空应读书。平分谢池月，吾亦百年居。’‘云生’一句亦晚唐佳句也。”

闲题六首（选二）

燕泥犹认旧柴扉，帘影玲珑度落晖。细数归期春早晚，一天风絮满池飞。之三

【注】

据同治《上高县志》卷十三录，当是作者任瑞州上高县（今属江西）主簿时作。

秋千墙外入斜晖，过尽残花客不知。春色三分桃李去，一分犹在绿杨枝①。之六

【注】

①春色三分，苏轼《水龙吟·次韵章质夫杨花词》："春色三分，二分尘土，一分流水。"

【评】

后二句说，春光虽已伴随桃李谢落而逝去，但杨柳枝头显示的浓浓绿意，仍然教人留恋。翻用东坡语，将怜春惜春之情做了形象的诗化表述，吟有余味。

谢子强

谢子强，字强学，永嘉人。宁宗嘉定十六年（1223）进士。历任太府丞、知嘉兴府、兵部侍郎，擢华文阁待制，出守潭州、广州、越州。度宗咸淳三年（1267）知庆元府，终官宝章阁直学士，卒谥

清惠。

子强仕宦显达,在任治有政绩,为志乘所称。弘治《温州府志》卷十一《宦业》本传云:“子强践扬中外,回翔要津,所更数镇,皆东南蕃庶之邦,仕者歆羡焉。”雍正《广东通志》卷三九《名宦志·省总》本传云:“宝祐四年(1256)帅广东,律己以廉,牧民以惠,束吏以法。……简静不扰,海邦晏然,市田以增学费。兼领舶事四年,广人歌颂德政。余复亨为之记,立像与吴隐之、杨长孺并祀。”《宋史翼》卷二二有传。《全宋诗》第59册录诗1首。

跋刘敏叔画《杨诚斋先生探梅图》

雪里梅花共月明,梅边杖屦一般清[①]。江南此景人寂寞,抚卷悠然幽兴生。

【注】

录自杨万里《杨文节公文集》卷首附。

刘讷,字敏叔,庐陵人。郡秀才,画家,善绘人物,为杨万里(诚斋)、周必大(益公)所赏识。明镏绩《霏雪录》卷上:“传神谓之写真,亦谓之写照。杨诚斋《题刘敏叔所画三老图》云:‘刘郎写照妙通神。’”明李日华《六研斋笔记》二笔卷二:“敏叔名讷,游诚斋、益公诸老之间,文物风流,概可想见。”《御定佩文斋书画谱》卷五三《刘敏叔》:“刘敏叔工写貌。虞集云:‘刘敏叔画故端明潜斋王公于梅雪之间,其高风胜韵如在。’《道园学古录》。”

①杖屦,拄杖漫步。

赵崇奫

赵崇奫，永嘉人。太宗九世孙。登宁宗嘉定十六年（1223）进士。《东瓯诗续集》卷二录诗1首。

按：弘治《温州府志》卷十三《科第宋·嘉定癸未蒋重珍榜》："赵崇奫，永（嘉）。"《东瓯诗续集》卷二亦作"赵崇奫"。奫，音yūn。《玉篇》："水皃。"《广韵·平真》："於伦切。泉水。"《宋诗纪事》卷八五据《东瓯诗集》(应为《东瓯诗续集》）录诗改名作"赵崇㴬"，《东瓯诗存》卷八又改作"赵崇渊"，《全宋诗》卷三一二八据从《东瓯诗存》，皆非。

过杨子桥

一抹轻烟隔小桥，新篁褪箨两三梢。惜春不觉归来晚，花压重门带月敲。

【注】

此篇《全芳备祖》后集卷十六《竹》引作赵信庵（葵）诗（二首之一），二句"褪箨"作"摇翠"，余同。按：《宋诗纪事》卷六五赵葵名下无收此诗。

杨子桥，雍正《江南通志》卷二六《舆地志·关津二桥梁镇市·扬州府江都县》："杨子桥：县南十五里。自古为战守要地，唐开元以后为沙洲所隔，齐浣开伊娄河于杨子桥南，遂为往来通津。今运舟西自仪徵，南自瓜洲，至此合而北，盖总会之所也。"杨万里《诚斋集》卷二七《晚泊扬州》有"杨子桥西转彩舫"句。

陈　均

陈均（1193—1273）①，原名询，字子公，一字公斋，平阳人。陈昉兄陈昕之子，陈岘之孙。以祖父恩荫，官东阳令，除大理寺丞，历江东、广东、江西提点刑狱。理宗宝祐三年（1255）直秘阁。景定四年（1263）以中奉大夫知镇江府，五年改知平江府。度宗咸淳元年（1265），迁枢密院都承旨兼检正中书门下省公事，忤贾似道坐免。后以秘阁修撰奉祠，卒年八十一。

陈均为真德秀门人，洎改名，德秀为作《子公字说》："故私者，众慝之源。以公去私者，万善之本。"均奉以终身。《两浙名贤录》卷三五《清正二》、民国《平阳县志》卷三二有传。今存诗2首，见《东瓯诗存》校补卷九。

①陈均生年，据其《宋侍郎官前提刑朝请王公挽章》所云"老友同庚哭更哀"推定。王公即王致远（1193—1257）。

弘治《温州府志》卷十一《宦业·陈均》："均少受教于真德秀，故刚正有守，立身行政，务尽其职，虽屡黜亦不顾也。"

七溪

为爱潺湲引步迟，不知行尽白云西。云深忘却来时路，吟断空山片月低。

【注】

此首选自《东瓯诗存》卷九。

赵善思

元陈世隆编《宋诗拾遗》卷二一："赵善思，永嘉人。"录《多景楼》诗1首。《东瓯诗续集·补遗》小传、录诗并同。

多景楼

壮冠东南四百州[①]，景于多处最多愁。江流千古英雄泪，山掩诸公富贵羞。北府至今犹有酒[②]，中原在望莫登楼。西风战舰成何事，只办年年使客舟[③]。

【注】

《东瓯诗存》卷十三编入元诗，缺前三句。按：此首《梅磵诗话》卷中引作"赵善伦季思"诗，文字略有不同（异七字）。《宋诗纪事》卷八五据以过录，小传云："赵善伦，字季思，太宗七世孙。"《全宋诗》卷一四四四从之，并据《宋史·宗室世系十》谓赵善伦乃不克子。多景楼，见本卷赵肃远同题诗注。

①四百州，北宋时天下有三百馀州，"四百"举其成数。司马光《庆历七年祀南郊礼毕贺赦》："驿书散出先飞鸟，一日恩流四百州。" ②北府，指京口。《资治通鉴·晋海西公太和四年》："初愔在北府，温常云：'京口酒可饮，兵可用。'"胡三省注："晋都建康，以京口为北府。" ③使客，使臣。指宋廷出使金国的使节。

【评】

韦居安《梅磵诗话》卷中："赵善伦季思《京口多景楼》诗云：'壮观东南二百州，景于多处更多愁。江流千古英雄泪，山掩诸公富贵羞。北府如今犹有酒，中原在望忍登楼！西风战舰今何在，只办年年使客舟。’全篇警拔，江湖间多称之。或以为刘改之诗，误矣。”

赵崇滋

赵崇滋（约1195前后—？）[①]，字泽民，号竹所，永嘉人。太宗九世孙。赵汝回从子。父赵汝鉴理宗宝庆二年（1226）进士，官终道州通判。崇滋少颖悟，卓荦不群。登宁宗嘉定十年（1217）进士，曾任鄮县令（薛师石《送赵泽民赴鄮县》“高人为令尹”），调严州司户。为官清廉有操守，同年生多居要津，不肯附丽侥进。善笔札，书法得二王（羲之、献之）遗意。工诗，多警语，为时人所诵，惜诗集无传，仅见《宋诗拾遗》卷二一、《东瓯诗集》卷四录诗3首，《东瓯诗续集》卷二录1首，《东瓯诗存》卷七收5首。《全宋诗》收6首。今存诗7首。传见弘治《温州府志》卷十《艺文》。

①弘治《温州府志》卷十《艺文·赵崇滋》：“父汝鉴，中第，终通判道州。”“子必棕、必槐、必杉，俱登科。”卷十三《科第·宋》：“宝庆丙戌（二年，1226）：赵汝鉴，永（嘉），终道州倅。”“淳祐丁未（七年）：赵必槐，永（嘉），终徽州守。”“淳祐庚戌（十年）：赵必衫（杉），永（嘉），终宣城令。”是其父汝鉴理宗宝庆二年（1226）中第，晚崇滋9年；其仲子必槐淳祐七年（1247）及第，迟崇滋30年；三子必杉淳祐十年（1250）及第，迟崇滋33年。崇滋“少颖悟”，少年才俊，当是科场得意者，其登第当在青年。设若23岁（虚

龄）登第，嘉定十年（1217）上推22年，则其生年约当宁宗庆元元年（1195）前后。

释元肇《次韵赵竹所书诗卷后》："江湖三十载，每听说君诗。古寺过逢处，寒城欲暮时。自看霜落后，唯倚竹相知。吟垒惭无律，虚劳为出奇。"

俞文豹《吹剑四录》："近时诗学盛兴，然难得全美，聊随所见，摘录一二。……其他平淡中有理趣，有警发，如赵竹所崇滋：'事才有意终须失，人到无求始是高。''贫悟交游秋后叶，老看富贵雾中花。''从来尽说天堪问，天到如今亦厌烦。'"

俞弁《山樵暇语》卷十："以事干人而弗遂，则怨之；以己方人而弗若，则忌之，此常情也。君子无求于人，何怨之有？反求诸己，何忌之有？俞文豹《吹剑外录》记赵竹所一联云：'事才有意终须失，人到无求始是高。'达哉，斯言也！"

农夫怨

农夫怨，农夫怨！此怨非是怨年荒，此怨翻因年谷贱。终年辛苦不稍懈，及到秋成拟偿债。谁知斛粟不百钱，利尚不偿本仍在。秋来露冷刈获时，早是朝来债又催①。况兼荒政输官急②，不管农夫垂泪泣。君王明哲洞无遗，此怨君王知不知？

【注】

此首选自宋陈景沂《全芳备祖》后集卷二十《农桑部·谷》，诗题为编者所拟。

①早是，已是。　②输官，向官府缴纳租赋。

【评】

这是一篇反映现实的力作，惜埋没未为人所注意。诗写：农夫不怨年荒，忧叹者岁丰谷贱，不能还利偿债，况兼租赋紧逼，辛苦一年，盼得了收获，却只能垂泪暗泣，这是多么辛酸、多么沉痛的诉说！作者斥责官府的不察民瘼，而且把矛头指向“明哲洞无遗”的君王，笔锋犀利。

赵容州新居

旧日水心路，新添赵倚楼①。诗盟不寂寞②，此地合风流。隔浦荷花雨，当门杜若秋。有时清兴到，夜半唤孤舟③。

【注】

赵容州，指赵姓知容州者。容州，宋广南西路属州，在今广西东南部。

①水心，温州城西南郊水心村，叶适宅居处。赵倚楼，用赵姓典，称美赵容州工诗。五代王定保《唐摭言》卷七《知己》：“杜紫微（牧）览赵渭南嘏卷，《早秋》诗云：‘残星几点雁横塞，长笛一声人倚楼。’吟味不已，因目嘏为‘赵倚楼’。”陆游《恩封渭南伯》“佳句真惭赵倚楼”。　②诗盟，犹言诗会、诗社。苏轼《答仲屯田次韵》：“秋来不见渼陂岑，千里诗盟忽重寻。”盟，《宋诗拾遗》《东瓯诗存》作“名”，此从《东瓯诗集》。　③有时二句，暗用晋王徽之雪夜“乘兴”买舟访戴逵事。

【评】

崇滋五律《客舍》：“愁来无好梦，吟到有新声。”亦佳句。

春晚

水边寂寂苍苔晚，犹有东风为掩扉。一砚落花人睡起，半帘微雨燕飞归。旧时小草尘侵户，隔日余薰润入衣[①]。客又不来吟又懒，小山相对拂金徽[②]。

【注】

①隔，《东瓯诗存》作“归”，非。 ②金徽，用金属镶制的琴徽。借指琴。

悼步月

雁过妆楼人不见，断肠又是一黄昏。不知天上婵娟影，能照人间寂寞魂。响屧廊深空认步[①]，唾绒窗暖尚留痕[②]。合将一把香酥骨，葬在巫阳云雨村[③]。

【注】

此首见选《诗家鼎脔》卷上。此悼亡之作，思怀所爱慕的恋人。步月，当为其所爱者。

①响屧廊，春秋吴王宫中回廊，故址在今苏州市西灵岩山。范成大《吴郡志·古迹》：“响屧廊，在灵岩山寺。相传吴王令西施辈步屧，廊虚而响，故名。”宋朱长文《吴郡图经续记·山》：“以楩梓藉其地，西子行则有声，故以名云。” ②唾绒，亦作唾茸。女子刺绣咬断绣线时，常将沾留线绒随口吐出，称为唾绒或唾茸。宋张孝祥《浣溪沙》词：“豆蔻枝头双蛱蝶，芙蓉花下两鸳鸯。壁间闻得唾茸香。” ③巫阳云雨，宋玉《高唐赋》写楚王梦遇巫山之女，言“妾在巫山之阳，高丘之阻，旦为朝云，暮为行雨”。后用于

男女欢会之典。

【评】

弘治《温州府志》卷十《艺文·赵崇滋》:“工诗,优入骚人阃域,《过荆坑哭鹤》《悼步月》诸篇,脍炙江左。”

求酒赵评事

半老情怀睡不能,小檐霜月当寒灯。无人来问相如渴①,敲碎梅花一夜冰。

【注】

据《岐海琐谭》卷十一、《诗渊》第一册(129页)录。评事,大理评事,大理寺属官。《东瓯诗续集》《东瓯诗存》作“许事”,误。

①相如渴,汉司马相如患有消渴病(糖尿病)。这里以相如自比,渴谓酒渴。

【评】

姜准《岐海琐谭》卷十一:“陈止斋《谢林默之居士惠酒》诗云:‘不将鹅鸭恼比邻,林下萧然老幅巾。乞与青州十从事,添成明月两闲人。’赵崇滋《求酒赵评事》诗云(本篇略)。是诗一谢一索,皆为酒也。”

孙锵鸣《东嘉诗话》:“有《求酒赵评事》绝句云(本篇略)。诗见姜平仲《岐海琐谭》卷十一,清节可想。余庚午九月有与友人《乞菊》绝句云:‘老去情怀不识春,寒花气味却相亲。何当分赠枝三两,来伴东篱寂寞人。’意味不觉暗合。遂附录拙诗于下,以志仰止之私。”

戴 仔

戴仔（约1195—？），字元子（《东瓯诗存》小传），永嘉合溪（今永嘉县溪口乡溪口村）人。戴蒙长子，戴侗兄。守志笃学，博通经传。理宗淳祐元年（1241）赵汝腾知温州时，誉其“才英而学甚正”（《庸斋集》卷二《送陈善世》之三注语）。景定元年（1260）郡守季镛举荐为孝廉（嘉靖《永嘉县志》卷六《选举志·诸科》），称云：“天分素高，年近四十即弃去场屋，大肆其力于学。密察于义理之精，考质于古今之载，《诗》《书》《易》《周礼》《四书》下逮史传，皆有传述，迄未尝一出以自炫。安贫委顺，颓如也。”（弘治《温州府志》卷十《戴蒙传》附）。戴仔撰述甚富，然所著《诗书易周礼四书传》及《开治堂集》七十二卷（万历《温州府志》卷十七、雍正《浙江通志》卷二四八著录）等，皆佚。《东瓯诗存》卷四存录3首。

【附考】

戴仔“字守镛”订正

弘治《温州府志》卷十《人物一理学·戴蒙》：“长子仔，季守镛常以孝廉荐。”言(温州)州守季镛，常（尝）以孝廉举荐戴仔，与上文“杨守简敬之，荐于朝”（言州守杨简敬重戴蒙，推荐于朝），是同样句法。季镛，字伯绍，理宗景定元年（1260）任温州知州。宋张淏《会稽续志》卷二《安抚题名》：“季镛，以朝散郎知温州。”弘治《温州府志》卷八《宦职·守·宋》：“季镛，景定元年。”均可证。

但明人凌迪知《万姓统谱》卷九九《戴仔》云：“字守镛，蒙子。

常以孝廉荐。”（四库全书本）该《统谱》采录弘治《温州府志·戴蒙传》时，因粗心，误解了“季守镛”三字并且任意做了篡改，丢掉其姓氏“季”字，想当然地改成“字守镛”。其始作俑，后此遂谬种流传，错误沿袭。雍正《浙江通志》卷二四一《经籍·易传》：“戴仔撰。《姓谱》：仔字守镛，永嘉人。”光绪《永嘉县志》卷十三《戴蒙》：“子仔，字守镛。”大家如孙氏父子亦为所蒙，失于辨察。孙衣言《瓯海轶闻》卷十七《戴县尉蒙·养伯家学》：“戴仔，字守镛，蒙子。”孙诒让《温州经籍志》卷一《易传》“戴仔字守镛”，卷九《家传》按“戴守镛《家传》”，卷三六《辨误·戴仔〈非国语辨〉》案“戴守镛《非国语辨》”。以讹传讹，至于现今，如《历代人物与温州》等。凡此种种，亟须订正。

答友人二首（选一）

说经蠡测海，且欲付家传①。难为越言雪②，徒令鬓似霜。荷君心见许，顾我道非长。若肯嫔王内，当为时世妆③。之二

【注】

①蠡测海，喻言浅陋。《文选·东方朔〈答客难〉》：“语曰：‘以管窥天，以蠡测海，以筳撞钟。’岂能通其条贯，考其文理，发其音声哉！”李善注引张晏曰：“蠡，瓠瓢也。”家传，家塾传承。言不欲外传。　②难为越言雪，谓难为流俗所理解。柳宗元《答韦中立论师道书》，谓越地（南方）少见雪，“大雪踰岭被南越中数州，数州之犬皆苍黄吠噬狂走者累日”。　③嫔王内，充当内宫嫔妃。时世妆，时尚流行的妆饰。白居易《上阳白发人》：“外人不见见应笑，天宝末年时世妆。”胡适云：“唐人所谓‘时世’，乃谓时髦、时尚。”

陈　昉

陈昉（约1197—约1265），字叔方，号节斋，平阳人。陈岘次子。以父任入官。理宗绍定（1228—1233）中由闽县丞迁浦城令。端平元年（1234）真德秀荐于朝，与刘克庄等号为“端平八士”。淳祐十一年（1251），任枢密都承旨权吏部侍郎。淳祐十二年（1252）出知福州兼福建安抚使，重士爱民，“去郡之日，帑庾羡赢，闽人论良牧必以昉为首”（弘治《温州府志》卷十一本传）。景定初以宝章阁待制出知建宁府，景定五年（1264）试吏部尚书。度宗即位（1265），拜端明殿学士，寻进资政殿学士致仕，卒谥清惠。

陈昉德行高尚，戴复古比之前贤汉黄宪、唐元德秀，《寄节斋陈叔方寺丞》云：“今时古君子，玉立众人间。再世黄叔度，三生元鲁山。”为官廉正，善能奖拔人才，林希逸言己“早岁登门叨赏异”（《挽陈节斋》之三），文天祥为所奖识。传见弘治《温州府志》卷十一《宦业》、《两浙名贤录》卷三二《吏治二》。著有《颍川语小》二卷。《东瓯诗集》卷四录诗4首。今存诗7首[①]。

①陈昉存诗，《全宋诗》辑录4首，《全宋诗订补》补录2首，合计6首，《东瓯诗存》校补卷八录同。兹复自《东瓯诗集》卷三续补1首，计共7首。

文天祥《文山集》卷十四《题陈尚书昉云萍录》：“公守建阳，人和政成。皇曰来归，从橐斯荣。我时在馆，望公佩珩。公不我遐，我德公诚。公录班如，友朋公卿。维公下士，敬附氏名。”

弘治《温州府志》卷十一《宦业·陈昉》：“出藩入从，垂四十年，所至以廉平仁恕称。”

民国《平阳县志》卷三二《人物志一·陈昉》：“昉雅知人，临安府厢官常楙、礼部郎中文天祥，皆为所奖识云。”

访梅嵇村书赠同游子白亲友

郭西十里梅花村，一望深白无黄昏。冈峦平处群玉立，松竹翠绕青香屯[①]。二三亲友同我到，霜气辟易生春温[②]。为花一笑下山去，处处冰雪随壶尊。尚想幽人在空谷，天地静闭冲和存。晚来归路更奇绝，天外断烧黄金痕[③]。

【注】

嵇村，又作稽村，今鹿城区双屿镇嵇师村，在温州城西郊十公里处。宋时盛植梅花，为游览胜地，薛嵎有《忆嵇师奥观梅并贵行弟殁后之思》。

①翠绕青，《东瓯诗存》卷八作“青绕翠”。　②辟（音避）易，退避，消解。　③断烧，断霞。

【评】

善叙乡土风物。其“松竹翠绕青香屯”“霜气辟易生春温”“天外断烧黄金痕”诸句，皆善能描状，著语平朴而有意致，情景并茂。

寒食湖上

花瘦水肥三月天[①]，画桡双动木兰船。人家尽换新榆火[②]，惟有垂杨带旧烟。

【注】

此诗见载宋潜说友《咸淳临安志》卷九七《纪遗九·诗》。湖上，指杭州西湖。

①水肥，状水满。宋林东《题戴溪亭》："水肥去马行高坂，汀没闲鸥上浅沙。"(《剡录》卷六下引) ②新榆火，指寒食禁烟后清明重生的新火。古代春时钻榆、柳之木以取火种。《周礼·夏官·司爟》"四时变国火"郑玄注："春取榆柳之火。"宋韩淲《清明》："杨柳青烟榆火新，人家巷陌唱歌声。"

【评】

孙锵鸣《东嘉诗话》："有《宫词》一首云 (引略)。又《寒食湖上》云 (本篇略)。语意均极含蓄。"

杰曰："花瘦水肥"，用语工致。

宫词

桂影婆娑玉殿凉，风传花漏夜声长①。内人亦有思仙者，月下吹箫引凤皇②。

【注】

《唐宋时贤千家诗选》卷十六引作陈简斋诗，误。按：本篇不见陈与义集，楝亭本《后村千家诗》、《唐宋千家联珠诗格》卷十五、《诗家鼎脔》卷下均署"陈节斋"。

①花漏，莲花漏，古之计时器。唐李肇《唐国史补》卷中："初，惠远以山中不知更漏，乃取铜叶制器，状如莲花，置盆水之上，底孔漏水，半之则沉。每昼夜十二沉，为行道之节。" ②内人，宫女。吹箫引凤皇：萧史善吹箫，秦穆公以女弄玉妻焉。日教弄玉吹箫作凤鸣，凤凰来止其屋，夫妇遂随凤凰飞去。见《列仙传·萧史》。

【评】

《唐宋千家联珠诗格》卷十五蔡正孙评:“(前二句) 写宫怨富贵。(后二句) 此语亦含怨思。”

孙锵鸣《东嘉诗话》(见前篇引)。

张綦毋《船屯渔唱》之六八:“继响唐风号四灵,端平人复藉时称。陈家奕叶功名在,不独《宫词》擅漫声。”

杰曰:诗写宫女的怨思和对于自由生活的向往,语意蕴藉,是传诵于时的名作。

徐献可

《东瓯诗集》卷三:“徐献可,永嘉人。官至泉州知府。”录诗2首。按:献可与王琮交善,琮著《雅林小稿》存录《次韵徐献可兼别重巽》《献可约游北山阻雨》二诗 (见陈起编《江湖小集》卷四八)。前篇有云:“最怜风雪分吟笔,安得江山共倚阑。后夜小窗怀素帖,挑灯应忆我同观。”琮钱塘人,曾任监永嘉酒税 (《宋诗纪事》卷七二),与四灵派诗人徐鼎 (太古) 往还,有《客里怀徐太古》诗。

南塘

南塘新雨过,风暖橘洲香[①]。水长侵官路[②],桥低碍野航。竹棚人卖酒,花笠妇移秧。近日频来往,春归有底忙。

【注】

南塘，见本卷薛师石《题南塘薛圃》题注。

①橘洲，南塘一带湿地种满柑橘。 ②长 (zhǎng)，涨。

无名氏

无名氏，《东瓯诗续集》卷二："永嘉丁么人。"录诗1首。《东瓯诗存》卷八小传、录诗同，张如元等校补："丁么，又作丁幺，在今温州瓯海区潘桥镇西北。"

题景星壁

陌上春风破酒颜，马头珠络响珊珊[①]。归来院落已深夜，满地月明花影寒。

【注】

景星，景星观，在杭州东北六十里临平山下。《咸淳临安志》卷二四《临平山》："下有东岳庙、景星观，峙立两旁。又有藕花洲，即鼎湖也。"

①珠络，缀珠的网络。

【评】

诗咏月夜策马醉归的情景，笔调豪纵。后二句尤善描画，读若身历其境。

马宋英

马宋英（约1202—？），《东瓯诗存》卷九："马宋英，温州人，县分无考。存诗一首。"善画能诗，为右丞相丁大全所赏。事见元夏文彦《图绘宝鉴》卷四。按：丁大全（？—1263）任相在理宗宝祐六年（1258），次年罢。宋英此时已画名闻著，当在壮年或晚年。

释元肇《马宋英画松》："元气淋漓湿，画师今几人。宋英传古色，韦偃是前身。森竦髯如蜡，粼皴铁作鳞。蟠根岩壑底，多幸不遭秦。"（《图绘宝鉴》卷四）

王毓贤《绘事备考》卷六《宋·马宋英》："尝作水墨梅花，韵致清绝。"

写古松净慈壁并题

磨尽一锭两锭墨[①]，扫出千年万年树[②]。月明乌鹊误飞来，踏枝不著空归去[③]。

【注】

据《图绘宝鉴》卷四录，题从《东瓯诗存》卷九。《宋诗纪事》卷六九题作《游净慈寺写古松于壁因题》。净慈，净慈寺，在杭州西湖。《方舆胜览》卷一《临安府·佛寺》："净慈寺，在暗门外湖上。周显德建，祥符改今额。寺有五百罗汉，各身高数丈，大数围。"

按：宋徐梦莘《三朝北盟会编》卷一八一《炎兴下帙》载："豫（刘豫）初僭立，奔附者众，识者讥之云：'浓磨一锭两锭墨，画出千年万年树。误得百鸟尽飞来，踏枝不着空飞去。'轻薄子撰造诗曲，指为笑端，不可胜记。”该条系“绍兴七年九月十八日”，此段为回叙文。刘豫立齐称帝在高宗建炎四年（1130），诗为当时有识之士讥讽“奔附”趋炎者作。其较马宋英题寺壁之咏（相异仅5字），时间要早120多年。故有可能是宋英画古松而题用前人咏句，稍事改易。

①尽，《书史会要》卷三、《西湖游览志余》卷十七作“出”，《绘事备考》卷六作“却”，雍正《浙江通志》卷一九七作“残”，《东瓯诗存》卷九作“成”。 ②扫，《诗存》作“写”。 ③著，《会要》作“着”，义同。

【评】

夏文彦《图绘宝鉴》卷四《宋》：“马宋英，温州人，放达能诗。父殁，家资日削。至钱塘，游净慈寺，写古松于壁，题云（本篇略）。丁大全丞相赏其诗画，急命索之。人忌其能，闭不令出，卒不遇。此诚诗谶。作墨梅竹，俱妙。”

孙锵鸣《东嘉诗话》：“宋英本末虽不可考，然诗语兀傲有奇气，则人品必不卑俗，亦岂大全之所得而罗致哉！人忌其能，不令出，恐非其实也。”

侯　畐

侯畐（1204—1258），字道子，号霜崖（崖亦作厓），乐清蒲岐人。为人“聪明特达，气节方正”（明李枝《重建旌忠庙记》）。三贡于乡、两试转运司，考皆第一，而省试（进士试）不第。后以武科举，授合浦尉，迁柳城令，调卫步军司干办公事、侍卫马军行司计议官。理宗宝祐五年（1257），辟海州通判兼河南府计议官。次年十一月，蒙古将李松寿引兵袭攻涟水、泗州，畐率军鏖战，殉难城下，全家遇害。太学生31人上书恤典，诏令海州、乐清立旌忠庙，谥节毅。传见《宋史》卷四五四《忠义九》、弘治《温州府志》卷十一《忠义》。著有《霜崖集》，已佚。《东瓯诗集》卷四录诗7首。

陈松龙《霜崖稿序》："既即霜崖自号，又以名稿，所赋诗亦多咀酸苦以复恬淡，行峻侧以就坦平。习之不易，使牧野虎贲脱剑而冠冕，饮马长城易调于清庙，因具以纪，此诗学固无穷也。"（《温州经籍志》卷二三潘猛补校补引《蒲岐镇志》）

侯一元《缑山侯氏谱·传》："所著有《霜厓集》，博士陈松龙序之，大略谓府君人文，霜洁厓峻。"　又："是时吾侯文儒振矣，霜厓公为之倡，有《忆思齐叔》《送弟恭子读书严濑》二诗载集中，一时厉精相勖，亹亹也。"（《侯一元集》下册）

寄友伯杲

一自城南别，无书直到今。凄凉春夜雨，点滴故人心。笋长林添竹，蚕成柘减阴①。清溪吟历处，曾有梦相寻。

【注】

①柘（zhè），柘树。叶可饲蚕。

暮雨

暮雨生寒衣袂薄，楚乡客子正伤情。扁舟莫向芦边宿，夜半西风有雁声。

【评】

孙锵鸣《东嘉诗话》:“《暮雨》一绝云(本篇略)。道子气节之士,而此诗风致何其清婉也。”

柳花

嫩水浴凫芳草短[①],淡烟飞燕落花天。绿杨也识春来暖,一夜东风脱却绵[②]。

【注】

①嫩水,指春水。杜牧《早春赠军事薛判官》:“晴梅朱粉艳,嫩水碧罗光。” ②绵,指柳絮。宋张先《少年游慢》词:“春城三二月,禁柳飘绵未歇。”

【评】

后二句颇有思致,与徐玑《新凉》“黄莺也爱新凉好,飞过青山影里啼”,句调似之。

韩　应

《东瓯诗存》卷三小传:“韩应,字孟祁,号唐村,永嘉人。存诗三首。”《宋诗纪事》未收韩应诗。从韩应所存诗看,盖亦清心寡欲之士。韩有《陈素斋席上》作,同时梅元春有《雪夜书陈素斋壁》诗,潘逊有《秋日会陈素斋》诗,是韩、梅、潘俱与隐者陈素斋往还,可见他们同是遁居赋吟之诗友。

梅元春又与赵荷畔往还,有《贺赵荷畔别墅落成》诗;另赵汝绩有《送荷渚归越》《送荷渚兄自永嘉归越》诗，赵汝回有《和荷渚寄同游韵》，赵克非有《书赵荷畔壁》诗。赵汝绩言荷渚“吟得四灵无避处”，是为四灵酬酢密切之诗友。潘逊又有《翁秀峰新居》诗，称翁“故人”，而翁秀峰与林景熙有交往（翁为林前辈），林有《翁氏仁寿堂次韵》《次翁秀峰》诗。

据上引诸什，是则韩应、梅元春、潘逊、赵克非诸人，其年辈当介于赵汝回（1189—？）、林景熙（1242—1310）之间，约当为宁宗（1195—1224）、理宗（1225—1264）时人。

《全宋诗》第29册1678卷韩应小传云：“字孟祁，号唐村，永嘉（今浙江温州）人。徽宗政和六年（1116）捉事使臣（《宋会要辑稿》刑法四之八八）。事见《东瓯诗存》卷三。”

今按：宋徐梦莘《三朝北盟会编》卷三一《靖康中帙·起靖康元年正月二十四日庚寅尽其日》载：“《别录》曰：开府奉本府捉事使臣韩应等状：蒙差体究王黼所在契勘，二十四日至雍丘县城南二十里永丰乡辅固村，为盗所杀，取到首级申。”韩应申报的是，奸佞王黼于靖康元年（1126）正月二十四日“为盗所杀”（实被开封府尹遣人诛杀）。《宋会要辑稿》所载徽宗政和六年捉事使臣韩应，即是《三朝北盟会编》记的靖康元年开封府捉事使臣韩应，这是没有疑问的。十分明显，二书记录的捉事使臣（捕盗官）韩应，任职在北宋徽宗政和六年（1116）、钦宗靖康元年（1126），其与南宋晚季字孟祁的隐遁之士韩应，只是姓名偶同而时间差距达百年，是情事毫不相干的两个人。《全宋诗》小传将北宋捕盗官韩应套在南宋遁隐吟人的韩应身上，混同合一，显然错误。《温州文献丛书》第四辑《东瓯诗存》校补卷三“韩应”按语沿用《全宋诗》，亦为失考，并当纠正。

陈素斋席上

自得沧州趣[①]，门开接钓矶。江光翻夕照，岚气上秋衣。心苦一官冷，吟多万事违。何如明月夜，有客扣林扉。

【注】

陈素斋，作者诗友，亦隐遁之士。梅元春《雪夜书陈素斋壁》云："为怜诗思苦，如在灞桥东。"潘逊《秋日会陈素斋》云："与世忘机久，相亲只白鸥。所居环一水，为客又三秋。"

①沧州，隐士所居处。

李介山席上

野屋与僧邻，萧然隔市尘。好山晴入户，幽鸟晚依人。雨歇竹光润，风生荷气新。故人同此趣，来往日相亲。

【注】

李介山，《宋诗纪事》卷七七《李介山》无小传，据《仙岩寺志》录《梅雨潭》诗一首："灵源分左界，千仞落飞泉。散作一空雨，长如四月天。挂岩寒练直，溅席水珠圆。湫石龙应在，山扉浮翠烟。"是亦隐遁之士。仙岩寺在温州城南40里仙岩山，原属瑞安县，今划归温州市瓯海区仙岩镇。《东瓯诗存》未收李介山诗，当补。

【评】

中二联皆称工秀，又极自然。"雨歇竹光润，风生荷气新"，善于刻画，较诸黄庭坚《又答斌老病愈遣闷二首》之二"风生高竹凉，雨送新荷气"联，同是写"风、雨、竹、荷"，其中七字相同；不同者黄“高、凉、送”，韩“歇、光、润”，而意趣迥别，组裁之妙，读者可作比较体味。又，陈傅良《和朱宰游园韵》云：“日静竹光合，风暄花气浮。”举可并美。韩应短律，诗笔颇为清致，除本篇外，前首《陈素斋席上》亦称佳咏。

梅元春

《东瓯诗续集》卷一：“梅元春，字春叟，号雷村钓隐。”录诗4首。《东瓯诗存》卷四云“爵里无考”，录诗同。

按：梅元春有《雪夜书陈素斋壁》诗，陈素斋与韩应、潘逊有往还；梅又有《贺赵荷畔别墅落成》作，赵荷畔或指赵克非（详下文赵克非简介）。如是，则韩、梅、潘、赵当是同时诗友，皆隐遁之士。参见韩应简介。

梦回

沉沉院落酿春寒，销尽炉烟刻漏残①。一枕梦醒风味别，海棠和月在阑干。

【注】

①刻漏，亦称铜漏、箭漏，古代计时器。铜壶穿孔滴漏，壶内竖箭刻度以计时。刻漏残，夜阑将晓。

【评】

渲染春夜梦回境况，情景逼真，颇为工致。“沉沉院落酿春寒”，“酿”字亦用得好。

赵克非

《东瓯诗续集》卷一："赵克非，字志仁，号荷畔老渔，又号寻乐翁。"录诗18首，其中《社燕酬张桂庭》有目无诗，故实17首。《东瓯诗存》卷四云"字志仁，瑞安人，号河畔老渔，又号乐翁"，录14首。嘉庆《瑞安县志》卷九《艺文》选录2首。

按：梅元春有《贺赵荷畔别墅落成》诗："主人原不俗，卜筑水云湾。地敞因删竹，檐虚合受山。吟声来鹤舞，心事共鸥闲。城市纷纷客，登临必改颜。"据《东瓯诗续集》小传，赵克非"号荷畔老渔"，是赵荷畔者当指赵克非。但《东瓯诗续集》所录赵克非诗有《书赵荷畔壁》作，"岂有题自家之壁而书己姓号之理乎？"（《东瓯诗存》卷四校补）故而此处必有一误，或赵诗题有误，或《续集》小传有误（《东瓯诗存》作"号河畔老渔"，河畔与荷畔别是两人），或《续集》编录有误（《书赵荷畔壁》非赵克非诗）。无从考知，姑存疑于此。

秋夜寄李介甫

月生初破睡，起坐对蛩声。不入中年境，谁知此夜情？萤光烟际没，河影斗间明。想尔华峰顶[①]，孤吟思倍清。

【注】

①华峰，指天台山华顶峰，在浙江天台县城北。

【评】

"不入中年境，谁知此夜情"，是阅历语。结联从对面着笔，借达思情，更增一倍。

除夜

邻家争守岁[①]，静坐独忘眠。寒漏渝三水[②]，春风又一年。冰霜诗鬓上，儿女酒杯前。人事今宵毕，看山棹小船[③]。

【注】

①守岁：农历除夕彻夜不睡，以迎新年，谓之守岁。《说郛》卷六十引晋周处《风土记》："蜀之风俗，晚岁相与馈问，谓之馈岁；酒食相邀为别岁；至除夕达旦不眠，谓之守岁。" ②渝三水，不可解。嘉庆《瑞安县志》卷九作"逾三下"。 ③人事二句，即《后汉书·逸民传·向长》所记"男女娶嫁既毕，敕断家事勿相关"，遂肆意出游名山。

夜归

古木已栖鸦，归心逐暮霞。云山千万叠，灯火两三家。问路从田叟，看潮立岸沙。前宵茅店月，依旧照梅花。

秋晚

露满平芜月满塘，水光摇碧夜鸣榔。垂杨已瘦芙蕖老[①]，秋在芦汀雁影旁。

【注】

③芙蕖，荷花的别名。

【评】

善于择取典型物景措置描写，宛然一幅江乡秋晚图。

竹鞭

十亩亭亭翠拂云，矮檐数个亦精神。行鞭莫犯邻家地，寤寐清风能几人[①]?

【注】

竹鞭，竹根。宋赞宁《笋谱·一之名》:“竹根曰鞭。”

①行鞭，竹根横卧土中，节节衍生延伸，谓之行鞭，亦谓“鞭行”。宋赞宁《笋谱·一之名》:“根伸而达，亦谓为鞭行。鞭头为笋。”宋陆佃《埤雅》卷十五《释草·竹》:“竹性丛生，行鞭深远。”莫犯邻家地，《笋谱·一之名》:“谚曰:‘东家种竹，西家理地。’谓其滋蔓而来生也。”寤寐，醒与睡。《诗·周南·关雎》:“窈窕淑女，寤寐求之。”这里是日夜思念之意。清风能，《东瓯诗存》作“春风有”。

潘　逊

《东瓯诗续集》卷二:“潘逊，字伯言，号草窗，永嘉人。”录诗18首。

按:潘有《秋日会陈素斋》诗，是与韩应、梅元春同时（韩有《陈素斋席上》诗，梅有《雪夜书陈素斋壁》诗)。潘又有《翁秀峰新居》诗，称之“故人”，而翁秀峰与林景熙有往还（翁为林前辈)，由是推知伯言盖南宋晚季人（参阅该诗注)。又据作者《元夜》诗“休问传柑事，牵愁到酒边”，则往时曾居朝任职，位列近臣，得遗黄柑。潘逊诗工五律，风格简淡，七绝也写得不错。

送人归姑苏

山驿岁云暮[1]，梅边忽送君。严寒一骑远，残角五更闻。乡梦虎丘月[2]，诗情雁荡云。何时重会面，樽酒共论文。

【注】

姑苏，苏州。据“诗情雁荡云”句，或尝共游雁荡，而友还姑苏送别作。

①岁云暮，“云”字语助。　②虎丘，苏州风景名胜。　③何时二句，杜甫《春日忆李白》：“何时一樽酒，重与细论文。”论文，即论诗。六朝以无韵为笔，有韵为文，后世沿用，所以“文”也就是指诗。

元夜

金吾犹有禁[1]，江国正萧然。灯火自元夜，情怀非昔年[2]。小楼歌欲断，古戍月初圆。休问传柑事[3]，牵愁到酒边。

【注】

元夜，上元夜。农历正月十五日为上元节，是夕称元宵节，有灯会观赏风俗。

①金吾，两端涂金的铜棒。此指执金吾，负责京城治安的长官。唐刘肃《大唐新语》卷八《文章》：“京城正月望日，盛饰灯影之会，金吾弛禁，特许夜行。”此云“犹有禁”，盖遇战乱，未解除夜禁。　②灯火二句，言元夕灯会依旧，而人事（情怀）已非，徒增感叹。宋周密《武林旧事》卷二《元夕》记临安灯会盛况甚详：“一入新正，灯火日盛，皆修内司诸珰分主之，竞出新意，年异而岁不

同。” ③传柑，唐孙思邈《千金月令·传柑》：“上元夜登楼，贵戚例有黄柑相遗，谓之传柑。”（《说郛》卷六十九上引）唐郑处诲《明皇杂录》：“唐上元夜，宫人以黄罗包柑遗近臣，谓之传柑宴。”（《广群芳谱》卷二引）苏轼《上元侍饮楼上三首呈同列》之三：“归来一点残灯在，犹有传柑遗细君。”

【评】

从“灯火自元夜，情怀非昔年”和“休问传柑事”诸语可知，当是作者元夕思怀故国之作，不胜物是人非的伤感。

山村秋夜

村深莎草露，夹岸蓼花风。犬吠白云外，人归明月中。寒声添蟋蟀，秋影减梧桐。隔浦砧声切，星河落晓空。

【评】

潘逊五言多佳句，如《送人归姑苏》“严寒一骑远，残角五更闻”、《元夜》“灯火自元夜，情怀非昔年”、《种药》“荷锄春斫雨，汲涧晓浇云”、《宿山庵》“幽人敲竹户，明月在梅花”及本篇“犬吠白云外，人归明月中。寒声添蟋蟀，秋影减梧桐”等，皆清隽可喜。

翁秀峰新居

小小柴门短短篱，故人受用尽相宜。关情巷陌多新景，绕舍江山似旧时。窗竹丛疏连箨洗[①]，庭梅树老带花移。春风燕子来相贺，对语高梁若故知。

【注】

翁秀峰，温州市区人，与林景熙是诗友。林《翁氏仁寿堂次韵》

元章祖程注："翁氏号秀峰，鹿城人。有堂匾曰仁寿。"（《林景熙集补注》卷一）又《次翁秀峰》云："唐陵愁问永和帖，楚水梦闻长乐钟……世情云雨何时了，千古青青太玉峰。"（卷三）知翁氏亦宋末遗民守节之士，与景熙志趣相同者。太玉峰，即温州城内华盖山，盖翁氏居处。

①箨，竹皮，笋壳。洗，《东瓯诗存》卷四作"徙"。

【评】

结联借写春风中飞来的呢喃燕子，表达乔迁相贺之意。即景而成妙语，恰到好处。

杨妃图

芙蓉帐暖日华高，云鬓微偏酒未消。晓起一团红软玉，三郎错认海棠娇[①]。

【注】

①三郎，谓唐玄宗（明皇）。明皇兄弟六人，排行第三，故称。唐郑嵎《津阳门》诗"三郎紫笛弄烟月"，原注："内中皆以上为三郎。"错认海棠娇，宋惠洪《冷斋夜话》卷一："《太真外传》曰：'上皇登沉香亭，诏太真妃子。妃子时卯醉未醒，命力士从侍儿扶掖而至。妃子醉颜残妆，鬓乱钗横，不能再拜。上皇笑曰：岂是妃子醉，真海棠睡未足耳。'"

沈埠维舟

野树春深红照水，新秧雨后绿匀田。断烟隔岸梧桐角[①]，人立东风待渡船。

【注】

①梧桐角，见本卷曹豳《春暮》注。

陈　供

陈供（1207—1274），字居敬，号杏所，瑞安崇儒里（即阁巷，今属瑞安市南滨街道）人。瑞安阁巷陈氏，自宋理宗淳祐（1241—1252）至元仁宗延祐（1314—1319）间，一门四世，明经讲道之余，复倡为诗社，英俊辈出，熏陶唱和，鼎鼎称盛。今传瑞安阁巷陈氏家集《清颍一源集》，初编于元延祐三年（1316），陈冈编录，裴庾删定。这部家集，汇录宋元时期陈供（一世）、陈兼善、陈养浩、陈则翁、陈任翁（以上二世）、陈文尹、陈昌时、陈得时、陈可时、陈与时、陈识时（以上三世）、陈冈、陈礼耑、陈昇、陈观宝（以上四世）十五家诗156首（卷二续编不计）。内容以“有裨民彝，有裨世教”为宗旨，风格上表现出“辞古而清，意阔而正”的特点，而其“音调格律往往不甚相去远”，薪传一脉，异曲同趣，显示了“清颍家法之相授受”的传统（明区益序）。其中以陈供、陈则翁、陈任翁、陈昌时、陈冈五家创作成绩较著。

陈供是阁巷陈氏家族诗社的首倡人，《阁巷陈氏宗谱》四云：“公颖悟不凡，好学能文。”一生隐居不仕，雅好吟诵，“淳祐间以诗鸣”（清陈锡三跋）。元胡长孺称其“能古今诗”。所著《及春稿》，已佚。《清颍一源集》录诗6首，列于卷首。

裴庾《清颍一源集序》：“杏所陈翁及余先大父以来，世为结发交。少常侍典刑，简轩先生授业于家，四方高弟来者如云，予亦执经以从，因得亲炙先生诸伯仲。当是时，士专务举业，鲜能诗者。二三大老，六经之暇，徜徉得趣，辄啸咏成章。夫何相继奄逝，惜其珍瑰不完于世故。更革之余，属方以儒束高阁，奚暇礼义哉！陈氏诸公独拔自流俗中，笃志课子，明经讲道，犹子宅相，悉在甄陶。复倡为诗社，一时英俊，更唱迭和，预其盟者不啻登龙门之荣，由是诗盛于陈氏之门矣。……一家世业之所传，诗学渊源，轶出唐人之右，行辈莫不争先快睹。"

仇远《清颍一源集序》："余老矣，恨未识诸陈标格，何时访孤山梅鹤，酹紫芝、柳南祠冢，相与剧谭，昌此雅道。"

胡长孺《清颍一源集序》："东嘉陈居敬既能古今诗，子侄孙曾婿与女子之子咸嗣乃业，或为选其一家十五人之诗为一编，号《清颍一源》。钱塘崔进之嘉其志尚，以后序请，予以其篇章四世未已，特为著之如右。"(《阁巷陈氏宗谱・艺文》引)

陈挺《读清颍一源诗一十六首・题杏所公》："不昌身位独昌诗，乐志还希仲统为。借问当时红杏树，春风无限子孙枝。"(《清颍一源集》卷二)。

杏所吟

青山绕我屋，暗水度疏篱。屋前数杏树，昔日手所莳。春风有余泽，荣色映丘墟。所以二三子，识此幽人居。幽居岂无乐，读我圣人书。弹琴送落景，红润清寒徽[①]。欣得素心人，晨夕数追随[②]。古人已解事，种桃避时危。我今际承平，栖遁亦何为？

【注】

陈供所居庭院多植杏树，人称“杏所”。

①景，影。徽，琴徽。　②素心人，心地淡泊之人。陶潜《移居二首》之一：“闻多素心人，乐与数晨夕。”

【评】

赋景抒怀，娓娓叙来，诗笔颇为清致。起云：“青山绕我屋，暗水度疏篱。屋前数杏树，昔日手所莳。春风有余泽，荣色映丘墟。”《喜黄侍郎见访》起云：“村田种苗时，春水广如泽。茅屋起中流，无处辨阡陌。”皆能写出田居幽娴景趣。

陈宰见访

君为百里宰[①]，民俗不凋零。白日无公事，青山入县厅。读书遵古道，骑马到寒汀。更酌一杯酒，相看鬓已星。

【注】

①百里宰，指县令。杜甫《寄刘峡州伯华使君》：“皆为百里宰，正似六安丞。”

【评】

孙锵鸣《东嘉诗话》：“《陈宰见访》云（本篇略）。‘白日’一联，视‘花落讼庭闲’‘蝴蝶飞上阶’等语，有过之而无不及。”

杰曰：此咏疏隽雅练，澹语中饶有腴味。“白日无公事，青山入县厅。”写公庭闲寂之况，尤工致。又，“花落讼庭闲”，见岑参《初至犍为作》：“草生公府静，花落讼庭闲。”屈复《唐诗成法》卷三云：“言公府讼庭草生花落而闲静无人也。”“蝴蝶飞上阶”，为宋朱载上佚句。洪迈《容斋四笔》卷十三《二朱诗词》：“朱载上，舒州桐城人，为黄州教授，有诗云：‘官闲无一事，胡蝶飞上阶。’东坡公见之，称赏再三，遂为知己。”宋陈鹄《耆旧续闻》卷一：“朱司农载上，尝分教黄冈。时东坡谪居黄，未识司农。公客有诵公之诗云：‘官闲无一事，蝴蝶飞上阶。’东坡愕然曰：‘何人所作？’客以公对。东坡称赏再三，以为深得幽雅之趣。异日公往见，遂为知己。”

曹稹孙

曹稹孙（约1208—约1294）①，字德坚，晚号合溪，瑞安来暮乡曹村人。自少工举子业，下笔闳肆，诸老成咸器之。母舅林雍（平阳人，登宋咸淳第）诲以文法。尝自谓曰：“作文譬如立万人场中，非划然大嚣而鸣，人肯听我乎？”宋亡，室庐毁于兵，徙寓平阳梅溪，以诗文自娱。后留安阳（瑞安）十余年，授徒数百人。寿八十七终。《石渠宝笈》卷十三《贮养心殿四・宋蔡襄茶录》有曹稹孙题跋。弘治《温州府志》卷十《艺文元》、雍正《浙江通志》卷一八二有传②。著有《合斋文集》（一作《合溪文集》），今佚。《岐海琐谭》卷五、《东瓯诗存》卷十四录诗2首。

①嘉庆《瑞安县志》卷八《文苑元》作“曹桢孙”误。弘治《温州府志》卷十、《万姓统谱》卷三二、《岐海琐谭》卷五并作“曹稹孙”。曹稹孙、曹穛孙、曹穰孙，皆瑞安曹村人，属同宗，第二字并从“禾”，此其明证。　②明凌迪知《万姓统谱》卷三二《宋・曹稹孙》取自弘治《温州府志》卷十《艺文元・曹稹孙》，惟末句《府志》曰：“寿八十有七终。延祐乡贡科陈麟孙乃其弟子云。”《统谱》

却作:“寿八十有七终。延祐乡贡首科。”断章取义,将“延祐乡贡”得主移位,谓積孙登“延祐乡贡首科”,大谬。孙诒让《温州经籍志》卷二四《曹氏積孙合斋文集》按称“合斋曹乡贡積孙”(中册),乃承袭《统谱》误。孙衣言《瓯海轶闻》卷二八《曹積孙》引录《万姓统谱》曹传全文,唯删除错误的“延祐乡贡首科”一句(下册),处理得当。

富览亭晴雪

阅世荣枯事若何,孤亭独对碧嵯峨①。朔风吹落琼瑶阙②,一夜江南白屋多。

【注】

富览亭,在温州城西北郭公山。详卷一林季仲《次韵梁守登富览亭》题注。

①亭,《东瓯诗存》作“灯”,误。 ②琼瑶阙,谓天宫美玉。琼瑶,喻雪。白居易《西楼喜雪命宴》:“四郊铺缟素,万室甃琼瑶。”朔、阙,《诗存》作“雪、树”,不取。

【评】

姜准《岐海琐谭》卷五:“宋登仕曹德坚積孙,晚卜居城之西洋。时出一篇,人辄传诵。其《秋晓》诗云:‘开门惊落叶,客思一萧然。尚有芦花月,沙鸥闲自眠。’又《富览亭晴雪》(本篇略)。诗体率皆类此。”

孙锵鸣《东嘉诗话》:“瑞安曹德坚積孙,少工文,尝言:‘作文譬如立万人场中,非划然大器而鸣,人肯听我乎?’……有《秋晓》诗云(引略)。词旨清远。又《富览亭晴雪》云(本篇略)。亦寄寓兴亡之感。然与其自言作文之旨'划然大器而鸣'者异矣。盖皆国亡隐遁后所作也。"

刘　木

刘木（约1210—？），字大有，瑞安人。理宗嘉熙二年（1238）进士（雍正《浙江通志》卷一二八《选举六·进士》），官至处州知州。《宋诗拾遗》卷二一（木误作术）、《东瓯诗集》卷三录诗2首。今存诗2首。

酬卧云

美人隔云水[①]，广永几千里。白日有没时，相思无穷已。夜雨翳灯花，凉风折窗纸。披衣不能寐，讵待闻鸡起[②]？从来志士肠，高若雪山峙。岂不念摧折，藉此可凭恃。蔓草委地滋，孤松插天起。感若知我深[③]，赠言故及此。

【注】

①美人，贤人。指友人卧云。　②待，《东瓯诗存》卷七作"得"。闻鸡起，晋志士刘琨、祖狄闻鸡起舞事。　③感，《宋诗拾遗》《东瓯诗存》作"咸"，此从《东瓯诗集》。若，你。

感怀

几度言归未得归，归心常切故山薇[①]。人于愁处酒难著，春正好时花已稀。残日明池蝌蚪集，绿阴满院伯劳飞[②]。浮生衮衮只如此，未必今朝悟昨非[3]。

【注】

①薇，薇菜。野生，可食。《史记·伯夷列传》："隐于首阳山，采薇而食之。"后用于隐居或贫居的典实。　②伯劳，鸟名。善鸣。《玉台新咏》卷九《东飞伯劳歌》："东飞伯劳西飞燕，黄姑织女时相见。"后用喻相离的亲友。此句言见伯劳飞翔而起亲友之思。　③衮衮，急速流逝。《东瓯诗存》作"滚滚"。今朝悟昨非，陶潜《归去来兮辞》："其迷途犹未远，觉今是而昨非。"

温州市文史研究馆

宋元温州诗略

（下册）

陈增杰　编著

浙江大学出版社
ZHEJIANG UNIVERSITY PRESS

图书在版编目(CIP)数据

宋元温州诗略 / 陈增杰编著. — 杭州 : 浙江大学出版社, 2022.6

ISBN 978-7-308-22617-2

Ⅰ. ①宋… Ⅱ. ①陈… Ⅲ. ①古典诗歌—诗集—中国—宋元时期 Ⅳ. ①I222.744

中国版本图书馆CIP数据核字(2022)第078588号

宋元温州诗略

陈增杰　编著

责任编辑　韦丽娟
责任校对　吕倩岚
封面设计　周　灵
出版发行　浙江大学出版社
（杭州市天目山路148号　邮政编码310007）
（网址:http://www.zjupress.com）
排　　版　杭州朝曦图文设计有限公司
印　　刷　杭州宏雅印刷有限公司
开　　本　880mm×1230mm　1/32
印　　张　27
字　　数　651千
版 印 次　2022年6月第1版　2022年6月第1次印刷
书　　号　ISBN 978-7-308-22617-2
定　　价　108.00元

目　录

卷四　宋略四

卷五　元略一

卷六　元略二

卷　四

宋略四

陈淳祖

陈淳祖，字道初，一字唯道，号卓山，瑞安人。理宗嘉熙二年（1238）进士。知钱塘县，以治最闻。开庆元年（1259）知南康军，功绩甚多。景定元年（1260）除秘书郎，迁著作佐郎兼吏部郎。浙西水，提举两浙西路常平司兼知安吉州，赈恤有方。度宗咸淳中移福建路提点刑狱，迁司农少卿兼左司，忤权臣贾似道免官。起为荆湖南路转运副使，卒。传见弘治《温州府志》卷十一《宦业》、《两浙名贤录》卷二七《吏治二》。《东瓯诗续集》卷一录诗4首。今存诗7首。

弘治《温州府志》卷十一《宦业·陈淳祖》："笃学，工文章，步骤韩柳，尤精笔札。"

看云

南山云欲归，北山云欲出。北山已成雨，南山还有日。天风忽吹举，南北山如一。白云本无心，不知果何术？出者未云得，归者未云失。茫茫古复今，世事那可说。

【评】

通篇以云为喻，云出云归，听任自然；世事无常，无以得失为怀。

移居郑司业旧居

司业闲居处，门前烟树低。见山怀旧隐，拂壁试新题。燕语花初落，蜂衙日自西[①]。一年春事毕，又见子规啼。

【注】

《东瓯诗存》卷八题作“徙郑司业旧居”。郑司业，指郑伯熊，曾任国子监司业。郑司业旧居，在温州城内。弘治《温州府志》卷十《理学·郑伯海》：“至今名其里曰‘学堂前’。所居距文肃公（郑伯熊）百馀步，时人称为‘东、西二郑’云。”

①蜂衙，谓蜂群聚拥。群蜂早晚聚集，簇拥蜂王，如吏员按时到主司衙门参拜，称蜂衙。宋刘攽《复此前韵》：“静看梁燕贺，闲听野蜂衙。”参见卷二徐玑《泊马公岭》注②。

徐俨夫

徐俨夫（？—1260），字公望，号桃渚，平阳松山桃湖（今属苍南县观美镇）人。“才高学广，以文名当时。”（弘治《温州府志》卷十本传）理宗淳祐元年（1241）廷试第一（状元）。历绍兴通判、校书郎，进著作郎兼礼部员外郎。十二年（1252）除秘书丞，迁礼部郎中。俨夫负有直声，志节皦然。时相丁大全柄政，忤其意，径拂衣归里。景定初召为礼部侍郎，卒。著有《桃渚集》，已佚。南宋赵闻礼编《阳春白雪》卷八录其《西江月》词，颇具情致。《东瓯诗续集》卷二录诗3首，今存诗4首。传见弘治《温州府志》卷十《艺文》、雍正《浙江通志》卷一九一《介节下》。

林景熙《霁山集》卷二《过徐礼郎状元坊》："名坊临野渡，曾此产魁豪。湖带诗书润，山增科第高。"

徐象梅《两浙名贤录》卷三五《清正二·礼部侍郎徐公望俨夫》："以忤丁大全，拂衣归，终其用事，杜门不出。家贫并日而食，日抱膝高吟，声出金石。或勉其抑己谢过，俨夫笑而不答。"　杰按：弘治《温州府志》本传作："或勉其抑己谢过，俨夫乃题桃符寓意，云：'一任证龟成白鳖，谁能拜狗作乌龙。'"

春晚

门掩春深过客稀，绿阴时复数红飞。疏帘半卷荼蘼雨，小立黄昏待燕归。

【注】

当是理宗宝祐六年（1258）罢职归里闲居时作。《东瓯诗存》卷八题下注："一作《山居》。"

曹　邍

曹邍（约1211—？），字择可，号松山，瑞安人。宋末官御前应制，为贾似道（1213—1275，1265封太师）门客。善诗词，与吴潜（履斋）、翁元龙（时可）有唱和往还。《宋诗纪事》卷七五录诗2首，《全宋诗》（第64册）卷三三四八从《诗渊》补辑4首，今存诗6首。《阳春白雪》录词6首（见卷七、卷八、外集），其《玲珑四犯》等阕皆“被召”赋。

寄豫章诗社诸君子

向来心事剑能知，曾结仙人汗漫期[1]。南浦看花春载酒，西园刻烛夜吟诗[2]。凄凉风月随残梦，零落江湖似断棋。千里洪崖秋水隔，暮云无处说相思[3]。

【注】

《宋诗纪事》卷七五据《诗林万选》录。豫章，唐名洪州，宋名隆兴府。今江西南昌市。

①汗漫，渺茫不可知。《淮南子・道应训》：“吾与汗漫期于九垓之外。”后用称仙人名。 ②南浦，在江西南昌市西南。王勃《滕王阁》诗：“画栋朝飞南浦云，珠帘暮卷西山雨。”西园，在邺城（今河北临漳），三国魏曹丕宴客之所。泛指名园。 ③洪崖，《方舆胜览》卷十九《江西路隆兴府·山川》：“洪崖，去郡三十里。杨杰《记》：‘西山洪崖，在翠岩、应真宫之间，石壁峭绝，飞泉北来，其下井洞深不可测。……前代有异人居之，世以为洪崖先生云。先生三皇时人，盖得道之士也。’”暮云相思，杜甫《春日忆李白》：“渭北春天树，江东日暮云。”

南徐怀古呈吴履斋

匹马来逢塞草秋，淮云一片隔神州[1]。黄昏灯火西津渡，白昼风烟北固楼[2]。犹有断碑知晋宋，谁将遗石问孙刘[3]。天荒地老英雄尽，落日长江万古愁。

【注】

录自《诗家鼎脔》卷上。《全宋诗》卷三三四八收录曹邍此作，卷三七六八复收录“曾邍《边景》”，实即此诗，“曾”为“曹”之误，重出当删。南徐：南朝置南徐州，治京口。吴履斋：吴潜（1196—1262）号履斋，宣州宁国（今属安徽）人。嘉定十年进士第一。历官兵部尚书、权参知政事。淳祐十一年、开庆元年两度入相。《宋史》卷四一八有传。据《资治通鉴后编》卷一四一，吴潜于理宗嘉熙二年（1238）试户部侍郎、淮东总领，兼知镇江府。本篇当作于其时。

①淮云句，宋、金以淮河为界。　②西津渡，在镇江市西长江滨，与瓜州隔江相对，为长江南北水路要津。北固楼，在镇江市东北北固山上，三面临水，形势险固。详卷三蔡槃《瓜州》注①。　③知，原误作“和”，据《宋诗纪事》改。孙刘，三国孙权、刘备。

灯市

春满天街夜色酣[①]，绮罗香结雾漫漫。试灯帘幕深藏暖，扫雪楼台浅带寒。宝骑骄嘶金腰袅，翠翘醉倚玉阑干[②]。江云忽断笙歌散，几点妆梅落舞鸾[③]。

【注】

诗咏都城（临安）元宵观赏花灯、歌舞百戏的盛况。宋吴自牧《梦粱录》卷一《元宵》、周密《武林旧事》卷二《元夕》记杭城元夕，“朝廷与民同乐”，“山灯凡数千百种”，“市井舞队”，“竞呈奇伎”，“家家灯火，处处管弦”，“金鸡屡唱，兴犹未已”，“堕翠遗簪，难以收举”。辛弃疾《青玉案·元夕》：“宝马雕车香满路。凤箫声动，玉壶光转，一夜鱼龙舞。蛾儿雪柳黄金缕，笑语盈盈暗香去。”

①天街，京城街道。 ②腰袅，古骏马名。杜甫《槐叶冷淘》：“愿随金腰袅，走置锦屠苏。”翠翘，妇女首饰。状如翠鸟尾上长羽。 ③言夜阑笙歌散后，满地都是舞女遗落的饰物。妆梅，即梅妆。指梅花妆，以梅花状饰额之妆式。始于南朝宋武帝女寿阳公主。舞鸾，指当街表演的歌伎舞队。

【评】

曹邍存制无几，却多佳品。七言律富于词采，韵调流利，运转裕如，上选三首可见游刃笔力。五律佳句，如《憩凉月观焦山在望》“素月镜秋水，碧云巾暮山”，《水阳精舍》“老树擎凉月，初荷卷湿云”，亦为可诵。

午窗

午窗破梦角巾斜[①]，自涤铜铛煮茗芽。满院绿苔春色静，冥冥细雨落桐花。

【注】

①角巾，有棱角的头巾。士人所服。

林天瑞

林天瑞，字子辑，温州人。理宗景定二年（1261）知崇安县（今属福建），治有政绩，乾隆《福建通志》卷三一《名宦三·建宁府宋》记：“景定初知崇安，建诸贤祠于学宫，创太平西桥，蠲人户，助纲钱，给孤贫钱米，以慈惠称。”传见嘉靖《建宁府志》卷六。《全宋诗》卷二五四三据《武夷山志》录2首，《东瓯诗存》校补卷十据《全闽诗话》录2首，今存诗4首。

谒朱夫子祠

天下有明月，人世苦昏昏。山色无今古，谷云常吐吞。微言谁与析，妙理独难论。万树秋风老，先生道自尊。

【注】

录自清董天工《武夷山志》卷十。朱夫子祠，乾隆《福建通志》卷十五《祠祀・建宁府》：“朱文公祠，在郡内紫霞洲，有司春秋致祭。……先是熹父松过考亭，爱其山水清邃，欲卜居之。绍熙中，熹筑室以成父志，复建竹林精舍，更名沧洲。淳祐甲辰，御书‘考亭书院’四字扁其门。”

咏月

玉露清初坠，天河迥欲流。谁怜今夜月，还似去年秋。影逐寒云起，光缘暮杵留。关山千万里，偏照汉家楼。

【注】

录自明谢肇淛《小草斋诗话》卷三《外篇下》。

【评】

谢肇淛《小草斋诗话》卷三《外篇下》：“世传林天瑞《鼓山》诗‘眼中沧海小，衣上白云多’，然亦寻常语耳，故不及惟和‘松际窥人孤嶂月，山中留客半床云’也。天瑞诗尚有佳者，如《咏月》云（本篇略）。《秋宫词》云（引略）。俨然青莲、少伯语也。七言歌行如《捣衣篇》,尤精谨有法度。惜其游于酒人,故不能篇篇尽美。”(《珍本明诗话五种》,《全闽诗话》卷七引《小草斋诗话》同) 杰按:徐熥字惟和,明闽县人,著有《幔亭集》。青莲,李白;少伯,王昌龄。

秋宫词

碧山凉月澹悠悠,独上高楼望女牛[①]。昨夜西风何处起,宫中无树不知秋。

【注】

录自明谢肇淛《小草斋诗话》卷三。

①女牛,织女、牵牛二星。

【评】

谢肇淛《小草斋诗话》卷三《外篇下》:“《秋宫词》云(本篇略)。俨然青莲、少伯语也。”

薛 嵎

薛嵎(1212—?),原名峡,字仲止,一字宾日,号云泉,永嘉人。出自永嘉名门梯云薛氏家族,祖薛绍(1139—1212)官太常少卿,父薛师武监隆兴府税务(《宝祐四年登科录》)。登理宗宝祐四年(1256)进士,时已45岁。曾官长溪县主簿。为人萧散,恬靖无求,直钩计拙,仕途并不得意。壮心大志于青灯黄册中消磨殆尽,《寄宋希仁兄弟》云:“听残寒夜雨,灰尽壮年心。”实为他自己的人生感叹之言。

薛嵎诗宗奉晚唐体，长于五言近律，在当时籍籍闻名。他与宋庆之、贾仲颖、潘希白（渔庄）、薛美（独庵）诸家，犹能沾濡四灵遗绪，我们称之为后四灵派诗人。其中尤以薛、宋佼佼，赵汝回别选二家诗，合编名《双玉集》（弘治《温州府志》卷十八《书目》著录）。《江湖小集》卷五五、《南宋群贤小集》第九册、《两宋名贤小集》卷二八七、二八八收录他的《云泉诗》（一作《云泉集》），存诗270馀首。

赵汝回《云泉诗序》："云泉薛君仲止，以诗名于时。本用唐体，而物与理称，更成一家。其人萧散之际，自有绳尺。始而色其貌若生，久而旨其味益治，恬靖不求，本于天性，未易以矫揉学者。虽其诗未足以尽其人，然必有是人而后有是诗，读者当自得于言语之外云。"（《南宋群贤小集 · 云泉诗》卷首）

刘黻《蒙川集》卷三《和薛仲止渔村杂诗十首》之二："半生心力在吟编，炼得形如孟浩然。"　之十："白发疏疏青道衣，苦吟应有鬼神知。篇章但可陶情性，羞杀唐人自献诗。"

王士禛《居易录》卷十七："竹垞辑宋人小集四十馀种，自前卷所列江湖诗外，如……薛嵎仲止《云泉集》：'二十里松声，千山雪未晴。'（《太白观雪》）'岩阴常候雨，松色不知春。'（《真隐寺》）'雪渡溪流涩，厨烟栢叶香。'（《闲居》）'芳草思无际，春风情最多。'（《春晴》）'随身惟一钵，留偈别双松。'（《松风隆首座》）'离家买湖石，开印对巾山。'（《送台州倅》）'湖水涵秋霁，风荷动夕阳。'（《渔舍》）。"

《四库全书总目》卷一六五《云泉诗》："嵎之所作，皆出入四灵之间，不免局于门户，然尚永嘉之初派，非永嘉之末派，录之亦足备一格也。”

孙衣言《瓜庐云泉集跋》：“景石与四灵同时，多唱和之作；仲止盖稍后，然其诗亦四灵之派。郡志《经籍》有《瓜庐集》不云卷数，《仲止集》则并未著录，而《文苑传》亦无其名，甚矣《志》之疏也。”（《孙衣言孙诒让父子年谱·同治六年》引）

孙诒让《温州经籍志》卷二三《云泉诗》按：“其诗派出四灵，然在同时诸家独为后出，故王松台《薛瓜庐墓志铭》未举其名。今集中所存诗，多与宋饮冰、刘荆山、赵东阁、潘渔庄诸人酬酢，并永嘉胜流也。”

岁暮书怀

园林春又近，老态更无欢。添岁儿童喜，照贫灯火寒。直心嗟道丧，多事识才难。已种梅千树，从今烂漫看。

【评】

孙锵鸣《东嘉诗话》：“《岁暮书怀》云（本篇略）……盖亦出入于四灵者也。”

杰曰：“直心嗟道丧”，下首《送刘荆山》“直道嗟难遇”，《渔村杂诗十首再和前韵》之七“毕竟直钩为计拙”，皆为愤世之言。

送刘荆山

束书入京阙，忧国最情深。天意有兴废，人才无古今。布衣万言疏[①]，孤剑一生心。直道嗟难遇，贾生终陆沉[②]。

【注】

刘荆山，刘植号荆山，详卷三作者简介。作者《刘荆山渔屋》云："客星沉没钓台空，千载风流独此翁。万顷波心歌杜若，九霄云外见冥鸿。已将名字编渔户，只有琴书在室中。杨柳烟深杖藜出，满头衰白任春风。"

①疏，奏章。　②贾生，汉贾谊。陆沉，喻埋没。语出《庄子·则阳》，郭象注："譬无水而沉也。"

过村翁家

白发茅茨下，耰锄力未衰。儿孙收滞穗，鸡犬入寒篱。俗朴人家善，山深井税迟[①]。能言耆旧事，相问坐移时。

【注】

①井税，田税。

寄宋希仁兄弟

咫尺不相见，闭门惟苦吟[①]。听残寒夜雨，灰尽壮年心。身外一贫在[②]，灯前百虑深。所欣交友义，白首到如今。

【注】

宋希仁，宋庆之字希仁，详本卷作者简介。作者与之交往最深，所谓"形迹相忘二十年"（《送宋饮冰过四明郡斋》二首之二），酬作甚多。

①闭门句，薛嵎苦吟作风一如四灵，《山居简饮冰友，清溪、槐迳二弟》（题从《两宋名贤小集》卷二八七）："谁怜独往意，天弃苦吟人。"《宣氏梅边》："喜逢吟苦友，共此岁寒期。"《秋夜宋希仁

同吟松风阁有感》“瘦得吟肩耸过颐”，“天意复生郊岛在”。《冬日野步》：“幽人拄杖移时立，句句诗中是苦吟。” ②在，四库本《云泉诗》作“见”，此从《江湖小集》卷五五。

【评】

孙锵鸣《东嘉诗话》：“《寄宋希仁兄弟》云（本篇略）……盖亦出入于四灵者也。”

山居十首（选一）

古调今谁弹[①]，至乐非外假。渊明爱无弦[②]，此意知者寡。放鹤未归来，时傍长松下。傍观彼何人，笑我衣裳野。之八

【注】

①古调句，古调冷落，叹世无知音。唐刘长卿《弹琴》：“古调虽自爱，今人多不弹。” ②渊明爱无弦，南朝梁萧统《陶渊明传》：“渊明不解音律，而蓄无弦琴一张，每酒适，辄抚弄以寄其意。”

【评】

范大士《历代诗发》卷三十评本题之四“前村雨脚收”云：“语亦近人，而笔意则已古淡。”薛嵎五言多叙隐居情事和耕钓生活，青松石床，箪瓢自乐；荷衣兰杜，古调独弹。本选诸什可见一斑。

渔村即事

维舟古渡头，四望是汀洲。水阔惟宜夏，荷枯不碍秋。困归牛背稳，晓汲井云浮。独坐愁无侣，多番为月留。

【注】

渔村，在郡城西南郭外会昌湖水心村，作者所居别业。弘治《温

州府志》卷四《水·永嘉县》:"(会昌湖西湖) 渔村墅,在水心,宋薛嵎别业。"集中赋咏极多,有《湖外别业四咏》《渔村会诸友戏呈》《渔村杂诗十首》诸什。刘植有《题薛氏园》,刘瀓有《和薛仲止渔村杂诗十首》,均唱和作。

【评】

薛嵎五律颇多佳句,清王士禛《居易录》卷十七引其"二十里松声"等七联,外此如《岁暮书怀》"添岁儿童喜,照贫灯火寒";《括苍溪船》"名利在何处,风波今眼前";《送刘荆山》"天意有兴废,人才无古今";《友人入京》"千峰带秋色,一路独吟情";《寄宋希仁兄弟》"听残寒夜雨,灰尽壮年心"及本题"水阔惟宜夏,荷枯不碍秋",并可举赏。

渔村烟雨

风日晴阴日日殊,小荷平水水平湖。远汀鸥鹭云边失,隔岸楼台柳外无。好似孤篷湘浦夜,清于淡墨《辋川图》①。朝昏此景何人写,一笠一蓑耕钓徒。

【注】

录自《东瓯诗集》卷四。

①辋川图:辋川在陕西西安市蓝田县南,风景秀丽。王维晚年居辋川别业,写有《辋川图》。宋董逌《广川画跋》卷六《书辋川图后》:"古传辋水如车缚头,因以得名。维自罢官居辋口者十年,日与裴迪浮舟往来,弹琴赋诗,此图想像见之。"

近买山范湾，自营藏地，与亡弟草塘君及外家墓茔，悉可跂望。感事述情，继有是作十首（选一）

十万买山浑可事①，放教身死骨犹香。不知筋力何年尽，看到松杉几尺长。棺椁岂能谋富贵②，诗书元自著兴亡。《采薇歌》在无人识，千载清风独首阳③。之五

【注】

《东瓯诗集》卷四、《东瓯诗存》卷八题作《买山范湾》，《江湖小集》卷五五题无“十首”字。

范湾，《东瓯诗存》卷八张如元等校补：“范湾在今温州城西十公里，地近嵇师，即叶适诗‘下仙看梅’附近，宋代温州著姓薛氏墓地大多在此（1935年曾在该处出土端明殿学士薛叔似圹志。薛叔似，《宋史》卷三九七有传）。‘传闻此地产英贤’云云，殆就此而发。”藏（zàng）地，墓地。亡弟草塘君，作者有《山居简饮冰友，清溪、槐迳二弟》《哭槐迳弟》诗，草堂殆即槐迳。

①十万买山，《南史·吕僧珍传》记僧珍择邻买宅，有云：“一百万买宅，千万买邻。” ②棺椁，棺与椁（外棺）。汉董仲舒《春秋繁露·服制》：“生则有轩冕之服位，贵禄田宅之分；死则有棺椁绞衾圹袭之度。”四库本《云泉诗》、《江湖小集》卷五五、《两宋名贤小集》卷二八八作“管郭”误，此从《东瓯诗集》《东瓯诗存》。能，《东瓯诗集》《东瓯诗存》作“无”，此从《云泉诗》《江湖小集》《两宋名贤小集》。 ③采薇歌，《史记·伯夷列传》：“武王已平殷乱，天下宗周，而伯夷、叔齐耻之，义不食周粟，隐于首阳山，采薇而食之。及饿且死，作歌，其辞曰（略）。遂饿死于首阳山。”薇，蕨菜。

首阳山，在今山西永济市南。

【评】

陈思编、陈世隆补《两宋名贤小集》卷二八七《薛嵎》："负才不遇，以诗闻于时。所居曰渔村，有'渔村名自我'之句，题咏颇多。晚年买山范湾，营藏地。有诗云'不知筋力何年尽，看到松杉几尺长'，佳句也。"

杰曰："不知"联前人称之，本题之九"闲来景物吟方到，静处工夫识始真"及《秋夜宋希仁同吟松风阁有感》"高秋月色行松顶，半夜山中读《楚辞》"，亦并佳句。

黄蜀葵

娇黄无力趁春晖，待得秋风落叶飞。空有丹心能就日，年年憔悴对芳菲。

【注】

黄蜀葵，亦名秋葵，一年生草本植物。

【评】

此借物咏怀之作。心存魏阙，而不愿趋时奔竞，

渔父词七首（选二）

翁妪齐眉妇亦贤，小姑颜貌正笄年①。头发乱，髻鬟偏，爱把花枝立柂前②。之二

【注】

①齐眉，《俚语解》卷一："夫妇偕老曰齐眉。扬雄《方言》：眉、黎，老人之称。东齐谓老曰眉。《诗·七月》'以介眉寿'。齐眉

犹言同寿，非指梁鸿、孟光举案齐眉事也。”笄（jī）年，谓十五岁成年。笄，贯发之簪。 ②柂，舵。

白发鬖松不记年，扁舟泊在荻花边。天上月，水中天，夜夜烟波得意眠。之六

【评】

二诗词旨清新，颇得民歌风调。

陈兼善

陈兼善（约1214—？）字达则，号简轩，瑞安阁巷人。陈供兄陈圆（竹所）长子。理宗淳祐三年（1243）发解（乡试中式解送省试）。著有《无闷稿》，已佚。《清颍一源集》卷一录诗6首，《东瓯诗续集·补遗》录2首。今存诗6首。

陈挺《读清颍一源诗一十六首·题简轩公》：科名有志竟蹉跎，门下诸生得禄多。《无闷》一编诗律细，盛唐诗法近如何。（《清颍一源集》卷二）

喜诸友从游

青灯照空斋，馀生老经史。自顾樗散姿[①]，独守蓬蒿里。孰敢为人师，而乃来多士。造车合途辙，匠石有规矩[②]。溯流须穷源，枯荄化时雨[③]。其间或秀发，青云驰騄駬[④]。实为天所成，吾力何能尔。真宰倘不遗，眷兹哀暮齿。后生徒华风[⑤]，幽闲任栖止。不

须追巢由，何必羡黄绮[6]。抱其所以清，终身探元理[7]。世事非我知，孤心似秋水。

【注】

从游，随从求学。题下原注：“时裴药山、高梅庄、裴芸山、薛榆溆、裴贯道辈皆门生。”按：裴庾字季昌，号芸山；裴庚号药山，裴庾弟；裴若拙字贯道，咸淳四年（1268）右科进士，官河源县令，与裴庾同族，皆平阳嘉峰人。孙衣言《瓯海轶闻》卷二八《文苑·陈则翁》按：“裴庾《清颍一源集序》云：‘杏所陈翁及余先大父以来，世为结发交。少常侍典刑，简轩先生授业于家，四方高弟来者如云，予亦执经以从。’则陈、裴数世通家，而芸山又出简轩之门矣。”高彦，字俊甫，号梅庄，瑞安人。详卷五作者简介。薛榆溆，林景熙太学同学。早逝，林集卷三有《哭薛榆溆同舍》诗。

①樗（shū）散，庄子谓樗树散木，无用之材。后喻不为或不合世用。《庄子·逍遥游》：“吾有大树，人谓之樗，其大本臃肿而不中绳墨，其小枝卷曲而不中规矩。立之途，匠者不顾。”杜甫《送郑十八虔贬台州司》：“郑公樗散鬓成丝。” ②匠石，《庄子·人间世》所写名石的木匠。 ③枯荄（gāi），枯草之根。 ④騄駬，即騄耳，良马名。周穆王八骏之一。 ⑤后生徒华风，杨志林校于“生徒”二字乙转。 ⑥巢由，巢父、许由，古高隐之士。黄绮，夏黄公、绮里季，秦末避乱隐居商山，与东园公、角里先生并称“商山四皓”。 ⑦元，一作“玄”，义同。

答陈侍郎

乾坤容我隐，领鹤向空山。野屋三间小，云心一片闲。江湖空旧梦，岁月见衰颜。为折梅花寄，香随驿使还①。

【注】

题下原注："侍郎名梦虎，永嘉人。开庆己未进士。"弘治《温州府志》卷十三《科第·宋》："开庆己未：陈梦虎，永（嘉），终侍郎。"开庆己未，理宗开庆元年（1259）。

①为折二句，南朝宋陆凯自江南折梅一枝赋诗寄赠范晔，见盛弘之《荆州记》。

【评】

孙锵鸣《东嘉诗话》："《答陈侍郎（梦虎）》云（本篇略）。又《清虚堂》句云：'夜月静移花下影，晓风轻度竹间声。'深得物外闲观之旨，足徵隐居风味。"

刘　黻

刘黻（1217—1276），字升伯（《宋史》作声伯），号质翁，又号蒙川，乐清虹桥郭路人。淳祐十年（1250）入太学。理宗开庆元年（1259）率同舍生六人伏阙上书攻丁大全专权，时论归重，号"六君子"。被削籍遣送南安军（今江西大余县）羁置；丁败，放还太学。登景定三年（1262）进士，廷对触时忌，不在高选，授昭庆军掌书记。度宗咸淳三年（1267）除监察御史，论疏皆中时病。六年知庆元府兼沿海制置使。七年召还，历刑部侍郎、中书舍人、吏部尚书。恭帝德祐二年（1276），临安陷落，相拥二王入广，拜参知政事。军行至罗浮（在广东东江北岸）病卒，夫人举家蹈海尽义。

谥忠肃。《宋史》卷四〇五有传。

刘黻是宋季殉身国事的名臣，正气高节，彪炳史册。诗如其人。他的诗效法唐初淘洗铅华、高自标格的陈子昂，不刻画而长于理谕，重兴寄而归于雅正，作风遒健疏朴。今传《蒙川遗稿》四卷，其中诗三卷。《温州文献丛书》第四辑收录《刘黻集》(2006年版校点本)。

文天祥《文山集》卷十一《贺刘尚书黻》："独到古今之未到，能言天下之难言。为御史，为谏官，张胆论事；真舍人，真侍讲，吐辞为经。"

李孝光《挽参政刘蒙川先生》："瘴江南去暂随龙，此日罗浮死亦忠。官所见棠思召伯，路傍行祭寇莱公。同朝诸老晨星后，故郡遥山夕照中。心事尚留《遗稿》在，问梅无语吊东风。"(《李孝光集校注 (增订本)》卷十一。按：刘黻卒时，孝光尚未出生。本篇当为作者追悼乡贤之作)

郑滁孙《朝阳阁记》："公少字升伯，早闻于人，二十馀年读书僧坊。嗜陈子昂，吟哦高视物表。"

《四库全书总目》卷一六四《蒙川遗稿》："黻危言劲气，屡触权奸，当国家板荡之时，琐尾相从，流离海上，卒之抱节以死，忠义之气，已足不朽。其诗亦淳古淡泊，多规摹陈子昂体，虽限于风会，格律未纯，而人品既高，神思自别，下视方回诸人，如凤凰之翔千仞矣。"

林大椿《蒙川遗稿活字本序》："后之人因先生之境而考其诗文，由先生之诗文而观其节义，有杜老之悲吟而寓诸香山之讽谕，有宣公之恳挚而济以南丰之和平，非学养兼至，其孰能与于斯？"

(刘集附录)

田家吟 少时作

旧谷未没新谷登，家家击壤含欢声[①]。惭愧今年雨水足[②]，只鸡斗酒相逢迎。豪家征敛纵狞隶[③]，单巾大帕如蛮兵。索钱沽酒不满欲，大者罗织小者惊。谷有扬簸实亦簸，钜斛凸概谋其赢[④]。讵思一粒复一粒，尽是农人汗血成。

【注】

①击壤，古代一种在路衢投掷木块的游戏。 ②惭愧，感幸之词。犹言难得、侥幸。 ③征敛，征收赋税。狞隶，凶悍的仆役。 ④扬簸，扬去糠秕。斛，量器。十斗为斛。钜斛，指容量超标的大斛。概，量谷物时刮平斗斛的器具。《礼记·月令》："正权概。"郑玄注："概，平斗斛者。"凸概，上凸之概。

【评】

此为作者忧时悯农之什，揭露豪家征敛纵容狞隶用"钜斛凸概"计量谷物，巧取豪夺，非法牟利，盘剥农户。

过白沙

出郭才数里，片景尽渔家。夜归惟闻犬，潮平不见沙。寒风欺槿叶，淡月让芦花。世路几销歇，一翁常施茶。

【注】

白沙，白沙岭，在乐清市乐成镇东，是县城去往雁荡驿路所经。宋薛季宣《雁荡山赋》："尔乃乐成首路，东骛幽寻，绝白沙之古塞，陟峭岭之芳林。"自注引宋章望之《雁荡山记》："山去县七十里而遥，越白沙、武缺、芳林三岭，达芙蓉驿。”永乐《乐清县志》卷二《山川》：“白沙岭，去县东五里，在永康乡。驿路。”

【评】

光绪《乐清县志》卷一《邑里隅都·一都》：“白沙。刘蒙川《白沙》诗（本篇略）。”

杰曰：诗咏古道风光和客路情怀，疏朴健朗，秀淡可爱。“寒风欺槿叶，淡月让芦花”联，“欺”字“让”字都用得好，生动而有意味。

大龙湫

总是佳山水，龙居又不同。神明专一壑，气势压群雄。派想从天落，湫疑与海通。矩那看不厌，宴坐雨声中①。

【注】

大龙湫：大龙湫瀑布，在乐清雁荡山西内谷。水从连云嶂顶悬空飞下，直接落差190多米，奇幻多变，极为壮观。与灵峰、灵岩同称雁山三大景观。

①矩那，亦作讵那，即诺讵那，或作诺讵（矩）罗，古印度高僧。相传为雁荡开山始祖。四库本作“高秋”，不可取。沈括《梦溪笔谈》卷二四《杂志一》：“按西域书，阿罗汉诺矩罗居震旦东南大海际雁荡山芙蓉峰龙湫。唐僧贯休为《诺矩罗赞》，有‘雁荡经行云漠漠，龙湫宴坐雨濛濛’之句。”宴坐，静坐。矩那宴坐观瀑处，宋时名“尊者庵”（见薛季宣《雁荡山赋》“乐尊者之优游”自注），后称龙壑庵。

【评】

梁章钜《雁荡诗话》卷上《刘黻》：“《蒙川集》有《大龙湫》五

律一首云（本篇略）。此诗见《宋诗纪事》，盖从《蒙川集》采，而前后《雁荡志》俱遗之。”

孙锵鸣《东嘉诗话》：“有《大龙湫》诗云（本篇略）。《题江湖伟观》云（引略）。淳古苍劲之气，犹可想见其人。《四库总目》谓黻‘人品既高，神思自别，下视方回诸人，如凤凰之翔千仞’，信矣。”

游长渠石洞

六月访古壑，衣巾全似秋。多无百年寿，能有几番游？泛酒月流硖，听笙云满楼。相忘有樵者，来往共夷犹[①]。

【注】

这是往游东阳（今属浙江）石洞书院作。书院辟自朱熹，永嘉学者陈傅良、戴溪、钱文子、叶适都曾暇集。继躅前贤，追寻遗踪，共樵人而夷犹，他的心境坦荡，充盈容与自得之趣。

①夷犹，从容自得。

【评】

卢标《婺志粹》卷九《寓贤志·道学·刘氏黻》：“始余读《石洞》诗，诗格峭甚，莫由详其人，居尝怏怏也。既而知为先生，嘅想风烈，益用起敬。盖自石洞之门，辟于朱子，其时气类感通，望风遐集者率永嘉产，如叶文定、陈文节、戴岷隐、钱白石，得先生而五，若联珠然。黻《蒙川集》今不全，朱检讨《经义考》取之以资龟鉴。《四库全书简明目录》曰：‘黻触忤权奸，再遭挫折，卒以追随故主，身陨海滨。所著作散落鲸波，不可复得，惟此残稿仅存。其诗多规仿陈子昂体，虽格律未纯而人品既高，神思自别。’今即取之以评

《石洞》一章可也。”

旱

一雨连三月，当秋乃亢晴[①]。不知老天意，何忍误民生！川竭无云起，山凉有月明。忧时心欲折，空听海鲟声[②]。

【注】

①亢晴，旱晴。《广韵·去宕》：“亢，旱也。”　②鲟（tuó），同“鼍”。《集韵·平戈》：“鼍，或作鲟。”俗传鼍（鲟）鸣将雨。宋陆佃《埤雅》卷二《释鱼·鼍》：“豚将风则踊，鼍欲雨则鸣，故里俗以豚谶风，以鼍谶雨……今鼍象龙形，一名鲟。”按：“鲟”有二读，《广韵·上狝》“常演切”，同“鳝”；《集韵·平歌》“唐何切”，同“鼍”。据诗意，此从后读。《温州文献丛书》第四辑《刘黻集》校本作“鳝”（shàn），甚误，既失其义，复失其声（此处格律当平，作仄失协）。

【评】

久旱无雨，鲟鸣不灵（空听海鲟声），诗人忧心如焚，竟至责问老天，“何忍误民生！”《腊雪》云：“不稔已多岁，无寒能几家？”都表现了他体谅民情、关心民瘼的襟怀。

夜气

夜气不盈掬[①]，浩然天地清。风行石不动，云走月常明。陋巷颜回乐[②]，深山大舜耕[③]。此心无旦昼，万物自生生。

【注】

夜气，夜间清凉之气；兼含孟子所说的“夜气”之意，即指夜晚静思所萌发的良知善念。《孟子·告子上》：“牿（梏）之反复，则其夜气不足以存；夜气不足以存，则其违禽兽不远矣。”

①掬，一作“握”。　②陋巷句，《论语·雍也》：“子曰：‘贤哉回也！一箪食，一瓢饮，在陋巷，人不堪其忧，回也不改其乐。贤哉回也！’”　③大舜耕，《管子·版法解》：“舜耕历山，陶河滨，渔雷泽，不取其利以教百姓，百姓举利之。此所谓能以所不利利人者也。”

【评】

声伯五言多隽句，如《过白沙》“寒风欺槿叶，淡月让芦花”、《腊雪》“不稔已多岁，无寒能几家”、《寄朱德卿》“半窗听夜雨，一雁叫秋云”、《过柘溪得西字》“地肥桑眼大，天暖麦须齐”和本咏“风行石不动，云走月常明”，皆可举例。

钱塘观潮

此是东南形胜地，子胥祠下步周遭[①]。不知几点英雄泪，翻作千年愤怒涛[②]。雷鼓远惊江怪蛰，雪车横驾海门高。吴儿视命轻犹叶，争舞潮头意气豪[③]。

【注】

钱塘潮，杭州湾钱塘江口的涌潮。潮头最高时达3.5米。宋时临安江干潮势最盛。周密《武林旧事》卷三《观潮》：“浙江之潮，天下之伟观也。自既望以至十八日为最盛。方其远出海门，仅如银线，既而渐定，则玉城雪岭，际天而来，大声如雷霆，震撼激射，吞天沃日，势极雄豪。”后因地理变迁，海宁市盐官镇东南海塘，为近代观潮胜地。故又称海宁潮。

①东南形胜，宋柳永《望海潮》词：“东南形胜，江吴都会，钱

塘自古繁华。”子胥祠，伍子胥祠，在杭州市南城隍山（吴山）上。白居易《杭州春望》“涛声夜入伍员庙”。　②不知二句：春秋伍子胥有功吴国，被吴王听谗杀害，尸投浙江。传说他死后冤魂驱水为潮，称“子胥涛”。宋鲁应龙《闲窗括异志》：“伍子胥逃楚仕吴，吴王赐以属镂之剑，自杀。浮其屍于江，遂为涛神，谓之胥涛。”　③吴儿二句，《武林旧事》卷三《观潮》：“吴儿善泅者数百，皆披发文身，手持十幅大彩旗，争先鼓勇，溯迎而上，出没于鲸波万仞中，腾身百变，而旗尾略不沾湿，以此夸能。”

【评】

刘澈题咏山川名胜，多见力作，高怀远意，不落浅俗。是篇笔力矫健，写得极有意概。“不知”联熔化故典，顺口说出，自然而警练。

题江湖伟观

柳残荷老客凄凉，独对西风立上方。万井人烟环魏阙[①]，千年王气到钱塘。湖澄古塔明寒屿，江远归舟动夕阳。北望中原在何所，半生赢得鬓毛霜。

【注】

江湖伟观，在杭州葛岭寿星寺，又名观台，理宗淳祐十年（1250）重建。江指钱塘江，湖指钱塘湖（西湖）。宋吴自牧《梦粱录》卷十二《西湖》：“寿星寺。高山有堂，扁‘江湖伟观’。盖此堂外江内湖，一览目前。淳祐赵尹京重创，广厦危阑，显敞虚旷。旁又为两亭，巍然立于山峰之顶。游人纵步往观，心目为之豁然。”

①魏阙，宫门外两旁高耸的楼观。指朝廷。

【评】

卢标《婺志粹》卷三《婺诗补·流寓·刘黻》:“按先生《题江湖伟观》云(本篇略)。其忠节可见一斑。”

孙锵鸣《东嘉诗话》(见前《大龙湫》引)。

曾枣庄、吴洪泽《宋代文学编年史》第四卷《德祐二年》:“如《题江湖伟观》一诗,对钱塘江、西湖胜景而伤心偏安,神思过人。”

杰曰:登台纵览,心目豁然。然北瞻中原,望“王气”而怀“魏阙”,于宋廷偏安半壁,“一身报国有万死,两鬓向人无再青”,令人伤慨无限。赤诚之心与壮怀与郁愤相交织,溢见行间,沉挚感人。

讥刘秘监献佞固宠

白玉堂中翰墨师,忍令秦牍玷涂碑[①]?向时刚道梅花累,今累梅花自不知[②]!

【注】

刘秘监,指刘克庄(1187—1269)。景定元年(1260)六月,召为秘书监(秘书省长官),时年七十四。克庄负当世盛名,真德秀尝以“学贯古今,文追骚雅”荐之。晚掌书命,词翰精湛,岿然为一代宗工。而垂老恋位,为贾似道所累,“君子惜焉”(乾隆《莆田县志》卷二二《刘克庄传》)。

①白玉堂,翰林院。忍令句,王士禛《居易录》卷二云:“后村在宋末号文章大家……论扬雄《剧秦美新》及作元后诔,言‘天之所废,人不敢支;历世运移,属在新圣’云云;蔡邕代作群臣上表,言‘卓黜废顽凶,援立圣哲’云云;又论阮籍跌宕弃礼法,晚为《劝进表》,志行扫地,词严义正。然其《贺贾相启》略云:‘像画云台,

令汉家九鼎之重；手扶日毂，措天下泰山之安。昔茂弘叹丘墟百年，孔明欲宫府一体。彼徒怀乎此志，公允践于斯言。'《贺贾太师复相》云：'孤忠贯日，双手擎天。闻勇退，则眉攒杜陵老之愁；睹登庸，则心动石徂徕之喜。'《再贺平章》云：'屏群阴于散地，聚众芳于本朝。无官可酬，爰峻久虚之位；有谋则就，所谓不召之臣。'谀词谄语，连章累牍，岂真以似道为伊周、武乡之比哉？抑蹈雄、邕之覆辙而不自觉耶？按：后村作此时，年已八十，惜哉！"民国《福建省志》列传卷十四《刘克庄》："克庄生平蒿目时艰，拳拳忠告，晚年乃为似道一出。王士禛《蚕尾集》有《刘后村集跋》，称其'谀词谄语，连章累牍，岂真以似道为伊周、武乡之比哉？抑蹈雄、邕之覆辙而不自觉'，非苛论矣。"　②向时二句：讥其晚节不保，献谀贾似道，有玷梅花高节。累，受累，牵累。克庄尝作《落梅》诗，云："东君谬掌花权柄，却忌孤高不主张。"意谓东君（主春之神）掌握花木生杀大权，却不公正，忌妒梅花孤高，一任它凋零（不主张，谓不加扶持）。言官取媚时相史弥远，指为谤讪朝政，因被罢职，闲废十年。理宗绍定六年（1233）史弥远死，诗禁解，克庄复作《病后访梅九绝》，有云："梦得因桃数左迁，长源为柳忤当权。幸然不识桃并柳，却被梅花累十年。"表示不屈。后二句即就该段韵事发议，责问说：秘监先生，你以往因咏梅受牵累，留下了孤高的名节；可现今谄媚权奸，志行扫地，连累了梅花而不自觉，这，又是为了什么？

【评】

此咏可见诗人判然邪正、明镜妍丑的严正操守。后二句拈来故事，冷语相讽，寓庄于谐，意尤峻切。

陈宜中

陈宜中（1218—1282），字与权，永嘉人。理宗开庆元年（1259）在太学，与刘黻等六人伏阙上书攻丁大全擅权，削籍编置建昌军，时论号“六君子”。景定三年（1262）廷试第二。历国子祭酒、监察御史、浙西提刑、知福州。度宗咸淳九年（1273）入为刑部尚书，阅岁拜签书枢密院事兼权参知政事。恭帝德祐元年（1275）知枢密院，进右丞相。督师抵御元军，“指授失宜”去职，旋复位。端宗景炎元年（1276）元军迫临，宜中率群臣入宫请太皇太后迁都，不纳，宵遁回乡。陆秀夫拥二王至温州，召宜中，与俱入闽，复为左丞相。《宋史》卷四一八本传云：“井澳之败，宜中欲奉王走占城，乃先如占城谕意，度事不可为，遂不反。二王累使召之，终不至。至元十九年（1282）大军伐占城，宜中走暹（暹国，在今泰国宋加洛一带）。后没于暹。”《宋诗纪事》卷六八录诗1首，《全宋诗》卷三五八一录3首，今存诗4首。

按：当宋室危亡之际，宜中身为丞相，未能全力奋身图谋，在处政行事上可能存在一些细节上的考虑不周或失妥（如“宵遁”之类），虽事出有因，终究为世诟病。但他最后拥幼帝辗转南海，奉往占城“谕意”，谋合他国舟师力图复国（《识馀》卷二“或传在真腊之间，并集外国兵来”），卒亡异域，终不屈事，大节皦然。《宋史》语存偏颇，也欠全面，未足全信。宋末遗民志士浦江人方凤一直关注宜中在暹国的消息（见宋濂《方凤传》）。宋元之际金履祥《广箕子操》（《仁山文集》卷二）、明惠康野叟《二啥诗·丞相陈公》

（《识馀》卷二）等都痛心哀悼，悲其“垢衣”“沥胆”，“回天”无力，困“死南荒”。所以仍是一位值得肯定和纪念的历史人物。

周密《浩然斋雅谈》卷中：“贾师宪越第望海楼成，越帅季镛赋诗为贺。陈宜中时为推官，次韵云：‘名与山高千古重，恩如海阔一身轻。门下少年初幕府，梦随诸吏上峥嵘。’又云：‘功归再造金瓯好，岁巳三登玉烛调。昨日倚筇平地看，一如石壁望松寥。’盖用太白‘石壁望松寥，宛然在碧霄’，盖山名也。一时人称其善于押韵，自此登师宪之门云。”

如占城经吴川极浦亭

颠风急雨过吴川[①]，极浦亭前望远天。有路可通环屿外，无山堪并首阳巅[②]。岭云起处潮初长，海月高时人未眠[③]。异日北归须记取，平芜尽处一峰圆[④]。

【注】

如，往。占城，越南古国，初称林邑。在今越南中南部。吴川，宋广南西路化州属县，今广东吴川市。极浦亭，《明一统志》卷八一《高州府·宫室》：“极浦亭，在吴川县南门外。宋陈宜中诗：‘溪云起处潮初长，海月高时人未眠。’”

端宗景炎元年（1276）十二月，宋幼帝撤离铜山、南澳，移驻广东连州甲子门。次年九月，转移浅湾。十一月，元将刘深攻浅湾，宋师移驻秀山、井澳。刘深又来袭，宋师井澳大败，退至琼州海峡谢女峡。舟师在撤途中曾泊于吴川，本篇当是该年十二月登极浦亭作。

①急，《宋诗纪事》卷六八作“吹”。　②首阳：周灭殷，伯夷、

叔齐“义不食周粟”，饿死首阳山。详本卷薛嵎《近买山范湾》注③。 ③长，涨。岭、海，《宋纪》作“溪、夜”。 ④异日二句，意谓他日北归复国，青峰可为作证。

【评】

杜臻《粤闽巡视纪略》卷二：“特呈山，在邑南六十里。其北有茂晖场，山形秀耸海中，因名。城南河畔有极浦亭，宋李凌云隐处。宋亡后，丞相陈宜中走占城，过此赋诗云（本篇略）。”

孙锵鸣《东嘉诗话》：“德祐初当国，颇不厌人望。后拥二王入广，井澳之败，如占城乞师，竟没于暹。有《如占城经吴川极浦亭》诗云（本篇略）。亦可想见其流离去国之悲矣。”

光绪《吴川县志》卷三《古迹》：“极浦亭，在吴川县南河畔，宋邑人李凌云隐处。宋丞相陈宜中过此有诗，后人取为八景之一。亭内柱联：每当良辰美景，定有词人同载酒；无复颠风急雨，尚留丞相旧题诗。”

杰曰：宜中于国亡颠沛艰难中率部“乞师南海”（宋濂《方凤传》），登亭北顾，悲愤难抑，表达了他义不归元的意志和“北归”匡复的决心。这是真情实感的自然泄发，不假修饰。通篇笔力健举，辞气激昂，洵称佳咏。

陈养浩

陈养浩（约1220—？），字敏则，号直轩，瑞安阁巷人。陈兼善三弟。《清颍一源集》卷一云：“（理宗）绍定（1228—1233）间为广州都巡，再任临皋县尉。著有《岭南清啸集》。”录诗3首。今存诗3首。

陈挺《读清颍一源诗一十六首·题直轩公》：“广州食禄几春秋，拂剑归来已白头。一卷《岭南清啸集》，骊珠炯炯夺人眸。”（《清颍一源集》卷二）

登平山堂

文章犹忆老仙翁[①]，堂雨凄迷万事空[②]。眼底大江天地限，只容日月步西东。

【注】

平山堂，康熙《扬州府志》卷十八《古迹·平山堂》：“在郡城西北五里大明寺侧，宋庆历八年郡守欧阳修建。堂负高，遥眺江南诸山，皆拱揖槛前。因山与堂平，故名平山。”

①文章句，欧阳修《朝中措·平山堂》词：“文章太守，挥毫万字，一饮千钟。”　②堂雨句，苏轼《水调歌头·快哉亭作》：“长记平山堂上，欹枕江南烟雨，杳杳没孤鸿。认得醉翁语：山色有无中。”

【评】

“眼底大江天地限，只容日月步西东。”气概绝大。

远归答周计院

曾拂干将汉水浔[①]，于今卜隐向幽林。草茅闾巷三间屋，收拾江湖万里心。无计谋身休献玉[②]，有书传子不藏金[③]。邻翁笑我归来晚，着破南冠鬓雪深[④]。

【注】

题下原注："计院名埏，永安市人，状元坦之弟。由上舍释褐授今职。"计院，亦称计省，宋中央财政机构。周埏任职计省，故称计院。《林景熙集》卷一《寄周计院》诗元章祖程注："埏，瑞安人。"永安市，瑞安县来暮乡邑里名（今瑞安市江溪镇新渡桥）。埏兄周坦，理宗嘉熙二年（1238）廷对第一（状元）。

①干将，宝剑名。 ②献玉：春秋楚人卞和得玉璞，先后献给楚厉王、楚武王，皆以欺诈受刑，被截双脚。后楚文王使人琢璞，得宝玉，名和氏璧。见《韩非子·和氏》。《史记·鲁仲连邹阳列传》："昔卞和献宝，楚王刖之。" ③有书句，《汉书·韦贤传》载，韦贤鲁国邹人，重视教育，四子皆学而有成。"故邹、鲁谚曰：'遗子黄金满籝，不如一经。'"经，经书。 ④南冠，《国语·周语中》："南冠以如夏氏。"韦昭注："南冠，楚冠也。"后指南方人之冠。

【评】

孙锵鸣《东嘉诗话》："有《远归答周计院》句云：'无计谋身休献玉，有书传子不藏金。'盖亦恬退人也。"

孔梦斗

孔梦斗，字彝甫，平阳人。朝奉大夫孔炜从子。理宗景定三年（1262）进士，又中经明行修科（弘治《温州府志》卷十三）。历临安府教授、秘书省正字，终庆元府通判。宋亡，弃官归里。元至大中以太常礼义院判召，不赴。著有《愚斋集》五十卷，已佚。传见民国《平阳县志》卷三二《人物志一·孔延》附。存诗1首。

追咏邹道乡所植扬州学四柏

道乡采芹暇[①]，手植四株柏。相对有真味[②]，爱此岁寒格。忠言贾奇祸，几削谏臣迹[③]。柏亦助道乡，每号风雨夕。柏死公不死，大名日皦白。后人补种之，存棠思召伯[④]。亭亭俨相持，撑云空百尺。是柏出虽晚，风致犹古昔。我来踆遗芳，清坐假一席。徘徊意难舍，猛把阑干拍。寄语景行人[⑤]，用意幸勿窄。

【注】

此首《宋诗纪事》卷五八据《维扬志》录，嘉庆《扬州府志》卷三十题作《四柏亭》。邹道乡：邹浩（1060—1111），字志完，号道乡。常州晋陵人。神宗元丰五年（1082）进士，授扬州颍昌府教授，历知江宁府、直龙图阁学士。《宋史》卷三四五本传："浩在元符间任谏争，危言谠论，朝野推仰。"扬州学，官立扬州府学。

①采芹，语出《诗·鲁颂·泮水》："思乐泮水，薄采其芹。"谓采芹（水菜）于泮宫（学宫）水畔。此言道乡任职府学。　②真味，嘉庆《扬州府志》作"正味"。　③忠言二句：元符二年（1099），哲宗废孟后，立刘后。邹浩时任右正言（谏官），切言直谏，被除名羁管新州。　④存棠思召伯，《诗·召南·甘棠序》："《甘棠》，美召伯也。召伯之教，明于南国。"周大臣召伯巡行南土，施布善政，曾舍于甘棠下。民人感其德，爱护其树。　⑤景行，景仰。语出《诗·小雅·车舝》："高山仰止，景行行之。"

翁日善

翁日善，泰顺翁山（南宋属瑞安县义翔乡）人。理宗时由太学外舍生入武学。淳祐四年（1244）右丞相史嵩之父丧起复，因其力主和议，为时论所不容，太学、武学、京学、宗学诸生联名上书极论，日善参与其中，皆遭削籍。景定五年（1264）度宗继位，诏被黜诸生，日善以荐补外，授任汀州上杭县令。“有清政，知军曹仁以‘琴鹤风清’奖之。”咸淳二年（1266）擢升文林郎，三年入朝转判院实录。不久辞官归里。传见《分疆录》卷七《官业》。《泰顺翁山翁氏宗谱》收录诗4首。

上杭即事（四首选一）

把酒同登挹翠亭，浑忘案牍几劳形。千章夏木垂檐绿，四面春山扑座青。绕树流莺时睍睆，采茶娇女自伶俜[①]。谈深不觉更筹永，北望天街朗列星[②]。之一

【注】

选自《泰顺翁山翁氏宗谱》。为景定五年（1264）度宗继位后，作者就任汀州上杭（今属福建）县令期间所作。

①睍睆（xiàn huàn），鸣声圆转。《诗·邶风·凯风》：“睍睆黄鸟，载好其音。”朱熹集传：“睍睆，清和圆转之意。”伶俜，孤单貌。　②更筹，夜间报更用的计时竹签。指夜晚的时间。永，终，尽。更筹永，谓夜阑，夜将尽。天街，星名。见《史记·天官书》。

宋庆之

宋庆之（约1222—？）字元积，一字希仁，号饮冰，永嘉人。祖宋傅（1125–1194），字岩老，终沿海制置司参议官。叶适《水心集》卷十四《参议朝奉大夫宋公墓志铭》称之有“精识”，善治事。庆之登度宗咸淳元年（1265）进士，曾任监庆元府（今宁波）盐仓，辟浙东庾幕（仓司幕属）。“公车交荐，未引见而卒。”弘治《温州府志》卷十《艺文》、雍正《浙江通志》卷一八二《文苑五》有传。

庆之博学善文，甚得时贤称赏。刘克庄盛誉其诗，谓能得四灵之长，“含蓄有馀意”。黄震言其“文而无刻楮之弊”。长于五律，简净清隽，笔意细巧。他同薛嵎交谊最深，诗风相近，同为四灵派后起之秀。赵汝回别选二家诗，合编名《双玉集》(弘治《温州府志》卷十八《书目》著录。《瓯乘补》卷四引《梯云薛氏谱》)。所著《饮冰文集》十四卷，已佚。《两宋名贤小集》卷三四四《饮冰诗集》录诗11首，《东瓯诗集》卷二录同。今存诗16首。

刘克庄《后村大全集》卷九七《宋希仁诗序》：“君永嘉人，智足以知四灵之端，而欲合诸家之长。《戍妇词》云：‘君去无还期，妾思无已时。军中无女子，谁为补征衣？’又云：‘或传云中危，夫死贤王围。恐伤老姑心，有泪不敢垂。’《和陶》云：‘城中岂云隘，我见无夷途。所以庞德公，车不向此驱。斜阳挂林杪，野花续春余。’《喜弟归》云：‘数年何处客，昨夜独归船。’《送僧》云：‘飘泊知何处，艰难亦到僧。’《旅夜》云：‘更长初过雁，蛰后稍无蛩。’《废墓》云：‘多年翁仲在，寒食子孙稀。’皆油然发于情性。盖四灵抉露无遗巧，君含蓄有馀意。余不辨其为《选》为唐，要是人间好诗也。”　又同卷《宋希仁四六序》：“惟宋君希仁，笔端有前数者之长，而无数者之短，退之所谓可以鸣国家之盛，非斯人其谁？惜乎西山、南塘不及见，而余亦老矣。”　杰按：西山，真德秀；南塘，赵汝谈。

黄震《黄氏日抄》卷九一《跋耘溪惭稿》：“自近世以刻楮为工，而知意味者绝少。去岁越上，始见同官东嘉宋饮冰；及来临川，又始识耘溪危君，皆前辈之所谓文而无刻楮之弊者也。”

弘治《温州府志》卷十《艺文·宋庆之》：“庆之学广闻多，文辞典赡，有数百篇，清新闲远，得风雅之趣。”

王士禛《居易录》卷二：“后村序宋庆之希仁诗，摘句有云：‘多年翁仲在，寒食子孙稀。’又跋徐宝之诗，摘句云：‘尽日飞花急，隔溪芳草深。’皆晚唐人佳句，不知二集犹传否？记访之。”

孙衣言《瓯海轶闻》卷二八《文苑·宋庆之》按：“饮冰诗可见者绝少，附录于此。然如《送僧》《废墓》等作，盖亦四灵体也。”

孙锵鸣《东嘉诗话》：“《东瓯诗集》又有《项园即事》一首云：‘时节飞花尽，幽林亦自香。闲来看新水，独立又斜阳。檐角鸟鸣霁，树根鱼就凉。一春风雨过，游事极相妨。’皆楚楚有致。”

兰溪道中

朝买兰溪船，暮泊香头市。如何十月天，复此连夜雨。朔风寒似铁，晓色暗如土。道行不见人，路哭疑是鬼。栖栖远方士，忽忽乡心起。落叶响疏庭，空灯照寒被。离家能几时，旅况已如此。茫茫楚山云，渺渺蜀江水①。屈指计行程，此去复万里。

【注】

兰溪，今浙江兰溪市

①蜀，《两宋名贤小集》作“楚”，此从《东瓯诗集》。

开炉日赋

筋力已非旧，逢寒亦自怜。风霜在檐外，妻子语灯前。纸被添新絮[①]，茶瓯煮细泉。虽云方寸地，春意一陶然。

【注】

开炉，启用炉火。江南风俗，以夏历十月初一为开炉日。范成大《吴郡志》卷二《风俗》：“十月朔再谒墓，且不贺朔。是日开炉，不问寒燠，皆炽炭。”又《乙巳十月朔开炉三首》之一：“石湖今日开炉，纸窗银白新糊。”

①纸被，古代用藤纤维为原料制成的一种被子。陆游《谢朱元晦寄纸被》之二：“纸被围身度雪天，白于狐腋软于绵。”

稽村

雪后寒增健，贪幽爱路生。群儿烧叶坐，一鸟啄冰行。山色晴犹惨，梅花谢亦荣。小舆风割面，微醉任欹倾。

【注】

稽村，即嵇村，今鹿城区双屿镇嵇师村。详卷三陈昉《访梅嵇村书赠同游》题注。

次惠上人冷泉夜坐

此景写不尽，此怀谁与俱。月来林影碎，云去石头孤。万籁各休息，天香乍有无[①]。因师寄佳句[②]，清梦更劳吾。

【注】

惠上人：名惠，字柳下，又称柳下师，乐清雁荡人。宋末元初诗僧，云游杭州、宣城、九江等地，晚居雁荡山净名寺，年逾七十。李孝光《雁山十记·游惠上人开西谷记》："惠字柳下，工为五言诗云。"蒋叔南《雁荡山志》卷十一《金石二·天台选山堂诗石刻》载雁荡山净名寺石刻诗（七绝二首），题《柳下师僧游湖山，将归雁荡，赓余去秋留净名绝句为别，因用前韵奉谢以饯。室中维摩，当亦一展眉也。石泉主人悚息》，后署"咸淳第四年（1268）"。惠柳下交游颇广泛，除与宋庆之有唱酬外，文天祥《跋惠上人诗卷》称："读惠上人编，不能措一词。"（《文山集》卷十四）释文珦《潜山集》卷五有《赵白云宗丞以诗送惠柳下谒浙西宪使包宏斋命余同赋》。释觉庵《籁鸣集·送柳下惠老雁山省亲》云："太荒漠漠拟何之，白首慈亲雁荡西。"又《寄雁荡柳下师》云："七十老僧逢世乱，桃源无可路通津。"元宋无有《别惠上人》（《翠寒集》）、谢应芳有《答惠上人》（《龟巢稿》卷三）诸作。冷泉，指杭州灵隐冷泉亭。

①天香，桂花芳香。 ②师，指惠上人。

【评】

庆之长于五律，淡朴清隽，笔意细润。上选诸篇，或叙写家常，或闲居寄怀，皆寻常话语，而平易中见工秀，读有馀蕴，可见风格。

武昌怀古

极目平芜送落晖，六朝征战尚依稀。风生战舸周郎过[①]，月落南楼庾老归[②]。秋塞戍间番马病，春江流下蜀鱼肥。神州北望知何处，父老犹能话岳飞[3]。

【注】

武昌，今湖北武汉市武昌区。《宋史·地理志四·鄂州》："江夏郡，武昌军节度。……南渡后，升武昌县为寿昌军。"

①周郎，指周瑜。三国时周瑜督军夏口，败曹军于赤壁。　②南楼，鄂州（今武汉市）亦有南楼，但从下文"庾老归"语，当指武昌郡（治武昌县，今湖北鄂州市）之南楼。庾老，指庾亮。东晋大臣庾亮驻节武昌郡，秋夜尝与僚属登南楼"谈咏竟坐"，见《晋书·庾亮传》。按：诗咏鄂州武昌（今属武汉市），而使用庾公南楼（今湖北鄂城）故典，是将两地混同了。参阅卷二陈谦《鄂州南楼》注③。　③父老句：高宗绍兴四年（1134），岳飞奉命移驻鄂州，出兵北上，收复伪齐占据的襄阳、邓州、德安、信阳诸州府，大获全胜。二句瞻望中原故土，缅怀岳飞的北伐功业，不胜今昔之感慨。

【评】

笔力健拔，顿挫有致，为庆之七言之警练者。另如《寓武昌报恩寺》"贫寺少逢僧过夏，远乡多是客经年"，亦为可举。

戍妇词二首

君去无还期，妾思无已时。军中无女子，谁为补征衣？之一

或传云中危，夫死贤王围[1]。恐伤老姑心[2]，有泪不敢垂。之二

【注】

本题二首，据刘克庄《宋希仁诗序》录。《全宋诗》卷三五九二引作一首，失当。戍妇，守边战士的妻子。

①云中，汉边郡名，今内蒙古托古县一带。借指边防城邑。贤王，即屠耆王（“屠耆”匈奴语“贤”之意），匈奴单于下最高军政长官。分左、右贤王，统率东、西两部兵。借指敌军统帅。 ②姑，婆婆。

【评】

刘克庄《后村大全集》卷九七《宋希仁诗序》（见前引）。

陈增杰《宋代绝句六百首》：“第一首通过‘谁为补征衣’家庭生活琐事的叙写，表达了戍妇的思念之情，语真意笃。第二首写夫死于战事，戍妇为免使婆婆伤心而强忍悲痛，刻画了她的善良品性，笔致愈委曲细腻。刘克庄深赏之，称‘皆油然发于情性’，‘要是世间好诗也’。”

周翼之

周翼之（约1225—？），事迹未详。《东瓯诗续集》卷一无小传，录诗6首，内《昆湖夜归》应归赵希迈诗，误编当删，实存5首。《东瓯诗存》卷九《宋》：“爵里无考。存诗五首。”按：周有《西里翁宅》诗：“诗人风致别，卜筑寓烟霞。”其尊赵希迈（西里）为“翁”，当属希迈之晚辈。

京口江亭

不忍凭阑久，边愁随望生。如何万马壮，不比一江横。落日明金屿[①]，高风撼铁城[②]。寒涛触沙渚，天意若难平。

【注】

①金屿，指金山。在镇江市区西北，屹立长江中，高60米。清中期后因泥沙淤积，渐与南岸连接，现已为陆山。　②铁城，铁瓮城，镇江城古称。《方舆胜览》卷三《镇江府·古迹》："铁瓮城，唐乾符中周宝为润帅筑罗城二十里，仍号铁瓮城。又云，吴孙权所筑。"

【评】

金山寺庙宇沿山势构建，在斜日映照下显得金碧辉煌，故曰"落日明金屿"。"如何万马壮，不比一江横。""寒涛触沙渚，天意若难平。"登临志士之即景感慨言。翼之五言《春雨》云："点滴听无厌，丰登喜有期。"亦自可喜。

谢隽伯

谢隽伯（1225—1278），字茂良，一字长父（见《宋诗拾遗》卷十一小传，《元诗选癸集》作"长文"），号偕山，一号淳翁，永嘉鹤阳（今永嘉县鹤盛乡鹤阳村）人。李孝光外祖父（孝光母谢氏为隽伯次女）。永嘉鹤阳谢氏，为谢灵运遗在温州的一支后裔。《永嘉鹤阳谢氏家集》内编卷一："八世谢隽伯……宋末隐居鹤阳山。著有《和樵稿》《梅花百韵诗》行世。"（永嘉黄氏敬乡楼抄本）弘治《温州府志》卷十八《书目》："《谢庭遗稿》，谢隽伯、谢梦符、谢凝撰。"李孝光及《谢氏宗谱》都说隽伯诗学晚唐，但从现存诗看，其五古峻健疏朴，聿有兴寄，长于他体。《宋诗拾遗》卷十一录诗

3首,《东瓯诗集》卷五、《元诗选癸集》戊上、《御选元诗》录同,《永嘉鹤阳谢氏家集》存18首。

李孝光《谢山人诗卷为鹤阳外祖题》:“忆吾为儿时,将命父母傍。舅氏袖钜简,有作似季唐。云是而外祖,遗此手泽芳。”(《李孝光集校注(增订本)》卷六)

《永嘉鹤阳谢氏宗谱》元四《谢隽伯》:“学行有馀,尚志不仕。于是大工于诗,人以为类晚唐之作。有《和樵稿》《梅花百韵》,溪南世家大族皆藏之,至今脍炙人口,论诗者必举其诗为最焉。”(张如元《永嘉鹤阳谢氏家集考实·内编八世》)

秋夜山斋感兴六首(选二)

松窗夜寂寂,童子眠已久。残书一读罢,掩卷独搔首。寒灯吐幽花,占喜为谁有[①]?故人眇天末,何能共尊酒。庭树送秋声,欲赋愧欧九[②]。之一

【注】

①寒灯二句,俗以灯花为吉兆。宋祝穆《古今事文类聚续集》卷十八《灯花占瑞》引《西京杂记》:“目瞤得酒食,灯花得钱财,干鹊噪而行人至,蜘蛛集而百事喜。”杜甫《独酌成喜》:“灯花何太喜,酒绿正相亲。” ②欧九,欧阳修排行第九,故称。欧阳修写有《秋声赋》。

渊明颇爱酒,得醉不愿馀。西畴每躬耕,暇隙还读书。四体岂不勤,所乐无他虞。南窗仅容膝,自视为广居。我思靖节翁,其将遂吾初[①]。之六

【注】

①靖节，陶潜私谥靖节先生。遂吾初，实现我的初愿。晋孙绰作有《遂初赋》。

秋日杂兴三首（选二）

西风运金气，万籁含商声[①]。寒蛩亦何为[②]，微音最凄清。幽人倦长夜，拊枕难为情[③]。朱门沸歌钟，醉卧鸳鸯屏。晨鸡唤不醒，况乃闻蛩鸣。蛩声自酸悽，赖有幽人听。之一

【注】

①金气，秋气。商声，秋声。　②寒蛩，深秋的蟋蟀。　③难为情，谓感情上受不了。

高槐堕疏花，梁燕感时节。神飙驾轻翮[①]，行计夙已决。飞鸣绕前檐，似与主人别。乌衣隔海云，去去避霜雪[②]。故垒当来归，相期杏花月[③]。之三

【注】

①神飙，疾风。《文选·曹植〈公宴诗〉》："神飙接丹毂，请辇随风移。"李周翰注："飙，疾风也。言其疾如神。"轻翮，轻捷的翅膀。　②乌衣，指乌衣国，神话传说中的燕子之国。宋张敦颐《六朝事迹编类》卷下《乌衣巷》："王榭，金陵人，世以航海为业。一日，海中失船，泛一木登岸，见一翁一妪皆衣皂，引榭至所居，乃乌衣国也。以女妻之。既久，榭思归，复乘云轩泛海，至其家，有二燕栖于梁上。榭以手招之，即飞来臂上……来春，燕又飞来榭身上。"去去，谓远去。　③故垒，旧巢。当来，《宋诗拾遗》等作"尚未"，

此从《谢氏家集》。杏花月，谓春时。

【评】

孙锵鸣《东嘉诗话》："鹤阳今名蓬溪，在永嘉楠溪最深处，谢氏族颇盛，自言为康乐之裔。二诗皆清逸有致。第一首尤得风人遗音。"

泊舟西湖桥

孤蓬一夜雨萧萧①，短缆和愁系野桥。梦破忽忘身是客，却疑窗外有芭蕉。

【注】

西湖，指温州郡城西南的会昌湖之西湖。参见卷三薛师石《瓜庐》注。

①蓬，用同"篷"。

【评】

诗说：一梦觉来，听到船上雨打孤篷，恍若居家时窗外雨打芭蕉的声音，竟然忘记了此刻泊舟异乡。诗中迭现"夜雨"的两个不同场景，将实况与梦境交织在一起，十分真切地表述夜泊的羁情愁思，笔法别样，委曲深致。"和愁"二字也用得好。

潘希白

潘希白（约1228—约1276），字怀古，号渔庄，永嘉人。父潘斗建，宁宗嘉定十三年（1220）进士，历官福建帅参、知徽州。希白入太学有文声，登理宗宝祐元年（1253）进士。曾任临安府节制司干办公事，秩满引疾不调。恭帝德祐末（1276），起为史馆检阅，不赴，卒。

希白为后四灵派诗人，早年从学赵汝回，效法孟郊、贾岛，独尚古调，勤事苦吟。晚岁卜筑柳塘[①]（今鹿城区南门街道花柳塘社区），胜流咸集唱咏，为一时盛会。传见弘治《温州府志》卷十《艺文》、雍正《浙江通志》卷一八二《文苑五》。著有《柳塘集》，已佚。《东瓯诗集》卷三录4首，《东瓯诗续集》卷二录2首，今存诗6首。亦工乐府，其《大有・九日》词，传诵于时，见选周密《绝妙好词》卷五、陈耀文《花草粹编》卷十九等。查礼《铜鼓书堂遗稿》盛誉："用事用意，搭凑得瑰玮有姿，其高淡处，可以与稼轩比肩。"（《宋词三百首笺注》引）

①光绪《永嘉县志》卷二一《古迹志一・宅》："潘希白宅，古柳塘。"

赵汝回《奉归柳塘潘希白诗稿》："织柳缝花雅道衰，将题锦卷复敲推。夜寒吟苦冰澌合，境寂心融造化来。劚石昆仑携玉下，乘槎河海到天回。今时古调何人爱，东野长江在夜台。"（《江湖后集》卷七）

弘治《温州府志》卷十《艺文・潘希白》："早学诗于赵汝回，既而与乐府骈俪俱著称于时。卜筑柳塘，擅山水之胜，一时文会，名流咸集，里人以为笑谈。"

广德早行

草屦穿篱过，衣湿槿花露。千里浙东人，今踏江南路。晓程犹带夜，众星照高树。家中犹未醒，梦我青云去。

【注】

当是求学或应考出行作。广德，宋广德军，治所今安徽广德。

入南溪

沙头落月照篷低，杜宇谁家树底啼。舟子不知人未起，载将残梦上清溪。

【注】

南溪，即楠溪，今名楠溪江。参见卷二戴蒙《南溪春暮》题注。

【评】

孙锵鸣《东嘉诗话》："有《入南溪》一绝云（本篇略）。意度清远，殊有萧然自得之趣。"

杰曰：写水乡晓晨船行的情景和自己的感受。郑文宝诗"不管烟波与风雨，载将离恨过江南"、李清照词"只恐双溪舴艋舟，载不动许多愁"，皆言以舟载愁；此云"载将残梦"，转以载梦，变化翻新，设想亦奇。

凉夜

凉夜无云星自流，池塘促织早知秋①。远更不受重城隔②，时逐西风到小楼。

【注】

①促织，蟋蟀。　②更，报夜的更声。重（chóng）城，一重又一重的城墙。古代城市在外城中又建内城，故称。

【评】

咏秋凉之夜妙绝，韵度悠远。卧听促织，遥闻夜更，乃诗人闲居幽怀。

薛　美

薛美，号独庵，永嘉人。事迹未详。薛美为后四灵派诗人，论诗推崇薛师石。七律《薛瓜庐，吾宗人也。吾不得而见之，得见其诗斯可矣。太息而题于卷杪》云："结庐兄弟近长安，弊却儒冠竟不弹。自茹芝来轻汉召，肯将瓜去博唐官。贫多乐事清无尽，手写新诗墨未干。史笔须评隐君传，姓名应作古人看。"（《瓜庐诗》附）可见其清贫自守的志趣。《宋诗纪事》卷七七、《东瓯诗存》卷九录诗2首。

咏柳

一撮娇黄染不成，藏鸦未稳早藏莺。行人自谓伤离别，枉折无情赠有情[①]。

【注】

录自宋陈景沂《全芳备祖》后集卷十七。

①枉折句，"柳"谐音"留"。古人歧路送别，折柳枝相赠，用表挽留之意。

【评】

孙锵鸣《东嘉诗话》："有《咏柳》绝句云（本篇略）。风韵极佳。又《题瓜庐诗卷》云：'自茹芝来轻汉召，肯将瓜去博唐官。'亦清颖可喜。"

林千之

林千之（约1228—约1279），字能一，号云根，平阳凤林乡盖竹人。理宗宝祐四年（1256）与兄林世聪同举武科进士，换文登开庆元年（1259）进士。度宗咸淳元年（1265）任江阴军教授，历官国子监学正、嘉兴府通判，迁枢密院编修官，终信州知州。恭帝德祐二年（1276）秩满归里，宋亡不仕。

千之精于《三礼》，同里朱元昇邃《易》学，结为忘年交。昇卒，遗言以所著《三易备遗》序属。与乡里遗民志士结为诗友，林景熙《寄林编修》称“大雅凋零尚此翁”，尊为耆宿。著有《云根痴庵集》，已佚。《全宋诗》卷三五三九录诗3首，《全元文》卷二八九录文1篇。《两浙名贤录》卷四六《文苑二》、雍正《浙江通志》卷一八二《文苑》并入传。

弘治《温州府志》卷十《艺文·林千之》：“性颖秀，博洽今古，工文词，深为江万里诸人所知。迨元初，徜徉里居，以翰墨自娱。家藏图书法帖甚富，鉴裁精审，儒林以好古博雅推之。阅数岁卒。”

民国《平阳县志》卷三五《林千之传论》：“千之少治《三礼》，阒无传。书序篇称《说卦》两言，本之干令升注，于经术知亦湛深云。”

送马静山寄林晓山兄弟

古井谁复汲，古调谁复裁？元鹤引清吭，万壑松风哀。彼美三株树，沆瀣軿琼台[①]。吾宗大小山[②]，正尔期不来。袖有明月珠，远遗马子才[③]。江空山亦深，乃肯穿苍苔。妙悟玄中玄，使我心悠哉。有墙肩曹刘，无苑延邹枚[④]。采薇雾失道，钓鳌风折桅[⑤]。朔风无重裘，地炉拥寒灰。两穷相值遇，一笑聊参陪。白日苦无光，暖律何当回[⑥]。持此将安归，令人心胆摧。吾闻三神山，缥缈连蓬莱[⑦]。沧海正清浮[⑧]，神仙亦嵬崔。归欤三隽朋[⑨]，下界空飞埃。

【注】

录自《宋诗拾遗》卷十一。马静山，平阳人，与林景熙为诗友。林《马静山诗集序》云："予读静山马君诗，清厉沈郁，扶天坠，闵人穷，意寄言外。方其破砚寒灯，萧然四壁，人不堪之，而能发天葩于枯槁，振古响于寂寥，手提偏师，亦足抗贾孟之垒。"（《林景熙集补注》卷五）本篇曰："有墙肩曹刘，无苑延邹枚。采薇雾失道，钓鳌风折桅。"盖亦怀才失落之士。林晓山，即林景怡，景熙兄。详本卷作者简介。

①三株树，典出《新唐书·文艺传上·王勃》："初，勔、勮、勃皆著才名，故苏易简称'三珠树'。"此誉称林景怡、林景熙、林德渊三兄弟。沆瀣，夜间水气，清露。斞（jū），用斗、勺等舀取。琼台，指天上的琼楼玉台。　②大小山，大山、小山。汉王逸《楚辞章句·招隐士序》言淮南王刘安招怀文士，"分造辞赋，以类相从，故或称小山，或称大山，其义犹《诗》有《小雅》《大雅》也。"这里用以称美林景怡（晓山）、林景熙（霁山）兄弟。　③马子，指马静山。　④曹刘，指东汉末诗人曹植、刘桢。杜甫《壮游》："气劘屈贾垒，目短曹刘墙。"邹枚，指西汉辞赋家邹阳、枚乘。梁孝王延为宾客。　⑤采薇，谓隐居。钓鳌，喻科举登第。　⑥暖律，温暖节候。　⑦三神山，《史记·秦始皇本纪》："齐人徐市等上书，言海中有三神山，曰蓬莱、方丈、瀛洲，仙人所居。"　⑧

浮,《东瓯诗集》卷四作“净”。 ⑨三隽朋,指马静山与林晓山、霁山兄弟。

【评】

曾枣庄、吴洪泽《宋代文学编年史》第四卷《开庆元年》:“其《送马静山寄林晓山兄弟》云:‘白日苦无光,暖律何当回。持此将安归,令人心胆摧。’《塘下》云:‘抱叶蝉瘖枯树冷,衔花鹿去古台荒。兴亡往往关天数,搔首踌躇对夕阳。’多亡国之痛。”

陈虞之

陈虞之(约1229—1279),字云翁,号止所,永嘉楠溪芙蓉村(今属永嘉县)人。度宗咸淳元年(1265)进士,历任扬州教授,淮东安抚使、两浙转运使干官,刑、工部架阁文字,秘书省校勘兼国史院,广王府记室参军,积阶承议郎。恭帝德祐二年(1276)元军攻占温州,虞之率子侄族众千馀人于永嘉上塘绿嶂垟阻击元兵,不胜退守故乡芙蓉崖,凭险坚守二年之久。帝昺祥兴二年(1279)寨破,虞之身衣朝服,跳崖殉国,馀部八百馀人均死难。传见弘治《温州府志》卷十一《忠义》、《两浙名贤录》卷七《忠烈一》、《宋季忠义录》卷八。《东瓯诗续集》卷四录诗2首。

夏文彦《图绘宝鉴》卷四:“陈虞之,字云翁,号止所,温州人。咸淳初进士。深于《易》。作墨竹,每见竹折小枝,就日影视之,皆欲精到。” 杰按:清王毓贤《绘事备考》卷六《宋》作:“深于《易》理。好作墨竹,每见折竹小枝,取就日影玩之,盖欲得其神情也。”

曾唯《东瓯诗存》卷九《陈虞之》：“林齐铉《荻斋诗集》注：‘宋末，益王航海，永嘉陈虞之殿，与元兵抗拒于楠溪北岩，八百人同靖节于此。《宋史》无传。’林纪以诗云：‘伤心是北岩，八百人靖节。我来吊先生，欲补《宋史》缺。’”

送别

柳湿征衫晓出关[1]，荒城古雪剑花寒。西风漠漠龙沙路[2]，马上青山带醉看。

【注】

①晓，《东瓯诗存》卷九作“晚”，此从《东瓯诗续集》卷四、《御选元诗》卷七三。　②龙沙，泛指塞外漠北之地。

【评】

虞之不徒高义，善画能诗。如此作，诗笔活现画境，诗情画意兼具，诚为妙品。其题《山水小景》云：“千年老树立苍石，三峰两峰天出云。青溪道士坐船上，自按玉箫人不闻。”笔墨简峭，亦为可诵。

赵茗屿

赵茗屿（约1231—？）。《东瓯诗续集》卷三录诗14首，无小传。《东瓯诗存》卷七：“赵茗屿，乐清人。名字无考。存诗六首。”《全宋诗》卷二六六〇小传：“赵某，失其名，号茗屿，乐清人。”据《东瓯诗存》录诗6首。

按：茗屿宋宗室后。其《营盘》云“毕竟为人役，休言作县尊”；《休官》云“欲知赵子休官了，贫似扶风马少游”，则曾任县令，后离职出游。所作多忧世伤时之慨，“酒酣耳热”“倚剑悲歌”，表现了岁月蹉跎、报国无门的感愤。据其《在所叹次韵》云：“事已如斯可奈何，君王不敢爱山河。独松岭上天兴败，渔浦江头客涕歌。”（参阅该篇注）如孙诒让谓“当为宋末元初人”。

野望

西风吹恨急，豪杰尚清谈。土地全归北，干戈未息南[①]。草深尤有兔，桑尽却无蚕。空抱干时策[②]，未能陈二三。

【注】

①土地二句，言中原已沦敌国，而南方战事不断。　②干时，切合时势的策论。

有所思

淅淅寒城一笛秋，天风吹透青貂裘。鱼素不来雁无足[①]，黄叶摇碎游客愁。倚剑悲歌还起舞，江汉迢迢渺如许。彼美人兮天一方[②]，独抱琵琶憾秋雨。

【注】

①鱼素，指书信。汉乐府《饮马长城窟行》：“客从远方来，遗我双鲤鱼。呼童烹鲤鱼，中有尺素书。”雁无足，用鸿雁传书典。　②美人，贤士。指所思友人。苏轼《前赤壁赋》：“渺渺兮余怀，望美人兮天一方。”

在所叹次韵

事已如斯可奈何，君王不敢爱山河。独松岭上天兴败[①]，渔浦江头客涕歌[②]。百代衣冠春梦短，一朝禾黍夕阳多。无情犹有西湖路，隐约梅花照钓蓑。

【注】

此诗当为宋亡后作。

①独松岭，《大清一统志》卷二一六《杭州府·山川》："独松岭，在馀杭县西北七十五里，有关在其上。岭路险狭，东南直走临安，西北则道安吉，趋广德，为江浙二境要隘。"雍正《浙江通志》卷三五《安吉州·独松关》："在独松岭上。《名胜志》：……德祐元年，以元兵渐迫，遣将列戍要害，命罗琳戍独松关。元将阿勒哈自建康分兵出广德四安镇，犯独松关，遂陷之，临安震惧。"按：恭帝德祐元年（1275）十一月己丑（二十三日），元军攻破临安西北的独松关。次年三月，元左丞相伯颜率军入临安，南宋遂亡。　②渔浦，在钱塘江南岸萧山境内，对岸即六和塔。《方舆胜览》卷六《浙东路·绍兴府》："渔浦，在萧山县西二十里，对岸则为杭之龙山。"

【评】

孙诒让《温州经籍志》卷三二《元·无名氏〈东瓯遗芳集〉》按："（《东瓯诗续集》）所录茗屿诗有《在所叹》一篇云（本篇略）。则茗屿当为宋末元初人。"

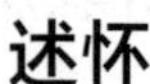

述怀

得鹿归来一梦中①，平生事业总成空。饭牛岂意干西伯②，寻马何须访北翁③。赵既有辞难夺璧，楚将无事叹亡弓④。南熏正解吾民愠，且弄朱丝奏晚风⑤。

【注】

①得鹿，喻指虚幻中的富贵。《列子·周穆王》载，郑有薪者，击鹿于野，恐人见之，“遽而藏诸隍（坑）中，覆之以蕉（樵），不胜其喜。俄而遗其所藏之处，遂以为梦焉。” ②饭牛，喂牛。春秋贤士“宁戚饭牛车下”，齐桓公夜出迎客，疾击牛角商歌，曰：“生不遭尧与舜禅……长夜曼曼何时旦？”后得桓公重用。见《史记·邹阳列传》集解引应劭曰。干，干谒。西伯，指周文王。此言己平居不事干谒。 ③北翁，塞北翁。用塞翁失马事。见《淮南子·人间训》。言祸福相倚，不可预测。 ④夺璧，用蔺相如完璧归赵故事。亡弓，《孔子家语·好生》：“楚王出游，亡弓，左右请求之。王曰：‘楚人失弓，楚人得之，又何求之？’”《东瓯诗存》“亡”作“忘”，误。二句言虽壮怀素愿难遂，然亦不必深叹。 ⑤南熏，南风。熏，同“薰”。薰，清凉。《绎史》卷一一引《尸子》：“帝舜弹五弦之琴，以歌《南风》。其诗曰：南风之薰兮，可以解吾民之愠兮。”朱丝，朱弦。指琴。

【评】

通篇运转自如，笔力遒宕，为作者精心结撰之咏。中四句“饭牛、寻马、西伯、北翁”与“赵璧、楚弓”，运典取对，工整熨帖，可以媲美温飞卿“甲帐、丁年”（回日楼台非甲帐，去时冠剑是丁年）、李义山“六军、七夕、驻马、牵牛”（此日六军同驻马，当时七夕笑牵牛）妙联。

俞德邻

俞德邻（1232—1293），字宗大，号太玉山人[①]，平阳人，侨寓京口。理宗景定二年（1261）乡试第一，度宗咸淳九年（1273）两浙路转运使司解试（漕试）第一，然省试皆未第[②]。元初，阿术丞相举为行省郎中，江浙行省累荐，皆不就，遁迹以终。

德邻性婞直狷介，自名佩韦斋[③]。博学多识，以文章高节，负世重望。他的《京口遣怀呈张彦明、刘伯宣郎中并诸友一百韵》，指陈国事，忠义激发，有“诗史”之誉。与龚开友善，有《龚圣予号翠岩晚岁更号岩翁为赋》等作。今传《佩韦斋文集》二十卷，其中诗七卷，杂文九卷，辑闻四卷（又以《佩韦斋辑闻》四卷单行）。《至顺镇江志》卷十九、民国《平阳县志》卷四一有传。

①太玉，《四库全书总目》卷一二一《佩韦斋辑闻》作“太迂”，殆形近误。　②清曹庭栋编《宋百家诗存》卷三八《佩韦斋集》谓“咸淳癸酉登进士”，《宋诗纪事》卷七六《俞德邻》、《四库全书总目》卷一二一《佩韦斋辑闻》亦云“举咸淳癸酉进士”。按：宋进士科三年一考，度宗咸淳年间进士四榜，即乙丑（元年，1265）阮登柄榜、戊辰（四年，1268）陈文龙榜、辛未（七年，1271）张镇孙榜、甲戌（十年，1274）王龙泽榜。咸淳癸酉（九年，1273）非进士试年，其云“咸淳癸酉登进士”“举咸淳癸酉进士”皆为失据。且检

弘治《温州府志》卷十三、雍正《浙江通志》卷一二九，所列咸淳间四榜进士，并无俞德邻名。《至顺镇江志》卷十九《俞德邻传》云："景定辛酉以《书经》魁乡举，咸淳癸酉以《礼记》魁浙漕。"仅言德邻景定辛酉（二年，1261）乡举中魁，咸淳癸酉（九年，1273）两浙漕试复中魁，而没有说他礼部试即省试及第。宋制，乡试（州府）、漕试（各路转运司）在省试前一年举行；乡试、漕试中式，参加第二年的省试，省试中式经殿试即成进士。元熊禾《佩韦斋集序》云："公举癸酉进士科，犹在下位。""举"者荐选参考，非谓科考中选。韩愈《讳辩》"愈与李贺书，劝贺举进士"；周密《齐东野语·韩忾奇卜》"举进士，不第"，皆其义。此言德邻于咸淳癸酉（1273）荐选参加进士科考试（即漕试发解），而次年（甲戌，1274）进士试未第，"犹在下位"为不第之婉辞。明宋濂《宋学士集》卷三一《俞先生墓碑》（俞先生指德邻子希鲁）云："父德邻，乡贡进士。"亦言其为乡试解送进士科试者也。孙锵鸣《东嘉诗话》云"举咸淳癸丑进士"，并误（癸酉又误为"癸丑"）。 ③本集卷八《佩韦斋箴并序》："余性刚狷，因取西门佩韦之意，以名吾斋。"箴曰："嗟我婞直，加以狷介，乏惠之和，有夷之隘，与物多忤，与世寡谐。"

熊禾《佩韦斋集序》："《饮酒》诸篇，酷似陶；《遣怀》等作，大类子美，则其时实使之然。公之诗，闲雅冲澹中，发扬蹈厉之意存焉。其文则论辩闳深，叙述详核，忠厚恳恻之情蔼如也。近律骈俪，亦皆典则精致。原其所尚体要，则关涉纲常，造次道理，又不可与寻常诗人文士例论矣。"（《佩韦斋集》卷首）

俞希鲁《至顺镇江志》卷十九《俞德邻》："学问该洽，问无不知，而宽厚乐易，深藏若虚。一时贤公卿咸敬慕之，西皋赵公文昌赠以诗云:‘风尘京洛素衣缁,枕上羲皇目一时。五柳宅边陶令酒,百花潭上少陵诗。三薰三沐真吾事,一笑一颦谁汝疵。庄叟坳堂元自足,世间何许凤凰池。’”

《四库全书总目》卷一六五《佩韦斋文集》:“德邻诗,恬澹夷犹,自然深远,在宋末诸人之中,特为高雅。文亦简洁有清气,体格皆在方回《桐江集》上。盖文章一道,关乎学术性情,诗品文品之高下,往往多随其人品,此亦一徵矣。”

秋日客中

枫落秋江塞雁宾,客怀依旧忆鲈莼[①]。百年三万六千日,半世东西南北人。满目空村争虎豹,何时高阁绘麒麟[②]。由来管葛皆天意[③],霄汉泥涂任此身。

【注】

①鲈莼,晋张翰居洛阳见秋风起思吴中莼羹鲈鱼脍命驾还乡,后用于思念故乡之典。莼,莼菜,浮生水面,嫩叶可食。　②高阁绘麒麟,汉宣帝时曾图霍光等十一功臣像于麒麟阁,以表彰功绩。见《汉书 · 苏武传》。二句慨叹何时能得良才平息祸乱,安邦定国。　③管葛,春秋齐管仲、三国蜀诸葛亮。

【评】

孙锵鸣《东嘉诗话》:“诗品亦极高洁。《过钓台》云 (引略)。《秋日客中》云 (本篇略)。《老病》云 (引略)。盖真能以肥遁自安,故其见于言者,亦能蝉脱污浊如此。”

老病

老病幽栖觉懒吟，眼观时态独关心。古今不泯春秋笔，天地难欺暮夜金[①]。幸有别肠堪贮酒，未愁短发不胜簪[②]。柴门一闭从春尽，桃李飞花叶又阴。

【注】

①春秋笔：孔子据鲁史而修《春秋》，撰述严谨，用字寓含褒贬，后世称为“春秋笔法”。见《史记·孔子世家》。暮夜金，《后汉书·杨震传》载：昌邑令王密“至夜怀金十斤以遗震……曰‘暮夜无知者’。震曰：‘天知、神知、我知、子知，何谓无知！’密愧而出。” ②短发不胜簪，杜甫《春望》：“白头搔更短，浑欲不胜簪。”极言忧闷。不胜，不能够。簪，绾结头发的别针。不胜簪，别不住簪子。

姑苏有赠

画楼珠翠列娉婷，辽鹤重来失故城[①]。商女不知宁有恨，徐娘虽老尚多情[②]。一帘花雨谈幽梦，双桨莼波急去程[③]。却倚阊门重回首，笳声呜咽暮云横[④]。

【注】

①辽鹤句，辽东人丁令威学仙成道，化鹤归来，叹息人间“城郭如故人民非”。见晋陶潜《搜神后记》卷一。后用于世变国亡之典。这里是说，江山易代，重来故城，已非复旧观。 ②商女二句，言相识的旧好虽然并不了解我此际的心怀（亡国之恨），但旧情缱绻，聊可解慰。杜牧《泊秦淮》：“商女不知亡国恨，隔江犹唱《后庭花》。”徐娘，指南朝梁元帝妃徐昭佩。《南史·后妃传下·梁元

帝徐妃》："徐娘虽老，犹尚多情。"借指尚有风韵的中年妇女。 ③莼波，指吴地湖波。参见前篇《秋日客中》注①。姜夔《庆宫春》词："双桨莼波，一蓑松雨，暮愁渐满空阔。" ④阊门，苏州西城门。重 (zhòng)，难的意思。重回首，不堪回首之意。笳声，隐含元兵占领后北人吹奏的乐声，故用"呜咽"形容之，令人怆怀。

【评】

当是宋室沦亡后流寓苏州时赠妓之作。国亡落拓江湖，重来姑苏，感物是人非，欲觅玉颜以遣怀，在红巾翠袖的缱绻中，交织着世变沧桑的慨叹和眷眷宗国情思。这是本诗超出一般偎红倚翠冶游之什的地方。

张庭芝

张庭芝，号山民，永嘉人。事迹不详。元韦居安《梅磵诗话》卷下，言其理宗宝祐间（1253—1258）游学于苕（指浙江湖州），诗多可采。今存诗1首。

咏影

虚幻已堪笑，一身同去留。自从生便有，直到死方休。出户相随月，临溪不逐流。蒲团趺坐处，回顾失踪由[①]。

【注】

①趺坐，盘腿端坐。踪由，缘由。

【评】

韦居安《梅磵诗话》卷下："永嘉张庭芝，号山民，宝祐间游学于苕，尝携吟稿来访，其《咏影》一篇云（本篇略）。颇有意味。他作亦多可采，俯仰二纪，馀不能悉记矣。" 杰按：苕，苕溪，太湖支流，在浙江湖州境内。

孙锵鸣《东嘉诗话》《咏影》一篇云（本篇略）。颇有意味。

林景怡

林景怡（约1134—1294）①，字德和，号晓山，平阳人。林景熙兄。从事教育，是当地乡校主持人。景怡清癯笃学（景熙称"伯兮癯似松间鹤"），致力诗画，用心孤苦。同邑林千之有《送马静山寄林晓山兄弟》作，言其"古井"独汲，"古调"独裁，引为"隽朋"。又云："彼美三株树，沆瀣斠琼台。"三株树，典出《新唐书·文艺传上·王勃》，用以誉称林景怡三兄弟。存诗1首，见选谢翱编的《天地间集》，可以见出他的品怀和诗风。

①按：据《林景熙集》卷一《哭德和伯氏六首》之六"五十三年老弟兄"及之一"只今风雪栖栖影"句，知此组诗作于元世祖至元三十一年（1294）冬，景怡于是年冬去世。又据卷五《顾近仁诗集序》："先伯氏主乡校，月有书，近仁每先诸子鸣，予因从旁击节。"景怡主教乡校时，景熙尚在学，景怡年齿要大景熙许多。设景怡长景熙八岁，则景怡约当生于理宗端平元年（1234）。

林景熙《哭德和伯氏六首》之二："风尘何处托清魂，家世梅花水月村。旧箧已无封禅稿，独怜渴病似文园！”　之三：“空遗破砚孤心苦，只博生绡两鬓华。小婢灯前泣秋雨，竹房不见夜呼茶。”（《林景熙集补注》卷一）

乾隆《平阳县志》卷一六《人物下・文苑・林景怡》：“有诗名，见谢皋羽《天地间集》。”

晓起

天鸡弄喔咿①，残星在斜汉。整衣出幽扉，山城漏初断。微微水风生，冉冉田露散。此时游葛天②，淡淡空百羡。海色上寒梢，渐识梅花面。

【注】

①天鸡，南朝梁任昉《述异记》卷下记桃都山有天鸡，日初出，“天鸡则鸣，天下鸡皆随之鸣。”　②葛天，葛天氏，远古帝（部族）名。宋罗泌《路史・禅通记》：“葛天者……其为治也，不言而自信，不化而自行，荡荡乎无能名之。”游葛天，言如游历远古之世。

【评】

孙锵鸣《东嘉诗话》：“有《晓起》五古云（引本篇略）。末二语清绝峭绝，亦可想见人品之高洁，于霁山不愧难兄矣。”

曾枣庄、吴洪泽《宋代文学编年史》第四卷《咸淳元年乙丑》：“谢翱《天地间集》录其《晓起》一诗，借‘天鸡’‘残星’‘水风’‘田露’‘海色’‘梅花’等意象组合，暗示高蹈远引的遗民心志。”

陈观国

陈观国，字用宾，永嘉人，寓居越州（绍兴）[1]。元章祖程《白石樵唱注》卷一：“观国，温州人，寓居越州。”用宾亦宋季高蹈介节之士，与周密（1232—1298）、王英孙（1238—1312）、林景熙（1242—1310）、邓牧（1247—1306）等同志相善。周密称为“永嘉胜士也”（《齐东野语》卷十九）；林景熙叹其“文章憎命”，赞其“岁寒”不凋（《寄陈用宾》），又有《王德辅邀饮新醅，予与陈用宾老辄先醉，座上分韵得水字》诗。乾隆《绍兴府志》卷五四有传。今存诗3首。

①《宋诗纪事》卷十九《陈观国》传言“会稽人”，不确。林景熙《陶山修竹书院记》言“予与里人陈用宾同客公第”。其《寄陈用宾》云“为儒老入他州籍”，元章祖程注：“此言用宾寓居越州而入儒籍也。”固不当视为会稽人。

梦放翁诗

水声兮激激，云容兮茸茸。千松拱绿，万荷奏红。爰宅兹岩，以逸放翁。屹万仞与世隔[1]，峻一极而天通。予乃控野鹤，追冥鸿，往来乎蓬莱之宫[2]。披海氛而一笑，以观九州之同[3]。

【注】

自周密《齐东野语》卷十九《陈用宾梦放翁诗》录，其托言放翁题词实自撰也。题目为编者拟。林景熙《陶山修竹书院记》亦载其事，据林《记》当作于元世祖至元二十二年（乙酉，1285），时居越州。周密文记为“丙戌之夏”，元世祖至元二十三年（丙戌，1286）。放翁，陆游号放翁。

①屹万仞与世隔，林景熙《陶山修竹书院记》作“岌万仞其如削”。 ②蓬莱，古代传说东海上仙山。 ③九州之同，陆游《示儿》：“死去元知万事空，但悲不见九州同。王师北定中原日，家祭无忘告乃翁。”

【评】

周密《齐东野语》卷十九《陈用宾梦放翁诗》：“陈观国字用宾，永嘉胜士也。丙戌之夏寓越，梦访余于杭。壁间有古画数幅，岩壑耸峭，竹树茂密，瀑飞绝巘，汇为大池。池中菡萏方盛开，一翁曳杖坐巨石上，仰瞻飞鹤翔舞。烟云空濛中，仿佛有字数行，体杂章草。其词曰（本篇略）。旁一人指云：‘此放翁诗也。’用宾惊悟，亟书以见寄。诗语清古，非思想之所及，异哉！”

林景熙《陶山修竹书院记》：“越为东浙望，前将作监簿修竹王公为越望。岁乙酉，予与里人陈用宾同客公第。一夕，漏过丙，用宾扣予榻。予惊寤，问所以，曰：‘吾梦侍公武林，访草窗周氏。居庭阒然，中悬画障。视其景物秀异，不类凡区。一峰拔地起，直入云际。下有小楷书，凡六十五字，署陆务观题。诵其文历历，曰（本篇略）。’予曰：‘嘻，异哉！是何祥也？’起取策筮，遇《艮》之《离》。兼山成体，重火扬精，厚积而光，莫之与京。此其代协文明乎？用宾喜不寐，待旦白公。公相视骇，命笔识。”（《林景熙集补注》卷四）

于北山《陆游年谱·嘉定二年》按：“《林霁山集》卷四又有《陶山修竹书院记》一文，托友人梦寐间见陆务观题武林峰岩六十五字（引本篇略）。爱国遗民，生逢鼎革，借寤寐感发之际，以写其忠贞悲激之情，足见《示儿》一诗之孤怀壮节，感人至深。”

送邓牧心出陶山

青山无送迎，幽人自来去。落叶若相送，卷卷及行屦。檐端有孤云，仍为守其处。落叶惜人不在山，孤云尚期人再还。斯人可期复可惜，我处落叶孤云间。

【注】

《宋诗纪事》卷七九据《吴礼部诗话》录（小传称陈观国“会稽（绍兴）人”未是）。本篇作于元成宗大德三年（1299）。邓牧（1247—1306），字牧心，号大涤洞人，众称文行先生，钱塘人。古文精核，薄视名利，遍游方外。宋亡后遁迹山林，元成宗元贞二年（1296）应王英孙聘至陶山书院，大德三年离越还钱塘，入隐馀杭洞霄宫。事见《洞霄图志》卷五《人物门续编·邓文行先生》。陶山，在越州（绍兴）南，以陶弘景尝隐于此，故名。邓牧《伯牙琴·鉴湖修禊序》云：“岁丙申（1296）三月三日，陈用宾、刘邦瑞、胡汲古与予举修禊故事，会于镜湖一曲。”林景熙亦有《陶山十咏和邓牧心》诗（林集卷二）。

【评】

吴师道《吴礼部诗话》：“牧心尝客会稽王修竹监簿所，有陈观国用宾送其出陶山诗，亦佳（引本篇略）。”

陈一斋

陈一斋，名字不详，永嘉人。通经术，谙《六典》，试礼部不第，教授州里。淡泊自守，风操凛然。善诗，极为牟巘（1227—1311）称赏。与乐清刘澈（蒙川）、平阳汪鼎新（桐阳）相唱和。《宋诗拾遗》卷十三："陈一斋，永嘉人。"录诗3首。《东瓯诗续集·补遗》、《东瓯诗存》卷十三录同。

牟巘《牟氏陵阳集》卷二《赠陈一斋》："谢公文物郡，山川如错绣。转眼成萧瑟，富览宁复有。自我识君子，再挹中屿秀。卓荦妙言语，经术更兼茂。早岁六典书，嘐嘐发孤咮。春官失分寸，苦不入吾彀。天意将有待，本郡烦客授……澹然守吾一，拥书坐清昼。交帚谢俗物，冰雪凛怀袖。"　又卷十三《陈一斋诗序》："永嘉自谢康乐后，山川神秀，皆发于诗，流风浸远。近代作者，乃推陈止斋氏。大抵诗本于学，无论魏晋。一斋陈君，博物多识，而以诗名，视止斋犹曰'吾家子云耳'。其雅言《步骤山斋》之十章，奇采横溢，如明珠光霁，一见使人惊眩不定。白石、雁荡纪行，则又如挹刚风浩露，神情为之爽也。然止斋仅《白石岩》一首，异时读书雁荡，乃独无诗，岂偶遗落耶？此集人与境胜，足当补处。"

送刘蒙川

春草征帆远，春江落日程。瘴乡官是客，儒服老谈兵。海阔龙无影，山空凤不鸣。梅花东阁路[①]，凄断故人情。

【注】

刘蒙川：刘黻，号蒙川，乐清人。详本卷作者简介。据“瘴乡官是客”句，本篇当是理宗淳祐十年（1250）送别刘黻南遣作。时执宰丁大全擅权，刘黻率太学同舍生伏阙上书攻之，被遣送南安军（今江西赣州市大余县）安置（见《宋史·刘黻传》）。

①梅花东阁，杜甫《和裴迪登蜀州东亭送客逢早梅相忆见寄》有云“东阁官梅动诗兴”。东阁，东亭。此指送别处。

溪亭次汪桐阳

空亭明远嶂[①]，老树黯馀曛。野兴临流坐，秋声入夜闻。渔归孤棹月，鹤睡一松云。记得前溪路，人家两岸分。

【注】

汪桐阳：汪鼎新，号桐阳，平阳人。见卷五作者简介。

①嶂，《东瓯诗续集·补遗》作“瘴”，不取。

维阳怀项朴庵

长铗悲弹负壮游[①]，京华倦客又扬州。西风昨夜他乡梦，明月故人何处楼。石塔钟残枫叶暝，瓜洲棹远荻花秋。幽窗一点寒灯影，徙倚阑干起暮愁。

【注】

维阳，扬州。项朴庵，未详。

①长铗悲弹，用战国齐人冯驩寄食孟尝君门下弹铗（剑柄）而歌事。参见本卷林景熙《别王监簿》注③。

周自中

《宋诗拾遗》卷二三："周自中，字祥父，号春塘，永嘉人。"录诗2首。《东瓯诗集》卷四录同。《东瓯诗存》卷九作"号春堂"，馀同。

赠西山磊泉庵僧

门掩古崖碧，霜欺苔径斑。去城无一里，此地若深山。留客吟松下，驱泉过竹间。羡师无外事，相伴白云闲。

【注】

西山，在温州市区西南郊，又称雪山，今名景山公园。参见卷二叶适《西山》题注。

【评】

姜准《岐海琐谭》卷五："西山有磊泉庵，名逸。旧《志》抑因废久而削之与？永嘉周祥父曾赋诗赠其僧云（本篇略）。"

孙锵鸣《东嘉诗话》："永嘉周祥父《赠磊泉庵僧》云（本篇略）。祥父名不可考，磊泉庵在西山，旧《志》名佚，抑因废久而削之欤？《岐海琐谭》载此诗，亦清俊可诵。"

山居

又是闲中一日过，明朝活计看如何。拾薪童子归来晚，报说南山野菜多。

【评】

宋萧德藻《樵夫》云："一担干柴古渡头，盘缠一日颇优游。

归来硐底磨刀斧，又作全家明日谋。”张端义《贵耳集》卷上谓“乃寓苟且一时之意”，似为借咏樵夫的有感之作。自中的这首《山居》，则是咏闲居度日生活，质朴的语句道出山间人独具的情趣。

刘宗功

《东瓯诗续集·补遗》：“刘宗功，永嘉人。”录诗2首。《东瓯诗存》卷十四《元》录同。按：据其《丽阳祈梦》：“几年六馆一书生，可笑儒衣犹未青。毕竟功名浮世梦，何须梦里问功名。”是宗功曾就读国子学（六馆）数年，而未获入仕（儒衣未青）。又据《桐江旅泊》“禾黍生新恨，江山记昔游。故人垂钓处，流水自悠悠”句，身逢鼎革，宋元际遁世之遗民。

桐江旅泊

黄叶西风急，离愁载一舟①。残蝉荒驿暮，明月异乡秋。禾黍生新恨，江山记昔游。故人垂钓处②，流水自悠悠。

【注】

桐江，钱塘江自浙江建德市至桐庐市一段称桐江。按：此篇《东瓯诗存》卷十四《元》张如元校补改作“薛缘隐”诗补录，注云：“据《东瓯续集·补遗》目录，刘宗功仅《丽阳祈梦》一首，而书内实收二首，其下薛缘隐则有目无诗。因知此实薛缘隐诗，当据改。”薛缘隐，仅见《东瓯诗续集·补遗》目录，名列刘宗功后，生平不详。

①离愁句，以舟载愁，宋郑文宝《柳枝词》：“亭亭画舸系春潭，

直到行人酒半酣。不管烟波与风雨,载将离愁过江南。”李清照《武陵春》词:“只恐双溪舴艋舟,载不动许多愁。” ②故人句,东汉严光(子陵)曾垂钓于此,有严子陵钓台。

谢无竞

《宋诗拾遗》卷二一:“谢无竞,永嘉人。”选录《效香奁体》诗1首。《东瓯诗续集·补遗》、《东瓯诗存》卷十四《元》小传、录诗同。按:当为宋末人。

效香奁体

胭脂湿透污罗衣,春尽萧郎又不归①。香冷篆盘檐影转②,一帘红雨燕双飞③。

【注】

香奁体:唐季诗人韩偓,撰有《香奁集》,以写闺阁艳情闻名,诗风纤巧妍丽,后人称为“香奁体”。

①萧郎,宋朱胜非《绀珠集》卷五引詹玠《唐宋遗史》:“崔郊之姑有婢,甚美,郊尝私之。未几,婢出再入于頔家。郊因寒食出游,于车中见之,立马徘徊相顾,即为诗贻之云:‘公子王孙逐后尘,绿珠垂泪裛罗巾。侯门一入深如海,从此萧郎是路人。’”后用指女子爱恋的男子。 ②篆盘,香盘。焚香之盘。 ③一帘红雨,宋华岳有“一帘红雨燕泥香”(《别馆即事》)、“一帘红雨杏花飞”(《次翁正叔溪山胜游之韵》)句。

韩兼山

《东瓯诗续集·补遗》:“韩□,号兼山,永嘉人。”录诗1首。

夜归

西风淅淅吹荷衣[①],家在芦花深夜归。明月满江人不见,白鸥双立钓鱼矶。

【注】

①荷衣,隐士所服。《楚辞·离骚》:“制芰荷以为衣兮,集芙蓉以为裳。”

谢草塘

《东瓯诗续集·补遗》:“谢草塘,永嘉人。”录诗1首。《东瓯诗存》卷十四《元》:“谢草塘,永嘉人,名字无考。存诗一首。”录同。按:据其所作《玩月有感》诗,盖亦宋末遗民。

或云:谢草塘,即谢叔夔(草堂),永嘉鹤阳人。温州市图书馆藏瑞安孙氏玉海楼选抄本《鹤阳谢氏家集》载:“谢叔夔,字舜庸,号草堂。有《草堂集》行世。”收录《玩月有感》诗。张如元《永嘉鹤阳谢氏家集考实·内编十世》谢叔夔名下据以编录。考云:谢叔夔(约1277—1334),九世谢梦符(1242—1304)子,善于诗词。《东瓯诗存》校补卷十四《元·谢草塘》注同。

又按：此诗又作宋谢钥诗。谢翱《天地间集》选录，署“草堂谢钥”。《宋诗拾遗》卷二二录同。《宋诗纪事》卷七八《谢钥》据以编录，小传云：“钥字君殷，号草堂，晞发道人翱之父也。”

玩月有感

入夜茶瓯苦上眉，眼花推落石床棋。举头却恨天边月，颠倒山河作树枝[①]。

【注】

①颠倒山河，暗寓宋亡易代之慨。宋《锦绣万花谷》前集卷一《月》引《淮南子》：“山河影，谓月中有物婆娑者乃山河影也。”宋祝穆《古今事文类聚》前集卷二《月》引《酉阳杂俎》：“佛氏言月中所有乃天地山河影。或言月中蟾桂地影、空处水影也。”

徐　觐

《东瓯诗集》卷四：“徐觐，字庚生，永嘉人，号双瞿。”录诗3首。《东瓯诗存》卷九录同。《宋诗纪事》卷七四据《东瓯诗集》录其《秣陵秋望》诗。

孙锵鸣《东嘉诗话》：“有《秣陵秋望》诗云：‘诸史六朝事，同为望远空。几年无王气，今日但西风。客舍秦淮上，行宫夕照中。数株霜后叶，犹傍坏陵红。’……宋亡后作，《麦秀》《黍离》之遗音也。”

送友人

高帆且莫张，月色满离觞。此夕一何短，去程如许长。落梅吹怨笛[①]，微雪洒行装。去去深山里，因高莫望乡。

【注】

①落梅吹怨笛，言笛声哀怨随落梅飘散，更增羁情。落梅，语意双关，也指叙离情的笛曲《梅花落》。李白《与史郎中钦听黄鹤楼上吹笛》："黄鹤楼中吹玉笛，江城五月落梅花。"

高天锡

高天锡（约1240—？），号南轩。瑞安人。陈供婿，高则诚祖父。《清颖一源集》附《崇儒高氏家编·高南轩》录诗4首。

吴论《崇儒高氏家编》叙云："高天锡，号南轩。长子俊甫，名彦，号梅庄；次子功甫，亦二子：长高明，字则诚；次高诚，字则明。南轩为吾杏所公（陈供）半子，梅庄视吾则翁公为舅父，而少桓公（陈昌时）又妻则诚以女，居又同里，故其诗从前附刊《清颖一源》。今从残缺中得二十六首，另行刷印，名曰《高氏家编》，权附于后，以俟高氏子孙而授之。"（见《清颖一源集》附）　杰按：此云高明（则诚）弟"高诚字则明"，甚无据。元苏伯衡《苏平仲文集》卷五《郑璞集序》："安固高君宾叔，才甚优，学甚邃，长余二十馀年，其伯兄则诚甫，又先左司僚友，高君于余父执也。"宾叔名旸，则诚弟。详孙诒让《温州经籍志》卷二四高旸《郑璞集》按。

孙锵鸣《东嘉诗话》："有《古镜》诗云：'古镜欲何为，年深藓晕欺。无情当晦日，有恨忆明时。不见古人老，空看新月迟。春风百花发，还拟照佳期。'颇具唐人风格。"

落梅和韵

花拂清寒鬓影疏，水边香散鹤飞过。枯枝一夜消残雪，满地东风起白波。金鼎凄凉心尚在，玉堂凋落思应多[①]。冰姿已自无颜色，邻笛吹春可奈何？

【注】

①金鼎，指九鼎。夏禹铸九鼎，后奉为传国宝器。《文心雕龙·铭箴》："夏铸九牧之金鼎。"玉堂，汉宫殿名。金鼎凄凉，玉堂凋落，喻故国沦亡。

林景熙

林景熙（熙一作曦，1242—1310），字德阳（阳一作旸），号霁山，瑞安府平阳县林坳村（今属苍南县繁枝乡）人。度宗咸淳七年（1271）上舍释褐（同进士及第），曾任泉州教授、礼部架阁，转从政郎（从八品）。宋亡不仕，归居平阳城内县治后的白石巷。其后往来吴越二十馀年，六十九岁卒于家。

林景熙是著名的爱国者。元世祖至元二十二年（1285），江南释教总统杨琏真加率凶徒发掘会稽（绍兴）南宋六帝陵墓[①]，景熙潜往收殓暴露的陵骨，移葬兰亭，高义卓行，彪炳史册。林景熙是宋元之际遗民诗派的代表作家，与谢翱（皋羽）齐名，同称翘楚[②]。他的诗涵蕴深刻，承载着社会和民生的厚重内容，表现出深沉强烈的爱国主义精神。形式上古近体兼备，风格多样，名章胜咏迭出。其五古意韵沉至，七古词气蹇拔，五律凝练，七绝幽婉，七律遒健郁勃，成绩更为突出。林诗的思想性和艺术成就，历来得到很高评价，被举为宋诗"光辉的结束"[③]。在温州历代诗家中，他的创作成就是最高的。现存文集五卷，诗316首，文44首（含补遗）。浙江古籍出版社2012年出版的《林景熙集补注》（全二册），较为完善。

①关于发陵时间，诸书记述不同，这里取用宋周密《癸辛杂识》说。参阅《林景熙集补注》附录三陈增杰《收葬宋陵遗骨事及〈梦中作〉诗辨证》。 ②明清以来诗论家都以谢、林相提并论，明胡应麟《诗薮·闰余中·南渡》云："南渡之末，忠愤见于文词者，闽谢皋羽、瓯林德旸，皆有集行世。"清陈焯《宋元诗会》卷五五谓林诗"悲愤凄惋，视谢皋羽为一致云"。王士禛《带经堂诗话》卷四谓"是时谢皋羽、林霁山辈，皆以文章节义著于东南"，而《谷音》诸人"遥应为和"。顾嗣立《元诗选初集·陵阳先生年巘》谓："是时宋之遗民故老，伊忧抑郁，每托之诗篇以自明其志，若谢皋羽、林德阳之流，邈乎其不可攀矣。"可见两人并名，同为遗民诗派的代表作家，是大家所公认的。 ③中华书局上海编辑所《霁山集·前言》，1960年版，校点本。

方逢辰《序白石樵唱》："德旸自雁荡游会稽，禹窆荒寒，云愁木怆，凭高西望，而钱塘潮汐之吞吐，吴山烟霏之舒卷，纷感互发，凡以写吾郁陶者何限。故其诗凄惋，而悠以博，微以章，宛然六义之遗音，非湖海啸吟风月而已。于诗家门户，当放一头。”(见嘉庆十五年鲍刻知不足斋丛书本《霁山先生集》卷首，《蛟峰文集》卷四《雁荡林霁山诗集序》略同)

何梦桂《潜斋文集》卷五《永嘉林霁山诗序》：“古今以杜少陵诗为诗史，至其长篇短章横骛逸出者，多在流离奔走失意中得之。霁山诗仅见三十篇，其辞意皆婉娩凄恻，使人读之，如异代遗黎及见渭南铜盘、长安金爵，有不动其心者哉！”

章祖程《注白石樵唱》：“善乎先生之为诗也，本义理以为元气，假景物以为形质，濯冰雪以为精神，翦烟云以为态度，朱弦疏越而有遗音，太羹玄酒而有遗味，其真诗家之雄杰欤！”

贺裳《载酒园诗话·宋林景熙》：“尝叹诗法坏而宋衰。宋垂亡诗道反振，真咄咄怪事！读林景熙诗，真令心眼一开。”

吴之振等《宋诗钞·白石樵唱钞叙》：“大概凄怆故旧之作，与谢翱相表里。翱诗奇崛，熙诗幽宛。蛟峰方逢辰曰‘诗家门户，当放一头’，非虚言也。”

吴瞻泰《霁山先生诗文集序》：“霁山先生宋末名儒，为诗沈雄凄惋，忠愤之气，无所于托，而即物比兴，以泄其胸中之蕴，固不徒以骚人文士目之也。贺裳《载酒园诗话》云 (引略)。可谓知林诗者已。”

潘问奇、祖应世《宋诗啜醨集》卷四林景熙诗：“宋之亡也，留梦炎以状元改节，赵承旨以宗室委身，他如吴、许辈，又指不胜屈矣。而先生独皭然高蹈，寄迹蓬藁，按其节固景炎之渊明，而有宋之微子也。今读其诗，亦皆唱叹多风，朱弦清汜，上而比于《黍离》之什，次则《归去来》之辞，又何多让焉。此啜醨之役，仆不能不于先生亟为推毂者也。”

《四库全书简明目录》卷一六《林霁山集》:“景熙收宋陵遗骨,忠义之风,震耀百世。其诗文风骨高秀,亦宋末所稀。”

李慈铭《越缦堂诗话》卷上:“阅《林霁山集》。南宋人诗,自《江湖小集》别开幽隽一派,至四灵而佳句益多,月泉吟社尤为后劲,霁山其领袖也。所作清淡深秀,前跻石湖,后蹑梧溪。” 杰按:石湖,范成大;梧溪,王逢。王逢(1319—1388)年辈晚于霁山。

南山有孤树

南山有孤树,寒乌夜绕之。惊秋啼眇眇[①],风挠无宁枝。托身未得所,振羽将逝兹。高飞犯霜露,卑飞触茅茨[②]。乾坤岂不容,顾影空自疑[③]。徘徊向残月,欲堕已复支[④]。

【注】

韩愈《南山有高树行赠李宗闵》:“南山有高树,花叶何衰衰。”章祖程注:“案先生所居州治后白石巷中,南对昆岩,岩之上有一老松,常有乌集其上。故先生因之发兴成诗,以寓其出处之意。”按:元黄庚《月屋漫稿》(四库全书本)和元张观光《屏岩小稿》(四库全书本)所载《古意》诗:“庭前有高树,风挠无停枝。寒乌噤不鸣,夜半环树飞。托身未得所,三匝情依依。高飞犯霜露,低飞触茒茨。乾坤岂不容,振羽将安之?徘徊恋明月,顾影徒伤悲。”与景熙此作大半相同。详《林景熙集补注》附录六《林景熙黄庚互见诗辨疑》。

①眇眇,形容声音微细。杜甫《舟月对驿近寺》:“城乌啼眇眇。”风挠句,韩愈《送孟东野序》:“草木之无声,风挠之鸣。”晋

殷仲文《解尚书表》："惊飙拂野，林无静柯。"　②托身四句，章注："此言托身未得其所，固当他适，然高飞则犯霜露，卑飞则触茅茨，无适而可也。以喻世变之时，大而犯难，小而困辱，进退之间，皆有所不免也。"逝兹，离开这里。　③乾坤二句，章注："又言天地之大，非不我容，但我自顾其影，邈然无俦，自不能不怀疑耳。陈后山诗：天地岂不宽，妾身自不容。"　④徘徊二句，章注："言欲陨绝于地，自复支持也。详此，则先生之心事亦可悲矣。"已复，已亦复义，已、复同义叠用，加强语气。

【评】

章祖程《白石樵唱注》卷一："此诗援曹孟德'月明星稀'四句，以为一篇主意。"　又："林先生诗，大率意在言外，读者当因其语而求其心可也。"

孔希普《冬青树引注跋》："按郡先生霁山林君，当宋亡时，忠义耿耿，有《南山有孤树》及《商妇怨》等诗，见所著集中。"

陈增杰《林景熙集补注》卷一："此为作者家居即景感怀之作，抒发易世伤慨。通篇用比兴手法，辞意凄惋。章评称允，可推为压卷。"

商妇吟

良人沧海上，孤帆渺何之？十年音信隔[①]，安否不得知。长忆相送处，缺月随我归。月缺有圆夜，人去无回期。回期倘终有，白首宁怨迟？寒蛩苦相吊，青灯鉴孤帏[②]。妾身不出帏，妾梦万里驰[③]。

【注】

①良人，《文选》卷二一《秋胡诗》李善注引刘熙曰："妇人称

夫曰良人。”首三句,《元风雅》卷三十作“君上海舟去,飘飘何所之?一去二十年”。②蛩,蟋蟀。吊,伤慰。鉴,照。帏,床帐。③妾身二句,章注:“犹言神去形留之意。”

【评】

章祖程《白石樵唱注》卷一:“此篇以商妇自比,而寓其思君之意。”

陈璋《霁山先生集序》:“然其志固有郁邑侘傺者,用肆为诗歌,泄其忠义之怀,如《商妇吟》《秦吉了》《孙供奉》《读文山集》诸作,皆以明出处,正纲常。”

谢启昆《读全宋诗仿元遗山论诗绝句二百首·林景熙》:“冬青树引泣寒灰,商妇宵吟惨客怀。”

孙锵鸣《东嘉诗话》:“宋陵收骨之举,忠义足动千古。其所为诗,多故君故国之思。有《商妇吟》云(本篇略)。哀音促节,声泪俱下,而不死其君之志,足与日月争光矣。”

孙供奉

绯衣受天恩,日瞻唐殿驾[①]。“朱三尔何为,欲使两膝下?”[②]皤皤长乐老,阅代如传舍[③]。

【注】

孙供奉,唐昭宗颁给猴子的封号。供奉,备内廷差遣之官。宋毕仲询《幕府燕闲录》:“唐昭宗播迁,随驾伎艺止有弄猴人。猴颇驯,能随班起居,昭宗赐之绯袍,号孙供奉。朱温篡位,取此猴殿下起居。猴望殿陛见温,径趋其所奋击,温令左右杀之。”

①绯衣,红色官服。唐制,四、五品官员服绯。殿驾,帝王坐

乘。　②朱三，朱温序行第三，故称朱三。《新五代史·梁家人传·广王全昱》：“太祖将受禅，有司备礼于前殿，全昱（朱温长兄）视之，顾太祖曰：‘朱三，尔作得否？’”这二句是孙供奉训斥朱温的话：“朱三，你想干什么，竟要让我下拜？”　③皤皤，头发斑白。长乐老，冯道自号。五代冯道历事唐、晋、汉、周四朝为宰相，并著书“陈己更事四姓及契丹所得阶勋官爵以为荣”。见《新五代史·冯道传》。阅代，经历朝代。传舍，古时供行人住宿的馆舍。《汉书·盖宽饶传》：“富贵无常，忽则易人。此如传舍，所阅多矣。”此言冯道为保禄位，不顾名节，把历事异姓王朝看作如客人歇宿旅舍那样。

【评】

章祖程《白石樵唱注》卷一：“今按诗意，以为二物特禽兽耳，尚知服节死义，不忍事非其主。而李、冯二公，以堂堂将相，一则偷生异域，一则滥禄累朝，是诚何心哉！”

曹安《谰言长语》：“平阳林景熙谓李陵事虏、冯道滥禄，不若二物也。其诗曰：‘桓桓李将军，甘作单于鬼。’‘皤皤长乐老，阅代如传舍。’”

杰曰：作者《秦吉了》云：“尔禽畜于人，性巧作人语。家贫售千金，宁死不离主。桓桓李将军，甘作单于鬼！”秦吉了，邵伯温《邵氏闻见录》卷十七记：泸南有畜秦吉了者，能作人语。其人告以贫欲卖之，秦吉了曰：“我汉禽，不愿入夷中。”遂劲（颈）而死。可与本篇合读，两诗所咏，皆假题讽刺降元将相禽兽不如，笔端饱含义愤。

杂咏十首酬汪镇卿（选三）

踆乌不停飞，敛景下蒙谷[①]。征途险在前，而况车折轴[②]。夸父追羲和，欲挽丹砂毂。意远力不任，化作邓林木[③]。漫漫夜何如，长歌饭觳觫[④]。之一

【注】

汪鼎新（章注作“名鼎”，脱新字），字镇卿（一作“进卿”。按：“镇、进”温州话同音），号桐阳，平阳万全乡湖阳（胡垟）人，迁居温州墨池坊。元苏伯衡《苏平仲文集》卷一四《孔教授夫人汪氏墓志铭》：“其先歙人，灵惠公之后也。五季时，避乱来居平阳。至夫人父，始徙居郡之墨池坊，遂为郡人。父讳鼎新，学行文章，为温儒宗，门人因其自号，称之曰桐阳公。”明王朝佐《东嘉先哲录》卷二〇《词章・汪桐阳》：“少孤，自树立。明《尚书》《周易》，尤长于诗文，有《桐阳小稿》二卷。岁辛卯，李思衍行部浙东，举为郡学录，升平阳州学教授。”按：鼎新举为温州路学录，在元世祖至元二十八年（辛卯，1291）；据苏文《孔教授夫人汪氏墓志铭》推知，其任平阳州教授，在元仁宗皇庆二年（1315），景熙时已去世。元朱晞颜《瓢泉吟稿》卷一有《觉衰呈汪桐阳教授》（四首）、《答汪桐阳所和觉衰四首》。汪氏《桐阳稿》今佚，《东瓯诗存》卷一一录诗1首。

①踆乌，指日。《淮南子・精神训》：“日中有踆乌。”高诱注：“踆，犹蹲也。谓三足乌。”敛景，收敛光影。蒙谷，传说日落之处。《淮南子・天文训》：“日出于旸谷……至于蒙谷，是谓定昏。”高诱注：“蒙谷，北方之山也。” ②车折轴，出行不祥之兆。《汉书・临

江闵王荣传》:“(汉景帝召荣入京) 荣行,祖于江陵北门。既上车,轴折车废。江陵父老流涕窃言曰:‘吾王不反矣!’”黄庭坚《书邢居实南征赋后》:“方行万里,出门而车轴折,可为陨涕。” ③夸父,古代神话中追逐太阳的神人。羲和,驾驭日车的神。丹砂毂,指羲和驾驭的日车。《山海经·海外北经》:“夸父与日逐走,入日。渴欲得饮,饮于河渭;河渭不足,北饮大泽。未至,道渴而死。弃其杖,化为邓林。”邓林,桃林。章祖程注:“此又借夸父之事,以明忠臣义士之志也。” ④觳觫,牛哆嗦状,代指牛。饭牛用春秋宁戚故事。章注:“此言力不能挽回世变,但当长歌饭牛,以终余年耳,复何为哉!”按作者《郑宗仁会宿山中》云:“亦有茅檐下,饭牛人未眠。”意与此同,都写志士的凄凉心境。

【评】

民国《平阳县志》卷三五《林景熙传》:“旋以国事寖非,弃官归里,隐州治后白石巷。时景熙年方英锐,闻益、广二王行遁海滨,与同里周景灏皆有南行意,尝为景灏作《鞍山斋记》以见志。后以道梗不果,赠汪鼎新诗所谓‘征途险在前,而况车折轴’‘意远力不任,化作邓林木’是也。”

百感凑孤夜,江楼起呼月。秋虫声转悲,念此众芳歇。人生非金石,青鬓忽已雪。逾淮橘心移,出山泉性汩[①]。猗兰抱孤芳,不受宿莽没[②]。之二

【注】

按:此篇亦载黄庚《月屋漫稿》、张观光《屏岩小稿》,题作《偶书》(二首之一),字句少异。黄、张集属误编,详《林景熙集补注》

附录六《林景熙黄庚互见诗辨疑》。

①橘心，指橘树的习性。《周礼·考工记序》："橘逾淮而北为枳……地气然也。"言过了淮北，橘树的质性就起了变化，成为枸橘。汩，浑浊。杜甫《佳人》诗："在山泉水清，出山泉水浊。"二句比喻人性会受环境影响而改变。 ②猗兰，秀长的兰草。猗，长貌。猗兰孤芳，谓独保高洁情操。宿莽，《楚辞·离骚》王逸注："草冬生不死者，楚人名曰宿莽。"指丛生的杂草。没，芜没。

【评】

章祖程《白石樵唱注》卷二："'橘心移''泉性汩'，皆言世情迁变之速，而'猗兰孤芳'，则自喻之辞也。"

陈增杰《林景熙集补注》卷二："此诗幽婉悱恻，托旨深永，乃得《楚骚》之余绪，可以方驾张曲江《感遇》诸什。"

垂垂大厦颠，一木支无力。精卫悲沧溟，铜驼化荆棘[①]。英风傲几砧，滨死犹铁脊[②]。血染沙场秋，寒日亦为碧[③]。惟留《吟啸》编，千载光奕奕[④]。之九

【注】

章注："此言文天祥事。"按：此篇亦载黄庚《月屋漫稿》、张观光《屏岩小稿》，题作《读文相吟啸稿》。黄、张集属误编，详《林景熙集补注》附录六《林景熙黄庚互见诗辨疑》。

①精卫，传说中的神鸟。《山海经·北山经》："炎帝之少女，名曰女娃。女娃游于东海，溺而不返，故为精卫。常衔西山之木石，以堙于东海。"铜驼，宫门前的铜兽。《晋书·索靖传》："靖有先识远量，知天下将乱，指洛阳宫门铜驼，叹曰：会见汝在荆棘中

耳！”②几砧，砧板。古代杀人刑具，头伏其上受斧砍。傲几砧，傲对砧几，视死如归。苏轼《严颜碑》诗：“严子独何贤，谈笑傲砧几。”滨死，临死。铁脊，铁骨。黄庭坚《题竹尊者轩》：“平生脊骨硬如铁。”章注：“自首至此，盖言宋祚将倾，非一人所得扶持也。文天祥虽有精卫之志，而沧海不可以木石填也。是以不免故国沦于邱墟，铜驼化为荆棘耳！然国有废兴，事有成败，古今之常；臣子之心，鞠躬尽瘁，死而后已。此天祥之所以为忠义也。”③血染二句，《庄子·外物》：“苌弘死于蜀，藏其血，三年化而为碧。”注：“碧，碧玉。”章注：“天祥以戊寅（1278）岁被执赴燕，至壬午（1282）年始赐死，此所谓‘血染沙场秋’也。”④《吟啸》编，章注：“天祥有《江湖吟啸集》行于世，盖述其所遭乱亡时事也。”

【评】

毛秀《霁山先生集》批语：“予尝见文公遗像，邓中斋题云：‘目煌煌兮疏星晓寒，气英英兮疾雷殷山。头碎柱而璧完，血化碧而心丹。呜呼！孰谓斯人不在世间。’此作尤隽拔也。”

陈增杰《林景熙集补注》卷二：“此诗咏文天祥就义事，笔墨警炼，意气感发。中间四句，写其临刑不屈，铁骨英风，凛然千古。与集中七古《读文山集》相彰美。”

酬谢皋父见寄

入山采芝薇，豺虎据我丘；入海寻蓬莱，鲸鲵掀我舟①。山海两有碍，独立凝远愁。美人渺天西，瑶音寄青羽②。自言招客星③，寒川钓烟雨。风雅一手提，学子屦满户④。行行古台上，仰天哭所思⑤。余哀散林木⑥，此意谁能知？夜梦绕句越，落日冬青枝⑦。

【注】

谢皋父：谢翱（1249—1295），字皋羽（羽一作“父”），晚号晞发翁。福州长溪穆阳樟檀坂（今福建福安市晓阳镇）人，后徙居建州浦城（今福建南平市浦城县）。性耿介，倜傥有大节，度宗咸淳初试进士不第，遂慨然倡作古文。德祐二年（1276）临安陷落，翱以布衣投奔文天祥抗元军，署咨议参军，转战闽广。兵败避地两浙。至元二十年（2383）抵会稽，缔交王英孙、林景熙、郑朴翁、唐珏等，共结“汐社”。遂乃寄情山水，讨幽雁山、鼎湖、天姥、四明、金华洞天诸胜。至元三十一年（1294）移家杭州西湖，次年以肺疾卒。事迹见载明程敏政《宋遗民录》卷二至卷五。著有《晞发集》十卷，遗集三卷。明宋濂《文宪集》卷十《谢翱传》称：“其诗直溯盛唐而上，不作近代语，卓卓有风人之余。文尤崭拔峭劲。”

按：黄庚《月屋漫稿》、张观光《屏岩小稿》均有题《感怀》诗：“入山采芝薇，豺虎据我丘；入海寻蓬莱，鲸鲵掀我舟。山海俱有碍，瞻望凝远愁。乾坤如许大，此身常浮沤。依托岂无地，皇皇将安求？何当跨凤鹏，相从安期游。”此诗如是黄或张作，其前六句显为袭用林诗，而后半语意较浮浅。详《林景熙集补注》附录六《林景熙黄庚互见诗辨疑》。

①芝薇，芝草、薇菜，隐士服食之物。豺虎、鲸鲵，喻指元蒙占领者。章注：“古之人不得志于世，则隐居山林，遁迹江海。今山海亦皆有碍，所以独立而凝愁也。”按：汉王逸《九思·悼乱》：“将升兮高山，上有兮猴猿；欲入兮深谷，下有兮虺蛇。”（见《楚辞补注》）前四句意仿之。　②美人，贤人。宋王观国《学林新编》卷七《闲情赋》：“古之言美人、佳人，皆以比君子贤人。”《诗·邶风·简

兮》:“云谁之思,西方美人。”郑玄注:“思周室之贤者。”此指谢翱。天西,谢诗云“黄鹄别我影,目尽汉水湄”。瑶音,对书函的美称。青羽,青鸟,传说西王母的信使。《汉武故事》:王母时至,先有青鸟衔书至汉宫,然后王母与帝相见矣。　③招,相约。客星,指严光。《后汉书·逸民传·严光》载,刘秀留光共宿宫中叙旧,“因共偃卧,光以足加帝腹上。明日,太史奏客星犯御坐甚急。帝笑曰:‘朕故人严子陵共卧耳。’”　④风雅,指诗文创作。屦满户,语出《庄子·列御寇》:伯昏瞀人访见列御寇,“无几何而往,则户外之屦满矣”。古人入室要脱鞋,门外鞋子满地,可见来依从求学的人很多。　⑤行行,徘徊。古台,指西台,后人称谢翱台。在浙江桐庐县西富春山下,与东台(严子陵钓台)对峙,俯临桐江。元世祖至元二十七年(1290)十二月初九,即文天祥燕京就义九周年忌日,谢翱登西台哭祭。“时天凉风急,翱携酒登,设天祥主荒亭隅,再拜跪伏。酹毕,号而痛者三。”(邵廷采《宋遗民所知传·谢翱》)写成《登西台恸哭记》。所思,指文天祥。谢又有《西台哭所思》诗。　⑥余哀散林木,《登西台恸哭记》:“有云从南来,渰浥浡郁,气薄林木,若相助以悲者。”元任士林《松乡集》卷四《谢翱传》:“晚登子陵西台,以竹如意击石,歌招魂之词曰:‘魂来兮何极,魂去兮关水。黑化为朱鸟兮,有噣焉食。’歌阕,竹石俱碎,失声哭,何其情之悲也!”　⑦句越,即越国,此指越州。句,发声词。《史记·吴太伯世家》“句吴”司马贞索隐引颜注:“言句者,夷语之发声。”冬青枝,林景熙、唐珏等收葬山阴宋帝陵骨,植以冬青(详本选《梦中作四首》注)。谢亦参与其事,其《冬青树引别玉潜》云:“愿君此心无所移,此树终有开花时。”二句写其眷怀故国,梦寐不忘。

【评】

吴瞻泰《霁山先生集序》:“云溪为唐传,有《冬青行》二首,林集亦有《冬青花》一首;谢翱《晞发集》有《冬青树引别玉潜》诗,而林集亦有《酬谢皋父见寄》诗,末云:‘余哀散林木,此意谁能知?夜梦绕句越,落日冬青枝。’数人之诗,皆托冬青以见意,如出一手……感慨激昂,则有不能掩者。”

《宋诗啜醨集》卷四潘问奇评:“遗民之音,天荒地老。”

程千帆、沈祖棻《古诗今选》下册:“这不是一般的酬答之作,而是两个志同道合、忠肝义胆的战友彼此之间崇高的心灵交感。对于谢翱,对于自己,林景熙都了解得非常真切,所以在他的笔下,就不仅呈现了谢翱的,同时也呈现了自己的真实形象。诗中‘美人渺天西’以下十句属谢,而首六句及末二句则抒发了两人共同的感情。”

陈增杰《林景熙集补注》卷二:“本篇为答酬谢翱《远游篇寄府教景熙》而赋,可称肝胆相照知己之作。谢翱‘不妄许人’,而于景熙特敬重。何梦桂《潜斋文集》卷七《吴愚隐诗序》有云:‘予顷尝识皋羽,每见其谈林德阳、吴某,忠谊不可企,心敬之爱之。’景熙与皋羽节义既同,才概亦略似,凄怆故旧之怀相与表里,宋季遗民诗人中并称翘楚。谢、林古诗悉出《骚》《选》,谢兼效东野、长吉,林多法射洪、杜老,而皆能匠心自恣,兴寄高远。吴之振谓‘翱诗奇崛,熙诗幽宛’(《宋诗钞·白石樵唱钞叙》),乃就其大较而言,如此作则‘奇崛’‘幽宛’兼具,盖古人赠诗多用彼体故也(如杜赠太白则作李体)。”

【附录】

谢翱《晞发集》卷三《远游篇寄府教景熙》:“朝游扶桑根,不折拂日枝。莫食楚萍实,掬海见虹霓。黄鹄别我影,目尽汉水湄。况复衔其子,风露何当归?飘萧软桂丛,零落紫苔衣。梦魂知尔处,落羽在瑶池。”(四库全书本)

半云庵

天地等蘧庐,结庐复何事[①]?一间亦寄耳,况乃寄所寄[②]。我身正似云,于此适相值。买邻不用钱[③],平分有余地。岂不爱专壑[④],孤立圣所惧。平生志八荒,泽物乃吾素[⑤]。我行云不随,云行我复住。出处两何心,得非以时故[⑥]?造物无全功,苍生竟谁吁?石床坐忘言,各分一半愧[⑦]。

【注】

半云庵,章注:“瑞安人陈瑞洲家庵名。”陈则翁号瑞洲,详本选作者简介。景熙与则翁是同志契友,则翁居室名“半云庵”,比自身为云,“半云”(半朵云)者谦言。景熙因赋《半云庵》寄赠,则翁有《半云庵和答林霁山》酬复(参阅本卷该篇注)。

①蘧庐,旅舍。《庄子·天运》:“仁义,先王之蘧庐也。”郭象注:“蘧庐,犹传舍。”李白《春夜宴从弟桃花园序》:“夫天地者,万物之逆旅也。” ②一间二句,苏轼《和拟古九首》之三:“吾生如寄耳,何者为我庐。” ③买邻,谓选择好邻居。《南史·吕僧珍传》:“初,宋季雅罢南康郡,市宅居僧珍宅侧。僧珍问宅价,曰‘一千一百万’。怪其贵,季雅曰:‘一百万买宅,千万买邻。’” ④专壑,独占山林。 ⑤泽物,谓施惠民人。素,素志,向来志愿。 ⑥

出处，进仕和归隐。我行四句，章注："此意犹曰：我于仕进之初，未有名位，不得施其泽物之功，是我行而云不随也；及名位既得，可以行其志矣，而又退处山林之不暇，是云行而我复住也。其所以然者，岂非时事不同之故欤？"得其意蕴。 ⑦石床，隐者坐卧之具。忘言，谓不须再用言语去辨析。陶潜《饮酒二十首》之五："此中有真意，欲辨已忘言。"各，一作"平"。

【评】

符璋、刘绍宽等《平阳县志》卷三五《林景熙传论》："霁山与瑞安陈瑞洲雅为同调，裴芸山编《清颍一源集》，所与酬唱诸贤与《霁山集》之附见者，皆所谓草木臭味，非有差池者也。"

杰曰：全诗二十句，可分四段。开篇四句就"庵"字发论，大意说：天地好比旅舍，你在旅舍中又修建庐屋，那是为了什么？人生在世，本来就像是匆匆行客，又何况被局束在小小的庐屋中。第二段"我身"六句，言己身飘荡似云，适相遇合，幸得结佳邻为伴，然圣者不独善其身。第三段"平生"六句，谓己之素志在推行善政惠爱于民，而慨叹世变时异，不得施行匡济抱负。"我行云不随，云行我复住。出处两何心，得非以时故？"堪称"笔力奇横"之句。结末四句说，造物者不能两全其美，民生多艰，谁为呼告？想你幽隐静坐石床，其实不能忘乎一切，我也同你一样心怀惭愧。收笔不苟，"各分一半愧"，"各分"字宾主兼到，"一半"复缴题"半云庵"，自然妥帖。落韵亦意味深长。

送葛居士住栖碧庵

越山巉巉越台孤[①]，井中双鲤曾走吴[②]。满坡丛竹遗旧箭，回首霸业空烟芜。诗人访古凌绝壁，危栖竟欲老深碧[3]。声摇孤枕海涛壮，影伴瘦筇山月白[4]。了然道者亦离尘[5]，一龛松下分秋云。只今虎豹满平陆，炼骨谁与笺青旻[6]。琴心剑气两寂寞，醉墨淋漓风雨落[7]。九十九峰归梦寒，玉笙泠泠跨飞鹤[8]。

【注】

葛居士：指葛庆龙，号秋岩，江州（今江西九江）人。章注："葛君江州人，修玄学，性嗜酒而善诗。每大醉，援笔一挥，淋漓数十纸，若不经意。"明镏绩《霏雪录》称其"放浪江湖中，名公钜卿，酒徒剑客，多与其游。好为诗，落落有气"。《宋诗纪事》卷八十录诗7首。庆龙流寓越中，与作者为诗友。同卷有《寄葛秋岩》七律。

①越台，越王台，在今绍兴稷山。据传为春秋时越王勾践斋戒台，见《越绝书》卷八。《方舆胜览》卷六《绍兴府·越王台》："气象开豁，极目千里，为一郡登临胜处。" ②井中句，《方舆胜览》卷六《绍兴府·越王台》："阖闾侵越，勾践保城山。山冢有泉，多嘉鱼。王（吴王）意其乏水，以盐米来馈。越取双鲤报之，吴兵夜遁。"走吴，使吴兵逃跑。 ③危栖句，言葛君高隐居此，竟欲终老深山。 ④瘦筇，指手杖。筇竹节高干细，可作手杖。 ⑤道者，道士。离尘，避离尘俗。 ⑥虎豹满平陆，喻指元兵侵占大片国土。炼骨，喻不屈的气节。青旻，苍天。言谁能将此耿耿义胆写在苍旻。 ⑦琴心，谓儒雅。剑气，谓任侠。风雨落，杜甫《寄李十二白二十韵》："笔落惊风雨，诗成泣鬼神。"二句言葛具文（琴心）武（剑气）才略，而不能展用于世（两寂寞），惟酒酣飞笔，以写胸间磊落悲凉之慨。元袁桷《清容居士集》卷三三《先君子蚤承师友，晚固艰贞，习益之训，传于过庭。述师友渊源录》："葛庆龙，南康人，寓居四

明僧舍。精唐律诗，酒酣能飞笔为数百言，然弃不复录。有《什一集》，极精警。”明宋濂《文宪集》卷十四《跋葛庆龙九日诗》：“诗务出不经人道语，甚者钩棘不可句。每客诸公贵人，诸公贵人燕飨方乐，或为具纸，无问生熟，连幅十余，庆龙睥睨其间，酒酣落笔，飏飏不自止，皆鹏褰海怒，欻起无际。” ⑧九十九峰，章注：“江州庐山有九十九峰。”葛初居庐山冷翠谷，故云“归梦寒”。玉笙句，《列仙传·王子乔》载，周灵王太子王子乔，好吹笙，道士浮丘公接以上嵩高山。得道成仙后乘白鹤归来，驻于缑氏山头。泠泠，形容笙音清越悠扬。

【评】

李慈铭《越缦堂诗话》卷上：“《送葛居士住栖碧庵》云：‘了然道者亦离尘，一龛松下分秋云。’……皆清空婉眇，蝉蜕尘埃者也。”

陈增杰《林景熙集补注》卷一：“葛君亦宋末高介之士，富于才情，而落拓江湖，惓惓宗国。景熙前诗云：‘酒酣欲寄登临眼，黄叶斜阳满废台。’（《寄葛秋岩》）此云：‘只今虎豹满平陆，炼骨谁与笺青旻。琴心剑气两寂寞，醉墨淋漓风雨落。’可见慷慨悲歌之郁勃情怀。”

春感

柳花衮雪春冥冥，溪风一夜吹为萍[①]。萍随风去渺流水，人生无根亦如此[②]。故山入梦草芊芊，半窗疏雨寒食天。晓来白发稀可数，多少朱颜化黄土[③]。高原冉冉青烟斜，麦饭洒松能几家[④]？子规叫残金粟暮，茧纸兰亭已飞去[⑤]。

【注】

题,《元风雅》卷三十作《春日感事》,《元诗体要》卷五作《春日行》。

①衮,卷。吹为萍,《礼记·月令》:“(季春之月) 萍始生。”章注:“或云,柳絮化为浮萍。” ②人生无根,谓国亡无托身之所,飘摇如萍。文天祥《过零丁洋》诗:“身世飘摇雨打萍。” ③朱颜化黄土,谓青春年华变为衰老,埋入黄土。 ④麦饭洒松,谓祭奠祖墓。桂馥《札朴》卷九:“大麦粒和豆煮曰麦饭。”按,据《旧五代史》卷五一《唐书宗室传·许王从益》引《五代史阙文》载,汉高祖 (刘知远) 遣将入洛阳令杀王淑妃与唐明宗幼子许王从益。“淑妃临刑号泣曰:‘吾家子母何罪?吾儿为契丹所立,非敢与人争国。何不且留吾儿,每年寒食,使持一盂饭洒明宗陵寝。’闻者无不泣下。”《新五代史》卷一五《唐明宗家人传·淑妃王氏》略同。章注云“晋帝至洛阳,令杀从益及杨淑妃”,误。又,后唐明宗三后一妃,即皇后曹氏、夏氏、魏氏,淑妃王氏,并无“杨淑妃”者。 ⑤金粟,山名,在陕西蒲城县境内,唐玄宗泰陵所在地。这里借指会稽宋帝陵墓。茧纸兰亭,指晋王羲之《兰亭集序》帖。茧纸兰亭已飞去,喻宋帝陵骨已获转移收葬。作者《梦中作四首》之三“水到兰亭转呜咽,不知真帖落谁家”(卷三),喻义相同 (参看该篇注)。

【评】

章祖程《白石樵唱注》卷一:“宋亡,越上诸陵遭杨总统之祸。此诗引古证今,最为亲切。”

陈增杰《林景熙集补注》卷一:“此景熙凄怆感旧之咏,悲凉之意盈楮墨间,读之令人惋叹。是霁山歌行体力作,历来为选家看重。明宋绪《元诗体要》卷五《行体》叙云：‘步骤驰骋，有如行书，谓之行。宜痛快详尽，若行云流水也。’选录此诗。”

书陆放翁诗卷后

天宝诗人诗有史①，杜鹃再拜泪如水②。龟堂一老旗鼓雄，劲气往往摩其垒③。轻裘骏马成都花，冰瓯雪椀建溪茶④。承平麾节半海寓，归来镜曲盟鸥沙⑤。诗墨淋漓不负酒，但恨未饮月氏首⑥。床头孤剑空有声⑦，坐看中原落人手。青山一发愁蒙蒙，干戈况满天南东⑧。来孙却见九州同，家祭如何告乃翁⑨？

【注】

陆游（1125—1209），字务观，号放翁，越州山阴（今浙江绍兴）人。著有《剑南诗稿》85卷，存诗一万馀首。

①天宝句，章注：“杜甫经天宝之乱，时事概见于诗。史称其善陈时事，律切精深，至千古不衰，世号‘诗史’。”按“诗史”之称，始见唐孟棨《本事诗·高逸》：“杜逢禄山之乱，流离陇蜀，毕陈于诗，推见至隐，殆无遗事，故当时号为‘诗史’。” ②杜鹃再拜，杜鹃鸟相传为古蜀帝杜宇死后所化，鸣声哀切。蜀人思念杜宇，夜半闻杜鹃鸣多下拜。杜甫入川后作咏杜鹃诗多首，其五古《杜鹃》云：“杜鹃暮春至，哀哀叫其间。我见常再拜，重是古帝魂。” ③龟堂，陆游居山阴书斋名。章注：“放翁有堂，名曰龟堂。”摩垒，语出《左传·宣公十二年》：“吾闻致师（驾车挑战）者，御靡旌，摩垒而还。”摩其垒，逼近他（杜甫）的营垒。言陆游才力富健，可以追步杜甫。 ④轻裘句，章注：“成都、建溪皆放翁游宦之地。”椀，碗。建溪，在福建西北部，闽江北源。其地产名茶，号“建

茶”。　⑤麾节，将帅旌旗和符节。海寓，海宇，宇内。寓，宇之古体字。乾道、淳熙间，陆游从军川陕，参佐戎幕。曾任四川宣抚司干办公事兼检法官（驻兴元府）、成都府路安抚司参议官兼四川制置使司参议官。镜曲，镜湖。盟鸥沙，与沙鸥结盟为友。言晚年隐归故里。“承平”二字有微意，言陆游虽满怀壮志（麾节半海寓），然在妥协苟安的政治路线下（所谓“承平”），终致归隐故里（镜曲盟鸥沙），此即陆诗“壮士凄凉闲处老”意。　⑥月氏(音支)，汉西域国名。氏，原本及冒本、中华本均作“氐”，今校正。饮器，饮酒器。未饮月氏首，言未能擒获敌酋，报仇雪恨。王维《送平淡然判官》诗：“须令外国使，知饮月氏头。”陆游《秋月曲》云：“丈夫志在垂不朽，漆胡骷髅持饮器。”　⑦孤剑有声，陆游《三月十七日夜醉中作》：“逆胡未灭心未平，孤剑床头铿有声。”按，晋王嘉《拾遗记》卷一《颛顼》：“有曳影之剑，腾空而舒，若四方有兵，此剑则飞起指其方，则克伐；未用之时，常于匣里如龙虎之吟。”唐《开元占经》卷一一四《刀剑自拔自鸣》：“地镜曰：刀剑无故自拔出及光有声者，忧兵伤若有血汗。”李白《独漉篇》：“雄剑挂壁，时时龙鸣。”中原落人手，章注：“谓中原没于金人。”　⑧青山二句，言不惟中原沦陷，东南国土亦已丧失。青山一发，遥望青山，杳如一发。语出苏轼《澄迈驿通潮阁二首》之一：“杳杳天低鹘没处，青山一发是中原。”南宋姚镛《题衡岳》仿云：“北望中原青一发，凄其四岳正尘昏。”　⑨来孙二句，言中国被元蒙统一，儿孙家祭无以告慰乃翁于九泉之下，这多么令人悲痛！

【评】

章祖程《白石樵唱注》卷三：“放翁《示儿》诗云：‘死去元知

万事空，但悲不见九州同。王师北定中原日，家祭无忘告乃翁。'今来孙却见九州之同，但时异事殊，家祭不可以告乃翁尔！意深而辞婉。"

胡应麟《诗薮》杂编卷五："陆放翁一绝：'死去元知万事空，但悲不见九州同。王师北定中原日，家祭无忘告乃翁。'林景熙收宋二帝遗骨，树以冬青，为诗纪之。复有歌题放翁卷后云：'青山一发愁蒙蒙，干戈况满天南东。来孙却见九州同，家祭如何告乃翁？'每读此，未尝不为滴泪也。"

贺贻孙《诗筏》："忠孝之诗，不必问工拙也。如陆放翁晚年作诗与儿云（引略），盖伤南宋不能复汴也。及宋亡，林景熙等收宋帝遗骨埋之，树以冬青。景熙乃题一绝于翁诗后云（引青山一发四句略）。二诗率意直书，悲壮沉痛，孤忠至性，可泣鬼神，何得以宋元减价耶？以此推之，宋人学问精妙，才情秀逸，不让三唐。"

宋长白《柳亭诗话》卷一〇《青山一发》："林德旸《题陆放翁诗卷后》有云（引青山一发四句略），即用放翁语作结，所谓借他人酒杯，浇自己块垒也。"

郭麐《灵芬馆诗话》卷九："今观《霁山集》中诗，其寓黍离麦秀之感者甚多……寄托显然可见。《书放翁后》一首最工（引全篇略）。"

陈衍《宋诗精华录》卷四："（评"来孙却见"二句）事有大谬不然者，乃致于此，哀哉！"

冒广生《前诗限韵意犹未尽复作五古三章》之二："沉吟九州句，涕落双汍澜。以此发誓愿，自忘剞劂艰。句下自注：'来孙却见九州同，家祭如何告乃翁？'霁山《书放翁诗后》句也。余从《宋诗钞》中读之涕下，遂发愿觅其全集刻之。”

杰曰：此篇昂扬而又郁勃的意慨，高度精练、运用自如的笔法，都可以追美陆游的七言歌行。“青山一发”四语，满腔悲愤喷涌而出，读来最为沉痛，与《示儿》诗同垂不朽。景熙七古笔力健拔，意慨沉挚，流丽中具有淋漓顿挫的韵致，乃得杜陵、放翁风格，比五古更能见出他的才力。本篇和《送葛居士住栖碧庵》《春感》《冬青花》《读文山集》，均其杰构。宋元际诗人多事近体，歌行罕见力作，故尤足贵。

冬青花

冬青花，花时一日肠九折①。隔江风雨清影空，五月深山护微雪②。石根云气龙所藏，寻常蝼蚁不敢穴③。移来此种非人间，曾识万年觞底月④。蜀魂飞绕百鸟臣，夜半一声山竹裂⑤！

【注】

本篇与《梦中作四首》写于同时，参见该注。元郑元祐《遂昌杂录》：“(陵骨移) 葬后，林于宋常朝殿前掘冬青树一株，植于两函土堆上。又有《冬青花》一首曰 (本篇略)。”章注：“冬青，一名女贞木，一名万年枝。汉宫尝植此，后世因之。宋诸陵亦多植此木。”

①肠九折，形容极度伤心。司马迁《报任少卿书》：“是以肠一日而九回。” ②隔江二句，章注：“(上句) 此言在宫中者。(下句) 此言在绍兴者。冬青开于五月，其色白而微黄。” ③石根，岩石底部。章注：“谓天子所葬之处，寻常臣民不得而杂处也。” ④移来二句，言此冬青系从帝廷移来，曾经阅历前朝荣盛，不是世间普通的树种。万年觞，祝寿之杯。宋周邦彦《汴都赋》：“群臣进万

年之觞，上南山之寿。” ⑤蜀魂，指杜鹃鸟。相传杜鹃为古蜀帝死后所化，故百鸟仍向他称臣。杜甫《杜鹃行》：“君不见，昔日蜀天子，化为杜鹃似老乌。寄巢生子不自啄，群乌至今为哺雏。虽同君臣有旧礼，骨肉满眼身羁孤。”山竹裂，言夜深蜀鸟鸣声凄厉，山竹为之开裂。杜甫《玄都坛歌寄元逸人》诗：“子规夜啼山竹裂。”

【评】

张寰《霁山先生集序》：“噫，先生真烈士哉！吾尝读其《冬青》诸作，未尝不泫然悲之，而壮先生之行也。”

冯彬《霁山先生集序》：“西涯翁拟古乐府词，载霁山氏《梦中作》《冬青》诗，凄惋悲慨，予读而哀之，恨不得观其全帙为歉。”

嘉靖《浙江通志·林景熙传》：“景熙与郑朴翁等数人相率为采药者，至陵上以草囊拾而收之……葬之越山，植冬青树为识。赋《冬青行》及《梦中作》，词旨幽恻，闻者悲之。”

文徵明《会稽双义祠碑》：“奸僧杨琏真珈实倡率之，珠襦玉匣，悉为攫取，而投骨榛莽，极其憯慽。琏方贵横，莫敢傍睨。二公先后以他骨窜易而瘗之，植冬青以志，赋诗激烈，不胜遗黎悲慨之感。”

胡应麟《诗薮》杂编卷五：“林收二帝遗骨，或谓唐珏玉潜，纪载纷纷，颇难悬断。第以《冬青树》唐作则未然，此诗在林集与他歌行绝类。盖二家同创此举，遂以林作附会于唐耳。”

王士禛《分甘余话》卷三：“元初西僧发会稽六陵事，亘古未闻。唐、林二义士《冬青引》诸篇，沉痛过于《黍离》《麦秀》，载于《宋遗民录》《辍耕录》者，与其人俱不朽矣。”

万斯同《书林唐二义士传后》：“今观玉潜诗有‘遥遥翠盖万

年枝，上有凤巢下龙穴’句，霁山诗有‘移来此种非人间，曾识万年觞底月’句，皆咏冬青；而霁山之《冬青行》正次玉潜之韵，则两人之协谋益无可疑。”

吴瞻泰《霁山先生集序》：“云溪为唐（珏）传有《冬青行》二首，林集亦有《冬青花》一首；谢翱《晞发集》有《冬青树引别玉潜》诗，而林集亦有《酬谢皋父见寄》诗，末云‘余哀散林木，此意谁能知？夜梦绕句越，落日冬青枝’。数人之诗，皆托冬青以见意，如出一手。”

李慈铭《越缦堂日记 · 咸丰十年六月二十六日》：“霁山六陵诸诗，最凄婉可爱，并录于此，以便讽诵。”（引《梦中作四首》和本篇从略）

金性尧《宋诗三百首》：“本诗以不忍见冬青开花始，以不忍听鹃声作结，曲达遗老心事。”

读《文山集》

黑风夜撼天柱折，万里风尘九溟竭[①]。谁欲扶之两腕绝，英泪浪浪满襟血。龙庭戈鋋烂如雪[②]，孤臣生死早已决。纲常万古悬日月[③]，百年身世轻一发。苦寒尚握苏武节，垂尽犹存杲卿舌[④]。膝不可下头可截，白日不照吾忠切。哀鸿上诉天欲裂，一编千载虹光发[⑤]。书生倚剑歌激烈，万壑松声助幽咽。世间泪洒儿女别，大丈夫心一寸铁[⑥]！

【注】

此篇原集不载，明吕洪刻本据明孙原理编《元音》增补。按：此诗元蒋易《元风雅》卷二八已见收录，题《读文山诗》。今取校《元风雅》及四库全书本《元音》卷十、《元诗体要》卷一、《东瓯诗集》卷五等，择善而从。文天祥（1236—1282），字宋瑞，又字履善，号文山，吉州庐陵（今江西吉安）人。《宋史》卷四一八有传。著有《文山集》21卷。《四库全书总目》卷一六四《文山集》：“天祥平生大节，照耀今古，而著作亦极雄赡，如长江大河，浩瀚无际。”

①天柱折，《淮南子·天文训》：“（共工）怒而触不周之山，天柱折，地维绝。”九溟，四海。山折海竭，喻世变动乱。 ②龙庭，匈奴祭天之处。班固《封燕然山铭》：“焚老上之龙庭。”此指元蒙朝廷。鋋，短矛。 ③纲常，这里指正义的传统。 ④苏武节，汉苏武出使匈奴，被拘禁流放北海，“杖汉节牧羊，卧起操持，节旄尽落。”见《汉书·苏武传》。节，使者所持旌节，上缀饰旄牛尾。杲卿舌，唐颜杲卿任常山太守，起兵讨安禄山叛军，城破被俘，押解洛阳。“缚之天津桥柱，节解，以肉啖之。詈不绝，贼钩断其舌，曰‘能复詈否’？杲卿含糊而绝。”见《新唐书·颜杲卿传》。文天祥《正气歌》：“时穷节乃见，一一垂丹青……在秦张良椎，在汉苏武节……为张睢阳齿，为颜常山舌。” ⑤一编，一册，一部。指《文山集》。 ⑥世间二句，意谓文天祥刚贞不屈，心胆如铁，的确是顶天立地的英雄；相比之下，世间那些为了离别而像小儿女那样伤心掉泪的人，真是太琐屑太渺小了！心一寸铁，辛弃疾赠答陈亮《贺新郎》词：“我最怜君中宵舞，道男儿到死心如铁！”

【评】

陈璋《霁山先生集序》：“然其志固有郁邑侘傺者，用肆为诗歌，泄其忠义之怀，如《商妇吟》《素吉了》《孙供奉》《读文山集》诸作，皆以明出处，正纲常。”

胡应麟《诗薮》外编卷六："宋末盛传谢皋羽歌行，虽奇邃精工，备极人力，大概李长吉锦囊中物耳。林德旸七言古不多见，而合处劲逸雄迈，视谢不啻过之。如《读文山集》云（引全诗略）。可谓元初绝唱。"

中国科学院文学研究所《中国文学史》宋代文学第九章第三节："《读文山集》七古末云：'书生倚剑歌激烈，万壑松声助幽咽。世间泪洒儿女别，大丈夫心一寸铁！'他的气概正不减于'留取丹心照汗青'的文文山。"

陈增杰《林景熙集补注》卷三："此作为七言歌行中的柏梁体，'不以对偶，而每句用韵'（明宋绪《元诗体要》卷一《柏梁体》）。哀弦促节，句句紧逼，一气盘折中跳荡着高亢激越的音律，真可以'凄金石而泣鬼神'（鲍正言语）。乾坤浩然正气，民族刚烈精神，笔底毫间淋漓感发。胡应麟推为'元初绝唱'，千古定评。"

郑宗仁会宿山中

挑灯怀旧梦，移席近春泉[①]。共话忽深夜，相看非少年。斗垂天末树，犇出雨余田[②]。亦有茅檐下，饭牛人未眠[③]。

【注】

郑宗仁：郑朴翁（1240—1302），字宗仁，号初心，又称七山人。平阳万全乡焦下人。宋度宗咸淳十年（1274）太学上舍释褐，授福州教授，调常州主簿，迁国子监学正，转从政郎（从八品）。宋亡，归隐平阳芗山。山阴王英孙特延宾馆，教授子弟（见弘治《温州府志》卷一一）。元世祖至元二十二年（1285），杨髡发掘山阴宋帝六陵，朴翁与景熙一起秘密收葬陵骨。尝作《悼国赋》以自伤，有云：

“吾适生于流离兮，惟欷歔而不忍言。国统正于蒙古兮，金枝霜木其凋残。弃遗骸于草莽兮，吾则暨同志托佛经于越山。耻狗彘以自污兮，宁啮雪瀑下之芗湾。”（乾隆《平阳县志》卷一五引）朴翁长景熙二岁，与景熙是同里、同学兼同志的挚友，交往密笃。集中寄赠诗5首；其卒，为作《故国子正郑公墓志铭》（卷五）。清邵廷采《思复堂文集》卷三《宋遗民所知传·郑宗仁》云：“始宗仁与谢翱俱以布衣应文天祥辟。天祥没，二人相遇，所至辄哭。其后卒有收骨之举。故杨维祯咏冬青诗曰‘文山老客智且勇’，盖指翱与宗仁也。《温州志》称：‘宗仁、景熙生同里，学同方，老同出处。惓惓故君，精卫填海，为重可悲。’景熙诗文烂然名时，而宗仁质胜，守儒者礼法，以故后人传道者少。惟英孙许以死友，久要不渝，故世或称‘王郑’。”按：邵言朴翁与谢翱尝同应文天祥抗元军聘，前此未见记述。谢翱《晞发集》卷七有《山阴道中呈郑正朴翁》诗，亦未及同辟事，不知邵氏所云何据。孙衣言《瓯海轶闻》卷一六《永嘉学术》称“宗仁霁山二义士”。孙锵鸣《东嘉诗话》陈则翁条云：“初心志节，亦霁山一流人，实皆当时同调者也。”乾隆《平阳县志》卷一八《古迹》：“郑朴翁宅，在县北十五里焦下山。林景熙《会宿郑宗仁山中》诗（本篇略）。”山中，即指焦下山（芗山）。

又按：此篇亦载黄庚《月屋漫稿》、张观光《屏岩小稿》，题《林霁山架阁同宿山中》，字句略同。黄、张集属误载，《宋诗纪事》卷七九黄庚名下据以编录，亦昧乎审察。详《林景熙集补注》附录六《林景熙黄庚互见诗辨疑》。

①怀旧梦，章注：“此言旧与宗仁同在太学也。”移席春泉，弘治《温州府志》卷三《山·平阳县》：“焦下山，在县北十馀里。其

颠有洞泉流至芗林寺后，为瀑千寻，隐若雁荡龙湫之胜。”　②粦，同“磷”，俗称鬼火。　③饭牛，喂牛。《史记·邹阳列传》：“宁戚饭牛车下。”集解引应劭曰：“桓公夜出迎客，而宁戚疾击其牛角商歌曰：‘南山矸，白石烂，生不遭尧与舜禅，短布单衣适至骭（胫）。从昏饭牛薄夜半，长夜曼曼何时旦？’”

【评】

孙锵鸣《东嘉诗话》：“近体亦多悲愤之音，《郑宗仁会宿山中》云（本篇略）。”

陈增杰《林景熙集补注》卷一：“风雨对床，深有‘志士凄凉闲处老’同调之慨。全篇沉练稳健，可称合作。景熙寄赠朴翁诗除本篇外，他如《寄郑宗仁》《答郑即翁》（以上同卷）、《寄七山人》《寄芗林故人》（以上卷三），皆为真情流露之作。”

宿台州城外

荒驿丹丘路[①]，秋高酒易醒。霜增孤月白，江截乱峰青。旅雁如曾识，哀猿不可听[②]。到家追此夕，三十五邮亭[③]。

【注】

台州，今浙江临海市。

①丹丘，嘉定《赤城志》卷三：“丹丘驿，在台州东南一里，旧传葛元炼丹于此，故名。”　②如曾识，李清照《声声慢》词：“雁过也，正伤心，却是旧时相识。”猿声哀切，触人旅愁，故说“不可听”。　③追，追忆。邮亭，驿站。汉卫宏《汉官旧仪》卷下：“设十里一亭，亭长、亭候；五里一邮。”宋制，驿路十里置铺。见《景定建康志》卷一六。三十五邮亭，计三百五十里，合今平阳至台州

路程。二句说,到家后回想今夜情景,一定会留下很深印象;可是此去故乡尚有数百里之遥,那一个接着一个的驿亭,又教人触目惆怅。

【评】

范大士《历代诗发》卷二九:"(末二句)痛后之思,即从痛时设想。"

宋长白《柳亭诗话》卷一九《宋人警句》:"林德旸《宿台州》'霜增孤月白,江截乱峰青。'……回视六朝,似有秋月春花之别。"

李慈铭《越缦堂诗话》卷上:"'霜增孤月白,江截乱峰青。'……皆清空婉眇,蝉蜕尘埃者也。"

陈增杰《林景熙集补注》卷一:"此篇笔墨清峭简秀。三四句写景绝佳,对句尤胜。结二所言,较唐人绝句'不用凭栏苦回首,故乡七十五长亭'(杜牧《题齐安城楼》),多一层曲折,更饶思致。"

新春

衰颜凭酒润,故国得春新[①]。兵革儿童长,风霜天地仁[②]。草心悬落日[③],柳眼看行人。扰扰红尘者,知谁效角巾[④]?

【注】

①衰颜句,唐郑谷《乖慵》诗:"衰鬓霜供白,愁颜酒借红。"宋陈师道亦有"颜衰酒借红"句(参阅《诗话总龟》前集卷九引《王直方诗话》)。故国,指宋故都临安。　②兵革二句:言战乱之后,孩子们都已经长大;经历风霜摧残的草木,到春天又见萌发,显示了大自然养育万物的仁爱之心。天地仁,《礼记·乡饮酒义》"仁也"唐孔颖达疏:"春夏皆生育万物,俱有仁恩之义。"　③草心,寸草心,喻指思怀故国的深情。　④扰扰,形容纷乱。红尘者,指迷恋

富贵生活的人。效，仿效。角巾，古人以纱巾裹头为帽。郭太字林宗，东汉名士，曾出行遇雨，将纱巾一角垫起。“时人乃故折巾一角，以为‘林宗巾’。”见《后汉书·郭太传》。章注：“时江南归附后，衣冠一变，故云。”

【评】

孙锵鸣《东嘉诗话》：“近体亦多悲愤之音……《新春》云（本篇略）。”

陈增杰《林景熙集补注》卷一：“‘兵革儿童长，风霜天地仁’，最为凝练之句，平易而有义味。中唐戴叔伦叙写战乱之作《过申州》有云：‘井邑初安堵，儿童未长成。’此言‘儿童长’，更进一层，于时世变迁，慨乎言外。‘风霜’句括用唐刘长卿《负谪后登干越亭作》‘得罪风霜苦，全生天地仁’联，而寓意有别，隐含处境艰虞以节操自励意。此皆能点化而出新者也。”

过北雁荡山下

驿路入夫容[①]，秋高见早鸿。荡云飞作雨，海日射成虹。一水通龙穴，诸峰尽佛宫[②]。如何灵运屐，不到此山中[③]？

【注】

北雁荡山，章注：“在乐清县东北九十里芙蓉村。”雁荡山脉分布浙江南部瓯江南北，在乐清市北部称北雁荡山（乐清城西白石山亦称中雁荡山），在平阳县境内称南雁荡山。其中以北雁荡风景最胜，雄奇秀拔，有东南第一名山之称。

①夫容，同芙蓉，指芙蓉驿，今乐清市清江区芙蓉村。为雁荡山南大门，唐宋时多从此入山。沈括《梦溪笔谈》卷二四：“此山

南有芙蓉峰，峰下芙蓉驿。” ②一水，指大龙湫瀑布。佛宫，言群峰秀出，如睹仙境。 ③灵运屐，谢灵运游山穿的特制木鞋，鞋底装有活动的锯齿，“上山则去前齿，下山去其后齿”（《宋书·谢灵运传》），世称“谢公屐”。屐，木鞋。雁荡山唐初始闻名，北宋祥符中因伐山取材，始发现龙湫、雁湖诸景观。谢灵运有《从筋竹涧越岭溪行》诗，只到了筋竹涧口，未能深入。沈括《梦溪笔谈》卷二四云：“谢灵运为永嘉守，凡永嘉山水游历殆遍，独不言此山，盖当时未有雁荡之名也。”章注：“谢灵运登山陟岭，常著木屐。为永嘉守，为民行田，至白石岩而返。而雁山真境，未尝见也。”

【评】

曾唯《广雁荡山志》卷十三引《沌斋诗话》：“霁山《过雁山》诗：‘荡云飞作雨，海日射成虹。’不减唐人。”

夏承焘《天风阁学词日记》第二册1944年11月5日（在雁荡）：“山间多阴雨，出白溪即晴朗。霁山诗云‘荡云飞作雨’。”

吴鹭山《雁荡诗话》：“这诗风格，既近放翁又似四灵。三四两句，颇为人传诵，以为不减唐人。按赵紫芝《大龙湫》五律已有‘高风吹作雨，低日射成虹’之咏，霁山此联当是有意改易赵句。改用前人诗句，如此胜过原句，当不嫌其蹈袭。林诗仅改换四字（荡、云、飞、海），而意境已异，确是胜过原唱，纵令紫芝见之，当亦首肯。”

枯树

凋悴缘何事，青青忆旧丛。有枝撑夜月，无叶起秋风[①]。暑路行人惜，寒巢宿鸟空[②]。倘留心不死，嘘拂待春工[③]。

【注】

①有枝二句，语含比兴，谓怀抱复国之志而难以成功。 ②寒巢句，喻国亡后人民流离失所。 ③心不死：心，树心（树根），也指人心。嘘拂，吹拂。春工，春天造化万物的力量。

【评】

章祖程《白石樵唱注》卷三："凡诗结语贵有生意。设若此诗终篇言枯悴，则非所以为诗矣，故曰'倘留心不死，嘘拂待春工'也。又，人不知义理，斯谓之心死；倘心不死则义理尚存，身虽穷困何害乎？"

周晖《金陵琐事》卷二《诗话》："杨伯海先生诵乡先生咏枯木一联云：'有枝撑晓月，无叶响秋风。'句颇清致。今不记为何人之作，姑载于此。"

林庚、冯沅君《中国历代诗歌选》下编第一册："诗用枯树喻已倾覆的祖国，情辞沉痛而不衰飒。作者的憧憬在于复兴。"

寄林编修

大雅凋零尚此翁①，醉乡一笑寄无功②。衣冠洛社浮云散③，弓剑桥山落照空④。东鲁有书藏古壁⑤，西湖无树挽春风⑥。巾车莫过青华北⑦，城角吹愁送暮鸿。

【注】

林编修：林千之，字能一，号云根，平阳凤林乡盖竹人。理宗开庆元年（1259）进士，历官国子监学正、嘉兴通判、枢密院编修官、信州知州。弘治《温州府志》卷一〇《艺文》、《两浙名贤录》卷四六《文苑二》有传。弘治《府志》云："性颖秀，博洽今古，工文词，深为江万里诸人所知。迨元初，徜徉里居，以翰墨自娱。家藏图书法帖甚富，鉴裁精审，儒林以好古博雅推之。阅数岁卒。有《云根痴庵集》。"《宋诗拾遗》卷一一录有林千之《送马静山寄林晓山兄弟》(林晓山即景熙兄景怡）诗，称誉林氏兄弟"彼美三珠树，沆瀣斛琼台"。

①大雅，本《诗经》分类之称，雅者正也。亦借指大雅之才，谓德高才大的人。凋零，去世。尚，尚存。 ②醉乡句，王绩（590—644)，字无功，唐初诗人。隋末曾任秘书省正字。后辞官还乡，隐居河汾间，性简放，嗜酒，著有《醉乡记》。 ③衣冠，指官绅人物。洛社，宋欧阳修、梅尧臣等居官洛阳时组织的诗社。欧阳修《酬孙延仲龙图》诗："洛社当年盛莫加，洛阳耆老至今夸。" ④桥山，在今陕西黄陵县北，相传为黄帝葬处。《列仙传·黄帝》："卒，还葬桥山。山崩，柩空无尸，唯剑舄在焉。"这句说，宋帝陵园，在一片凄凉的落照之中。 ⑤东鲁，指曲阜，孔子家乡。书藏古壁，汉孔安国《尚书序》："鲁共王好治宫室，坏孔子旧宅以广其居，于壁中得先人所藏古文虞夏商周之书及传《论语》《孝经》，皆科斗文字。"这句写林编修仍珍藏先朝图籍。 ⑥西湖，杭州西湖。无树挽春风，言西湖花木不能挽留住消逝的春光。以春去喻国亡。 ⑦巾车，有布帘的车子。青华，章注："青华山在州西南二十五里，即钱仓山之别巘也。"弘治《温州府志》卷三《山·平阳县》："青华山，与凤山连，西谷顶有湖。"又："凤山，在县西南二十五里。旧名钱仓。"

【评】

胡应麟《诗薮》杂编卷五："其恋恋宗国之意，盖未尝顷刻舍也。……七言如‘衣冠洛社浮云散，弓剑桥山落照空。’‘鹤归尚觉辽城是，鹃老空闻蜀道难。’虽不甚脱晚宋，亦自精警。集中大半此类，忠义气概，落落简端，有足多者。”

孙锵鸣《东嘉诗话》：“近体亦多悲愤之音……《寄林编修》云（本篇略）。”

杰曰：景熙最所擅长的是七言律体，集中数量亦最多（计85首）。他远绍少陵，近俪放翁，又效法黄山谷、陈后山奇警遒劲的格律，豪健跌宕，郁勃沉挚，表现出“清而腴”“婉而壮”又蕴藉又酣畅的特点，在宋季戛戛独造，凌驾诸家之上。他说“独提诗律继黄陈”（《重游镜曲次韵》），表明艺术上的追崇，而又能变化独出心裁。本篇和《答郑即翁》《别王监簿》皆为其代表作。

春暮

乾坤万事上眉端，寂历东风独倚阑。白发余春能几醉，绿阴细雨不多寒。香飘苔径花谁惜，影落沙泉鹤自看。碧眼野僧知我意，素琴携就竹西弹①。

【注】

①碧眼野僧，指西域来的僧人。素琴，本指无弦琴。《宋书·隐逸传·陶潜》：“畜素琴一张，无弦，每有酒适，辄抚弄以寄其意。”后称高人雅士所用之琴。竹西，竹林幽僻处。语出杜牧《题扬州禅智寺》诗：“谁知竹西路，歌吹是扬州。”

【评】

贺裳《载酒园诗话·林景熙》：“‘香飘苔径花谁惜，影落沙泉鹤自看。’……真视唐人无愧。”

李慈铭《越缦堂诗话》卷上:"《春暮》云:'白发余春能几醉,绿阴细雨不多寒。'……皆清空婉眇,蝉蜕尘埃者也。"

闻家则堂大参归自北寄呈

滨死孤臣雪满颠,冰毡啮尽偶生全①。衣冠万里风尘老,名节千年日月悬。清唳秋荒辽海鹤②,古魂春冷蜀山鹃③。归来亲旧惊相问,禾黍离离夕照边④。

【注】

本篇作于元世祖至元三十一年(1294)。家铉翁(1213—约1396),号则堂,眉州(今四川眉山市)人。以荫授职,累官端明殿学士、签书枢密院事。《宋史》卷四二一有传。宋王应麟《四明文献集》卷五《家铉翁授知临安府浙西安抚使诰》附语:"铉翁位执政,伯颜令程鹏飞取太后手诏谕州郡降附。太后从之,檄执政,皆署,铉翁独不从。使者命缚之,铉翁曰:'中书无缚执政之理。'乃止。后为祈请使,国亡,官之,不从。后至河间讲《易》,归临安以死。有《春秋传》行世。"著有《则堂集》六卷。章注:"丙子春,伯颜兵至杭州,则堂家铉翁以参知政事与丞相吴坚等充祈请使,诣燕申祈请之议。国亡守志不仕,贬河中府十九载,至元三十一年甲午召还放自便,乃归江南,时年八十有二矣。"大参,对参知政事的敬称。

①滨死,临近死亡。冰毡啮尽,《汉书·苏武传》:苏武出使匈奴,迫降不屈,被囚北海。"天雨雪,武卧啮雪,与旃毛并咽之。"历十九年始得归还。 ②辽海鹤,用丁令威成仙后化鹤归辽故事,写家则堂被拘十九年放还江南,所见故国山河已改、面目全非的凄感。 ③古魂,古蜀国望帝亡魂。蜀山鹃,杜鹃鸟产于蜀,传说

为蜀王杜宇死后所化，多啼于春夜，声悲苦。见南朝刘敬叔《异苑》。此句用蜀帝化鹃的典故，寄托亡国哀思。　④禾，稻禾。黍，小米。离离，生长成行貌。禾黍离离，《诗·王风·禾黍》首句“彼黍离离”，《诗序》云：“禾黍，闵宗周也。周大夫行役，至于宗周，过故宗庙宫室，尽为禾黍。闵周室之颠覆，彷徨不忍去，而作是诗也。”后用“禾黍”以况亡国之悲。

【评】

瞿佑《归田诗话》卷中《家铉翁持节》：“元兵南下，次高亭，宋朝纳降。吴坚为左相，家铉翁为参政，与贾余庆、刘岜为祈请使北行。文天祥诗云：‘当代老儒居首揆，殿前陪拜率公卿。’又云：‘程婴存赵真公志，赖有忠良壮此行。’前谓吴，后谓家也。至此，铉翁抗节不屈，拘留河间。世祖崩，成宗即位，始赐衣服，遣还乡里，年逾八十矣。林景熙有诗送之云（本篇略）。可谓不负文山所期矣。”

木讷《归田诗话序》：“及见前人林景熙咏陆秀夫诗，而知表殉国之忠；咏家铉翁诗，而知表持身之节。……非先生以诚而得古人作诗之意，蕴蓄之久，安能集之详而评之当哉！”

答柴主簿二首（选一）

相隔云江有梦寻，篇诗寄旧重兼金[①]。山林未遂鹿麋性，风雨空愁葵藿心[②]。老气十年看剑在，秋声一夜入灯深[③]。铜槃消息无人问，寂寞西楼待雁音[④]。之一

【注】

柴主簿，章注：“名杰，号观斋，瑞安人。”弘治《温州府志》卷八《宦职·瑞安县》：“元主簿，柴杰。”

①云江，飞云江，流经瑞安入海。瑞安在飞云江北，作者所居平阳在飞云江南，故云“相隔云江”。兼金，价值加倍的好金。 ②麋，鹿属。鹿麋游于山林，喻隐居。未遂，未能如意。此言柴隐退林下，初非夙愿。葵藿，向阳开花的植物。章注：“此言葵藿心本向日，值风雨则愁矣。亦犹忠臣心本向君，值离乱则悲矣。” ③老气，老练的气概。杜甫《送韦十六评事充同谷判官》：“子虽躯干小，老气横九州。”挑灯看剑，是一种豪壮举动，表示雄心，也含有抱负未展的感慨。宋高言《呈友人》诗：“男儿慷慨平生事，时复挑灯把剑看。”辛弃疾《破阵子》词：“醉里挑灯看剑，梦回吹角连营。” ④铜槃，指承露盘。槃，同盘。汉武帝于建章宫立铜人掌捧铜盘承接甘露。铜槃消息，指南宋故宫事。雁音，古代以为雁能传书。章注：“此言今日铜槃之事无人可问，惟有雁自北来，可以得其音信耳。”

【评】

杰曰：“老气十年看剑在，秋声一夜入灯深。”挑灯看剑，壮心犹在；老气秋声，怀抱未开。写得极豪迈慷慨，又极悲凉，堪称沉炼之句。

答郑即翁

初阳蒙雾出林迟，贫病虽兼气不衰。老爱归田追靖节，狂思入海访安期[①]。春风门巷杨花后，旧国山河杜宇时[②]。一种闲愁无著处[③]，酒醒重读寄来诗。

【注】

郑即翁，即郑宗仁（朴翁）。按：此篇亦载黄庚《月屋漫稿》、张观光《屏岩小稿》，题作《次郑朴国正见寄》，字句略同。黄、张集属误编，详《林景熙集补注》附录六《林景熙黄庚互见诗辨疑》。

①靖节，陶渊明谥靖节徵士。安期，安期生，居东海蓬莱山。《史记·封禅书》："安期生仙者，通蓬莱中，合则见人，不合则隐。"刘向《列仙传》卷上："安期先生者，琅琊阜乡人也。卖药于东海边，时人皆言千岁翁。"　②杜宇，杜鹃鸟。杨花落后，杜宇啼时，状亡国后凄凉景象。　③一种闲愁，言与朴翁怀抱同样的忧思。无著处，言无处可以寄托（发泄）。

【评】

贺裳《载酒园诗话·林景熙》："'老爱归田追靖节，狂思入海访安期。'……真视唐人无愧。"

范大士《历代诗发》卷二九："三诗（按指《云门即事》、本篇和《东山渡次胡汲古韵》）俱秀健有骨，不必律以唐格，徒为优孟衣冠也。"

孙锵鸣《东嘉诗话》："近体亦多悲愤之音……《答郑即翁》云（本篇略）。"

杰曰：此诗抒写怀友情思、亡国忧愤和守节不屈的心志，笔意跌宕，感慨悲凉，而又深沉悱恻，读之有一种回肠荡气的力量，是霁山七律中的精品。

东山渡次胡汲古韵

客来持酒洒烟霏，空想高风意欲飞[①]。老洞藏云安石卧，孤舟载雪子猷归[②]。一川白鸟自来去，千古青山无是非[③]。欲上危亭愁远眺，废陵残树隔斜晖[④]。

【注】

东山渡,《方舆胜览》卷六《绍兴府·东山》:“在上虞县西南四十五里。王铚《游东山记》:会稽南则晋太傅文靖谢公安石东山也。”胡汲古,章注:“汲古名侨,号天放,严州人。”按:汲古严州严陵(今属浙江桐庐)人。出身官宦之家,而厌薄世禄,疏摈举子业,遁迹丘园,诗书自娱。所交往者如方逢辰、何梦桂、林景熙、邓牧、黄庚、戴表元、杨仲弘辈,皆一时名家。邓牧《伯牙琴·鉴湖修禊序》:“岁丙申三月三日,陈用宾、刘邦瑞、胡汲古与予举修禊故事,会于镜湖一曲。”(丙申为元成宗元贞二年,1296)景熙曾将“吟卷一编”属汲古转致石峡山中请方逢辰予评(见《蛟峰文集》卷四《雁荡林霁山诗集序》)。林集中又有《练川道中次胡汲古韵》(卷二)、《送胡汲古归严陵觐亲》(卷三)、《胡汲古乐府序》(卷五)等作。

①高风,章注:“谓安石、子猷也。” ②老洞二句:承写“高风意欲飞”意。安石卧,东晋谢安字安石,曾辞职隐居会稽东山。“与王羲之及高阳许询、桑门支遁游处,出则渔弋山水,入则言咏属文,无处世意。”见《晋书·谢安传》。子猷归,东晋王徽之字子猷,居山阴,曾雪夜乘舟往访戴逵,“造门不前而返”。见《世说新语·任诞》。 ③一川二句,以山、鸟的无知,反衬登览者的有情,寄托易代兴亡的感慨。岑参《再过金陵》云:“江山不管兴亡恨,一任斜阳伴客愁。”司马光《过洛阳故城》云:“春风不识兴亡意,草色年年满故城。”也都是这个意思,不过他们已经用“不管”“不识”加以点破了。 ④废陵,指会稽宝山宋帝陵墓。

【评】

范大士《历代诗发》卷二九："(结二句) 语意凄然。三诗俱秀健有骨，不必律以唐格，徒为优孟衣冠也。"

宋长白《柳亭诗话》卷一〇《东山云门》："德旸《东山》诗：'一川白鸟自来去，千古青山无是非。'《云门》诗：'僧闲时与云来往，鹤老不知城是非。'命意虽同，气机自别。"

别王监簿

玄发相逢雪满颠，一番欲别一凄然[①]。离亭落日马嘶渡，旧国西风人唤船[②]。湖海已空弹铗梦，山林犹有著书年[③]。蓬莱不隔青禽信，还折南枝寄老仙[④]。

【注】

王监簿，章注："王公讳英孙，号修竹，会稽人，仕至将作监簿。素与先生友善。革命后，先生游越，多居其家庄子上。"(卷一《王修竹监薄名楼曰与造物游命予赋》) 王英孙 (1238–1312)，字才翁，号修竹。原姓林，永嘉 (今温州市) 人。理宗宝祐五年 (1257)，王克谦知温州时立为养子，改姓王，时年二十 (见周密《癸辛杂识》续集上《王茂林立子》)。遂徙居绍兴。恭帝德祐二年 (1276) 除将作监主簿 (从八品)，世称王监簿。据清邵廷采《思复堂集》卷三《宋将作监簿修竹先生传》："宋亡，先生惋念先烈，形于歌咢。与遗民谢翱皋羽、郑宗仁朴翁、林景熙霁山、唐珏玉潜为诗酒交。遂瘗宋陵，传者不知为先生。尝筑精舍于陶山麓旁，祠晋高士陶贞白弘景、宋左丞陆农师佃、待制陆放翁游。当东州衣冠凋谢，与弟主管官诰院茂孙梅山，放情山水，丘园翳迹，垂四十年。越中矜式风范，称二王先生焉。”英孙家富财资，雅洁不凡，能诗善画，喜延致四方贤士，一时节概之士如林景熙、郑朴翁、谢翱、唐珏等皆相从与游，共结山阴“汐社”（汐者晚而信也），为当时越中诗坛盟主。而收瘗宋陵遗骸事，英孙实主其谋。撰有《修竹集》，今佚，《宋诗纪事》卷七九录诗3首。英孙长景熙四岁，与景熙交往最为密笃。林集中酬赠诗9首，并为作《王氏园亭记》《陶山修竹书院记》《王修竹诗集序》。

①玄发二句：言初逢时正值盛年，而今各已白发满头。一次次分手道别，一回比一回感到伤凄。 ②离亭二句：路亭渡口，人们呼唤着催促上船，预感到将要分道而行的马儿也不禁伤心地萧萧长鸣；相望故国山河，在落日影下，西风凛冽中，更觉得是那样的寂寥惨淡。 ③湖海二句：言此身漂泊江湖，已空用世之志；老归山林，唯有著书以度馀年。表示绝不贪图爵禄而改易操守。弹铗，敲击剑柄。《战国策·齐策四》载：齐人冯驩寄食孟尝君门下，初受冷遇，于是倚柱弹剑柄而歌：“长铗归来乎！食无鱼。”后为孟尝君重用。 ④青禽，青鸟。传说为西王母捎信的神鸟。章注：“南枝，梅花也。老仙，监簿也。”还折南枝，《太平御览》卷九七〇引南朝宋盛弘之《荆州记》：“陆凯与范晔交善，自江南寄梅花一枝诣长安与晔，并赋诗曰：‘折花逢驿使，寄与陇头人。江南无所有，聊赠一枝春。’”二句说，此别虽相隔遥远，但仍可互通音问，以慰相思。

【评】

章祖程《白石樵唱注》卷三：“‘离亭落日马嘶渡，旧国西风人唤船。’越上诸公最赏先生此联。下句亦有馀味。”

李慈铭《越缦堂诗话》卷上："《别王监簿》云：'离亭落日马嘶渡，旧国西风人唤船。湖海已空弹铗梦，山林犹有著书年。'……皆清空婉眇，蝉蜕尘埃者也。"

陈增杰《林景熙集补注》卷三："此诗当是作者离越州（绍兴）辞别王英孙作。'离亭落日'联，不惟状写渡头景物如画，尤妙在悲凉而出以秀淡，黯然无限，较唐人温庭筠'波上马嘶看棹去，柳边人歌待船归'（《利州南渡》）句，更饶深层意蕴。结语折枝相寄，暗用南朝宋陆凯折梅一枝赋诗寄赠范晔的故事，既表友朋思念之情，又以梅花为象征，包含气节相励的深意。"

新晴偶出

琴床茶鼎澹相依[①]，偶为寻僧出竹扉。风动松枝山鹊语，雪消菜甲野虫飞[②]。看花春入桄榔杖，听瀑寒生薜荔衣[③]。古寺无人云漠漠，溪行唤得小船归。

【注】

①琴床，琴几。茶鼎，烹茶用具。 ②菜甲，菜初生的叶芽。 ③桄榔杖，桄榔木制的手杖。薜荔衣，《楚辞·九歌·山鬼》："若有人兮山之阿，被薜荔兮带女萝。"用指隐士服装。

【评】

章祖程《白石樵唱注》卷三："（风动二句）此写出山野间真景。又曰：此诗前联融景趣之妙，后联得句法之新。起结意圆而备，若一片图画而得其神者也。"

李慈铭《越缦堂诗话》卷上："《新晴偶出》云：'风动松枝山鹊语，雪消菜甲野虫飞。'皆清空婉眇，蝉蜕尘埃者也。"

陈增杰《林景熙集补注》卷三："通体松俊秀朗，韵致逸然。章评中二联精切。桄榔杖、薜荔衣，借'看花春入、听瀑寒生'点染生神。春入桄榔杖，从东坡诗'春在先生杖履中'（《寄题刁景纯藏春坞》）化出，造句鲜新，一片自然浑化之意，溢见笔间。"

侍应平坡侍郎郊行口占二首（选一）

春霖卷流芳，霁旭浮远野。白首正元人①，相期古松下。之一

【注】

应平坡侍郎：应节严（1211—1300），字和父，号平坡，平阳人。理宗淳祐四年（1244）登武进士，淳祐十年（1250）换文科进士。累官吏部侍郎、宝谟阁待制，积阶中奉大夫（正四品）。享年九十。林有《故待制吏部侍郎应公墓志铭》（卷五），弘治《温州府志》卷一一《宦业》、乾隆《平阳县志》卷一四《名臣》有传。弘治《府志》云："在六馆时上疏论巨珰黩政，淮幕时登陴守御，才裕经济，识法制狱情，重军饷，咸著其能。尤善古文。"所著《平坡集》今佚，《东瓯诗存》卷八录诗1首。

①正（读阴平）元，即贞元。宋避仁宗（名祯）讳，或改贞为正。如宋夏竦《古文四声韵·序》"唐正元中李阳冰子开封令服之有家传古《孝经》。"宋不著撰人《宋史全文》卷一三下《宋哲宗三》："德宗正元中，江淮大水。"此句暗用"贞元朝士"典实，"正元人"谓前朝旧臣。刘禹锡德宗贞元间任监察御史，顺宗时参与永贞新政，宪宗立，新政人员皆遭贬逐。禹锡二十余年后还朝，故旧多已凋谢，感慨系之，作《听旧宫中乐人穆氏唱歌》叹道："休唱贞元供奉曲，当时朝士已无多。"宋楼钥《曹工部挽词》："齐国世臣少，贞

元朝士稀。”

【评】

陈增杰《林景熙集补注》卷一：“‘白首’二句，用示隐居守志(相期古松)，又不胜今昔沧桑之感，语简而蓄意不尽。作者友人潘士骥寄诗有云：‘拂袖归来不计春，华阳巾下白纷纷。贞元朝士今无几，正始遗音尚有闻。’(《寄林霁山》)所慨正同。”

题陆大参秀夫《广陵牡丹诗卷》后

南海英魂叫不醒①，旧题重展墨香凝②。当时京洛花无主，犹有春风寄广陵③。

【注】

陆秀夫(1236—1279)，字君实，楚州盐城(今属江苏)人。度宗咸淳十年(1274)李庭芝为淮东制置使，驻广陵(今江苏扬州)，时陆秀夫任淮东提刑兼参议官(见王应麟《四明文献集》卷五《陆秀夫特授淮东提刑兼淮东制置使司参议官诰》)。《广陵牡丹诗卷》，指秀夫在广陵时写的牡丹诗手迹。这首题咏传布很广，后来被徙居潮州的陆秀夫裔孙珍藏。

①南海英魂：临安陷落后，陆秀夫与张世杰等拥立赵昺为帝，任左丞相，南下闽粤坚持抵抗。厓山(今广东新会县南)兵败，秀夫背负帝昺投海死。事见《宋史·陆秀夫传》。　②旧题句，言重新展读陆秀夫的牡丹诗手卷，楮墨犹新，馀香可闻。　③当时，指陆题诗时。京洛，洛阳。洛阳为东周、东汉故都，故称。洛阳盛产牡丹，为天下第一。花无主，花开无人欣赏。意谓洛阳沦陷。寄，寄意。章注：“诗意谓当时京洛沦没，虽若无主，而广陵之地犹有

存者，今则并广陵而失之矣！深有感也。”二句伤慨南宋半壁亦丧失殆尽，更于无处观赏牡丹了。

【评】

杜臻《粤闽巡视纪略》卷三：“有侍郎屿，宋陆秀夫后人家于此，故名。嘉靖间郡守叶元玉得陆氏遗谱于秀夫之裔孙大策。……大策家又藏有《广陵牡丹图卷》，林霁山题诗云（本篇略）。霁山亦宋末义士也。”

雍正《广东通志》卷六四《杂事志·潮州府·陆丞相墓》：“访得本郡有高士陆大策者，……家藏《广陵牡丹卷》，破烂已甚，诗读不能句。后偶见《白石樵唱》稿，乃宋淳祐间林霁山所著。中有《题陆大参秀夫广陵牡丹诗诗卷》云（本篇略）。”

李慈铭《越缦堂诗话》卷上：“《题陆大参秀夫广陵牡丹诗卷后》(引略）……皆清空婉眇，蝉蜕尘埃者也。”

杰曰：结二句借牡丹发慨，用抒亡国之痛，笔外见意，语极蕴藉。诗家称为“歇后法”，即透过一层的写法，或曰“打埋伏”。如黄山谷：“未到江南先一笑，岳阳楼上对君山。”言荒外归来，未到江南故乡，对着岳阳楼之景，已喜笑颜开；到了江南故乡，其欣喜可以想知。陈简斋：“故乡便是无兵马，犹有归时一段愁。”言故乡即使不遭战乱，归路漫漫，已教人生愁；何况现今中原沦陷，处在兵荒马乱中，还乡更属无望。陆放翁：“公卿有党排宗泽，帷幄无人用岳飞。遗老不应知此恨，亦逢汉节泪沾衣。”后二句言中原父老不知“此恨”（指宋廷排陷宗泽、岳飞的恨事），逢见使者，已自泪下不堪；倘知“此恨”，其扼腕悲愤之情又当何如！此即所谓“虚缩法”，后半截的意思没有直接说出，留给读者体味，“句绝而意不绝”，语尽而韵味不尽。

山窗新糊，有故朝封事稿，阅之有感

偶伴孤云宿岭东，四山欲雪地炉红。何人一纸防秋疏①，却与山窗障北风。

【注】

故朝，前朝，指南宋。封事，上给皇帝的奏章。为防泄密，以“皂囊封板，故曰封事”（《文心雕龙·奏启》）。

①防秋疏，防卫外族袭扰边疆的奏疏。北方游牧部族以游牧为业，多在秋高马肥时出动袭扰，故称防秋。

【评】

章祖程《白石樵唱注》卷一：“此诗工在‘防秋疏’‘障北风’六字间，非情思精巧道不到也。然感慨之意，又自见于言外。”

陈衍《宋诗精华录》卷四：“前清潘伯寅尚书，见卖饼家以宋版书残叶包饼，为之流涕，遇此不更当痛哭乎！”

中国科学院文学研究所《中国文学史》宋代文学第九章第二节：“意深而笔婉。”

陈增杰《宋代绝句六百首》：“朝廷的防秋奏稿，却被用作糊窗的纸，使诗人无限感慨：一是因睹前朝旧物，触引亡国之痛；二是叹恨当时统治者没有重视这类奏疏，乃至覆亡。元末叶颙（景南）《樵云独唱诗集》卷五《夜宿山村并序》：‘予夜宿山村，有以宋末德佑年间防边策稿故纸糊窗者，读之皆舍家为国之论，不知何人之辞……赋一绝纪事云：贾氏专权王气终，朝无谋士庙堂空。国亡留得边防策，犹向窗前战北风。’系仿景熙此作之意，然工拙悬殊，不可同年语矣。又按：明叶子奇《草木子·谈薮篇》载：'近时有以《张巡传》糊窗者，有一士人见之，而题四句于其右云：坐守睢阳当豹关，江淮赖此得全安。至今青史虽零落，犹障窗风一面寒。'（明季汝虞《古今诗话》卷八、谢肇淛《小草斋诗话》卷五所载略同）虽末句取意稍异，而窠臼相袭，亦为效颦之类。"

张锡厚曰："作者旨在抒写自己的怨愤之情，却没有直抒其怀，而是从写景叙事中加以暗示，以一种藏而不露、寓意深远的手法，曲折地表达内心的感慨。全诗蕴含丰富，悱恻与悲壮兼而有之。"（《宋诗鉴赏辞典》）

梦回

梦回荒馆月笼秋，何处砧声唤客愁[①]。深夜无风莲叶响，水寒更有未眠鸥。

【注】

①砧声，捣衣声。这句意谓，秋至天凉，月下家家忙着捶捣衣料，赶制秋衣，所以听到砧声，最容易触引旅客的乡愁。

【评】

贺裳《载酒园诗话·林景熙》："读林景熙诗，真令心眼一开……《梦回》诗尤清妙。"

陈增杰《林景熙集补注》卷三："此诗渲染梦回时荒凉冷寂景象入妙。末句著'更有'字，暗衬羁愁不眠，用笔亦曲。"

送春

蜀魄声声诉绿阴[①]，谁家门巷落花深。游丝不系春晖住，愁绝天涯寸草心[2]。

【注】

①蜀魄，杜鹃鸟传说为古蜀帝杜宇死后魂魄所化，故称蜀魄。　②游丝，飞丝，指虫类所吐的丝。寸草春晖，语出唐孟郊《游子吟》："谁言寸草心，报得三春晖。"二句说，游丝挽留不住逝去的春光，使我这个天涯游子愁心欲绝。这里以"春晖"喻祖国，"寸草心"喻己赤诚之心。与卷一《故衣》"终怜寸草心，何以报春晖"托意同，而更深婉。

【评】

陈增杰《林景熙集补注》卷三："这诗以比兴手法，抒写对故国的怀念，充满深沉的爱国感情。凄惋悱恻，可称绝中骚体。"

梦中作四首

珠亡忽震蛟龙睡[1]，轩敝宁忘犬马情[2]。亲拾寒琼出幽草，四山风雨鬼神惊[3]。之一

【注】

题下章注："元兵破宋，河西僧杨胜吉祥行军有功，因得于杭置江淮诸路释教都总统，所以管辖诸路僧人，时号杨总统。尽发越上宋诸帝山陵，取其骨渡浙江，筑塔于宋内朝旧址。其余骸骨弃草莽中，人莫敢收。适先生与同舍生郑朴翁等数人在越上，痛愤乃不能已。遂相率为采药者，至陵上以草囊拾而收之。又闻理宗颅骨为北军投湖水中，因以钱购渔者求之，幸一网而得。乃盛二函，托言佛经，葬于越山，且种冬青树识之。在元时作诗，不敢明言其事，但以'梦中作'为题。后篇《冬青花》亦此意也。"林景

熙收葬陵骨事，亦见载元郑元祐《遂昌杂录》："当时杨总统发掘诸陵寝者，林故为杭丐者，背竹箩，手持竹夹，遇物即以夹投箩中。林铸银作两许小牌百十，系腰间，贿西番僧曰：'余不敢，望收其骨，得高宗、孝宗骨斯足矣。'番僧左右之，果得高、孝两庙骨，为两函贮之，归葬于东嘉。其诗有《梦中作十首》。"

按：元世祖至元二十二年（1285），江淮诸路释教总统（管辖诸路僧人的官）杨连真伽在元朝廷的默许和纵容下，率凶徒发掘会稽南宋六帝陵墓（高宗、孝宗、光宗、宁宗、理宗、度宗六陵，在今绍兴市东十八公里宝山，又名攒宫山）。这是元统治者为了镇压汉族人民的民族意识的一起暴行。景熙时居越上，他与同里好友郑朴翁秘密前往收殓遗骨，移葬兰亭（郑元祐谓"归葬于东嘉"，记误。东嘉即温州）。本题绝句四首和七古《冬青花》，即咏其事。当时另一遗民山阴人唐珏，亦有收骨义举。元罗有开《唐义士传》引此四诗为唐珏作，则出误传。清徐乾学《资治通鉴后编》卷一五五《元纪三·考异》、陈焯《宋元诗会》卷五五《梦中作四首》、《四库全书总目》卷一六五《林霁山集》提要均有辨证。详《林景熙集补注》附录三《收葬宋陵遗骨事及梦中作诗辨证》。又郑元祐云"其诗有《梦中作十首》"，引录其中三首，即本题第二、三、四首，谓"（余）七首尤凄然，则忘之"。今传林诗止四首，未详郑氏所据。

①珠亡句，影射宋帝陵墓遭掘。蛟龙睡，喻死后长眠的宋帝。珠，龙颔下的明珠。珠亡，指殉葬珠宝被劫。震，震惊，写出帝陵被掘，群情愤激。 ②轩，车轩。敝，坏。轩敝，犹言皇舆败绩，喻国家倾覆。犬马情，喻臣下眷怀君主的深情。曹植《上责躬应诏诗表》："不胜犬马恋主之情。"此言国破臣民无不痛心。 ③亲拾

二句：在荒野草莽中偷偷地收殓被遗弃的陵骨，回望四围，群山肃穆，壮烈的义举感动了天地鬼神。寒琼，白玉，喻指骸骨。

一抔自筑珠丘土，双匣犹传竺国经[①]。独有春风知此意，年年杜宇泣冬青[②]。之二

【注】

①一抔，一捧土。珠丘，晋王嘉《拾遗记》卷一《虞舜》："舜葬苍梧之野，有鸟如雀，丹州而来，吐五色之气，氤氲如云，名曰凭霄雀，能群飞衔土成丘坟。……时来苍梧之野，衔青砂珠，积成垄阜，名曰珠丘。"这里指新筑帝墓。竺国经，指佛经。竺国，天竺国，古印度。当时将捡得帝陵骸骨，盛装两盒，托言佛经而偷运移葬。二句说，双盒里盛装着二帝遗骸，假言佛经秘密运出；像神话中鸟雀衔砂珠积成丘阜安葬帝舜那样，用一捧捧土筑起了新坟。　②独有二句：只有春风和杜宇（杜鹃鸟）能够体察我的赤诚之心，年年吹拂着坟前的冬青树，为之哀泣悲鸣。冬青，一名万年枝。宋时帝陵多种冬青树。景熙在兰亭移葬帝墓上植冬青，作为标志。

昭陵玉匣走天涯[①]，金粟堆前几吠鸦[②]。水到兰亭转呜咽，不知真帖落谁家[③]。之三

【注】

这首以兰亭帖的失踪为喻，意谓人们哀念帝墓被掘，不知陵骨已被移葬兰亭。作者《春感》："子规叫残金粟暮，茧纸兰亭已飞去。"（卷一）也是暗咏这件事，寓旨相同。

①昭陵，唐太宗陵墓，在陕西兴平市境内。太宗素爱王羲之《兰

亭集序帖》,死后真迹被装在玉匣,殉葬于昭陵墓中。但昭陵后来曾被人打开,没有发现这一传世墨宝。走天涯,言流失人间。 ②金粟,唐玄宗泰陵所在地。这里借指被挖掘的山阴宋帝陵墓。参阅本选《春感》注③。几吠鸦,状凄凉。作者《答金华王玉成》诗"金粟荒愁杜宇前",意同。 ③兰亭,在绍兴市西南十四公里兰渚山下。真帖,指《兰亭集序》真迹。景熙当时将收殓的陵骨埋于兰亭后天章寺旁,所以联系到唐太宗昭陵的殉葬物《兰亭帖》,用以喻指帝陵遗骨。就地取材,运典恰切自然。作者《次翁秀峰》诗"唐陵愁问永和帖",永和帖即兰亭帖,所指同。

珠凫玉雁又成埃,班竹临江首重回[①]。犹忆年时寒食祭,天家一骑捧香来[②]。之四

【注】

①凫,野鸭。珠凫玉雁,指帝陵殉葬宝物。《艺文类聚》卷八引《吴越春秋》:"阖闾死,葬于国西北……黄金珠玉为凫雁。"《汉书·刘向传》:"秦始皇帝葬于骊山之阿……水银为江海,黄金为凫雁。"班竹,娥皇、女英二妃哭葬帝舜,泪染湘竹事。班,同斑。重(zhòng),难的意思,不读chóng,此处音律当仄。首重回,重回首,不堪回首之意。宋俞德邻《姑苏有赠》:"却倚阊门重回首,笳声呜咽暮云横。"意同。按:此二句,元郑元祐《遂昌杂录》引作"桥山弓剑未成灰,玉匣珠襦一夜开"。 ②年时,往年。天家,皇家。二句说,还历历记得往年寒食时节,朝廷派遣专使前来献香致祭的隆重场景。触景伤怀,言外不尽今昔沧桑之慨。

【评】

弘治《温州府志》卷一一《人物二·忠义宋·林景熙》:“乃盛以二函,托言佛经,葬于越山,且植冬青树识之,因而为诗(引本题三首及《冬青花》从略)。闻而知者悲之。”

陈璋《霁山先生集序》:“然其志固有郁邑侘傺者,用肆为诗歌,泄其忠义之怀,如《商妇吟》《秦吉了》《孙供奉》《读文山集》诸作,皆以明出处,正纲常,而《梦中作》,则尤其报国保身之证。”

冯彬《霁山先生集序》:“西涯拟古乐府词,载霁山氏《梦中作》《冬青》诗,凄惋悲慨,予读而哀之,恨不得观其全帙为歉。”

徐乾学《资治通鉴后编》卷一五五《元纪三》:“宋太学生东嘉林景熙故为杭丐者……植冬青于其所,作诗以纪之。其一绝曰:‘一抔自筑珠宫土,双匣亲传竺国经。只有东风知此意,年年杜宇哭冬青。’”

赵翼《瓯北诗话》卷一一《诗人佳句》:“‘一抔自筑珠宫土,双匣亲传竺国经。只有东风知此意,年年杜宇哭冬青。’‘空山急雨洗岩花,金粟堆边起暮鸦。水到兰亭转呜咽,不知真帖落谁家。’‘桥山弓剑未成灰,玉匣珠襦一夜开。犹记去年寒食节,天家一骑捧香来。’杨琏真珈发宋诸陵,有义士林景曦为丐者,以竹篱拾高、孝二帝骨,葬于东嘉,作此记事。”

谢启昆《读全宋诗仿元遗山论诗绝句二百首·林景熙》:“冬青树引泣寒灰,商妇宵吟惨客怀。竺国经传双匣在,竹篱暗费铸金牌。”

李慈铭《越缦堂日记·咸丰十年六月二十六日》:“其曰‘双匣亲传竺国经’者,乃景熙自咏其事;下云‘水到兰亭转呜咽’,则明咏天章寺事矣。……霁山六陵诸诗，最凄婉可爱，并录于此，以便讽诵（引本题四首及《冬青花》从略）。”

夏承焘《乐府补题考·考事》：“《补题》托物起兴，而又乱以他辞者，亦犹林景熙冬青之诗，必托为梦中之作也。以《补题》各词比附景熙冬青诗，吕同老《龙涎香》曰‘蜿蜒梦断瑶岛’，李居仁曰‘潜龙睡起清晓’，李彭老曰‘谁唤觉鲛人春睡’，何异‘珠亡忽震蛟龙睡’乎？冯应瑞《龙涎香》曰：‘海市收时，鲛人分处，误入众芳丛里。’仇远《蝉》曰：‘满地红霜，浅莎寻蜕羽。’吕同老《蟹》曰：‘如今漫与江山兴，更谁怜草泥踪迹。’非即‘亲拾寒琼出幽草’乎？”　又《后记》：“（王碧山《庆清朝·榴花》）过变云：‘谁在旧家殿阁，自太真仙去，扫地春空。朱幡护取，如今应误花工。颠倒绛英满径，想无车马到山中。’末二句用韩愈榴花诗语，实与林景熙《梦中作》‘犹忆年时寒食祭，天家一骑捧香来’同意。”

苏渊雷《仰霁亭碑记》：“尚忆年十三就读南雁荡会文书院时，一夕风雨甚，聆张汉杰师灯下朗诵霁山诗‘水到兰亭转呜咽，不知真帖落谁家’之句，声泪俱下；余亦凄其兴感，不能自已。此情此景，迄今六十有六年，犹历历在目也。”

杰曰：这四首绝句，“词旨幽恻，闻者悲之”（嘉靖《浙江通志·林景熙传》），在当时就广为传诵。以藻思绮合之笔，写激楚苍凉之情，是林景熙诗的最显著特色，在这组诗中表现得非常突出。作者纪事抒怀，运用多种艺术手段，如比喻的语言、比兴的手法、神话故典、对比映照，以及场景再现、氛围烘染……。作者的感绪极度悲愤，而表现方法上却又含蓄宛转，无限低回，拳拳宗国之情，可谓“一篇之中，三致意焉”（司马迁称叹《离骚》语）。因此具有很大的感染力，可歌可泣，七百多年来曾经打动无数读者的心弦。明冯彬刊刻《霁山集》时说“凄惋悲慨，予读而哀之”（《霁山先生集序》）。清邵廷采《宋遗民所知传·林景熙》引录《梦中作》诗，称：“当是时，景熙风动江表。”（《思复堂文集》卷三）清赵翼《瓯北诗话》卷十一举录为“诗人佳句”；张綦毋《船屯渔唱》之九一：“道人晞发语惊奇，七字悲歌或过之。谁道宋亡诗法坏，试教载酒读林诗。”（《潜斋集》）“七字悲歌”即指本题四章。张元启《书宋陵遗骼考后》之一：“莫悲弓剑落桥山，玉匣飘零坠道间。谁拾寒琼出幽草，孤臣血泪尚潸潸。”（《兰畦诗稿》）予校注《林景熙集》竟，卷首题辞有云：“潜移龙蜕筑珠丘，山竹一声天地愁。泪洒兰亭呜咽水，诗人忠义著千秋。”

诗中还有一些经典性的词语，不断为后来的著作家沿用。如清全祖望《再奉浙东孙观察帖》：“一坏（抔）未筑，双匣亲传。”《奉浙东孙观察论南宋六陵遗事帖子》：“玉匣珠襦”，“四山风雨”；“向兰亭而呜咽，索真帖于谁家？”（《鲒埼亭集》卷三三）清陶元藻《广会稽风俗赋》：“宝匣之蛟龙辗转，桥山之弓剑凄凉。断六更之谯鼓，感一骑之天香”，“访珠邱于兰渚，而识金粟于天章。”（《泊鸥山房集》卷一一）可见播在人口，影响深远。

正是忠义足动千古，辞章亦彪炳史册，“屈子《离骚》，杜陵诗史”（鲍正言语），兼而有之，堪称风雅正声。借翁方纲《石洲诗话》中的一句话：“宋人七绝，自以此种为精诣。”

宋武帝居今为寿丘寺

青衣梦破满林烟[①]，一掷乾坤亦偶然[②]。僧屋翠微看月上，江山犹似永初年[3]。

【注】

约当元成宗大德元年（1297）出游浙北、苏南，至镇江凭吊刘裕故宅作。宋武帝居，南朝宋武帝刘裕故居。《方舆胜览》卷三《镇江府·古迹》："刘裕宅，裕徙居京口里。"寿丘寺，又名延庆寺。雍正《江南通志》卷四五《寺观·镇江府》："普照寺在府寿丘山颠，宋武帝故宅也。陈创寺，名慈和，宋号延庆。"宋张舜民《画墁集》卷七《郴行录》："延庆寺即刘裕故宅，有丹井、寿丘在焉。形势盘固，真异境也。"

①青衣，指刘裕射蛇事。南朝宋刘敬叔《异苑》卷四："(刘裕)伐荻（割草）新洲，见大蛇长数丈，射之伤。明日复至洲里闻有杵臼声，往之，见童子数人，皆青衣，于榛中捣药。问其故，答曰：'我王为刘寄奴所射，合散傅之。'"《南史·宋武帝纪》取以入传。寄奴，刘裕小字。青衣梦破，谓刘宋王朝衰亡。 ②一掷，掷一回骰子。一掷乾坤，韩愈《过鸿沟》："谁劝君王回马首，真成一掷赌乾坤。"此言当初刘裕赢得天下，也只如赌博中孤注一掷，出于侥幸。 ③翠微看月上，即看月上翠微。翠微，指葱翠的山。永初，刘裕在位三年，永初（420—422）为其年号。这句说，江山形势依旧还是宋武帝时候那样。

【评】

陈增杰《宋代绝句六百首》："诗写宋武帝的功业和身后衰微景况，'江山'句怀古伤今，寄其世变的悲慨。沉郁苍凉，极饶顿挫之致，是一篇很见笔力的名作。"

舟次吴兴二首（选一）

钓舟远隔菰蒲雨，酒幔轻飘菡萏风[①]。仿佛层城鳌背上，万家帘幕水精宫[②]。之一

【注】

约当元成宗大德元年（1297）出游浙北、苏南，回程过湖州时作。吴兴，今浙江湖州市。《元史·地理志五》："湖州路，唐改吴兴郡，又改湖州。宋改安吉州。至元十三年，升湖州路。"

①菡萏，荷花。《方舆胜览》卷四《安吉州·题咏》引苏轼荷花诗云："环城三十里，处处皆奇绝，蒲莲浩如海，时见舟一叶。"可见环郭蒲莲之盛。　②仿佛二句：言驻舟远望，芙蕖绕郭，云水荡漾，烟雨中千家万户的楼阁都放下了帘幕，整座吴兴城就像浮现在鳌背上的水精仙宫。鳌背，神话传说海上蓬莱五仙山为六鳌所负载。水精宫，即水晶宫。以水晶装饰的宫殿。湖州有水精（晶）宫之称。欧阳修《送胡学士知湖州》诗："吴兴水晶宫，楼阁在寒鉴。"姜夔《惜红衣》词序："吴兴号水晶宫，荷花甚丽。"

【评】

章祖程《白石樵唱注》卷二："此四句写出湖州真景，所谓有声画也。"

林一龙

林一龙（约1243—？）[①]，字景云，号石室，永嘉人[②]。林公一

（1217—1263）侄。理宗景定四年（1263）公一卒，一龙时在读太学，致书刘黻请墓铭[3]。登度宗咸淳七年（1271）进士第四名，授绍兴府教授，除史馆检阅，迁宗学谕、秘书郎兼崇政殿说书。

一龙诗工五言，与同里宋庆之有往还，其《次韵饮水（冰）登万象亭之什》云："天高众峰逼，人立片云生。"七言《越中吟》云："白玉空为越土尘，青山不改秦时色。"皆称警练。著有《石室文集》，已佚。《全宋诗》卷三六二九收诗8首。按：《东瓯诗集》卷三录诗4首，《东瓯诗续集》卷二续录6首，《千石王氏宗谱》（温州市图书馆藏复印本）录其七律《宋左郎官前浙西提刑朝请王公挽章》1首，是一龙共存诗11首。

①据刘黻《蒙川遗稿》卷四《故友林道初察推墓志铭》，理宗景定四年（1263）一龙在读太学，设为二十岁，其生年约当理宗淳祐三年（1243）。 ②光绪《分疆录》卷五《选举上·进士宋》云："咸淳辛未张镇孙榜：林一龙，字景云，少名适，官秘书省校书郎。侨居郡城，故《府志》误作永嘉人。"按：林一龙，弘治《温州府志》卷十三《科第宋》："咸淳辛未：林一龙，永（嘉），《艺文》传。"卷十《人物一·艺文》："林一龙，字景云，永嘉人。"嘉靖《永嘉县志》卷七《人物志》载同，皆记述明确。宋元舆地并无泰顺名，明代宗景泰三年（1452）始析瑞安县义翔乡五都、平阳县归仁乡三都之地置泰顺县。《分疆录》列林泰顺籍，未详所据（未详其乡里）。 ③刘黻《故友林道初察推墓志铭》："侄太学生一龙与其孤致书请铭于国子正字刘某。"

弘治《温州府志》卷十《艺文·林一龙》："一龙性直谅，乐道人之善，诱掖不倦。在太学，不就月书以求捷进。善古文，法度严整，人称诵之，以为可闯水心之藩。暮年徜徉泉石以考终。”

山中夜坐

寒滩远嘶月，遗响到岩壁。悠悠千古心，悄悄一卷《易》。灯微夜气分，星冷山露滴。危坐独何为，人间睡方黑[①]。

【注】

①睡方黑，黑谓深、酣也。“黑”字下得新警。

高秋

秋风肃百物，摇落伤群英。乾坤正寂阒，山水馀孤清。斜月照窗户，寒灯翳还明。惺然掩书坐，吾道方兢兢[①]。

【注】

①惺然，觉醒貌。兢兢，戒谨貌。《诗·小雅·小旻》：“战战兢兢，如临深渊，如履薄冰。”毛传：“兢兢，戒也。”

十四夜观月张氏楼

只隔中秋一夕间，蟾光应未少清寒[①]。时人不会盈虚意，不到团圆不肯看。

【注】

①蟾光句，言是夕月色清寒，不逊于十五夜。

【评】

孙锵鸣《东嘉诗话》：“有《十四夜观月张氏楼》诗云（本篇略）。语足砭俗。”

林　正

林正，字浩渊，又字旻渊，号一斋，又号五峰，平阳万全乡林家步人。民国《平阳县志》卷三五《人物志四宋·林正》：“累世皆以诗名。……正少承家学，治《周易》，晚喜为诗。咸淳末，国子祭酒陈懋钦荐之，不赴。入元，隐居五峰。”与同里林景熙、裴庾，瑞安陈则翁、曹稽孙（许山）等往还，《清颍一源集》卷一载有陈则翁《春游仙坛就简曹许山林五峰诸君》诗。所著《渔隐集》，已佚。《东瓯诗续集》卷四、《元诗选癸集》戊上录诗5首。

【附考】

林正又字“旻渊、昊渊”辨。

《清颍一源集》卷一《陈则翁》小传云：“日与林德旸、裴季昌、林旻渊、曹许山辈以诗文往来。”是林正又字旻渊；然同书陈则翁《春游仙坛就简曹许山林五峰诸君》题下注云：“五峰名正，字昊渊。”（温图藏杨绍廉抄本）二者孰是？《瓯海轶闻》卷二八《文苑宋·林正》引陈诗题注作“字旻渊”，按云：“则正盖有两字两号。”《东瓯诗存》校补卷十二小传从作“昊渊”。今按：《东瓯诗续集》卷四小传云“字浩渊”，初以为“浩、昊”同音换用，其“又作昊渊”或可从。及见民国《平阳县志》卷三五《人物志四宋·林正》云：“元卿孙端，字昊潜，能文章。”林端字昊潜，为林正父（正为元卿四世孙，见《东瓯诗续集》卷四小传），正之表字不当与父同用“昊”字犯讳，故其又字作“旻渊”是，而作“昊渊”者传写误也。

寄裴云山

南山高且深[1]，竹松带流水。先生庐其中，迥若崆峒子。雪发覆两肩，深悟造化理。手注《三体诗》[2]，名满四海耳。时以诗名家[3]，亦来质疑似。我本浪得名，长挂春风齿。乃识先生心，非非还是是。

【注】

裴云山：裴庾，字季昌，号云山（亦作芸山），平阳万全乡嘉峰人。从学瑞安陈兼善（陈则翁堂兄）。宋元际高介之士，隐遁乡里，与林景熙、陈则翁、林正、曹穑孙诸人往还。裴氏与瑞安阁巷陈氏相为世交，元武宗延祐三年（1316）裴庾删订阁巷陈氏家集《清颍一源集》，并为作序。陈则翁寄庾诗《仙峰别墅》云："相高有松竹，不受劫中埃。"陈昌时有《寄裴处士庾》《和答仙峰裴十二山人》诗，后首云："泉石磊落君心胸，草木秀丽君英雄。书月玻璃照天户，名老文坛执牛耳。"陈可时《送裴十二山人》云："主人来已早，花逐杜鹃飞。万事归霜鬓，十年犹布衣。溪平流响瘦，春去绿阴肥。何必桃源住，南山歌《采薇》。"陈冈《访芸山翁》云："远来吟君诗，口外春风湿。酒气生春梅，长歌动山蛰。"（均见《清颍一源集》卷一）可见其志行操节。民国《平阳县志》卷三五《人物志四宋》有传。参见本卷陈则翁《仙峰别墅》注。

①南山，指裴庾栖居之平阳县东仙峰（仙口山）。　②手注三体诗：《三体诗》即《三体唐诗》，南宋周弼编选，元释圆至注，裴庾增注。裴著《三体唐诗注》，孙诒让《温州经籍志》卷三二谓："明以来书目并未载，盖其佚久矣。"邵懿辰《增订四库简明目录标注》卷十九《集部八总集类》著录："《三体唐诗》六卷，宋周弼撰。元

释圆至注，清高士奇补注。[附录]日本本有裴庾注（星诒）。”然国内未见裴氏注本。明瞿佑《归田诗话》卷上《唐三体诗序》云：“方虚谷序《唐三体诗》……于周伯弜所集《三体诗》，则深寓不满之意。书坊所刻皆不载，而独取裴季昌序。”据是，裴注本明时犹见流行。裴《三体唐诗注序》，作于元武宗至大二年（1309）。民国《平阳县志》卷五一《经籍志四·总集》“裴庾《三体唐诗注》”按云：“坊刻明嘉靖本《杨仲弘集》首有季昌序，细审乃即《三体唐诗注序》也，因迻录之。”今按：日本内阁文献图书馆藏有天和四年（1684）敦贺屋弥兵卫翻刻元至大二年大字本《增注唐贤三体诗》三卷，署：文阳周弼伯弜选，高安释圆至天隐注，东嘉裴痪季昌增注。2020年1月平阳县地方志学会整理影印。③时以诗名家：裴庾著有《井西秋啸集》，今不传，亦无佚篇留世。裴庾删定之瑞安阁巷陈氏家集《清颍一源集》，尚见传刻，序文作于元仁宗延祐三年（1316）。

【评】

孙衣言《瓯海轶闻》卷二八《文苑宋·林正》：“《东瓯续集》四载正《寄裴云山》诗云（本篇略）……此诗尤足以见其居处志行之详，因并录之。”

陈则翁

陈则翁（1248—1296），字仁则，号瑞洲，瑞安清泉乡崇儒里（阁巷）人。陈供仲子。度宗咸淳四年（1268）登学究科，历仕至广东副使。宋亡（祥兴二年，1279）归里，其往还诗友林景熙（霁山）、郑朴翁（初心）、裴庾（季昌）、林正（旻渊）、曹稽孙（许山）、曹告春（近山）等，皆节义高介之士。

则翁擅长五律，工于炼句，孙锵鸣《东嘉诗话》盛誉其作，谓“雄警绝俗，四灵以后可谓自树一帜”。其酬作寄怀，多故国情思，笔端时时流露。则翁诗学传家，五子昌时、得时、可时、与时、识时及诸孙冈、礼、昇、观宝俱能诗，编在家集《清颍一源集》。著有《沧浪兴》，已佚（见《温州经籍志》卷二三）。《清颍一源集》卷一录诗20首；《两宋名贤小集》卷三七九收录《瑞州（洲）小集》一卷，诗25首；《东瓯诗存》卷八张如元等校补辑录较全，计38首。

《清颍一源集》卷一《陈则翁》：“因厓山之变，弃官归里，迁居柏树桥，建集善院，奉宋主龙牌，朝夕哭奠。日与林德旸、裴季昌、林旻渊、曹许山辈以诗文往来，私相痛悼。作为诗歌，离黍之悲，溢于言外。所著集曰《沧浪兴》。”　杰按：柏桥，《瑞安诗徵》卷一引作“柏树桥”。清陈锡三（陈供十七世孙）《重刊清颍一源集跋》：“至云海公始于宋宣和五年癸卯，开基于安固江南崇儒之前里，即今之阁巷也。至第四世祖讳供号杏所公，淳祐间以诗鸣。其子则翁公，后分居崇儒之后里，即今之栢树也。”

陈挺《读清颍一源诗一十六首·题瑞洲公》：“挂冠归后只林泉，麦秀渐渐九庙迁。聚远楼头一杯酒，义熙甲子菊花天。”（《清颍一源集》卷二）

黄绍第《瑞安百咏·陈瑞洲兄弟亮节》：“劫后山庵剩半云，瑞洲兄弟并能文。杜鹃同下东风拜，朝夕龙牌奉故君。”　杰按：陈瑞洲兄弟，谓陈则翁、任翁。

湘灵鼓瑟

苍梧云杳杳，湘浦月沉沉[①]。谁将竹间泪，弹作丝上音[②]。如怨复如诉，可听不可寻。乃知二帝子[③]，尚怀千载心。君臣等天地，死生空古今！此意不可极，悲风生夜深[④]。

【注】

据《清颍一源集》卷一录。湘灵鼓瑟，《楚辞·远游》："使湘灵鼓瑟兮，令海若舞冯夷。"洪兴祖补注："此湘灵乃湘水之神也，非湘夫人。"一说为舜妃，即湘夫人。见《后汉书·马融传》唐李贤注。

①苍梧，即九疑山，在湖南宁远县南。传说帝舜南巡崩于苍梧之野。北魏郦道元《水经注·湘水》："大舜之陟方也，二妃从征，溺于湘水。神游洞庭之渊，出入潇湘之浦。" ②谁将二句，晋张华《博物志》卷八《史补》："尧之二女，舜之二妃，曰湘夫人。舜崩，二妃啼，以涕挥竹，竹尽斑。"《分门集注杜工部诗》卷十六引《博物志》："(二妃) 死为湘水神，故曰湘妃。"作，《东瓯诗续集》补遗、《东瓯诗存》卷八作"成"。 ③二帝子，指娥皇、女英。帝尧之女，故称帝子。 ④《东瓯诗续集·补遗》、《东瓯诗存》卷八失载"此意"二句。

【评】

借咏湘灵鼓瑟，寄托亡国哀思。

半云庵和答林霁山

孤云伴孤吟，彼此识心事。促席聊自怡，不索远持寄[①]。相亲期虚左，岂云自偶值。云乘龙之嘘，足以塞天地。人之气浩然，何尝有忧惧[②]。霏霏秋景边，澹然一儒素。人亦云不殊，云因就人住。云定梦不飞，梦觉云如故[③]。世路翻手交，闭关谢来颣。出此或苟焉，触处有馀愧[④]。

【注】

半云庵，陈则翁居室名。比自身为云，"半云"（半朵云）者谦言。林景熙（霁山）因赋《半云庵》寄赠，本篇酬复林作步其原韵。参阅本卷林诗题注。

①孤云四句，言孤云伴我孤身，彼此心事相同；聊且自我怡悦，不求持以远赠。暗用南朝梁陶弘景《诏问山中何所有赋诗以答》："山中何所有，岭上多白云。只可自怡悦，不堪持赠君。"言隐遁别无所图。促席，将座席靠近。　②相亲六句，言十分期盼你的到来（虚左位敬待），相同的志趣把我们结合在一起；胸怀浩然正气，如同乘龙而起充塞天地的云气一样，无忧无惧。值，遇。云乘龙之嘘，韩愈《杂说四首》之一："龙嘘气成云，云固弗灵于龙也。然龙乘是气，茫洋穷乎玄间。"　③霏霏六句，言秋光下闲居的淡然儒者（儒素），也跟那悠悠浮云差不了多少（不殊）。云起云住，随人俯仰；云止梦觉，一切如故。　④世路四句，言世态炎凉，自己闭门谢绝尘事，虽怀愧心，实出无奈。翻手交，谓反复无常势利之交。杜甫《贫交行》："翻手作云覆手雨。"闭关，闭门谢客。颣，呼告。苟，谓苟且随俗。

【评】

孙锵鸣《东嘉诗话》："著集曰《沧浪兴》，有和林霁山《半云庵》诗（本篇略）。发端十字，便写得霁山心事出。'云乘龙'四语，笔力奇横，非霁山亦不克当此。”

刘绍宽等纂《平阳县志》卷三五《林景熙传论》：“霁山与瑞安陈瑞洲雅为同调，裴芸山编《清颍一源集》所与酬唱诸贤，与《霁山集》之附见者，皆所谓草木臭味，非有差池者也。”

杰曰：林、陈赠答二作，旗鼓相当，并为名咏。两诗都从半云庵的“云”字生发出去，借云抒怀，引喻取义，意致高远，足见两位契友的凛然节概。林诗“我行云不随，云行我复住。出处两何心，得非以时故”；陈诗“云乘龙之嘘，足以塞天地；人之气浩然，何尝有忧惧”，皆称“笔力奇横”之句，最为警拔。通观二诗之意，泽物济世乃景熙素志，虽世变避归林下，犹不能忘怀一切；而则翁以淡泊为怀，养我浩然之气，闭关谢事，洁身自好。这是两位哲人秉持节操的同时在处世态度上所表现出来的微小差异，景熙可能要更积极一些。又按：陈诗首云“孤云伴孤吟，彼此识心事”，乃就自身而言。彼此，指云与己。孙谓：“发端十字，便写得霁山心事出。”恐怕领会错了，不合原意。“云乘龙之嘘，足以塞天地；人之气浩然，何尝有忧惧”四句，孙评“笔力奇横”诚是；但这四句既是用来称颂景熙，又是自抒怀抱，笔意宾主兼到。孙谓“非霁山亦不克当此”，乃专就景熙一面说，似尚欠全面。

秋思

在世身如客，馀年老一洲。荒村寒信早，黄叶晓风秋[①]。水净见孤影[②]，天空生远愁。杰然霜下菊，佳色满林丘。

【注】

①晓，《东瓯诗存》卷八作“晚”。 ②净，《诗存》作“盛”，疑讹。

【评】

孙锵鸣《东嘉诗话》:“《秋思》云 (本篇略)。末二句隐然见乡里忠义之盛,足为厓山生色。”

寄郑初心

向夕江天迥,西风一寄楼。半生寒似月,孤梦夜长秋。白浪知吴恨,黄花识晋愁。故人音问绝,宿雁自汀洲。

【注】

郑初心,《清颍一源集》卷一注:“名朴翁,字宗仁,平阳焦下人。登咸淳进士。”详本卷林景熙《郑宗仁同宿山中》题注。

【评】

孙锵鸣《东嘉诗话》:“《寄郑初心》云 (本篇略)。‘黄花’五字,尤识破渊明心事。盖虽啸傲东篱,无非故国故君之感。初心志节亦霁山一流人,实皆当时同调者也。”

杰曰:此咏西风冷月,孤梦江湖;晋愁吴恨,触处兴感,不尽遗黎志士同调相惜之怀。通篇辞意凄恻。

夜归

青松行未尽,林外一钟闻。小雨不伤月,西风忽破云。棹归秋水远,邻语夜灯分。稚子能无寐,空斋读古文。

【评】

“小雨不伤月,西风忽破云。”风起雨歇,云开月出,亦寻常景象,写来却别具情趣。

江皋晚步

江路行吟久，烟光薄翠微。水流残照去，风约远帆归。沙白鹭犹聚，草明萤欲飞。人生几朝暮，凉月又柴扉。

【评】

“风约远帆归”，本谓风送远帆，下个“约”字，显得新警。唐李咸用《题陈将军别墅》：“云藏山色晴还媚，风约溪声静又回。”为诚斋所赏。

罗浮山

乾坤未失鹿[①]，沧海欲飞灰。人已逃时去，山犹择地来。寒流清有影，怪木老非梅。西有龙翔寺[②]，禅门彻夜开。

【注】

罗浮山，《清颍一源集》注：“在江心寺后，世传秦时浮海而至。”弘治《温州府志》卷三《山·永嘉县》：“罗浮山，在江北岸，距孤屿一望地。右枕平田，前左洪涛。《永嘉记》云：‘秦时从海上浮来。’”

①失鹿，失去天下。《史记·淮阴侯列传》：“秦失其鹿，天下共逐之。”集解引张晏曰：“以鹿喻帝位也。” ②龙翔寺，即江心寺。详卷一薛季宣《雨中忆龙翔寺》题注。

【评】

孙锵鸣《东嘉诗话》：“《罗浮山》云（本篇略）。起四语极奇辟，亦极蕴藉。龙翔寺在江心，乃高宗驻跸之地。结语亦无限感慨。”

仙峰别墅

旧说葛仙在[①]，孤筇向此来。野桥分涧水，幽鸟啄岩苔。地极江山会，天秋风雨开。相高有松竹，不受劫中埃。

【注】

仙峰，即仙口山。弘治《温州府志》卷三《山·平阳县》："仙口山，在县东二十五里，枕海，又名神山，古称叶岙。"陈昌时《和答仙峰裴十二山人》："南山之高青入天，迸崖绝壑飞寒泉。人传古之年栖葛仙，聚阴阳之炭，扇乾坤之炉，炼出雌雄丹。"裴十二山人即裴庾，排行第十二，故称。《清颍一源集》卷首裴庾序文后原注："庾字季昌，号芸山，平阳仙口人。"裴为仙口人，仙峰别墅，当是裴氏栖居之所。参见本卷林正《寄裴云山》题注。

①葛仙，指晋葛洪（字稚川）。民国《平阳县志》卷三《山川上》："（象湾山）又东为嘉峰山……又东南为仙口山，东枕大海……下有神山寺，寺后有葛仙丹灶、石棋枰。"

【评】

"地极江山会，天秋风雨开。"气象开阔，笔力宏壮。结云"相高有松竹，不受劫中埃。"称誉裴山人历劫难而不堕志操的高节。

和高南轩

天地从我老，麻衣亦可人。乱花空异色，白发不同春。闭户楼当海，歌书子课晨。一觞破虚寂，却喜我翁邻。

【注】

高南轩，题下原注："名天锡，本里人。杏所公之婿，高则诚先生之大父也。”高天锡，陈供婿，高明祖父。详本卷作者简介。

【评】

孙锵鸣《东嘉诗话》：“《和高南轩》云（本篇略）。‘乱花’十字，视《采薇》一歌又奚多让焉。”

王生小景

何处佳山水，依稀类辋川[①]。春风摩诘画，夜月剡溪船[②]。云树乡心外，莺花客泪边。不嫌茅屋小，应喜是归年。

【注】

①辋川，在陕西蓝田县南，风景奇胜。王维晚年置别业居此。　②摩诘画，王维字摩诘，工诗善画，写有《辋川图》。参见本卷薛嵎《渔村烟雨》注①。剡溪，在浙江嵊州市境，溪壑幽美。剡溪船，暗用晋王徽之月夜买舟访戴逵韵事。

【评】

则翁五律工炼之咏，其借景达情，如《寄郑初心》云：“白浪知吴恨，黄花识晋愁。”《山行》云：“野径不多竹，幽兰自作花。”托物言志，如《秋思》云：“杰然霜下菊，佳色满林丘。”《仙峰别墅》云：“相高有松竹，不受劫中埃。”他如《夜归》“小雨不伤月，西风忽破云”、《和高南轩》“乱花空异色，白发不同春”、《赵仲瑜小景》二首之二“白鸟来书屋，青山落酒樽”、《江皋晚步》“水流残照去，风约远帆归”、《春游仙坛就简曹许山林五峰诸君》“泉声新雨过，野色断云留”及本篇“云树乡心外，莺花客泪边”等，亦皆称警策。

秋兴

禾黍离离雨满村[①]，望中兵火几家存。荒城半是征人骨，秋月偏惊旅客魂[②]。岂意战尘临老见，不知心事向谁论。抱茅盖得青山屋，多种桃花映酒樽。

【注】

①禾黍离离，见本卷林景熙《闻家则堂大参归自北寄呈》注④。　②秋月句，柳宗元《岭南江行》："飓母偏惊旅客魂。"

偶成（三首选一）

南山作雨北山云，野哭村歌处处闻。淮岱十年多盗贼[①]，谁知一半是官军！之二

【注】

①淮岱，淮河、泰（岱）山。指中原一带。

陈任翁

陈任翁（1251—1276），字信则，号麟洲。陈供第三子，则翁弟。《清颖一源集》卷一小传："宋景炎元年丙子（1276），起义兵勤王。应张世杰檄，提兵至广南，任督佥。寻卧病，卒于军中，年二十六。"录诗8首。宋元易革，国难危亡之际，任翁以一介书生，仗剑从戎，驱驰王务，精忠报国，以身殉职。所作纪事述怀，多风云之概，慷慨悲凉之音，气格矫健，为宋末所稀见。

陈挺《读清颍一源诗一十六首·题麟洲公》："天与英雄不与年，凯歌不奏薤歌传。可怜易箦军中日，犹有清诗赋杜鹃。"（《清颍一源集》卷二）

丙子岁二首

束书别闾里，仗剑从军车。人事何骚屑，天地无终期。回首望南云[①]，已割晨昏娱[②]。骨肉非不亲，王事当驰驱。宁作男儿死，弗为儿女悲。忠孝关君亲，系兹幺么躯[③]。之一

【注】

丙子，端宗（帝昰）景炎元年（1276）。

①望南云，含思亲之意。晋陆机居洛阳作《思亲赋》，有"指南云以寄钦"语。南朝梁璟"每见东南白云，即立望，惨然久之"，思怀其兄。参阅王楙《野客丛书》卷二一《望云怀乡》、田艺蘅《留青日札》卷二《指云思亲》条。 ②晨昏，晨省昏定之意。谓旦暮侍奉父母，早上省视请安，晚间服侍就寝。《礼记·曲礼上》："凡为人子之礼，冬温而夏凊，昏定而晨省。" ③幺么躯，犹言微躯。幺么，微小。

夜宿不解衣，晓饭惟脱粟[①]。甲重群马嘶，旗行万夫仆。西风驱阵云，掺鼓振寒谷。丈夫死生义，岂为沽微禄。抠衣白主将[②]，功重名亦足。世无不死人，慎勿污简牍！之二

【注】

①脱粟，只去皮壳的糙米。《晏子春秋·杂下二六》："晏子相景公，食脱粟之食。" ②抠衣，提起衣服前襟，表示恭敬。《管子·弟

子职》："已食者作，抠衣而降。"　③简牍，竹木片。晋杜预《春秋经传集解・序》："诸侯亦各有国史，大事书之于策，小事简牍而已。"这里指史册。

【评】

其云："丈夫死生义，岂为沽微禄……世无不死人，慎勿污简牍！"烈士怀抱，与文文山"人生自古谁无死，留取丹心照汗青"同一高节。

闽峤军中

翠华齐拥霍嫖姚，却笑青山说豹韬[①]。兵马夜行残月下，弓旌寒响朔风高。壶浆故老愁啼血，野饭将军猛茹毛[②]。最恨新亭空楚泣，自提龙剑束征袍[③]。

【注】

此见《清颍一源集》卷一，《东瓯诗续集》补遗辑作陈则翁（瑞洲）诗，《东瓯诗存》卷八、《全宋诗》卷三五三九从之，并误。闽峤，指福建境内山岭。

①霍嫖姚，西汉抗击匈奴名将霍去病，封嫖姚校尉。豹韬，古代兵书《六韬》篇名之一。借指用兵的谋略。　②茹毛，谓生食。《礼记・礼运》："未有火化，食草木之实、鸟兽之肉，饮泣血，茹其毛。"　③新亭楚泣，见卷三高彦符《送胡彦龙过金陵》注③。"最恨"二句，《东瓯诗续集》补遗作"自笑书生随玉帐，也腰刀剑束征袍"。

【评】

其写崎岖闽粤军行境况，《丙子岁二首》之二云："'夜宿不解衣，晓饭惟脱粟。甲重群马嘶，旗行万夫仆。西风驱阵云，掺鼓振寒谷。’此云：‘兵马夜行残月下，弓旌寒响朔风高。壶浆故老愁啼血，野饭将军猛茹毛。’叱咤喑呜，大有‘落日大旗、马鸣风萧’的森肃和悲壮，也见出赴义兵间坚贞卓绝的情志。”

丙子广南病中

疑危身世寄铦锋[①]，病久参苓术已穷。卜命自知终有死，劳生空恨竟无功。乡愁满眼秋云碧，客泪沾衣夕照红。只恐游魂招不得，杜鹃声里拜东风。

【注】

广南，宋置广南东路（今广东）、广南西路（今广西）。见《宋史·地理志六》。

①铦锋，犹剑锋。《玉篇·金部》：“铦，铁也。” ②杜鹃句：杜鹃相传为古蜀帝所化，鸣声哀切，蜀人闻多下拜。拜杜鹃，寄托对故国的哀思。参见本卷林景熙《书陆放翁诗卷后》注①。

【评】

孙锵鸣《东嘉诗话》：“有《广南病中》诗云（本篇略）。麟洲弱冠赴义，崎岖海南，卒以殉国，亦可谓忠义萃于一门，诗其以人重矣。”

卷　五

元略一

陈天佑

陈天佑（约1243—？，佑亦作“祐”），字孝章，号可竹，平阳人[①]。宋度宗咸淳四年（1268）武科进士（弘治《温州府志》卷十三《武科宋》），授衢州州学教谕。元成宗大德十一年（1307）应章嘉约预修《平阳州志》，林景熙《平阳州志序》称：“其（章嘉）友前西安（衢州古名西安）教谕陈天佑孝章，相与汇集，手抄穷日夜，不为无助。”《东瓯诗续集》卷一录诗1首，《东瓯诗存》卷十一《元》录同。

①弘治《温州府志》卷十三《武科宋》言“平阳人”，民国《平阳县志》卷二八《选举志一宋》列籍平阳。《东瓯诗续集》卷一、《东瓯诗存》卷十一小传皆谓“永嘉人”。按：平阳为永嘉郡属县，故亦可谓永嘉人。

春夜雨后怀王宰

一窗风雨后，灯影弄微明[①]。未得留春句，其如此夜情？宿花无蝶梦，吠草有蛙声。心上无端事，萧萧白发生。

【注】

王宰，王姓县令。

①影，《东瓯诗续集》作“火”，此从《东瓯诗存》。

陈壶中

《宋诗拾遗》卷二二："陈壶中，字□□，乐清人。"录诗2首。《东瓯诗续集·补遗》录同。

宿连云楼

自爱山楼宿，微吟此兴浓。凭阑最深处，见月在高峰。清唳来孤鹤，新凉生数松。葛坛名已远①，何处觅仙踪。

【注】

连云楼，林景熙居平阳县城白石巷书楼。林《白石樵唱》卷一《连云楼》云："我心适无事，看云起南山。"元章祖程注："先生家有楼，扁曰连云。"南山，指平阳县城西南的昆山（昆岩）。

①葛坛，在平阳县城东仙坛山上。林景熙《葛坛即事》："半壑松云识稚川（葛洪），携琴曾此写风泉。"章祖程注："仙坛有平石，方十馀丈，旧传葛洪炼丹之所，故名葛坛。"

陈文尹

陈文尹（1249—1324），一名希尹，字端友，号春塘，瑞安阁巷人。陈兼善侄（兼善四弟兽光次子）。据作者《和少垣弟答郑省元韵》，文尹为陈昌时（少垣）堂兄，在陈氏家族吟社第三世中年齿居长。乡友裴若拙（贯道）有《寄陈春塘公归自古杭》诗。集曰《泽畔吟》,《温州经籍志》卷二四著录,已佚。《清颖一源集》卷一录诗14首。

陈挺《读清颖一源诗一十六首·题春塘公》:少年有志恋桑蓬,匹马干时西复东。何事晚来深造道,一塘绿水自春风。(《清颖一源集》卷二)

天河

不用乘槎犯斗牛[①],练光耿耿挂南楼。中天一派积为水,元气三更化作秋。冷浸月痕分白道,淡浮云影接清流。何当东注箕津上[②],一为人间洗浊愁。

【注】

①乘槎犯斗牛,晋张华《博物志》卷十《杂说下》:"旧说云天河与海通。近世有人居海渚者,年年八月有浮槎去来……遥望宫中多织妇,见一丈夫牵牛渚次饮之……后至蜀,问君平,曰'某年月日有客犯牵牛宿。'"槎,木筏。 ②箕津,即尾箕津,指银河。尾箕,尾宿和箕宿。《晋书·天文志上》:"天汉起东方,经尾箕之间,谓之汉津。"《国语·周语》韦昭注:"津,天汉也。"

明皇游月宫

梨园歌罢问嫦娥,露湿银桥步辇过。无极光中看殿阁,不胜寒处感山河。锦袍清惹天香近,玉笛愁吹秋思多。谁管当时兴废事,一轮千古自婆娑。

【注】

明皇游月宫,《群书类编故事》卷一《银桥升月宫》引《唐逸史》："罗公远，鄂州人。开元中，中秋夜侍元（玄）宗于宫中翫月。公远奏曰：'陛下莫要至月中看否？'乃取拄杖向空掷之，化为大桥，其色如银。请元宗同登，约行数十里，精光夺目，寒气侵人。遂至大城阙，公远曰：'此月宫也。'见仙女数百，皆素练宽衣，舞于广庭。元宗问曰：'此何曲也？'曰：'《霓裳羽衣曲》也。'元宗密记其声调而回。却顾其桥，随步而灭。旦召伶官，依其声作《霓裳羽衣》之曲。"

【评】

文尹七言，风格高秀，如《天河》"中天一派积为水，元气三更化作秋"及本篇"无极光中看殿阁，不胜寒处感山河"，均见笔力。《赐菊和裴进士》云："九重玉藻开秋色，一束金花送晚香。"《和少垣弟答郑省元韵》云："临流野屋和云住，隔岸春舟载雨还。"亦皆隽语。

梅影

水光清浅弄横斜[①]，绿凤寒惊满树花。一夜西风吹不去，却随明月上窗纱。

【注】

①水光句，林逋《山园小梅二首》之一"疏影横斜水清浅"。

林景英

林景英，字德芳，号隐山，平阳人。入元官元帅府照磨（掌衙门钱粮案牍诸务)。《东瓯诗续集》卷四录诗9首,《元诗选癸集》癸之己上录同。

瑞安陈氏家集《清颍一源集》卷一陈昌时《化龙鱼图为林德芳题》题下注:"德芳字景英,号隐山,平阳白石人。官元帅府照磨。"《东瓯诗续集》小传同。按:林景熙兄弟三人,兄景怡(德和),弟德渊。从景英字号和里籍看,当是景熙从(堂)弟或同宗族弟。《东瓯诗存》卷十林景英小传谓"景熙弟",乃臆测之辞不足训,民国《平阳县志》卷三五、《全宋诗》第69册卷三六三九小传承之并误。详《林景熙集补注》附录二《民国平阳县志林景熙传订正》。

日出入行

朝出扶桑来,暮入虞渊去[①]。胡不缓驰驱,百岁一朝暮。

【注】

①扶桑,神木,传说日出于扶桑之下。虞渊,传说日没处。《淮南子·天文训》:"日出于旸谷,浴于咸池,拂于扶桑,是谓晨明。……至于虞渊,是谓黄昏。"

【评】

孙锵鸣《东嘉诗话》:"《日出入行》云(本篇略)。二十字浑朴可爱。"

汪鼎新

汪鼎新(约1250—?)[①],字镇卿,一作"进卿",号桐阳。平阳万全乡湖阳（胡垟）人，徙居温州郡城墨池坊。元世祖至元二十八年（1291）举为温州路学录[②]，仁宗皇庆二年（1315）任平阳州教授[③]。明王朝佐《东嘉先哲录》卷二十《词章·汪桐阳》："少孤，自树立。明《尚书》《周易》，尤长于诗文，有《桐阳小稿》二卷。"林景熙《杂咏十首酬汪镇卿》，意境高远，表达慷慨磊落的情怀，其以寄酬镇卿，则视镇卿为畏友，引为同调矣。元朱晞颜《瓢泉吟稿》卷一有《觉衰呈汪桐阳教授》（四首）、《答汪桐阳所和觉衰四首》，元陈一斋有《溪亭次汪桐阳》诗（《东瓯诗续集·补遗》）。汪氏《桐阳稿》今佚，《东瓯诗存》卷十一录诗1首。弘治《温州府志》卷十《艺文》、雍正《浙江通志》卷一八二《文苑》有传。

苏伯衡《苏平仲文集》卷十四《孔教授夫人汪氏墓志铭》："五季时，避乱来居平阳。至夫人父（汪鼎新），始徙居郡之墨池坊，遂为郡人。父讳鼎新，学行文章，为温儒宗，门人因其自号，称之曰桐阳公。"

孙诒让《温州经籍志》卷二四《桐阳小稿》按："桐阳学行文章，为温儒宗，与林霁山以诗相唱和。《霁山集》二有《杂咏十首酬汪镇卿》，其第五章云云：'子有忧世心，蒿然见眉睫。崇交拟昔人，西风寄三叠。作诗匪雕镂，要与六义涉。'足睹其品学矣。"

①林景熙《杂咏十首酬汪镇卿》章祖程注："名鼎。"按：元苏伯衡《苏平仲文集》卷十四《孔教授夫人汪氏墓志铭》、明王朝佐《东嘉先哲录》卷二十、弘治《温州府志》卷十、雍正《浙江通志》卷一八二、乾隆《平阳县志》卷十六均作"鼎新"。孙诒让《温州经籍志》卷二四《桐阳小稿》云："案章注载桐阳名鼎，疑有夺误。"《元人传记资料索引》第一册承之作"汪鼎"，并误。　②弘治《温

州府志》卷八《官职·元学录》:"汪鼎新。"《东嘉先哲录》卷二十《词章·汪桐阳》:"岁辛卯,李思衍行部浙东,举为郡学录,升平阳州学教授(见《平阳州志》)。"辛卯为元世祖至元二十八年(1291)。　③据苏伯衡《苏平仲文集》卷十四《孔教授夫人汪氏墓志铭》:"其父(汪鼎新)来典平阳州教,始以归孔公,时年三十矣。""年六十有五而卒,至正戊子九月廿六日也。"至正戊子即元惠宗至正八年(1348),汪氏年六十五卒,则其生年在元世祖至元二十一年(1284)。年三十嫁,为元仁宗皇庆二年(1315),其父汪鼎新典平阳州教授亦在是年。

遣兴

老去何心恋旧编,一回开卷一茫然。画悬素壁风敲竹,琴挂虚堂雨慢弦。刻骨鲁公犹乞米,苦吟陶令却无钱[①]。闲来净扫松根石,坐看轻云出涧边。

【注】

诗咏作者晚年退仕后的闲居生活和其心境。汪任平阳州教授,朱晞颜时任平阳州蒙古掾,同为僚友。其《答汪桐阳所和觉衰四首》有云:"吾闻汪夫子,失笑韩昌黎:朝起抄烂饭,合口稳送之;当其仕四门,竟死遭时讥。公今已退休,仕进非所期……终当迹公去,漱石沧江湄。"(之二)"君家富良田,种秫当早成。翁虽不解饮,持以慰狂生。"(之四,《瓢泉吟稿》卷一)可与本篇合读。

①鲁公,指唐颜真卿,封鲁国公。乞米,见卷一王十朋《家食遇歉因录其语》注②。陶令,陶潜。

刘平叟

《东瓯诗续集》卷四："刘平叟，字□□，平阳人。官至监税。"录诗3首。《元诗选癸集》己集上《刘监税平叟》"永嘉平阳人"，录诗同。《东瓯诗存》卷十一云"存诗四首"，其中《仙坛寺》一首为林景熙诗，见《霁山集》卷一，题《游仙坛》，有元章祖程注可证，误录当删，故平叟实存诗3首。参阅《林景熙集补注》卷一《游仙坛》校记。

题梅

孤根铄雪春犹浅①，老干封苔蕊半开。绝似西湖停棹处，短篷斜过一枝来。

【注】

此首《御选元诗》卷七三选录。

①铄，消损。

【评】

孙锵鸣《东嘉诗话》："刘平叟，平阳人，官监税。《题梅》云（本篇略）。亦楚楚有致。"

杰曰："绝似"二句，摇曳生姿，平添情趣。

滕　穆

《东瓯诗存》卷四六《补遗》:“滕穆,号梅坨,永嘉人。存诗一首。”按:当是宋元之际人。

幽遇

湖上园亭好,相逢绝代人。嫦娥辞月殿,织女下天津。未会心中意,浑疑梦里身。愿吹邹子律,幽谷发阳春①。

【注】

①邹子,指战国齐人邹衍。邹衍精于音律,传说吹奏律管能使地暖生春。《列子·汤问》:“微矣子之弹也!虽师旷之清角,邹衍之吹律,亡以加之。”张湛注:“北方有地,美而寒,不生五谷。邹子吹律暖之,而禾黍滋也。”

宋眉年

宋眉年(约1254—约1331),字寿道,号笋翁,永嘉人。宋庆之子。少颖悟,从林一龙(石室)学。年二十,领国子监荐。宋亡元初,部使者徵为温州路学录,升学正。元成宗大德(1297–1307)间任兴化路教授(见弘治《兴化府志》卷三),转赣州教授、政和县主簿,有能声。年七十告归,卒岁七十八。有《存稿集》,已佚。传见弘治《温州府志》卷十《艺文·元》。《东瓯诗续集》卷二、《东瓯诗存》卷十一录诗1首。

山步

未必清秋趣，能如幽意长。孤云出野水，寒鸟恋残阳。岩谷有空响，野花无定香。山翁忘世事，不改旧冠裳。

黄允高

黄允高（约1260—？），平阳人。元初任平阳县学教谕。弘治《温州府志》卷八《宦职·平阳县·学官》：“(元)初为县，设教谕。教谕：黄允高。”《东瓯诗续集》卷五录诗5首，《东瓯诗存》卷十一录同。按：《东瓯诗续集》卷五、《元诗选癸集》戊上小传作“黄九高”误，民国《平阳县志》卷七一《文徵内编九元》：“黄允高，《元诗选》作‘九高’，今正。”

又按：据《元史·地理志五·温州路》：“平阳州，唐平阳县，宋因之。元元贞元年，升州。”允高任职平阳县教谕当在元成宗元贞元年（1295）前。

郑氏西庄

偶过幽人宅，桥横一水流。书声窗日晓，野色豆花秋。地僻无喧马，童闲有卧牛。渊明千载上，此意亦西畴[①]。

【注】

郑氏西庄，在平阳城郊。林景熙有《郑氏西庄》诗：“不踏红尘道，结庐依水乡。远峰开宿雨，高树表初阳。犊卧野门寂，雁飞秋稻香。午桥花竹地，回首已凄凉。”

①此意西畴，谓归田事农。陶潜《归去来兮辞》：“农人告余以春及，将有事于西畴。”

【评】

允高素心人也，襟怀淡泊，读此可知。其《冬夜感怀》云：“宾馆寒生酒半醒，小窗霜月照人明。山翁不爱销金帐，一榻梅花梦自清。”他如《村居》：“自扫鸥边石，谁敲竹外门。”《寓居》：“一桥分驿路，两岸合渔家。”并皆清隽。

黄公望

黄公望（1269—1354）[①]，字子久，号一峰，又号大痴道人。原姓陆，平江常熟（今属江苏）人。龆龄丧父母，出继温州平阳黄氏，易姓寓永嘉（今鹿城区）。陶宗仪《书史会要》卷三云：“其父（指过继平阳黄姓父）九十始得之，曰‘黄公望子久矣’，因而名字焉。”其书画题跋自署“平阳黄公望”，又以永嘉为故乡[②]。元世祖至元中，为浙西廉访使、御史台察院书吏。武宗延祐间，因平章张闾经理江南田粮贪暴事牵连下狱。获直后以卜术闲居，浮泛江湖。奉全真教，黄冠野服，往来江浙间，相交皆画界、诗界胜流。晚居杭州西湖筲箕泉，终归隐富春而卒，年八十六。

公望聪敏绝伦，博极群书，经史二氏九流之学，无不通晓。工山水画，师法董源、巨然，高自成家，列“元四大家”之首（馀三家为王蒙、倪瓒、吴镇)[③]。今存《富春山居图》等真迹9件。所著《写山水诀》,为画界所宗。

公望以画著名,其实他学问淹博,多才多艺,诗文词曲皆精。“长词短曲,落笔即成”(锺嗣成《录鬼簿》卷下),“信口而出,皆成文章”(王毓贤《绘事备考》卷七)。杨维祯谓“诗工晚唐”(《西湖竹枝集·黄公望》),所作多为题画之咏,笔墨清峭简隽,韵致幽远。有《一峰道人诗抄》(一名《大痴山人集》)传世。《元诗选二集》戊集录诗61首。

①明王鏊《姑苏志》卷五六《人物十八艺术·黄公望》:“已而归富春,年八十六而终。”清顾嗣立《元诗选二集》卷十四《大痴道人黄公望》同。明陶宗仪《书史会要》卷三则谓:“《太平清话》云:大痴九十,而貌如童颜。” ②明赵倚美《赵氏铁网珊瑚》卷十四录其《墨菜铭跋》,自署“大痴学人平阳黄公望书于云间客舍,时年八袠有一”。清姚际恒《家藏书画记》卷上记其《观瀑图》,上书“平阳黄公望写于云间客舍”。人民美术出版社《元四家画集》载其《水阁清幽图》,署款“平阳黄公望”。明汪砢玉《珊瑚网》卷四二《拾遗》著录《果育斋图铭》,后题:“大痴老人为元实乡兄作《果育斋图》,且铭其上。时年八十有二。”(按孙华字元实,永嘉人) ③明王世贞《弇州四部稿》卷一五五说部《艺苑卮言》附录四:“赵松雪孟頫、梅道人吴镇仲圭、大痴老人黄公望子久、黄鹤山樵王蒙叔明,元四大家也。”明董其昌《画禅室随笔》卷二则谓:“元季四大家,以黄公望为冠,而王蒙、倪瓒、吴仲圭与之对垒。”清孙承泽《砚山斋杂记》卷二《恽氏说画小记》同。

倪瓒《次韵题黄子久画》:“白鸥飞处碧山明,思入云松第几

层。能画大痴黄老子，与人无爱亦无憎。”（《吴都文粹续集》卷二五）

杨维祯《西湖竹枝集·黄公望》：“天姿孤高，少有大志。试吏弗遂，归隐西湖筲箕泉。博书史，尤通音律、图纬之学。诗工晚唐，画独追关仝。其据梧隐几，若忘身世，盖游方之外，非世士所能知也。”

贡性之《题黄子久画》：“此老风流世所知，诗中有画画中诗。晴窗笑看淋漓墨，赢得人呼作大痴。”（《吴都文粹续集》卷二五）

锺嗣成《录鬼簿》卷下《黄公望》：“公望之学问，不待文饰。至于天下之事，无所不知，下至薄技小艺，无所不能；长词短曲，落笔即成，人皆尊师之。尤能作画。”

顾嗣立《元诗选二集》卷十四《大痴道人黄公望》：“尝终日在荒山乱石丛木深篠中坐，意态忽忽。每往泖中通海处，看激流轰浪，虽风雨骤至、水怪悲咤不顾。”

王时敏《西庐画跋》：“每见其布景用笔，于浑厚中仍饶逋峭，苍莽中转见娟妍，纤细而气益闳，填塞而境愈廓。意味无穷，故学者罕窥其津涉。”

孙承泽《庚子销夏记》卷二：“戴表元赞其像曰：‘身有百世之忧，家无担石之乐，盖其侠似燕赵剑客，其达似晋宋酒徒，至于风雨塞门，呻吟槃礴，欲援笔而著书，又将为齐鲁之学，此岂寻常画史也哉！’观此赞，则其学问人品，超绝一世，故画境奇妙如此。”

王毓贤《绘事备考》卷七《元·黄公望》：“举神童，有异才。三教之理，无不淹贯；信口而出，皆成文章。诵读馀间，旁及诸艺。工画山水，专师董源，晚年稍变其法，自成一家。山顶多岩石，瀑布必数折而后下，皴染秀密，笔法雄健，后来名手无不奉为楷模，董源以还，一人而已。”

李咸熙《秋岚凝翠图》

山林之乐幽且闲，何人卜居云半间。江亭复立苍树杪，招提高出碧溪湾[1]。循溪隐隐穿细路，断岸疏疏起烟雾。微茫万顷白鸥天，雁阵凫群落无数。樵歌初断渔唱幽，桥边野老策扶留。春山万叠西日下，渺渺一片江南秋。我昔荆溪问清隐[2]，溪上分明如此景。别来时或狂梦思，忽见此图心为醒。李侯少年擅丹青，晚岁笔意含英灵。兴来漫写秋山景，妙入毫末穷杳冥。无声诗与有声画，侯能兼之夺造化。临窗点笔试题之，老眼模糊忘高下。

【注】

李咸熙：李成（919—967），字咸熙，营丘（今山东昌乐县境）人。世称李营丘。以儒道为业，博涉经史，而郁不得志，寓兴于画。是五代宋北方山水画派（北宗）代表人物，《宣和画谱》卷十一《山水二·宋李成》称：“于时凡称山水者必以成为古今第一，至不名而曰李营丘焉。”作者《题李成所画十册并序》亦云：“李咸熙画，清远高旷，一洗丹青蹊径，千古一人也。”

①招提，梵语，寺院别称。　②荆溪，在江苏南部，流经宜兴入太湖。

【评】

“李侯”以下数句，谓李成师法自然，寓兴写真，能够将诗境、画境融为一体，所以精妙绝伦，“一洗丹青蹊径”。“无声诗与有声画，侯能兼之夺造化。”公望的诗作也同样体现了诗画艺术通融这一风格特点。他以画家论画，洞悉个中三昧，多有独到的见解；又能用“画家极秀笔”来写“诗家极俊语”(用王世贞语),故其“清思妙语,层见叠出,易于发露本领”(用翁方纲《石洲诗话》语)。本选数首皆能见出此一特色。

方方壶《松岩萧寺图》并序

方壶此卷,高旷清远,可谓深入荆关之堂奥矣[①]。鄙句何足以述之,愧愧!

浩渺沧江数千里,几幅蒲帆挂秋水。晓风吹断绿萝烟,百叠青峰望中起。梵王宫阙倚云开,七级浮屠倒影来[②]。山人久已谢朝市[③],日踞江头百尺台。松篁丛杂多啼鸟,隔岸人家丸弹小。此图此景入天机,谁能仿佛方壶老。

【注】

方方壶:方从义,字无隅,号方壶子,贵溪(今属江西)人。上清宫道士,又号金门羽客。工画山水。明洪武十一年(1378)尚健在,享年九十馀。元夏文彦《图绘宝鉴》卷五《元》:“道士方方壶,居上清宫,画山水,极潇洒,无尘俗气。”明王世贞《方方壶云山卷后》:“方方壶在胜国,于赵吴兴辈亡所推让,画家者流,登之逸品。”萧寺,佛寺。

①荆关,五代山水画家荆浩与其弟子关仝,同为北方山水画派(北宗)之创立者,并称荆关。　②梵王宫阙,佛寺。浮屠,佛塔。　③谢,辞。

为袁清容长幅

入山眺奇壑,幽致探何穷。一水青岑外,千岩绮照中。萧森凌杂树，灿烂映丹枫。有客茅茨里，居然隐者风。

【注】

袁清容：袁桷（1226—1327），号清容，鄞县（今属浙江宁波市）人。元初以文名著，累官应奉翰林文字、同知制诰。著有《清容居士集》五十卷。

【评】

这是为诗文名家袁桷（清容）作山水长幅所题。通首白描，景物鲜丽，而逸朴之气盈楮墨间。

李成《寒林图》

六法从来推顾陆[①]，一生今始见营丘[②]。腕中筋骨元来铁，世上江山尽入眸[③]。林影有风摧落叶，涧声无雨咽清流。蹇驴骚客吟成未[④]，万壑寒云为尔留。

【注】

①六法，南朝齐画家谢赫著《古画品录》，提出绘画“六法”：一、气韵生动，二、骨法用笔，三、应物象形，四、随类赋彩，五、经营位置，六、传移模写。顾陆，指东晋人物画家顾恺之和南朝宋人物画家陆探微。 ②李成营丘人，世称李营丘。 ③腕中二句，《宣和画谱》卷十一《山水二·宋李成》：“所画山林薮泽，平远险易，萦带曲折，飞流、危栈、断桥、绝涧、水石，风雨晦明、烟云雪雾之状，一皆吐其胸中而写之笔下，如孟郊之鸣于诗，张颠之狂于草，无适而非此也。” ④蹇驴骚客：唐诗人李白、杜甫、贾岛都有骑驴赋诗的故事，《唐诗纪事》卷六五《郑綮》更有名言：“诗思在灞桥风雪中驴子上。”陆游《剑门道中遇微雨》云：“此身合是诗人未？细雨

骑驴入剑门。”

【评】

言李成能承继顾恺之、陆探微的写真传统，驾驭山林壑泽，吞吐烟云风雨，驱遣笔下，意境旷远，复饶诗思。

和西湖竹枝词

水仙祠前湖水深，岳王坟上有猿吟[①]。湖船女子唱歌去，月落沧波无处寻。

【注】

此为唱和杨维祯《西湖竹枝词》作，见杨编《西湖竹枝集》。杨《西湖竹枝集序》云：“予闲居西湖者七八年，与茅山外史张贞居、苕溪郑九成辈为唱和交。水光山色，浸沈胸次，洗一时尊俎粉黛之习，于是乎有《竹枝》之声。好事者流布南北，名人韵士属和者无虑百家。道扬讽喻，古人之教广矣。”序作于“至正八年（1348）秋七月”，是维祯首倡《竹枝》始于至正元年（1341）。其集编录唱和作110人，计词185首。

①水仙祠，明田汝成《西湖游览志》卷八《北山胜迹》：“嘉泽庙即水仙祠，梁大同间建，以奉钱唐湖龙君，钱镠碑记。宋时移建于苏堤。”岳王坟，通称岳坟。在西湖边栖霞岭南麓。　②湖船女子，指西湖上划游船的女郎。

【评】

田汝成《西湖游览志馀》卷十一《才情雅致》：“廉夫《西湖竹枝词》……黄子久和词（本篇略）。”

杰曰：结有远神，韵致缥缈，含不尽之意于言外。

张僧繇《秋江晚渡图》

何处行来湖海流，思归凭倚隔溪舟。枫林无限深秋色，不动居人一点愁。

【注】

张僧繇，南朝梁画家，善画人物肖像、佛像。他与顾恺之、陆探微同被推为南北朝时期三大名家。

【评】

公望的题画绝句，结撰尤精，兼有秀润浑朴之美，韵度清越，意致悠远，多见题外之旨、画外之情。此首写因溪舟晚渡而逗生归思，但眼前幽深无限无边无际的秋色是这样的令人神怡，令人迷恋沉醉，竟至淡忘了乡情，也没了一丁点儿愁思。“不动居人一点愁”，可称脱凡之咏，点睛之笔。

王维《秋林晚岫图》二首并序（选一）

王右丞生平画卷所称最者，唯辋川、雪溪、捕鱼等图耳，吾意以为绝响。不谓太朴于中州友人家又得此卷，而用笔之妙，布置之神，殆尤过焉。固知右丞胸中伎俩，未易测识，而千奇万变，时露于指腕间无穷播弄，岂非千载一人哉！置之案头，临摹数过，终未能得其仿佛，漫书短句，并识而归之。

群山矗矗凝烟紫，万木萧萧向夕黄。岂是村翁恋秋色，故将轻舸下回塘。之一

【评】

秋色满纸，秋意逼人。结句复以回塘轻舸惢发秋思秋情，读

来兴味悠然，与苏轼《书李世南所画秋景二首》“扁舟一棹归何处，家住江南黄叶村”，殊有异曲同工之妙。

董北苑

一片闲云出岫来[①]，袈裟不染世间埃。独怜陶令门前柳，青眼偏逢惠远开[②]。

【注】

董北苑：董源（源亦作元），字叔达，锺陵（今南京）人。五代南唐时曾官北苑（建州茶场）副使，世称董北苑。擅山水画，能融合唐代王维水墨和李思训着色之长，下笔富丽峥嵘，意趣高古，是五代宋江南山水画派（南宗）的开创者。明王世贞《弇州四部稿》卷一五五《艺苑卮言》附录四：“子久师董源，晚稍变之，最为清远。”

①闲云出岫，暗用陶潜《归去来兮辞》“云无心以出岫，鸟倦飞而知还”意。　②陶令门前柳，陶潜《五柳先生传》：“宅边有五柳树，因以为号焉。”青眼，喻所喜爱。用晋阮籍“青白眼”的典故。参见卷一许景衡《横山阁》注①。惠远，晋高僧，陶潜方外之友。

【评】

这可能是题咏董源（北苑）画的《江山高隐图》。后二句，言陶公旷怀逸志，惟得远公（惠远）清赏。暗喻山水妙境，难觅知音，表达了一种遗世独立、超尘拔俗的意概。

苏东坡《竹》

一片湘云湿未干，春风吹下玉琅玕[①]。强扶残醉挥吟笔，帘帐萧萧翠雨寒。

【注】

题苏轼《竹》图。

①琅玕,似玉之美石。玉琅玕,喻指竹。

曹云西画卷并序

云西与余有交从之旧,别来四年,心甚念之。一日,子章以长卷见示①,不啻见云西也。展阅不已,既题而复识之。

十载相逢正忆君,忽从纸上见寒云。空江漠漠渔歌度,一片疏林带夕曛。

【注】

曹云西:曹知白(1272—1355),字又玄,号云西,学者尊曰贞素先生,华亭(今属上海)人。元成宗大德中荐授昆山教谕,旋弃去,北游京师,后归隐长谷。善画山水,笔墨高旷清润。事见贡师泰《玩斋集》卷十《贞素先生墓志铭》。明汪砢玉《珊瑚网》卷三三《曹真(贞)素山水轴》录黄公望跋:"云西为叔明作《重溪暮霭》。云老与仆年相若,执笔濡墨既有年矣,老而益进。于今诸名胜善画家求之,乃画者甚多,至于韵度清越,则此翁当独步也。至正九年五月廿五日,大痴学人公望题识,时年八十又一。"董其昌跋:"云西,吾松之湏溪人。与倪迂、大痴,以画相倡和,胜国之末,高人多隐于画。云西为多田翁,盖其家足置郑庄之驿以延款名胜者。其昌题。"乾隆《娄县志》卷三十《流寓·黄公望》:"黄冠野服,往来三吴间。至松(松江)居柳家巷,与曹知白善,多留小蒸。"

①子章:姚文奂,字子章,号娄东生,昆山人。曾任浙东宣慰司令史。作者诗友。作者有《王叔明为姚子章林泉清话图》诗。

【评】

诗言展阅画卷，恍若睹面，写友情和思情，十分亲切。后二句借画中景，赞美云翁潇洒自适的渔隐生涯。

倪云林为静远画

遥山近山青欲滴，大木小木叶已疏。斜日疏篁无鸟雀，一湾溪水数函书。

【注】

倪云林：倪瓒（1301—1374），字元镇，号云林生，无锡人。明郁逢庆《书画题跋记》卷六《云林六君子图》："天资高妙，赋性孤介，于书无所不窥，然止得其梗概。有洁疾，所居清闷阁中，几席图书纤埃不染，即地平石砌亦明净如拭，入其座者几无唾处。酷嗜名画，遇前代真迹，不惜重价购之，晨夕临摹，标新领异，故能参综诸家而为一代妙笔。善写山水，尤长于林木竹石，清疏澹远，风致绝伦。晚年率意应酬，似出两手，然终不可及也。"静远：陆德原（1282—1340），字静远，长洲人。捐田创甫里书院，行省即署为山长。秩满，迁徽州路儒学教授。事见黄溍《金华黄先生文集》卷三七《徽州路儒学教授陆君墓志铭》。

题云林画

远望云山隔秋水，近看古木拥陂陀。居然相对六君子，正直特立无偏颇①。

【注】

此篇《元诗选二集》未收，见载郁逢庆《书画题跋记》卷六《云林六君子图》:"卢山甫每见,辄求作画。至正五年四月八日,泊舟弓河之上,而山甫篝灯出此纸,苦征画。时已惫甚,勉以应之。大痴老师见之,必大笑也。瓒。(本篇略)。大痴。此画因大痴诗有'居然相对六君子'句,遂名其图。卢山甫号白石先生。"诗题从《元诗纪事》卷二一。云林,见前篇注。

①六君子,清孙承泽《庚子销夏记》卷二《倪云林六君子图》:"李尚宝日华云:六君子乃松、栢、樟、楠、槐、榆六树。行列修挺,疏密掩映,位置得宜,而皆在平地,且气象萧索,有贤人在下位之象,岂或当日运数否塞,高流隐遁而为是欤?"

【评】

钱云《题云林六君子图》:"黄公别去已多年,忽见云林画里传。二老风流辽鹤语,悠然展卷对江天。吴兴钱云。"(《书画题跋记》卷六《云林六君子图》引)

孙承泽《庚子销夏记》卷二《倪云林六君子图》:"云林画在逸品,收藏家以有无论雅俗。予见其画最多,然伪者十之六七,生平妙迹,无如《六君子图》。自题云(引略)。大痴题一诗于上云(本篇略)。"

陈昌时

陈昌时(1270—约1338),又名文昌、天囿,字少垣,号物吾,瑞安阁巷人。陈则翁长子,高则诚岳父。宋末登学究科[①],终任廉州教授。元仁宗延祐七年(1320)曾为同里夏文翁《乾坤清气诗集》作序。元高彦《鸡肋集序》有“徒哭羊昙于兄之遗集”语，该序作于“至元戊寅”（至元四年，1338），故其卒当在元惠宗至元四年（1338）前。

昌时论诗主张“发乎情性之正，止乎礼义之实”，“有功于风教”（见《乾坤清气诗集序》，《阁巷陈氏宗谱》引）。他自己的诗作实践了这一主张。其诗陶写真情实意，托物自鸣，旨远辞文，“卓然自立，高古自成一家”（高彦序）。明蔡芳称“意圆、句奇、语丽、韵古”（《清颍一源集》卷一），步骤不同寻常。著有《鸡肋集》，已佚。《宋诗拾遗》卷十四“陈少垣”名下录诗5首，《东瓯诗续集·补遗》、《东瓯诗存》卷八录同。《清颍一源集》卷一原录诗约计71首，多已残缺，其中完整或基本完整诗意可明者53首（包括有少数缺字的几首），而题下缺字甚多诗意难明，或缺字又缺题，或仅存篇题者计18首。故其存诗当以53首计。

①《东瓯诗存》卷八小传谓“宝祐间登论秀科”，时间、科别均误。按：宝祐（1253—1258）为宋理宗年号，昌时生于宋度宗咸淳九年（1273），不可能生前即获科名。弘治《温州府志》卷十三《人物四·诸科》：“学究科：陈则翁，号瑞洲，终广东副使。陈少垣，终教授。已上俱瑞安人。”同书“论秀科”下并无“陈昌时”名。当从弘治《府志》，“论秀科”应改为“学究科”。其父陈则翁登咸淳四年（1268）学究科，昌时登科晚于则翁明矣。

高彦《鸡肋集序》：“陈少垣之学，博而邃，蕴经济才，居下位，福泽无以洽诸人，所学无以试其验，欲托物自泄其不幸之鸣，舍诗将焉寄？其所作又皆卓然树立，高古自成一家。扣其声如洪钟，睹其色如润玉；峻如叠巘，涌似惊涛。哀乐游适，一本于性情之正，

回视瑶翻碧敛，牛鬼蛇神，大径庭矣。”（《阁巷陈氏宗谱》引）

《清颍一源集》卷一《陈昌时》：“自少颖悟，博学强记，为文雄深高古。由宏词科任廉州路教授。所著有《鸡肋集》行世。资静蔡先生芳修《府志》时，读公集乃书其后云：‘意圆如丸珠，句奇如钩棘，语丽如长春芙蓉，韵古如黄钟大吕，非寻常步骤所可仿佛也，其诗之豪欤？’”

陈挺《读清颍一源诗一十六首·题物吾公》：“宋鼎初沦运启元，文章星灿少微垣。谁云删后无诗作，《鸡肋》新诗万古存。”（《清颍一源集》卷二）

吴论《鸡肋集注释序》：“物吾陈先生，东南之隽美也。宋末教授廉州，德源于位，才过其名，先生处之晏然。寓言于著作，题曰《鸡肋集》，先生鸣谦之志可见矣……其诚旨之远而辞之文者乎！观其托始于《黄金台》，则喻君臣之相知以义不以利；次之以《染丝》《之子》，则喻夫妇之相信以心不以述。吊古之忠节，则《张巡抉齿》《霁云断指》《杲卿断舌》以及夫《李陵台》之讥是也；伤今之民瘆，则《哭牛行》《江头叹》《覆舟行》《岁歉叹》之类是也。贫贱致期待之意，则见之于《牧儿》之哀；素位无愿外之心，则寓之于《遣怀》之作。于《吊根慈母竹》之歌，则曰：‘愿君移向北堂下，培植秋阴盖萱草。’孝亲之诚，溢于言表矣；于《道士祈雨》之验，则曰：‘道士不是丹霞餐，闵岁忡忡过大官。’素尸之讥，知肉食者鄙矣。以致不拘常格，奇巧异常，非和檄风雨之章乎？音律不凡，体逼《离骚》，非五怀之谓乎？其间如对时感物，品题赓和，陶写性情之真，得之天然之巧者，又弗可以更仆数也。”（《阁巷陈氏宗谱》引）

黄绍第《瑞安百咏·陈士远江心咏松》:“累世清门处士踪，物吾丽语似芙蓉。”

林下

短景足风露[1]，草木衰以残。而于群石底，□婉生幽兰。谁复共岑寂，篱菊相与娴。馨香感迟暮，北风吹汝寒。天意匪绝物，孤高世所难。岂无春风花，足以舒清欢。爱此岁暮期，介成天地间。在德不在色，三嗅成长叹[2]。

【注】

①短景，短促的光阴。景，同“影”，指日影。冬天夜长日短，故说“短景”。杜甫《阁夜》“岁暮阴阳催短景”。足，多。　②在德不在色，《论语·卫灵公》:“子曰：已矣乎！吾未见好德如好色者也。”三嗅，《论语·乡党》:“色斯举矣，翔而后集。曰：‘山梁雌雉，时哉时哉！’子路共之，三嗅而作。”何晏集解：“言山梁雌雉，得其时而人不得其时，故叹之。子路以其时物，故共具之，非本意，不苟食，故三嗅而作。作，起也。”邢昺疏：“嗅，谓鼻歆其气。”

黄金台

峨峨燕中台，悠悠易上水。怀哉燕昭王，招彼天下士。士贵相知深，岂为多黄金？筑台置黄金，自是君王心。

【注】

黄金台，战国燕昭王所筑，置千金于台上，以延聘天下贤士。故址在河北保定市易县东南北易水南。

【评】

孙锵鸣《东嘉诗话》:“有《黄金台》五古云(本篇略)。议论极有见地。无限曲折,妙于四十字中写出,全不费力。既超迈,又浑成,真高唱也。”

即事

石室无来客,闲云伴晚眠。梦添身外事,发减镜中年。山雨溪平路,牛衣业在田。剑星横照胆,归意未应全。

【评】

昌时《周公辅别业》云:“同为栖隐处,只在白云根。野草行无路,孤舟入有门。”《忆西湖》云:“江流如汴水,柳色似隋堤。”《晓程》云:“菊花憔悴三分雨,枫叶青红一半冬。”皆为可举。

覆舟行

海乡业渔者众。大德七年十月望夜,大风覆舟,哭者比屋。因感而赋。

江头扬旗招水鬼,江上老夫哭且语:“生来髫髻习捕鱼[①],老我扁舟业云水。至今生计犹萧然,不值豪家下箸钱[②]。骨冷神伤怯烟雨,此业尚遗儿与孙。千尺飞涛割空碧,生命应悬水官籍[③]。我儿已死前夜风,邻屋归来报消息。市中竞利争刀锥,此底悲辛那个知?苦恨一身老无倚,朱门豢犬犹瓠肥[④]。”霜色染枫赤如火,闻语凄凉经别浦。沙边老稚泣向天,谁家又打发船鼓?

【注】

作于元成宗大德七年(1303)。

①髫髻，指幼年。　②下箸钱，谓宴席之费。　③水官籍，水神的名册。　④瓠肥，喻白胖。出《史记·张丞相列传》："身长大，肥白如瓠。"

【评】

孙锵鸣《东嘉诗话》："《覆舟行》云（本篇略）。此诗亦字字沉着。末二语又深痛小民逐利无已，实由生计在此，虽屡濒于死亡而不遑自恤也。"

杰曰：昌时的诗题材较为广泛，有怀古咏史之吟，也有贴近现实之作。前者如《古从军行三首》，歌咏张巡抉齿、南霁云断指、颜杲卿断舌，怀吊忠节，凛然兴慨。后者如《覆舟行》，写渔民迫于生计，不避风涛之险，"虽屡濒死亡而不遑自恤"（孙锵鸣语），子继父业，世代如此，悲辛谁知？"苦恨一身老无倚，朱门豢犬犹瓠肥……沙边老稚泣问天，谁家又打发船鼓。"写来字字沉痛。旱涝频仍，民生多艰。《雨中叹》叙青苗为水所浸，瘦株不抽，诗人"仰天行叹息"，"耕者一何苦！"《赠泰霞道士祈雨之验》盼久旱甘霖，闵岁忡忡，"秋禾总是三农发，一根禾白一发枯"，而"大官"素尸无动于衷。这些作品都体现了作者忧世悯农的深切情怀。

玉翁惠琴

玉翁携琴夜扣门，匡床对坐灯照寒[①]。自言"一别动十载，久与徐卿居松山。我有琴一张，携来伴子风月之清闲。岂无他人可与言，知子意在乎山水之间。"言罢抚且吟，圆景鉴幽林[②]。感师再三意，古风凉衣襟。我爱弦中趣，喜师遗我琴。我爱指下音，吾师何不传我以心？要识太古天与地，只在吾师心与意。

【注】

玉翁，作者侄陈观宝（五弟识时子）有《听玉翁上人琴》诗：“诸宝林中早悟空，却将幽调寄枯桐。”是玉翁僧者。本诗言“一别动十载”，下篇《送章琴师》云：“鸿雁方南翔，章子告我行。昔离动十载，今聚鬓忽星。”玉翁殆即章琴师。又，作者二弟陈得时《送章云心》云：“方外悠然意自闲，清高无事伴商颜。天涯抱月鞭鸾去，海上来风趁鹤还。客久满头添白发，秋深孤影入青山。离情三弄梅花曲，后夜相思在梦间。”以“方外”“三弄梅花曲”诸语推之，章云心或即章琴师玉翁。作者长子陈冈亦有《送章琴师》诗：“之子欲何适，东风柳折春。青山南去路，落日远归人。野席云分坐，松门水作邻。定知鸣玉处，猿鹤伴闲身。”

①匡床，方正之床。《商君书·画策》有“处匡床之上，听丝竹之声”语。 ②圆景，指月亮。三国魏曹植《赠徐干》：“圆景光未满，众星粲以繁。”

怀郑进士时客双屿

秋别故园怜老菊，梅先双屿问春归。沙头立尽三更月，白雁一声霜满衣。

【注】

双屿，又称双岭，今温州市鹿城区双屿镇 。《东瓯诗存》卷八张如元等校补：“在温州城西十公里，因北濒瓯江，江中有二沙洲而得名，盛植梅花之嵇师、薛嵎营葬之地范湾，皆在其区域内。”

听琴弹《秋江操》

绝岛长风夜吹月，故人拂琴动清切。双手对我如相语，心归太古面如铁。耳根飒飒来风雨，一笛归舟秋色里。看来十指乱浮云，芦花柳絮飞纷纷。昆山孤凤叫月碎，吴质不眠诉太真[①]。瘦蛟吹波水伯起[②]，村寒海暝灵精聚。二十年来尘土颜，两眼无光双耳顽。吁嗟！琴上之水琴上山，何当飞魄游其间。

【注】

①吴质，即传说月中之神吴刚。李贺《李凭箜篌引》："吴质不眠倚桂树，露脚斜飞湿寒兔。"明陈士元《名疑》卷四："世传月中斫桂吴刚字质，故李贺云。"太真，仙女名。《云笈七签》卷九八引《太真夫人赠马明生诗二首并序》："太真夫人者，王母之小女也。年可十六七，名婉，字罗敷。"或指杨玉环。玄宗度为女道士，道号太真。白居易《长恨歌》写道："其中绰约多仙子。中有一人字太真。"　②水伯，水神名。《山海经·海外东经》："朝阳之谷，神曰天吴，是为水伯。"

【评】

孙锵鸣《东嘉诗话》："《听琴弹秋江操》云（本篇略）。'双手'二语，神理入微，此等意境皆自老杜来。"

杰曰：昌时的诗笔亦富变化，不限近体短律，五七言古皆能挥洒自如。《玉翁惠琴》《送章琴师》《听琴弹秋江操》诸什，均善于摹写形容。后一篇云："双手对我如相语，心归太古面如铁。耳根飒飒来风雨，一笛归舟秋色里。看来十指乱浮云，芦花柳絮飞纷纷。昆山孤凤叫月碎，吴质不眠诉太真。瘦蛟吹波水伯起，村寒海暝灵精聚。”从听觉视觉感受刻画琴曲的音乐形象，可称惟妙惟肖。

登西山

西山一何高，山高路盘抱。扪萝陟层巅，碧田三四亩。我欲栖其中，于深种瑶草。北眺何踌躇，长安多旧好[①]。山中有梅花，欲寄心已槁。

【注】

西山，在温州市西郊。作者《客中寒食游西山》："凄然独步羁旅人，江南有我先子坟。我独胡为乎不问路江之浔，乃自畔牢终日以沉沉。行李欲归苦未得，夜来雨打寒食心。身卧北斗影，眼望南山云。清愁寄与杜鹃去，却向南山啼暮春。"孙锵鸣《东嘉诗话》评曰："郡郭西山为宋南渡以后胜游地，水心《醉乐亭记》言之甚详。诗沉郁顿挫，真堪唤醒梦梦。末章自伤旅寓，平阳距郡不过百里，而欲归不得，殊不可解。"

①长安，指南宋故都临安。

薛　汉

薛汉（约1272—1324）[①]，字宗海，号象峰，永嘉人[②]。幼力学，有令誉。初仕青田县教谕，迁诸暨州学正。知音律，曾董务杭州北郊乐，乐成，大臣以太祝荐。元仁宗延祐五年（1318）入京待铨，辟功德使史，授休宁县主簿。将行，国子监祭酒邓文原荐留，遂不赴。泰定元年（1324）二月，选任国子学助教。四月，泰定帝北幸，循例赴教上都。八月还，九月三日病逝京寓。

薛汉与虞集（伯生）、柳贯（道传）、杨载（仲弘）、范梈（德机）、杜本（清碧）、马祖常（伯庸）、孛鲁羽翀（子翚）、邓文原（善之）等友善，仁宗、英宗间唱和于馆阁。其卒，虞集、柳贯“哭之甚哀”，邓文原作《挽薛助教》二首。事见《元风雅》卷十《薛宗海》附录鲁子翚《墓志》。雍正《浙江通志》卷一八二入《文苑传》。

薛汉学识渊博，生平精究古今制度名物创作变易，为当时古器物书画鉴定专家。赵孟𫖯得古遗器书画，必俟宗海辨之乃定。擅书法，柳贯称“雅善正书”（《柳待制集》卷十六《上京纪行诗序》）。陶宗仪《书史会要》卷七谓“楷书宗欧阳率更”。明丰坊《书诀》列为“锺王以来”得书家秘法的名家。

所著《薛象峰诗集》已亡佚。他的诗作，广为元明清诸选本选录，元孙存吾《皇元风雅后集》卷三录15首，蒋易《元风雅》卷十录34首，明朱存理《元音》卷七录14首，偶桓《乾坤清气》卷一录4首，宋绪《元诗体要》录7首（见卷九、十、十四），李蓘《元艺圃集》卷四录5首，曹学佺《石仓历代诗选》卷二四二录7首，潘是仁《宋元四十三名家集》录16首，清陈焯《宋元诗会》卷七六录13首，康熙时编《御选元诗》录24首（见卷十六、二七、三六、四六），曾唯《东瓯诗存》卷十三录18首。其中顾嗣立《元诗选二集》己集过录最多，计46首。于此可见，他在元代是一位有影响的诗人。

①明朱存理《珊瑚木难》卷四《张延年记事二则》之一云：“翰林伯生虞先生……至钱唐，僦居客邸，一日偕友杨仲宏、薛宗海、范德机，过西湖之上。”杨、薛、范当以年齿序。杨生年在宋度宗咸淳七年（1271），范在咸淳八年（1272），推之薛生年当在咸淳七、

八年间。　②按：陶宗仪《书史会要》卷七云："元薛汉，字宗海，德清人。"《吴兴备志》卷二五录同，并误。

蒋易《元风雅》卷十《薛宗海》附录："鲁子翚（字鲁羽翀）志君墓云：'君诗律书楷，严缜有法，而慎悫不矜，非雅交莫克知也。君于古今制度名物创作变易，年考月究，无或有爽。故承旨赵公子昂号为鸿识，得古遗器书画，必君辨之乃定。人谓君贤此，不然，特其绪馀及此焉耳。乌乎，使君假岁月，推所有沃溉胄学，吾侪亦藉开益，庙堂徵古宜今而有诹询，若君者其可阙邪？天斯靳之，可惜也已！'"

胡应麟《诗薮》外编卷六《元》："七言律难倍五言，元则五言罕睹鸿篇，七言盛有佳什。如……薛宗海《万岁山》……皆全篇整丽，首尾匀和。"　又："胜国则文士鲜不能诗，诗流靡不工书……薛宗海……皆以书知名。"

顾嗣立《元诗选二集》已集《薛助教汉》："与司业虞伯生、博士柳道传友善。其卒也，二君哭之甚哀；鲁子翚志其墓，称其'诗律书楷，严缜有法，而慎悫不矜，非雅交莫克知也'。"

和郑应奉杂诗六首（选三）

茫茫穹壤间，环溪大州九。壮游不及辰，坐待迫蒲柳。穷通付分定，达识当顺受。但愿熏风诗，在在民物阜[①]。一瓢安菽水[②]，吾计亦良厚。之一

【注】

郑应奉，袁桷《次韵郑应奉苦雨》"昏昏水气接垂虹"句下注："吴门水灾尤甚。"郑盖吴（苏州）人。应奉，即应奉翰林文字。元

翰林兼国史院官属，从七品。见《元史，百官志三》。

①熏风诗，指《南风歌》。阜，丰富。《孔子家语·辨乐解》：“昔者舜弹五弦之琴，造《南风》之诗，其诗曰：‘南风之薰兮，可以解吾民之愠兮；南风之时兮，可以阜吾民之财兮。’”　②一瓢菽水，形容生活清苦。菽水，所食唯豆和水。《论语·雍也》：“贤哉回也！一箪食，一瓢饮，在陋巷。”《礼记·檀弓下》：“啜菽饮水尽其欢。”

淳风散已久，青黄陋洼樽[①]。婉娈争媚好，役智空自昏。岂知葛天民[②]，无言道弥敦。我有《白云操》，泠泠寄桐孙[③]。调古识者寡，幽探万化源。之三

【注】

①青黄陋洼樽，《庄子·天地》言剖木制为礼器，饰以青黄色彩，失却木之天性。韩愈《祭柳子厚文》：“牺樽青黄，乃木之灾。”洼，凹。　②葛天民，指远古之民。葛天，远古帝名。宋罗泌《路史·禅通记》：“葛天者，权天也……其为治也，不言而自信，不化而自行，荡荡乎无能名之。”　③桐孙，桐树嫩枝。北周庾信《咏树》：“枫子留为式，桐孙待作琴。”后借指琴。

【评】

孙锵鸣《东嘉诗话》：“《和郑应奉杂诗六首》，其一曰（引略）。其三曰（引略）。皆纯实有味。”

志士方盛时，危冠怒冲发。猛心石为开，壮气山可拔。安知横江鲸，中路蝼蚁狎。所以巢居子，商歌竟不辍[①]。歌竟寂无言，坐听天籁发[②]。之五

【注】

①巢居子，隐遁高士。商歌，悲凉之歌。五音中商音悲凉哀怨。《淮南子·道应训》记春秋贤士宁戚为人佣作，饭牛车下，“击牛角而疾商歌”，桓公闻之，言非常人，命载后车归。 ②天籁，自然界的声响。

【评】

五古《和郑应奉杂诗六首》，是其咏怀赋志的代表之作。感遇人生，百感交集。表达猛心壮志，“在在民物”；慨叹生“不及辰”，古调冷落，知音谁在？鄙夷世俗媚态，不堕“素心”。聊以结期汗漫，“坐听天籁”自慰。作者说：“一瓢安菽水，吾计亦良厚。”实为不得志的感愤之语。

寄余希声

寄语中林友，相思又几朝。书虽为路阻，梦不怕山遥。风定落花漫，雨深青草骄。人情谅难必，不似往来潮。

【注】

余希声，朱彝尊《经义考》卷一一一：“余氏希声，《诗说》四卷，佚。《括苍汇记》：‘余希声，青田人。’”《御选元诗·姓名爵里一》：“余希声，青田人。由明经授处州路儒学教授。著《诗说》一卷。”卷三九录其《石门山》诗1首。

湖上

一舸泛霜晴，湖波寒更清。平堤连野色，远市合春声。尘土浪终日，山林负半生。回头斜照外，烟渚白鸥轻。

【评】

孙锵鸣《东嘉诗话》："《湖上》云（本篇略）……亦皆和雅可诵。"

杰曰：宗海五律佳者，抒怀如《寄余希声》，咏景如《湖上》，清朴有致，出乎自然。馀如《和袁德平》"木落秋容瘦，云昏雨意深。"《枉渚》"秋色多因树，寒声半是溪。"《和伯雍夜坐》"浮生知易老，久客欲归难。"亦皆隽句。

睡起

卷帘春色上苔衣，新水相看近竹扉。风动树枝鸣宿鸟，云收山崦放晴晖。举杯竹叶扫愁去，欹枕杨花约梦飞。肠断碧苔溪上路，暖风晴日钓鱼矶。

【评】

王普《诗衡》："宗海效义山《无题》诗，有'沧海有山皆缥缈，青云无路不迢遥'，人多赏之。余窃谓不如其《睡起》云'欹枕杨花约梦飞'更妙也。"（《全浙诗话》卷二三引）

孙锵鸣《东嘉诗话》："《睡起》云（本篇略）。亦皆和雅可诵。"

夜归

有客有客胡不归，长安三见秋叶飞①。警霜老鹤夜不寐，吊月孤雁寂无依。纷纷北里厌粱肉，落落西山甘蕨薇②。人生穷达各有命，何须终夜泣牛衣③。

【注】

①长安，借指元之都城大都（今北京）。贾岛《忆江上吴处士》：

“秋风吹渭水，落叶满长安。” ②北里，北面的里巷。晋左思《咏史八首》之四有云：“济济京城内，赫赫王侯居……南邻击钟磬，北里吹笙竽。”杜甫《遣兴五首》之一有云：“北里富薰天，高楼夜吹笛。”后多用指豪贵之家。西山，指首阳山。相传伯夷、叔齐隐居于此，采蕨薇（野菜）以食。 ③泣牛衣，用宁戚典。参见作者《和郑应奉杂诗六首》之五注①。

【评】

七律为宗海所擅长，多见佳品。前首写闲居逸趣，后首咏羁客落寞情怀，都见得组织稳妥，运转自如。前篇《睡起》“举杯”联、本咏“纷纷”联，皆称工警。又，此篇《元诗体要》卷十四列入“拗体”。

和马伯庸御史效义山《无题四首》（选二）

良人执戟侍明光[①]，谁与金炉共夕香？妆镜晓寒凝蝶粉，舞衣春暖卸莺黄。渡江桃叶应怜我，照水荷花似见郎[②]。叹息蹇修无复理[③]，空思掺手为缝裳。之二

【注】

马伯庸：马祖常（1279—1338），字伯庸。著有《石田文集》十五卷。御史，监察御史。义山：李商隐字义山。无题诗是李商隐七律中的创体，以抒写艳情或爱情为内容，又别有寄托。其作藻思雅丽，意致缠绵，富于情韵，在艺术上独具一格，对后世深有影响。参阅拙著《唐人律诗笺注集评·无题诗概说》。马祖常有《无题四首》，此次韵和作。

按：《元音》卷七题作《和太子赞善马祖常无题韵四首》。《元史·马祖常传》：“泰定建储，擢典宝少监、太子左赞善，寻兼翰

林直学士。”泰定建储在英宗至治三年（1323），伯庸于泰定元年（1324）擢典宝少监，二年（1325）拜太子左赞善，迁翰林直学士。薛卒于泰定元年九月。本组和诗当作于泰定元年（1324）薛卒前官国子学助教时。

①明光，宫殿名。张籍《节妇吟》：“妾家高楼连苑起，良人执戟明光里。”　②渡江桃叶，宋张敦颐《六朝事迹编类》卷上《桃叶渡》：“《图经》云：在县南一里秦淮口。桃叶者，晋王献之爱妾名也。其妹曰桃根。献之诗曰：‘桃叶复桃叶，渡江不用楫。但渡无所苦，我自迎接汝。’不用楫者，谓横波急也。尝临此渡歌送之。”荷花似郎，《旧唐书·杨再思传》：“易之弟昌宗，以姿貌见宠倖。再思又谀之曰：‘人言六郎面似莲花，再思以为莲花似六郎，非六郎似莲花也。’”张昌宗行六，故云。　③蹇修，古贤者。后指媒妁。理，媒人。《楚辞·离骚》：“解佩纕以结言兮，吾令蹇修以为理。”王逸注：“蹇修，伏羲氏之臣也……言己既见宓妃，则解我佩带之玉，以结言语，使古贤蹇修而为媒理也。”

【评】

此为仿效李商隐《无题》诗和韵作，颇为诗家称赏。此篇咏闺女之恋情。良人不见，索居岑寂，徒怀相思，无由导达。作者托词讽怀，暗示一种不得意的怅感。通首藻饰雅丽，韵致缠绵，能得义山神髓。

乘槎准拟逐秋潮[①]，却访成都万里桥。沧海有山皆缥缈，青云无路不迢遥。闲居潘岳惊斑鬓[②]，归去陶潜懒折腰。后夜相期明月上，露台高处弄笙箫。之三

【注】

①乘槎，晋张华《博物志》卷十载，有人自海渚乘浮槎而去，至天河，见织女、牵牛。 ②潘岳惊斑鬓，言中年鬓发斑白。晋潘岳《秋兴赋》序：“余春秋三十有二，始见二毛。”

【评】

王普《诗衡》：“宗海效义山《无题》诗，有‘沧海有山皆缥缈，青云无路不迢遥’，人多赏之。”（《全浙诗话》卷二三引）

范大士《历代诗发》卷三二《元》：“入《义山集》中，不能复辨。”

杰曰：此篇借仙游仙境而抒老大隐归之怀。“沧海有山皆缥缈，青云无路不迢遥”联，句调效商隐《碧城三首》之一“阆苑有书多附鹤，女床无树不栖鸾”，而能自出新意，遥有寓托。

寿承旨张畴斋

锺王书法得精微[①]，每日毫光不厌挥。相业曲江《金鉴录》，幽怀西塞绿蓑衣[②]。蟠桃开日三千岁，古柏参天四十围。应与赤松相伴约[③]，他年名遂早知几。

【注】

承旨张畴斋：陶宗仪《书史会要》卷七：“内臣张仲寿，字希静，号畴斋，钱塘人。官至翰林学士承旨。行草宗羲、献，甚有典则，亦工大字。”《御选元诗》卷三六录其《王乔洞》诗1首。按：张仲寿（1252—约1323），卒年七十馀。本篇当是英宗至治元年（1321），贺张七十辰作。

①锺王，指三国魏书法家锺繇和晋书法家王羲之。 ②相业

句，唐开元贤相张九龄，韶州曲江（今广东韶关）人，世称张曲江。《新唐书·张九龄传》："初，千秋节，王公并献宝鉴，九龄上'事鉴'十章，号《千秋金鉴录》，以伸讽谕。"后指讽喻文章。幽怀句，用唐张志和《渔歌子》词意。　③赤松，赤松子，上古神仙。

【评】

祝诚《莲塘诗话》卷下："余近观元人寿诗，却多佳者，今录数首于右，以备采览云……薛汉《寿承旨张畴斋》诗云（本篇略）。此用张氏故事，又是一体。"

单宇《菊坡丛话》卷十二《致政耆寿类》："薛汉《寿承旨张畴斋》诗云（本篇略）。此诗用张氏故事，又是一体。金鉴录，张九龄事。绿蓑衣，张志和事。"

杰曰：这是给书法家、翰林承旨张仲寿祝寿之作。颔联用二张姓典，工切。

陈得时

陈得时（约1273—？），字少成，号老吾，瑞安阁巷人。陈则翁仲子。《清颍一源集》卷一小传："由郡庠贡士，任常州无锡县教谕。所著有《颍西清啸集》。"平阳裴庚（药山）《老吾公诞辰会饮荷池上》有云："先生自是地行仙，四十四秋身林泉。近来奎璧运已还，亦颇有意幽隐迁。"裴庚为裴庾弟。《清颍一源集》录诗8首，《宋诗拾遗》卷十四、《东瓯诗续集·补遗》选录2首。

陈挺《读清颍一源诗一十六首·题老吾公》："泮水芹香马帐

新，好诗吟就冠群伦。当时坐我春风里，可与言诗能几人。”（《清颍一源集》卷二）

读草堂诗

杜陵心造化，忠气激高秋。洒血垂芳史，忧天到白头。泰山雄万象，大海会群流。我亦怀勋业，长吟独倚楼①。

【注】

草堂诗，指杜甫诗集。宋时流行的杜集有宋鲁訔编次、蔡梦弼会笺《杜工部草堂诗笺》。

①我亦二句，杜甫《江上》：“勋业频看镜，行藏独倚楼。”黄生注：“勋业老尚无成，故频看镜；行藏（出处）抑郁谁语，故独倚楼。”

露坐

露坐当中夜，谁家梦正迷。行人在边戍①，孤月到深闺。天迥斗横北，海寒风自西。庭前有高树，分借老乌栖。

【注】

①行人，谓征人。出征的战士。

【评】

诗云“行人在边戍，孤月到深闺”，对比见意，亦称蕴藉；然较诸唐人陈陶《陇西行》“可怜无定河边骨，犹是春闺梦里人”，唱叹出之，语更沉痛。

王振鹏

王振鹏（约1275—约1343），字朋梅，永嘉人。父名由（1254—1288）。擅山水，界画极工，被推为元人第一。仁宗为太子时，振鹏与翰林学士元明善、翰林承旨赵孟頫、前集贤侍读学士商琦诸贤能材艺之士“尤被眷遇”[①]，赐号孤云处士。武宗至大三年（1310），作《金明池图》进呈[②]。仁宗延祐元年（1314），擢授秘书监典簿（从七品）[③]，英宗至治三年（1323）任廪给司司令[④]。泰定四年（1327）前后，官常熟江阴海运千户所千户（正五品）[⑤]。卒年约七十左右。传世画品有《江山胜览图》[⑥]。《御选元诗》、《元诗选癸集》丙集录诗2首。传见《两浙名贤录》卷四八《方技一》、雍正《浙江通志》卷一九七《方技元》。

①虞集《道园学古录》卷十《跋大安阁图》：“王振鹏受知仁宗皇帝，其精艺名世非一时侥倖之伦。此图当时甚称上意，观其位置经营之意，宁无堂构之讽乎？止以艺言，则不足尽振鹏之惓惓矣。”明殷奎《故朱徵士墓志铭》：“永嘉王振鹏在仁皇朝，以盼画称旨，拜官显荣。”（《名迹录》卷四）　②作者《题金明池图并序》：“至大庚戌，钦遇仁庙青宫千春节，尝作此图进呈。恭惟大长公主赏鉴此图。”　③元王士点《秘书监志·题名·典簿》：“王振鹏，延祐元年三月二十五日上。”　④作者《题金明池图并序》署“时至治癸亥春暮，廪给令王振鹏百拜敬画谨书”。　⑤虞集《道园学古录》卷十九《王知州墓志铭》：“累官数迁，遂佩金符，拜千户，总海运于江阴、常熟之间焉。泰定四年夏，部饷至京师。”　⑥据报载：

王振鹏《江山胜览图》，9.5米长绢本水墨手卷，2015年北京保利秋拍以1.012亿元成交。

虞集《道园学古录》卷十九《王知州墓志铭》："振鹏之学，妙在界画，运笔和墨，毫分缕析，左右高下，俯仰曲折，方圆平直，曲尽其体，而神气飞动，不为法拘。尝为《大明宫图》以献，世称为绝。延祐中得官，稍迁祕书监典簿，得一徧观古图书，其识更进，盖仁宗意也。"

夏文彦《图绘宝鉴》卷五："王振鹏字朋梅，永嘉人。官至漕运千户。界画极工致，仁宗眷爱之，赐号孤云处士。"

张丑《清河书画舫》卷六上《宋·郭忠恕》附："元人工界画者，首推王振鹏氏，不在恕先（郭忠恕）之下，周文矩、赵伯驹辈殆弗如也。"

蜻蜓

露凉芳草晓风吹，纱翼轻明水影欹。莫便临平山下去[①]，眼睛双眩碧琉璃。

【注】

①临平山，在杭州市东北。《明一统志》卷三八《杭州府·山川》："临平山，在府城东北六十里……唐时置临平监。"宋道潜《临平道中》："风蒲猎猎弄轻柔，欲立蜻蜓不自由。五月临平山下路，藕花无数满汀洲。"

【评】

郎瑛《七修类稿》卷三二《咏蜻蜓》："王振鹏，元世祖时人，善诗画。余幼时，见有蜻蜓诗画绢于里中旌德观，诚妙笔也。诗有黍离之哀，想宋季之遗黎。其卷多名人题识，今亡矣。今以记忆者录之于左。其自题《蜻蜓》诗曰（本篇略）。末二句意其写图之时，必伯颜驻师皋亭临平地名之日，不忍故国垂亡而虏骑之觇杭，得诗人之比也。故和者云间张耳云：'翠华销尽厉猋吹，四翼低飞两眼欹。秋水藕花摇落久，也愁点碎碧琉璃。'嘉禾周鼎云：'蜻蜓偷眼藕花风，满地胡尘遮汉宫。怨入孤臣诗画里，百年遗墨洒啼红。'张世鸣云：'花落清明阵阵风，临平山下旧行宫。蜻蜓不管兴与废，犹掠残香觅怨红。'平湖潘实云：'不随沙鸟度凉风，款款孤飞过旧宫。十里湖山依旧在，野莲无主向谁红？'仁和夏时云：'晓起胡尘涨满天，眼愁侧视嚇腥膻。飞来小影风蒲外，红藕花开不及前。'仁和刘邦彦云：'舞风点水得人怜，转盼双睛碧玉圆。莫向临平山下过，藕花风景不如前。'"

杰曰：咏物诗非必定有托寓，不宜牵强附会。据元人虞集为振鹏父王由所作《王知州墓志铭》："由字在之，至元二十五年卒，时年三十五。"王由卒于元世祖至元二十五年（1288），上推三十四年，其生在宋理宗宝祐二年（1254）。《墓志》云"振鹏之兄龙孙"，是振鹏尚有伯兄，为王由仲子。设王父21岁（虚龄）得仲子，振鹏当生于宋理宗咸淳十年（1274）。元伯颜军驻亭皋进逼临安，在宋恭帝德祐二年（1276）初，那么，其时振鹏还只是一个两三岁的幼童，他如何能有"想宋季之遗黎"的"黍离之哀"？显然不为可能。解诗应该实事求是，离开作者的生平身世和撰写时间背景，凭主观揣度，自不免捕风捉影，悖违初旨。

陈　刚

陈刚（约1275—？）[1]，字公潜，号潜溪，平阳慕贤西乡腊田人。年二十游杭州，问业永康胡长孺（石塘）。时胡任西湖书院山长，见其勤勉，留馆于家，尽授所学。应试累不就，遂弃去场屋，专治经史，著《五经问难》《四书通辩》及《历代正闰图说》《历代官制》等。元文宗天历元年（1328）迁居温州城内劝忠坊，作《山记》，幽栖市朝，授徒自乐。永嘉洪铸、林温等俱从业受经说。陈高《怀昆山诸乡友六首·陈公潜先生》云："卖文长困乏，生计愧农商。"晚年失明。"人有求其文，犹能夜以运思而旦以口授人，且雅正高古，累累如贯珠。"（弘治《温州府志》本传）著有《潜斋文集》，已佚。《元诗选癸集》癸戊上录诗3首，《东瓯诗存》卷十一录诗5首。传见弘治《温州府志》卷十《理学》、《两浙名贤录》卷二《儒硕二》。

①《明一统志》卷三八《杭州府·书院》："西湖书院，在府治北，本宋太学故基，元至元末，肃政廉访使徐琰改为书院。"雍正《浙江通志》卷一四七《名宦二元·徐琰》："至元三十一年，拜浙西肃政廉访使。……即宋太学旧址，改建西湖书院。"按：胡任西湖山长，当在元世祖至元三十一年（1294）或稍后，公潜时"年二十"，推之其生年约当在宋德祐元年（1275）或稍后。

弘治《温州府志》卷十《人物一理学元·陈刚》："为文章学西京，好读《孟子》《战国策》《国语》《史记》、两《汉书》及韩、柳文；为诗仿汉魏晋。"

民国《平阳县志》卷三六《人物五元·陈刚》："文规摹两汉，

诗亦不屑六朝以下。”

大龙湫

出寺西北行，怪石立前后。阴沉傍群木，苔径修蛇走。苍崖回合中，仰视天半亩。玉龙千尺飞，散作风雨吼。碧潭摇空濛①，馀波荡林薮。人言发源处，空洞蟠蚴蟉②。

【注】

①潭，《东瓯诗存》卷十一作“涧”。　②蚴蟉，亦作蚴虬，盘结屈折貌。汉贾谊《惜誓》：“苍龙蚴虬于左骖兮，白虎骋而为右骓。”此指盘曲纠结的蛟螭。

陈可时

陈可时（约1276—？），字少鲁，号懒吾，瑞安阁巷人。陈则翁第三子。遁居以歌诗自娱，与平阳裴庾（芸山）相往还，有《送裴十二山人》等作。《清颍一源集》卷一录诗8首。

陈挺《读清颍一源诗一十六首・题懒吾公》：“高情独与世情疏，企步趑趄号懒吾。试问推敲何不懒，只缘风月索诗逋。”（《清颍一源集》卷二）

闲居

心空境自宽，清在旧衣冠。径竹偏留客，门松不爱官。吟行天月尽，钓立水风寒。穴蚁扛花片，时时上井阑。

【评】

此咏可见少鲁平生志趣矣。其《送裴十二山人》云:“溪平流响瘦,春去绿阴肥。何必桃源住,南山歌《采薇》。”《西乐居士来访》云:“落叶藏秋地,孤舟载雨村。儒冠成一笑,西乐话空门。”(空门指佛法)可以合读。

送弟少方北上

酒尽沙头别雁行,少年得志荣飞黄。天寒明月千山夜,人倚西风一剑霜。芸叶挑随行李重,梅花折寄锦囊香。凭君若到松江上,莫为鲈鱼忆故乡[①]。

【注】

少方,作者四弟陈与时字。北上,从“若到松江”语,指其赴华亭府(今上海松江区)任职。

①松江,吴淞江,太湖支流。鲈鱼忆故乡,用晋张翰见秋风起思食故乡吴中美味鲈鱼脍而辞职还乡事。

孙　华

孙华(约1278—1358),一名华孙,字元实(一作元质),号果育斋,永嘉人,侨居华亭(今上海松江)。幼颖悟,随口成诵。及长,通览经史,以医名时。荐为金华府医学教授[①]。有旨待诏尚方,以母老力辞;江浙行省左丞请署吏庸田,亦不就。好修洁,平居闾里,角巾出游,步趋翛然。年八十馀卒。诗得卫谦(山斋)称赏,杨铁崖赞其画像，有“白首飞熊”之语（《列朝诗集小传》甲前集《孙教授华》）。王冕赠诗称：“文章光焰驾李杜……好山好水多赋诗。”（《竹斋集》卷下《孙元实春游图》）邵亨贞有《陪孙果育先生游干山次韵》等作，交往尤密。元赖良《大雅集》采择颇精，选其诗14首。《元诗选补遗》录诗15首，今存诗16首。事见元吴师道《礼部集》卷十二《果育斋记》、贡师泰《玩斋集》卷十《孙元实墓志铭》。雍正《浙江通志》卷一八二《文苑五》、光绪《永嘉县志》卷十七《文苑》有传。

①贡师泰《玩斋集》卷十《孙元实墓志铭》：“三荐为医学教授，皆不赴。”按：元吴师道《礼部集》卷十二《果育斋记》：“松江孙元实以医学教授金华，余辱与之游。”是曾任职金华医学教授。《列朝诗集小传》甲前集亦以“孙教授华”标目，云：“尤好岐黄家，用荐为医学教授。”

吴师道《礼部集》卷十二《果育斋记》：“元实天资刚明，才气议论烨然，方进而用于世，寄途于医，非其志也。”

贡师泰《玩斋集》卷十《孙元实墓志铭》：“年十三，肄业郡庠，时翰林学士张周卿方出为守，朔旦课诸生春阴诗，君操笔立就，其结句云：‘柳花只在斜阳外，不肯分明过小桥。’守大称赏之。……其所为诗歌，流丽清远，意出天巧，绝类王维、孟浩然。”

王冕《竹斋集》卷下《孙元实春游图》：“先生读书不闭户，坐阅鸿濛窥太古。衣冠潇洒武前修，礼乐从容出东鲁。文章光焰驾李杜，李杜后来称独步。谈辩风生四座春，胸中别有天台赋。”

陶宗仪《辍耕录》卷二三《谲诞有配》：“松江卫山斋有材誉，时庸医儿孙华孙颇知嗜学，山斋因奖予之，使得侪于士类……华孙才思极迟，凡作一诗，必数十日乃就。”

杨枢《松故述》：“孙华孙，永嘉人，元时以医名于松，盖以托而逃焉者。程雪楼时奉命采访江南，华孙辞以诗，有曰‘率土岂无臣’，语工而意亦深婉。”（《瓯海轶闻》卷二九《孙华孙》引） 杰按：程雪楼，程文海。孙华《召命因赴省以母老夜至嘉禾驿二首》之二有云：“汉使征求急，潘舆定省频。小人犹有母，率土莫非臣？”

树萱堂

手植忘忧慰母颜，每怜寸草报春难[①]。谁家人在闲庭院，却与儿孙种牡丹。

【注】

树萱堂，《诗·卫风·伯兮》：“焉得谖草，言树之背。”毛传：“谖草令人忘忧。背，北堂也。”陆德明释文：“谖，本又作萱。”萱（谖）草，又名忘忧草，俗称金针菜。北堂，又称萱堂，母亲居室。

①寸草报春，孟郊《游子吟》：“谁言寸草心，报得三春晖？”

【评】

钱熙彦《元诗选补遗·孙华孙》：“年十七，尝赋《树萱堂》诗云（本篇略）。乡先生卫谦山斋亟称赏，曰：‘诗意涵蓄，有讽有刺，率为大篇，不可及也。’”

杰曰：牡丹号称富贵花。末后二句，含讽喻意，谓教儿孙当以孝道，毋汲汲于荣华富贵。

商人妇

妾年将及笄[①]，嫁与东家儿。东家儿，贩江西，夫妇五年三别离。

江西娼家花满蹊，不知今年归不归？春来还为作春衣，满院杨花双燕飞。

【注】

①及笄（jī），谓女子年满十五。《礼记·内则》：“（女子）十有五年而笄。”郑玄注：“谓应年许嫁者。”笄，发簪。及，《大雅集》卷三作“今”，兹从《元艺圃集》卷三改。

夕阳

夕阳挂红鼓，强半浸绿水。斯须日渐下，堆阜参差起[①]。老夫岸巾坐[②]，并入图画里。新新无停机[③]，拟议已非是。人间希阔事，终有变灭理。如何旷土怀[④]，眷眷不能已？

【注】

据《大雅集》卷四录，《元诗选补遗》无“人间希阔事”以下四句。

①堆阜，小丘。　②岸巾，掀起头巾，露出前额。形容洒脱不拘。　③新新，新之又新。唐孔颖达《周易正义·论易之三名》：“新新不停，生生相续。”　④旷土，荒芜的土地。《礼记·王制》：“无旷土，无游民，食节事时，民咸安其居。”

赠日本僧观《语》《孟》

日本沙门性颇灵，自携《语》《孟》到禅扃[①]。也知中国尊朱子[②]，不学南方诵《墨经》。

【注】

语孟，指儒家经典《论语》《孟子》。

①沙门，梵语，指僧侣。禅扃，佛寺之门。　②朱子，朱熹。

陈与时

陈与时（约1279—？），字少方，号存吾，瑞安阁巷人。陈则翁第四子。《清颍一源集》卷一："任南康杂造局副使。"（《元史·百官志七·诸路总管府》："杂造局，大使一员，副使一员。"）三兄可时有《送弟少方北上》诗，言其"少年得志荣飞黄"；又说"凭君若到松江上，莫为鲈鱼忆故乡。"是早年曾任职华亭府（今上海松江区）。与时与郑昂（处抑）、高彦（梅庄）、陈允文（靖安）等往还，其《送高则诚赴举兼简梅庄兄》云："我怀老退居江左，尔爱腾飞近日边。"存诗10首。

陈挺《读清颍一源诗一十六首·题存吾公》："委吏当闻有仲尼，一官草草不嫌低。锦囊天与闲风月，遣向南康取次题。"（《清颍一源集》卷二）

秋夜会饮次杨牧韵

我爱秋风爽，呼童扫前轩。凉飙送落景，华月临清门。来彼长者车，醉此贤人樽。高谈一何爽，洗我心与魂。平生抱区区，且复与君言。琴书实我友，荣名非所尊。游心外造化，遗形寓乾坤①。君子在居易，何事苦驰奔。

【注】

杨牧，杨姓州守。与时长兄昌时《和答杨牧伯》诗（残阙），有"千里民风太守知"句。

①遗形寓乾坤，谓托身世间。陶潜《归去来兮辞》："已矣乎，

寓形宇内复几时？”

自京归泛海过黑水洋

万里空濛昼亦寒，扁舟一粟在中间。水高西北深无地，天极东南不见山。白日忽看龙起去，长风时送鹤飞还。可怜千古波名黑，难染游人鬓发斑。

【注】

自元大都（今北京）还乡海路过黑水洋作。据《元史》卷九三《食货志一 · 海运》，黑水洋在今江苏中部海域，元时为海运通道。明章潢《图书编》卷五六《海道》记：自（长江口）崇明岛出海正东带北行半日，可过长滩，是白水洋。东北行一日，见黑绿水。“循黑绿水正北行，好风两日一夜，到黑水洋。”

田园官况和韵

云耕岩筑起天家[①]，田野风霜今若何。谷父秋祈征税少，花奴春听指挥多[②]。居分茅土钥金印，梦入槐宫衣绿罗[③]。斜日半村无限好，读书门巷马嘶过。

【注】

①岩筑，指佣工。《史记 · 殷本纪》：“是时（傅）说为胥靡，筑于傅险（亦作岩）。见于武丁……举以为相，殷国大治。”起天家，谓被天子举用。　②谷父，原指谷神。宋杨伯嵒《六帖补》卷十七《米谷 · 谷父蚕母》：“《续仙传》：‘三川饥，青衣童语人曰：可相率祈谢谷父蚕母，当致丰获。’”此谓农父。花奴，唐玄宗侄汝南王李琎小名，善击羯鼓，甚得玄宗赏爱。宋朱胜非《绀珠集》卷五引唐

南卓《羯鼓录》:“帝(玄宗)当初晓,景物明媚,曰:‘对此景物,岂可不与他判断?’取羯鼓击之,自制一曲,名《春光好》。曲终,柳杏皆坼,谓侍臣曰:‘此一事不唤我作天工可乎?’” ③茅土,指王、侯的封爵。槐宫,唐李公佐《南柯太守传》,记淳于棼饮酒宅南古槐树下,醉后梦入大槐安国,招为女婿,任职南柯太守,享尽富贵荣华。醒来见是槐树下一大蚁穴。此言富贵得失无常。

南康寄陈允文

且学羊裘把钓竿[①],此时谁复问儒冠。爵留荒径怜秦树,佩结芳洲爱楚兰[②]。月伴床琴秋色响,年归镜发晓丝寒。故山花竹应无恙,诗寄沙鸥更问安。

【注】

当是任职南康路杂造局副使时作。元南康路,治所星子县(今属江西)。陈允文,作者同里诗友,详本卷作者简介。

①羊裘钓竿,指隐居生活。《后汉书·逸民传·严光》:“少有高名,与光武(刘秀)同游学。及光武即位,乃变名姓,隐身不见……披羊裘钓泽中。” ②楚兰,《楚辞·离骚》:“扈江离与辟芷兮,纫秋兰以为佩。”

菊花二首(选一)

杨妃红

金花丛里独娇红,似笑当时避俗翁[①]。可是香魂归不得[②],傍人篱落怨秋风。

【注】

杨妃红，菊花品种名。杨妃，杨贵妃。宋刘蒙《菊谱·杨妃第三十二》："杨妃未详所出。九月中开，粉红千叶，散如乱茸，而枝叶细小，袅袅有态。此实菊之柔媚为悦者也。"(《说郛》卷七十引)

①避俗翁，指陶潜。杜甫《遣兴五首》之三："陶潜避俗翁，未必能达道。" ②可是，莫非是。

陈允文

陈允文（约1279—约1357），号靖安，瑞安人。赋性耿介，不治产业，不乐仕进，鼓琴赋诗以自娱。慕徐稺（孺子）、陶渊明之为人，尽取陶诗而和之。嗜酒，常醉坐茂树，临流歌咏，飘然物外。粹于医学，施治贫者。与同里陈与时（少方）同龄，交谊最笃，《送陈少方赴南康》诗云："江边亦有同庚友，独把渔竿寄隐沦。"与时亦有《南康寄陈允文》作（参见本选注）。年近八十而终。著有《靖安居士吟稿》，已佚。《元诗选癸集》戊上录诗1首。弘治《温州府志》卷十二《隐逸元》、雍正《浙江通志》卷一八二《文苑五》有传。

陈昇《过靖安先生墓》："梅花川上月冥冥，贞隐先生此勒铭。山谷不藏愁雨豹，霜风飘杀照书萤。影寒片玉埋空翠，香老残膏寄汗青。孤冢已无妻子哭，可怜朋友吊文星。"(《清颍一源集》卷一)

观桑树有感

一年一度伐枝柯，万木丛中苦最多。为国为民甘寂寞，却教桃李听笙歌。

【注】

本篇《元诗选癸集》戊上、《御选元诗》卷七三（题作《桑树》）、《东瓯诗存》卷十一及嘉庆《瑞安县志》卷九《艺文》均收为陈允文诗，明李诩《介庵老人漫笔》卷七《咏桑蚕等诗》引作明于谦诗，云："少保于公《题桑》云'一年一度伐条柯，万木丛中苦最多。为国为民甘寂寞，却教桃李听笙歌。'……诸作皆非嘲风弄月之比，可献之采风者。"《诗存》附注："考李诩《介庵老人漫笔》载此《观桑》诗为于忠肃公作，乃瑞邑《志》又以此为邑人陈允文诗，姑存之。"

【评】

此咏桑树而寓感焉。不惧折损，不慕荣利，志在济世利民，诗人之怀抱可见矣。北宋王曙《牡丹》云："枣花至小能成实，桑叶虽柔解吐丝。堪笑牡丹如斗大，不成一事只空枝。"讥讽徒有虚名而不济时用者。两诗同一机轴，手法略似。

陈识时

陈识时（约1282—？），字少枢，号民吾，瑞安阁巷人。陈则翁第五子。《清颖一源集》卷一："自幼晓音律，为文操笔立就，雁行中推为白眉焉。"录诗4首。

陈挺《读清颖一源诗一十六首·题民吾公》："好古民翁学力优，半生灯火夜深篝。不妨传后佳章少，一句曾称赵倚楼。"（《清颍一源集》卷二）　杰按：唐诗人赵嘏《早秋》诗云："残星几点雁横塞，长笛一声人倚楼。"杜牧激赏之，目为"赵倚楼"。

听雨斋

萧疏门外似潇湘，洒幕轻寒浥晚香[①]。深院梨花春易老，空阶木叶夜何长。榻连方沼难成梦，人倚虚窗剩得凉。欲觅龟兹善音者，共听风水作《霓裳》[②]。

【注】

①幕，刻本《清颍一源集》卷一作"暮"，此从杨志林抄本校改。　②欲觅二句，言难觅知音者共聆山水清音。龟兹 (qiū cí)，汉西域国名。其民擅音乐，《隋书 · 音乐志下》载隋世传有"《西国龟兹》《齐朝龟兹》《土龟兹》等，凡三部"。霓裳，即《霓裳羽衣曲》。

李孝光

李孝光 (1285—1350)，初名同祖，字季和，号五峰，乐清淀村（今乐清市大荆区五峰社区泗洲堂村）人。生性倜傥豪放，学问醇厚，深通儒术，志向远大。文宗至顺三年 (1332)，应江南行御史台聘，任职昇州（今江苏南京市）积庆学宫。顺帝至正七年 (1347)，以"征起海内遗逸士"获召入朝，授秘书监著作郎，旋升秘书监监丞（从五品）。至正十年 (1350) 致仕，南归途中病故通州（今北京通县）。传见《元史》卷一九〇《儒学传二》、《两浙名贤录》卷四六《文苑二》。

李孝光是元代中后期重要文学家。他的交游十分广泛，在江南一带负有重望，同当日文坛名流，如萨都剌（天锡）、张雨（伯雨）、张翥（仲举）、陈旅（众仲）、柯九思（敬仲）、杨维祯（廉夫）、顾瑛（德辉）等频相往还唱酬；与杨维祯并称“李杨”。张雨《寄李季和》云：“孰与言诗李髯叟，一日不见已为疏。因观故京来白下，载闻新作过黄初。”柯九思称其“词甚奇古”（《赵氏铁网珊瑚》卷八引），杨维祯比为“李骑鲸”（《大雅集》卷一引），顾瑛言“诗文自成一家，为东南硕儒”（《玉山草堂雅集》卷后一），并予推崇。泰定四年（1327）至天历元年（1328）间，孝光与维祯于吴下论诗，首倡乐府诗的创作，形成浙派古乐府运动，影响深巨。《元史》本传称有“有文集二十卷”，明初已失传。陈增杰《李孝光集校注（增订本）》（浙江古籍出版社，2016年版）搜辑遗佚，厘为十八卷，编录诗836首、词27首、文42首，较为完备。

张雨《铁崖先生古乐府叙》：“《三百篇》而下，不失比兴之旨，惟古乐府为近。今代善用吴才老韵书，以古语驾御之，李季和、杨廉夫遂称作者。……东南士林之语曰：‘前有虞（集）范（椁），后有李（孝光）杨（维祯）。’”

杨维祯《东维子文集》卷十一《潇湘集序》：“余在吴下时，与永嘉李孝光论古人意。余曰：‘梅一于酸，盐一于醎，饮食盐梅，而味常得于酸醎之外。此古诗人意也，后之得此意者惟古乐府而已耳。’孝光以余言为韪，遂相与唱和古乐府辞。好事者传于海内，馆阁诸老以为李、杨乐府出而后始补元诗之缺，泰定文风为之一变。”　又《西湖竹枝集·李孝光叙》：“为文幽深无际，其古乐府诗尤长于兴喻，海内学者喜诵之，故至正文体为之一变云。”

陈德永《五峰李公行状》:“公为人倜傥有大志,熟悉古昔兴废之源,喜谈当世事务。通五经,尤邃于《春秋》,晓畅治体。为文高古,有西汉风。诗篇轶荡怪玮,端倪莫测,而不失矩度。……其《北楼》《云门》等集,京师人钦诵之,谓笔力持重老成,才思古奥,为世所不可及。”

林希元《长林存稿》:“李五峰如秦汉间人,语言崭绝而顿挫。”　杰按:此见明谢肃《密庵集》卷六《长林林先生文集序》引,明叶盛《水东日记》卷二三《李性学文章精义》引为李性学《文章精义》之论。

《元史·儒学传二·李孝光》:“孝光以文章负名当世,其文一取法古人,而不趋世尚,非先秦两汉语,弗以措辞。”

章懋《枫山集》卷四《新刊杨铁崖咏史古乐府序》:“然其时众作悉备,惟古乐府未有继者。于是会稽杨铁崖先生与五峰李季和,始相倡和,为汉魏乐府辞,崛强自许,直欲度越齐梁而上薄《骚》《雅》,伟乎其志哉!”

胡应麟《诗薮》外编卷六《元》:“李孝光季和,东瓯人。古诗歌行豪迈奇逸,如惊蛇跳骏,不避危险。当时语云:‘前有虞范,后有李杨。’”

《四库全书总目》卷一六七《五峰集》:“元诗绮靡者多,孝光独风骨遒上,力欲排突古人。乐府古体皆刻意奋厉,不作庸音。近体五言,疏秀有唐调;七言颇出入江西派中,而俊讳之气自不可遏。”

采莲曲 送王伯循

采莲江之南,采莲江之北,采莲何所有,但采莲中药[①]。蚤闻离别苦当尔[②]，不愿从前作相识。纵令别离，不复相忆。

【注】

采莲曲：乐府诗题名，南朝梁武帝所制乐府《江南弄》七曲之一。《乐府诗集》卷五十引《古今乐录》："《采莲曲》，和云：采莲渚，窈窕舞佳人。"王伯循：王理字伯循，兴元路南郑（今陕西汉中市）人。登进士第，历仕翰林院编修、江南行御史台监察御史，终江东道肃政廉访司佥事（正五品）。曾为王构《修辞鉴衡》、苏天爵《元文类》作序。诗文多散佚，《元诗选癸集》癸上仅录存2首。王理是李孝光居金陵时交往密切的诗友，李集中酬赠诗计6题9首。

①菂（dì），莲子。《玉山草堂雅集》卷后一作"薏"（yì），莲子的心。 ②蚤，早。

【评】

宋绪《元诗体要》卷六《曲体》："李孝光《吴趋》《采莲》，有魏晋风格。"

杰曰："蚤闻离别苦当尔，不愿从前作相识。纵令别离，不复相忆。"言别离之苦而悔不从前相识，表述更深一层，明人宋绪所谓"委曲以尽其意"（《元诗体要·曲体》）者。独具思致，不落俗调。

云之蒸三章 赠应云上人，号一溪

云之蒸如鼎鬴，天地块圠兮有茹者吐[①]。阴阳糅兮作雨[②]，万物膏泽兮功其惟汝。

溪之水兮幽幽，下如橐兮中有蛟与虬[③]。人涉兮卬否[④]，我操其具，以楫以舟。

五日一风十日雨[⑤]，凉著稻花香著土。秋风穲稏黄粘天[⑥]，千家万家狂欲舞。溪头大笑语向人，溪南出云溪北雨。

【注】

云之蒸：作者自制的乐府诗题，以首三字为题。副题八字，据山东省图书馆藏明抄本《李五峰集》卷五补。上人，对僧人的尊称。

①鬴（fǔ），古文“釜”字。锅。坱圠（yǎng yà），亦作坱轧，弥漫无际貌。有茹者吐，谓呼吸吞吐。茹，吸纳。《诗·大雅·烝民》：“柔则茹之，刚则吐之。”　②阴阳糅兮作雨：阴阳之气调和而降雨。　③橐（tuó），盛物之袋。　④人涉卬否：《诗·邶风·匏有苦叶》：“招招舟子，人涉卬否。”卬（áng），我。章炳麟《新方言·释言》：“《尔雅》：‘卬，我也。’今徽州及江浙间言‘吾’如‘牙’，亦‘卬’字也，俗用‘俺’字为之。”　⑤五日一风十日雨：言风雨调顺。汉王充《论衡·是应》：“五日一风，十日一雨。”宋王炎《丰年谣五首》：“五风十雨天时好。”　⑥穲稏，稻摇摆状。

【评】

此为作者咏志之作，属辞比兴，饶有古意。首章言云蒸雨泽之功。二章言“人涉卬否”，我操具以济，示欲进取而不苟。三章尤佳，言云雨惠及人间，稼田丰获，表达了自己的抱负和理想。“溪南出云溪北雨”，回应题目和首章。

桐江

朝取鳣与鲔，暮取鲂与鲊[①]。赋民无令困，革尽毛安处[②]？我欲言之大将军家，将军不见省，奈何减民田租？将军出乘大马，入乘高车。

【注】

桐江，钱塘江自建德至桐庐一段称桐江。

①鳣（zhān），鳇鱼。鲔（wěi），鲟鱼。《诗·周颂·潜》："潜有多鱼，有鳣与鲔。"鲂（fáng），鳊鱼。鱮（xù），鲢鱼。《诗·小雅·采绿》："其钓维何？维鲂及鱮。"按，"鱮"与下联"处"协韵，皆上声语韵。 ②革，皮。处，《玉山草堂雅集》卷后一作"傅"。《左传·僖公十四年》："皮之将尽，毛将安傅？"傅，依附。

【评】

征赋无度，竭泽而渔，民何以堪？语简意峻，切中时弊。以古调赋新辞，"讽颂当时之事"（宋绪《元诗体要》卷四），正是承继了汉魏乐府的创作精神。

所思 送彭元亮

君乘马兮，予追于丘；君乘舟兮，予跋于洲[①]。远而不见兮，涉江与淮。岂无人兮，予望予之所思。鸿鹄将飞兮，孰知其志[②]。道之方行兮，我又焉求？

【注】

所思，所想念的人。彭元亮：彭炳字元亮，崇安（今属福建）人。满怀经纶，刚阿负气，一生不仕。顾嗣立《元诗选三集》己集《彭徵士炳》："留心经学，诗效陶柳。喜与海内豪杰游，历齐秦至都下，闻昌平隐者何得之名，遂往谒焉。由是知名，驸马乌谷孙事以师礼。"《元史·顺帝纪五》："（至正十一年三月）壬戌，徵建宁处士彭炳为端本堂说书，不至。"（端本堂，皇太子肄业处）按，元蒋易《元风雅》卷二四录彭炳诗40首，卷二三吴彦辉（炳）诗后跋云:“武夷彭元亮自北还,达兼善、宋显夫、王在中、吴彦辉、李五峰、陈新甫各录其所作若干首以赠,易得而录之。元统二年冬十月记。”据此推之,本篇当作于元顺帝元统二年(1334)或之前。

①予跋于洲,一作“余(予)望于沙”。 ②鸿鹄二句,《史记·陈涉世家》:“燕雀安知鸿鹄之志哉!”

【评】

元亮亦豪迈不羁之士,俱怀大志而际遭落寞,故当临歧惜别,眷眷尤深。全篇意有所激而托词平婉,遥有汉魏遗音。五峰乐府辞多以古音叶韵,犹见《诗》《骚》遗则。此篇“丘、沙(洲)、淮、志、求”与“思”相叶,亦其例。参阅拙著《李孝光集校注(增订本)》卷三《题画史朱好古卷》评。

再赋怡云诗

予既为鲁君伦父作怡云之诗[①],与之别六年而复以示余,则或有为是诗作序者,于是更作诗贻之。永嘉令林清源见予诗[②],又为易置改定前序之词,而题其后曰:“容成之山[③],鲁君伦甫,隐君子也。孝友于家,泊然无求于外者也。扁所居室曰‘怡云’,殆取陶宏景之言以见志也[④]。夫人也,非淡于世味而自得于中者,不足以喻斯言也。”至正三年正月九日,复写此诗,而志清源之辞云。

云予怡兮,我以为饴[⑤]。予云怡乎[⑥],云曾不知。予朝出而云与出,莫归而云与归[⑦]。南山不烂兮,长与云期。

【注】

元顺帝至正三年(1343)正月为鲁范怡云堂赋。怡云:怡云堂,在温州城东偏华盖山(东山)麓,为鲁氏隐居园池。元杨维祯

《东维子文集》卷十八《怡云山房记》:“昆易鲁伦甫居有东山之胜,自其王父(祖父)粮料院公为园池甲其里,东山之云英英然被林壑者,伦甫又取而为几案之物,其怡然自悦,不翅世之所乐乎金玉朱紫妇女狗马之有乎其前者也。于是自命其山房曰怡云,而谒记于余。”顺帝至元三年(1337)作者曾作《鲁氏怡云堂》诗,故本题云“再赋”。

①鲁君伦父:鲁范,字伦甫(亦作伦父),温州城区人。 ②林清源:林泉生字清源。据本序,清源任温州路永嘉县(今温州市鹿城区)令在至正三年(1343)前后。参见五古《赠林泉生兄弟》注。 ③ 容成之山,即华盖山。雍正《浙江通志》卷二十《温州府·华盖山》:“《万历温州府志》:一名东山,在郡东偏,城沿其上。郡城九斗山,此山锁其口。有容成太玉洞,道书为天下第十八洞天。” ④陶宏(弘)景:(456—536)字通明,丹阳秣陵(今南京)人。南朝齐梁时道教思想家。隐居句曲山(茅山),梁武帝礼聘不出。有《诏问山中何所有赋诗以答》:“山中何所有,岭上多白云。只可自怡悦,不堪持赠君。”(《全梁诗》卷十五) ⑤我以为饴:饴(yí),通“贻”。赠送。 ⑥予云怡乎,冒本“怡”作“饴”,不取。 ⑦莫,一作“暮”,字通。

【评】

气清韵远,意味隽永,有陶公《停云》高淡之风。

择木为娄所性作

孔子去卫,叹曰:“鸟能择木,木岂能择鸟乎?”①予将去楚而适吴越,窃有感于斯言,作《择木》。

提提兮飞鸟[2]，翔而集兮于木。场有委粟兮，而予之不欲[3]。樊则有棘兮，非予之乐[4]。鸷则不仁兮，曾莫予毒[5]。

提提兮飞鸟，又集于陵。毋堕于矰[6]。岂不知兮有命，嗟今之人兮不仁。

【注】

娄所性：名未详，溧阳（今属江苏）人。教馆为业，饱学而不得志之士。元成廷珪《居竹轩集》卷三《送娄所性归溧水》有云："大学小学到六斋，先生讲席多英才……束书胡为赋归去。"又《和娄所性见寄韵》云："欲寄短书心未展，每传佳句意先降。"

①去卫，离开卫国。鸟能择木，《左传·哀公十一年》："(孔子)命驾而行，曰：鸟则择木，木岂能择鸟？"《史记·孔子世家》作"鸟能择木，木岂能择鸟乎？"裴骃集解引服虔曰："鸟喻已，木以喻所之之国。" ②提（chí）提，群飞貌。《诗·小雅·小弁》："弁彼鸒斯，归飞提提。" ③委粟，丢弃的粟粒。予之不欲，言不愿嗟来之食。 ④樊则有棘，荆棘编织的篱笆。语本《诗·小雅·青蝇》："营营青蝇，止于樊……营营青蝇，止于棘。"二句言樊棘青蝇所止(栖)，不是我愿意停歇的。表示羞与蝇类（污浊奔竞者）为伍。 ⑤鸷则不仁兮，曾莫予毒：言鸷鸟（猛禽）虽然凶恶，并不曾伤害我。则，虽然。曾莫，不曾。予毒，毒予。 ⑥矰（zēng），系有丝绳以射飞鸟的短箭。

【评】

孙锵鸣《东嘉诗话》："五峰善为琴操，今录其《箕山》《择木》二操于此，以见梗概。《箕山操》云（引略）。《择木为娄所性作》云（本篇略）。杨铁崖曰：'善作琴操，然后能作古乐府。和余操者，李季和为最，其次夏大志也。'"

杰曰：语意激切，感叹甚深。盖所性亦栖栖失路者，故而同慨。不欲委粟，不止樊棘，洁身自好，而竟不得相容。以鸷鸟之"曾莫予毒"，反衬"今之人不仁"，足令寒心，更进一层。

箕山操为许生作

箕之阳兮，其木樛樛[①]。箕之冢兮，白云幽幽。彼世之人兮，孰能遗我以忧。虽欲从我兮，其路无由。朝有人兮，来饮其牛[②]。

【注】

箕（jī）山，在今河南登封市东南。许生，许先生，指许由。相传尧让天下于许由，许由不受，隐归箕山之下，颍水之阳。见《庄子·逍遥游》《吕氏春秋·求人》。操：琴曲，犹言引、弄。《史记·宋微子世家》："（箕子）遂隐而鼓琴以自悲，故传之曰《箕子操》。"裴骃集解引应劭《风俗通》："操者……乐道而不改其操也。"后为诗体之一。

《箕山操》，为李孝光、杨维祯（铁崖、铁雅）创作的新题操体乐府，泰定末（1327）天历初（1328）两人在吴下论诗，首倡古乐府创作（参阅《李孝光集校注》卷十八《读杨廉夫琴操辞》题注），本篇写于其时。据杨维祯门人吴复语，杨诗系酬和孝光此作，故李集题作《箕山操为许生作》；但稍后章琬云"季和和此辞"，又似为杨首唱李继和，《大雅集》《元诗体要》遂沿之题作《箕山操和铁雅先生首唱》。今谓：维祯言"和余操者，李季和为最"，乃就整个操体乐府创作而言，并非实指《箕山操》，章琬可能理解上有些偏差，当以吴复所说为确。明初袁仁亦云："李季和作《箕山操》，世称奇绝……杨廉夫从而和之。”（《诗话类编》卷二六引）可证。

①樛（jīu）樛，树枝曲折下垂貌。《广韵·平幽》：“樛，《说文》曰：下句（勾）曰樛。《诗》：南有樛木。传云：木下曲也。”樛樛，四库本作“飕飕”，冒本作“飔飔”，《大雅集》卷一作“蓼蓼”，《铁崖古乐府》附、《元风雅》卷二三、《玉山草堂雅集》卷后一作“翏翏”，兹据从《乾坤清气》卷九、《元诗选二集》。　②来饮其牛，晋皇甫谧《高士传·许由》载：许由洗耳颍水之滨，谓巢父曰：“尧欲召我为九州长，恶闻其声，是故洗耳。”巢父认为许由尚有浮名在外。“子故浮游，欲闻求其名誉，污吾犊口。牵犊上流饮之。”《铁雅复古诗集》卷一《箕山操》章琬注：“尧让天下于巢父。巢父曰：‘君之牧天下，犹予之收犊。吾无用天下为。’《庄子》有樊仲父牵牛饮水，见巢父洗耳，驱牛而还。耻令牛饮其下流也。”

【评】

杨维祯评：“善作琴操，然后能作古乐府。和余操者，李季和为最，其次夏大志也。”（《大雅集》卷一引。《元诗选二集》戊集《五峰集》引同）

吴复评：“先生（杨维祯）拟琴操凡十首，有《介山》《汨罗》《崩城》《曹娥》弄操，皆逸。《箕山》一操，又先生和永嘉李季和之作也。李词曰（本篇引略）。世称两操乃敌手棋也，而先生之词为婉云。”（《铁崖先生古乐府》卷一《箕山操》附）

章琬评：“季和和此辞曰（本篇引略）。太史（黄溍）曰：季辞欠吃紧语。”（《铁雅先生复古诗集》卷一《箕山操》附）

王昌会《诗话类编》卷二六《诗弹》：“袁仁，字良贵，以诗才著，有《一螺集》行世。其古乐府自引云：李季和作《箕山操》，世称奇绝。其词曰（引略）。杨廉夫从而和之，曰（引略）。说者谓二词敌国手，果尔，则避世者为贤，而救世者为拙矣。余因反其意云：'箕云淡淡兮，箕水悠悠。我心匪石兮，亦有隐忧。彼既绝人兮，吾何为不休。举世清夷兮，抑又何求？九鼎非轻系，一瓢非优。如何牵牛兮，来饮上流。'"

翁方纲《石洲诗话》卷五："铁崖谓'善作琴操，然后能作古乐府。和余操者，李季和为最，其次夏大志也'。今观李季和和铁崖《箕山操》，诚为近古。"

孙锵鸣《东嘉诗话》："五峰善为琴操，今录其《箕山》《择木》二操于此，以见梗概。《箕山操》云（引略）。《择木为娄所性作》云（引略）。杨铁崖曰：'善作琴操，然后能作古乐府。和余操者，李季和为最，其次夏大志也。'"

杰曰：这是李孝光古乐府辞的代表作，也体现了他与杨维祯合力倡导的诗界古乐府运动的创作实绩，因此受到广泛关注，传诵人口。不仅收在本集，元吴复编《铁崖先生古乐府》卷一《箕山操》、元章琬编《铁雅先生复古诗集》卷一《箕山操》均加附载，元蒋易《元风雅》卷二三、顾瑛《玉山草堂雅集》卷后一、赖良《大雅集》卷一、明偶桓《乾坤清气》卷九、宋绪《元诗体要》卷六、清顾嗣立《元诗选二集》等并见选录。《大雅集》选录元诗三百篇，《四库全书总目》提要称"其去取亦颇精审"，而取此作压卷，可见推崇。　　又按：李、杨二公之作，以古意构新题，皆称高咏，后人弗能及。然若必作轩轾，则李诗意存不平而辞气不迫，蓄意蕴藉，结韵尤佳，为小胜耳。吴复、章琬师门祖美，非允论也。

【附】

杨维祯《铁雅复古诗集》卷一《箕山操》:“箕之山兮,可耕而樵(叶囚)。箕之水兮,可饮而游。牵牛何来兮,饮吾上流。彼以天下让兮,我以之逃(叶投)。世岂无尧兮,应尧之求。吾与尧友兮,不与尧忧。”

原田之歌 并序

乐成[①],温属县也。为乡六,其田土错海中,轩輖如犬牙[②]。独山门直县北[③],其地多高山深溪,土敝而瘠,居人无所稼穑。五代间令有丁公者,始教民治田,起大防[④]。其为式,沉竹笼水中,楗以巨石,藉以栖苴[⑤]。因地势磬折,行水梢沟以灌溉[⑥]。水势所至,尽可耕种。自丁公时,为埭凡三,曰北閤、九防[⑦]、丁公。丁公埭在淀村[⑧],其民曰:我不知治田,丁公实教我,因名其埭曰丁公,使我子孙世世无忘丁公也。淀村之民,愚蠢而醇厚,视诸邑为农者[⑨],又最劳苦。纵无年,不甚困[⑩]。乡之富者窃睨而垂涎,欲阴坏其利而攘之,而持布泉啖恶人[⑪],去丁公三百步,更起埭夺水。民讼诸有司,吏畏富人,不即受。民则泣守枯田,悒悒不能言。泰定二年秋,会县尹靳公来止[⑫],富人素畏威名,乃自令恶人坏埭。他日又辄嗾恶人致词,冀复筑埭。会尹迁去[⑬],小人乃喜。淀村民咸自相语曰:“公且去,富人取吾属矣。公惠我等甚大,愿相从留公以续吾命。即不愿,当卧塞其门,无听公去。”[⑭]李孝光闻其言而悲之,为之歌以达。其辞曰:

我田维何,于彼高原。曰有知者,淫水两山[⑮]。

有渠阁阁[⑯],丁公所作。爰稼爰穑,援手于壑[⑰]。

我渠既成，我稼既同[18]。岁则大有，化为沃壤。
饮食世世，丁公之绩。富人睨旁，阴作蟊贼。
嗟彼富人，胡俾我坏[19]？天生靳公，小人所畏。
我不有命，汝则夺之。孰我父母，靳公活之。
嗟嗟小人，君子所怒。公在如鼠，公去如虎。
尔操其辀，我絷其驹[20]。有能还公，则脱我牛[21]。

【注】

元制，府县官三年考满迁职。据序文，靳恕于泰定二年（1325）秋到任，其“迁去”当在文宗天历元年（1328）。本篇为挽留靳尹离任之歌，当作于其时。

①乐成，即乐清，元温州路属县。 ②轩輖（zhōu），形容凹凸不平。车前高后低曰“轩”，前低后高曰“輖”。 ③山门，山门乡，在乐清县北部。 ④五代间令有丁公者：《道光乐清县志》卷七《县职·五代》：“乐成令：丁，名逸。见李孝光《原田歌序》。”防，堤。 ⑤楗（jiàn），堵塞。栖苴（chá），水草。 ⑥磬折，曲折。梢（xiāo）沟，指水流冲激而成的沟。《周礼·考工记·匠人》：“梢沟三十里而广倍。”郑玄注：“谓不垦地之沟也。郑司农云：梢读为桑螵蛸之蛸。蛸，谓水漱啮之沟。”梢，四库本、冒本作“稍”误，据明抄本改。 ⑦埭（dài），堤塘。北阁，今乐清市仙溪镇北阁村。《雁山志》卷一《南阁北阁》：“俱在荡阴高原，外有环抱，中土宽平，可居之地也。荡水自西北而来，界于中流，南曰南阁，北曰北阁。土壤饶活，人物繁衍。”九防，即久防，今乐清市大荆镇雁东乡久防村。 ⑧淀村，今乐清市大荆镇泗洲堂村，作者家乡。 ⑨视诸邑为农者，“邑”字诸本无，据《东瓯先正文录》《光绪乐清县志》补。 ⑩纵无年，

不甚困：言其民勤劳，即使年成不好，也不致过于穷困。　⑪攘，抢夺。布泉，钱币。啖（dàn），利诱。　⑫会，适逢。靳公，指靳恕，字从矩。元泰定二年（1325）至天历元年（1328）任乐清县尹，有政绩。作者有五古《同靳从矩县尹宿雁山天柱院》、五律《代送靳尹》、七律《送靳县尹》等诗。朱晞颜《瓢泉吟稿》卷三《贺新郎·寿清尹靳从矩》亦即其人。　⑬冀复筑埭会尹迁去，明抄本、四库本、冒本均脱此八字，《光绪乐清县志》留八空格，今据《东瓯先正文录》校补。　⑭且，将。即，假若。　⑮知者，智者。淫水，泛滥的大水。《淮南子·览冥训》："积芦灰以止淫水。"高诱注："平地出水为淫水。"二句言智者于两山间筑堤开渠引水灌田。　⑯阁阁，水流声。《诗·小雅·斯干》："约之阁阁。"　⑰爰稼爰穑：爰，句中语助，无义。援手，《孟子·离娄上》："嫂溺，援之以手。"　⑱同，收齐。《诗·豳风·七月》："我稼既同。"朱熹集传："同，聚也。"　⑲胡俾我坏：为何挑唆恶人毁坏我们的堤塘。俾，使。我坏，坏我。谓坏我堤塘。　⑳辀（zhōu），车辕。絷驹，绊住马足。语出《诗·小雅·白驹》："皎皎白驹，食我场苗。絷之维之，以永今朝。"朱熹集传："以贤者之去而不可留也，故托以其所乘之驹，食我场苗，而絷维之，庶几以永今朝。"操辀、絷驹，不让车马起行，皆示挽留。　㉑有能还公，则脱我牛：言谁能让靳公回来，我愿意赔上我家的耕牛。

【评】

诗好，序文更具价值。不仅留存地方水利建设的宝贵资料，而且让后人记起数百年前乡民"卧塞其门"挽留县尹的一段佳话。作者认为，为官一方，当造福于民；为官者不是来"治民"，而应该"保民""德民"。这就是他的"仁民"思想。这一思想在《洞神宫青溪堂记》和《萧山县公署记》中有很好的表述，可以说闪烁着民主的光芒。

观龙鼻水赠天柱钦上人

天根盘海底，大浪舂其南[①]。众山渐萌芽，迸出碧玉簪。波涛蚀之半，玲珑兀空龛[②]。其阴生玕琪，其阳产楩楠[③]。绝顶逼太白，才可一剑函。银河从天来，白凤毛毵毵[④]。鱼龙撼不醒，醉如卧箔蚕。其中黑无底，铜杖不可探。一线出山腹，牛乳清而甘[⑤]。清寒漱草木，日出香馣馣[⑥]。云雾忽卷去，玉气射紫岚。千峰碧菡萏[⑦]，春霞散红酣。或黝如苍璧，或青如挼蓝[⑧]；或树旗杠一，或覆鼎足三；或抉如怒猊，或呀如洪蚶[⑨]；或如马奔踶[⑩]，或如虎视眈。耸者如楼观，窾者如蓓甑，仰者如箕踞，俯者如负儋[⑪]。或螺髻绀目，俨雅如瞿昙[⑫]；或庞眉鲐背，伛偻如老聃[⑬]。娇如天女戏，卑如童子参[⑭]。万鬼苦斫削，天巧未易谈。招提十八寺，过者常税骖[⑮]。中有天人师[⑯]，久卧老柏庵。法界如尘沙[⑰]，一一毫端含。长风吹游子，鬓发青鬑鬖[⑱]。幽寻忽至此，佳处若已谙。我家雁宕顶，择胜不敢贪。但悲食尘子，腐作书中蟫[⑲]。相逢一大笑，新诗出长锬[⑳]。明朝芙蓉路，惟听霜钟镡[㉑]。

【注】

泰定元年（1324）冬游雁山作。龙鼻水，在雁荡山灵岩景区屏霞嶂右胁龙鼻洞内。作者《雁山十记·暮入灵岩记》："明日粥后，由昌上人房下，过涧得小石岭可五六百步，上观所谓龙鼻水。山半横石作鳞甲状，陷入石中，独见其脊从西南石峡中绕出数十丈，势尽乃垂入谷中作悬鼻，疑是石髓积岁月化为石故。独此鼻如瓠大，乃绀碧腻滑異他石，鼻端泉时时一下滴。”参见该篇注⑤。清梁章钜《雁荡诗话》卷上《龙鼻水》：“旧《志》言山中赋形最为酷肖者，惟龙鼻水与老僧岩两处。李五峰谓疑是石髓积岁月化成石质，故独大如瓠，绀紫滋润，异于他石。施《志》云岁自仲夏至三秋，即霢霂弥月，不复见水；馀月则虽大旱涓滴有常，尤为怪绝。”又《浪迹续谈》卷三《游雁荡日记》：“所谓龙鼻水者，绝壁之下，窍而为洞，石龙嵌焉，蜿蜒数百丈，垂入龛底，伸一爪据于地，捲首爪旁，作悬鼻状。石色绀丽而腻，鼻端有小孔，出泉涓涓弗息。”天柱，天柱寺。钦上人，天柱寺住持僧。参见《雁山十记·访钦禅师过马鞍岭记》题注。

①舂，冲。　②龛，供奉佛像的石室。　③玕琪，良石，良玉。喻翠竹。楩楠，木名。　④毵（sān）毵，垂拂纷披貌。　⑤牛、清，《广雁荡山志》卷十八、《东瓯诗存》卷十四作“滴、冽”。　⑥馣（ān）馣，香气浓盛。　⑦菡萏（hàn dàn），即荷花。　⑧黝（yǒu），青黑色。挼（ruó）蓝，浸糅的蓝草（用作染料）。挼，搓揉。借指湛蓝色。白居易《春池上戏赠李郎中》：“直似挼蓝新汁色，与君南宅染罗裙。”　⑨抉，抉眦。状怒猊目眦欲裂。猊，狻猊，即狮子。呀，张口。洪蚶（hān），贝壳类软体动物。温州人所言“花子蚶”。郭璞《江赋》：“洪蚶专车。”　⑩奔踶（dì），奔驰。《汉书·武帝纪》：“故马或奔踶而致千里。”　⑪窾（kuǎn），虚空。罂甔（yīng dān），陶制容器，小口大腹。箕（jī）踞，张开两腿坐着，形似簸箕。负儋（dān），负荷。儋，冒本误作“檐”，从四库本、《雁山志》卷四改。按，此诗押平声覃韵，《集韵·去阚》“檐，都滥切”，则失协。　⑫螺髻，螺壳状的发髻。明彭大翼《山堂肆考》卷一四五《释教·螺髻》：“世

尊于肉髻中出百宝光。肉髻如青螺，故曰螺髻。”绀，天青色。瞿昙，释迦牟尼的姓。佛教之祖。指佛。 ⑬庞眉鲐（tái）背：眉斑白，背生鲐文。年老之貌。鲐，鲐鱼。鱼两侧上部有波状条纹。《尔雅·释诂上》“鲐背”郭璞注：“背皮如鲐鱼。”老聃，老子。道教之祖。 ⑭参，参拜。 ⑮招提，寺院。十八寺，雁荡山有十八古刹。参见《雁山十记·秋游雁荡记》注③。税骖（cān），谓停车（观望）。税，止。骖，驾车的马（位于车辕两旁）。 ⑯天人师，《五灯会元·释迦牟尼佛》：“菩萨于二月八日明星出时成道，号天人师。”亦指修成正果者。此指钦上人。 ⑰法界，佛教语。泛称各种现象。《山堂肆考》卷一四五《释教·法界》：“法界谓佛法所施之地，尽法界而虚空也。” ⑱䰐毵（lán sán），毛发长貌。 ⑲食尘子，谓凡俗之人。作者《赠徐仲礼》云：“有客东方来，闻之思飘然。手招金色鹄，去入云中翮。下视食尘者，一笑三千年。”蟫（tán），书中蛀虫。 ⑳长锬（tán），长矛。 ㉑芙蓉，指芙蓉驿。今乐清市清江区芙蓉村。为雁荡山南大门，唐宋时多从此入山。《梦溪笔谈》卷二四：“此山南有芙蓉峰，峰下芙蓉驿。”韽（ān），声音悠和。

【评】

孙锵鸣《东嘉诗话》：“（五峰）雁山诗亦多奇作……《观龙鼻水赠钦上人》诗起六句云：‘天根盘海底，大浪舂其南。众山渐萌芽，迸出白玉簪。涛波蚀之半，玲珑兀空龛。’其巉刻皆似杜公入蜀诗。”

杰曰：此篇效韩昌黎《南山诗》笔法，险语叠出，形容尽致，将龙鼻奇观写得瑰诡灵异，光怪陆离。韩诗“或连若相从，或蹙若相斗”以下六十句，连用五十一个“或”字，状山之别态，独辟蹊径。

此作“或黝如苍璧，或青如挼蓝；或树旗杠一，或覆鼎足三；或抉如怒猊，或呀如洪蚶；或如马奔踶，或如虎视眈。耸者如楼观，窾者如罂甂，仰者如箕踞，俯者如负儋。或螺髻绀目，俨雅如瞿昙；或庞眉鲐背，伛偻如老聃。矫如天女戏，卑如童子参”十八句，连用十“或”字、十四“如”字，亦以叠喻手段，排比作势，而句法又能变化错落，不致曼冗。

同靳从矩县尹宿雁山天柱院

东南地势下，海水复善啮。青天久轩轾，独见斗柄揭[①]。古帝省下土，东维或歒缺。大灵骏奔走[②]，蛟螭改其穴。洚水缩地入[③]，万鬼拔山出。想见风雨黑，电火上下掣。两柱峨支撑，真宰仰咋舌[④]。遂令天行健，不复见𣩵𨇤[⑤]。鬼工妙斫削，又不见剞劂[⑥]。日月转半腹[⑦]，避隐若两蝶。我夜卧其傍，户外白如月。开户天冥冥，岿㟧立积雪[⑧]。居然混沌素，元气浑不裂[⑨]。平生山水性，念此心屡结。缅想万物初，天地亦萌蘖[⑩]。众人如蝼蚁，细大强区别。俯仰聊自喻，白云一怡悦。亭午日气还，鸟鸣著青樾。我仆膏我车，前路在嵽嵲[⑪]。

【注】

靳从矩：即靳恕，详四古《原田之歌》注⑫。按，靳恕于元泰定二年（1325）至天历元年（1328）任乐清县尹，本篇作于其时。天柱院，即天柱寺，在灵岩景区。作者《雁山十记 · 访钦禅师过马鞍岭记》“夜宿天柱下寺”，即此寺。《广雁荡山志》卷五《寺宇·西内谷》：“天柱寺，雁荡十八刹之一。朱《志》：在西内谷。宋太平兴国二年建，熙宁元年赐额。元李孝光宿天柱寺诗（本篇略）。”

①斗柄，北斗柄。指北斗第五星至第七星，形似柄。 ②大灵，谓山灵，山神。吴鹭山《雁荡诗话》："此'大灵'，谓山川之灵。"骏奔走，《诗·周颂·清庙》："对越在天，骏奔走在庙。"骏，迅速。 ③洚（jiàng）水，洪水。〔缩地入〕地入，诸本作"入地"，此从《元诗选二集》、《东瓯诗存》卷十四。按："缩地入"与下句"拔山出"对应，较"缩入地"更见力度。 ④两柱，指灵岩（平霞障）左天柱峰、右展旗峰。 ⑤天行健，《易·乾》："天行健，君子以自强不息。"孔颖达疏："行者运动之称……天行健者，谓天体之行昼夜不息，周而复始，无时亏退。"卼臲（wù niè），危险，动摇不定。 ⑥剞劂（jī jué），刻镂的刀具。二句言峰岩峭险，势若削成，而鬼斧神工，不见凿痕。 ⑦半腹，谓天柱峰半腰。 ⑧岝崿，指峻峭的山峰。 ⑨混沌素，指世界开辟前元气未分之原始状态。《云笈七签》卷二引《太始经》云："昔二仪未分之时，号曰洪源。溟涬蒙鸿，如鸡子状，名曰混沌。"不裂，未分。 ⑩萌蘖（niè），萌芽，开端。 ⑪膏（gào）我车：给我的车上油，准备起程。嵽嵲（dié niè），山高峻貌。

【评】

吴鹭山《雁荡诗话》："他写雁宕诗甚多，皆奇警拔俗。而于五言古诗特工，我最爱其《同靳从矩宿天柱院》诗一首，如云：'大灵骏奔走，蛟螭改其穴。洚水缩地入，万鬼拔山出。''鬼工妙斫削，又不见剞劂。日月转半腹，隐避若两蝶。''开户天冥冥，岝崿立积雪。居然混沌素，元气浑不裂。'写雁宕奇胜，想象恣肆而笔力遒劲，在杜少陵、韩昌黎之间，最见功力。"

杰曰：造境巉刻，语崭绝而顿挫，犹犹有杜韩古意。再三读之，愈觉其味醇厚。明胡应麟《诗薮》外编卷六称孝光"古诗歌行豪迈奇逸，如惊蛇跳骏，不避危险。”确能道出李诗特点，此篇及《观龙鼻水赠天柱钦上人》等作，可相印证。“日月转半腹，避隐若两蝶。”比日月为“两蝶”，甚奇。

和叔夏观石梁二首

六丁运神斧，凿此混沌素①。飞梁跨天来，横绝山中路。行人不敢过，白云自来去。长啸出山门，罗衣翠烟暮。之一

【注】

叔夏：陈德永，字叔夏，号两峰，黄岩（今浙江台州市黄岩区）人。擅诗文，善书法，才名冠时，仕至江浙儒学提举。明陶宗仪《书史会要》卷七：“德望清重，书宗李北海。”万历《黄岩县志》卷五《人物儒林元·陈德永》：“自幼岐嶷，从林纮斋、盛圣泉二先生游。二先生之学实出鲁斋王公，王公则源流于朱子者也。台省辟为和靖书院山长，历官江浙儒学提举。清碧杜公称其文章似欧阳子，尤长于理。所著有《两峰惭草》行于世。”雍正《浙江通志》卷一八一入《文苑传》。作品多散佚，清顾嗣立《元诗选三集》己集《两峰惭草》录诗14首。按：陈德永为李孝光长婿，又为诗文密契，孝光视为“畏友”。李集酬赠诗8题9首。李卒，德永为作《五峰李公行状》（见载嘉庆四年重辑《乐清淀溪李氏宗谱》），记述岳丈生平、游历、著作和成就，是一篇研究李孝光的宝贵资料。石梁，指雁荡山东石梁洞。

作者《雁山十记·始入雁山观石梁记》云：“泰定元年冬十一月，予与客张子约、陈叔夏复来。”陈德永《游石梁记》云：“是晚至石梁，遂宿梁外小寺。梁拔起地上百馀丈……遂赋石梁诗云。”

(明朱谏《雁山志》卷四引) 是本篇为泰定元年 (1324) 冬与叔夏同游时和韵作,陈诗不存。

①六丁,道教神名,为天帝所役使。混沌素,见前《同靳从矩县尹宿雁山天柱院》注⑨。

青山栖白云,颠倒写缯素[1]。上有仙圣巢,下有猿鹤路。秦王窥扶桑,此物驱不去。至今万鬼神,喑呜风雨暮[2]。之二

【注】

①缯素,白色绢帛。此处比青山为绘笔,白云为素绢,故云"颠倒写"。取喻新颖。 ②窥扶桑,指东游。喑 (yìn) 呜,怒喝。骆宾王《代李敬业传檄天下文》:"喑呜则山岳崩颓,叱咤则风云变色。"秦王四句:大意说秦始皇封禅泰山,穷之罘,登琅琊,临碣石,"东游海上,行礼祠名山大川"殆遍 (见《史记·封禅书》);而独不及"此物" (此山神灵),故至今风雨日暮,犹闻万鬼喑呜之声。

【评】

孙锵鸣《东嘉诗话》:"五峰《雁山十记》,世多传诵,而雁山诗亦多奇作。《和叔夏观石梁二首》云 (引二诗略) ……其巉刻皆似杜公入蜀诗。"

杰曰:立意新奇,不同凡笔,句法亦复简峻跳脱。

湖山八咏 (选一)

沙头酒店

陌头杨柳金虫落[1],雨过桃花香漠漠。沙头小市类新丰,阿姬

十五当炉砦[2]。缕金半臂双鸳鸯，翠杓银罂唤客尝。嘶杀门前五花马，罗敷有夫空断肠[3]。之一

【注】

《玉山草堂雅集》卷后一题作《湖山八景八首》。据明黄准《介庵集》卷九《湖山八景记》："乐成东鄙左枕沧海，右连雁荡，秀气蟠结，萃于湖山。元时会稽王先生并轩，来赘于陈，即其地居焉。并轩盖风流雅士也，因取其傍近耳目所及可以畅倦而怡情者，目为四景，曰'沙头酒店、山顶樵居、春潮龟屿，秋浦鱼灯'。诸缙绅相与游者咸歌咏以发其趣，而天台马与权诗尤超绝。元季兵燹熏灼，并轩之居翳为草莽。其孙诚，兴废举坠，既遂完合，复求乡先生叶君亮序其颠末。厥后世泽荐衰，日复沦圮，诗卷亦流落湮没。里人高汰宗浣乃祖孟实翁，购得其地，于是审方面势，经营缔构，堂室轩馆岿然于水光山色之间。以并轩旧所命题，求五峰李先生增而为八，仍赋诗以张之。"(《瓯海轶闻》卷五三《古迹·湖山八景》引）据此，《湖山八咏》为作者晚年应邑人高孟实之请作，所咏系乐清"乐成东鄙"湖山景观。

①金虫，昆虫名。宋宋祁《益部方物略记》："金虫，出利州山中。蜂体绿色，光若金星，里人取以佐妇钗镮之饰云。"　②新丰：镇名，在今江苏镇江市丹徒区，产美酒。清钱大昕《十驾斋养新录》卷十一《新丰》："丹徒县有新丰镇。陆游《入蜀记》：'六月十六日，早发云阳，过夹冈，过新丰，小憩。'李太白诗云：'南国新丰酒，东山小妓歌。'又唐人诗云：'再入新丰市，犹闻旧酒香。'皆谓此，非长安之新丰也。"当炉，同"当垆"。指卖酒。垆，放酒坛的土墩。汉辛延年《羽林郎》诗："胡姬年十五，春日独当垆。"砦(wò)，称赞

之声。《玉篇·口部》:“喾,夸声也。”《乾坤清气》卷六、《东瓯诗集》卷五作“恶”。 ③五花马,五色花纹的良马。罗敷有夫:《乐府诗集》卷二八《陌上桑》载,秦氏女罗敷采桑陌上,使君(太守)见其美貌,欲共载以归。“罗敷前置辞:‘使君一何愚!使君自有妇,罗敷自有夫。’”

【评】

陶元藻《全浙诗话》卷二四《元李孝光》:“《温州府志》:孝光居雁山五峰下,号五峰。其《湖山八景》诗及《雁山十记》并佳。”

杰曰:清新刻露之作,具有民歌风调。刻画沙头小市酒舍当垆女郎,形象鲜明,活泼可爱。结句极妙。“罗敷有夫”,赞美当垆阿姬的坚贞;而为之动情(“嘶杀”“断肠”)的却是“门前五花马”,用笔意出不测,不仅铺衬得好,幽默感亦令人解颐。

鉴湖雨

越角鉴湖三百曲[①],雨馀曲曲添新绿。八月九月风已高,诗人夜借渔船宿。渔翁城中沽酒来,筐底白鱼白胜玉。当时贺老狂复狂,乞得鉴湖此生足[②]。

【注】

鉴湖,即镜湖,为浙江绍兴市名胜。雍正《浙江通志》卷五七《水利六绍兴府·镜湖》:“在府城南三里。一名长湖,又名大湖,亦名鉴湖。”《方舆胜览》卷六《绍兴府山川·镜湖》:“《舆地志》曰:南湖在城南百许步,东西二十里,南北数里。萦带郊郭,连属峰岫,白水翠岩,互相映发,若鉴若图。故王逸少云‘从山阴路上行,如在鉴中游’。”明抄本题下原注:“陆氏子求叔夏所作字,因书此遗之。”

①曲，曲岸。　②贺老：贺知章字季真，越州永兴（今浙江杭州市萧山区）人。仕至太子宾客兼秘书监。为人狂放不羁，晚年自号“四明狂客”。天宝三载，上疏求还乡里，“有诏赐镜湖剡川一曲”。见《新唐书·贺知章传》。

【评】

杰曰：清空如话。胸间笔底，逸气流行。诗笔不负湖山。

舟中为人题《青山白云图》

江气赑屃如蛟龙，晓风吹老金芙蓉[①]。神女凌波洗云去，莫为行雨阳台东[②]。朝来白云散白石，小姑蛾眉翠欲滴；老蛟化作百岁翁，彭郎矶头夜吹笛[③]。

【注】

《青山白云图》，元画家高克恭（1248—1310）作。元夏文彦《图绘宝鉴》卷五《元高克恭》：“字彦敬，号房山。其先西域人，后居燕京，官至刑部尚书。善山水，始师二米，后学董源、李成；墨竹学黄华，大有思致。怪石喷浪，滩头水口，烘锁泼染，作者鲜及。”元王士熙云：“其作山水，人家多有之，珍藏什袭，其价甚高，为大元能画者第一。《青山白云》，甚有远致。”（《赵氏铁网珊瑚》卷十三《高房山画》引）元刘仁本《羽庭集》卷二《题米元晖青山白云卷》：“世之图青山白云者，率尚高房山。”同时名家多有题咏，如虞集《青山白云图》（《元音》卷五）、揭傒斯《题青山白云图》（《揭文安公全集》卷三）、黄溍《题高房山青山白云图》（《草堂雅集》卷二）、张天英《题高尚书青山白云图》（前书卷三）、郑韶《题青山白云图》（前书卷十）、高明《题青山白云图附跋》（《元诗选三集》）等。

①赑屃（bì xì），运行奔突貌。作者七古《张葵斋所藏江山风雨图》“元气屃赑生蛟龙”，“屃赑”义同。金芙蓉，荷花之美称。《乐府诗集》卷四四《子夜歌四十二首》：“玉藕金芙蓉，无称我莲子。” ②神女，指巫山女子。莫，暮。行雨阳台：宋玉作《高唐赋》，言楚怀王游高唐，梦见巫山女子，为云雨之欢。女子辞别时说：“妾在巫山之阳，高丘之阻，旦为朝云，暮为行雨，朝朝暮暮，阳台之下。” ③小姑彭郎：小姑指小孤山，在江西彭泽县北，屹立长江中。彭郎指彭浪矶，在江侧，与小孤山相望。欧阳修《归田录》卷二：“江南有大小孤山，在江水中，嶷然独立，而世俗转‘孤’为‘姑’。江侧有一石矶，谓彭浪矶，遂转为彭郎矶。云彭郎者，小姑婿也。”苏轼《李思训画长江绝岛图》诗：“舟中贾客莫漫狂，小姑前年嫁彭郎。”

【评】

杰曰：通幅烟云卷舒，摹写入神。且融进巫山神女、小姑彭郎故事传说，奇情幻笔，更添缥缈韵致。

和韵赠松存

骊龙吐珠夜撞月，大浪沃天如鼓铁。怒挑六丁下缚将，化作长松晚鞭策。鳞甲犹含冰雹苦，精气恐令云雨隔。当时海底顿地轴，冯夷摇手不敢拍。茧罥霜雪俄十年，簸弄乾坤同一昔[①]。方丈仙人怜旧物[②]，骑鹤来看手摩骨。腾腾夜半弄风雷，爱惜天骄犹咋舌。却欲驱之东入海，呼与安期羡门别[③]。呜呼此物不可测，我昔见之亦动色。松兮松兮谁知汝是变化姿，胡为淹留胡为不返尔之宅？仙人归来三千霜，老鹤一声山月白。

【注】

松存，潘松存，作者诗友。七古有《次陈博士韵送潘松存》。

①茧罥 (juàn)，缠绕之意。茧罥霜雪，言霜雪侵凌。簸弄，玩弄。一昔，以往。　②方丈，传说海上三神山之一。见《史记·秦始皇本纪》。　③安期，安期生。羡门，《史记·孝武本纪》："臣尝往来海中，见安期、羡门之属。"司马贞索隐："韦昭云：'羡门，古仙人。'应劭曰：'名子高。'"

【评】

此首咏松。骊龙吐珠撞月，怒挑六丁，鼓巨浪而顿地轴，挟风雷而断云雨；化为长松，虽霜雪茧罥，而"簸弄乾坤"之天性犹然不变，写得极有生气。通篇笔墨酣畅，奇矫排奡，刻画了髯松桀骜不驯的形象，表现了一种昂首天地间、凛然不可犯的意概和精神，与太白歌行体气相类，一脉相通。

龙湫行送轩宗冕归山

大龙湫，小龙湫[①]，青天倒泻银河流。海风吹练白杲杲，雪花满面寒飕飕[②]。讵那大士濯足处[③]，碧波下见长黄虬。山僧洗钵白云动，涧猿饮子苍岩幽。神踪隐见不可测，幻境变化谁能求？道人此地昔追游，泠然一锡辞神州。天香飘飘满衣袖，散作雨露东南陬。老夫送别歌龙湫，夫容花开溪水头[④]。永嘉妙语犹可续[⑤]，永夜松声消客愁。思君何处寄清梦，三十六峰明月秋[⑥]。

【注】

此篇本集未收，冒本补遗据《元诗选二集》录，又载《雁荡山志》卷四。明释正勉、性涵辑《古今禅藻集》卷二十《明七言古诗》

录作明释守仁《龙湫行送轩宗冕赴雁宕能仁寺》,有误。行,歌行。轩宗冕,居雁荡山能仁寺僧人。

①雁荡山瀑布有大龙湫、小龙湫。小龙湫,在雁荡山灵岩景区。参阅《雁山十记·暮入灵岩记》《大龙湫记》及注。 ②满面,《古今禅藻集》作"洒面",较胜。 ③讵那大士,即诺讵那,亦作诺讵罗。相传为雁荡开山始祖,曾"结屋(龙湫)谷底,面湫水而居"。参见《大龙湫记》及注③、《秋游雁荡记》及注④。 ④夫容,同芙蓉。既为花名,又隐含地名,指芙蓉驿,为雁荡山南路入口。参阅《观龙鼻水赠天柱钦上人》注㉑。 ⑤永嘉妙语,指玄觉禅师(665—713)所撰《证道歌》。玄觉,唐高僧,俗姓戴,永嘉(今温州市)人。曾往谒六祖慧能,留宿一夜,世称"一宿觉"。所著《证道歌》,赞唱禅宗学说,影响深远。事见《宋高僧传》卷八《唐温州龙兴寺玄觉传》、《五灯会元》卷二《永嘉圆觉禅师》等。 ⑥三十六峰,言处处山峰。柳宗元《别舍弟宗一》诗:"欲知此后相思梦,长在荆门郢树烟。"姜夔《过湖阴寄千岩》诗:"夜深吹笛移船去,三十六湾秋月明。"

【评】

笔情流宕,音节朗亮。终联融合柳宗元、姜夔二诗语意,以景结情,境极清幽。

与叔夏游石门,叔夏有"很石忽中断,势若两虎斗"之句,余辄足之

很石忽中断,势若两虎斗。白龙来唤之,仙圣不敢救。想当二物争雌雄,冯夷击鼓张其味①。日车为之翻,地轴为之仆。至今

两门开，天遣百水凑。吾闻神禹疏龙门，蜿蜒偃蹇夹左右[②]。坐令遗黎收树艺，嗟哉神龙之功独何有！

【注】

此篇载明抄本，冒本补遗据《元诗选二集》录。当是泰定元年（1324）与陈德永（叔夏）同游雁山时作。参阅《和叔夏观石梁二首》、《雁山十记·始入雁山观石梁记》及注。石门，即石门潭，在今乐清市大荆镇西。明朱谏《雁山志》卷一《石门》："在雁山东北，荡阴诸谷水所会也。两崖屹立，望之如门；水从门中出，大小计一十八水。……相传原是一山，至正间山水瀑出，有龙自雁山乘水而下，触山断为两崖，中空若门，故名。"《乐清淀溪李氏宗谱》卷一《居址·石门潭》："旧传为龙所断，其景确肖。"《道光乐清县志》卷二《石门山》："在石梁东八里，为雁山东趾。绝巘中断，屹若天门。门内外皆巨潭，荡阴十八滩之委汇注其中，其深莫测。"很石，形状怪险的石岩。很，明抄本作"狠"，义通。

①冯夷，水神。冯夷击鼓，杜甫《渼陂行》："冯夷击鼓群龙趋。"咮（zhòu），嘴。　②禹疏龙门，《汉书·沟洫志》："昔大禹治水，山陵当路者毁之，故凿龙门，辟伊阙。"龙门山，在今河南洛阳市南。〔偃蹇〕蹇，《元诗选》作"伏"，从明抄本。

【评】

戚学标《三台诗话》："李五峰家距雁山五里，往来黄岩，与郑延（廷）举及其伯氏延（廷）瑞厚，尤与陈叔夏德永为诗文密契。叔夏游雁山，必至其家。……'狠石忽中断，势若两虎斗。白龙来唤之，仙圣不敢救。'游石门联句也。争奇角异，为一时韩愈（孟）。"（《全浙诗话》卷二四《元陈德永》引）

曾唯《广雁荡山志》卷十三《寓贤·元陈德永》:“《东瓯遗事》:‘叔夏常从李五峰游雁山,宿东石梁洞;又游石门,得“狠石忽中断,势若两虎斗”句,五峰为足成之。’”

杰曰:笔墨简峭,奇情幻思,意出不测。第三句突入“龙唤”,为“虎斗”作势,且带出水决山断壮观,渲染尽致。后段乃由虎斗龙唤引发联想,加入神禹龙门故事,而以功遗树艺唱叹作结,恰到好处。

太乙真人歌题《莲舟图》

银河跨西海①,秋至天为白。一片玉芙蓉,洗出明月魄。太乙真人挟两龙,脱巾大笑眠其中。凤麟洲西与天通,扶桑乃在碧海东②。手把白云有两童,掣鹏二鸟开金笼③。

【注】

此篇四库本未收,冒本补遗据《元诗选二集》录。明抄本题作《题太乙莲叶图》,《大雅集》卷一作《题太乙莲舟图》。太乙,亦作太一,即太乙真人,天神名。《史记·封禅书》:“天神贵者太一。”司马贞索隐引宋均曰:“太一,北极神之别名。”《莲舟图》:宋李公麟(伯时)绘有《太一真人图》,亦称《太一莲舟图》。宋胡仔《苕溪渔隐丛话》前集卷五二《韩子苍》:“李伯时画太一真人,卧一大莲叶中,手执书卷仰读,萧然有物外思。韩子苍有诗题其上云:‘太一真人莲叶舟,脱巾露发寒飕飕。轻风为帆浪为楫,卧看玉宇浮中流。’”按,宋韩驹(子苍)有《题王内翰家李伯时画太一姑射图》二首,孝光所题或即此图。

①西海,神话中西方之海。《楚辞·离骚》:“路不周以左转

兮，指西海以为期。" ②凤麟洲，东方朔《十洲记·凤麟洲》："凤麟洲在西海之中央，地方一千五百里，洲四面有弱水绕之，鸿毛不浮，不可越也。洲上多凤麟，数万各为群。"扶桑，《十洲记·扶桑》："扶桑在东海之东岸，岸直陆行，登岸一万里，东复有碧海。" ③白，明抄本、《大雅集》作"绿"。掣嬲（niǎo），拿着玩弄。二鸟，喻指日月。语本杜甫《衡州送李大夫七丈赴广州》诗："日月笼中鸟，乾坤水上萍。"

【评】

杨维祯评："此作又是李骑鲸也！孰谓此老椎钝无爽气耶？'二鸟'作日月看。"（《大雅集》卷一引）

杰曰：富于浪漫气质，想象奇特，仙境独造，有置身云霄、下视寰宇之概。是作者歌行体广为人知的名作，颇得太白豪宕奔放风格，故杨铁崖称叹"又是李骑鲸也"。

铁笛歌为铁厓赋

铁厓道人吹铁笛，宫徵含嚼太古音。一声吹破浑沌窍[①]，一声吹破天地心。一声吹开虎豺閼，彤庭跪献丹扆箴[②]。问君何以得此曲，妙谐律吕可以召阳而呼阴。都将《春秋》二百四十二年笔削手，谱成透天之窍价重双南金[③]。掉头玉署不肯入，直入弁峰绝顶俯看东溟深[④]。王纲正统著高论[⑤]，唾彼传癖兼书淫。时人不识我不厌，会有使者征球琳[⑥]。具区下浸三万六千顷之白银浪，洞庭上立七十二朵之青瑶岑[⑦]。莫邪老铁作龙吼，丹山凤舞江蛟吟。勖哉宗彦吾所钦，赤泉之盟犹可寻[⑧]。更吹一声振我清白祖，大鸣盛世载赓阜财解愠《南风》琴[⑨]。

【注】

此篇本集未收，见载元吴复编杨维祯《铁崖先生古乐府》卷六《铁笛歌》附录（四部丛刊初编本），冒本补遗据《元诗选二集》录。按，此诗又载四库全书本明杨基（孟载）《眉庵集》卷四歌行，题《铁笛歌为铁崖先生赋》。清吴景旭《历代诗话》卷七十《元诗·铁史》引为杨基诗，谓“孟载效老铁体呈歌”。

杨维祯号铁崖（厓），又号铁笛道人。杨《铁崖文集》卷二《铁笛道人自传》：“铁笛得洞庭湖中，冶人缑氏子尝掘地得古莫耶，无所用，熔为铁叶。筒之长二尺有九寸，窍其九。进于道人，道人吹之，窍皆应律，奇声绝人世。”又云：“（道人）将妻子游天目山，放于宛陵、毗陵间。霅中、云间山水最清远，又自九龙山涉太湖，南溯大小雷之泽，访缥缈七十二峰，东抵海，登小金山。脱乌巾，冠铁叶冠，服褐毛宽博。手持铁笛一枝，自称铁笛道人……与永嘉李孝光、茅山张伯雨、锡山倪瓒、昆阳顾瑛为诗文友。”吴景旭《历代诗话》卷七十《元诗·铁史》引明陈继儒（眉公）云：“铁笛今在张仲仁处，闻其有绿羽，损而多坎，吹之不能成声矣。”

①浑沌窍，喻自然淳朴之状态。《庄子·应帝王》：“中央之帝为浑沌……儵与忽谋报浑沌之德，曰人皆有七窍，以视听食息。此独无有，尝试凿之。日凿一窍，七日而浑沌死。”这里加以借用。吹破浑沌窍，谓打破原始沉寂状态，使之开窍觉醒。　②虎豹阍，虎豹踞守的天门。借指宫门。彤庭，朝廷。丹扆，丹屏。借指君王。　③《春秋》，史书，记鲁隐公元年（前722）至鲁哀公十四年（前481）行事，共计242年。〔二百四十二年〕《铁崖古乐府》附录、《元诗选》均误作“一百四十二年”，兹据史实订正。笔削，删改。《史

记·孔子世家》:“至于为《春秋》,笔则笔,削则削。”孔子据鲁史修《春秋》,笔削严谨,用字寓含褒贬,后世称“春秋笔法”。透天之窍,四库全书本杨基《眉庵集》卷四诗后小字注:“先生(指杨维祯)注:‘《春秋》,一本名《透天关》。’”南金,南方生产的铜,品质优良。《诗·鲁颂·泮水》:“元龟象齿,大赂南金。”孔颖达疏:“金即铜也。”双南金,谓价值比南金还贵重一倍。晋张载《拟四愁》诗:“佳人遗我绿绮琴,何以赠之双南金。” ④玉署,白玉署。指翰林院。弁峰,即弁山,又名卞山,在今浙江湖州市长兴县南。雍正《浙江通志》卷十二《山川四湖州府·卞山》:“《弘治湖州府志》:在县西北十八里,高六千尺。周处《风俗记》曰:卞山当作冠弁之弁,以山形似弁也。”杨维祯有《乙酉二月既望游弁山黄龙洞》(《铁崖先生诗集》壬集)、《弁峰七十二》(《铁崖古乐府》卷四)诸诗。乙酉即元顺帝至正五年(1345)。 ⑤王纲正统,《铁笛道人自传》:“及其文有惊世者,有《三史统论》五千言、《太平纲目》二十策、《历代史鉞》二百卷。”宋濂《元故奉训大夫江西等处儒学提举杨君墓志铭》:“会有诏修辽金宋三史,君作《正统辨》千言。大司徒欧阳文公玄读之叹曰:‘百年后,公论定于此矣!’将荐之,又有阻之者。” ⑥球、琳,皆美玉名。喻贤才。 ⑦具区,即太湖。《尔雅·释地》:“吴越之国有具区。”洞庭,指太湖中洞庭西山和洞庭东山,在今江苏苏州市西南。秀峦起伏,旧有七十二峰之目。《铁崖逸编注》卷四《泛震泽》并序:“乙酉(1345)四月二日,与蒋桂轩伯仲诸友同泛震泽大小雷。望洞庭之峰,吹笛饮酒,乘月而归,盖不异老杜、坡仙游渼陂、赤壁也。” ⑧勖(xù)哉,勉励之意。《书·泰誓中》:“勖哉夫子。”赤泉之盟,谓林泉胜会的期约。赤泉，晋张华《博物志》卷一《物产》："员丘山上有不死树，食之乃寿。有赤泉，饮之不老。"陶潜《读山海经十三首》之八："赤泉经我饮，员丘足我粮。"杜审言《和韦承庆过义阳公主山池五首》之一："情悬朱绂望，契动赤泉游。" ⑨载赓，同赓载。语出《书·益稷》："乃赓载歌曰：元首明哉！股肱良哉！庶子康哉！"孔传："赓，续；载，成也。"谓相续而成，后用指诗歌赓相唱和。阜财，厚积财物。解愠，解除痛苦。《南风》琴，《孔子家语·辩乐解》："昔者舜弹五弦之琴，造《南风》之歌。其诗曰：'南风之薰兮，可以解吾民之愠兮！南风之时兮，可以阜吾民之财兮！'"

【评】

翁方纲《石洲诗话》卷五："五峰《铁笛歌》：'具区下浸三万六千顷之白银浪，洞庭上立七十二朵之青瑶岑。'下一句调不合，须添一字。"

杰曰：杨维祯游弁山、太湖洞庭在元顺帝至正五年（1345）春夏间（参阅本篇注⑤⑧）。其得铁笛，孙小力《杨维祯年谱》系于是年。本篇当作于其时或稍后。全诗刻画铁笛道人奡兀不羁的形象，笔意恣放，豪健跌宕，与铁崖歌行体气相类。五峰与铁崖志趣契合，才情足称敌手，故于吴下论诗，相为莫逆，共倡古乐府创作，声闻远被，"泰定文风为之一变"（杨维祯语），"东南士林之语曰：'前有虞范，后有李杨。'"（张雨语）此咏与《题铁仙人琴书安乐窝》皆称知己之作，铁门诗人吴复编集《铁崖先生古乐府》，特附载二诗，足见推重。

天台道上闻天香

八月天台路，清风物物嘉。晴虹生远树，过雁带平沙。日气常蒸稻，天香喜酿花。门前五株柳[①]，定是故人家。

【注】

天香，指桂树之芳香。

① 五株柳，谓隐者所居。陶潜《五柳先生传》："宅边有五柳树，因以为号焉。"〔柳〕四库本、冒本作"树"，兹从明抄本、《元诗选二集》。

【评】

《广群芳谱》卷八"诗散句"："元李孝光'日气常蒸稻，天香喜酿花'。"

孙锵鸣《东嘉诗话》："(五言律) 佳句可摘甚多，如'晴虹生远树，过雁带平沙'……皆新警可诵。"

杰曰：清隽秀朗，风韵绝佳。不特五峰短律压卷，元人五言律亦最上乘作。"日气"联，天然好句。

贺梅

水落山空百草干，天宫玉女耐高寒[①]。松根云暖客吹笛，竹外月高谁倚门[②]？岁晚王孙犹怨色，天寒公主欲归魂[③]。北风端是春消息，吹得雪多花更繁[④]。

【注】

①天宫句，以天宫玉女喻寒梅。　②客吹笛，姜夔《暗香》词："旧时月色，算几番照我，梅边吹笛。"竹外月高，苏轼《和秦太虚

梅花》诗："竹外一枝斜更好。"曹组《蓦山溪》咏梅词："竹外一枝斜，想佳人天寒日暮。"谁倚门，以倚门美人为比。温庭筠《菩萨蛮》词："无言匀睡脸，枕上屏山掩。时节欲黄昏，无聊独倚门。" ③怨色，抱怨天冷。色，天色，天气。公主归魂，以王昭君为喻。杜甫《咏怀古迹五首》之三："画图省识春风面，环佩空归月夜魂。"姜夔《疏影》词："昭君不惯胡沙远，但暗忆江南江北。想佩环月夜归来，化作此花幽独。" ④北风二句：北风真的是带来了令人欣喜的消息，那被吹得漫天飞舞的雪花不正预示繁花烂漫的春天将要到来。在诗人眼中，纷飞的雪片变成了朵朵绽开的春花。五百年后英国诗人雪莱（1792—1822）《西风颂》咏道："冬天来了，春天还会远吗？"世以为名言，理蕴相同，而李诗借画面表达，更为形象，更富诗情。作者《题梅》绝句云："北风遮莫春消息，吹得雪多花更繁。"则将得意语重说一遍。

【评】

杰曰：通首格调甚高，脱去凡俗。结联即景生发，尤饶思致，所谓收束能"拓开一步，宕出远神"。前人咏梅之作多矣，此诚能别开生面者。

次陈辅贤游雁山韵

竹杖棕鞋去去赊[①]，一春红到杜鹃花。山椒雨暗蛇如树，石屋春深燕作家。老父行寻灵运宅，道人唤吃赵州茶[②]。明朝尘土芙蓉路，犹忆山僧饭一麻[③]。

【注】

陈辅贤，富春（今浙江杭州市富阳区）人。曾任乐清宗晦书院山长、温州府学教授、柳州兴宁县主簿。元朱晞颜《瓢泉吟稿》卷三有《太常引·送乐清宗晦山长陈辅贤》词，元钱惟善《江月松风集》卷三《江心寺分韵得风字送陈辅贤之温州教授》称："陈君富春彦，五岁称神童。三年为博士，岂徒事雕虫。"作者诗友，集中酬赠诗6首，除本篇外，尚有《北风寄陈辅贤》《送陈辅贤上柳州兴宁簿》等。

①竹杖棕鞋，苏轼《定风波》词："竹杖芒鞋轻胜马。"赊，远。　②灵运宅：谢灵运任永嘉（温州）太守时，行踪曾到雁山南麓筋竹涧，有《从斤竹涧越岭溪行》诗；北麓则有谢公岭地名传闻（参见《雁山十记·游灵峰洞记》注），故游客寻访。作者七律《入雁荡山》诗亦有"一岭暂教灵运识"句。〔宅〕《雁山志》卷四、《元诗选二集》作"屐"，谓行迹。赵州茶，《五灯会元》卷十二《芭蕉谷泉禅师》："曰：'未审客来将何祗待？'师曰：'云门糊饼赵州茶。'"赵州，今河北赵县。这里指寺院里待客的茶水。雁山多佛刹，又出佳茗（雁茗），故云。　③芙蓉路，雁山南路出入口。作者五古《观龙鼻水赠天柱钦上人》："明朝芙蓉路，惟听霜钟䜾。"参见该条注。饭一麻，谓芝麻饭。宋林洪《山家清供·胡麻酒》："旧闻有胡麻饭。"（宛本《说郛》卷七四引）元陈樵《鹿皮子集》卷二《越上宝林寺八咏·古铁钵》："铁钵生古色，曾经饭胡麻。"《道光乐清县志》卷十五《物产·脂麻》："《隆庆志》：来自大宛曰胡麻。"脂麻，即芝麻。

【评】

梁章钜《雁荡诗话》卷上《李孝光》："《雁荡次韵》云：'山椒雨暗蛇如树，石屋春深燕作家。'皆警句也。"

孙锵鸣《东嘉诗话》："'山椒雨暗蛇如树，石屋春深燕作家'……亦皆造语警拔，不落凡近。"

王德馨《雪蕉斋诗话》卷三："所著《五峰集》久已失传，国朝朱竹垞太史为搜辑刊行。有《游雁山》一律云（本篇略）。"

杰曰：轻俊畅朗，兴会独到，风调绝似放翁。写景新异，"蛇如树"，犹子厚"山似戟"笔法。"灵运宅、赵州茶"，一故事，一禅典，随手拈来，平添情趣。历来咏雁山七言律，当推此首为冠。

同萨使君天锡饮凤凰台

凤凰高飞横四海，锦袍犹赋凤凰游①。天随没鹘低淮树，江学巴蛇入楚流②。勋业何如饮名酒，衣冠未省望神州③。天涯芳草萋萋绿，王粲归来更倚楼④。

【注】

凤凰台，遗址在今江苏南京市南。《至正金陵新志》卷十二上《古迹志·凤凰台》："在保宁寺后。宋元嘉十六年秣陵王顗见三异鸟飞集于此，状如孔雀……时谓之凤，乃置凤凰里，起台于山，因名。"

萨都剌有《登凤凰台二首》（见附），萨龙光编次《雁门集》卷五，系于文宗至顺三年（1332），案云："李孝光《五峰集》有《同萨天锡饮凤凰台》诗，此云'壮怀莫使酒杯干'，又云'百年相遇且衔杯'，是与季和饮于台上之作也。"

①锦袍，即锦袍仙，指李白。《新唐书·李白传》："帝赐金放还。白浮游四方，尝乘月……著宫锦袍坐舟中，旁若无人。"李白《登金陵凤凰台》诗："凤凰台上凤凰游，凤去台空江自流。" ②

鹘（hú），猛禽，亦名隼。天随没鹘，苏轼《澄迈驿通潮阁二首》之一："杳杳天低鹘没处，青山一发是中原。"淮，《玉山草堂雅集》卷后一作"秦"。按，"淮"字较胜。巴蛇，古代传说中的大蛇。《山海经·海内南经》："巴蛇吞象。"作者杂言《张葵斋所藏江山风雨图》："山随没鹘落中原，水作巴蛇走全楚。"七律《送坚上人还云门》亦有"江作蛇行过全楚"句，所谓好句不嫌复用。　③衣冠，指官绅人物。　④王粲倚楼，见卷二徐照《青溪阁》注②。

【评】

镏绩《霏雪录》卷下："'天随没鹘低秦树，江学巴蛇入楚流。'李著作孝光《题凤凰台》诗也。'天随去鸟低平楚，水学惊蛇到大江。'张翠屏以宁《九江庙晚眺》诗也。二诗措意造语相类，然优劣如辨黑白。学诗者于此灼有所见，则可与言诗矣，否则更与三十大棒。"　　杰按：镏绩，亦作"刘绩"（四库全书本作镏绩）。张以宁（1301—1370）字志道，元末官翰林学士承旨，明初召为侍读学士。著有《翠屏集》四卷。此言张诗仿效李句而优拙判然。

游潜《梦蕉诗话》卷下："叶少蕴云：'读古人诗多，意所喜处，诵忆之久，往往不觉误用。如王荆公用韦苏州"绿阴生昼寂，孤花表春馀"，易下句云"幽草弄秋妍"。苏东坡用刘梦得"山围故国周遭在，潮打空城寂寞回"，上句易二字作"城空在"，下句易五字作"西陵意未平"。皆直取旧句，纵横用之，亦固无害为佳。'潜复见如李孝光《凤凰台》诗云：'天随没鹘低秦树，江学巴蛇入楚流。'张翠屏《九江晚眺》乃云：'天随去鸟低平楚，水学惊蛇到大江。'予亦曾登郁孤台有云：'天空没鹘堂堂去，江赴巴蛇滚滚来。'不免转相祖袭，拟之二公，则正谓学步邯郸而失之者矣。评者将谓如何？”　杰按：所引“叶少蕴云”，见宋叶梦得《石林诗话》卷中，有删减。

孙锵鸣《东嘉诗话》：“‘天随没鹘低淮树，江学巴蛇入楚流’……亦皆造语警拔，不落凡近。”

杰曰：萨都剌赋云“始信人生如一梦，壮怀莫使酒杯干”；此云“勋业何如饮名酒……王粲归来更倚楼”。盖二人登台怀古，皆有一种不得志于时的惆怅落寞之感。“天随没鹘低淮树，江学巴蛇入楚流。”工警而具创意，后来学步纷纷，可见是联脍炙于世。

【附】

萨都剌《雁门集》卷五《登凤凰台二首》：凤凰台上望长安，五色宫袍照水寒。彩笔千年留翰墨，银河半夜挂阑干。三山飞鸟江天暮，六代离宫草树残。始信人生如一梦，壮怀莫使酒杯干。之一　梧桐叶落秋风老，人去台空凤不来。梁武台城芳草合，吴王宫殿野花开。石头城下春生水，燕子堂前雨长苔。莫问人间兴废事，百年相遇且衔杯。之二

十里

官河十里数家庄①，石埠门前系野航。梅月逢庚江雨歇②，稻花迎午水风凉。桥横自界村南北，候断谁知里短长③。倦矣野塘行瘦马，云山杳杳复苍苍。

【注】

十里，地名，在今乐清市茗屿乡琯头村（馆头）东北。光绪《乐清县志》卷一《邑里一隅都·十二都》：“十里，李五峰《十里》诗（本篇略）。”清袁枚有《馆头呼萝茑船渡江至永嘉》诗：“十里人家尽

跨河，疏花密石傍篱多。”

①官河，指乐清境内乐琯（乐成至琯头）运河。　②梅月，指夏历四月，时多梅雨。逢庚，庚指庚日，一旬中的第七日。古以天干甲、乙、丙、丁、戊、己、庚、申、壬、癸十字记日。《诗·小雅·吉日》：“吉日庚午，既差（择）我马。”古人认为“刚日”（单日）吉祥。　③候，“堠”的古字，古时筑于路旁用以计里程的土坛。五里单堠，十里双堠。

【评】

《广群芳谱》卷八《稻·诗散句》：“元李孝光‘梅月逢庚江雨歇，稻田迎午水风凉’。”

姚之骃《元明事类钞》卷一《天文门·雨》：“梅月逢庚，元李孝光诗：‘梅月逢庚江雨歇，稻花迎午水风凉。’”

杰曰：五峰咏村野景趣律作，纯用白描，摹写真切，笔调畅朗，于浑朴中见工致，可以看出晚唐诸家和南宋陆、范、杨的影响。本篇和《苦竹村》《雨后村行》二首，均为代表作。

送古淡上人用张仲举韵

夜闻石鼎车声苦[①]，梦绕扬澜浪蹴天。狂客还寻《破虱录》，清童解答野狐禅[②]。水来巴蜀如衣带[③]，云断中峰见岳莲。恨杀秦淮旧岁月，向人离别照年年[④]。

【注】

古淡上人，前有《为古澹藏主题安庆金君美秀野亭次张仲举韵》，所指同一人。张仲举：张翥（1287—1368）字仲举，号蜕庵，晋宁路襄陵县（今属山西）人。陶宗仪《书史会要》卷七《元·张翥》："官至翰林学士承旨，领北行省平章政事，封潞国公。博综群书，作为文辞，擅一时之誉。"为人豪放不羁，以诗文知名一时。《元史》卷一八六有传。今存《蜕庵集》五卷。孝光与张翥同游次韵诗6首，又频相联句，有《除夜宿室戒院会者萨使君、张仲举》《秋夜同张仲举、圻笑隐龙翔寺联句》等4首；张有《岁云暮矣三首送李五峰之温州》诗，互见相惜倾慕之意。

①石鼎，陶制烹茶用具。韩愈《石鼎联句诗序》言衡山道士轩辕弥明与进士刘师服、校书郎侯喜同宿，指炉中石鼎为题联句。作者七古《与朱希颜会玉山人家书其壁》有云"弥明结喉石鼎句"。车声苦，古乐府《古歌》："心思不能言，肠中车轮转。"韩愈、孟郊《远游联句》："别肠车轮转，一日一万周。"这句说，夜间诗友同宿联句，伤别情苦，如车轮辗肠。 ②破虱录，唐段成式《酉阳杂俎》前集卷十二《语资》："成式曾一夕堂中会，时妓女玉壶忌鱼炙，见之色动。因访诸妓所恶者，有蓬山忌鼠，金子忌虱尤甚。坐客乃竞征虱拏鼠事，多至百馀条。予戏摭其事，作《破虱录》。"还寻《破虱录》，备见无聊之况。解，能。野狐禅，佛教禅宗所指外道异端邪说。《五灯会元》卷三《百丈怀海禅师》载，一老人听法，因错解一字，"遂五百生堕野狐身"，师为指正始解脱。苏轼《常州太平寺法华院薝卜亭醉题》："何似东坡铁拄杖，一时惊散野狐禅。" ③如衣带，言萦绕如衣带。唐杨巨源《寄江州白司马》诗："湓浦曾闻似衣带。" ④恨杀，作者《次仲举韵送亭上人》作"惟有"，较胜。岁，《次仲举韵送亭上人》作"时"，可从。

【评】

写别愁离绪，兼抒落寞之怀，音情顿挫，慨见乎辞。"破虱录、野狐禅”，对偶工巧，用典浑成，与李义山“驻马、牵牛”（此日六军同驻马，当时七夕笑牵牛）、温飞卿“卧龙、得鹿”（下国卧龙空寤主，中原得鹿不由人）之对，同具神致。

白沙早程

听得邻鸡便问程，前涂犹有客先登[①]。官河半落长桥月，僧塔疏明昨夜灯[②]。古渡潮生鸥浸梦，野田风急浪归塍[③]。雁山喜入新诗眼[④]，踏破秋云最上层。

【注】

此篇本集未收，见载《东瓯诗续集》卷四，冒本补遗据《元诗选二集》录，嘉庆《乐清淀溪李氏宗谱》卷三编入《应召》三首之二。白沙，白沙岭，在乐清市乐成镇东，是县城去往雁荡驿路所经。宋薛季宣《雁荡山赋》：“绝白沙之古塞。”自注引宋章望之《雁荡山记》：“山去县七十里而遥，越白沙、武缺、芳林三岭，达芙蓉驿。”宋刘黻《白沙》：“出郭才数里，片景尽渔家。”《永乐乐清县志》卷二《山川·岭》：“白沙岭，去县东五里，在永康乡。驿路。”

①便，《李氏宗谱》作“起”。　②官河，见前《十里》注①。僧塔疏明，《宗谱》作“层塔还留”。　③归，《宗谱》作“翻”。　④山喜，《宗谱》作“峰渐”。

【评】

轻脱流利，绝去藻饰。前六摹写晓行途程物色，历历在目。促装趱行，问程前路，有“恨晨光之熹微”意。结二预想重归故山之登临韵事，笔调舒快，拓展全诗的意境，沈德潜所谓收束“宕出远神”是也。行役诗不作愁苦音，最为上格。

应召（二首选一）

早起披裘快著鞭，月眉斜挂柳梢颠。两三点露忽疑雨，四五个星犹在天①。犬吠竹篱人赚路，鸡鸣茅舍客惊眠。须臾拥出扶桑日，七十二峰在目前。之一

【注】

此篇本集不载，据嘉庆重辑本《乐清淀溪李氏宗谱》卷三录。按：原编《应召》三首，其中第二首已单独题作《白沙早程》刊行，今改标二首。

题目《应召》，应是至正七年（1347）应元廷“诏徵隐士”，次年（1348）春启程赴朝作；但从诗中所写行途物色和“雁山喜入新诗眼”（原编三首之二即《白沙早程》）、“一点归心在故乡”（原编三首之三）诸语观之，又当为趱程还乡之咏；本首云“七十二峰在目前”，说的也是盼见家乡雁荡群峰竞秀的胜景。故原题颇令人疑，或出《宗谱》纂修者妄加，今姑仍之。

①两三二句，五代蜀何光远《鉴戒录》卷五《容易格》：“王蜀卢侍郎延让，吟诗多著寻常容易言语，时辈称之为高格……有《松门寺》云：‘两三条电欲为雨，七八个星犹在天。’”辛弃疾《西江月·夜行黄沙道中》：“七八个星天外，两三滴雨山前。” ②七十二峰，作者七古《龙湫行送轩宗冕归山》云“三十六峰明月秋”。三十六、七十二，均言峰峦之多。

【附考】

这是一首好诗，只是罕见流传；而元文宗、明太祖传有差不多相同的诗作，考述如下。

明叶子奇《草木子》卷四上《谈薮篇》载："梁王登宝位时，自建康之京都，途中尝作一诗云：'穿了氁衫便著鞭，一钩残月柳梢边。两三点露滴如雨，六七个星犹在天。犬吠竹篱人过语，鸡鸣茅店客惊眠。须臾捧出扶桑日，七十二峰都在前。'"这里记述上有两个错误："梁王"，指后即皇位为文宗的图帖睦尔，应作"怀王"；谓"梁王登宝位时，自建康之京都"，亦误（虞集《道园学古录》卷二五《大龙翔集庆寺碑》云"文孝皇帝自金陵入正大统"，已有此误）。据《元史・文宗纪一》，泰定元年（1324）十月封怀王，次年（1325）正月出居建康（今南京）。致和元年（1328）三月迁居江陵，七月泰定帝病死，八月自江陵入继大统。此诗清初陈焯编《宋元诗会》据以选录，卷六六云："元有天下，文治蔚兴，累朝御制词章，史臣必编次成帙，而《元文类》弗载一字，当因内府藏本不落人间也。兹从野史中搜得文宗诗二首，用冠简端。"题作《自集庆路入正大统途中偶吟》（正文钩作钩、两作二，余同）。诗题"自集庆路入正大统"，除沿袭旧误外，又多了一个错，其时尚无"集庆路"的名称。文宗入京登位之明年即天历二年（1329）始改建康路为集庆路，见《元史・地理志五・集庆路》。顾嗣立《元诗选初集》卷首文宗皇帝、张豫章等《御选元诗》卷一《帝制》文宗选录，诗题误同。

明姚士观等编校《明太祖文集》卷二十《早行》："忙著征衣快著鞭，转头月挂柳梢边。两三点露不为雨，七八个星尚在天。茅店鸡鸣人过语，竹篱犬吠客惊眠。等闲拥出扶桑日，社稷山河在眼前。"（刻在万历十四年，1586）清恒仁《月山诗话》评云："明太祖《早行》诗曰（引略）。按此篇乃元文宗集庆路入正大统途中所作，不知何以载入明祖集中？且窜易十数字，便拟点金成铁。文宗诗末句云：'须臾捧出扶桑日，七十二峰都在前。'视'社稷山河'云云，雅俗相去霄壤矣。"

今按：这诗应是李孝光早期作品。如上文述，泰定二年至致和元年怀王出居建康。孝光"受知梁王（怀王）"（参阅《李孝光集校注》卷四《送僧朴庵用柯敬仲韵》题注)，出入王府。怀王喜艺文，殆曾观摩孝光此作，赏而录之。后人不察，遂加以题目，以为怀王入继大统赴途所咏。试想，如真为怀王道中所赋，怎么会拟制"自集庆路入正大统"这样有悖事实明显错误的篇题？那是绝不可能的。所以从这一点亦可作判断。

又按：传布的文宗、太祖二作，与李诗构思立意相同，句调如出一辙。五十六字中，文宗诗三十九字同，易十七字；太祖诗三十四字同，易二十二字，抄袭之迹显然。三诗相较，其用字工致又以李作为优；两位皇帝的拟篇不免"点金成铁"。惟李诗本集不载，失于传布，赖《宗谱》过录而幸存，惜不为世人所知耳。

天台道上闻天香写赠胡仲宾

万斛天香夜气收，晓风凉月酿清秋[①]。诗人试与评花品，定是人间第一流。

【注】

作者五律有《天台道上闻天香》。胡仲宾，作者另有《赠胡仲宾》七绝："九月风多短褐单，剑光抱月忽飞还。人言华顶峰前路，正在白云飞处山。"华顶峰在浙江天台县东北，胡殆天台人。

①"万斛天香"，香以斛量，语甚奇。言夜空暗香浮动，如万斛

泉涌，置身其间，觉芳菲袭人。“晓风凉月酿清秋”，“酿”字亦工。辛弃疾《鹊桥仙·己酉山行书所见》词：“酿成千顷稻花香，夜夜费一天风露。”

【评】

词意清美，韵度飘扬，可谓练藻绘入平淡。就诗品论，亦堪称一流。咏物绝句，如唐陆龟蒙《白莲》云：“素蘤多蒙别艳欺，此花端合在瑶池。无情有恨何人见，月晓风清欲堕时。”宋黄铢《梅花》云：“玉箫吹彻北楼寒，野月峥嵘动万山。一夜霜清不成梦，起来春意满人间。”皆能写物取神，是为绝唱。五峰此作，可相媲美。

新月

光中新见仙人迹，桂树初生影未浓。仰望青天如止水，西头一瓣玉芙蓉[①]。

【注】

①青天如止水，杜牧《秋夕》：“天阶夜色凉如水，卧看牵牛织女星。”一瓣玉芙蓉，形容月色晶莹皓洁。

【评】

此诗用倒叙法。夜天如水，一弯新月初见。遥望月宫，桂影婆娑，仙踪隐约，引人遐想。后二妙喻，意落天外。

题放翁诗后

老翁行年几一百，画舸长从镜里还[①]。想见挥毫向宾客，眉间豪气郁如山[②]。

【注】

放翁：陆游（1125—1209）字务观，号放翁，越州山阴（今绍兴）人，终年八十五。著有《剑南诗稿》等，现存诗一万馀首。

①镜里还，谓放棹往还镜湖（鉴湖）之间。 ②挥毫向宾客，谓才思敏捷，援笔立就。黄庭坚《病起荆江亭即事十首》之八："闭门觅句陈无己，对客挥毫秦少游。"郁如山，言郁愤涌如山高。陆游《书愤》："早岁那知世事艰，中原北望气如山。"气如山，气（指愤慨）涌如山。

【评】

公于翁诗深有契会，故出笔不凡。"眉间豪气郁如山"，形神兼到，的是放翁画像。"郁"而"豪"，一语点睛，写出陆诗精神风格。

柳桥渔唱

杨柳桥头杨柳青，西边即是越王城[①]。城中大官听艳曲，半是美人肠断声。

【注】

①越王城，春秋时越王勾践所筑之城，故址在今绍兴市。宋施宿等《会稽志》卷一《古城》："旧《经》：越王城在县东南一十里，勾践为夫差所败，以甲楯五千保于此城也。"

【评】

后两句刻画歌女（美人）强颜事人凄凉心境，蕴意深刻。"肠断声"，非谓艳曲动人，乃言歌者"我心伤悲"。

艮岳

一沼何堪役万民，一峰将使九州贫。江山假设方成就，真个江山已属人①。

【注】

此篇本集未收，见载明李濂辑《汴京遗迹志》卷二四《艺文十一》；冒本补遗据《元诗选二集》录。《元诗选三集》丙集李溥光《雪庵集》亦见收录，题作《题三山万岁峰》，无注互出。《水东日记》卷二十《雪庵长语西斋和陶集》引作雪庵诗，《宋元诗会》卷八九选为李诗。今按：孝光与释溥光（雪庵）有交往，其五绝《清音亭》诗即“次雪庵和尚韵”作，故两人诗有可能误录。从此诗内容看，当归孝光作。

艮（gèn）岳，在今河南开封城内东北隅。宋徽宗政和七年（1117）于汴梁东北修筑万岁山，宣和四年（1122）更名艮岳，方圆十馀里，穷极奢华。艮，东北方。宋张淏《艮岳记》：“政和间遂即其地大兴工役，筑山号寿山艮岳，命宦者梁师成专董其事。时有朱勔者，取浙中珍异花木竹石以进，号曰花石纲。专置应奉局于平江，所费动以亿万计……竭府库之积聚，萃天下之伎艺，凡六载而始成，亦呼为万岁山。”“越十年，金人犯阙……斫伐为薪……台榭宫室悉皆拆毁。”（宛本《说郛》卷六八引）参阅《汴京遗迹志》卷四《山岳·艮岳寿山》。

①江山二句，言假造的江山（艮岳）方才成就，实际的江山已属他人所有（谓北宋亡于金）。

【评】

后二句出以巧思，就假真“江山”借题发慨，托蕴严峻，非泛泛凭吊兴亡语。

失题

西风乌帽鬓鬖鬖[①]，拂袖长吟倚暮酣。得句不冲京兆尹[②]，蹇驴行遍大江南。

【注】

此篇本集不载，自《诗薮》外编卷六辑录，《全浙诗话》卷二四据《温州府志》过录。《元风雅》卷十七、《元诗选二集》己集《允从集》选为甘立诗，题《贯治安骑驴图》。按：李孝光与甘立互见诗计8首，从《送朵儿只国王之辽东》考之，当归李作。参阅《李孝光集校注（增订本）》卷十一该篇附考。

①鬖（sān）鬖，发下垂貌。 ②得句句，用唐贾岛事。唐韦绚《刘宾客嘉话录》：“岛初赴举京师，一日，于驴上得句云‘鸟宿池边树，僧敲月下门’。始欲着‘推’字，又欲着‘敲’字，练之未定，遂于驴上吟哦，时时引手作推、敲之势。时韩愈吏部权京兆，岛不觉冲至第三节，左右拥至尹前，岛具对所得诗句云云。韩立马良久，谓岛曰：‘作敲字佳矣。’遂与并辔而归，留连论诗，与为布衣之交，自此名著。”（《苕溪渔隐丛话》前集卷十九宋黄朝英《缃素杂记》引录）按贾岛于元和六年（811）赴洛阳，获识韩愈；而韩任京兆尹则在长庆三年（823），其时相交已久。故《嘉话录》所载或出诸传说（详拙著《唐人律诗笺注集评》第767页按语）。

【评】

胡应麟《诗薮》外编卷六《元》:“李季和 (引本篇略)……等作,皆元绝妙境,第高者不过中唐,平者多沿晚宋耳。”

戚学标《景文堂诗集》卷一三《有怀李著作五峰》:“一入瓯乡胜境多,五峰云物望中过。西风乌帽鬖鬖鬓,尚想长吟李季和。自注:季和一绝云 (本篇略)。”

陶元藻《全浙诗话》卷二四《元李孝光》:“《温州府志》:‘孝光居雁山五峰下,号五峰。其《湖山八景》诗及《雁山十记》并佳。又有一绝云 (本篇略)。风致可见。’”

王德馨《雪蕉斋诗话》卷三:“李孝光季和,吾郡乐清人……余尤爱其绝句云 (本篇略)。”

高　彦

高彦 (约1285—?),字俊甫,号梅庄,瑞安阁巷人。高天锡长子,高则诚伯父,陈则翁外甥,与陈昌时等是中表兄弟。《清颍一源集》卷一陈昌时《和高梅庄过水云韵》题下注:“梅庄名彦,字俊甫,杏所公之外孙,则诚先生之伯父也。”他少从昌时学诗,自云“彦忝外家之季,常侍少桓而学诗矣”(《鸡肋集序》,见《阁巷陈氏宗谱》引)。陈昌时《和高梅庄过水云韵》云:“书剑无功非失马,乾坤有道不伤麟。对门竹里弦歌处,后夜书声压水垠。”盖亦科举失意而诗书自娱者。陈与时有《送高则诚赴举兼简梅庄兄》诗。元惠宗至元四年 (1338),陈冈 (士原)“绣梓”其父陈昌时遗集《鸡肋集》,高彦为之撰序,盛誉昌时诗。《清颍一源集》后附《崇儒高氏家编·高梅庄》录诗8首。

读《秦纪》

发卒坑儒禁挟书,不仁安有百年期。求仙枉自迷徐福[①],遗诏如何付李斯[②]。逐鹿群雄犹未起,泣蛇老妪已先知[③]。因思鬼璧兴亡谶[④],只在沙丘废立时。

【注】

秦纪,指《史记·秦始皇本纪》。

①求仙句,《史记·秦始皇本纪》:"遣徐市发童男女数千人,入海求仙人。"徐福,即徐市。梁玉绳《史记志疑》卷三四:"徐市又作徐福者,市与芾同,即黻字,语转又为福,非徐有两名。" ②遗诏句,《史记·秦始皇本纪》载:"(始皇出巡) 病益甚,乃为玺书赐公子扶苏曰:'与丧会咸阳而葬。'书已封,在中车府令赵高行符玺事所,未授使者。七月丙寅,始皇崩于沙丘平台。""(赵) 高乃与公子胡亥、丞相斯阴谋破去始皇所封书赐公子扶苏者,而更诈为丞相斯受始皇遗诏沙丘,立子胡亥为太子。更为书赐公子扶苏、蒙恬,数以罪赐死。"沙丘,今河北广宗县境。 ③泣蛇老妪,《史记·高祖本纪》载:刘邦被酒,夜径行泽中,遇大蛇当径,"乃前拔剑击斩蛇"。一老妪夜哭,人问何哭? "妪曰:吾子,白帝子也,化为蛇,当道,今为赤帝子斩之,故哭。"集解引应劭曰:"秦祠白帝;赤帝尧后,谓汉也。杀之者,明汉当灭秦也。" ④鬼璧,《史记·秦始皇本纪》载:秦使者夜过华阴,有人持璧遮道曰:"今年祖龙 (指秦始皇) 死。"言讫置璧忽不见。使者奉璧以闻。"始皇默然良久,

曰：'山鬼固不过知一岁事也。'……使御府视璧，乃二十八年行渡江所沈璧也。"明年果崩。后用指秦始皇死亡之谶。林景熙《读秦纪》："兆来鬼璧沙丘近，威动神鞭海石惊。"

徐　淮

徐淮，字原泽，亦作元泽，号天石，永嘉枫林（今永嘉县枫林镇）人。徐自明后裔。以孝廉荐授瑞安县学训导（《永嘉枫林徐氏宗谱》）。徐淮为李孝光表弟、妹夫，孝光《李孝子墓志》云："女长衍适林公贤，季顺适徐淮。"两人情志相契，唱和频稠，李《和元泽见寄》有云："忽遣新诗相料理，天孙自有织云梭。"称誉其诗。《用韵为相思引送徐十二兄归南溪》云："读书不如共君语，长忆溪头对床雨。""所不与君有如此，好寄新诗慰幽独。"引为同调。又有《迁新居与表弟徐元泽对床卧夜半风雨作》。著有《天石桥集》，不传。《东瓯诗集》卷六录诗7首，《元诗选癸集》辛集下、《东瓯诗存》卷十一录同。《御选元诗》卷五八选录2首。今存诗8首。

送万敏中之金陵

买舟又上金陵去，风物应怜庾信才[①]。旧燕能言王谢事，夕阳空照凤凰台[②]。江边商女犹教曲，店下吴姬正压醅[③]。紫府青台风雨近[④]，莫因登眺久徘徊。

【注】

金陵，南京。

①庾信，北周辞赋家。 ②旧燕句，刘禹锡《金陵怀古》："旧时王谢堂前燕，飞入寻常百姓家。"王谢，王导、谢安石。东晋大臣、贵族。凤凰台，在金陵凤台山上。相传南朝宋元嘉间有凤凰翔集于此，因得名。 ③江边句，杜牧《泊秦淮》："商女不知亡国恨，隔江犹唱《后庭花》。"教，《东瓯诗存》卷十一作"歌"。店下句，李白《金陵酒肆留别》："风吹柳花满店香，吴姬压酒唤客尝。"压醅，压酒，榨取酒汁。 ④紫府，道教所称仙人居处。晋葛洪《抱朴子·祛惑》："及至天上，先过紫府，金床玉几，晃晃昱昱，真贵处也。"青台，华丽的楼台。

【评】

徐淮近体颇工，笔致不凡，律句如本题"江边商女犹教曲，店下吴姬正压醅"、《登松台清秋有感》"高林红叶得霜醉，故国青山入梦多"、《送德润王宪使回》"风露一天黄菊老，山川千里白云飞"；绝句如《客居春暮》"闭户不知春事老，满帘风雨落花寒"，并见清丽之风。

登松台清秋有感

欲浇磊砢惟凭酒，竹叶满樽翻绿波。欹帽正当风力紧，吹箫无奈月明何。高林红叶得霜醉，故国青山入梦多[①]。客子长怀有谁识，凭高一笑付清歌。

【注】

弘治《温州府志》卷二二选录题作《登松台眺西湖》。松台山在温州城西南，西湖即会昌湖。

①入梦，弘治《温州府志》作"入海"，不合诗意。

【评】

孙锵鸣《东嘉诗话》:“又《登松台清秋有感》云（本篇略）。松台在郡城中,‘故国青山’,又云‘客子长怀’,岂原泽非真温产,而流寓于斯者邪?”　杰按:“故国”谓故都,非谓故乡。故国青山,谓宋室江山。原泽永嘉枫林人,寓居郡城,故亦自称“客子”。止庵疑为“流寓”者非也。

与刘景玉安固泛舟

云平水暖鱼吹浪,雨润泥香燕啄花。着面东风浓似酒,扁舟流过白鸥沙。

【注】

刘景玉,平阳人,元时荐授金华县学教谕,见民国《平阳县志》卷二九《选举志二元·荐举》。作者又有《偕刘景玉周元浩携小妓游于坡上忘形剧饮故赋此》诗。元陈高《不系舟渔集》卷十一《送刘景玉赴金华县学教谕序》:“同里刘君景玉,以帅府檄为婺之金华教谕。景玉明经而富于学,其智足以谋,其强足以立,敏足以行之,文足以发之。”安固,瑞安旧名。嘉庆《瑞安县志》卷二《建置·沿革》载:三国吴分永宁置罗阳县,宝鼎三年改罗阳为安阳,晋武帝时改安阳为安固。

【评】

孙锵鸣《东嘉诗话》:“又《与刘景玉安固泛舟》云（本篇略）。《客舍春暮》云（引略）。绝句亦皆有风致。”

客舍春暮

蜂儿酿蜜心方醉，燕子营巢语未安。开户不知春事老，满帘风雨落花寒。

吴学礼

《东瓯诗集》卷六："吴学礼，乐清雁山人。"录诗7首。《元诗选癸集》辛集下："吴学礼，字□□，乐清雁山人。"录诗同。钱谦益《列朝诗集小传》甲前集《吴学礼》作"字乐清，雁山人"（上海古籍出版社，1983年校点本），甚误。

明朱谏《雁山志》卷四附录吴学礼《游雁荡山》（兴国年间路始开）诗，明隆庆《乐清县志》卷一《雁荡山》附收吴学礼《和游雁荡》（峡中钟鼓十八寺）诗。今按：此二律实为李孝光诗，见载明钱杲刊本《五峰集》，题《入雁荡山》、《和人游雁山家字韵》（二首之二）。弘治《温州府志》卷二二《词翰四》亦以李孝光诗编录，前首题《题雁荡山》，后首题《和游雁荡》。《山志》《县志》属误编。详拙著《李孝光集校注（增订本）》卷十该篇附考。

郭外夜归

草田高下乱虫鸣，凉袭衣襟夜气清。河汉横秋平野阔，山窗无月一灯明。孤篷倦倚难成梦，宿鸟相呼忽转更。近郭不妨归近夜，到门犹有读书声。

【评】

孙锵鸣《东嘉诗话》:“《郭外夜归》云(本篇略)。《泊横春馆》句云:‘寒烟两岸客炊晓,残月小桥人待潮。山外钟声何处寺,柳边春入隔年条。’《重过南浦》句云:‘独客有愁多近暮,乱山无处不闻泉。’《秋晚书怀》句云:‘青山半出烟涵郭,红叶乱流霜满溪。’《湖边会饮》句云:‘门疏杨柳前峰见,瓦上藤花破屋高。’《溪隐》句云:‘径草新添知地僻,野棠开遍觉春深。’皆精炼可采。”

泊横春馆

枯葑冰消水路遥[①],短长亭下一停桡。寒烟两岸客炊晓[②],残月小桥人待潮。山外钟鸣何处寺,柳边春入隔年条[③]。到城不必争先后,华盖峰头手可招[④]。

【注】

弘治《温州府志》卷二二《词翰四》选录题作《泊馆头》。横春馆,即横春渡,又名馆头、琯头,位于乐清南境瓯江北岸(今属北白象镇),是乐清水路横绝瓯江前往温州的渡口。道光《乐清县志》卷三《关津》:“横春渡,府、县《志》:一名馆头渡。自馆头至府城凡三十里。”

①枯葑(fèng),枯槁的菰(茭白)根。消,弘治《温州府志》作“开”。　②晓,《东瓯诗存》卷十一作“晚”,不合诗意。下云“残月”,又云“到城”,时候可知。　③鸣,《东瓯诗集》卷六作“声”,从《府志》改。入,《诗存》作“色”,不取。　④华盖,华盖山,在温州城东。弘治《温州府志》卷三《山·永嘉县》:“华盖山,又名东山。在郡东偏,城附其上。”

重过南浦

万里澄江浸碧天，迢迢人上渡头船。柘烟旋减蚕成茧，梅雨微晴树欲蝉。独客有愁多近暮，乱山无处不闻泉。枳篱门巷依然在[①]，落莫东风二十年。

【注】

①依然，《东瓯诗存》卷十一作“依旧”，平仄不协。

秋晚书怀

数点寒鸦日又西，转寒天色易凄迷。青山半出烟涵郭，红叶乱流霜满溪。半壁秋灯吟对影，故园夜雨梦扶犁。山人饱听农歌卧，但愿年丰谷价低。

【评】

学礼长于七律，存诗不多，而颇具情致，轻婉流便，清隽悦目，犹见晚唐俊调。本选四首可以为证，余尤爱其《秋晚书怀》“青山半出烟涵郭，红叶乱流霜满溪”及《泊横春馆》“山外钟声何处寺，柳边春入隔年条”、《重过南浦》“独客有愁多近暮，乱山无处不闻泉”数联。

冯元衮

冯元衮，《东瓯诗续集·补遗》录诗1首，无小传。《东瓯诗存》卷十一《元》：“爵里未详。存诗一首。”录同。

淮沙夜泊

塞雁来时秋冷落，芦花飞处水萦回。家山本在江南岸，却入淮南梦里来。

【注】

淮沙，淮河岸边。

张天英

张天英（约1288—1348后），字羲上，一字楠（亦作南）渠，自号石渠居士，永嘉人。墨翰自署“清河张天英”，清河盖其郡望。立志苦读二十年，淹通经史。元惠宗至正三年（1343），为朱右《白云稿》作序。至正六、七年间（1346—1347）任吴江州（今江苏苏州市吴江区）判官[①]。徵为国子学助教，不就[②]。喜游览，自言：“我有山水癖，由来好幽栖。十年游雁荡，五年游会稽。”（《画山水歌题米元晖卷》）居浙西、吴下（苏州）多年，为顾瑛昆山玉山草堂座上常客，与康里巎巎（库库）、李孝光、杨维祯、张雨、郑僖、郑元祐、陶宗仪、高明等并有唱酬往还。天英以诗名世，其歌行源于二李（李白、李贺），笔意奇谲恣放。所著《石渠集》，已佚。诗多为选家采录，《草堂雅集》卷三编录89首，又《玉山名胜集》录9首，《乾坤清气》选7首，《东瓯诗续集》卷五选21首，《元诗选三集》庚集选62首，《宋元诗会》卷九七选5首，《御选元诗》选14首，《东瓯诗存》卷十一选20首。雍正《浙江通志》卷一八二《文苑》、乾隆《温州府志》有传。

①张天英《至正石塘记》，记“州长诺海公至州之明年”乃谋修吴江州石塘，至正六年四月经始，至正七年二月落成，“咸愿刻石以彰厥美”。文末署“至正七年开城州判官张天英记”（明张国维编《吴中水利全书》卷二四）。又《吴江州官题名碑记》：“高昌诺海公长是州，有德政，官当迁，乃伐石刻名如前人故事，俾来者知所劝惩云。至正七年四月吉旦清河张天英记。”（《吴都文粹续集》卷九）据此二文，天英于至正六、七年间任吴江州判官。 ②钱谦益《列朝诗集小传·甲前集·张天英》：“徵为国子助教，再调，皆不就。游西湖，多居吴下。”孙衣言《瓯海轶闻》卷二九《文苑元·张天英》按云：“盖入明后召为国学官而未尝就也。” 杰按：顾嗣立《元诗选三集》以“张助教天英”标目，盖国子学助教为其终官。其《画山水歌题米元晖卷》云：“忆昨金门拂衣去，自种青松与人齐。”是天英曾经入朝居职（金门代指朝廷）。又据顾瑛《浣花馆记》：“至正戊子春，故人张楠渠诗来，乃知其隐居之所亦号小桃源。”（《玉山名胜集》卷六）其“金门拂衣”殆在至正八年（1348）时候。

杨维祯《东维子集》卷七《郯韶诗序》：“我元之诗虞（虞集）为宗，赵、范、杨、马、陈、揭副之；继者叠出而未止，吾求之东南，永嘉李孝光，钱唐张天雨，天台丁复、项炯，毗陵吴恭、倪瓒，盖亦有本者也。近复得永嘉张天英、郑东，姑苏陈谦、郭翼，而吴兴得郯韶也。”

顾瑛《草堂雅集》卷三《张天英》：“性刚方，不事趋谒，再调皆不就。游西浙，多居吴下。放肆为诗章，尤善古乐府，皆驰骤二李（李白、李贺）间，时人多爱诵之。与予最为友善，凡有所作，必驰寄草堂。”　杰按：《元诗选三集》庚集、雍正《浙江通志》卷一八二、乾隆《温州府志》小传皆沿用顾氏文。

武陵春晓曲书于玉山佳处

武陵春晓花冥冥，渔歌兰枻摇残星。溪涵山气绿如酒，幽禽啼破松烟青。天上时闻凤凰曲，金门飞梦人初醒[①]。长啸银台月将落[②]，空翠著衣香雾薄。忽见安期蓬海东[③]，剑佩从风降玄鹤。阳乌衔火悬扶桑[④]，袖卷红云朝帝旁。手揽龙车睹天光[⑤]，下视蚁国空千霜。

【注】

玉山佳处，为顾瑛在昆山西界溪上构筑的园池别墅，即玉山草堂。杨维祯《玉山佳处记》：“昆隐君顾仲瑛氏，其家世在昆之西界溪之上。既与其仲为东西第，又稍为园池别墅，治屋庐其中，名其前之轩曰钓月，中之室曰芝云，东曰可诗斋，西曰读书舍。后累石为山，山前之亭曰种玉。登山而憩注者曰小蓬莱，山边之楼曰小游仙，最后之堂曰碧梧翠竹，又见湖光山色之楼。过浣花之溪而草堂在焉；所谓柳堂春渔庄者，又其东偏之景也。临池之轩曰金粟影，此虎头之痴绝者。合而称之，则曰玉山佳处也。”（《玉山名胜集》卷二）“武陵春晓”是其中一个景点。武陵，陶潜《桃花源记》所写武陵源，后指避世隐居处。《玉山名胜集》外集题作《武陵春晓曲寄玉山》。

①金门，金马门，汉宫门。代指朝廷。　②将，《草堂雅集》卷三作“中”，此从《玉山名胜集》。　③安期，仙人安期生。居东海蓬莱。　④阳乌，神话传说日中有三足乌。借指太阳。扶桑，传

说日出之处。 ⑤龙车，神仙所乘之车。《神仙传》卷三《沈羲》：“道次忽逢白鹿车一乘、青龙车一乘……载羲升天。”《艺文类聚》卷九五引作“龙车一乘”。

【评】

孙锵鸣《东嘉诗话》：“七古源出温、李，今录其《武陵春晓曲》云（本篇略）。又《赋钓月轩》诗云（引略）。”

杰曰：通篇体气豪迈，笔意恣放，富于想象。顾瑛谓“驰骤二李（李白、李贺）间”，是为允论。《东嘉诗话》引此篇，言“七古源出温（庭筠）、李（商隐）”，似未恰切。

题钓月轩

武陵溪头月初上，四边玉树凉晖晖。片石如云我独坐，一雨满池鱼欲飞。清童能唱《白凫曲》[①]，老夫醉卧青蓑衣。严陵千古不可见，但见客星朝紫微[②]。

【注】

钓月轩，顾瑛玉山草堂轩名，杜本篆额。参见前诗题注。同题赋咏有虞集、柯九思等。此据《玉山名胜集》卷八录，《草堂雅集》卷三全篇作：“武陵溪上钓鱼矶，白云青树秋晖晖。长竿倚石月初上，新雨满池鱼欲飞。清郎笑奉长生箓，寿客看舞斑斓衣。风流一散何时见，梦绕竹林行翠微。”字句多异。

①白凫，水鸟。白凫曲，吴地民间歌曲。清吴景旭《历代诗话》卷二六《白纻》：“《乐府原题》云：《白纻歌》有《白纻舞》，《白凫歌》有《白凫舞》，并吴人之歌舞也。吴地出纻，又江乡水国自多凫鹜，故兴其所见以寓意焉。” ②严陵，东汉隐士严光（子陵）。客星，

新见之星。《史记·天官书》:“客星出天廷,有奇令。”紫微,紫微垣,星宿名。《晋书·天文志上》:“紫微,大帝之座也。”

画山水歌题米元晖卷

我有山水癖,由来虽幽栖。十年游雁荡,五年游会稽。或言秦王昔时爱仙术,驱石下海如凫鹥[①]。洞口谁来斫龙耳,骊珠夜照天鸡啼。三峰参差九华老,蛟龙鼓浪方壶低。醉墨淋漓落吾手,咫尺万里云凄凄。初疑巨灵擘开翠岩湿,冯夷击碎青玻瓈[②]。又疑刘阮双行赤城下[③],渔舟棹入桃源溪。对此长歌发幽思,便欲着屐来攀跻。我家碧山最奇绝,绿萝万丈缘丹梯。忆昨金门拂衣去,自种青松与人齐。几人欲画画不到,惟有四时云月可以相招携。吾负碧山此为客,何异乎巢由轩冕行尘泥[④]。从吾好,归来兮!

【注】

米元晖,米友仁字元晖。《石渠宝笈》卷十四过录题作《画山水歌题赵宜之卷》

①驱石下海,《艺文类聚》卷六引晋伏琛《三齐略记》:“始皇作石桥,欲过海看日出处,时有神人能驱石下海。石去不速,神辄鞭之,皆流血。” ②冯夷,水神。 ③刘阮,东汉刘晨和阮肇。刘、阮入天台山采药迷路,遇二仙女。赤城,赤城山,在天台山南。 ④巢由,巢父和许由。相传为尧时隐遁高士。

【评】

天英现存篇什中,题识诸名家书画之作占了大多数。他是书画界品鉴名家,出笔成章,词采雅丽。其题咏宋李公麟(龙眠)、米友仁(元晖)、赵伯驹(千里)、赵孟坚(子固)、范成大(石湖)和同时赵孟頫（松雪）、赵雍（仲穆）、高克恭（彦敬）、李衎（息斋）、李士行（遵道）、钱选（舜举）、张渥（叔厚）诸家画卷书帖的墨翰，见录《赵氏铁网珊瑚》《吴都文粹续集》《历代题画诗类》《石渠宝笈》等书。《画山水歌题米元晖卷》可举为代表作。诗分三段：起言自己癖好山水，继而铺陈历史神话传说，终结到归来碧山隐遁的初衷。中间驱驾故事，入地上天，以侈张诞放之辞，肆其想幻，所谓“神鬼杂出，眩荡耳目”者。诗中不仅“醉墨淋漓”渲染画卷云山咫尺万里的气势，而且引发图“画不到”的题外之旨，表达了他拂衣金门、尘泥轩冕之志和绿萝丹梯、招携云月的幽怀。通篇奇儁兀奡的风格，确乎兼效太白的豪纵、长吉的瑰佹。

《久别离》送柳韶之西安

久别离，长相思。溪头杨柳树，十见黄金枝。枝长花飞如白雪，心期暗结东风知。东风吹花化为萍，一夜浮游满溪水。满溪水，到天池，萍亦因之几千里。何时萍实成，与子乘舟泛蓬瀛①。

【注】

久别离，乐府歌曲名。《乐府诗集》卷六九载南朝梁张率《长相思二首》，以“长相思，久别离”开篇。李白有《久别离》诗。柳韶，作者诗友，未详。西安，浙江衢州市古名西安。

①蓬瀛，蓬莱和瀛洲，相传为仙人所居。泛指仙境。

船上燕姬

燕姬倚娇色，珠帽络金花。半醉玉盘面，双鬟云影斜。水边忽自笑，眉目艳春华。芳心为谁发，翠袖拂琵琶①。

【注】

①拂琵琶，谓借琴音传情。

【评】

描摹行船中目见的北地女郎，珠帽金花，云鬟醉容，顾盼生春，鲜丽活泼的形象，跃然如在跟前。可谓善于刻画。

宴郑明德与袁子方、张伯雨，得落字

东家白云翁，载酒青山郭。相招竹林彦[①]，坐对春风酌。一花飞入楼，泛我银凿落[②]。醉步松月归，令人梦孤鹤[③]。

【注】

《乾坤正气》卷二题作《宴集分韵得落字》。郑明德：郑元祐字明德。袁子方：袁矩（1263—？）字子方，镇江人，徙居金陵。历仕当涂主簿、江浙行省检校，延祐三年任秘书监著作佐郎（《秘书监志》卷十）。晚寓吴中。至正四年（1344）尚健在。张伯雨：张雨字伯雨。

①竹林彦，指高雅之士。魏晋间阮籍、嵇康、山涛、向秀、阮咸、王戎、刘伶相友善，常宴集竹林之下，时号“竹林七贤”。　②银凿落，镌镂银花的酒盏。白居易《送春》诗“银花凿落从君劝，金琵琶。”宋叶廷珪《海录碎事·饮食》：“湘楚人以盏斝中镌镂金镀者为金凿络。”　③梦孤鹤，向往如闲云野鹤，自由无拘束。

春夜酬李五峰

酣歌惜春夜，起向月中立。北斗挂长松，风摧翠蛟泣[①]。山花如美人，飞香染衣湿。青天落吾手，大白不满吸[②]。推山出门去，秀气还复入。

【注】

李五峰，即乐清李孝光，是他引为同调的同郡诗友。详本卷作者简介。作者又有七古《游箫台寄李五峰》诗。

①翠蛟，青绿色蛟龙。比况长松。元刘仁本《巢云诗》亦云“但见长松舞翠蛟”（《羽庭集》卷二）。从作者《游箫台寄李五峰》“露洗长松翠蛟泣”句看，“泣”是写松针上下坠的露珠。　②落吾手，杜甫《将适吴楚留别章使君留后》：“不意青草湖，扁舟落吾手。”大白，大酒杯。汉刘向《说苑·善说》：“魏文侯与大夫饮酒，使公乘不仁为觞政，曰：‘饮不釂者，浮以大白。’”

【评】

诗写春夜醉饮酣歌的情景，逸怀豪气，笔墨间淋漓透发。出语隽峭，笔法跳脱有致，句句尽堪吟味。

客怀奉简玉山

我昔离家七月强，只今十月陨清霜。可惭浊酒黄花兴，应悔青灯白发长。翠袖天寒修竹暗①，绮窗日暖唾茸香②。夜长枕上扬州梦，江北江南是故乡③。

【注】

玉山，玉山草堂主人，指顾瑛。

①翠袖句，杜甫《佳人》：“绝代有佳人，幽居在空谷……天寒翠袖薄，日暮倚修竹。”翠袖修竹，喻女子节操高尚。　②唾茸，见卷三赵崇滋《悼步月》注②。　③夜长二句，写对吴下诗酒唱和放荡生活的怀恋。扬州梦，杜牧《遣怀》诗有“十年一觉扬州梦”句。

兰亭

酒醒风雨湿衣巾，曲水荒凉几莫春[①]。檐外萧萧修竹在，相逢如见永和人[②]。

【注】

兰亭，在绍兴市西南14公里兰渚山下。王羲之《兰亭集序》："永和九年，岁在癸丑，暮春之初，会于会稽山阴之兰亭，修禊事也。"

①曲水、修竹，《兰亭集序》有"此地有崇山峻岭，茂林修竹，又有清流激湍，映带左右，引以为流觞曲水，列坐其次"诸语。　②永和（345—356），东晋穆帝年号。永和人，谓东晋人物。

【评】

诗说：又是暮春时候，眼前这清流曲水、萧疏修竹，恍若回到东晋时代，遇见"列坐其次"开怀畅饮的永和贤达。不惟慕想前修，发思古之幽情，而且委婉地表达了"俯仰之间，已成陈迹"的感绪。

卷　六

元略二

郑　昂

郑昂（1289—1358），字处抑，一字崇阳，号密庵，平阳宰清乡上田人。为人警敏详密，清慎狷介，志趣高尚，不肯谐俗。隐居读书，处贫安分。年四十九始游温州，州学教授赵棨延为教师，居州学十年，所熏陶甚众。事见元陈高《不系舟渔集》卷十三《郑处抑先生行状》，弘治《温州府志》卷十二《隐逸》、雍正《浙江通志》卷一九三《隐逸下》有传。著有《密庵集》，已佚。《东瓯诗集》卷六录诗5首，《东瓯诗续集》卷四续录10首，《元诗选补遗》录16首，《东瓯诗存》卷十一录13首。此外，《明诗综》（4首）、《宋元诗会》（2首）、《御选元诗》（5首）也都选到他的作品，说明在诗坛尚为人注目。

《清颍一源集》卷一陈与时《赠郑处士》："林间有白鹤，时欲冲青天。雨湿难高飞，回风堕我前。形影困泥滓，侧翅犹翩翩。群鸟共饮啄，岂知骨可仙。一朝羽翮健，高举凌紫烟。凡禽空怅望，安得同周旋。题下注：'郑昂，字处抑，号密庵。平阳人。至正间屡荐不起，有诗传于世。'"

陈高《不系舟渔集》卷十三《郑处抑先生行状》："读书为文，尤长于歌诗。……所为诗老益工，非得惊人语，不苟操笔。有稿若干，藏于家。"

弘治《温州府志》卷十二《隐逸·元郑昂》："雅好为诗，工唐律，清新俊逸，一字不苟。”

张綦毋《船屯渔唱》之四二：“清俊曾传七字耽，栖迟飘泊两难堪。上田可是王官谷，一忆诗人郑密庵。”　杰按：密庵《栖迟》诗有“栖迟久慕王官谷，飘泊仍依谢客岩”句。唐季诗人司空图晚年辞官退居中条山王官谷。

舟至南塘

才过南塘驿，湖光便可怜。渔翁低撒网，溪女笑撑船。仙馆孤篷顶，谯楼五里前①。兼旬不相见，稚子定忻然。

【注】

此当是作者自平阳赴温州沿温瑞塘河舟行过南塘驿作。时居家郡城，故云“兼旬不相见，稚子定忻然”。南塘，见卷二翁卷《南塘即事》题注。

①仙馆，道观。谯楼，城门上的瞭望楼。

【评】

此咏塘河沿岸风光和民俗，前四句尤佳。

出郭

春光暗逐钿车尘，出郭潜惊节候新。汀草岸花深杖屦，水风沙日净衣巾。江间白鸟浑忘世，雨后青山欲近人。借问扬雄旧时宅①，野烟荒草带疏邻。

【注】

①扬雄旧时宅：扬雄字子云，汉哀帝时，他不愿附离权贵，退居成都西郭隘巷，著《太玄经》。宋乐史《太平寰宇记》卷七二《剑

南西道一·益州成都县》:“子云宅,在少城西南角,一名草玄堂。”晋左思《咏史》诗:“寂寂扬子宅,门无卿相舆。”这里举以自比。

林处士幽居

山篱短短径斜斜,屋子三间竹半遮[①]。岁馑无僧供菜把,天寒有鹤守梅花。武陵流水非秦世,姑孰青山落谢家[②]。共约春晴草芽动,杖藜携酒踏晴莎。

【注】

①子,《御选元诗》卷五四作“宇”。 ②武陵,今湖南常德市。非秦世,陶潜《桃花源记》叙武陵人捕鱼缘溪行入桃源,村人告以“先世避秦时乱”来此绝境。姑孰,亦作姑熟,今安徽马鞍山市当涂县。青山,《方舆胜览》卷十五《太平州·山川》:“青山,在当涂县东南三十里。《寰宇记》:齐宣城太守谢朓筑室于山南,遗址犹存,绝顶有谢公池。唐天宝改为谢公山。朓诗云:‘还望青山郭’。”谢家,指南朝齐谢朓家。二句以武陵桃源、姑孰青山比况林处士幽居之胜美,对工而使典恰切。

【评】

郑昂诗“工唐律”,现存七律10首,笔调流畅,用语俊秀。除《出郭》和本篇外,他如《次韵元日》“宇宙春回青草际,江湖日暖白鸥前。”《上杜佥宪》“石门雪瀑清诗眼,雁荡青山入马蹄。……梅花一夜寒如水,霜压重楼鼓角低。”《闰八月归故山》“秋风八月又八月,客路一年还一年。”亦皆可举。

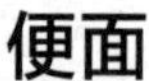

便面

水边独立淡秋思，忽见夕霏天霁开。百鸟不知何处去，青山浑欲渡江来。

【注】

便面，本称团扇、折扇。此指扇画，在团扇、折扇扇面作的画。宋李彭《徐叔明校书作汉江暮霭，扇材极妙，作此以赠》：“馀酣写便面，万里烟莽苍。”宋陈克《代王正平从谏掾乞画凭肩美人扇子二首》之一：“闻道近来都识破，丹青便面亦轻捐。”

【评】

结句妙笔。王安石《若耶溪归路》云“汀草岸花浑不见，青山无数逐人来”；此云“百鸟不知何处去，青山浑欲渡江来”，都将静止的山写活了，跃然纸上，渲染了一种与大自然亲密无间的感受。

郑　僖

郑僖（约1290—约1343或1342），字宗鲁，号天趣，平阳郑岙人。其题跋书序自署“永嘉郑僖”，盖举郡名言。父郑鸣凤，宋咸淳末上舍释褐；仕元，教授衢州、衡州。僖少好学，通涉经史，淹有词翰。随父宦游，历闽、赣、湘境，成诗若干卷，曰《三湘集》。元英宗至治三年（1323）乡试中式，登泰定元年（1324）进士，授承事郎台州路同知黄岩事。至元元年（1335）为同里章祖程《白石樵唱注》作序。其卒当在元惠宗至正三年（1343）或前一年。与萨都剌、李孝光、张天英、朱晞颜等相唱和。诗文多散佚，今传《春梦录》一卷。存诗14首。事见《瓯海轶闻》校笺卷二九《文苑元·郑僖》，民国《平阳县志》卷三六《人物志五元》有传。

【附考】

（1）郑僖生年。设34岁会试中式，前推其生年约当元世祖至元二十七年（1290）。

（2）郑僖登第年。明徐一夔《始丰稿》卷十二《国子助教李君墓志铭》："于是刻意明经，往从永嘉郑公僖学。郑公登泰定甲子进士第。"（文渊阁四库全书本）记载清楚。弘治《温州府志》卷十三《科第·元》："泰定甲子：郑僖，平阳人。癸亥中乡试，是年第二甲登第，赐进士出身，授承事郎台州路同知黄岩事。""是年"是指前头的"泰定甲子"即泰定元年（1324），非谓"中乡试"的"癸亥"（至治三年，1323）。雍正《浙江通志》卷一二九《选举七·元进士》："泰定二年乙丑：郑僖，平阳人。"同卷复载："至治三年癸亥：郑僖，平阳人，进士。"前后矛盾，殊见错乱。受其影响，乾隆《平阳县志》卷十二《选举上·进士》云："元泰定二年乙丑榜：郑僖，见《文苑》。"而该书卷十六《人物下文苑·郑僖》作："癸亥中乡试，是年第二甲登第。"虽沿用弘治《府志》文，却断章取义，表述有错，让人误以为是"癸亥"（至治三年，1323）登第。按元选举制：行省乡试中选，次年二月赴礼部会试（进士试），三月廷试。每三年开试一次。《元史·选举志一》载至治元年（1321）、泰定元年（1324）、泰定四年（1327）廷试进士若干人，不存在至治三年癸亥（1323）或泰定二年乙丑（1325）的科第。民国《平阳县志》卷三六《人物志五》不误。至《东瓯诗存》卷十一、《东瓯先正文录》卷七郑僖小传并云“泰定丙子进士”，又为亥豕之讹。泰定并无丙子年，当作泰定甲子，误甲为丙也。

（3）郑僖卒年。据僖文友张天英《白云稿序》：“余始居吴，见伯贤（朱右）郑宗鲁（郑僖）所。宗鲁善伯贤，温雅有持，吾已存诸胸中矣。是后伯贤复如建业，从李季和（李孝光）游，留岁余，周览故都名山大江之胜。其所与接，尽荐绅先生，余益以奇之。此二人者，吾友也。郑君死，季和归老其家，吾亦将隐矣。又及与伯贤友，盖亦有所自欤？尚章协洽岁孟夏，清河张天英序。”（文渊阁四库全书本朱右《白云稿》卷首）序文末署“尚章协洽岁”，系用太岁纪年法。据《史记·历书》，“尚章”对应十干之“癸”，“协洽”对应十二辰之“未”。尚章协洽岁即癸未年，亦即元惠宗至正三年（1343）。张序云“郑君死，季和归老其家”，是至正三年（1343）夏张作此序时郑僖已亡，这是非常明确的记载。据此，可以确定郑僖当卒于至正三年（1343）或前一年（至正二年，1342）。或谓：据郑僖婿李晔（昱）《草阁诗集》拾遗《甲辰岁九月一夜，梦外舅天趣郑先生，问幽冥之事，但云“海天月色秋茫茫”。觉而衍其语，以寄哀情》诗及吴景奎《药房樵唱》卷一《哭郑伯容》(伯容僖幼子)诗推断，谓“郑僖当卒于至正十五年（1355）至二十四年（1364）之间”（《温州文献丛书》第二辑《瓯海轶闻》卷二九校笺），非是。

王袆《王忠文集》卷七《王氏迂论序》：“至于宋而有永嘉经制之学焉。盖自郑景望氏、薛士龙氏以及陈君举氏、叶正则氏先后迭起，其于井牧、卒乘、郊丘、庙社、章服、职官、刑法之类，靡不博考而精讨，本末源流，粲然明白，条分缕析，可举而行。当其时，吾金华唐与正氏帝王经世之术，永康陈同父氏古今事功之说，与之并出；新安朱子皆所推叹，然于永嘉诸君子之学独深许之，岂不以经制之讲，固圣贤之所以为道者欤？近时有郑天趣先生者，永嘉人也，其于乡学能备究之。”

徐一夔《始丰稿》卷十二《国子助教李君墓志铭》：“君讳皋，字宗表……于是刻意明经，往从永嘉郑公僖学。郑公登泰定甲子进士第，需次未上官，从学者甚众。君得其指授大要，为经义辞章，骤出同辈上。公命删润他弟子所业，君加删润，辄粲然可观。公喜曰：‘如李皋者，科第不难致也。当以子妻之。’李秘著孝光，郑公友也，以古文鸣东南。君持作请制教，秘著极加称赏，曰‘吾友得壻矣’。”

寄吴氏（九首选四）

翠袖笼香倚画楼，柔情犹为我迟留。何时共个鸳鸯字，吟到东风泪欲流。之二

画梁双燕舞轻尘，只见新诗不见人。夜夜相思飞蝶梦，东风着意杏花春。之四

风流才思古难全，若得相逢不偶然。有约绿杨门外过，珠帘半卷露婵娟。之五

落花时序易消魂，忍看云笺沁粉痕。近日恹恹香玉瘦，可怜和泪倚重门。之七

【注】

元武宗延祐四年（丁巳，1317），作者客居永嘉（温州郡城，今鹿城区），与城西吴氏女相恋。书翰往返，诗词赓和，互致倾慕。女怜生才，矢意相从，而为母氏所阻，发愤成疾，抱恨身陨。作者为

撰《春梦录》，用叙始末，并“具录往来词翰”。

【评】

《瓯海轶闻》卷二九《文苑元·郑僖》张如元校笺：“千年良缘，万古遗恨，宜乎词笔缠绵悲恻，有感人至深处。”

【附】

郑僖《春梦录序》：城之西有吴氏女，生长儒家，才色俱丽，琴棋诗书，靡不究通，大夫士类称之。其父早世，治命宜以为儒家室，女亦自负不凡。予今年客于洪府，一日媒妪来言，其家久择婿，难其人。洪仲明公子戏欲与予求之。予辞云已娶，不期媒妪欲求予诗词达于女氏。予戏赋《木兰花慢》一阕。翌日，女和前词附媒妪，至乃曰：“吴氏女见此词，喜称文士之美，但母氏谓官人已娶而不可。”然女独怜予之才，赓唱迭和。复命乳母来观，且述女喜之意，欲虽居贰室亦不辞也；嘱予托相知之深者，求启母归予。然予在城之日浅，相知者少，漫嘱意山长吴槐坡者往说。其母终亦不然。有周氏子，惧予之成事，挟财以媚母氏。母乃失于从周，遂纳其定礼。女号泣曰：“父临终命归儒士，周子不学无术，但能琵琶耳。我誓不从！”周氏因佯狂，掷冠于地。母怒殴之，女发愤成疾，病且笃，母乃大悔，惧逆其意，即以定礼付媒妪以归于周。然女病竟无起色，因以书遗予曰：“妾之病为郎也。若此生不救，抱恨于地下，料郎之情岂能忘乎？”临终，又泣谓其青衣名梅蕊者曰：“我爱郑郎，生也为郑郎，死也为郑郎。我死之后，汝可以郑诗词书翰密藏棺中，以成我意。”未几，果卒。呜呼！文君之于相如，自昔所难，而况夫妇之间，多才相配，世之尤难者乎！夫以女之才如是，而怜予之才又如是，齐眉相好，唱和百年，岂非天下之至乐者乎？而况其家本丰殖复有赀财者哉，乃厄母命之不从，发愤成病，抱恨而死。嗟夫，红颜胜人多薄命，亘古如斯，而况才色之兼全者乎！惊彩云之易散，痛黄壤之相遗，亦重予之临风相悒怏耳，恨何言也！抑予非悦于色也，爱其才也；非徒爱其才也，感其心也。今具录往来词翰于后，览者亦必昭予之悽怆也。延祐戊午永嘉郑禧天趣序。(涵芬楼本《说郛》卷四二引，参校宛委本及四库全书本《说郛》卷一一五)

悼亡吟二首

诗写青笺几往来，佳人何自苦怜才。伤心春与花俱尽，啼杀流莺唤不回。之一

相见愁无奈，相思自有缘。死生俱梦幻，来往只诗篇。玉佩惊沉水，瑶琴怆断弦。伤心数行泪，尽日落花前。之二

【注】

元仁宗延祐四年（1317）悼吴氏女作。作者《春梦录》：“吴氏既终，以文寄祭云（略）。又《悼亡吟二首》云（本篇略）。”参见前篇题注。

【评】

明王昌会《诗话类编》卷十三《闺秀》：“吴女以姻事不谐，沉郁不起，作诗别生云：‘泪珠滴滴湿香罗，病袖芳肌瘦损多。怪得夜来春梦浅，不知今日定如何？’竟长逝。生闻之痛甚，为《悼亡吟》云（本题之二略）。”

陈冈

陈冈（约1292—？），字士原（原亦作元），号石池，瑞安阁巷人。陈昌时长子。《清颍一源集》卷一：“晚寓后溪别业，又号溪堂居士。所著有《溪堂稿》。”录诗16首。《宋诗拾遗》卷十四选录2首，小传作“平阳人”非。

陈挺《读清颍一源诗一十六首·题石池公》：“池上高吟思不群，闲中物象意中文。物吾心法谁传得，自是趋庭合有闻。”（《清颍一源集》卷二）　　杰按：物吾，其父陈昌时。

访芸山翁

晓行江之湄，令严霜草泣。冻云飞不开，怒海当风立。远来吟君诗，口外春风湿。酒气生春梅，长歌动山蛰。好鸟深其栖，晚来归兴急。

【注】

芸山翁，题下注：“裴季昌。”裴庚，字季昌，号芸（亦作云）山。详卷四陈则翁《仙峰别墅》、林正《寄裴云山》题注。

【评】

笔意不凡。“冻云飞不开，怒海当风立。”尤警挺。

后溪别业

有客来松下，呼童扫石根。人家黄叶市，烟火夕阳村。移席更临水①，看山不掩门。坐来忘夜久，衣露湿秋痕。

【注】

题下原注:"在平阳管岙山麓。"民国《平阳县志》卷三《山川上》:"自鸣山折西为管岙山。旧《志》云:在县西北十里。"《宋诗拾遗》卷十四、《东瓯诗存》卷十四题作《有客》。

①移席,《清颍一源集》作"移石",《东瓯诗存》同,今从《宋诗拾遗》改。

【评】

孙衣言《瓯海轶闻》卷二九《文苑元·陈冈》:"后溪别业在平阳管岙山麓,士原有诗云:'人家黄叶市,烟火夕阳村。移石更临水,看山不掩门。'善于写景。"

杰曰:通篇随兴而就,一种逸旷自适的情抱流露于笔间,洵称五言胜境。

晓发桃花驿

出门天未白,残月在西岑。官马桃花驿,人家枫树林。酒醒风力透,衣冷雪痕侵。又问前溪渡,坚冰数尺深。

【注】

桃花驿,即冯公岭,一名桃花岭,在浙江缙云县西南,为往来通衢。雍正《浙江通志》卷三八《关梁六·处州府缙云县·桃花隘》:"冯公岭,亦名桃花岭。"参见卷三曹豳《题括苍冯公岭二首》题注。

【评】

陈冈诗长于律体,多用白描手法。五言律朴淡简净,颇具四灵风致。除《后溪别业》外,馀如《送章琴师》"野席云分坐,松门水作邻”,《寄周处士》“野桥分涧水,春户隔桑麻”,《过赵氏隐居》“一家临水住,两户对山开”及本题“酒醒风力透,衣冷雪痕侵”等,皆清隽秀润之句。

柳风

晓色烟光卷作晴,依依凉动水天清。长堤旧恨吹难尽,别路新愁扫复生。香送淡云随絮远,暖和青雨拂枝轻。莫将嫩绿飘零乱,尚有春衣染未成①。

【注】

《宋诗拾遗》《东瓯诗存》题作《柳色》,《清颍一源集》作《柳风》,较切。

①飘零,《清颍一源集》作“狂飘”,兹从《宋诗拾遗》。尚,《宋诗拾遗》作“犹”。

【评】

陈冈七律诸什,吐属自然,意较浑成。本题“长堤旧恨吹难尽,别路新愁扫复生”;《送山中人》“松花送驿山杯冷,枫叶烧云野饭香”,均称警辟。

田家即事

夹岸疏篱压水斜,数株松树一人家。西风隼落拳惊雀①,寒日牛归背聚鸦。稚子隔邻来送酒,老翁迎客坐呼茶。相逢因说为生苦,荒土于今亦税麻。

【注】

①隼,猛禽。又名鹘。拳,趾爪。

【评】

“西风隼落拳惊雀,寒日牛归背聚鸦。”工炼而自然,堪称名句。下句尤胜,从张舜民《村居》“夕阳牛背无人卧,带得寒鸦两两归”化出,合二句为七字。结联拓广了诗意,杜荀鹤《山中寡妇》:“桑柘废来犹纳税,田园荒尽尚征苗。”范成大《四时田园杂兴六十首》之三五:“无力买田聊种水,近来湖面亦收租。”此云:“相逢因说为生苦,荒土于今亦税麻。”皆申诉民瘼,箴刺时政,发出相同的感叹。

翁　葵

翁葵,字景阳,乐清柳川(柳市镇)人。元时曾任台州路佐吏。李孝光有《送翁景阳作台州掾》诗:“门前五株桃,春暮始作花。劝汝一杯酒,丈夫莫思家。功成持身归,吏民相邀遮。男儿自应尔,父老慎勿夸。”于孝光属晚辈。著有《渔唱集》,已佚。《东瓯诗集》卷六录诗5首。《元诗选癸集》戊上、《东瓯诗存》卷十一录同。

桐庐舟中

十数人家门傍水,二三里路地栽桑。前溪渔棹归无数,网挂船头晒夕阳。

【注】

《御选元诗》卷七三选录。桐庐,今属浙江,在富春江沿岸。

吴氏女

吴氏女（1298—1317），永嘉城西人，名未详。生长儒家，才色俱丽，精晓琴棋诗画，自负不凡。元文宗延祐四年（1317），平阳郑僖客居郡城与邻，吴女倾慕郑郎才华，诗简传情，愿托终身。母氏不允，女矢意相从，竟怨愤亡，年逋二十（郑僖友悼诗有“可怜一点真才思，辜负韶华二十年”句）。女临终泣谓青衣梅蕊曰：“我爱郑郎，生也为郑郎，死也为郑郎。我死之后，汝可以郑诗词书翰密藏棺中，以成我意。”痴情如此。其殁，郑僖为《悼亡吟二首》，郑之诗友黄敏、汪子才、徐天赉、沈君清各有《悼吴氏》七律。《东瓯诗存》卷四六《闺秀》、《元诗纪事》卷三六《闺阁》录其诗1首。今存答和郑生七绝诗7首、《木兰花慢》词2阕（爱风流俊雅、看红笺写恨）、书简4通，所作笔翰秀润有致，楚楚可怜。事见涵芬楼本《说郛》卷四二郑僖《春梦录》。

答郑生（七首选五）

慈亲未识意如何，不肯令君画翠蛾[①]。自是杏花开较晚，梅花占得旧情多。之一

【注】

①翠蛾，女子细而长曲的黛眉。蛾，宛委本《说郛》作“娥”，亦通。

今生缘分料应难，接得新诗不忍看。谩说胸襟有才思，却无

韩寿与红鸾[1]。之三

【注】

①韩寿，字德真，西晋南阳堵阳人。《世说新语 · 惑溺》："韩寿美姿容，贾充辟以为掾。充每聚会，贾女于青琐中看，见寿，说(悦)之，恒怀存想，发于吟咏。后婢往寿家，具述如此，并言女光丽。寿闻之心动，遂请婢潜修音问，及期往宿。寿蹻捷绝人，窬墙而入，家中莫知……充秘之，以女妻寿。"红鸾，传说中的仙鸟。喻指传喜信使。

琴棋书画艺皆全，一段风流出自然。院宇深沉帘不卷，想君难得到婵娟。之五

【评】

"想君难得到婵娟"，思恋情切，却从对方著笔，更深一层。

泪珠滴滴湿香罗，病袖芳肌瘦减多[1]。怪得夜来春梦浅[2]，不知今日定如何？之六

【注】

①袖，原本作"里"，兹从《诗话类编》卷十三引改。减，《词苑丛谈》卷十二引作"损"。　②怪得，《岐海琐谭》卷六、《东瓯诗存》卷四六作"莫怪"。

青衣扶起鬓云偏[1]，病里情怀最可怜。已自恹恹无气力，强抬纤手写云笺。之七

【注】

①青衣，丫鬟。

【评】

姜准《岐海琐谭》卷六："元吴氏，处子也，居永嘉之西，其父没，与母独居。有进士郑僖者，因媒通诗，欲娶为二室。女慕郑才，亦不拒。其母不从，夺许周氏，非女志也。酬郑生诗二首云：'慈亲未识意如何，不肯令君画翠蛾。自是杏花开较晚，梅花占得旧情多。''今生缘分料应难，接得新诗不忍看。谩说胸襟有才思，却无韩寿与红鸾。'吴氏因病，郑生以诗寄之，复以诗答郑生云：'泪珠滴滴湿香罗，病里芳肌瘦减多。莫怪夜来春梦浅，不知今日定如何？''青衣扶起鬟云偏，病里情怀最可怜。已自恹恹无气力，强抬纤手写云笺。'竟悲怨而卒。郑为作《春梦录》一卷。"

徐釚《词苑丛谈》卷十二："《诗话类编》云：吴氏女爱吟咏，邻有郑僖，雅擅才华。女常令妪索词于生，生赋《木兰花》词与之，因从其母求婚，不允。女密寄词与生云：'看红笺写恨，人醉倚，夕阳楼。(正) 故里梅花，才传春信，又付东流。此生料应缘浅，绮窗下雨怨云愁。楼外杏枝绽也，珠帘懒上银钩。　　丝萝桥树欲依投，此景两悠悠。恐莺老花残，翠嫣红减，辜负春游。蜂媒问人情思，总无言应只低头。梦断东风路远，柔情犹为迟留。'女竟以忧恨而卒，作诗别生云 (本题之六略)。生闻之，为《悼亡吟》，有'死生真梦幻，来往只诗篇'之句。"　　杰按：《丛谈》据明王昌会《诗话类编》卷十三《闺秀》编录，有删减。

豁蒙楼曰："这是一段缠绵悱恻凄怆、令人伤感的情爱故事，也是含血和泪、用生命写下的凄美篇章。吴氏女的诗词书翰，不惟‘字含玉润，韵染兰香’，‘妙语难忘，芳心可掬’；更在其一往情深，对自由恋爱、婚姻的热烈企盼和勇敢表白，以及愿望得不到实现时的怨愤，‘之死矢靡它’的决绝之心，所以令人感动。‘非徒爱其才也，感其心也’，‘临风悒怏’，数百年来打动无数读者的心弦。郑僖《春梦录》传奇，广为流传，除全文见载明陶宗仪《说郛》卷四二（涵芬楼本，宛委本《说郛》卷一一五载同），明姜准《岐海琐谭》卷六、王会昌《诗话类编》卷十三《闺秀》、清徐釚《词苑丛谈》卷十、曾唯《东瓯诗存》卷十一及卷四六，亦各选载其事其诗，论者媲美于唐元稹之《会真记》。然封建说教者斥为‘拂性’，谓‘才美虽可夸，名教未足数’（《说郛》卷四二嘉子述《春梦录后序》）。明支允坚《艺苑闲评》云：‘元稹作《会真记》，郑禧（僖）作《春梦录》，自表其失行；牛僧孺作《周秦行记》，自陈其荡志，读之令人作恶。’（《明诗话全编》第10册）迂腐不足为训。民国《平阳县志》卷七一《文徵内编九》不录郑诗，按云：‘《东瓯诗存》录有郑僖《悼亡》及《寄吴氏》诗，今删。’适见纂修者观念之守旧。”

释文信

释文信（约1298—1378），字道元，号雪山禅师，永嘉人。幼年出家，住苏州石湖宝华禅寺。聪颖富学，善诗文，擅书画。元惠宗至正间与张雨、杨维祯、倪瓒、王逢等交游，王逢言“少与张伯雨、杨廉夫齐名”（《次韵信道元长老》后序）。参与顾瑛昆山玉山草堂雅集诗会。诗多散佚，《西湖竹枝集》《玉山草堂雅集》各录3

首,《元诗选补遗》录12首,《全元诗》第50册辑录21首。

杨维祯《西湖竹枝集·释文信》:"性孤高,为浮图氏,然持其法而不为法缚,故介而能散。所交皆海内名公文人,字画追吴兴(赵孟頫)而别成一家,丛林之俊秀也。"

顾瑛《玉山草堂雅集》卷十六《释文信》:"幼警悟,不喜尘俗,遂出家从浮图氏。既悟禅旨,兼通儒老。善属文,诗尤清峭,不为时俗声。住石湖宝华禅寺,每与谈诗,令人洒去尘想。"

梁章钜《浪迹续谈》卷二《文信》:"翁覃溪师《复初斋文集》中,有《跋文雪山墨迹卷》云:'文信号雪山,永嘉人。此卷是其自书所作五言律、七言绝句,凡八诗,不著岁时。予考雪山《题赵彦徵画卷》,在洪武六年夏六月,证之此卷《题扇诗》"江南京国""锺峰驻马"之语,则前诗所称"听宣谕"者,是在洪武初年所作。后之辑明诗者,却未之及。'按洪武初既有诗,则为元人无疑,而今郡、县志皆失载,何也?"

古娄顾仁山于其所居,植竹数百本,竹中作亭,日逍遥其间,迺署其亭曰竹逸。呜呼,古之贤者必有寓,若顾君寓于竹,不亦贤乎哉!为赋诗一章以颂之

时维青阳[①],彼花竞英。雨雪飘飘,我竹青青。于彼竹中,曰构我亭。我琴既弦,我酒既清。以遨以游,以乐我情。岂不尔思,于焉孔宁。君子之心,惟以是贞。

【注】

据《玉山草堂雅集》卷十六录。《御选元诗》卷二选录。

古娄，娄县（今江苏昆山市）。顾仁山，昆山人，遁居之士。元郭翼《与顾仲瑛书》称："窃见昆山人物之盛，非他州可及……士大夫之族，则朱次山之好古博雅，朱仲高之倜傥好客，张心田之能书能画，顾仁山之恬退守业，马廷玉君瑞之好文雅，杨仲元之世其家，易兼山之吏隐，顾善夫之墨妙。"（《林外野言》卷下）作者《题顾处士梅隐斋》云："轩冕岂不荣，物性各有托。顾君幽隐地，种梅良不恶……岂无凡草木，爱尔抱贞悫。"

①青阳，指春天。《尸子·仁意》："春为青阳。"

和西湖竹枝词（三首选二）

湖西日脚欲没山，湖东月出牙梳弯①。南北两峰船上看，恰似阿侬双髻鬟②。之一

【注】

据杨维祯编《西湖竹枝集》录。《古今禅藻集》卷十七选录题作《和杨廉夫西湖竹枝词》。参见卷五黄公望同题诗注。

①月出，《梧溪集》卷七引录作"新月"。牙梳，象牙梳子。　②南北两峰，指杭州西湖西北南高峰、北高峰。上，《梧溪集》作"里"。恰似，《梧溪集》作"却比"。

【评】

王逢《梧溪集》卷七《次韵信道元长老菱溪草堂见寄之作》后序："道元少与茅山道士张伯雨、前进士会稽杨廉夫齐名，尝有《西湖竹枝词》云（本篇略）。至今为绝唱。或者病其浮薄，廉夫谓曰：'金沙滩头菩萨，亦随世作戏耳。'或乃释焉。诚、演二公，与道元同字，皆博学负重名，而道元戾契度世，仅住小山林而已。今年

八十馀，托友生钱岐以诗见寄，且嘱曰：'幸致敬席帽翁，予不久天柱家山去也。'于乎，台雁山天柱，岂特道元龛在耶？" 杰按：王逢自称席帽山人。诚指释本诚，初名文诚，字道原，嘉禾人。

湖上采菱怜湿衣，泥中取藕偶得归。怪杀鸳鸯不独宿，却嫌鸂鶒傍人飞[①]。之二

【注】

①鸂鶒，水鸟名。形大于鸳鸯，毛五彩色，好并游，俗称紫鸳鸯。

郑 东

郑东（约1299—约1354），字季明，号杲斋，平阳招顺乡（蒲门乡）湖井（今属苍南）人。少嗜学，天资绝人，明《春秋》。两试行省，不合主司标准，遂弃去场屋，肆力于古文辞。出游浙东西，文宗至顺三年（1332），授徒昆山，为玉山草堂座上胜客。后与弟采俱寓居常熟。与杨维祯、顾瑛、郭翼、陈高交游，吕诚师事之。惠宗至正八年（1348）《题卫明铉山水小景为管伯铭赋》有云"至今未满李徵士，白首犹贪著作郎"，盖不满乐清李孝光白首就徵。翰林学士承旨欧阳玄奇其材，欲荐于朝，未上遽以疾卒。据明朱存理编《珊瑚木难》卷六载，郑东《双清楼记》撰于至正十四年（1354）三月，十八年郭翼跋云"其弟子严寅识其为先生绝笔也，请予识其后。"是季明卒当在至正十四年（1354）或稍后。传见《姑苏志》卷五七《人物二十·游寓》、雍正《浙江通志》卷一八二《文苑》。

郑东“以古文名世”(苏伯衡《孔教授夫人汪氏墓志铭》),其诗颇得杨维祯称赏,在《郯韶诗序》和《郭羲仲诗集序》中加以举列,认为是继李孝光、张雨诸人而起之东南名家。郑东与其弟郑采并以文名,时称“二郑”,明宋濂《郑氏联璧集序》誉为“希世之士”,评价极高。《全元诗》第46册录郑东诗58首。

杨维祯《东维子文集》卷七《郯韶诗序》:“我元之诗,虞为宗,赵范杨马陈揭副之,继者叠出而未止。吾求之东南,永嘉李孝光、钱唐张天雨、天台丁复、项炯、毗陵吴恭、倪瓒,盖亦有本者也。近复得永嘉张天英、郑东、姑苏陈谦、郭翼,而吴兴得郯韶也。”　又《郭羲仲诗集序》:“幸而合吾之论者,斤斤四三人焉,曰蜀郡虞公集、永嘉李公孝光、东阳陈公樵其人也;窃继其绪馀者,亦斤斤得四三人焉,曰天台项炯、姑胥陈谦、永嘉郑东、昆山郭翼也。”

顾瑛《玉山草堂雅集》卷十《郑东》:“幼酷嗜书,明《春秋》。后生学徒为举子业者,一经指授,皆就绳墨。作文为诗,旨趣高远。别有文集行于时,今所载者特与予家题品者耳。”　杰按:顾编《玉山草堂雅集》卷十录其诗39首。

郭翼《双清楼记跋后》:“《双清楼记》者,永嘉郑君季明所作也。先生有志于时,未遂而卒,故暮年文辞字画,恢恢然有古人形貌,非一言一字剽袭求似者也。其弟子严寅识其为先生绝笔也,请予识其后。予因叹曰:昔昌黎韩子谓柳子死穷弗用于世也,使子厚得志于一时,其文章必不能力致必传于后,彼此得失,必有能辨之者。吾于先生亦然。时至正戊戌中秋日郭翼书于海曙楼。”(《珊瑚木难》卷六)

宋濂《文宪集》卷六《郑氏联璧集序》:“二先生伯仲并以文鸣,

其亦可谓希世之士乎……杲斋之文则气质沈雄，如老将帅师，旌旗金鼓，缤纷交错，咸归节度；曲全之文则规制峻整，如齐鲁大儒，衣冠伟然，出言不烦，曲尽情意。然皆有台阁弘丽之观，而无山林枯槁之气。”　杰按：顾嗣立《元诗选三集》庚集郑东《联璧集》：“文宪（宋濂）斯言，深得二郑之旨趣矣。”

苏伯衡《苏平仲文集》卷四《缪氏埙篪集序》：“余观于平阳，在元之世，兄弟并以文鸣，则有若郑氏；居今之世，兄弟并以诗鸣，则有若缪氏。郑氏兄字季明，弟字季亮，而其文集曰联璧。缪氏兄字仲琳，弟字仲卣，而其诗集曰埙篪。夫郑氏一门而能文者同气二人焉，缪氏一门而能诗者同气二人焉，此余每览其联璧埙篪集，所以辄叹平阳人物之不可及也。”

张綦毋《船屯渔唱》之八六：“眉山太史擅文章，教授声名久颉颃。共是东南称作者，杲斋名并五峰望。”（《潜斋集》）　杰按：五峰指李孝光。

民国《平阳县志》卷四一《人物志十元·郑采》：“东诗存者多恢奇伟异，变化不可方物；采诗则温醇雅正，循循然矩矱先民，盖别标一帜云。”

老牧图

彼轩彼裳，我笠我蓑。彼驰且驱，我行且歌。呜呼！世间荣辱如吾何，夕阳牛背青山多。

【评】

孙锵鸣《东嘉诗话》：“杲斋《题老牧图》云（本篇略）。曲全《去妇词》云（引略）。《老牧》诗何其孤介而高旷，《去妇词》何其哀怨而悱恻也！”

杰曰：咏逸士高怀，词意简古。“夕阳牛背青山多”，尤隽。

题画松壁

八月江头茅屋破，日日盲风雨交和。眼前安得大厦成，拾遗归来泪空堕[①]。纷纷万木争出山，琐碎榱桷非为难[②]。万牛莫挽楩与楠，往往弃置丘壑间[③]。独立风霜二千尺，未识何时逢匠石[④]，白头老樵空叹息。

【注】

①拾遗，指杜甫（官左拾遗）。杜《茅屋为秋风所破歌》：“安得广厦千万间，大庇天下寒士俱欢颜。” ②榱桷，屋椽。 ③万牛莫挽，杜甫《古柏行》：“大厦如倾要梁栋，万牛回首丘山重。”黄庭坚《子瞻诗句妙一世次韵道之》：“枯松倒涧壑，波涛所舂撞；万牛挽不前，公乃独力扛。” ④匠石，《庄子·人间世》中写的能辨识良木的工匠。

【评】

郑东长时客寓吴中，见多识广，是书画品题名手。此云：琐碎杂木纷然争出，万牛莫挽的栋梁之材却被弃置空谷，不逢匠石，大厦难成，是以杜公堕泪，老樵叹息。抒发怀才不遇的感慨，能就题外落笔，托蕴深警。

送江阴郡博周元浩归平阳

君不见苏秦昔上秦王书，嫂不下机妻不炊，青镫长夜股流血，黄金六印何累累[①]。又不见陶渊明，富贵视之鸿毛轻，腰宁不折五斗米，归来篱菊秋盈盈。周君妙年江海客，几度吴花醉中摘。蒲帆半幅风飕飕，长啸一声江月白。我家亦在蒲海头[②]，此时春酒浓如油。堪怜千里尚飘泊，恨不共买东归舟。

【注】

江阴郡博，江阴州（今江苏江阴市）州学博士。元州学学官亦称博士。周元浩，平阳人。永嘉徐准有《偕刘景玉、周元浩携小妓游于坡上，忘形剧饮，故赋此》（《御选元诗》卷三三），平阳陈高有《无弦琴与郑玉、孔正夫、刘景玉、周元浩分题席上赋》（《不系舟渔集》卷四）。

①苏秦四句，《战国策·秦策一》："苏秦始将连横……说秦王书十上而说不行。黑貂之裘弊，黄金百斤尽，资用乏绝，去秦而归……至家，妻不下纴，嫂不为炊。"乃发愤苦读，"读书欲睡，引锥自刺其股，血流至足。"后来苏秦游说六国合纵，"为从（纵）约长，并相六国。"见《史记·苏秦列传》。 ②蒲海头，作者家乡在平阳县东南蒲门乡靠近蒲江入海处。参阅民国《平阳县志》卷四《山川下·蒲江》、卷五《今乡都村庄表·蒲门乡》。

【评】

张綦毋《船屯渔唱》之一百三："诗人家住海东头，山作屏风石作楼。唱彻渔歌聊取醉，一壶清酒碧于油。"（《潜斋集》）

越溪

三月雨晴天气新，老夫起整紫纶巾。岸花红白远迎棹，江燕去来低傍人。冷面谁能憎俗子，好山吾得作比邻。明时独愧才卑拙，老大犹为江海臣[①]。

【注】

①江海臣，指隐遁之士。《庄子·刻意》："就薮泽，处闲旷，钓鱼闲处，无为而已矣。此江海之士，遁世之人。"

题江贯道《平远图》

飞鸟欲没暮烟稠，落落人家竹树秋。绝似南徐城上望[①]，苍茫野色入扬州。

【注】

江贯道：江参，字贯道，衢（今浙江衢州市）人。宋画家，长于山水，师法董源、巨然。宋吴则礼《赠江贯道》云："即今海内丹青妙，只有南徐江贯道。"

①南徐，南徐州，今江苏镇江市。

【评】

翁方纲《石洲诗话》卷三："郑杲斋东《题徽庙马麟梅》一首，《题江贯道平远图》诸绝句，皆佳……盖元人题画，长篇虽多，未免限于李长吉之词句，罕能变转，而绝句境地差小，则清思妙语，层见叠出，易于发露本色。"

杰曰：诗说江参（贯道）的《山水平远图》绘得逼真。在苍茫野色中，从南徐城头隔江远眺扬州，就是这样的情景。"入"字平易而工。

题士宣《杏花双喜》

移时山鸟斗芳丛，深院佳人昼睡浓。起立阶头惊碧草，不缘风雨落春红。

【注】

士宣：乐士宣，字德臣，祥符（今属河南开封市）人。官至西京作坊使、持节虔州诸军事，赠少保。宋画家，工花竹禽鸟。《宣和画谱》卷十九《花鸟五·宋乐士宣》：“花鸟尤得生意，视艾宣盖奄奄九泉下人矣，故当时有出蓝之誉。晚年尤工水墨，缣绡数幅，唯作水蓼三五枝鸂鶒一双，浮沉于沧浪之间，殆与杜甫诗意相参，士大夫见之莫不赏咏。”有《银杏白头翁图》等传世。双喜，喜鹊。明黄仲昭《题太华冬官双喜图》：“双鹊也知消息好，高堂日日报佳音。”

【评】

后二语极有思致。

题徽庙马麟梅

龙楼凤阁美人歌，赏尽琼花碧玉柯。驿使去时浑浪折，江南春色已无多①。

【注】

徽庙，指宋徽宗。马麟，南宋理宗朝宫廷画家。同时人陈基有同题作。

①驿使，南朝宋盛弘之《荆州记》：“陆凯与范晔交善，自江南寄梅花一枝诣长安与晔，并赠诗云：‘折花逢驿使，寄与陇头人。江南无所有，聊赠一枝春。’”折，承上言折花，实谓摧折。浑浪折，意谓搜括摧残殆尽。春色无多，言光景萧条，喻民生凋敝。

【评】

翁方纲《石洲诗话》卷三：“郑杲斋东《题徽庙马麟梅》一首，《题江贯道平远图》诸绝句，皆佳。”

杰曰：题目有点看不懂，马麟年辈晚于徽宗，是不是说题马麟仿徽宗绘的《梅》图？不过诗意还是明白的。通篇借题梅卷，讽喻徽宗奢华荒淫的生活，笔墨蕴藉。徽宗于汴京大兴寿山艮岳，遣使搜取江南珍奇，号“花石纲”。第三句借用折梅的典故，暗谕其事。

题范宽《小雪山图》

雪压寒林万木低，经旬不共野人期。蹇驴借得如黄犊，犹怕山桥未敢骑。

【注】

此诗始载《玉山草堂雅集》卷十，见选《御定历代题画诗类》卷二、《元诗选三集》。写得通俗别致，所以深入民间村舍。

范宽，字中立，工画山水，与关仝、李成并名，被列为北宋时期三大山水流派。

【评】

刘廷玑《在园杂记》卷二《佳句》：“(引本篇略) 此不知何人佳句，粘贴桃源村舍壁上。或是古作，或是近诗，俱未可定。惜予读书不多，即多亦弗能记忆耳。一见赏心，何其静雅谨慎之至也。”

金　建

金建（1301—1378），字长民，号居林、居林子，瑞安集善乡人。原出瑞安许峰曹氏，继为金氏后。与郑昂同学于乡人曹理孙。以《春秋》教授乡里，不为辞章之习，躬行实践，乡里尊慕。元顺帝至正十年（1350），方国珍部海艘犯境，献策备御，郡守左答纳失里从其言[①]，州赖以安。省府闻名交辟，徵为秘书勾管，不赴，优游田里。至正十八年（1358）方明善据郡，以礼延致，不复屈。同邑陈观宝有《怀金徵士》诗（《清颍一源集》卷一）。其子金衍撰有《先公坟记》，曹睿填讳。传见弘治《温州府志》卷十二《隐逸》、《两浙名贤录》卷四四《高隐》。《元诗选癸集》庚集下录诗2首，《东瓯诗存》卷十三录同。

①弘治《温州府志》卷八《宦业·守元》："温州路总管兼管内劝农事：左答纳失里。"同卷《名宦·元》："左答纳失里，高昌人。至正十年至郡。"

金衍《先公坟记》："先公自少有大志，笃学力行，隐居不仕，名公卿屡荐不受，士大夫服其行谊。"（《温州历史文献集刊》第一辑《温州博物馆藏历代墓志辑录上》）

碧林书院（二首）

邅吾道兮昆仑[①]，曾弗仕兮艰阻[②]。退独处兮幽深，窈冥冥兮曷睹。羌纷纷愆兮猖披，人峥嵘兮旁午[③]。匪独怨兮兹今，慨寥寥兮千古。之一

【注】

据《元诗选癸集》庚下、《东瓯诗存》卷十三校录。《诗存》题作"碧树林书院"。

①邅吾道兮昆仑，言将行程转向昆仑山。邅，转。《楚辞·离骚》："邅吾道夫昆仑兮，路修远以周流。"洪兴祖补注："楚人名转曰邅。"邅，《元诗选》作"迈"，不取，兹從《诗存》。 ②曾弗仕，

言不曾省察。《诗·小雅·节南山》:“弗躬弗亲,庶民弗信。弗问弗仕,勿罔君子。”郑玄笺:“仕,察也。”仕,《诗存》作“衽”误,句不可通,兹从《元诗选》。 ③旁午,纷繁。

佳木兮华滋,故人兮思来。月皎皎兮独照,风瑟瑟兮轻吹。进以饭兮玉屑[①],劝以酒兮金卮。君少留兮我心怡,勿轻去兮使我心悲。之二

【注】

①玉屑,玉之碎粒。喻精洁。

曹 睿

曹睿(1302—?),字新民,永嘉人,侨寓华亭(今上海松江)。元顺帝至正九年(1349)前后,与杨维祯、于立等雅集顾瑛玉山草堂,诗酒酬唱[①]。其《玉山席上作就呈同会》云:“越女双歌金缕曲,秦筝独押紫檀槽。诗成且共扬雄醉,笑夺山人宫锦袍。”(《玉山名胜集》卷一。扬雄指杨维祯)成廷珪《次曹新民感时伤事韵三首》之一有云:“月夜拂弦弹白雪,春朝携酒看丹丘。风流谁似曹公子,华发不知人世愁。”(《居竹轩集》卷二)至正二十一年(1361)前后,任嘉兴郡学训导[②],与牛谅、徐一夔等结为浙西诗社[③],会饮联句,所谓“十年西浙曳长裾”[④]。明初任松江府学教授,与袁凯、贝琼为诗友。著有《独叟集》,已佚。《东瓯诗存》卷十一录诗2首。今存诗6首。事见《瓯海轶闻》卷二九《文苑元·曹睿》。

①参阅本选《听雪斋题诗》《饮酒芝云堂以对酒当歌分韵得酒字》题注。 ②清沈季友《槜李诗系》卷六："至正辛丑（二十一年，1361）秋七月十有三日，永嘉曹睿以休假出西郭，憩景德寺，诸公携酒相慰藉，环坐，以唐人'因过竹院逢僧话，又得浮生半日闲'之句分韵赋诗。云海师裒集成什，以志一时之良会云。"同卷《曹广文睿》："元季为郡学训导，明初迁松江教授。" ③清朱彝尊《静志居诗话》卷二《牛谅》："尚书流寓吴兴，时过槜李，与鲍恂仲孚、邱民克庄、张翼翔南、王纶昌言、闻人麟彦昭、曹睿新民、徐一夔大章、尤存以仁……集郭西景德寺，携酒赋诗。"同卷《唐肃》："当元之季，浙西岁有诗社……及杨完者乱，州无完郛，然缪同知思恭德谦犹招群彦集南湖，与会分韵者一十有四人。越二年，曹教授睿新民复集诸公于景德寺，亦一十有四人。" ④明袁凯《海叟集》卷三《送曹新民归东州》。

钱谦益《列朝诗集小传》甲前集《曹睿》："壮年游浙西，诗文皆清新。"

赠颜守仁

吾友梦谷生，其人美如玉。生平铁石心，刚介不可辱。宁甘首阳贫[①]，寂寞在空谷。怀哉能几见，高风激流俗。

【注】

录自赖良编《大雅集》卷四。颜守仁，宋进士及第，曾任州学教授。元王逢《梧溪集》卷四《题戴崧先府君良才讳善行号苍山处士小像有序》："复绘处士小像，托前进士颜守仁徵挽章，永嘉曹新民教授有曰'菊带晋愁香不改，松轻秦爵老犹青'。"卷六《喜颜守仁教授留园馆信宿》云："前朝进士过林扃，信宿论心为竦听。云气夜蟠雄剑紫，天光寒入旧毡青。不同嘉树生南国，犹梦鲲鱼化北溟。老我归田有龙具，仅堪供卧读牛经。"可见"刚介"高节。善画，王逢又有《题颜守仁竹石图》(《大雅集》卷四)。

①首阳，商末伯夷、叔齐隐居首阳山，采薇以食。

听雪斋题诗

公子清歌夜未阑，画帘风动雪珊珊。凭君听到无声处，始信梅花耐岁寒。

【注】

录自元顾瑛编《玉山名胜集》卷五《听雪斋题句》，题目为编者所拟。听雪斋，顾瑛在昆山西界溪室名。陈基(敬初)《听雪斋记》："顾君仲瑛饰藏修之室于所居小东山之左，京兆杜徵君用隶古题颜曰'听雪'，属予为之记。"

饮酒芝云堂，以"对酒当歌"分韵得酒字

玄冬天气佳，野水碧如酒。扁舟发吴门①，夜泊浣溪口。缅怀玉山人②，间者阔何久。登堂问寒暄，况复得良友。佳人发清唱，春色动江柳。荧荧灯烛光，饮剧意弥厚。人生苦睽违，胜集固不偶。出门夜何其，仰见参与斗③。明朝隔烟雨，相思一回首。

【注】

录自《玉山名胜集》卷八，题目为编者所拟。元顺帝至正十年(庚寅，1350)冬，于昆山芝云堂与杨维祯、于立、顾瑛会饮联唱之作。顾氏序云："予与杨君铁崖别两年矣，庚寅嘉平之朔，君自淞

泖过予溪上，适永嘉曹新民自武林至，相与饮酒芝云堂。明日，铁崖将赴任，曹君亦有茂异之举，同往武林。信欢会之甚难，而分携之独易，安可不痛饮尽兴，以洗此愦愦之怀？因以'对酒当歌'为韵，赋诗如左，于匡庐属瑛序数语为识。是日以'对酒当歌'分韵赋诗，诗成者四人：杨维祯得对字，曹睿得酒字，于立得当字，顾瑛得歌字。"芝云堂，顾瑛在昆山西界溪堂名。郑元祐《芝云堂记》："筑室于溪之上，得异石于盛氏之漪绿园，态度起伏，视之其轮囷而明秀，既似夫天之卿云；其孪拳而镇润，又似夫仙家之芝草，乃合而名之曰'芝云'。遂以其石，树于读书之室，后因名之曰芝云堂。"

①吴门，苏州。 ②玉山人，指顾瑛（1310—1369），一名阿瑛。明王鏊《姑苏志》卷五四《人物十三儒林·顾阿瑛》："字仲英，别名德辉，昆山人。少轻财结客，豪宕自好。年三十，始折节读书，益购古书名画彝鼎秘玩。筑别业于茜泾西，曰玉山集处，日夜与客置酒赋诗其中。四方文学之士，若河东张翥、会稽杨维祯、天台柯九思、永嘉李孝光；方外之士若张伯雨、于彦成、琦元璞，与凡一时名士，咸主其家。其园池亭榭之盛，图史之富，与夫饩馆声伎，并鼎甲一时。而才情妙丽，与诸公亦略相当。风流文雅，著称东南。" ③夜何其，夜何时。其，语助。《诗·小雅·庭燎》："夜如何其？夜未央。"参与斗，参（shēn）星和斗星。仰见参横斗转，正是深夜时分。

【评】

孙锵鸣《东嘉诗话》："又《饮酒芝云堂，以对酒当歌分韵，新民得酒字》云（本篇略）。时同集者杨铁崖、于彦成与主人仲瑛。而铁崖将赴任，新民亦有茂异之举，将往武林，故末章有'明朝隔烟雨’之语。”

沙可学

沙可学，永嘉人。元顺帝至正二年（1342）登进士第[①]，至正二十一年（1361）前后任江浙行枢密院都事[②]，至正二十七年（1367）任奉议大夫中书省左右司员外郎[③]。为官有干练之才，时论所誉，杨维祯举为江浙行省“从事掾之贤能者”。与平阳林温（伯恭）、陈高、瑞安高明、乐清朱希晦、永嘉谢德琦诸乡友往还。朱希晦《答沙都事》云：“尚忆当年羽葆乘，河流如带绕山冈。男儿堕地四方志，竹帛垂名千古香。越石枕戈终破敌，苏卿持节未归乡。慨予疏懒成何事，只合藏身老墨庄。”（《云松巢集》卷二）可略见可学平生节概。谢有《赠沙都事》（《永嘉鹤阳谢氏家集》内编）诗。《东瓯诗集》卷六、《元诗选癸集》辛上录诗2首，《永嘉鹤阳谢氏家集》外编录2首。今存诗4首。

①高明（则诚）至正五年（1345）进士，杨序以可学、则诚列次，其登第当在至正二年（1342）。　②陈高《瑞榴记》：“至正二十一年林君伯恭所居之园，榴生五实……秋七月辛未，伯恭以客宴，在坐者：监察御史孔汭世川，浙省左右司员外郎李伏子庚，江浙省都事林彬祖彦文，江浙行枢密院都事翁仁德元、合浦沙可学，浙行宣政院照磨崔仁智道明，江东宪方源明与高，凡八人。”（《不系舟渔集》卷十二）林温（伯恭），平阳人，时任江浙行枢密院都事。　③作者《永嘉鹤阳谢氏族谱序》自署：“至正丁未夏六月

望日，奉议大夫中书省左右司员外郎，合珊沙可学序。”(张如元《永嘉鹤阳谢氏家集考实》外编《沙可学》据《鹤阳谢氏宗谱》录)

杨维祯《东维子集》卷五《送沙可学序》：“某年某官来总行省事，求从事掾之贤能者，首得一人焉，曰沙可学氏；又得一人焉，曰高则诚氏；又得一人焉，曰葛元哲氏。三人者用，而浙称治。盖三人者，天府登其乡书，大廷崇其高等，而拜进士出身、赐任州理佐理之职者也。”

咏怀（二首）

疏凿功成王气衰[①]，九重端拱尚无为[②]。贪夫柄国忠良没，巨敌临郊社稷危。万里朔云沙漠漠，六宫禁御草离离。金舆玉辂无消息[③]，肠断西风白雁飞。之一

【注】

本题二首，据《东瓯诗集》卷六录。此首《明诗综》卷十六选录。据《元史·顺帝纪十》载：顺帝至正二十八年（1368）闰七月，明兵至通州，帝集三宫后妃、皇太子“夜半开健德门北奔”。八月庚午，明军入京城，国亡。“后一年，帝驻于应昌府”(今内蒙古赤峰市克什克腾旗西)，明年四月病殂。诗云“金舆玉辂无消息，肠断西风白雁飞”(之一)；又云“乡关万里一身遥”(之二)，推之当是至正二十八年（1368）八月，明军攻克大都，顺帝出走朔漠，作者避地异乡思怀之作。

①疏凿功成，指元末“开河”(修治黄河）事。《元史·河渠志三·黄河》载，至正十一年（1351），元廷命贾鲁为工部尚书、总治河防使，征发军民十七万人供役，根治黄河水患。由于积弊日久，

劳役过度，河工揭竿而起，爆发红巾军起义。《辍耕录》卷二三《醉太平小令》云："开河变钞祸根源，惹红巾千万。" ②端拱，指帝王临朝端坐，拱手而政治。《魏书·辛雄传》："端拱而四方安，刑措而兆民治。" ③金舆玉辂，帝王车驾。

【评】

朱彝尊《静志居诗话》卷五："可学仅存《咏怀》诗云（本篇略）。盖忆庚申君北狩而作，首句指贾鲁挑河言也。" 　杰按：顺帝生于延祐七年庚申，故称庚申君。

独上高城望远郊，雁飞黄叶下萧萧。天旋西极馀残照，江涌狂波作暮潮。尘世百年双鬓改，乡关万里一身遥。何由从猎滦河曲①，霜冷弓强铁马骄。之二

【注】

此首《御选元诗》卷五四选录。

①滦河，俗名上都河。元上都（滦京）在滦河北岸。何由句，言再也不能随驾巡幸上都。朱希晦《答沙都事》云："尚忆当年羽葆乘，河流如带绕山冈。"是作者居朝任职曾从驾狩猎。

【评】

孙锵鸣《东嘉诗话》："'乡关万里'，则乱后既不得归。而末二语又非从故君而北者。诗之作于何地，盖不可考矣。"

赵次诚

赵次诚（？—1370)，字学之，号雪溪，乐清人。宋大理评事赵安行孙。从学平阳章仕尧（时雍)，尊崇程朱之说。通明经学，授徒乡里，隐居不仕。尝考据朱熹《四书集注》，著《四书考义》；又历叙圣贤传心之要，纂成《圣贤道统图》。明洪武三年（1370）卒于家。有《雪溪集》，已佚。《东瓯诗集》卷六录诗17首，《东瓯诗存》卷十二《元》录同。永乐《乐清县志》卷七《人物·学业元》、弘治《温州府志》卷十《人物一·理学元》有传。

早梅

江南冬，十二月，溪上梅，三两花。载取小舟，香影月明[①]，自棹回家。

【注】

①香影，暗香疏影。

【评】

用语浅近，寥寥数笔，而富诗情画意，洵有传神之妙，宜为选家注目。《明诗综》卷十六、《御选元诗》卷八十、《广群芳谱》卷二三、《咏物诗选》卷二九七均见选录。《御选》《咏物》编列于“六言绝句”，断作：“江南冬十二月，溪上梅三两花。载取小舟香影，月明自棹还家。”但作为杂言古体来读，更具情境。

东林寺

东林上人屏众虑，结屋翠麓深石扉。崖松结子野雉作，涧草吐花山鹿肥。夜窗敲茶霜坠竹[①]，春炉焙药云满衣。东风不会幽栖意，溪上柳绵如雪飞。

【注】

东林寺，在庐山西北麓，东晋江州刺史桓伊为僧慧远所建。

①敲茶，将茶叶放在茶臼舂捣，制成细末。柳宗元《夏昼偶作》："日午独觉无馀声，山童隔竹敲茶臼。"清陆廷灿《续茶经》卷上之三《三茶之造》："谢肇淛《五杂组》：'古人造茶多舂，令细末而蒸之。'"

【评】

韩愈《晚春》云："草树知春不久归，百般红紫斗芳菲。杨花榆荚无才思，惟解漫天作雪飞。"末二借用韩诗的意蕴，言东风不能体悟幽人的情趣，只会吹动柳绵如雪花般漫天飞舞。语有所讽。

溪居晚酌

主人呼酒开新屋，绿水绕门光泬寥。山气隔溪浑似雨，沙禽喧浦欲生潮。江入击鼓祠荒庙，野客载花归断桥。拂石闲吟待明月[①]，茶烟如缕竹萧萧。

【注】

①拂石闲吟，白居易《送王十八归山寄题仙游寺》："林间暖酒烧红叶，石上题诗扫绿苔。"

【评】

笔调疏畅，与上篇《东林寺》，皆能写出幽事逸趣。

陈允明

陈允明，永嘉人，事迹未详。与倪瓒同时代。存诗1首。

题云林画竹树秀石

长忆山中旧草庐，苍厓古木共扶疏①。今朝偶尔看图画，便拟身同木石居。

【注】

此篇《赵氏铁网珊瑚》卷十四《倪云林画竹树秀石》收录，署“永嘉陈允明”（列张简前）。刊本倪瓒《清閟阁全集》卷十二《外纪下》（该卷专载诸家品题书画语）编录，题无“题”字，馀同。倪瓒（1301–1374），字元镇，号云林，无锡人。画家兼诗人。

①扶疏，枝叶繁茂分披貌。

陈　昇

陈昇（约1305—？），字士顺，号晓池，瑞安阁巷人。陈可时第三子。《清颍一源集》卷一：“任江西崇仁县尉。”录诗12首。

陈挺《读清颍一源诗一十六首・题晓池公》：“何处吟来诗最清，落花池上晓风轻。江湖一任传佳句，梅福何曾隐姓名。”（《清颍一源集》卷二）

送周月渚赴柯山山长

我有五丝南风之琴[①]，将从君歌长日之山、縠波之水[②]，坐游乎几席之间。我有补天五色之文[③]，将赠君霞月光、海烟色，行随裾佩之珊瑚。赤榴一路明文帜，五月绿幕槐阴寒。仙棋换劫不可数[④]，香冷芹波脉如缕。先生灵笔化新雨，坐使西安变东鲁[⑤]。

【注】

周月渚：作者堂兄弟陈观宝（五叔识时子）有《送周巢莲赴三衢教官》作，周巢莲当即周月渚。赴柯山山长，赴任衢州府（今浙江衢州）柯山书院山长。山长，宋元时官立书院院长。《明一统志》卷四三《衢州府·书院》："柯山书院，在烂柯山右。宋郡人毛友、郑可简于此建精舍读书。淳祐中郡守请于朝，立书院。"

①五丝南风之琴，《礼记·乐记》："昔者舜作五弦之琴，以歌《南风》。"参见卷五薛汉《和郑应奉杂诗六首》之一注①。　②縠(hú)波，绉纱似的波纹。　③补天五色之文，喻文才。《淮南子·览冥训》："女娲炼五色石以补苍天。"又，传说南朝梁诗人江淹曾得"五色笔"，见《诗品》卷中。　④仙棋换劫，谓时世变换。任昉《述异记》卷上载：晋王质上山砍柴，遇见仙翁下棋。回时见斧柯（柄）已烂，人间亦已换世。柯山书院在烂柯山麓，用典亲切。　⑤西安，衢州府治所西安县。东鲁，指曲阜，孔子故乡。西安变东鲁，言推行教化，使之成文化之邦。

秋声

万吹飞何急，乾坤肃气同。半窗寒树月，一枕夜潮风。天阔听非雨，山高响到空。晓来看病叶，犹学旧春红。

送友人之杭

驰车将焉之，驾言适武林。凉飏忽南来，微雨霑衣襟。倾我白玉觞，奏君绿绮琴[①]。守此高古调，四海皆知音。

【注】

①绿绮，古琴名。晋傅玄《琴赋序》："司马相如有绿绮，蔡邕有焦尾，皆名器也。"泛指琴。

高　明

高明（约1306—1359），字则诚，自号菜根道人，瑞安阁巷人。瑞安阁巷崇儒里陈、高二姓，世代联姻，重文敬学，为宋元以来名门望族。则诚祖父高天锡（南轩）、伯父高彦（梅庄），皆善诗。则诚幼承家学，博雅富才气。师从名宿乌伤（今浙江义乌）黄溍，同门有宋濂、戴良等人。登元顺帝至正五年（1345）进士，授处州录事，历仕江浙行省掾史、浙东宣慰司都事、江南行台掾、福建行省都事（秩七品）。怀抱济世之志，淡泊名利，为官廉明练达，所任除弊安民，并有政声，杨维祯称为江浙行省"从事掾之贤能者"（《送沙可学序》）。而秉性刚直，"数忤权势"辞官。晚年旅寓宁波鄞县栎社沈氏楼，"以词曲自娱"（《留青日札》卷十九），写作杂剧《琵琶记》，不久去世。传见《两浙名贤录》卷四六《文苑二》、《明史》卷二八五《文苑一》。

则诚在元季明初以剧作《琵琶记》著闻于世，其实诗文也很有成就，只是为曲名所掩。他是当时为数不多的兼擅诗文的剧曲家。何良俊称其“才藻富丽”（《四友斋丛说》卷三七），顾嗣立言其“词章斐然”（《元诗选三集》庚集），朱彝尊谓“不专以词曲擅美”（《静志居诗话》卷四）。所著《柔克斋集》二十卷，已佚。其诗见于选本者，《玉山草堂雅集》卷七录5首，《东瓯诗集》卷六录7首，《东瓯诗续集》卷五续录24首，《崇儒高氏家编》录13首，《御选元诗》录4首，《元诗选三集》庚集录44首，《元诗别裁集》录3首，《东瓯诗存》卷十二录23首。胡雪冈、张宪文编《高则诚集》（1992）录诗55首、词1首、文13首，《全元诗》第46册录56首。以上互补有无，除去重复，合计存诗60首。笔者近复辑得佚诗1首，断句2联。

顾瑛《草堂雅集》卷八《高明》：“长才硕学，为时名流。往来予草堂，具鸡黍，谈笑贞素，相与澹如也。”（库本）

余尧臣《题晨起诗卷》：“永嘉高公则诚题其卷端，以为爱君忧时如杜少陵，且表其平生所志不在事功，岂以《南园》一记为放翁病，直欲挽回唐虞气象于三千载之上，又安肯自附权臣以求进？斯言也，非特尽夫放翁心事，而高公之抱负从可见矣。”（清陆时化《吴越所见书画录》卷一引）

赵汸《东山存稿》卷二《送高则诚归永嘉序》：“高君则诚学博而深，文高而赡。自为举子，已为学者所归，及登进士第，调官括苍郡录事，学道爱人，治教具修。郡守前宪副徐公深敬异之，比满不忍听其去，即学宫设绛帐，身率子弟迎君而请业焉。行中书闻其名，辟丞相掾。儒生称其才华，法吏推其练达，而君亦雅以名节自励。”

徐渭《南词叙录》:“时有以《琵琶记》进呈者,高皇笑曰:‘五经四书,布帛菽粟也,家家皆有;高明《琵琶记》,如山珍海错,贵富家不可无。’” 杰按:高皇指明太祖。

胡应麟《少室山房笔丛》卷二五《庄岳委谈下》:“胜国词人,王实甫、高则诚声价本出关(汉卿)、郑(光祖)、白(朴)、马(致远)下,而今世盛行元曲,仅《西厢》《琵琶》而已。” 又:“涵虚子记元词手百八十余,中能旁及诗文者,贯云石、高则诚二三子耳。自余马致远辈,乐府外他伎俩不展一筹,信天授有定也。” 又:“则诚在胜国词人中,似能以诗文见者,徒以传奇故,并没之。” 又:“高诗律尚散见元人选中,如题岳坟、《采莲曲》等篇,虽格不甚超,要非传奇中语;文则《乌宝》一传,见《辍耕录》;小词若《琵琶》诸引,亦多近宋,盖胜国才士涉学者。” 杰按:这里说的“词人”“词手”,均谓剧曲家。

宿诜公房晓起偶成

晓雨池上来,微风动寒绿。幽人睡初起,开窗见修竹。西山带层云,隐隐出林木。境寂尘自空,虑淡趣常足。独坐无晤言[①],流泉下深谷。

【注】

诜,《东瓯诗续集》卷五、《元诗选三集》作“先”,此从《明诗综》卷十二。

①晤言,相对而语。面对面交谈。《诗·陈风·东门之池》:“彼美淑姬,可与晤言。”郑玄笺:“晤,对也。”

夏夜独坐简胡无逸二首（选一）

夜久群动息，境寂无炎蒸。凉飙散浮云，惟见河汉明。缅怀尘纷劳，喜际夜气清。安得舍所趋，白日淡无营。仰看斗柄移，耿耿低玉绳[①]。天运亦有常，吾生何时宁？之二

【注】

①玉绳，星名。

杨季常约至山中，既而不果，因以诗寄三首（选一）

秋菊有余色，可以慰幽情。岂无一樽酒，泛此黄金英。美人久不来[①]，岁晏霜露零。坐感芳草歇，佳期怅未能。之三

【注】

杨季常：杨瑛，字季常，余姚人。与弟璲、瑀并有文名，时称"三杨"。曾征授庆元路学正，调江浙行省掾史。元杨翮《杨季常送行序》："今兹寓处钱唐，而江浙会府史杨季常属满当去，凡与之同吏是府者，莫不咸惜。"（《佩玉斋类稿》卷六。按：会府，中书省别称）与郑元祐、戴良、陶安等有唱和。

①美人，贤人。指杨季常。

题兰

美人在空谷，娟娟抱幽芳。长林自荆棘，安能敝馨芗[①]。借君水苍玉，与我纫佩纕[②]。愿结善人交，岁晚无相忘。

【注】

①芗，同"香"。　②水苍玉，青绿色玉。《礼记·玉藻》："大

夫佩水苍玉而纯组绶。”孔颖达疏：“(玉色) 似水之苍而杂有文。”这里用以比况兰草。纫，串联。佩纕 (xiāng)，佩带。《楚辞·离骚》有“纫秋兰以为佩”“解佩纕以结言兮”语。

赋幽慵斋

闲门春草长，荒庭积雨馀。青苔无人扫，永日谢轩车。清风忽南来，吹堕几上书。梦觉闻啼鸟，云山满吾庐。安得嵇中散，尊酒相与娱①。

【注】

幽慵斋，雍正《浙江通志》卷五十《古迹十二·温州府下》：“幽慵斋，《东瓯遗事》：‘永嘉高则诚有幽慵斋。’高明《幽慵斋自咏》诗 (本篇略)。”

①嵇中散，晋嵇康官中散大夫，世称嵇中散。《晋书》本传称其“远迈不群”，“恬静寡欲”，博览“善谈理”。与，《浙江通志》作“嬉”。

【评】

则诚五古，朴澹而有腴味，上选五诗，为其佳品。抒写避去尘纷、身心无营的恬淡情怀和幽居回归自然宁静之境，是他“谈笑贞素，相与澹如”(顾瑛语) 的写照。

题画虎

秦宫紫玉忽变神，似来浔阳访石人。黄公赤刀制不得，吼怒惊倒裴将军①。固知两胁横乙骨②，莫令双耳多生缺。黄芦风紧杀气寒，啸声撼动秋山月。山空月冷不可留，人间苛政皆尔俦③。踟蹰亦欲渡河去，刘昆宋均今有不[④]？

【注】

①黄公，秦时东海术士，能以赤金刀制虎。见晋葛洪《西京杂记》卷三。裴将军，唐裴旻将军守北平州，射杀群虎。见唐李翱《裴旻将军射虎图赞并序》。　②乙骨，唐段成式《酉阳杂俎》前集卷十六《毛篇》："虎威如乙字，长一寸，在胁两旁皮内。"明方以智《通雅》卷四六《动物·兽》："虎有乙骨。"　③人间苛政，孔子有"苛政猛于虎"之喻（《礼记·檀弓》）。　④刘昆宋均：东汉刘昆任弘农太守，"先是崤黾驿道多虎灾，行旅不通"；宋均任九江太守，"郡多虎暴，数为民患"。刘、宋推行仁政，虎害为除，"仁化大行，虎皆负子渡河"，"传言虎相与东游度江"。见《后汉书·刘昆传》和《宋均传》。不，《元诗选》作"否"。

【评】

前头大肆渲染虎之暴力，有风声鹤唳之况；"人间苛政皆尔俦"，笔锋陡转，借刺苛政。篇末曰："踟蹰亦欲渡河去，刘昆宋均今有不？"以诘问作结，曲终奏雅，归正大义，抨击时弊，希冀贤守除暴安良，为民解难。一首寻常题画诗，却写得如此有声有色，而且托蕴深刻，表达了作者的政治理想和对于社会民瘼的关注。这同《游宝积寺》写的"几回欲挽银河水，好与苍生洗汗颜"，寄托的意愿是一致的。

白纻篇送顾仲明

吴中二八深闺女，生来不学唱《金缕》[①]。纤纤素手青灯前，织得寒机成白纻。裁缝熨贴为君衣，春天衣著生光辉。明珠为珰璧为佩，同此素色无相违。一朝送君江上别，岁晚关河积风雪。生知白纻不胜寒，但喜君身常皎洁。君不见东邻少妇织锦工，织作步障围春风[②]。春风一去花草歇，金谷寒蛩怨秋月[③]。何如洁白长相守，尊中有酒为君寿。人生温饱不足多，莫羡东家著绮罗。

【注】

顾仲明：顾元龙，字仲明，平阳夏较里人。顾力行从子。元顺帝至正三年任长洲县教谕，十三年任兰亭书院山长（李昱《送顾仲明之常熟州教授》“闻道兰亭看修竹，官冷三年食无肉”），十六年选调常熟州教授（王祎《送顾仲明序》）。编有《顾氏文录》，陈高为作序（《顾氏文录序》）。

本篇当为至正十六年（1356）顾元龙调任常熟州教授送行作。仲明亦高介之士。明王祎《送顾仲明序》云：“永嘉顾君仲明，由兰亭书院山长来赴选集京师，调常熟州教授。其南还也，士大夫咸饯之以诗，俾予为之序。”

①金缕，《金缕衣》，亦称《金缕曲》，曲调名。唐杜秋娘《金缕衣》诗：“劝君莫惜金缕衣，劝君惜取少年时。” ②步障，遮蔽风尘或视线的屏幕。 ③金谷，晋贵族石崇筑有金谷园。后指豪华园林。

【评】

咏吴中闺女，素手青灯，织成白纻，裁缝为衣，送君身着，愿无相违。“生知白纻不胜寒，但喜君身常皎洁”，远胜彼织锦绮罗，步障春风。“春风一去花草歇，金谷寒蛩怨秋月。”谕富贵不永，奢华易歇，表达了与友人同守清洁之志，莫违初衷。

采莲曲送越中吴本中

越江芙蓉开若云，越中儿女红襦新。年年采莲江浦口，扁舟遥唱江南春。凝情倚棹送行客，折得芙蓉赠行色。南风吹作满袖香，令人别后长相忆。君心如花不污泥，亭亭洁立当清漪。花容不逐秋风老，知君交态无荣衰。人生百年几回别，莫惜芳菲为君折。芙蓉落尽秋江空，千里相思共明月。

【评】

通篇以“南风吹作满袖香”的越江芙蓉为喻，凝情倚棹送客，明月千里相思；借莲花的“亭亭洁立当清漪”，彰示他们相互砥砺的品节。

吴中会宋行之库使，时贡金北上

楼船晓泊苏台下①，官舍梅花暖欲开。千里关河同客思，一川风雨送离杯。黄金压马日边去②，绿树迎人天际来。后夜思君望天北，使星应合近三台③。

【注】

贡金，指地方进献之铜。《左传·宣公三年》：“贡金九牧，铸鼎象物。”杜注：“使九州之牧贡金。”《元史·王都中传》：“时宰闻之，乃罢郡岁贡金。”

①苏台，姑苏台，春秋吴王阖闾所筑。借指苏州。　②日边，喻指京城。　③使星，对使者的美称。《后汉书·李郃传》载，汉和帝遣使者巡视州县，其中二人赴益部（四川）。李郃夜观天象，谓“有二使星向益州分野”。三台，星名。喻三公。《晋书·天文

志上》:“在人曰三公,在天曰三台。”皆颂扬之辞。

【评】

孙锵鸣《东嘉诗话》:“《吴中会宋行之库使,时贡金北上》云(本篇略)。《积雨书怀》云(引略)。盖以才调胜者。”

杰曰:中二联极佳,出语平易,工致而富有情调。

寄屠彦德并简倪元镇二首(选一)

水驿灯明渐掩扉,雨中何处暮山微。萧萧落木征帆过,漠漠长江一雁归。岁晚仲宣犹在旅,年来伯玉自知非①。久拚华发添青镜,未许淄尘上素衣②。之一

【注】

当是至正十四年(1354)寄屠、倪二友作,时届五十。屠彦德:屠性(1304—1363),亦作申屠性,字彦德,诸暨人。黄溍门人。至正五年与高明同榜进士,历歙县、贵溪教谕,婺州月泉书院山长。事见戴良《九灵山房集》卷十四《申屠先生墓志铭》。倪元镇:倪瓒(1301—1374),字元镇,号云林,无锡人。画家兼诗人。

①仲宣在旅:王粲字仲宣,汉末辞赋家,避难荆州,作《登楼赋》。伯玉知非:蘧瑗字伯玉,春秋卫国贤大夫。《淮南子·原道训》:“蘧伯玉年五十,而有四十九年非。”二句说,年登五十,犹自漂泊,始悟以往的误入歧途。是感慨不得志的话,也包含“觉今是而昨非”的寓意。 ②淄尘,喻世俗污垢。淄,通“缁”,黑色。晋陆机《为顾彦先赠妇》:“京洛多风尘,素衣化为缁。”南朝齐谢朓《酬王晋安》:“谁能久京洛,缁尘染素衣。”言不要让道路上尘埃玷污素衣,以保持晚节相勉。

【评】

全篇旨意在颈联，借援古人情事以抒怀。

积雨书怀

晓来深院生寒思，五月江城尚裌衣[①]。新水池塘鱼暗长，湿云楼阁燕低飞。飘零王粲辞家久，牢落潘郎感发稀[②]。却笑炎威都洗尽，夜凉疏雨乱萤微[③]。

【注】

①裌，《东瓯诗存》作"夹"。　②飘零王粲，见前首注①。潘郎，指潘岳。发，《崇儒高氏家编》作"鬓"。　③凉疏雨，《家编》作"深修竹"。雨，《东瓯诗集》《家编》作"竹"。

【评】

孙锵鸣《东嘉诗话》："《积雨书怀》云（本篇略）。盖以才调胜者。"

送徐方舟之岳阳

布帆高挂发吴歌，巴陵到时秋思多[①]。凉风渐落君山木[②]，明月正满洞庭波。丈夫壮游有如此，人生清事能几何？想见题诗搜景物，夜深风雨泣湘娥[③]。

【注】

徐方舟：徐舫（1299—1366），字方舟，桐庐人。工诗，不求仕进。《明史 · 隐逸传 · 徐舫》："既乃游四方，交其名士，诗益工。行省参政苏天爵将荐之，舫笑曰：'吾诗人耳，可羁以章绂哉？'竟避去，筑室江皋，日苦吟于云烟出没间，翛然若与世隔。因自号沧江散人。”事见宋濂《文宪集》卷十九《故诗人徐方舟墓铭》。

①巴陵，岳阳旧名巴陵。　②君山，在岳阳城西南洞庭湖中。　③湘娥，指湘夫人。《楚辞·九歌·湘夫人》：“帝子降兮北渚，目眇眇兮愁予。袅袅兮秋风，洞庭波兮木叶下。”

【评】

七律为则诚所擅长，篇咏也最多，计23首。其作词采雅丽而不刻琢，体调流便，才思富赡，善于言情达意，遥有中唐大历诸子风华宛转的格调。《东嘉诗话》称“盖以才调胜者”，所言允惬。其隽句络绎，如《次韵酬高应文》“江山有恨英雄老，天地无情雨露高。”《寄屠彦德并简倪元镇二首》之二“江海暮云多旧友，关河夜雨有孤舟。”《积雨书怀》“新水池塘鱼暗长，湿云楼阁燕低飞。”本篇“凉风渐落君山木，明月正满洞庭波。”皆称工雅。

和赵承旨题岳王墓韵

莫向宗周叹黍离[①]，英雄生死系安危。内廷不下班师诏，朔漠全归大将旗。父子一门甘伏节，山河万里竟分支。孤臣犹有埋身地，二帝游魂更可悲！

【注】

据《东瓯诗集》卷六录。《崇儒高氏家编》题作“岳武穆墓和赵松雪”。赵承旨：赵孟頫字子昂，号松雪，入元官翰林学士承旨。岳飞含冤被害，孝宗朝始得平反，安葬杭州栖霞岭南麓。元时重兴祠宇，庙貌一新，遂成为西湖名胜。骚人雅士咏吊诗什极多，“不下数十百篇”（多为七律），僧可观编为《岳庙名贤诗》（录76家诗92首）；陶宗仪《南村辍耕录》卷三《岳鄂王》、田汝成《西湖游览志》

卷九《北山胜迹》及《西湖游览志余》卷七《贤达高风》等，亦各有引录。其中“最佳者”(季汝虞《古今诗话》) 当推赵孟頫七律《岳鄂王墓》:“鄂王坟上草离离，秋日荒凉石兽危。南渡君臣轻社稷，中原父老望旌旗。英雄已死嗟何及，天下中分遂不支。莫向西湖歌此曲，水光山色不胜悲。”一时脍炙人口。高明此咏，即次韵赵诗作，苍凉悲壮，是同题和作中最著名的一首，历来诗话家皆给予很高的评价。

这首诗因为流传很广，多见称引，刊本不同，异文较多。有三种情况:(1) 首句“宗周”，别本作“中原、中州”，属两通。(2) 颔联“不下、全归”，别本作“忽下、全收”，虽然也讲得过去 (言收夺兵权)，但内涵较浅，所以我们不取。(3) 五句“伏节”，别本作“仗节”(执持符节)，全讲不通，非是。

①宗周，周王朝。黍离，“彼黍离离”之意，况亡国之悲。见卷四林景熙《闻家则堂大参归自北寄呈》注①。这二句说，莫要伤叹中原故都沦亡，英雄生死真的是关系国家安危。 ②内廷二句，言如果不是朝廷连发金牌迫令退师，广袤的北方大漠早已经收归一统。伏节，犹殉节。 ③父子二句，言岳家父子虽然尽忠报国甘愿殉难，但从此宋室江山永远南北分离。 ④孤臣，心怀忠诚而孤立无助被疏远的臣子。二帝，指宋徽宗赵佶、钦宗赵桓。靖康元年 (1126)，金兵攻陷汴京 (开封)。次年徽、钦同被俘押送北地，后死于五国城 (今黑龙江依兰)。二句说，如今贞臣忠骨埋在青山，让人凭吊；只可怜徽、钦二帝魂抛荒外异域，最是可悲!

【评】

陶宗仪《辍耕录》卷三《岳鄂王》:“岳武穆王飞墓在杭栖霞岭

下，王之子云袝焉……自我元统一函夏以来，名人佳士多有诗吊之，不下数十百篇。其最脍炙人口者，如叶靖逸先生绍翁云：‘万古知心只老天，英雄堪恨亦堪怜。如公少缓须臾死，彼国安能八十年？漠漠凝尘空偃月，堂堂遗像在凌烟。早知埋骨西湖路，悔不鸱夷理钓船。’赵魏公孟頫云（引略）。高则诚先生明云（本篇略）。潘子素先生纯云：‘海门寒日澹无辉，偃月堂深昼漏迟。万灶貔貅江上老，两宫环佩梦中归。内园羯鼓催花发，小殿珠帘看雪飞。不道帐前胡旋舞，有人行酒著青衣。’林清源先生泉生云：‘谁收将骨葬西湖，已卜他年必沼吴。孤冢有人来下马，六陵无树可栖乌。庙堂短计惭嫠妇，宇宙惟公是丈夫。往事重观如败局，一龛灯火属浮屠。’读此数诗而不堕泪者，几希！”

瞿佑《归田诗话》卷中《岳鄂王墓》：“岳王墓诗，自董静传‘自公更缓须臾死，此虏安能八十年’之后（廷博案：此联系宋叶绍翁诗，静传诗在《西湖百咏》，可考也），赵子昂‘南渡君臣轻社稷，中原父老望旌旗’，世皆称颂。和者二人，亦杰作也。徐孟岳云：‘童大王回事已离，岳将军死势尤危。直教万岁山头雀，去绕黄龙塞上旗。饮马徒闻腥巩洛，洗兵无复望条支。湖边一把摧残骨，盖世功成百世悲。’高则诚云（本篇略）。”

田汝成《西湖游览志》卷九《北山胜迹·岳武穆王墓》：“古今吊其墓者，诗已成集，略掇其著者……赵子昂诗（引略）。高则诚诗（本篇略）。” 又《西湖游览志余》卷七《贤达高风》：“岳坟诗集无虑千首，绝倡者亦少，择其佳者，已收前志矣。赵子昂有‘英雄已死嗟何及，天下中分遂不支’。支韵难和。徐孟岳和‘饮马徒闻腥巩洛，洗兵无复望条支’；高则诚和‘父子一门甘伏节，山河千里竟分支。'"

叶廷秀《诗谭》卷五《吊岳武穆》:"高则诚先生明云:'孤臣尚有埋身地,二帝游魂更可悲。'叶靖逸先生绍翁云:'如公少缓须臾死,此虏安能八十年。'皆忠壮激烈,读之堕泪。"

季汝虞《古今诗话》卷八:"岳坟诗最佳者,赵子昂云(引略)。支韵难和,高则诚和(本篇略)。"

孙锵鸣《东嘉诗话》:"高则诚《岳王墓》诗(本篇略)。见瞿佑《归田诗话》,以为和赵子昂作。末两语欷歔无限。"

陈衍《石遗室诗话》卷二一:"西湖岳坟诗,旧传赵子昂、高则诚诸作最工,皆取其斟酌饱满也。"　　杰按:其言"斟酌饱满",盖谓论议透辟,笔力充足也。

题孟宗振《惠麓小隐》

汴水东边杨柳花,春风散入五侯家。繁华一去江南远,闲汲山泉自煮茶。

【注】

顾瑛《草堂雅集》卷八题下注:"宗振,孟后之裔。"孟宗振:即孟宗镇,名潼,无锡人。洪武《无锡县志》卷三上:"元孟潼,字宗镇,世吴人,宋信安郡王忠厚之五世孙。信安有墓在无锡,当惠山之西,其先世尝有别业在惠山下。潼宦游南北,遂归老焉。潼始以茂异膺宪举,为文学掾,累迁至承直郎、松江府判官致仕。"惠麓,无锡惠山。孟后:孟皇后(1073—1131),宋哲宗皇后。

孟潼为宋孟后六世侄孙。五世祖孟忠厚为孟后侄(孟后弟孟彦弼子),宋封信安郡王。见《建炎以来系年要录》卷九七《绍兴六年》(《宋史·外戚传下·孟忠厚》谓孟后兄)。张雨有《惠山赠孟宗镇》诗。孟潼晚年隐遁惠山,画家王蒙(叔明)为作《惠麓小隐图》,本篇即为题画之作。明张丑《清河书画舫》卷十一上《元王蒙》云:“王叔明《惠麓小隐图》卷,是晚岁笔……详观题识,盖为孟叔敬作也。”清卞永誉《式古堂书画汇考》卷五一载同。 杰按:孟叔敬名栻,别一人。《御定佩文斋书画谱》卷三八《书家传十七元二》引秦夔《无锡志》:“孟栻,字叔敬,博学有为。至正初当路举以儒试吏,迁处州,专司学校;调温州,以浙东宣慰副使佥都元帅府事致仕。更名主一,精篆书,得者宝之。”

【评】

孟宗振出身前朝皇戚,家世显赫。诗咏旧日王孙的幽隐生涯,不无运去代迁、繁华已逝的感绪,词婉而意微。

题《青山白云图》

昨夜山中宿雨晴,白云绿树最分明。茅斋早起无他事,去看溪南新水生。

【注】

青山白云图,见卷五李孝光《舟中为人题〈青山白云图〉》题注。

【评】

用直白语言写出幽怀逸趣,读来清气扑面。

文质

文质（约1306—约1401），字学古（古一作固），号海屋，晚号雁门叟①。永嘉人，客寓娄江（江苏昆山市）②。学行为时所称。诗工乐府歌行，效唐李贺“长吉体”，词格谲奇飘放。《列朝诗集小传》甲前集列为“玉山草堂饯别寄赠诸诗人”，与杨维祯、郭翼、顾瑛、郯韶、袁华、秦约等人并有唱和。享年九十六。雍正《江南通志》卷一七二《流寓》有传。《草堂雅集》卷十二录诗10首，《元诗选三集》庚集录19首，《御选元诗》录10首。今存诗19首。

①顾瑛编《玉山名胜集》卷五录其《白云海歌》署“雁门文质”。　②弘治《太仓州志》卷七《隐逸·文质》：“温州人，徙太仓。”雍正《江南通志》卷一七二、民国《太仓州志》卷二二传同；《御选元诗·姓名爵里二》：“温州人，隐居娄江。”《草堂雅集》卷十二作“甬东（宁波）人，居吴之娄江”，《列朝诗集小传》《元诗选三集》同，非确。孙衣言《瓯海轶闻》卷二九《文苑元·文质》按云：“盖流寓无定所耳。”

顾瑛《草堂雅集》卷十二《文质》：“有诗名，好为长吉体。酒酣长歌，声若金石。游京师，为朝贵所知。每过草堂，必谈笑累日，所录皆口诵云。”

顾嗣立《元诗选三集》庚集《文质》：“学行卓然，词章奇放，好为长吉体。酒酣长歌，声若金石。……年九十六卒。《昆山志》载，学古与邑中耆儒卢观、赵天祐、卫馆、盛德瑞、文天与共六人，有司月给廪以赡之。元时待士之厚如此。”

月漉漉送瞿慧夫之堜川

月漉漉，在娄水，老蟾千年浸不死[①]。容花已萎春蕙芳，弦望茫茫运天髓[②]。月漉漉，在堜水，桂影无烟玉如洗。一天清吹凉参差，琉璃碧破飞鱼起。我家月明沧海曲，渔歌不惊鸥梦熟。脱巾醉卧竹叶舟，白头浪起高于屋。送君行，月漉漉。

【注】

月漉漉，李贺《月漉漉篇》："月漉漉，波烟玉。"王琦注："漉漉，月光莹润状。"瞿慧夫：瞿智，字睿夫，一作"慧夫（惠夫）"，昆山人。至正初辟青龙镇学教谕，迁镇江路学录，摄绍兴府录判。堜，《草堂雅集》《御选元诗》作"练"。下文"堜水"同。堜川，即练川，又名练湖。在今镇江市丹阳市北。《元和郡县志》卷二五《润州丹阳县》："练湖，在县北一百二十步，周回四十里。"雍正《江南通志》卷一三《山川·镇江府》："练湖在丹阳县北，即古曲阿后湖。湖所名练，记云由孔子登泰山观吴门若匹练。"或谓，指上海松江之练祁塘，非。

题言"之堜川"，诗云"月漉漉，在娄水"，是本篇为瞿智自娄县（昆山）赴任镇江路学录送行作。于立《送瞿慧夫京口教官》、卢昭《送瞿慧夫学录镇江》、袁华《送瞿慧夫之镇江学录》，赋于同时。

①老蟾，月中蟾蜍。　②花，《御选元诗》作"华"。弦望，指月之盈亏。

折杨柳

折杨柳，烦纤手[①]。金黄细缕牵春愁，送客年年汴河口[②]。汴水明，杨柳青。此时伤心无限情，同心结就孤舟行。折杨柳，君知否，有书莫寄双鲤鱼[3]，一度春风一回首。

【注】

折杨柳，乐府曲调名。折取柳枝赠送（柳谐音“留”），多为惜别之辞。

①纤手，女子柔细之手。　②汴河，见卷一林曾《汴河》题注。　③双鲤鱼，指藏书信的函。古乐府辞《饮马长城窟行》：“客从远方来，遗我双鲤鱼。呼儿烹鲤鱼，中有尺素书。”后代指书信。

城上乌

城上乌，啼攫攫[1]。朝啼城南头，暮啼城北角。昨日妻别夫，今日母忆儿。乌啼乌啼心愈悲，征人去兮归不归？乌啼乌啼知为谁！

【注】

①攫攫，乌啼声。

白云海歌

白云深，白云深，白云深处元无心。眼空瑶海一万里，山光不动秋阴阴。虚白英英启扃牖，袖拂天开落星斗。尽随玉气化为龙，不逐西风变苍狗[1]。道人高居白云里，九重丹书征不起。三生石上话因缘[2]，春梦梨花隔秋水。风尘眯目横干戈，龙吞虎噬奈尔何。断蛇神器未出匣，海宇无复春光和。世事纷纷为落絮，百岁流光水东注。白云与我有深期，我亦相依白云住。

【注】

作于元顺帝至正十七年（丁酉，1357）。据郑元祐《白云海记》：

至正丁酉，顾瑛奉母避地吴兴，母客死旅次，归葬先陇，仍即昆山界溪旧居堂后结楼，名之“白云海”。时“登楼以思亲，凝望延伫”。瞻彼白云，“英英盘礴，极海际天”，变化无尽，而徘徊兴叹。“于是屏却世缘，以游心于清净觉海。”文质为赋《白云海歌》，顾瑛、袁华各有次韵和作（均见《玉山名胜集》卷五）。

①玉气，白色云气。变苍狗，杜甫《可叹》：“天上浮云似白衣，斯须改变如苍狗。” ②三生石，谓前因宿缘。见唐袁郊《甘泽谣·圆观》。三生，指前生、今生、来生。

和九成韵寄玉山主人二首（选一）

我爱虎头公子贤[①]，高怀历历写长川。酒樽花底分秋露，茶灶竹间生白烟。日落渔庄听雨坐，风微草阁看云眠。西凉进士曾留别，应说相逢十日前。之一

【注】

据《元诗选三集》录。《御选元诗》卷十一题作“和友人柬玉山二首”，《甬上耆旧诗》卷三作“和韵奉寄顾仲瑛二首”。九成：郯韶，字九成，号云台散史，湖州人。至正中辟试漕府掾，不事奔竞，淡然以诗酒自娱。杨维祯称其“开敏博学，慷慨有大志，工唐人诗”（《西湖竹枝集》）。《元诗选二集》辛集选录其诗。玉山主人，即顾瑛。

①虎头公子，指顾瑛。晋画家顾恺之字虎头。

题《秋林才子图》次玉山韵

石岭西来竹屋幽，蹇驴归去晚山稠。溪头霜叶如花落，天外

白云似水流。

【注】

玉山，指顾瑛。

梅花灯

五出玲珑四面分，一枝挑月照黄昏。归来踏遍横斜影[①]，吹落东风不见痕。

【注】

①横斜影，林逋《山园小梅》有“疏影横斜水清浅”句。

【评】

顾嗣立《元诗选三集》庚集《文质》：“尝与杨铁崖夜行，有挑梅花灯者，铁崖命赋一诗，立就，为铁崖所称。”

陈秀民

陈秀民（民亦作明，约1308—1389后），字庶子，晚号寄亭栖老。永嘉人[①]。顺帝至正二年（1342）居昆山[②]，有《壬午九月九日与郭希仲、纪叔维、马希远饮周景文晚香堂上》作，自称“四明狂客”。约当至正十二年（1352），北游燕赵[③]，淹留京师，前后二年。期间曾获征聘，陆仁《送友人之京兼怀陈庶子二首》之一：“到京烦告陈徵士，两得缄书慰远情。”[④]怀才而不得志，其《燕京客舍送友归天台》云：“尺璧横道周，谁能一回顾……我马病已久，东西厌驰骛。”至正十四年（1354）于蓟门有《送强彦栗归吴》作。约当次年，授任湖南路武冈县城步巡检，迁知常熟州。十六年（1356）张士诚据有平江（苏州），聘为参军[⑤]。二十三年（1363）撰作《昆山州重修三皇庙记》[⑥]。在张氏政权历仕江浙行中书省参知政事、翰林学士[⑦]。至正末，避地侨寓嘉兴竹邻巷（一云感化里），与濮允中、徐一夔、贝琼、鲍恂、孙作等结浙西诗社，日以文酒唱酬[⑧]。入明未详所终。钱谦益《列朝诗集小传》甲前集《陈学士秀民》谓"周玄初《鹤林集》载庶子作来鹤诗，在洪武己巳二十二年（1389）"，这时恐怕已经八十多岁了。

秀民富于才学，文徵明称"博学善书"。至正间居昆山、平江、嘉兴，颇享文名，与倪瓒，顾瑛、郭翼、陆仁、袁华等并有酬往。著有《寄亭稿》，一作《寄情稿》。又有《东坡文谈录》一卷、《东坡诗话录》三卷。诗多为选本过录，如《玉山草堂雅集》卷十四录12首、《石仓历代诗选》卷三四一录29首、《明诗评选》录11首（卷二、卷四）、《元诗选三集》庚集录38首、《御选元诗》录15首、《槜李诗系》卷四录22首、《东瓯诗存》卷十二录28首。《全元诗》第44册辑录48首。

①钱谦益《列朝诗集小传》甲前集《陈学士秀民》、朱彝尊《静志居诗话》卷二四《陈秀民》均作"温州人"，乾隆《温州府志》、乾隆《永嘉县志》并有传。其后徙居嘉兴，《千顷堂书目》卷十七、《石仓历代诗选》卷三四一因谓"嘉兴人"，实误。《四库全书总目》卷一九七《东坡文谈录》云"秀民字庶子，四明人。"孙诒让《温州经籍志》卷三三《东坡文谈录》按："曹倦圃《学海类编》始刻之，卷首题：'元四明陈秀民撰。'秀民实永嘉人，后居嘉兴。此云四明，盖曹氏误题，《四库提要》亦未考正，疏也。" ②或云：秀民入赘

昆山易伟（1267—1354）家。元陈允文《故从仕郎吉水州判官易府君圹志》："府君讳伟，字成大，号兼山……女二人，长适嘉禾王兰孙；次赘庆元陈秀民，掾湖南帅府，为之内外。"（《名迹录》卷三）　杰按：此入赘昆山易家之"庆元陈秀民"，恐别是一人。且秀民并无"掾湖南帅府"（湖南道宣慰使司都元帅府掾史）的仕历，时间上也对不起来。陈允文《易府君圹志》作于"至正十四年甲午（1354）六月"，其时秀民尚滞留京师，而此前更不可能已仕职"掾湖南帅府"。　③作者《滦阳道中杂兴》云"二年客幽燕……而复适乌桓"。　④见顾编《草堂雅集》卷十三。《文选·颜延之〈陶徵士诔〉》："有晋征士。"张铣注："陶潜隐居，有诏礼征为著作郎，不就，故谓征士。"赵翼《陔馀丛考·征士征君》："有学行之士，经诏书征召而不仕者，曰征士，尊称之则曰征君。"　⑤陶宗仪《辍耕录》卷二三《武官可笑》："张氏据有平江日，其部将左丞吕珍守绍兴，参军陈庶子、饶介之在张左右。"按：至正十六年（1356）张士诚据有平江（苏州），十七年（1357）降元，封为太尉。二十三年（1363）自称吴王。张氏笼络文士，秀民与饶介（介之）、陈基被聘为参军，约在至正十六年后；而擢任江浙行省参政、翰林学士，当在张氏称吴王后。　⑥《名迹录》卷一《昆山州重修三皇庙记》："陈秀民譔，饶介书，余诠篆额。至正二十三年夏月日，平江路昆山州知州偰斯同知州事部肃……立。"　⑦见⑤。　⑧见朱彝尊《静志居诗话》卷二《唐肃》。

徐泰《诗谈》："嘉禾鲍恂，大雅君子；贝琼，豪迈之士。陈秀民、陈绢、周致尧、贝翱，俱吾乡先哲，不及二子，亦称名家。"（《说郛》卷七九下引）

文徵明《甫田集》卷二三《溪山秋霁图跋》:“此画惟允（陈汝言）未仕时作，一时题识者二十有三人，皆知名之士，今可考见者二十人……陈秀民，字庶子，号寄亭，又时称四明山道士。博学善书，仕张氏为学士院学士。”

朱彝尊《静志居诗话》卷二四《陈秀民》:“庶子侨居于禾，朱汉翔纂《槜李英华集》，以其诗压卷。”

沈季友《槜李诗系》卷四《元·寄亭栖老陈秀民》:“所著有《寄亭集》。……诗风度迈人，绰有古致。”

送远曲

谁令车有轮，去年载客西入秦；谁令马有蹄，今年载客过辽西。车轮双，马蹄四，念君独行无近侍。妇人由来不下堂，侧身西望涕沾裳。恨不化为双玉珰，终日和鸣在君旁[①]。

【注】

此咏闺妇思夫之情。

①玉珰，珠玉制的耳坠。古定情之物，寄书时常以附寄，称侑缄。李商隐《夜思》:“寄恨一尺素，含情双玉珰。”又《春雨》:“玉珰缄札何由达，万里云罗一雁飞。”此言愿化身双玉珰，随尺素寄达君旁，终日相随。

【评】

王夫之《明诗评选》卷二:“摘一段情作，宁为曹邺生，不入长庆老妪聋。”

孙锵鸣《东嘉诗话》:“《送远曲》云（本篇略）……气格渐有可观。”

滦阳道中杂兴

晨出建德门[①]，暮宿居庸关。风鸣何萧萧，月出何团团。短辕驻空野，悲笳生夕寒。我本吴越人，二年客幽燕。幽燕非我乡，而复适乌桓[②]。前登桑干岭，西望太行山。太行何盘盘，欲往愁险艰。寓形天壤内，忽如水上船。昨日东海隅，今夕西江边。役役何所求，吾将返林泉。

【注】

滦阳，承德（今属河北）别称，以在滦河之北（水北曰阳）。

①建德门，即健德门，元大都北西城门。《辍耕录》卷二一《宫阙制度》："分十一门……北之西曰健德。" ②乌桓，山名，在大兴安岭山脉南端，今内蒙古阿鲁科尔沁旗以北。

【评】

王夫之《明诗评选》卷四："本色中自有含吐。"

孙锵鸣《东嘉诗话》："《滦阳道中杂兴》云（本篇略）。气格渐有可观。"

送强彦栗归吴

嗟我吴越人，茕茕客燕都。凡见吴越士[①]，依依不忍疏。况子重信义，尤与他人殊。宁无情缱绻，执手与踟蹰。蓟门秋月白[②]，城头夜啼乌。城中良家子，半是南征夫。或从张都护，或属李轻车。道旁别妻子，泣下如迸珠。自非英雄姿[③]，孰使祸乱除。戎马暗中国，游子将何趋？并州非故乡[④]，东吴有田庐。子归慰父母，繄我独何如[⑤]？

【注】

本篇作于至正十四年(1354),时居大都(今北京)。《列朝诗集》《宋元诗会》《槜李诗系》选录无"嗟我吴越人"以下八句、"并州非故乡"二句。

强彦栗:强珇,字彦栗,平江路嘉定州(今属上海)人。《万姓统谱》卷五二有传。《御选元诗》卷九录其《西湖竹枝词》一首。元陈基《送强彦栗北上诗序》:"至正十三年春,主上用宰相之请,命省臣兼大农太府,出帛帑,开垦西山、保定、河间、檀顺之田。遣使谕江南,有能募民入耕者,以多寡授官有差。吴人彦栗强君,以故衣冠家耕读练川,年方壮,有识量。间岁家毁于盗,刻苦奉父母自树立。闻使者至,则欣然曰:'此盛举也,吾欲游京师久矣,今此其时乎?'乃白父母,募良农,具名上使者,即日取尝(常)熟州判官告身以归,遂戒行李,率农人偕使者北上……事功告成,明年,彦栗自北方归。"(《夷白斋集》卷十五)杨维祯《送强彦栗游京师序》:"贵人有奇其才,挽置于宿卫,而彦栗径决去,不暂留,是其志不在区区利达,而所存者大矣。"(《东维子集》卷八)

①吴越士,《石仓历代诗选》作"乡里士。" ②蓟门,又名蓟丘、蓟城,唐幽州治所,在今北京市北。 ③姿,《石仓》作"具"。 ④并州,今山西太原。 ⑤子,《石仓》作"君"。繄,语助。

【评】

王夫之《明诗评选》卷四:"流水自远,回风自转,于五言大有邂逅。国初诗体雅正,往往度绝唐宋,故多得之,其后不能继矣。"

至岳州宿岳阳楼

荡桨溯流光，登楼望八荒。江山出图画，天地入舟航。夜静星文动，秋高月色凉。题诗怀李白，搔首鬓沧浪。

【注】

当是至正十五年（1355）自苏州赴任武冈城步巡检过岳州（湖南岳阳）作。

至武冈

家居犹旅食，儿子复南征。娄县千江隔，都梁百日行①。雁书天外远，马角梦中生②。食禄非吾愿，何时复旧耕。

【注】

武冈，元武冈路属县，今湖南武冈县。元于武冈路置城步巡检司。作者约当于至正十五年（1355），自京赴任武冈城步巡检，经由苏州，袁华有《赋得馆娃宫送陈庶子武冈城步巡检》："驱车阊阖门，息驾灵岩下……迟子停宵征，于焉同览古。"（《草堂雅集》卷十三）然后溯长江而上，取道岳州、湘乡（有《至岳州宿岳阳楼》《湘乡道中》诸什），抵达武冈。其《五月九日调军入绥宁是夜宿风门岭值雨》，为任职城步巡检时作。

①娄县，江苏昆山市古称。宋欧阳忞《舆地广记》卷二二《两浙路上》："昆山县，本汉娄县地。"昆山为作者寓居地。都梁，湖南武冈市古称。《元和郡县志》卷三十《江南道五·邵州》："武冈县，本汉都梁县地。"《方舆胜览》卷二六《武冈军》："郡名：都梁。今武冈山东五十里，有汉都梁故城。"《明一统志》卷六三《宝庆府·山

川》:“都梁山,在武冈州东一百三十里,汉以此山名县。” ②雁书,谓乡书。《汉书·苏武传》记苏武被拘北海,系帛书于雁足以报信。马角,马生角。《艺文类聚》卷九二引《燕丹传》:“燕太子丹质于秦,秦王遇之无礼,不得意。欲归,秦王不听,谬言曰:‘令乌白头,马生角,乃可。’丹仰天叹,乌即白头,马为生角。秦王不得已而遣之。”此言归还之日惟托诸梦中。

【评】

用淡朴的辞句,将游宦中乡情曲曲写出,通体稳称。“雁书天外远,马角梦中生”,对工而自然,尤为警练。

邳州

青山一发见邳州[1],落日云迷故国愁。父老空传黄石在,仙人已伴赤松游[2]。乾坤不信无清气,河水胡为尚浊流?野树昏鸦栖未定,数声哀角起高楼。

【注】

邳州,今江苏邳州市。秦汉时称下邳。

①青山一发,见卷四林景熙《书陆放翁诗卷后》注⑧。 ②黄石,黄石公,亦称圯上老人。即于下邳授书《太公兵法》予张良者。赤松,赤松子,上古神仙。张良晚年“欲从赤松子游”,“乃学辟谷,道引轻身”。均见《史记·留侯世家》。邳州城西有留侯(张良)庙。宋邵雍《题留侯庙》:“黄石公传皆是用,赤松子伴更何为。”

姑苏竹枝词

吴门二月柳如眉,谁家女儿歌《柳枝》[1]?歌声袅袅娇无力,恰如杨柳好腰肢。

【注】

①柳枝,《杨柳枝》,乐府曲名。本为汉乐府曲《折杨柳》,唐时易名《杨柳枝》。白居易依旧曲翻为新声,其《杨柳枝词》云:“古歌旧曲君休听,听取新翻《杨柳枝》。”

吴中柳枝七首（选一）

棠梨花开郎出门,宜男草生妾思君[①]。如何宜男草上露,不湿棠梨花底云[②]? 之五

【注】

①宜男,《齐民要术》卷十《鹿葱》引晋周处《风土记》:“宜男,草也。高六尺,花如莲。怀妊人带佩,必生男。” ②露,喻指思妇之泪。云,喻郎之行踪飘荡无定。草上露不湿花底云,言思妇难系郎心。

郑　采

郑采（1309—1365),字季亮,号曲全,平阳招顺乡（蒲门乡）湖井（今属苍南）人。郑东弟。赋性狷介,不屑屈人下,不容于州里。元文宗至顺三年（1332),时郑东设席昆山,采年二十四,远赴就学。求四库书疾读,不避寒暑,东叹其勤。投牒省闱,以持论太高罢退,遂废试艺,改辙攻古文辞。海虞顾翁赏其才俊气局,妻以女,遂寄籍常熟。为人正直不阿,不愿随俗浮沉。家虽匮乏,乐于济人,

仗义敢言，然刚毅忤物，竟以坎壈终。子思先，明初官福建布政使。事见宋濂《宋学士集》卷四九《故赠奉议大夫磨勘司郑公墓志铭》、民国《平阳县志》卷四一本传。

郑采与兄东才名相埒，并称“二郑”。二郑文集元季已亡佚。明洪武八年，郑采子思先辑录二父遗文遗诗，其中东文百篇、诗480首；采文30篇、诗百首，合编成《郑氏联璧集》十四卷梓行。宋濂为作序，评价极高。其书今亦不传。《大雅集》卷七、《乾坤清气》卷二、《御选元诗》录诗2首，《元诗选三集》庚集录5首。现存诗5首。

宋濂《文宪集》卷六《郑氏联璧集序》：“二先生伯仲并以文鸣，其亦可谓希世之士乎……杲斋之文则气质沈雄，如老将帅师，旌旗金鼓，缤纷交错，咸归节度；曲全之文则规制峻整，如齐鲁大儒，衣冠伟然，出言不烦，曲尽情意。然皆有台阁弘丽之观，而无山林枯槁之气。”

顾嗣立《元诗选三集》庚集郑东《联璧集》：“文宪（宋濂）斯言，深得二郑之旨趣矣。” 又《郑采》：“下笔为文皆循矩度，而不轻于毁誉。”

民国《平阳县志》卷四一《人物志十元·郑采》：“采才名与东埒，而其文集皆亡。东诗存者多恢奇伟异，变化不可方物；采诗则温醇雅正，循循然矩矱先民，盖别标一帜云。”

出门膏吾车

出门膏吾车，欲登昆仑丘。昆仑在西极，我家东海头。十步若九辍，邻巷亦阻修。况兹几万里，而乃复悠悠。但当努其力，岁晏非所忧。闻道夕可死，圣谟实吾舟[①]。

【注】

①闻道句，《论语・里仁》："子曰：朝闻道，夕死可矣。"圣谟，犹圣训，圣人的教诲。

去妇词

敝衣尚可浣，古镜尚可磨。郎心一昏蔽，反覆将奈何。缅怀初嫁时，同心指江河。江河固常流，郎恩中道休。娟娟芙蓉花，托根在芳洲。驱妾出门去，妾身将焉求？安得明月珠，置之郎心头。

【评】

孙锵鸣《东嘉诗话》："曲全《去妇词》云（本篇略）……何其哀怨而悱恻也！"

杰曰：诉弃妇衷曲，幽怨感人。

题复古《秋山对月图》，用奇字体

天㚘㚘兮月朤朤，山㗊㗊兮水淼淼。木森森兮竹䈰䈰，势㚊㚊兮墨𩺰𩺰。

【注】

《御选元诗》卷八十选录，《元诗选三集》题无"用奇字体"四字。

【评】

翁方纲《石洲诗话》卷五："曲全《题复古秋山对月图》七绝一首，二十八字内，乃用'㚘'字二、'朤'字二、'㗊'字二、'淼'字二、'森'字二、'䈰'字二、'㚊'字二、'𩺰'字二，亦太好奇。"

杰曰：用字怪僻，虽组织尚称稳帖，但近乎玩弄文字游戏，并不可取。

朱希晦

朱希晦（1309—1386），字景文，号云松，乐清瑶岙（今属乐清虹桥镇）人。嗜学励行，博通群籍，甘贫乐隐，襟度夷旷。遭元季世乱，囊括不仕。自放于山巅水涯，与四明吴志淳（主一）、同邑赵新（彦铭）行吟雁荡山中，时称"雁山三老"。避地所至，名川胜境，游览殆遍。"幅巾短策，游咏林壑间，有先代遗民之风。"（《列朝诗集小传》甲前集）明洪武十九年（1386），有司以高年贤德荐剡于朝，授朝列大夫，不及领命而卒。雍正《浙江通志》卷一九三《隐逸》有传。参阅《瓯海轶闻》校笺卷二九。

希晦一生淡然无求，惟肆力于诗。所作多摹写云林泉石幽致，兴趣旷远，诗风"清丽简亮而有格力"，《四库》提要谓"瓣香于《剑南》一集"，道其渊源。稿名《云松巢诗集》，"各体凡数千首"（朱谏后序）。今传《云松巢集》四库本三卷、同治重刊本五卷，存诗计218首。历代选本，《东瓯诗集》卷七录5首，《明诗综》卷十七录3首，《元诗选二集》辛集录28首，《御选元诗》录13首，《东瓯诗存》卷十四录37首。

鲍原宏《云松巢集序》："先生当元季，有诗名在士夫间，而行检尤峻洁可重……后世言诗者，率以李杜为大家数而宗之。今观是集，其飘逸放旷者宗于李欤，其典雅雄壮者宗于杜欤，先生可谓善于学诗者矣。”

章晍《云松巢集序》:“下笔才思泉涌,而于诗尤工。故因物寄情,伤时感事,凡有触于外而动于中,一于歌焉发之。日增月积,多至千馀篇,扁其室曰云松巢,而稿因以名焉……其思致精深,词意丰赡,滔滔汩汩,如惊涛怒澜,蛟鼍出没,而可骇可愕。要其所至,多有得于唐人大方家之心法,而无雕琢委靡之气,故沈潜反覆,累日不厌焉。”

朱谏《云松巢集后序》:“先生之诗,清丽简亮,不事纤巧,感慨咏叹,而有馀思。元人多尚辞而意或不足,是以兴趣漠然,而音节无闻。先生以不求仕进,故得专心肆力,所谓清丽简亮者,锵锵乎可以振唐人之遗响,而下视元季之萎弱者矣。”

《元诗选二集》辛集《朱处士希晦》:“集中佳句,如《春日》云:‘日阴团碧树,风煗韵黄鹂。’《写怀》云:‘水满鱼儿出,泥香燕子来。’《夏日书怀》云:‘白发生涯人已老,绿阴时节雨偏多。’《次竹隐二弟韵》云:‘两袖秋风停野骑,半篙秋水漾渔舠。’《幽居》云:‘竹吹绿雾沾书帙,花发红云映药栏。’所谓清丽简亮,可振唐人遗响也。”

《四库全书总目》一六八《云松巢集》:“原宏序称其‘飘逸放旷宗于李,典雅雄壮宗于杜’;晍序称其‘思致精深,词意丰赡,滔滔汩汩,如惊涛怒澜,蛟鼍出没,而可骇可愕’。今观其诗,五言气格颇清,而边幅少狭,兴象未深,数首以外,词旨略同。七言稍为振拔,古体又胜于近体。溯其宗派,盖瓣香于《剑南》一集。原序所称,未为笃论也。”

孙衣言《逊学斋文钞》卷九《书云松巢集后》:“其诗固已清亮

可通。然予观其七世孙谏《后序》，称先生隐居瑶川，不乐仕进，有田数十亩，悉以入祠堂。独以所作《云松集》一册、端砚一方、古本《文选》一帙，付其五子曰：'汝可守此！'于戏，先生高风如此，诗亦安得不佳哉！今之人不徒文辞可传世者少，抑其自得于心者不同也，乡先生之风可以慨然兴矣。"

高谊《薏园诗话·朱希晦》："(朱) 谏称先生诗'清丽简亮'，其《夏日书怀》云：'白发生涯人已老，绿阴时节雨偏多。'《秋日》云：'鬓添今日白，颜减向时红。'《秋兴》云：'千里关山双雪鬓，百年城郭半烟芜。'《感时》云：'浮荣槐蚁集，丛谤棘蝇喧。'殆与专事纤巧者异矣。"(《高谊集》)

杰曰：希晦近体清俊简拔，佳句络绎，朱彝尊、顾嗣立、孙锵鸣、高谊诸家已为拈出，余最喜其《写怀》"水满鱼儿出，泥香燕子来"；《写怀三首》之三"衰鬓不重绿，好山依旧青"；《夏日书怀》"白发生涯人已老，绿阴时节雨偏多"；《寄周廷石》"烟色春归杨柳底，雨香红入杏花初"诸联。另如，五言《春日二首》之一"蒲芽才出水，柳色未藏烟"；《纳凉》"醉罢不知夕，月生沧海东"；《寄无际老禅五首》之二"江月无今古，山云自去留"；七言《和韵简天则上人》"九陌黄尘蓬鬓底，一篱香露菊花边"；《寄习之郑先生》"雪色上头老冉冉，风声落木凉凄凄"，诸语并工。

有感

君不见千里马，有时困羁靮；不遇九方皋，龙文更谁识[①]？又不见五彩凤，有时铩羽翮；不如鹜与鸡，聚族自争食。人生遭轗轲，俯仰今犹昔。贤有不黔突，圣有不暖席[②]。圣贤尚栖栖，我独何恻恻。但恐白日流，年光竟虚掷。乾坤等蘧庐[③]，寿命匪金石。愿餐不死草，蓬莱杳难觅。乘化复奚疑[④]，委心任所适。故阙遗铜鞮，秋风暗荆棘[⑤]。霸图有兴衰，人事无休息。矫首盼归云，鸿飞楚天碧。

【注】

①羁靮，马络头和缰绳。《礼记·檀弓下》："孰执羁靮而从？"陈澔集释："羁，所以络马；靮，所以鞚马。"九方皋，春秋时人，善相马。见《淮南子·道应训》《列子·说符》。黄庭坚《过平舆怀李子先时在并州》："世上岂无千里马，人间难得九方皋。"龙文，骏马名。《汉书·西域传赞》："蒲梢、龙文、鱼目、汗血之马，充于黄门。"颜师古注引孟康曰："四骏马也。"　②贤有二句，《文子·自然》："孔子无黔突，墨子无暖席。"言走不黔突，坐不暖席。黔突，因炊爨熏黑了烟囱。　③乾坤等蘧庐，《庄子·天运》："仁义，先王之蘧庐也。止可以一宿，而不可久处。"蘧庐，郭象注："犹传舍也。"林希逸口义："草屋也。"　④乘化，顺随着自然的变化。奚，何。陶潜《归去来兮辞》："聊乘化以归尽，乐夫天命复奚疑。"尽，指死亡。　⑤铜鞮，即铜鞮，春秋晋离宫名。见《左传·襄公三十一年》杜预注。荆棘，铜驼荆棘之意，指世乱衰败之变易。见《晋书·索靖传》。

客邸中秋对月

去年中秋秋月圆，浩歌对酒清无眠。烟霏灭尽人境寂，仰看明月悬中天。今年客里中秋月，静挹金波更清绝。可怜有月客无酒，不照欢娱照离别。夜阑淅淅西风凉，月中老桂吹天香。悠然长啸动归兴，坐久零露沾衣裳。浮世悲欢何足数，庾楼赤壁俱尘土[①]。

风流已往明月来，山色江声自今古。

【注】

①庾楼，指东晋大臣庾亮镇守江州与僚属登楼赏月雅事。赤壁，指苏轼居黄州作赤壁词赋韵事。

感时二首（选一）

触目伤时事，干戈郁未开。百年驰白日，万里涨黄埃。废苑犹花柳，荒城但草莱。登楼作赋罢，不独仲宣哀[①]。之二

【注】

①登楼二句，汉末王粲（仲宣）流落荆州作《登楼赋》，抒写思乡怀归的情怀。

轩居

何处净芳襟，晴轩俯碧岑。钩帘赊月色，隐几快人心。世道有荣辱，云山无古今。吾生何太晚，侧耳听虞琴[①]。

【注】

①虞琴，指虞舜的琴曲。《礼记·乐记》："昔者舜作五弦之琴，以歌《南风》。"

纳凉

无事解衣坐，超然心境空。深林翳炎日，万壑来天风。间停白羽扇，试拂朱丝桐[①]。醉罢不知夕，月生沧海东。

【注】

①朱丝桐，指琴。

有所思

虚闻将帅拥彤戈，勇锐谁如马伏波[①]。几处烽烟连夜急，四郊风雨向秋多。最怜绝汉歌《黄鹄》[②]，却怪长安餍紫驼[③]。俯仰乾坤增感慨，悠悠身世定如何。

【注】

①马伏波，东汉名将伏波将军马援。　②最怜句，向往汉世之敬贤尊隐。黄鹄，指汉高祖刘邦所作《鸿鹄歌》。葛洪《抱朴子·逸品》："(汉高帝) 弘旷恢廓……虽饥渴四皓，而不逼也，及太子卑辞致之，以为羽翼，便敬德矫情，惜其大者，发《黄鹄》之悲歌，杜婉妾之觊觎，其珍贤贵隐，如此之至。"　③却怪句，讥刺都城达官贵族的奢靡生活。紫驼，指用驼峰做成的珍异美食。段成式《酉阳杂俎》卷七《酒食》："今衣冠家名食，有……驴鬷驼峰炙。"餍紫驼，杜甫《丽人行》："紫驼之峰出翠釜，水精之盘行素鳞。犀箸厌饫久未下，鸾刀缕切空纷纶。"

【评】

章暇《云松巢集序》言其诗"闵时病俗，婉词讽刺，又有得于风骚之遗意焉"。本篇及下首《伤时》可以举例。

伤时

流年华发两相催，眼底烟尘郁不开。太息有人趋玉食，可怜无地筑金台[①]。城边向晚黄狐立，海外何年白雉来[②]。万事何如一醉好，且须洗盏酌春醅。

【注】

①筑金台，战国燕昭王筑黄金台延揽贤才。 ②黄狐立，状荒凉。杜甫《乾元中寓同谷县作歌》之五：“黄蒿古城云不开，白狐跳梁黄狐立。”白雉，白色羽毛的野鸡。古以为瑞鸟。《尚书大传》卷三：“交趾之南有越裳国。周公居摄六年，制礼作乐，天下和。越裳氏以三象重译而献白雉。”

【评】

朱彝尊《静志居诗话》卷五《朱希晦》：“集为七世孙玄谏刊行。其《夏日书怀》云：‘白发生涯人已老，绿阴时节雨偏多。’《寄友》云：‘烟色春归杨柳底，雨香红入杏花初。’《伤时》云：‘城边向晚黄狐立，海外何年白雉来。’《自叹》云：‘家贫犓具千金帚，国难曾无一箭书。’《访僧》云：‘松阴夜静鹤初警，花院日长僧未还。’皆佳句也。”

孙锵鸣《东嘉诗话》：“《秋日咏怀》云：‘平芜秋色晚，落叶雨声多。’《写怀》云：‘衰鬓不重绿，好山依旧青。’《秋兴》云：‘千里关山双雪鬓，百年城郭半烟芜。’《有所思》云：‘几处烽烟连夜急，四郊风雨向秋多。’《伤时》云：‘城边向晚黄狐立，海外何年白雉来。’《自叹》云：‘家贫粗有千金帚，国难曾无一箭书。’《寄友》云：‘岂有雄文驱海鳄，恨无长矢射天狼。’《夏日书怀》云：‘白发生涯人已老，绿阴时节雨偏多。’皆警句也。”

杰曰：前六隽拔，对仗亦工。惜结语稍嫌俗套，未为雅音。

秋怀

怪底浮云翳碧空，千山秋色入溟蒙。何当一埽群阴尽，坐看东方片日红。

寄友

雨过溪头鸟篆沙[①]，溪山深处野人家。门前桃李都飞尽，又见春光到楝花[②]。

【注】

①鸟篆沙，言鸟儿留在沙滩的足迹，像是写下的篆文。宋李弥逊《春雪》："径没虫书藓，滩平鸟篆沙。" ②楝花，春晚开。宋陈元靓《岁时广记》卷一《花信风》："《东皋杂录》：江南自初春至初夏，五日一番风候，谓之花信风。梅花风最先，楝花风最后。凡二十四番，以为寒绝也。后唐人诗云：'楝花开后风光好，梅子黄时雨意浓。'"

西湖二首（选一）

丝丝细雨弄春晴，新水溪头杜若生。我欲与君携酒去，绿阴树底听啼莺。之一

【注】

西湖，指杭州西湖。本题之二云："碧水澄空四十里，淡烟疏雨六桥春。不知今日西湖上，解种梅花有几人？"

陈观宝

陈观宝（约1310—？），字士珍，号鉴池，瑞安阁巷人。陈识时

子。《清颍一源集》卷一:"陈观宝,民吾之子。"录诗7首。

陈挺《读清颍一源诗一十六首·题鉴池公》:"诗家清境绝尘埃,一鉴池塘活水来。个字当时吟未稳,知从月下几推敲。"(《清颍一源集》卷二)

雁字

几行书向夕阳边,写出平沙印楚天。为报西风莫吹断,笔耕应为稻粱田①。

【注】

①为稻粱田,言为生活打算。杜甫《同诸公登慈恩寺塔》:"君看随阳雁,各有稻粱谋。"仇注引胡氏曰:"小人贪禄恋位,故以阳雁稻粱刺之。"此讽世之摛文者并怀私利,清人龚自珍所谓"著书都为稻粱谋"(《咏史》)也。

【评】

曲终奏雅,借"雁字"而题外托意,讽喻世态。

陈安国

陈安国(约1322—1354),原名子仁。元顺帝至正十三年(1353)任平阳千户所吏,后被杀。事见弘治《温州府志》卷十七《遗事·平叛元》。《东瓯诗存》卷十一录诗1首。

登舟

天风掀浪如雷吼，将军渡江踏鳌首①。仗剑一啸天地阔②，惊动海底蛟龙走。

【注】

弘治《温州府志》卷十七《遗事·平叛元》："至正十三年(1353)癸巳岁冬十一月，闽寇侵境。……寇退，复调万户府监军哈剌不花、平阴翼千户赵光远往守御。其兵皆素无赖贩鬻私鹾者，至镇甚横。时平阳州缺官，因命竹木场大使卜颜摄州事。卜颜莅政颇严，戍兵有严山儿者，饮于肆，弗偿其直，且殴人及坏酿器，卜颜械以警众。时饷馈弗继，兵皆饥愤。有卒韩虎儿等遂谋作乱，因推千户所吏陈安国为首。安国先名子仁。……十二月十五日早，猛雨如注，冒雨起程。午后抵瑞安江，安国登舟，至中流，因为诗曰(本篇略)。暮至白岩桥登舟，约晨至南门。既入城，即诈为红巾……揭布旗，书云：'代天拯民，为国除害。'"明年三月，元军遣使劝降，安国杀韩虎儿以城降被擒，凌迟于市。

①鳌，传说海中能负山游戏的大龟或大鳖。《楚辞·天问》："鳌戴山抃，何以安之？"王逸注："《列仙传》曰：'有巨灵之鳌，背负蓬莱之山而抃舞，戏沧海之中。'"洪兴祖补注："《玄中记》云：即巨龟也。一云：海中大鳖。"　②阔，《东瓯诗存》作"孤"。

【评】

此为七言仄韵古绝，不拘平仄。驱驾风浪，昂首天地，仗剑长啸，有叱咤喑呜、俯视一切之概，是一首充满豪情的壮烈之歌。

僧 益

僧益，号栯堂，永嘉人。元诗僧，住奉化岳林寺。陈高有《送益上人》诗(《不系舟渔集》卷五)，明释行日有《径峰天慧山居诗和元栯堂禅师韵》(见《槜李诗系》卷三三)。《东瓯诗续集》卷六：“僧益侑，永嘉人。”录《闲居偶成》10首。明释正勉、性涵辑《古今禅藻集》卷十六录《山居二首》。《千顷堂书目》卷三九著录《栯堂山居诗》。《元诗选二集》壬集《栯堂禅师益》录诗13首。《东瓯诗存》卷四五录《山居偶成》10首。按：世传《山居诗》40首，上海图书馆藏有清汪氏摛藻堂抄本《元岳林栯堂禅师山居诗》一卷（《中国古籍善本书目》卷二五)。

顾嗣立《元诗选二集》壬集《栯堂禅师益》：“益字栯堂，温州人。大慧杲四世法嗣，得法于净慈隐公，住庆元奉化岳林寺。世传《山居诗》一编，檗庵黄僧游广陵，得于东隐精舍，为元时旧刻。如‘春暖鹿眠三径草，夜寒雁叫一天霜’；‘棕鞋踏冻石梯滑，松帚扫霜山径阴’；‘相韩卿赵裤中虱，霸楚王吴槛内猿’；‘灌蔬月下担寒浪，移石云边接断桥’；‘一火烧畬春采蕨，半蓑披雨晓锄园’；‘黄狖林中偷果去，翠禽篱下引雏飞’。格律在皎然、无本之间，当不徒赏其山居高致已也。”

孙诒让《温州经籍志》卷二四《释氏益〈栯堂山居诗〉》案：“侑堂，旧府、县志《仙释》无传，惟陈子上《不系舟渔集》五，有《送益上人》诗云：‘一雨新秋爽，千山细路遥。林泉归此日，天地飒惊飙。访鹤穿松树，观鱼俯石桥。幽栖输尔乐，高隐肯予招？’则侑堂与子上同时。《东瓯续集》六选《山居诗》十首，改其题为《闲居偶成》，误也。《续集》载梢堂名，作‘僧益侑’，亦误。”

杰曰：梢堂以《山居诗》名世，诗风清壮奇僻，顾嗣立称“格律在皎然、无本（贾岛）之间”。专事七律，不惟自写幽致，且具告诫的意味。刻意琢炼，多有警句，顾举“春暖鹿眠”等六联，外此如：“寻僧因到石梁北，待月忽思天柱西。”（《山居诗》之一）“千古青编在天下，留芳遗臭更由谁。”（之二）“满头白发干时政，漫说商山四皓高。”（之四）“事有废兴秦失鹿，物无得丧楚亡弓。虚名终日雪填井，幻影百年绳系风。”（之五）“海上刻舟求剑客，市中当画攫金人。万牛难挽清风转，两棹偏催白发新。”（之七）“黄河定是有清日，曲木其如无直年……从来不结东林社，屋外开池自种莲。”（之八）“山中有客见真虎，世上何人识假龙。”（之十）“世乱孙吴谋略展，才高屈贾是非生。”（之十二）皆自出机轴，仗对工整，或别寓意旨者。

山居诗（十二首选二）

乱流尽处卜幽栖，独树为桥过小溪。春雨桃开忆刘阮，晚山薇长梦夷齐①。寻僧因到石梁北，待月忽思天柱西②。借问昔贤成底事，十年骑马听朝鸡③？之一

【注】

明释正勉、性涵辑《古今禅藻集》卷十六选录。

①刘阮，东汉刘晨、阮肇。两人至天台山采药迷路，在桃源洞遇二仙女，留住半载。事见南朝宋刘义庆《幽明录》。夷齐，伯夷、叔齐。　②石梁，在天台山中方广。“石梁飞瀑”为天台八景之一。

天柱，天柱峰，在雁荡山灵岩。 ③底，何。骑马听朝鸡，谓鸡鸣而起，赶赴早朝。

乱山迭碧几重重，残日晴霞半映红。事有废兴秦失鹿，物无得丧楚亡弓[①]。虚名终日雪填井，幻影百年绳系风。转忆天台松树下，倚看瀑布石桥东[②]。之五

【注】

①失鹿，失去天下。语本《史记·淮阴侯列传》："秦失其鹿，天下共逐之。"裴骃集解引张晏曰："以鹿喻帝位也。"楚亡弓，喻指失而复得。语出《孔子家语·好生》："楚王失弓，楚人得之，又何求之？" ②石桥，天台山石梁。梁长7米，衔接两山，形似桥，故称。

陈 高

陈高（1315—1367），字子上（亦作子尚），晚号不系舟渔者，平阳金舟乡（今苍南项桥乡）人。少聪颖好学，弱冠名重州郡。元顺帝至正六年（1346），上书秘书卿泰不华，请革时文积弊，"屏去浮华"，振起文气。登至正十四年（1354）进士，以亲老便养，外授庆元路（宁波）录事。处事"明敏刚决，吏不敢易，民不敢欺，声名赫赫"（揭汯《陈子上先生墓志铭》）。仕职未及三年，辄以"遭时多故，众醉独醒，弃官归田"（卷十五《与张仲举祭酒书》）。方国珍任江浙行省左丞，召授慈溪县尹，不赴。至正二十三年（1363），

平阳州陷落，“义不受污”（卷十二《梅湾小隐记》），仓促间弃家遁逃，避难闽浙间。至正二十七年（1367），浮海北上怀庆（今河南沁阳），谒中书左丞相陈安危弭祸之策，未之用，居数月病卒。雍正《浙江通志》卷一八二《文苑》、民国《平阳县志》卷三六有传。

陈高际元末造，在战乱漂泊中度过大半生。他忠诚于元王朝。一方面心“怀瑾瑜”（卷四《元日醉歌》），不愿同流合污，“岁晏保幽贞”（卷三《送钱思复二首》之二），高蹈自守。同时又志存匡济，系怀苍生，致君尧舜，“欲扣天阍”而“洗兵雨”（卷五《丙午元日》），拯民于水火。他的一生常处于这样的矛盾心态，在理想与现实的碰撞中经受着忧患煎熬，所谓：“伤感复奋激，沉吟以徘徊。”（卷三《感兴二十五首》之二四）他虽然愿如“渔翁不系舟”（卷九《题顾仲华扇就送之京》），躬耕自适，无所系留；实际上并没有忘怀世事，作品中处处流露出伤时忧国的情怀。所以，他并不是一个纯粹的隐逸诗人。

陈高诗文并擅，自谓“生平苦有文章癖”（卷九《戊子元日客中有感二首》之二）。其诗文取法高古，渊源有自，文格诗格与人格相彰美，卓然特立，非蝉噪蛙鸣者流所可拟比。现存《不系舟渔集》十五卷，其中诗九卷。他的诗颇受明清以来选家的看重，总集及选本如《东瓯诗集》卷五及《续集》卷五录22首，《石仓历代诗选》卷二六一录62首，《宋元诗会》卷八七录37首，《元诗选初集》庚集录79首，《御选元诗》录45首，《东瓯诗存》卷十三录29首，见选篇目都相当多，说明在元诗中具有相当的地位。

揭汯《陈子上先生墓志铭》：“先生为文，上本迁（司马迁）固（班固），下猎诸子；先生为诗，上溯汉魏，而齐梁以下勿论也。先生为行，洁己而不同于俗，抗节而不屈于物。”　　又《祭陈子上先生文》：“先生狷有似乎仲连，清有慕乎伯夷。法迁固以为文，祖汉魏以为诗。”（《不系舟渔集》附录）

苏伯衡《苏平仲文集》卷五《陈子上存稿序》：“六艺百氏之言，子上无弗学，而以求道为急。凡诗文未尝苟作，要其归，不当于理者盖鲜矣。”

《四库全书总目》卷一六八《不系舟渔集》：“盖当国祚阽危，犹力谋匡复。明太祖称王保保（即库库特穆尔）真男子，如高者事虽不就，其志亦不愧王保保矣，不但诗之足传也。”　　又谓：“其五言古体源出陶潜，近体律诗格从杜甫，面目稍别而神思不远，亦元季之铮铮者矣。”

孙诒让《温州经籍志》卷二四《不系舟渔集》：“今核其全集，虽文采不及五峰诸老，而耳濡目染，终有典型，不仅亮节清风，足厉百世也。”

华文漪《不系舟渔者诗集跋》：“文漪尝从顾秀野草堂选中读其诗，窃爱其抒写性情，风格遒上，当元季雕缋是尚之时，而独标质干若此，尤难得也。”（《逢原斋文钞补遗》）　　又《摘钞陈子上文书后》：“复取其文读之，见其议论通达，义蕴深厚，有眉山之肆而不失之剽，得南丰之醇而不失之闷，直可于同时虞揭黄柳诸家中置一席。”（《逢原斋文钞补遗》）

陈葵《不系舟渔集序》：“霁山句锤字炼，子上矜平躁释，二公品格不同，而根柢于经史则同。霁山手拾宋陵遗骨于榛莽之中，子上志维元季残局于危亡之际，二公行事不同而激发忠义则同。时代虽远，徽烈长存……然读霁山文而悦者十可得五六，读子上文而悦者十不得二三，以为平平无奇也。余谓霁山有意为文而文至，子上则若无意为文而文亦至，此子上所以更进于霁山，尤余所必表而出之，以为有志者告也。”（民国《平阳县志》卷五十《经籍志三》引）

民国《平阳县志》卷三六《人物志五元·陈高》：“高诗长于五言，近体渊源杜甫，古诗神似陶潜。文兼涉众家，以夷畅雅洁为主。论曰：吾乡诵宋元先哲，每称林史。夫史公诚贤矣，然宋元百年间，亮节高风，后先辉映，实惟霁山、子上。陈司训评二公，文格不同而根柢经史则同，行事不同而激发忠义则同，可谓至论。今以子上殿元人物，而凡与子上来往者附焉，亦犹宋人物之殿霁山云。”

山中读书图

远山如蓝近山绿，前门苍松后门竹。幽人读书栖石根，有客挐舟访溪曲。白云冉冉落虚窗，清风泠泠散飞瀑。林泉深处隔红尘，便欲相依结茅屋。

【注】

清圣祖玄烨（康熙）曾书写此诗。《石渠宝笈》卷四十《贮·御书房》：“圣祖仁皇帝御书七言古诗，识云：‘元陈高《山中读书图》。’下有‘体元主人’‘万几馀暇’二玺，前有‘佩文斋’一玺。”

感兴二十五首（选五）

自汉以来，五言之作多矣。其善者，大抵皆直致无华饰之辞，简淡而意味深远；下是则雕锼绮靡，不出乎风云月露、花卉禽鱼之间，而理趣蔑如也。昔唐陈拾遗尝作《感遇》诗[①]，词格高古，而新安朱子，则病其淫于仙佛怪妄之说[2]。故朱子《斋居感兴》之作，乃一寓于理，扶树道教，而辞之要妙特其馀耳，殆未易于古今诗人律之也。予客居无事，读书馀暇，操觚染翰，适意于诗，得二十五首，亦命之曰感兴。率皆托兴成章，鄙俚无文，固不敢窥作者之藩篱，而视朱夫子之扶树道教者，夫何敢望。独于陈古道今，引物比类，意在惩劝，不习于雕镂，而不沦于怪妄，则庶乎其万一焉，或可以俟观民风者之采择云尔。

青山或可移，白石尚可转。志士怀苦心，九死不愿返。首阳饿仁贤[3]，至今激贪懦。汨罗沉楚累[4]，千载悲忠蹇。人生谁不死，身没名贵显。胡为草玄人，美新思苟免[5]？之十

【注】

①陈拾遗：陈子昂，字伯玉，唐初诗人。终官右拾遗，世称陈拾遗。作有《感遇》三十八首。　②朱熹《斋居感兴二十首》："余读陈子昂《感遇》诗，爱其词旨幽邃，音节豪宕，非当世词人所及。如丹砂空青，金膏水碧，虽近乏世用，而实物外难得自然之奇宝。欲效其体作十数篇，顾以思致平凡，笔力萎弱，竟不能就。然亦恨其不精于理，而自托于仙佛之间以为高也。斋居无事，偶书所见，得二十篇，虽不能探索微眇，追迹前言，然皆切于日用之实，故言亦近而易知。既以自警，且以诒诸同志云。"(《晦庵集》卷四)。　③首阳句，指伯夷、叔齐隐居首阳山。　④楚累，指屈原。　⑤草玄人，指扬雄。《汉书·扬雄传下》："哀帝时，丁、傅、董贤用事，诸附离之者或起家至二千石。时雄方草《太玄》，有以自守，泊如也。"美新，王莽篡汉称帝，国号新。扬雄作《剧秦美新》文，称颂新朝。二句说，写作《太玄》的人，为何后来又称美新朝，难道是为了免

祸苟活？

缥渺浮图宫[1]，俨若王者居。列徒二三千，僮仆数百余。饱食被纨素，安坐谈空虚。秋来入租税，鞭扑耕田夫。不惜终岁苦，征求尽锱铢。野人不敢怒，泣涕长欷歔。之十四

【注】

佛教在元代得到皇族崇奉，势力极大，寺庙大批修建，豪奢无比，所谓“释氏掀天官府”（汪元量《自笑》）。

①浮图宫，佛寺。

五侯佳子弟[1]，弱冠乃高举。承籍阀阅功，官爵纡青组。五马跃春华，一麾守王土。诛求肆狼贪，立威严棰楚。斯民天所眷，视之如草屦。置官择贤才，兹事由来古。君看龚与黄[2]，何尝有门户？之十五

【注】

①五侯，汉成帝同时封其舅五人为侯，称五侯。见《汉书·元后传》。泛指权贵豪门。　②龚与黄，汉贤吏龚遂、黄霸。

步出城门道，忽见群车驰。车中何所有，文贝光陆离。美娃载后乘，销金灿裳衣。问之何如人，云是官满归。闻者交叹息，清名复奚为！之十八

【评】

上选三首，是对社会丑恶的揭发批判，为组诗中最具意义的作品。第一首（之十四）揭露僧徒倚仗皇族势力，广修寺院，霸占

良田，盘剥农人，耗财殃民。第二首（之十五）抨击官爵世袭，吏治腐败，而不能举贤授能。第三首（之十八）讥刺赃官贪婪敛财，离任时满载而归，所谓“万两黄金奉使回”（《辍耕录》卷十九《阑驾上书》），招摇过市，恬不知耻。这些诗都写得直截了当，笔锋犀利，富有现实精神，不啻一幅世态群丑图。

明明空中月，浮云能蔽之。我心忽不乐，清夜有所思。古人既云远，古道日以非。后生采春华，举世吾谁归[①]？飘风飒然至，吹吾裳与衣。恨无双飞翼，远逝凌风飞。伤感复奋激，沉吟以徘徊。之二四

【注】

①谁归，言与谁在一起。范仲淹《岳阳楼记》：“微斯人，吾谁与归？”

【评】

阙名《静居绪言》：“陈子上《不系舟渔集》诗极激昂，非粉饰章句者比。五言《感兴》及七律《羁思》等作，皆能惩创时事。”

杰曰：组诗《感兴二十五首》，是作者经意的力作。诗云：“君子力为善，穷达宁复论？”（之二三）又云：“胡不崇明德，早使勋业昭。”（之二五）见为未第之前早期所咏。诗中引古道今，赋事述怀，讽喻时政，笔意深刻。

王子猷访戴图

月照清溪雪满山，孤舟乘兴只空还。一时来往同儿戏，底事流传满世间[①]？

【注】

王子猷：王徽之，字子猷，羲之子。雅性放诞，卓荦不羁，仕至黄门侍郎。戴：戴逵，字安道。有清操，性高洁，隐居不仕。善文章，工书画雕塑。访戴，《世说新语·任诞》："王子猷居山阴，夜大雪，眠觉，开室命酌酒，四望皎然。因起彷徨，咏左思《招隐诗》，忽忆戴安道。时戴在剡，即便夜乘小船就之。经宿方至，造门不前而返。人问其故，王曰：'吾本乘兴而行，兴尽而返，何必见戴？'"剡，剡溪，在浙江嵊州市南。

①底事，何事。诗言：徽之的行事近乎荒唐，有什么值得称赏，不知道为何传诵世间，千百年来以为雅事美谈？其意若谓，晋人行为多放诞怪异，故标孤高，迹近矫情，其企图只不过引人瞩目而已，又何足道哉！

【评】

俞弁《山樵暇语》卷四："陆文量云：'"山阴夜兴"一事，见称于人，尚矣。或笔之书，或绘之图，或形之歌咏。虽以杜少陵之博雅，其于《卜居》篇终亦致意焉。盖二子人品不凡，而事复奇异，故没世之后，仰其风流标致而乐道之如此。愚窃有议焉。夫朋友之交也，义与信而已矣，故君子于其往来过从之际，必视义之可否而诚心以行之，未尝率意任情以为高也。如子猷之于安道，义不当往耶，不往可也；义当往耶，则造其门而不入其室，岂人情乎？今而曰"乘兴而来，兴尽而返"，是则朋友之交，非出于此心之诚，特所以适吾兴耳。推此类也，君臣父子何莫而非适兴之具哉！是其猖狂自恣，凌躐大闲，其流之弊，必将以弁髦刍狗视人伦而不知怪矣，何足以为训哉！噫，晋之士大夫其风致如此，当时之人歆慕而传记之如此，则晋之为晋可知已！予故书此，以补前人之未发，且以为士大夫旷达之规。倘有以杀风景让我者，则所不辞也。’余爱陆公之议论得古人未道，不知萧、陈已先得矣。韦居安《梅磵诗话》载萧山则一诗云：‘访戴何如莫访休，清谈生忌晋风流。渡江一楫无人画，多重王家剡雪舟。’元人陈子上亦有一绝云（本篇略）。”　　杰按：陆容，字文量。著有《菽园杂记》等。萧崱，字则山，号大山，临江人。绍定进士。见《宋诗纪事》卷六四。《梅磵诗话》引作“萧山则”，将其名“崱”字分拆为“山则”二字，大误。

杰曰：南宋江西派诗人曾几（茶山）《题访戴图》云：“小艇相从本不期，剡中雪月并明时。不因兴尽回船去，那得山阴一段奇。”意思说：徽之访戴，未曾约期，本出偶然。雪夜行船，他已经饱赏剡溪雪月并明的美景。妙在托言“兴尽”及门而返，乃不见戴，否则即是常人行径，那能成为传世的佳话呢？南宋另一位诗人来梓（子仪）《子猷访戴图》赋道：“四山摇玉夜光浮，一舸玻璃凝不流。若使过门相见了，千年风致一时休。”宋赵与时《宾退录》卷五列举上述二诗，谓来子仪的诗“末句实祖文清（曾几）之意”。比较来看，来诗表达的意思是一样的，然下语稍嫌直率，不及曾诗蕴藉得言外味。

曾、来二作都是以欣赏的态度来歌咏这桩世以为美谈的风流雅事，不过，也有人表示异议。元韦居安《梅磵诗话》卷上引援南宋诗人萧崱（则山）的诗（见上引），称其“运意高妙，真能发前人之未发”。萧诗对晋人的“清谈”作风提出批评，慨叹人们热衷于王家剡雪访戴那样的无聊之事，而对报国志士祖逖“渡江击楫”的豪言壮举却少见关注。这是对时俗的针砭之语，是对苟安半壁的那个时代雅尚清谈、不图恢复的萎靡习气的不满和抨击。明代著作家陆容对“山阴夜兴”一事也很不以为然。俞弁《山樵暇语》卷四赞同陆容的精辟论见，云：“余爱陆公之议论得古人未道，不知萧、陈已先得矣。”陈高的诗，独标质干，深涵理蕴，风格遒健。这首小诗虽为随笔挥洒之不经意作，却也同样表现了他独特的鞭辟入理的识见，值得表举。

夜半舟发丹阳

舟子贪风顺，开帆半夜行。天寒四野静，水白大星明。长铗归何日[①]，浮萍笑此生。柁楼眠不稳，起坐待鸡鸣。

【注】

当是至正九年（1349）客游吴中时作。丹阳，今属江苏。

①长铗，见卷四林景熙《别王监簿》注③。

羁思十首次谢纯然韵（选二）

淮西盗贼成群起，攻夺城池杀害多。保障谁能为尹铎，折冲未见有廉颇[①]。南来羽檄时时急，北向官军日日过。贾谊治安空有策，九重深远欲如何[②]？之七

【注】

当是至正十七年（1357）居职庆元路录事时作。诗云“无由省闼联鸳序，且向江湖食肉糜”（之六），其时已有挂冠隐世之意。此首言局势混乱，国无良才，自己空怀治弊安危之策，而不能上达帝宫。深有蒿目时艰，报国无门的悲愤。

①保障，谓保护民众。尹铎，春秋晋国贤士。赵简子使治晋阳，

施行宽赋保民之政。见《国语·晋语九》。折冲，谓挫敌制胜。冲，战车。廉颇，战国赵国良将。 ②贾谊，西汉政治家，通达国体，曾向汉文帝上《治安策》(陈政事疏)，切论时政。九重，指宫门。

汉朝儒雅江都相[1]，唐代文章吏部郎[2]。万古斯人如日月，只今余子但膏粱。萧条自恨生予晚，追逐何由到汝旁。俯仰乾坤一长啸，不知身世在他乡。之十

【注】

此首思古贤而叹今吾，俯仰兴怀，不尽萧条异代之慨。

①江都相，指董仲舒。汉武帝时任江都易王（武帝兄）相。《汉书·循吏传》："孝武之世，外攘四夷，内改法度，民用凋敝，奸轨不禁。时少能以化治称者，唯江都相董仲舒、内史公孙弘、儿宽，居官可纪。三人皆儒者，通于世务，明习文法，以经术润饰吏事，天子器之。" ②吏部郎，指韩愈。终官吏部侍郎，世称韩吏部。韩愈为古文大家，苏轼称"文起八代之衰"。其任潮州太守，为民除害，革除陋俗，推行教化。

【评】

阙名《静居绪言》："陈子上《不系舟渔集》诗极激昂，非粉饰章句者比。五言《感兴》及七律《羁思》等作，皆能惩创时事。"

闲居四首（选一）

今岁厌羁旅，归来田里间。栖迟涉春夏，居幽心自闲。远市绝喧啾，闭门谢衣冠。无营免虑外，守拙非怀安。晨兴微雨霁，课仆往西园。嘉蔬摘翠叶，时果收朱丸。何能谋生理，聊用致盘餐。

之一

【注】

作者辞官后于至正二十年（1360）归里闲居作。

种橦花

炎方有橦树，衣被代蚕桑。舍西得闲园，种之漫成行。苗生初夏时，料理晨夕忙。挥锄向烈日，洒汗成流浆。培根浇灌频，高者三尺强。鲜鲜绿叶茂，灿灿金英黄。结实吐秋茧，皎洁如雪霜。及时以收敛，采采动盈筐。缉治入机杼，裁剪为衣裳。御寒类挟纩[①]，老稚免凄凉。豪家植花卉，纷纷被垣墙。于世竟何补，争先玩芬芳。弃取何相异，感物增惋伤。

【注】

至正二十年（1360）归里闲居作。橦花，木棉花。《文选·左思〈蜀都赋〉》："布有橦华。"刘逵注引张揖曰："橦华者，树名橦，其花柔毳，可绩为布也。"陈衍《元诗纪事》卷十九引《木棉谱》："宋末棉花之利尚在闽中，而江南无此种也。元人陈高有《种花》诗云……陈高，元末人，而隙地初学种之，则其来未久可知。"

①挟纩，披着棉衣。《左传·宣公十二年》："申公巫臣曰：'师人多寒，王巡三军，拊而勉之，三军之士皆如挟纩。'"杜预注："纩，绵也。言说（悦）以忘寒。"

【评】

陈高的五古，追溯汉魏骨力，绝去雕镂，质直疏健，赋事咏怀，往往有陶公古朴之风。《闲居四首》《种橦花》《白纻词》诸什，可以举例。

即事漫题十首（选四）

老翁忆子哭声哀，妇怨征夫去不回。前日山中新战死，昨宵梦里见归来。之四

【注】

这组诗当作于至正二十三年（癸卯，1363），咏元末平阳战事。民国《平阳县志》卷七一选录5首，题下按："此可见周元帅城守时之苦。"周元帅，指周诚德（1322—1363），字守仁，周嗣德异母弟。时任同知平阳州事兼行军镇抚、浙东道宣慰司事副都元帅，捍守平阳，屡败方明善军。是年为方明善所执，不屈死。事见苏伯衡《苏平仲文集》卷十三《故元承德郎江浙等处行枢密院判官周公墓表》。作者有《赠周元帅》（卷五）诗、《赠周元帅序》（卷十一）。

悍吏登门横索钱[①]，人家供给正忧煎。官粮须借三年后，军食尤居两税先[②]。之五

【注】

①悍吏句，苏轼《陈季常所蓄朱陈村嫁聚图》："而今风物那堪画，县吏催租夜打门！"此言"悍吏登门横索钱"，愈加凶狠。 ②两税，指夏税和秋税。

农父江边立荷戈，无人南亩种嘉禾。今年妻子愁饥死，活到明年更奈何？之六

并海居人不种田，捕鱼换米度经年。钓船渔网都狼藉，老稚

流离哭向天。之七

【评】

壮夫战死，家破人亡，征敛苛重，民无以生，写得十分悲痛。以通俗的调头和语言，真切反映元末兵连祸结、生灵涂炭的惨残史实和给人民带来的深重灾难，是对那个动荡祸乱时代的深刻揭露，可作“诗史”来读。

客南塘作四首（选二）

春来日日起西风，吹送浮云过海东。花落名园荒草满，燕归华屋故巢空。陶潜解印闲居久，王粲登楼作赋工[①]。旧日交游多白首，时时相见慰途穷[②]。之二

【注】

至正二十三年（癸卯，1363）冬，周嗣德兵败，平阳归附于明。子上“以乡邑沦陷，义不受污，弃家遁逃”（卷十二《梅湾小隐记》）。明年（1364）正月，避地温州郡城南郊之南塘。作者《子上自识》云：“至正癸卯十二月廿七日，平阳失守。余时在郡城回至州南，闻变，仓促同江浙行省都事王铨伯衡夜寻山径，泥涂中崎岖行六十馀里至麦城，得渔舟浮海达安固（瑞安），不及与家人别。明年正月朔，至南塘；二月，至乐清之玉环。迤逦道途，随处留寓。念余以布衣举进士，辞禄归隐已八年矣。守拙耕田，将以终老，而罹此变。故间关遁逃，非有所为也，求无愧于心而已矣。困厄颠沛之馀，触物兴感，率尔成诗，聊笔诸简册，以示不忘。间有应俗所作诗文，亦并录之，其妍丑不暇择也。至正二十四年春二月乙丑朔旦书。”（《不系舟渔集》附录）故邑沦陷，颠沛流离，抒写白

首飘蓬"途穷"无依的伤感和对时局的忧念。南塘,见卷二翁卷《南塘即事》题注。

①陶潜句,陶渊明辞彭泽县令,归园田居。王粲句,东汉末王粲避乱寄居荆州,曾登当阳城楼作《登楼赋》,抒发怀乡和落寞之情。　②途穷,喻困窘之境。

江头无计问归舟,抱病羁栖古寺幽。风雨莺花成寂寞,干戈诗酒废赓酬。衰年白日愁边度,故国青山梦里游。见说王师向淮甸,早须传檄定南州[1]。之四

【注】

①淮甸,淮河流域。檄,官府文书。

【评】

结语深自期盼,足见贞士怀抱。《羁思十首次谢纯然韵》和本题四首,是他七言律的代表作。韵调自然流转,意致沉郁苍凉,含思凄婉,蕴藉耐味。四库馆臣谓其"律诗格从杜甫",可以得到印证。

丙午元日

元日居山寺,梅花照酒樽。病馀玄发少,酒后壮心存。天地腥膻隔,江淮蜂蚁屯。谁施洗兵雨,吾欲叩天阍[1]。

【注】

至正二十六年(丙午,1366),避难居福州作。

①洗兵雨,《太平御览》卷十引《说苑》:"武王伐纣……风霁而乘以大雨,散宜生又谏曰:'此非妖与?'武王曰:'非也,天洗

兵也。'"杜甫《洗兵马》:"安得壮士挽天河,净洗甲兵长不用。"天阍,天帝之守门人。《楚辞·远游》:"命天阍其开关兮。"借指天宫之门。作者《白鹤寺》"我欲挽归霄汉上,顿令六合洗尘埃",与此同意。

陈彦卿

陈彦卿,名不详,平阳人。与陈高为相知唱和之友,高有《寄陈彦卿》诗(《不系舟渔集》卷七),彦卿有《次陈子尚感怀韵》。《东瓯诗续集》卷六录诗7首,《东瓯诗存》卷十三录8首。

民国《平阳县志》卷三六《人物志五元·何岳传附》:同时为诗者又有陈彦卿,不知何里人,工诗。有《子尚感怀韵》云:"艰难好建安边策,莫学新亭泪满襟。"亦志士也。又有《古节妇》《辘轳怨》《关山月》《(长)夜曲》等,皆奇丽以则。弟辅卿、武卿。辅卿名佐。兄弟俱以字行。

长夜曲

寒月无光众星小,霜花照人夜如晓。雁声堕地天茫茫,拔剑四顾心飞扬。荒鸡一鸣天欲旦①,妻子牵衣劝加饭。

【注】

①荒鸡,夜间不按时鸣叫的鸡。明徐应秋《玉芝堂谈荟》卷三四《荒鸡淫鱼》:"凡鸡夜鸣不时,皆谓之荒。"

郑　洪

郑洪（？—1389后)，字君举，号素轩，永嘉人。早年出游金陵，结交贤达，谋登仕路[①]。曾任郡府掾史[②]。《元诗选二集》录其《周玄初来鹤诗》，题下署“洪武己巳”，则明洪武二十二年（1389）尚在世。著有《素轩集》，今佚。《大雅集》卷七录诗2首，《珊瑚木难》卷六录11首，《御选元诗》录29首，《元诗选二集》辛集编录最多，计55首。

①元陈基《送郑君举游金陵序》：“况大江而南，物阜人繁，天子命执法大臣临而治之，以至绣衣豸之英，皆极一时之选，实东南人物之都会也。而其所职，又以进贤退不肖为务，是以山林之士有志当世者，莫不愿与之交。此永嘉郑君举所以有金陵之游也。”（《夷白斋稿外集》卷下） ②顾瑛《玉山璞稿》卷二《送郑君举府掾分幕西关次韵以寄》。

【附考】

郑洪籍贯小记。

顾嗣立《元诗选二集》辛集《郑洪》：“有诗一卷，为秀水曹侍郎溶家藏本，题其简端云是永嘉人，盖本诸赖良《大雅集》也。而朱检讨彝尊云：尝见鲜于伯机《题赵子固水仙卷》，称‘元贞二年正月，同馀杭盛元仁、三衢郑君举观于困学斋’，则君举乃三衢人也。未详孰是，俟更考之。”

按：朱彝尊《静志居诗话》卷五曰：“郑君举诗一卷，曹侍郎古林藏本，侍郎题是永嘉人，而鲜于伯几《书赵子固水仙卷》称：‘元贞二年正月，同馀杭盛元臣、三衢郑君举观于困学斋。'初疑君举乃三衢人，然考周元初《来鹤诗》，有永嘉郑洪君举之作，见《鹤林类集》，则君举为永嘉人无疑。"孙诒让《温州经籍志》卷二四《郑氏洪素轩集》按："顾氏《元诗选》两存其说而不能决。家大人曰：君举集《感兴》诗二首，其次篇云：'关陕雄藩未歃盟，江淮豪杰已鏖兵。'此指李思齐、张良弼构怨相攻，乃明祖起兵事。又《吴山白塔寺》诗云：'江山襟带尚依然，王气消沉已百年。八叶龙孙东入海，六宫彩女北归燕。'则君举入明已久。宋亡于己卯，至明洪武十一年戊午，乃得百年。且元贞二年，元兴甫十七年，至洪武二十二年己巳，君举已逾百岁。伯机元贞二年题名，恐不足信。"孙衣言说见《瓯海轶闻》卷二九《郑洪》。孙锵鸣《东嘉诗话》郑洪条亦云"君举为永嘉人无疑"。

今谓：朱氏、三孙先生所论皆是。元赖良编《大雅集》卷七："郑洪，字君举，永嘉人。"已经注说明白。明朱存理《珊瑚木难》卷六小传亦云"永嘉人"；元陈基《夷白斋稿外集》卷下《送郑君举游金陵序》称"永嘉郑君举"，其尤明证。顾侠君未细读朱氏《诗话》全文，妄生猜疑，不足训也。明郁逢庆《书画题跋记》卷七《赵子固水仙》载录："元贞二年正月廿五日，鲜于枢同馀杭盛元仁、三衢郑君举观于困学斋之水轩，时将赴淛东，仆夫束担，以雨少留。"其云"三衢郑君举"，或别一人，不容相混。

大姑谣

大姑嫁将军，小姑未有夫。小姑两脚泥，大姑满头珠。前月小姑去，嫁作在家妇。钗削爨下荆①，衣裁机上布。大姑嗔小姑："生憎儿女痴[②]。多少马上郎，偏爱牧羊儿！”八月点军卒，将军玉门出。大姑诧夫婿，上马快如鹘。昨日边报归，大姑泪如挥。郎君马上死，无处寄征衣。连理与枯枝，双飞成戢翅。都无百夜恩，浪作千岁计。小姑庄上来，瓦盆双鲤鲐[③]。上堂拜父母，夫妇恣欢谐。大姑见小姑，珠翠无颜色。低头怨怅天，仰天呼不得。人生百年良所无，白头相送真良图。东家女郎欲嫁夫，切莫猖狂学大姑。

【注】

①爨（cuàn），灶。　②生憎，偏怨。唐人俗语，杜甫《送路六侍御入朝》：“生憎柳絮白于绵。”　③鲐（tái），青花鱼。

遣闷

柳叶参差杏叶团，桃花零落荠花圆[①]。那知人事有今日，却忆风光似去年。客路青春谁作伴，庭闱白发梦相牵[②]。浓愁深似三江水，都在沧洲白马边。

【注】

①荠花，荠菜花。春开，色白。辛弃疾《鹧鸪天·代人赋》：“城中桃李愁风雨，春在溪头荠菜花。”　②青春作伴，杜甫《闻官军收河南河北》：“白日放歌须纵酒，青春作伴好还乡。”庭闱，指父母。

赏梨花命妓行酒歌词为赋此

潇洒东阑一树春，雪肤冰骨月精神[①]。朝云著处迷诗梦，暮雨来时想玉人[②]。华屋洗妆歌小小，银瓶推枕唤真真[③]。紫微阁下繁华处，芍药荼蘼总后尘。

【注】

此首《珊瑚木难》卷六收录，题作《嘉定严希德请赏梨花，命妓者行酒歌诗，为赋一首》。

①月，《木难》作“玉”，嫌与四句“玉人”字复，不取。　②朝云二句，宋玉《高唐赋》记楚怀王梦遇神女，结为云雨之欢。“旦为朝云，暮为行雨，朝朝暮暮，阳台之下。”　③小小、真真，泛指妓女。《元诗选》诗后注：“唐赵颜阳一软障画一美人，工人曰：‘余神画也，亦有名曰真真。’呼名百日，即应而下，与合，久之生一子。友人使剑与欲斩之，真真即携子上画也。”

题黄子久画

二十年前识大痴，棕鞋桐帽薜萝衣。星霜老发三千丈，梁栋遗材四十围[①]。图画浑如诗句好，丹砂终与道心违[②]。筲箕泉上青松树[③]，犹覆当年白版扉。

【注】

黄子久：黄公望，字子久，号大痴。见卷五作者简介。

①星霜二句：李白《秋浦歌》“白发三千丈”。杜甫《古柏行》：“霜皮溜雨四十围，黛色参天二千尺。”　②丹砂句，言服食丹砂实有违道心（修炼之心）。　③筲箕泉，雍正《浙江通志》卷九《山川一·杭州府》：“筲箕泉，《万历杭州府志》：在赤山之阴，合于惠因涧。元黄子久号大痴，卜居泉上。”泉，《元诗选》作“永”，误。

吴山白塔寺

江山襟带尚依然，王气消沉已百年。八叶龙孙东入海[①]，六宫彩女北归燕[②]。铜驼荆棘西风里[③]，石马莓苔落照边。玉柙游魂飞劫火，五陵无树不啼鹃[④]。

【注】

此有慨于南宋沦亡之咏，当作于明初。“王气消沉已百年”，百年，乃大概言之。吴山，即城隍山，在杭州西湖东南面。春秋时为吴国南界，故名吴山。白塔寺，在吴山上。明田汝成《西湖游览志》卷七《南山胜迹》指为凤凰山麓尊胜寺白塔，引郑洪此诗，非是。诗题明谓“吴山白塔寺”，无涉凤凰山；且尊胜寺白塔，“至顺辛未正月十四日黎明，雷震之。至正末，为张士诚所毁”（《西湖游览志》卷七)，至郑洪咏此诗时已不复存在。

①八叶龙孙：南宋自高宗继统，历孝宗、光宗、宁宗、理宗、度宗、恭帝、端宗，计八朝。东入海：指恭帝德祐二年（1276）初，元军兵临临安，秀王赵与择护从益王赵昰出海，抵温州入闽，拥立为帝，是为端宗。　②彩女归燕：指宋亡，恭帝、全后等被押解燕京。彩女，《元诗选二集》作“虎士”，不取。　③西风，《元诗选二集》作“荒山”。　④玉柙，指帝后葬服。柙，《大雅集》作“袖”，《西湖游览志》卷七作“匣”。五陵，指帝王陵墓。无，《大雅集》《西湖游览志》作“嘉”，非。

浙江亭留题二首

海门潮水贯长虹，天际山形隐伏龙。南省官曹终日醉，西陵烽火隔江红[①]。黄金不铸岳武穆[②]，青史直书刘巨容[③]。潇瑟江南哀不尽，庾郎才赋若为工[④]？之一

【注】

浙江亭，原名樟亭，前临钱塘江，为观涛胜地。宋周淙《临安志》卷二《馆驿》："樟亭驿，晏殊《舆地志》云：在钱塘县治南五里。"

①南省，指元江浙行省，驻杭州。西陵，杭州萧山区西兴镇。江指钱塘江。　②黄金不铸，范蠡佐越灭吴，越王勾践令工匠用良金（铜）铸像，加以礼拜。见《国语·越语下》。岳武穆，岳飞。宋孝宗时追谥武穆。穆，《元诗选二集》《东瓯诗存》作"貌"，殆误读下句"刘巨容"为刘巨之容所致，兹从《大雅集》《西湖游览志》改。此句言朝廷未能重用奖赏忠良。　③刘巨容，唐山南东道节度使，以扞御黄巢军功，迁检校礼部尚书。"诸将欲乘胜追斩巢，巨容止曰：'朝家多负人，有危难不爱惜官赏，事平即忘之。不如留贼为富贵作地。'诸将谓然，故巢复炽。"见《新唐书·刘巨容传》。此句言武将各怀私谋，不能尽心王事。　④潇瑟，同萧瑟。瑟，《元诗选》《东瓯诗存》作"洒"误，从《大雅集》《西湖游览志》改。庾郎，指庾信。庾信历经患难，作《哀江南赋》，抒写动乱的时局和漂泊中遭受的痛苦。此言战乱满目疮痍，哀痛无尽，即或才如庾信也难以作赋表述。作者《次玉苍雪韵五首》之三："庾信平生好词赋，年来哀怨不胜情。"与此意同。

江头日暮虎成群，城北城南路不分。魏阙共瞻天际日[①]，越乡遥见浙东云。湖山翠黛颦西子[②]，江渚旌旗望北军[③]。闻说汉廷将喻蜀，茂陵司马尽能文[④]。之二

【注】

①魏阙，指朝廷。　②湖山句，言西湖如西子那样带着淡淡

的愁容。颦，皱眉。林景熙《西湖》有“风物矉（颦）西子”句。 ③北军，指元军。 ④汉廷喻蜀，汉武帝谋通巴蜀，使司马相如作《谕巴蜀檄》。见《史记·司马相如列传》。茂陵司马，司马相如晚年罢职闲居茂陵（今陕西兴平东北）。这里借以讽刺巴结朱明政权的阿谀之徒。

【评】

《东瓯诗存》卷十三张如元、吴佐仁校补：“此篇应为朱元璋已克杭州城，作者仓皇离杭时所作。‘城北城南路不分’，盖用杜甫《哀江头》‘欲往城南忘南北’典。魏阙、望北军，与以下几首虽遁隐僻乡以苟全性命，而始终以元为正统，效忠元廷之心不改，昭然若揭。朱元璋统一南北后，对即使归顺于己，而曾依附投靠张士诚、方国珍政权者，日怀忌恶，或谪戍，或诛杀，必欲除之而后快。以此揣之，郑洪之不得安身于明初，可以想见。其生平之隐没不显，应与此有关。”

萧山秋兴二首（选一）

阑干曲曲倚西风，桂树悬秋月正中。千里功名怜枥马①，百年身世愧冥鸿。天垂南斗星犹北，江绕西陵水自东。抚罢吴钩双泪落，饭牛扪虱尽英雄②。之一

【注】

萧山，今杭州市萧山区。

①枥马，伏枥（马棚）老马。曹操《步出夏门行》之四：“老骥伏枥，志在千里。” ②饭牛，春秋贤士宁戚遇齐桓公事。参见卷四林景熙《郑宗仁会宿山中》注③。扪虱，前秦谋士王猛往见桓温，

扪虱而谈天下大势。这里只是借用"牛、虱"字面，讥刺鸡鸣狗盗、窃据高位的无能之辈。

【评】

郑洪长于律体，现存诗55首，其中七律47首，可见偏重。其律作内容分为两类，一为日常唱吟之什，一为伤时忧国感愤之咏。本编从中选录七首，略可领略大概。摘句，前者如《题碧云楼》"雨中日脚青红晕，雾里山容紫翠堆。"《述怀》"又见海棠飞燕子，不堪芳草怨王孙。"《寄毛府判》"鸿雁来时菰有米，凤凰飞处竹无花。"《寄静庵》"三秋桂子月中落，万里潮头天上来。"后者如《次玉苍雪韵五首》之一"汉漠太湖三万顷，可怜无地着渔蓑。"《凤凰山报国寺》"大将偃旗奔鲁壁，降王衔璧下吴山。"《和谢雪坡太守咏新城》"长江不作东南限，拱北楼头画角哀。"《感兴二首》之二"小臣解著中兴颂，怅望黄河几日清。"皆为可诵。

题盛叔章画

记得天台雁宕归，满山松露湿人衣。十年眼底无林壑，今日画图看翠微。

【注】

盛叔章：盛著，字叔章（章一作"彰"），嘉兴魏镇人。盛懋（子昭）侄。元末明初画家，杨维祯、鲍恂均有题其画作。明汪砢玉《珊瑚网》卷三三《名画题跋九·题盛子昭临彝斋三友图》："盛子昭之侄名著，字叔章，能全补图画，运笔着色，与古不殊。洪武中供事内府，高皇帝异之，制盛叔章画记、烟霞泉石臣玉记。"

叶　亮

叶亮（约1324—？）。《东瓯诗集》卷六："叶亮，字明达，乐清宕阴人。"录诗2首。按：宕阴即乐清雁荡山北麓南阁、北阁一带，与永嘉鹤阳相近。《元诗选癸集》癸戊上、《东瓯诗存》卷十一（小传作"字明大"）录同。

和子成韵

元亮酷爱酒，志和乐垂钓①。我有壁上琴，时抱以舒啸。尘世少知音，谁复语奇要。不鼓弦上声，自得其中妙。伯牙呼不起②，任渠弹别调。

【注】

子成：谢振孙（1324—1395）字子成，号济川，永嘉鹤阳人。永嘉鹤阳谢氏第十一世，元末隐居鹤阳。《永嘉鹤阳谢氏家集·内编》录存《哭国彦曦》诗一首。

①元亮，陶潜字元亮。志和，唐诗人张志和，浮泛江湖，自称"烟波钓徒"。　②伯牙，俞伯牙，春秋时音乐家，善弹琴。锺子期是他的知音。

陈　雷

陈雷（约1330—？），字公声，秀民之子，永嘉人，随父侨寓嘉兴[①]。明洪武初，荐授山西布政司经历。著有《窳庵集》，今佚。《石仓历代诗选》卷三四一录诗20首，《元诗选三集》庚集录14首，《东瓯诗存》卷十二《元》录10首。

①陶元藻《全浙诗话》卷二五《陈雷》："温州人。"钱谦益《列朝诗集小传》甲前集《陈雷》作"嘉兴人"。孙锵鸣《东嘉诗话》云："庶子（陈秀民）后寓嘉兴，故《列朝诗集》以公声为嘉兴人。"

顾嗣立、顾奎光《元诗选三集》庚集《陈雷》："公声诗尤工近体，如《寄王近智》云：'烟村白屋留孤树，野水危桥蹋卧槎。'《奉云门张布政》云：'月转桐阴书帙静，幕深花影吏人稀。'皆佳句也。"

陶元藻《全浙诗话》卷二五《陈雷》："顾奎光《元诗选》：'公声《寄刘仲原经历》云："槐荫午衙书帙静，莲香秋幕吏人稀。"作吏如此，故当不俗。'"

翁方纲《石洲诗话》卷五："顾侠君所举陈雷佳句，如'烟村白屋留孤树，野水危桥蹋卧槎。'上句乃一半用杜，与下句相对，是何句法？徒形其支吾耳，顾岂未之知耶？"

自城东复向感化旧居留别徐德厚

孤云无定水悠悠，又复携书返旧丘。橡栗树空猿叫夜，蒹葭霜冷雁知秋。懒梳白发频搔首，笑对青山独倚楼。暇日清游可乘兴，到门题凤亦风流[①]。

【注】

感化旧居，作者在嘉兴的居所。沈季友《槜李诗系》卷四《元·寄亭栖老陈秀民》："寓居嘉兴感化里。"徐德厚，高巽志有《徐德厚司丞隐居》诗："放棹南湖春水深，昔年游览得重寻。陶公未许辞彭泽，庞老那容隐汉阴。落絮雨馀沾墨沼，游丝风暖罥书林。自怜久客浑无赖，亦欲携诗与盍簪。"（《槜李诗系》卷六）

①到门题凤，《世说新语·简傲》载：三国魏吕安与嵇康友善，往访不遇，康弟嵇喜相迎。吕不入门，"题门上作'鳳'字而去。喜不觉，犹以为欣。""鳳"字拆开为"凡鸟"，盖意有所讽。

【评】

孙锵鸣《东嘉诗话》："公声尤工近体，《自城东复向感化旧居留别徐德厚》云（本篇略）。"

早春寄周致尧

百年身世浑如寄，何处他乡是故乡。柳态正须春弄色，梅花自与雪生香。扬雄寂寞玄犹白，贺监风流醉亦狂[①]。倘许胜缘同晚岁，梨林风致即柴桑[②]。

【注】

周致尧：周棐，字致尧，后以字行，改字焕文，四明人，徙居崇德州（今浙江桐乡）。与修《大藏经》成，授四明鄮山书院山长，调嘉兴宣公书院山长。至正末，与顾瑛、徐一夔等唱和。入明不仕。事见徐一夔《始丰稿》卷二《送周山长考满序》。著有《山长集》，《石仓历代诗选》卷三四三录诗49首，《元诗选三集》辛集录43首。

①玄犹白，言虽处幽冥（玄）之中，仍保持着洁白的本色。扬雄不愿依附权贵，写作《太玄》，寂寞自守。"或嘲雄以玄尚白"，扬作《解嘲》曰："客嘲扬子……位不过侍郎，擢才给事黄门。意者玄得毋尚白乎？何为官之拓落也？"见《汉书·扬雄传下》。贺监，

唐贺知章官秘书少监，晚年自称“四明狂客”。　②句下原注：“梨林，致尧所居之地。”梨林，嘉兴地名。徐一夔《双梧堂记》：“嘉兴之祥符寺，在学宫之偏。至正十九年夏，余游学宫，既闻弦诵之美，间一过寺。时东云海师方主寺席，而友人四明周致尧，亦以文学之职侨东云所。”（《始丰稿》卷一）《槜李诗系》卷五《周山长致尧》：“尝为宣公书院山长。明洪武初，与荐辟不就，归隐梨林。著有《石门集》，淮海秦约序之，称其诗不事雕饰，特以雅致为佳云。”柴桑，古县名，在今江西九江市西南。借指陶潜。陶潜晚年隐归故里柴桑。此言致尧归隐梨林，遥有陶公风味情趣。

竹所次盛孔昭韵

万玉森森护草堂，八窗虚敞夏生凉。清修迥出风尘表，潇洒骈生水石傍。净埽莓苔听翠雨，闲题诗句洗铅霜①。箨龙更放新梢出②，相并梧桐宿凤凰。

【注】

竹所，竹林处。宋朱翌《猗觉寮杂记》卷上：“袁粲尹丹阳，郡南一家颇有竹石，率尔步往，亦不通主人，直造竹所，啸咏自得。”沈季友《槜李诗系》卷七附考：“元吴弘道遇异人，授子午流注铁灸之法，每疗疾，则令种竹一竿，遂号其地曰竹所，即今嘉善县治。”盛孔昭，元末曾任临淄县丞。明贝琼《送盛孔昭赴淄川丞二首》之二：“世乏威王贤，孰知天下士。所以饭牛儿，商歌中夜起。”（《清江诗集》卷三）盖亦不得志者。

①铅霜，指附着在竹节旁的白色粉末。宋周邦彦《大酺·春雨》：“墙头青玉旆，洗铅霜都净，嫩梢相触。”（青玉旆，喻指摇曳的竹枝）

这里的洗铅霜，含义双关，既照应篇题“竹所”，承上句“翠雨”，言雨洗竹上霜粉；又紧接本句“闲题诗句”，铅霜犹铅华也，寓意脱弃浮饰归于素朴。 ②箨龙，竹笋。

【评】

颈联对出不测，见组裁之妙。翠雨、铅（取白义）霜（借雪霜之霜），取对亦工。

秋望

西风凉冷气萧疏，对景谁能写画图。红树离离变霜色，黄沙渺渺带烟芜。岚消断壁山容瘦，水尽遥天雁影孤。乞我五湖舟一叶，也应托兴为莼鲈[1]。

【注】

①莼鲈，晋张翰托言爱吃家乡吴中莼菜鲈鱼羹，辞职还乡。

【评】

陈雷擅长七律，体格轻俊畅朗，读上选四首，可见风致。其佳句，除《元诗选三集》所举三联外，另如《春日怀周葵窗助教》：“缘知野马多如许，不染春云白练衣。”《题杨氏问月轩次周葵窗韵》：“丹桥有影非难上，玉斧无痕许借看。”《赋孙德芳雪香斋》：“自与芝兰同气味，不须霜月借精神。”《自城东复向感化旧居留别徐德厚》：“懒梳白发频搔首，笑对青山独倚楼。”《早春寄周致尧》：“柳态正须春弄色，梅花自与雪生香。”《竹所次盛孔昭韵》：“净埽莓苔听翠雨，闲题诗句洗铅霜。”皆称工警。

参考文献

史籍类：

〔元〕脱脱等撰:《宋史》,校点本,中华书局,1977年。

〔明〕宋濂等撰:《元史》,校点本,中华书局,1976年。

〔清〕张廷玉等撰:《明史》,校点本,中华书局,1974年。

〔宋〕李焘撰:《续资治通鉴长编》,文渊阁四库全书本,校点本,中华书局,1985年。

〔宋〕刘时举撰:《续宋编年资治通鉴》,文渊阁四库全书本。

〔元〕陈桱撰:《通鉴续编》,文渊阁四库全书本。

〔清〕徐乾学撰:《资治通鉴后编》,文渊阁四库全书本。

〔清〕毕沅编著:《续资治通鉴》,校点本,中华书局,1979年。

〔宋〕王偁撰:《东都事略》,文渊阁四库全书本。

〔宋〕李心传撰:《建炎以来系年要录》,丛书集成初编第3861–3878册,商务印书馆,1936年。

〔宋〕李心传撰:《建炎以来朝野杂记》,丛书集成初编第836–841册,商务印书馆,1936年。

〔宋〕徐梦莘撰:《三朝北盟会编》,文渊阁四库全书本。

〔宋〕佚名撰:《宋季三朝政要》,笔记小说大观第10册,江苏广陵古籍刻印社,1983年。

〔明〕陈邦瞻撰:《宋史纪事本末》,标点本,中华书局,1977年。

〔明〕陈邦瞻撰:《元史纪事本末》,标点本,中华书局,1979年。

〔明〕凌迪知撰:《万姓统谱》,文渊阁四库全书本。

〔清〕陆心源撰:《宋史翼》,续修四库全书第311册,上海古籍出版社,

2002年。

〔明〕徐象梅撰:《两浙名贤录》,浙江文丛影印本,浙江古籍出版社,2012年。

〔明〕王朝佐撰:《东嘉先哲录》,温州文献丛书第3辑,上海社会科学院出版社,2005年。

〔清〕黄宗羲辑,全祖望订补,冯云濠、王梓材校正:《宋元学案》,续修四库全书第518-519册,上海古籍出版社,2002年。

方志类:

〔宋〕祝穆编:《宋本方舆胜览》,影印宋咸淳刻本,上海古籍出版社,1986年。

〔明〕李贤等纂:《明一统志》,文渊阁四库全书本。

〔清〕穆彰阿、潘锡恩等纂修:《大清一统志》,续修四库全书第613-624册,上海古籍出版社,2002年。

〔清〕嵇曾筠等纂修:雍正《浙江通志》,文渊阁四库全书本;影印光绪二十五年重刊本,商务印书馆,1934年。

〔清〕黄之隽等纂修:雍正《江南通志》,文渊阁四库全书本。

〔清〕高其倬等纂修:雍正《江西通志》,文渊阁四库全书本。

〔清〕郝玉麟等纂修:乾隆《福建通志》,文渊阁四库全书本。

〔宋〕范成大撰:《吴郡志》,文渊阁四库全书本。

〔宋〕陈耆卿纂:《嘉定赤城志》,文渊阁四库全书本。

〔宋〕张淏纂:《会稽续志》,文渊阁四库全书本。

〔宋〕周应合纂:《景定建康志》,文渊阁四库全书本。

〔元〕潜说友纂:《咸淳临安志》,文渊阁四库全书本。

〔元〕俞希鲁纂:《至顺镇江志》,1923年如皋冒氏刻本。

〔明〕王鏊纂:《姑苏志》,文渊阁四库全书本。

〔明〕王瓒、蔡芳纂:《弘治温州府志》,天一阁藏明代方志选刊续编第32册;温州文献丛书第3辑,上海社会科学院出版社,2006年。

〔明〕王光蕴纂:《万历温州府志》,明万历三十三年(1605)刻本,齐鲁书社,1997年。

〔清〕李琬等修:《乾隆温州府志》,清乾隆二十五年(1760)刻本;中国地方志集成浙江府县志辑第58册,上海书店,1993年。

〔清〕王棻、戴咸弼总纂:《光绪永嘉县志》,清光绪八年(1882)温州维新书局刊本;标点本,中华书局,2011年。

〔明〕佚名纂:《永乐乐清县志》,天一阁藏明代方志选刊第20册;陈明猷校点本,香港天马图书公司,2000年。

〔清〕鲍作雨、张振夔总修:《道光乐清县志》,线装书局,2009年。

〔清〕王殿金、黄徵乂总修:《嘉庆瑞安县志》,中华书局,2010年。

〔清〕张南英纂:《乾隆平阳县志》,清乾隆二十四年(1759)刻本

符璋、刘绍宽纂:《民国平阳县志》,1926年刻本;平阳县图书馆整理本,中华书局,2020年。

〔清〕林鹗撰、林用霖续:《光绪分疆录》,清光绪四年(1878)望山草堂刻本,泰顺地名办,1983年影印本。

〔明〕朱谏纂、胡以宁重辑:《雁山志》,瑞安玉海楼抄本;影印万历重修本,四库全书存目丛书史部第229册,齐鲁书社,1997年。

〔清〕曾唯纂:《广雁荡山志》,清乾隆五十五年(1790)初刻本;张如元校笺本,浙江古籍出版社,2018年。

〔清〕花埜山农纂:《乐清濉溪李氏宗谱》,清嘉庆四年(1799)重辑本。

总集类:

〔宋〕陈起编:《江湖小集》,文渊阁四库全书本。

〔宋〕陈起编:《江湖后集》,文渊阁四库全书本;清嘉庆六年(1801)顾修读画斋正刻本。

〔宋〕陈起编:《南宋群贤小集》,清嘉庆六年(1801)顾修读画斋重刻本;知不足斋丛书本(附鲍廷博辑《群贤小集补遗》)。

〔宋〕陈思编〔元〕陈世隆补:《两宋名贤小集》,文渊阁四库全书本。

〔宋〕佚名编:《诗家鼎脔》,文渊阁四库全书本。

〔宋〕林民表编:《天台续集、续集别编》,文渊阁四库全书本。

〔宋〕林民表编:《赤城集》,文渊阁四库全书本。

〔宋〕刘克庄编集:《分门纂类唐宋时贤千家诗选》,上海古书流通处影印楝亭十二种本;李更、陈新校证本,人民文学出版社,2002年。

〔宋〕于济、蔡正孙编集〔朝鲜〕徐居正等增注:《唐宋千家联珠诗格》,卞东波校证本,凤凰出版社,2007年。

〔宋〕谢枋得选〔清〕王相注:《千家诗》,浙江文艺出版社,1985年。

〔宋〕谢翱编:《天地间集》,文渊阁四库全书本。

〔元〕方回选评〔清〕纪昀刊误:《瀛奎律髓》,清嘉庆五年(1800)李光垣校刻本。

〔元〕陈世隆编:《宋诗拾遗》,辽宁教育出版社,2000年;续修四库全书第1621册,上海古籍出版社,2002年。

〔元〕蒋易编:《元风雅》,影印宛委别藏第114册,江苏古籍出版社,1988年。

〔元〕杨维祯等撰〔清〕丁丙、丁申辑:《西湖竹枝集》,影印武林掌故丛书第6集第3册,广陵书社,2008年。

〔元〕赖良编:《大雅集》,文渊阁四库全书本。

〔元〕顾瑛编:《玉山草堂雅集》(十八卷),上海陶氏涉园重刊本,1935年;《草堂雅集》(十三卷),文渊阁四库全书本。

〔元〕顾瑛编:《玉山名胜集》,文渊阁四库全书本。

〔明〕朱存理汇辑:《元音》,文渊阁四库全书本。

〔明〕偶桓编:《乾坤清气》,文渊阁四库全书本。

〔明〕宋绪编:《元诗体要》,文渊阁四库全书本。

〔明〕蔡璞编:《东瓯诗集》,温州市图书馆藏明弘治十六年(1503)刻本;四库全书存目丛书集部第352册,齐鲁书社,1997年。

〔明〕朱谏编:《东瓯诗续集》,温州市图书馆藏明弘治十六年(1503)刻本;四库全书存目丛书集部第352册,齐鲁书社,1997年。

〔明〕李蓘编:《宋艺圃集》,文渊阁四库全书本。

〔明〕李蓘编:《元艺圃集》,文渊阁四库全书本。

〔明〕钱穀编:《吴都文粹续集》,文渊阁四库全书本。

〔明〕曹学佺编:《石仓历代诗选》,文渊阁四库全书本。

〔明〕潘是仁辑校:《宋元四十三名家集》,上海图书馆藏明万历四十三年(1615)刊本

〔清〕吴之振、吕留良、吴自牧编:《宋诗钞》,清康熙十年(1671)吴氏鉴古堂刻本;中华书局,1986年。

〔清〕管庭芬、蒋光煦编:《宋诗钞补》,上海涵芬楼1915年校印本;中华书局,1986年。

〔清〕陈焯编:《宋元诗会》,清康熙二十七年(1688)重刻本。

〔清〕范大士选评:《历代诗发》,浙江图书馆藏清康熙三十八年(1699)虚白山房刻本。

〔清〕潘问奇、祖应世编:《宋诗啜醨集》,清乾隆十八年(1753)刻本。

〔清〕顾嗣立编:《元诗选初集》,中华书局,1987年。

〔清〕顾嗣立编:《元诗选二集》,中华书局,1987年。

〔清〕顾嗣立、顾奎光编:《元诗选三集》,中华书局,1987年。

〔清〕顾嗣立、席世臣编:《元诗选癸集》,中华书局,2001年。

〔清〕钱熙彦编次:《元诗选补遗 》,中华书局,2002年。

〔清〕曹庭栋编:《宋百家诗存》,清乾隆六年(1741)刊刻本。

〔清〕张豫章等纂选:《御定唐宋元明四朝诗(御选宋诗、御选元诗)》,文渊阁四库全书本。

〔清〕厉鹗编:《宋诗纪事》,清乾隆十一年(1746)刊本;中华书局,1983年。

陈衍辑撰:《元诗纪事》,上海古籍出版社,1987年。

〔清〕曾唯编:《东瓯诗存》,清乾隆五十三年(1790)刻本;张如元等校补本,温州文献丛书第4辑,上海社会科学院出版社,2006年。

〔清〕沈季友编:《槜李诗系》,文渊阁四库全书本。

〔元〕陈冈编录、裴庾删定〔明〕吴论续编:《清颍一源集》,清道光五年(1825)瑞安陈锡山摆印本。

〔明〕吴论编:《崇儒高氏家编》,清颍一源集附。

〔清〕佚名编:《永嘉鹤阳谢氏家集》,温州市图书馆藏瑞安孙氏玉海楼选抄本;张如元考实本,浙江大学出版社,2007年。

北京大学古文献研究所编:《全宋诗》,北京大学出版社,1999年。

杨镰主编:《全元诗》,中华书局,2013年。

〔宋〕晁公武撰:《郡斋读书志》,孙猛校证本,上海古籍出版社,1990年。

〔宋〕陈振孙撰:《直斋书录解题》,徐小蛮、顾美华点校本,上海古籍出版社,1987年。

〔元〕马端临撰:《文献通考经籍考》,华东师范大学出版社,1985年。

〔清〕永瑢等撰:《四库全书总目》,中华书局,1983年。

〔清〕永瑢等撰:《四库全书简明目录》,上海古籍出版社,1985年。

〔清〕孙诒让撰:《温州经籍志》,1921年浙江公立图书馆校刊本;潘猛补校补本,温州文献丛书第1辑,上海社会科学院出版社,2005年。

别集类:

〔宋〕周行己撰:《浮沚集》,温州文献丛书第1辑(周行己集),上海社会科学院出版社,2002年。

〔宋〕刘安上撰:《刘给事集》,温州文献丛书第1辑(刘安上集),上海社会科学院出版社,2006年。

〔宋〕许景衡撰:《横塘集》,温州文献丛书第1辑(许景衡集),上海社会科学院出版社,2006年。

〔宋〕王十朋撰:《梅溪集》,四部丛刊初编本,商务印书馆,1936年;王十朋全集本,上海古籍出版社,1998年。

〔宋〕郑伯熊撰:《郑伯熊集》,温州文献丛书第3辑,上海社会科学院出版社,2006年。

〔宋〕周必大撰:《文忠集》,文渊阁四库全书本。

〔宋〕范成大撰：《揽辔录》，文渊阁四库全书本。

〔宋〕杨万里撰：《诚斋集》，四部丛刊初编本，商务印书馆，1936年。

〔宋〕朱熹撰：《朱文公文集》，四部丛刊初编本，商务印书馆，1936年；《晦庵集》，文渊阁四库全书本。

〔宋〕薛季宣撰：《浪语集》，温州文献丛书第1辑（薛季宣集），上海社会科学院出版社，2002年。

〔宋〕陈傅良撰：《止斋集》，校点本（陈傅良先生文集），浙江大学出版社，1999年。

〔宋〕楼钥撰：《攻媿集》，四部丛刊初编本，商务印书馆，1936年。

〔宋〕许及之撰：《涉斋集》，1928年永嘉黄群敬乡楼丛书本。

〔宋〕叶适撰：《水心集》，校点本（叶适集），中华书局，2010年。

〔宋〕姜夔撰：《白石道人诗集》，四部丛刊初编本，商务印书馆，1936年。

〔宋〕韩淲撰：《涧泉集》，文渊阁四库全书本。

〔宋〕徐照、徐玑、翁卷、赵师秀撰：《永嘉四灵诗集》，陈增杰校点本，两浙作家文丛，浙江古籍出版社，1985年。

〔宋〕苏泂撰：《冷然斋诗集》，文渊阁四库全书本。

〔宋〕薛师石撰：《瓜庐诗》，清嘉庆六年读画斋重刻南宋群贤小集第19册。

〔宋〕戴栩撰：《浣川集》，民国永嘉诗人祠堂丛刻本。

〔宋〕释居简撰：《北磵集》，文渊阁四库全书本。

〔宋〕刘克庄撰：《后村大全集》，四部丛刊初编本，商务印书馆，1936年；《后村集》，文渊阁四库全书本。

〔宋〕薛嵎撰：《云泉集》，清嘉庆六年（1801）读画斋重刻南宋群贤小集第9册。

〔宋〕刘黻撰：《蒙川集》，温州文献丛书第1辑（刘黻集），上海社会科学院出版社，2006年。

〔宋〕俞德邻撰：《佩韦斋文集》，文渊阁四库全书本。

〔宋〕林景熙撰，〔元〕章祖程注，陈增杰补注：《林景熙集补注》，浙江文丛本，浙江古籍出版社，2012年。

〔元〕舒岳祥撰:《阆风集》,文渊阁四库全书本。

〔元〕黄溍撰:《金华黄先生文集》,四部丛刊初编本,商务印书馆,1936年。

〔元〕李孝光撰,陈增杰校注:《李孝光集校注(增订本)》,浙江文丛本,浙江古籍出版社,2016年。

〔元〕杨维祯撰:《东维子文集》,四部丛刊初编本,商务印书馆,1936年。

〔元〕杨维祯撰:《铁崖先生古乐府、铁崖复古诗集》,四部丛刊初编本,商务印书馆,1936年。

〔元〕高明:《高则诚集》,张宪文、胡雪冈辑校,两浙作家文丛本,浙江古籍出版社,1992年。

〔元〕朱希晦撰:《云松巢集》,文渊阁四库全书本。

〔元〕陈高撰:《陈高集》,浙江文丛本,浙江古籍出版社,2014年。

〔元〕刘壎撰:《隐居通议》,丛书集成初编第212册,商务印书馆,1936年。

〔明〕宋濂撰:《宋学士集》,四部丛刊初编本,商务印书馆,1936年;《文宪集》,文渊阁四库全书本。

〔明〕苏伯衡撰:《苏平仲文集》,四部丛刊初编本,商务印书馆,1936年。

〔清〕朱彝尊撰:《曝书亭集》,四部丛刊初编本,商务印书馆,1936年。

〔清〕张綦毋撰:《潜斋集》,中州古籍出版社,2010年。

〔清〕戚学标撰:《景文堂诗集》,续修四库全书第1462册,上海古籍出版社,2002年。

〔清〕孙衣言撰:《逊学斋文钞》,清同治十二年(1873)瑞安孙氏家刻本。

〔清〕孙锵鸣撰:《孙锵鸣集》,胡珠生编,温州文献丛书第1辑,上海社会科学院出版社,2003年。

诗话笔记杂著类:

〔宋〕周紫芝撰:《竹坡诗话》,历代诗话本,中华书局,1981年。

〔宋〕吴聿撰:《观林诗话》,历代诗话续编本,中华书局,1983年。

〔宋〕胡仔撰:《苕溪渔隐丛话》,人民文学出版社,1984年。

〔宋〕杨万里撰:《诚斋诗话》,历代诗话续编本,中华书局,1983年。

〔宋〕叶适撰:《习学记言序目》,中华书局,1977年。

〔宋〕张淏撰:《云谷杂记》,中华书局,1958年。

〔宋〕何汶撰:《竹庄诗话》,中华书局,1984年。

〔宋〕韩淲撰:《涧泉日记》,影印说库本,浙江古籍出版社,1986年。

〔宋〕赵与虤撰:《娱书堂诗话》,文渊阁四库全书本。

〔宋〕赵与时撰:《宾退录》,上海古籍出版社,1983年。

〔宋〕俞文豹撰:《吹剑录、续录、三录、四录》,全宋笔记第7编第5册,大象出版社,2016年。

〔宋〕张端义:《贵耳集》,丛书集成初编第2783册,商务印书馆,1936年。

〔宋〕岳珂撰:《金陀粹编、续编》,文渊阁四库全书本。

〔宋〕刘克庄撰:《后村诗话》,中华书局,1983年。

〔宋〕叶绍翁撰:《四朝闻见录》,中华书局,1989年。

〔宋〕吴子良撰:《荆溪林下偶谈》,丛书集成初编第324册,商务印书馆,1936年。

〔宋〕罗大经撰:《鹤林玉露》,中华书局,1983年。

〔宋〕魏庆之编:《诗人玉屑》,上海古籍出版社,1982年。

〔宋〕陈模撰:《怀古录》,中华书局,1993年。

〔宋〕范晞文撰:《对床夜语》,历代诗话续编本,中华书局,1983年。

〔宋〕方岳(元善)撰:《深雪偶谈》,丛书集成初编第2572册,商务印书馆,1936年。

〔宋〕黄震撰:《黄氏日抄》,文渊阁四库全书本。

〔宋〕王应麟撰:《困学纪闻》,全宋笔记第7编第9册,大象出版社,2016年。

〔宋〕周密撰:《齐东野语》,中华书局,1983年。

〔宋〕周密撰:《癸辛杂识》,中华书局,1997年。

〔宋〕周密撰:《浩然斋雅谈》,丛书集成初编第2541册,商务印书馆,1936年。

〔宋〕蔡正孙编:《诗林广记》,中华书局,1982年。

〔宋〕陈世崇撰:《随隐漫录》,笔记小说大观第9册,江苏广陵古籍刻印社,1983年。

〔元〕韦居安撰:《梅磵诗话》,历代诗话续编本,中华书局,1983年。

〔元〕吴师道撰:《吴礼部诗话》,历代诗话续编本,中华书局,1983年。

〔元〕盛如梓撰:《庶斋老学丛谈》,笔记小说大观第10册,江苏广陵古籍刻印社,1983年。

〔元〕陆友撰:《砚北杂志》,笔记小说大观第10册,江苏广陵古籍刻印社,1983年。

〔元〕祝诚撰:《莲堂诗话》,续修四库全书第1694册,上海古籍出版社,2002年。

〔元〕郑元祐撰:《遂昌杂录》,影印说库本,浙江古籍出版社,1986年。

〔元〕郑僖撰:《春梦录》,影印说郛三种本,上海古籍出版社,1988年。

〔元〕夏文彦撰:《图绘宝鉴》,文渊阁四库全书本。

〔元〕朱珪编:《名迹录》,文渊阁四库全书本。

〔元〕陶宗仪撰:《南村辍耕录》,中华书局,1980年。

〔元〕陶宗仪撰:《书史会要》,文渊阁四库全书本。

〔明〕瞿佑撰:《归田诗话》,历代诗话续编本,中华书局,1983年。

〔明〕镏绩撰:《霏雪录》,文渊阁四库全书本。

〔明〕李东阳撰:《麓堂诗话》,历代诗话续编本,中华书局,1983年。

〔明〕曹安撰:《谰言长语》,文渊阁四库全书本。

〔明〕叶盛撰:《水东日记》,中华书局,1997年。

〔明〕徐泰撰:《诗谈》,明诗话全编第2册,凤凰出版社,2006年。

〔明〕李濂撰:《汴京遗迹志》,文渊阁四库全书本。

〔明〕朱存理编:《珊瑚木难》,文渊阁四库全书本。

〔明〕朱存理撰、赵倚美编:《赵氏铁网珊瑚》,文渊阁四库全书本。

〔明〕游潜撰:《梦蕉诗话》,学海类编本。

〔明〕郎瑛撰:《七修类稿》,中华书局,1959年。

〔明〕俞弁撰:《山樵暇语》,明诗话全编第3册,凤凰出版社,2006年。

〔明〕杨慎撰:《丹铅总录》,丛书集成初编第855册,商务印书馆,1936年。

〔明〕杨慎撰:《升庵集》,文渊阁四库全书本。

〔明〕杨慎撰,王大厚笺证:《升庵诗话新笺证》,中华书局,2015年。

〔明〕李诩撰:《介庵老人漫笔》,中华书局,1982年。

〔明〕田汝成撰:《西湖游览志》,上海古籍出版社,1980年。

〔明〕田汝成撰:《西湖游览志馀》,浙江人民出版社,1980年。

〔明〕何良俊撰:《四友斋丛说》,中华书局,1983年。

〔明〕田艺蘅撰:《留青日札》,影印明刻本,上海古籍出版社,1985年。

〔明〕徐渭撰:《南词叙录》,中国古典戏曲论著集成第3册,中国戏剧出版社,1982年。

〔明〕王世贞撰:《艺苑卮言》,历代诗话续编本,中华书局,1983年。

〔明〕姜准撰:《岐海琐谭》,温州文献丛书第1辑,上海社会科学院出版社,2002年。

〔明〕胡应麟撰:《诗薮》,上海古籍出版社,1979年。

〔明〕胡应麟撰:《少室山房集》,文渊阁四库全书本。

〔明〕董其昌撰:《画禅室随笔》,艺林名著丛刊本,世界书局,1936年。

〔明〕惠康野叟撰:《识馀》,笔记小说大观第12册,江苏广陵古籍刻印社,1983年。

〔明〕李日华撰:《六研斋笔记》,文渊阁四库全书本。

〔明〕谢肇淛撰:《小草斋诗话》,珍本明诗话五种,北京大学出版社,2006年。

〔明〕郁逢庆编:《书画题跋记》,文渊阁四库全书本。

〔明〕张丑编:《清河书画舫》,文渊阁四库全书本。

〔明〕汪珂玉编:《珊瑚网》,文渊阁四库全书本。

〔明〕王昌会编:《诗话类编》,明诗话全编第8册,凤凰出版社,2006年。

〔明〕叶廷秀撰:《诗谭》,续修四库全书第1696册,上海古籍出版社,2002年。

〔明〕周晖撰:《金陵琐事》,明万历刊本。

〔清〕钱谦益撰:《列朝诗集小传》,上海古籍出版社,1983年。

〔清〕贺贻孙撰:《诗筏》,清诗话续编第1册,上海古籍出版社,1983年。

〔清〕贺裳撰:《载酒园诗话》,清诗话续编第1册,上海古籍出版社,1983年。

〔清〕吴景旭撰:《历代诗话》,文物出版社,1987年。

〔清〕王夫之评选:《明诗评选》,文化艺术出版社,1997年。

〔清〕朱彝尊撰:《静志居诗话》,人民文学出版社,1998年。

〔清〕吴乔撰:《围炉诗话》,清诗话续编第1册,上海古籍出版社,1983年。

〔清〕杜臻撰:《粤闽巡视纪略》,文渊阁四库全书本。

〔清〕王士禛撰:《居易录》,文渊阁四库全书本。

〔清〕王士禛撰:《渔洋诗话》,清诗话上册,上海古籍出版社,1978年。

〔清〕王士禛撰,张宗楠纂集:《带经堂诗话》,人民文学出版社,1982年。

〔清〕张谦宜撰:《絸斋诗话》,清诗话续编第2册,上海古籍出版社,1983年。

〔清〕宋长白撰:《柳亭诗话》,续修四库全书第1700册,上海古籍出版社,2002年。

〔清〕查慎行撰:《初白庵诗评》,上海六艺书局石印本。

〔清〕孙承泽撰:《庚子消夏录》,文渊阁四库全书本。

〔清〕卞永誉撰:《式古堂书画汇考》,文渊阁四库全书本。

〔清〕王毓贤撰:《绘事备考》,文渊阁四库全书本。

〔清〕阙名撰:《静居绪言》,清诗话续编第3册,上海古籍出版社,1983年。

〔清〕恒仁撰:《月山诗话》,续修四库全书第1702册,上海古籍出版社,2002年。

〔清〕陶元藻撰:《全浙诗话》,中华书局,2013年。

〔清〕李怀民撰:《重订诗人主客图》,清嘉庆十年(1805)刻本。

〔清〕翁方纲撰:《石洲诗话》,清诗话续编第3册,上海古籍出版社,1983年。

〔清〕马国翰撰:《买春诗话》,清光绪十五年(1889)重校本。

〔清〕郭麐撰:《灵芬馆诗话》,续修四库全书第1705册,上海古籍出版社,2002年。

〔清〕梁章钜撰:《浪迹丛谈》,中华书局,1981年。

〔清〕梁章钜撰:《雁荡诗话》,清咸丰二年(1852)文华堂藏版。

〔清〕刘廷玑撰:《在园杂记》,清刻本。

〔清〕潘德舆撰:《养一斋诗话》,续修四库全书第1706册,上海古籍出版社,2002年。

〔清〕孙衣言编撰:《瓯海轶闻》,清宣统二年(1910)瑞安孙氏家刻本;张如元校笺本,温州文献丛书第2辑,上海社会科学院出版社,2005年。

〔清〕李慈铭撰:《越缦堂诗话》,商务印书馆,1925年。

〔清〕李慈铭著,张寅彭、周容编校:《越缦堂日记说诗全编》,凤凰出版社,2010年。

〔清〕许印芳撰:《诗法萃编》,清光绪十九年(1893)朴学斋刻本。

〔清〕施补华撰:《岘傭说诗》,清诗话下册,上海古籍出版社,1978年。

陈衍撰:《石遗室诗话》,商务印书馆,1935年。

陈衍评选:《宋诗精华录》,江西人民出版社,1984年。

杨钟羲撰:《雪桥诗话》,丛书集成续编本,上海书店出版社,1994年。

王德馨撰:《雪蕉斋诗话》,温州文献丛刊(王德馨集),黄山书社,2009年。

今人著述:

林庚、冯沅君主编:《中国历代诗歌选》,人民文学出版社,1979年。

程千帆、沈祖棻选注:《古诗今选》,上海古籍出版社,1984年。

李庆甲集评校点:《瀛奎律髓汇评》,上海古籍出版社,1986年。

钱锺书选注:《宋诗选注》,人民文学出版社,1979年。

钱锺书:《宋诗纪事补正》,辽宁人民出版社、辽海出版社,2003年。

陈增杰选注:《宋代绝句六百首》,福建人民出版社,1986年。

缪钺等撰:《宋诗鉴赏辞典》,上海辞书出版社,1987年郭绍虞辑:《宋诗话辑佚》,中华书局,1980年。

程毅中主编:《宋人诗话外编》,国际文化出版公司,1996年。

吴文治主编:《宋诗话全编》,凤凰出版社,1998年。

陈增杰:《宋元明温州诗话》,厦门大学出版社,2020年。

吴文治主编:《辽金元诗话全编》,凤凰出版社,2006年。

吴文治主编:《明诗话全编》,凤凰出版社,2006年。

郭绍虞主编:《中国历代文论选》(第二册),上海古籍出版社,1979年。

郭绍虞、钱仲联、王遽常编:《万首论诗绝句》,人民文学出版社,1991年。

曾枣庄、吴洪泽:《宋代文学编年史》,凤凰出版社,2010年。

钱锺书:《谈艺录(增订本)》,中华书局,1984年。

钱锺书:《管锥编》,中华书局,1979年。

于北山:《陆游年谱》,上海古籍出版社,1985年。

周梦江:《叶适年谱》,浙江古籍出版社,1996年。

孙延钊撰,徐和雍、周立人整理:《孙衣言孙诒让父子年谱》,温州文献丛书第1辑,上海社会科学院出版社,2003年。

吴熊和、吴常云、吴战垒编:《夏承焘集》,浙江古籍出版社、浙江教育出版社,1998年。

苏渊雷:《苏渊雷全集》,华东师范大学出版社,2008年。

卢礼阳、方韶毅编校:《吴鹭山集》,线装书局,2013年。